JN300885

Denis Johnson

煙の樹

デニス・ジョンソン　藤井 光［訳］

白水社
EXLIBRIS

煙の樹

Published by arrangement with Farrar, Straus & Giroux, LLC, New York
through Tuttle-Mori Agency, Inc., Tokyo

今回もH・P・と、もろもろの人に

煙の樹

目次

装丁
緒方修一

カバー装画
近藤達弥

一九六三年

　昨夜午前三時、ケネディ大統領が殺された。その第一弾の報道が世界を駆け巡っているとき、ヒューストン上等水兵と二人の新兵は眠っていた。島にある唯一のナイトスポットといえば、小さな崩れかかったクラブで、天井には大きなファンが回っていて、バーとピンボールマシンが一つずつあった。そのクラブを経営している二人の海兵隊員が、入隊者の短期滞在用に建てられたかまぼこ型のクオンセット兵舎にやってきて、彼らを起こし、大統領の身に何があったのかを伝えたのだ。海兵隊員たちは三人の水兵と一緒に寝床に座り、エアコンから滴る水がコーヒー缶の中に落ちていくのを見つめながら、ビールを飲んでいた。スービック湾から発信されている軍放送ネットワークは夜通し放送されており、この得体の知れない事件についてのニュースを流し続けていた。

　もう昼も近くなったころ、新米水兵のビル・ヒューストン・ジュニアは、借り物の22口径ライフルを抱え、グランデ島のジャングルをそっと歩きながら、素面に戻りかけていた。フィリピンでの経験といえばこの軍事リゾート島だけだったが、野生のイノシシがその辺にいるはずだった。自分がこの土地をどう感じているかは分からなかった。ただ、ジャングルで狩りがしたかった。野生のイノシシがこのあたりにいるはずだった。

　ヘビがいるかもしれない、と考えながら、イノシシが襲ってくる前に察知しようと、慎重に足を運び、音を立てないようにしていた。自分が相当ピリピリしていることは分かっていた。いたるところから、何万というジャングルの音が押し寄せ、カモメの鳴き声と遠くの波音がそれに混じっていた。もし、彼が身動きを完全に止めてしばらく耳を傾ければ、自分の体内の熱の中でひそかに笑う鼓動と、耳の中を伝う汗の音を聞くこともできただろう。さらにもう何秒かじっとしているだけで、虫が彼を見つけて、頭の周りをブンブン飛び回ることになる。

　彼は発育不全のバナナの木にライフルを立てかけ、ヘアバンドを外して絞り、顔を拭ってしばらく立ち、布で蚊を追い払いながら、ぼんやりと股を掻いていた。近くでは、ウミカモメが独りで口論しているようで、キーキーと抗議するような声と、それに対抗して遮る、ハァ！　ハァ！

ハァ！　という低い調子の声が交錯していた。そして、木から木へと動く何かが、ヒューストン上等水兵の目に入った。

　彼はそれを目にしたゴムの木の枝あたりをじっと見つめ、視線をそらさずにライフルに手を伸ばした。また動いた。猿の一種で、チワワくらいの大きさだった。野生イノシシというわけではなかったが、それでも彼の目の前にひょっこりと姿を見せ、左手と両足で幹につかまって、ちっぽけで、怒っているようなせわしなさで薄い樹皮を探っている。ヒューストンは猿の貧相な背中をライフルの照準で捉えた。銃身を数度上げ、猿の頭に狙いをつけた。特に何も考えず、彼は引き金を絞った。

　猿は手足を思いきり広げて木にべたりと張りつき、そして、背中を掻くような仕草で両手をあちこちに伸ばし、地面に転げ落ちた。ヒューストン上等水兵は痙攣する猿を見て、恐怖を覚えた。猿は片腕で地面から飛び上がり、ついで幹にもたれかかり、両足を前に投げ出し、過酷な肉体労働から一息ついている人間のような格好で座り込んだ。

　ヒューストンは二、三歩近寄り、ほんの数メートルのところから猿を見た。毛皮はとても明るい色で、頭上の葉が動くにつれて、影では赤褐色、光が当たるとブロンドの色合いになっていた。猿は左右を見回しながらぜいぜい呼吸をしており、そのたびに腹が風船のように猛烈に膨らんでいた。弾丸は狙いより下のほうに命中し、腹部を貫通していた。

　ヒューストンは自分の腹が引き裂かれたような気分だった。「何てこった！」と彼は叫んだ――この情けなくも不愉快な状況を、猿みずからが打開してくれると思っているような口調で。頭が破裂しそうだ、と思った。このジャングルの朝の灼熱がこのままで、カモメが叫び続け、猿が頭と黒い目を左右に動かしてあたりをじっくりと見つめて、ジャングル、朝、その瞬間が勝手に繰り広げる会話だか議論だか争いだかを見守るような素振りを続けている――ずっとこんな調子なら、おかしくなってしまいそうだ。ヒューストンは近づいていって、猿のそばにライフルを置き、尻のところを片手で支え、もう片手で頭を受け、猿を持ち上げた。猿が泣いていることに気づき、うっとりしたが、やがてそれは嫌悪感に変わった。猿は泣きじゃくりながら息をしており、まばたきすると涙が溢れた。あちこち目が泳ぎ、彼のことも、目に入っているはずの他のもののことも、大して気にかけていないようだった。「おい」とヒューストンは声をかけたが、猿には聞こえていないようだった。

猿を両手でしっかりと持ったとき、心臓が止まった。揺さぶってはみたが、もう手遅れだ、と彼には分かっていた。何もかもが自分のせいのような気がしてきて、それを知る者もあたりにはおらず、彼は子供のように泣いた。十八歳だった。

海辺のクラブに戻ると、灰色の浜辺に打ち上げられているすみれ色のクラゲの群れがヒューストンの目に入ってきた。何百という、人の手ほどの大きさのクラゲが日の光を浴び、透明なまましなびていた。島の小さな港はがらんとしていた。ここに来る船といえば、スービック湾の対岸にある海軍基地からのフェリーだけだった。

ほんの数メートル離れたところに、竹の小屋が二つ砂地に面して立っていて、その上から、豪勢な木々が紫の花をポトリポトリと屋根に落としていた。小屋の一つからは、男女がセックスする声が上がっており、売春婦とどこかの海兵隊員だろう、とヒューストンは思った。ヒューストンは日陰にしゃがみ込んで聞いていたが、やがてクスクス笑いや息づかいは聞こえなくなり、軒にいるトカゲが短い発信音で、やがて耳障りな切れ切れの笑い声で鳴き始めた。ゲッコ、ゲッコ、ゲッコ……

しばらくすると、男が出てきた。角刈りの四十代の男が腹の下にタオルを引っかけ、前歯で巻きタバコをくわえて裸足で立ち、タオルを腹のところで片手で押さえ、近くにある何か見えないものを見つめながら体を揺すっている。おそらく将校だろう。彼はタバコをつまみ、息を吸い込んで、顔の周りに煙を吐き出した。「これでまた任務完了だな」

隣のキャビンの扉が開き、裸のフィリピン人の女が股間を片手で隠して出てきた。「彼やりたがらない」

将校は「おい、ラッキー」と大声で呼んだ。

小柄なアジア人の男が、きっちりした軍服姿で扉のところに出てきた。

「彼女を楽しませてやらなかったのか？」

「運勢が悪そうだったので」と男は言った。

「カルマってやつだな」

「そんなとこです」と小柄な男。

将校はヒューストンに声をかけた。「ビールでも欲しいのか？」

ヒューストンは立ち去るつもりだった。自分がそれを忘れていたこと、男が彼に話しかけていることに今さら気がついた。男は空いた手で煙を払い、体をくねらせてタオルの裾を払いのけた。ほとんど真下の地面に泡を立てて小便をし、タバコの吸い残しの火を消しながら、「特筆すべきものがあれば報告するように」とヒューストンに言った。

馬鹿になったような気分で、ヒューストンはクラブに入った。中では、明るい花模様のドレスを着た二人の若いフィリピン女が、ピンボールをしながら早口で喋っていて、天井では大きなファンが旋回し、ヒューストン上等水兵のバランス感覚は狂ってしまった。海兵隊員の一人、サムがバーの後ろに立っていた。「うるせえよ、黙れって」彼が上げた手にはへらが握られていた。

「俺何か言った？」ヒューストンは訊いた。

「いいから」サムはラジオのほうに頭を傾け、目が見えない男のように音に神経を集中していた。「犯人が捕まったぞ」

「朝飯の前に聞いたよ。もう知ってる」

「どんな奴かってことだよ」

「オーケー」

彼は冷たい水をちびちび飲み、ラジオを聞いていたが、ひどい頭痛のせいで、何を言っているのか分からなかった。

しばらくすると、さっきの将校が巨大なハワイ柄をプリントしたシャツを着て、若いアジア人の男と一緒に入ってきた。

「大佐、捕まりましたよ」サムは将校に話しかけた。「オズワルドって奴です」

「そりゃどういう名前なんだ？」大佐は犯人の凶悪さと同じくらい、その名前に怒り狂っているようだった。

「どうしようもねえくそったれですよ」

「くそったれめ」と大佐も言った。「タマを吹っ飛ばしてやればいいんだ。ケツに弾丸をぶち込んでやればな」恥じらいも見せず、涙を拭っていた。「オズワルドってのは名前なのか名字なのか？」

さっき、この将校は地面に小便してて、今は泣いているのを俺は見てるんだよな、とヒューストンは自分に言い聞かせた。

サムは若いアジア人に言った。「我々としちゃ大歓迎ですがね、普通ここではフィリピン軍には酒を出さないんだ」

「ラッキーはベトナムから来たんだぞ」と将校が口を挟んだ。

「ベトナム？　あんた迷ったの？」

「いや、そうじゃない」と男は口を開いた。

「こいつはこう見えてジェット機のパイロットだ」と大佐。「南ベトナム空軍大尉だぞ」

サムは若い大尉に訊ねた。「その、あっちじゃ戦争になってんの？　戦争？――ダダダダッ」彼は両手で軽機関銃を真似て、同時に震動させた。「イエス？　ノー？」

大尉はアメリカ人から顔をそらし、頭の中で文章を作り、練習して、向き直って言った。「戦争なのか分からない。たくさん人が死んでる」

「それで十分」大佐は頷いた。「肝心なのはそこだ」

「ヘリの訓練を受けに来たんだ」と大尉は言った。

「あんたまだ三輪車にも乗れないくらい若く見えるぜ」とサム。「何歳なの？」

「二十二年」

「このベト公君にビールを持ってこよう。サンミゲルでいいかい？　ベト公って呼んだけど大丈夫？　悪い癖でね」

「ラッキーと呼んでやれ」と大佐は言った。「こいつのおごりだぞ、ラッキー。いつもの酒は何だ？」

彼は顔をしかめ、不思議なくらいじっくりと考え込んでから答えた。「ラッキーラガーがいいです」

「それでタバコは何を吸うんだ？」大佐はさらに訊いた。

「ラッキーストライクが好きです」これには全員が笑った。

ヒューストンがいるのに初めて気づいたように、サムが突然彼のほうを向いた。「俺のライフルはどこだ？」

一瞬、ヒューストンは何のことか分からなかった。「クソッ」

「どこなんだ？」サムはそれほど気にしているふうではなく、ただ知りたがっていた。

「ちくしょう。取ってくる」

ジャングルに戻らねばならなかった。相変わらず暑くて、じめじめしていた。相も変わらず、同じ動物たちが同じ音を立てていた。相変わらずのひどい状況だった、彼は思い出の場所から遠く離れていて、海軍にはさらに二年いることになっていて、そして大統領は、彼の国の大統領は死んだままだった――だが猿はいなくなっていた。サムのライフルは、置いてきたままの状態で薮にあったが、猿はどこにもいなかった。何かがさらっていったのだ。

猿をまた目にすることを彼は覚悟していたので、自分がやらかしたことを見ずにクラブに戻れて、ほっとした。それでも、この光景から永遠に逃れられたわけではないことは、特に恐怖や不安もなく理解していた。

ヒューストン上等水兵は一度昇級し、そして降級になった。東南アジアの大都市のいくつかを目にし、淀んだそよ風に道端のランタンが揺れる蒸し暑い夜を歩いたが、船慣れした感覚が足から消えるほど長くいたことはなく、現れては消える無数の顔を見て、痛々しい笑い声を聞いて、混乱しただけだった。任務期間が終了すると、彼は再入隊した。何よりも、ただサインするだけで自分の運命を作り出せるという力に魅了されたのだ。

ヒューストンには弟が二人いた。歳が近いほうのジェームズが歩兵隊に入隊し、ベトナムに派遣されたので、海軍での二回り目の任務が終わるちょうど前の晩、ヒューストンは日本の横須賀から電車で横浜に行き、「ピーナッツバー」でジェームズに会うことにした。一九六七年、ジョン・F・ケネディ暗殺から三年以上後のことだった。

電車の中で、ヒューストンは真っ黒な髪の頭の数々を見渡し、自分が巨人になったように感じていた。小柄な日本人の乗客たちは喜ぶでもなく、哀れむでも恥ずかしがるでもなく彼を見つめていて、しまいには喉がねじられているような気分になった。彼は電車を降り、午後遅くの霧雨の中、路面電車のレールをたどり、まっすぐピーナッツバーに向かった。何かを英語で話せるのが嬉しかった。

ピーナッツバーは広く、水兵やぴかぴかの格好をした船員たちでごった返しており、その声は彼の頭の中で鈍く響き、煙は肺にどんより立ちこめた。

ステージの近くにいるジェームズを見つけて近づき、握手しようと手を差し出した。「おい、俺はヨコスカから出てくぜ！　船に戻るんだ！」これが彼の最初の一言だった。

バンドの音で、彼の挨拶はかき消されてしまった。ふさ飾りのついた、目もくらむような白い衣装に身を包んだ日本人四人組による、ビートルズのコピーバンドだった。ジェームズは普段着で、小さなテーブル席で彼らを見つめていて、その強烈な光景にすっかり気を取られていた。ビルは彼の開いた口めがけてピーナッツを投げつけた。

ジェームズはバンドを指した。「馬鹿みたいだよな」声を張り上げて、ようやくかすかに声が通るくらいだった。

「どうしようもねえだろ。フェニックスじゃねえんだ」

「水兵服姿のあんたくらい馬鹿げてる」

「二年前に除隊、それで再入隊だよ。なんでかな。とにかくそういうこった」

「酔っ払ってた?」

「確かにかなり飲んでたな」

ビル・ヒューストンは目を見張った。弟はもう少年ではなかった。髪を角刈りにして、顎は広くたくましく、背筋を伸ばして座っていて、もじもじした様子などなかった。軍服を着ていなくても、兵士に見えた。

二人はビールをピッチャーで注文し、ピーナッツバーのような妙なものを除けば、二人とも日本が気に入った、ということで意見が一致した。もっとも、ジェームズは乗り継ぎの合間に六時間ほどいるだけで、朝にはベトナム行きの飛行機に乗るのだが。いずれにしても、二人とも日本人には好感を持っていた。バンドが休憩に入って声が通るようになると、ビルは言った。「俺に言わせればだ、このジャップどもにはちゃんとした技術ってのがある。かたや熱帯に行ってみろ、クソしかねえよ。どいつの脳ミソもドロドロの煮物だよ」

「みんなそう言ってるよ。行ってみれば分かるさ」

「戦闘はどうだ?」

「どうって?」

「みんな何て言ってるんだ?」

「木めがけて撃ったら木が撃ち返してくるとか、だいたいそんなとこかな」

「本当のとこ、ひどいのか?」

「行ってみりゃ分かるさ」

「怖いか?」

「訓練中に間違って仲間を撃っちゃったやつもいたよ」

「そうかよ?」

「ケツに一発だよ。信じられるかい、ただの事故だってさ」

「ホノルルで人殺したやつを見たぜ」とビル・ヒューストンは言った。

「え? 喧嘩で?」

「まあ、その野郎はもう一人の野郎に借金してたってわけだな」

「どんな具合だった? バーでの話?」

「いやバーじゃない。そいつはアパートの建物の裏に回って、相手を窓際に呼び出したんだ。俺たちはそこを通りかかってさ、そしたらそいつが『ちょっと待った、借金のことでこいつと話をしなきゃな』って言うわけよ。二人でしばらく話をしてて、そしたら俺と一緒にいた野郎がもう一人のほうを撃っちまった。銃を網戸に突きつけて、ポンと一発、それでおしまいだよ。45口径のオートマティックだった。相手はアパートの奥に倒れ込んでった」

「冗談だろ」

「これはマジな話だ」

「マジかよ。あんたそこにいたの?」

「俺たちはぶらついてただけなんだよ。あいつが誰か殺すなんて思いもしなかった」

「それでどうした?」

「ウンコちびりそうだったさ。やつはこっちを向いてシャツに銃をしまって、『まあビールでも飲もうや』ときた。何もなかったみたいにな」

「何か言ったりは?」

「それについては何も申し上げたくありませんって気分だったな」

「まあそうだよな、ていうか、そんなのどうしようもないよな?」

「そりゃ、そいつが俺のことを目撃者だと思ってることは考えたよ。だから出港にわざと遅れた。やつとは同じ船だったからな。一緒に出てたら、八週間はうかうか目を閉じてられねえもんな」

兄弟は同時にジョッキのビールを飲み、それぞれ何を言ったものか考えた。「そいつがケツを撃たれたときさ」とジェームズのほうから切り出した。「すぐにショック状態になっちまったよ」

「クソッ。お前何歳だっけ?」

「俺?」

「そう」

「あとちょっとで十八歳」

「まだ十七なのに入隊できたのかよ?」

「だめだよ。嘘ついたわけ」

「怖いか?」

「まあね。いつもじゃないけど」

「いつもじゃないって?」

「戦闘を経験してないしね。本物ってやつを見てみたいよ、本物のクソをさ。ただ見てみたいんだよ」

「いかれた野郎だな」

バンドはキンクスの「ユー・リアリー・ガット・ミー」という曲で演奏を再開した。

君にすっかり参っちゃった――
君にすっかり参っちゃった――
君にすっかり参っちゃった――

ほどなく、兄弟はちょっとしたことで口論になり、ビル・ヒューストンは隣のテーブルにいた日本人の女の子の膝元にビールのピッチャーをこぼしてしまった。彼女は肩を落とし、悲しそうで、しょんぼりとしていた。彼女の女友達と、二人のアメリカ人の男が同席していたが、この二人の若者はどういう態度を取ったらいいのか分からず、戸惑っていた。

テーブルの縁からビールが滴り落ちていて、ジェームズは空のピッチャーを戻そうと手こずりながら言った。「たまにはこんなこともあるよ。それだけだよ」

女の子は全く動かず、服も直さなかった。自分の膝元を見つめていた。

「俺たちどうしちまったんだよ」とジェームズは兄に訊ねた。「いかれちまったのか？　一緒にいるといつもろくでもねえことになるよな」

「そうだな」

「ほんとろくでもねえよな」

「どうしようもねえな、ちくしょう。そうだな。家族だからだろ」

「血ってやつだな」

「そんなクソ、俺には何の意味もないね」

「ちょっとはあるだろう」とジェームズは言い張った。「でなきゃ何でヨコハマくんだりまで俺に会いに出てくるんだよ」

「そうだな。しかもピーナッツバーまでな」

「ピーナッツバーだぜ！」

「しかも船に間に合わないってのにな」

「船に乗り遅れたって？」

「今日の午後四時には乗ってなきゃだめだった」

「乗りそこねたのかよ？」

「まだ停泊してるかもな。でも今頃はもう港から出てるはずだ」

ビル・ヒューストンは目に滲む涙を感じた。自分の人生と、誰もが左側通行のこの土地への突然の思いで、言葉が詰まってしまったのだ。

「あんたのことちっとも好きじゃなかった」とジェームズが言い出した。

「分かるよ。俺もだ」

「俺もだよ」

「ずっとお前のことを短小野郎だと思ってた」

「ずっとあんたが嫌いだった」

「本当にごめんよ」とビル・ヒューストンは日本人の子

に言った。財布から金を引っぱり出し、濡れたテーブルに放り出したが、百円だか千円だか、彼には分からなかった。

「海軍での最後の年なんだ」と彼は女の子に説明した。もっと金を出そうと思ったが、財布はもう空だった。「俺はこの海を渡ってきて死んだんだ。骨は持って帰ってもらえるかもな。俺は生まれ変わったんだ」

一九六三年十一月のその日、ジョン・F・ケネディ暗殺翌日の午後、グエン・ミン大尉はグランデ島の沖合でマスクとシュノーケルをつけ、海に飛び込んだ。若きベトナム空軍パイロットは、このところダイビングに熱中していた。風景の上を漂い、自分の手足の動きで前に進むその体験は、空を飛ぶ鳥の気分に近く、機械を操縦するのとは逆の、本当に飛んでいる感覚だった。両足につけたひれでぐっと進んで、彼はサンゴ礁で餌を食べているブダイの巨大な群れの上をすいすいと通っていく――魚たちの無数の口はにわか雨のようにサンゴに降りかかっている。アメリカ海軍の男たちはスキューバや素潜りを散々楽しんだあげく、サンゴを根こそぎにして、魚たちを臆病にしてしまい、彼が近くに泳いでいった瞬間、群れは消えてしまった。

ミンは大して泳ぎはうまくなかったし、周りには誰もいなかったので、怖くないふりをする必要もなかった。

その前の晩、彼は大佐が代金を払った娼婦とずっと過ごしていた。彼はベッドで、彼女は床で寝た。彼女を抱きたいとは思わなかった。フィリピンの人間を信用できるのかどうか、分からなかったのだ。

そして今日、昼も近くなってからクラブに行くと、アメリカ合衆国大統領ジョン・フィッツジェラルド・ケネディが殺害されたことを知らされた。フィリピン人の女二人はまだ一緒にいて、大佐のがっしりした腕にそれぞれつかまって、驚きと悲しみをこらえている大佐を地面につなぎ止めておこうとしているようだった。彼らは午前中ずっとテーブル席に座り、ニュースに耳を傾けていた。「何てことだ」と大佐は何度も繰り返した。「何てことだ」午後になると、大佐はいくらか元気になり、ビールを次々に飲み干していった。飲み過ぎないようにしよう、とミンは思っていたが、礼儀上付き合うことにして、結局ひどいめまいに襲われた。女の子たちはいなくなり、また戻ってきて、天井では扇風機が回っていた。若い海軍の新米兵も一緒になって、ベトナムでは本当に戦争になっているのか、と誰かがミンに訊いてきた。

その晩、女の子を替えよう、と大佐は言い出し、ミンは前の晩のように言うことを聞いて、大佐を喜ばせ、感謝の気持ちを示すことにした。いずれにせよ、二番目の子のほうがよかった。彼女のほうがかわいかったし、英語もうまかった。ところが、エアコンをつけておいてほしい、とその子は頼んできた。彼は切っておきたかった。エアコンが動いていると、いろいろ音が聞こえなくなる。窓を開けておくほうが好きだった。網戸に虫がぶつかってくる音が好きだったのだ。メコンデルタの実家にも、サイゴンにある叔父の家にも、そんな網戸はなかった。

「どうしたいの？」と彼女は言った。彼を軽蔑している様子がありありと見えた。

「どうしようか。服を脱げよ」

暗がりの中、二人は服を脱ぎ、ダブルベッドに並んで横になり、そのまま何もしなかった。何部屋か離れたところでは、アメリカ人の水兵が友達に大声で話しているのが聞こえた。冗談話でもしているのかもしれない。自分の英語はそこそこだ、と思っていたが、ミンには一言も分からなかった。

「大佐のは大きかったわ」女の子は彼のペニスを撫でていた。「友だちなの？」

「どうだろう」

「友だちかどうか分からないの？　どうして一緒にいるの？」

「分からない」

「最初に会ったのはいつ？」

「ほんの一、二週間くらいだ」

「どういう人？」

「知らない」股間を触るのをやめさせようと、彼は彼女を抱きしめた。

「ただカラダだけってのがいい？」

「どういうこと？」

「カラダだけってことよ」彼女は起き上がって窓を閉めた。エアコンを手のひらで探ったが、ダイアルには触らなかった。「タバコちょうだいよ」

「いや。タバコは持ってないんだ」

彼女は頭からドレスを着て、サンダルを履いた。下着はつけなかった。「クオーター二つちょうだい」

「どういうこと？」

「どういうこと？　どういうことって？　クオーター二つちょうだいってこと。クオーター二枚よ」

「お金のこと？　それっていくらなんだ？」

「クオーター二つだってば。タバコ売ってくれるか彼に訊いてくる。タバコが二箱ほしいの。私に一つ、いとこに一つ、二箱よ」

「大佐がいれば大丈夫なんじゃないのか」

「ウィーンストン一箱にラッキーストライク一箱よ」

「ちょっと失礼。今夜は冷えるな」彼は起き上がって服を着た。

彼は表に出た。後ろからは、女がハンドバッグをテーブルの上に置いてごそごそ動かしている小さな音が聞こえた。彼女が両手をはたいてこすり合わせると、開いた窓から香水の匂いが漂ってきて、彼はそれを吸い込んだ。耳鳴りがして、涙が滲んできた。彼は咳払いをして頭を垂れ、両足の間に唾を吐いた。故郷が恋しかった。

ほんの十七歳で空軍に入隊して、ダナンに転属になり、士官訓練に編入になったときは、何週間も毎晩寝床で泣いていた。十九のときから、もう三年近くジェット戦闘機を飛ばしてきた。二ヶ月前に二十二になり、戦死するまで飛行任務を続けるのだろう、と思っていた。


しばらくして、彼がポーチにあるキャンバスチェアに座って、前腕を膝に乗せて前にかがみ、実は一箱持っていたラッキーストライクをふかしていると、大佐が両腕で二人の女を抱き寄せて、クラブから戻ってきた。ミンの連れは手に一箱持っていて、嬉しそうに振ってみせた。

「今日はしょっぱいところを探索してきたってわけだな」

大佐が何のことを言っているのかミンには分からなかった。「そうです」と彼は言った。

「あのトンネルのどれかに入ったことはあるか？」

「何ですか？……トンネルって」

「トンネルだよ。ベトナム中の地下にあるトンネルだ。入ったことはあるか？」

「まだです。ないと思います」

「俺もないんだよ。何があるんだろうな」

「分からないですね」

「誰にも分からん」

「幹部はトンネルを使ってます。ベトミンの連中です」

大佐はまた大統領のことを悼んでいるようで、「この世界ときたら、すばらしい男を毒みたいに吐き捨てやがる」と言った。

大佐とずっと話していても、酔っぱらっているとは分からないことに、ミンは気づいていた。

ほんの数日前の朝、スービック基地にあるヘリコプター整備工場で大佐と会い、それからはしょっちゅう顔を合わせていた。大佐のほうはちゃんと名乗っていたが、正式に大佐に紹介されたわけではなく、ミンと公式に関係があるわけではないようだった。二人は他の何十という一時滞在の士官たちと一緒に、兵舎に泊まっていた。大佐によれば、もともとはアメリカ中央情報局（CIA）が建設し、すぐ放棄した住宅地だ、ということだった。

大佐にならついていっても大丈夫だ、とミンには分かっていた。状況や人について、運勢の善し悪しを判断する癖があったのだ。彼はラッキーラガーを飲み、ラッキーストライクを吸っていた。大佐からは「ラッキー」と呼ばれていた。

「ジョン・F・ケネディはすばらしい男だった」と大佐は言った。「だから殺されてしまった」

一九六四年

ホンダ製の30型バイクに乗って、グエン・ハオは新星寺に無事到着した。礼装のズボンにボックスカットのシャツを着て、サングラスをかけ、髪にはポマードをつけていた。悲しいことに、一家を代表して妻の甥の葬儀に一人で参列せねばならなかったのだ。妻は悪寒で寝込んでいた。甥の両親は亡くなっており、彼のただ一人の兄弟は空軍で任務中だった。

ハオは振り返り、チュン・タンという若い頃からの友人がバイクから降りたところを見た。チュンはいつも皆から「坊主」と呼ばれていて、国が分裂したとき北へ行った。ハオは坊主と十年間会っておらず、その日の午後、ようやく再会したと思ったら、もう彼はいなくなっていた。バイクからひょいと後ろに飛び降り、サンダルを脱ぎ、裸足で道を歩いていった。

水溜まりのように見えるところを通り過ぎるときには、ハオはいつも速度を落とすように気をつけ、水田地帯に入ると、慎重にバイクを押してあぜ道を進んだ。服をきれいにしておかねばならなかった。ここで一晩、おそらくは寺に隣接した講堂に泊まることになる。村はサイゴンからそれほど遠くはなく、もっといい時世なら夕暮れの中を飛ばして帰るところだが、このところ危険地帯が拡大してしまい、22号線に戻る道路は午後三時以降は危険になってしまった。

講堂の戸口を入ってすぐの土の床に藁の寝袋をしつらえ、夜遅くでも寝床が見つけられるようにした。

立ち並んだ小屋で、人が生活している気配といえば、餌をついばむ鶏と、戸口のところで動かない老婆たちくらいだった。彼はコンクリートの井戸の木蓋を外してバケツを下ろし、暗い底から汲んだ水を飲み、顔を洗った。機械で掘削された、深い井戸だった。水は手と顔に冷たく、澄んでいた。

寺からは何の音もしなかった。住職は昼寝をしているのだろう。ハオはバイクを押して入った。ざらざらした木造で、瓦屋根と土の床、十五メートル四方ほどの大きさで、サイゴンにあるハオの家の一階とさほど変わらない。住職を起こさないように、彼は暗がりに目が慣れないうちに引き返して外に出たが、床のカビ臭さと線香の匂いで、子供のころ二年間この寺に奉公していた思い出が蘇ってきた。そのころの何か、鈍く、すぐ忘却へと引っ込んでしまう悲しみに結びついた糸に引きずられていくのが分かった。その後の人生で、そのほとんどを先延ばしにしてきたのだ。

甥の不可解な死にも、混乱した悲しみを感じていた。信じられなかった。初めてその知らせを聞いたとき、甥っ子は失火で死んでしまったのだろう、と思った。ところが、実際は焼身自殺だった。このところ二、三人の年配の僧侶たちがそうしていたが、これらの高僧たちは、混沌とした世界に叫び声を上げようと、サイゴンの通りで華々しく自殺を遂げていた。それに、老人だった。トゥはまだ二十歳で、村はずれの薮で人知れず自らに火を放っていた。理解しがたく、狂っていた。

住職は目を覚まし、袈裟ではなく農作業の服装で出てきた。ハオは立ち上がってお辞儀し、住職も深々と頭を下げた。小柄だが胸回りは大きく、手足はひょろっとしていて、髪の毛が伸びかかっており、トゥが頭を剃っていたのでは、とハオは思った。可哀想なトゥ。「今日の午後に畑を耕そうと思っていた」と住職は言った。「お陰で畑仕事は休みにできるな」

二人は玄関に座り、当たり障りのない話を始め、にわか雨が来ると中に入った。住職は土砂降りの雨にお喋りを任せておくことにしたようで、雨が止むやいなや、トゥが死んで途方に暮れている、と話を切り出した。「だがお前がわしらに会いに戻ってきてくれた。どんな手にも贈り物はあるものだ」

「寺の気配はとても強いです」

「ここではお前はいつもまごついているようだったな」

「でもあなたの教え通りのことをしています。疑いを天命にしてきました」

「その言い方は少し違うな」

「あなたはそうおっしゃいましたが」

「いや。お前は疑いが天命となることを認めねばならない、それを許さねばならないと言ったのだ。天命にせよとは言わなかった。そうなるに任せよと。お前の疑いを天命にさせよと。そうすれば疑いは目に見えぬものになる。空気のようにお前はそれに住みつくとな」

住職はチャンプイを勧めたが、ハオは断った。住職はぴりっとするドライフルーツを口に入れ、顔をしかめながら熱心にしゃぶっていた。「葬儀に来るアメリカ人がいる」

「知っています。サンズ大佐でしょう」

住職は何も言わず、ハオは話を続けねばと思った。「大佐はわたしの甥のミンの知り合いです。フィリピンで会ったそうです」

「そう聞いている」

「お会いになったのですか？」

「何度か来た。トゥと知り合いになってな。優しい男だと思う。少なくとも注意深い男だ」

「修行に興味があるんでしょう。呼吸法を学びたいとか」

「あの男の息は牛肉と葉巻と酒の匂いがする。お前はどうかな？　呼吸法を続けているか？」

彼は答えなかった。

「修行を続けているか？」

「いいえ」

住職はチャンプイの種を吐き出した。痩せこけた子犬が玄関の下からさっと飛び出してきて、がっつき、体を震わせ、そして姿を消した。「犬たちは夢の中で現世と来世を行き来している。夢の中で前世を旅し、来世にも旅をする」と住職は言った。

「アメリカ人たちはかなり活発に、かなり破壊的になるようです」とハオは言った。

「どうして分かる？」軽率な問いだったが、ハオが黙っていても彼はしつこかった。「そのアメリカ人に聞いたのか？」

「トゥの兄から聞きました」

「ミンから？」

「わたしたちの空軍も参戦すると」

「若きミンが自分の国を爆撃するのか？」

「ミンは爆撃機のパイロットではありません」

「だが空軍がわしらを滅ぼすのか？」

「あなたをここから脱出させるようにとミンに言われています。それ以上は申し上げられません。わたしが知っているのはそれだけですから」これ以上具体的な情報を流すのは、彼にとって恐怖だった。誰にとってもそうだろう。住職ですらおののくはずだ。

ハオは別の話題に移った。「さっき坊主に会いました。わたしの家に来て金をせがんできたんです。それからバイクの後ろに乗せてここまで連れてきました」

住職はただ彼を見つめていた。

そう、住職はチュンから連絡をもらっているはずだ、と彼には分かっていた。「いつ彼に会われました？」

「少し前のことだ」と住職は認めた。

「彼はいつから戻っているのです？」

「誰に分かる？　お前は？　最後に会ったのはいつだ？」

「もう何年も前です。北の訛りになっていますね」ハオはそれ以上言うのをやめ、自分の足下を見つめた。

「会って動揺しているな」

「家に来たんです。大義のために金がいると」

「ベトミンのためにか？　彼らは街では税を取っていないしな」

「彼が無心したのなら、そのように命令されたからでしょう。ゆすりですよ。そしてバイクでここに連れて行ってくれと言い張るんです」

「自分が安全だと知っているのだろう。お前が彼の敵に通報することはないと」

「通報すべきかもしれません。ベトミンのやりたいようにさせていたら、わたしの家業は潰れてしまいます」

「わしらの寺もおそらく潰れるだろう。しかし今回のよそ者たちは国全体を破壊している」

「共産主義者に金を渡すことはできません」

「お前には金がないとチュンに伝えておこうか。使ってしまったと」

「何にですか？」

「立派な行ないにだ」

「そうしてください」

「お前はできることはやったとだけ言っておこう」

「恩に着ます」

村のすぐ西にある「幸運の山」と呼ばれる丘に太陽が沈むとすぐ、明日の朝霧が姿を現し始めるのをハオは感じた。しかし、アメリカ軍の土木部隊がそこに陣地を作っていて、山の運勢は変わってしまっていた。恒久的に使用されるヘリの着陸ゾーンだろう、というのが大方の考えだった。1号道路と22号道路沿いに混合薬を散布して、植物を枯らす計画をしている、という知らせも入っていた。ジャングルでの待ち伏せをなくすのはいい考えだ、と彼は思った。だが、ここは地上で最も美しい土地だ。確かに悲しみと戦いに覆われてはいるが、悲しみという病が大地そのものまで貫いたことはなかった。大地が毒されるのを見たくはなかった。

アメリカ軍の大佐が来るかもしれないということで、彼らは午後四時過ぎまで葬儀を遅らせたが、大佐は現れず、待ち伏せ攻撃の危険があるために道路は使用できない時間になったので、彼抜きで葬儀を始めた。葬儀は寺で行われた。七人の年寄りに誰かの孫が加わって、八人の村人が参列したが、亡骸があるわけではなく、ただ、寺の本堂のあちこちに置かれたロウソクの明かりの中で座って、金塗りの木の仏像を始めとする古い品々を見ていた。アメリカ軍のバーで見かけるような電池式の装飾——円盤の上でライトの組み合わせが変わりながら時計回りをしている——が全体の上を飾っていた。誰も何も学んでいない、と言わんばかりだった。住職は説法のときのように声を上げていた。「われらベトナム人には支えとする二つの教えがある。運命が平和と秩序をわれらに与えるとき、儒者はどう振舞うべきかを教える。運命が血と混乱をもたらすとき、仏の徒はそれを受け入れることを教えるのだ」

アメリカ人たちは夜遅くにオープンジープでやってきた。道路を怖れてはいないのか、すぐ上の幸運の山にいるアメリカ軍土木部隊と露営していたのだろう。がっしりとした体つきの大佐は、いつものように普段着でハンドルを握り、ライフルを両膝の間に立てて葉巻を吸いながら運転していて、アメリカ人歩兵と、白いブラウスにグレーのスカートをはいたベトナム人女性が同行していた。彼女はミセス・ヴァンといい、合衆国情報局の職員だ、と彼は紹介した。

彼らは映写機と折り畳み式のスクリーンを持ってきて、村人たちに一時間の映画を見せるつもりでいた。

サンズ大佐は住職にお辞儀をし、それから二人はアメリカ式にがっちりと握手をした。「ミスター・ハオ、よかったら広間に映写機をセットしたい。そう伝えてもらえるかな?」

ハオが通訳し、住職のほうは、全く問題ない、と大佐に伝えた。若い兵士が機器とコード類とカンバス地の折り畳み椅子をセットして——「お年寄りのためにね」と大佐は言った——寺の壁から数メートル離れたところで小さな発電機を動かすと、騒音が谷に響き渡り、排気ガスの匂いが一帯に広がっていった。自分と住職は村にいる病人のところへ行かねばならないが、後で映画を少し見に戻るかもしれない、とハオは説明した。了解した、と大佐は言ったが、本当に分かっているのかは定かではなかった。そして夕暮れになり、闇が訪れて、誰一人来ないことがはっきりすると、自分一人だけで見てもいいか、とサンズ大佐は訊いた。騒々しい発電機で映写機が回り始め、ちらちらする明かりと虚しく大きな声、耳障りな音楽が寺を満たした。その映画、『稲妻の歳月、雷鳴の日』は、ジョン・F・ケネディ大統領の短く、悲劇的で、勇ましい一生を描くものだった。アメリカ人の歩兵とミセス・ヴァンも見ていた。夫人は観客向けの通訳としてやってきたのだが、もちろんその必要はもうなかった。五十五分の映画だと大佐は言っていて、終わる五分前にハオと住職は闇に紛れて戻り、アメリカ人たちに合流した。住職は携帯用スクリーンの後ろ、部屋の奥で枕の上に座っていて、そこからは何も見えなかった。ハオは若い兵士のそばの椅子に座った。ミセス・ヴァンは大佐の後ろに座っていて、ハオのほうを見たが、ハオには分かるだろう、と考えたようだった。実際のところ、ハオには無理だった。表情やジェスチャーがないと、英語を理解できなかった。それに、どのみち大佐が録音より大きな声で話していた――腕組みをして座り、音楽が盛り上がってきて、映像がジョン・F・ケネディの墓を示す永遠の炎、アメリカ人が永遠に灯していくつもりでいる短いトーチの器のクローズアップになると、苦々しい口調で独り言を言っていた。「永遠の炎だと。永遠だと？彼を殺してしまえるんだから、炎だって消せるに決まってる。要はこういうことだ。我々はみんな死ぬ。最後には土になるんだ。我々の文明なんぞ積もり積もった土の上塗りに過ぎんとはっきり認めようじゃないか。結局はどこの馬の骨か分からん野蛮人が朝起きて、片足は岩に、もう片足は蹴り倒したケネディの永遠の炎の器に置いて立ち上がることになるだろうよ。器は冷え切っていて、そのカス野郎は自分が何の上に立ってるかなんて気づきもせんさ。ただ朝の小便をしてるだけだ。俺が朝起きてテントの裏に回って屁をこいて用を足してるときは、誰の墓に小便してるんだろうな？　ミスター・ハオ、俺の英語は速すぎるかな？ちゃんと分かるか？」

ハオは大佐の言いたいことが分かったし、自分も同じ気持ちだと言いたかった。そうです、川はより大きな川へと流れていき、そしてもっと大きな海へと流れていくんです、この瞬間の行ないこそが私たちを救うことができるんです……彼の英語力では「その通りです。そう思います。はい」と言うのが精一杯だった。

そして、大胆にも正面の扉からぴょんぴょん跳ねて入ってきたカエルかネズミに、二人とも気がついた。この闖入者に大佐が激しく反応したので、ハオは度肝を抜かれた。大佐は小柄なハオ目がけて身を投げ出してきて、椅子ごと後ろになぎ倒し、ハオは踏み固められた土の床に後頭部を打ちつけ、凍てつく針が飛び散ったような痛みが視界を駆け抜けた。視界がはっきりとしてくると、それは彼の顔からわずか一メートルほどのところで止まり、ネズミなどではなく、物体で、おそらくは手榴弾、つまりは死なのだということが分かった。何かが手榴弾の上にゴトリと置かれた。兵士がヘルメットをかぶせ、そして、素早くというわけではなく、躊躇いがちに身をかがめ、ヘルメットを体で覆い、土の床を見つめ、そしてハオの顔を眺めた。数センチしか離れていなかったので、恐怖を抱え込んでいる彼の目は雄弁だった。ずっしりとした沈黙の中、長い数秒間が流れた。

沈黙が続いた。さらに長い数秒が。兵士の顔に変化はなく、息もしていなかったが、目には生気が戻ってきて、彼は事を理解してハオを見つめた。

大佐が胸の上にのしかかって横になっていることにハオは気づいた。兵士がヘルメットの上に体を投げ出した、ちょうどそのときにかぶさってきたのだ。彼はふくらはぎと頭の痛み、そして大柄なアメリカ人大佐の重みに気がついた。息が詰まっていて、ハオは空気を吸い込もうとあがいた。兵士は溜め込んでいた息を吐き出し、ハオの顔にその息がかかった。ようやく、大佐がハオの肩の両脇の床に手のひらを当てて起き上がり、膝で立ったので、ハオは息をつくことができた。

大佐は老け込んだような動きで立ち上がり、体をかがめて兵士の片腕をつかんだ。「何事もないな、おい」兵士には何も聞こえていなかった。「立て。なあ立てってて。ほら立つんだ」若者の体に生命が戻り、ショックをいくぶん乗り越え、ごろりと仰向けになった。大佐は素早くヘルメットをのけて手榴弾を拾い上げ、下手投げで扉の方に投げたが、壁に当たってしまい、敷居のところに転がった。「こんちくしょうめ」彼は近づいていき、かがんでしっかりとつかみ、大股で扉から出て井戸に行った。蓋を外し、爆弾を深く投げ込んだ。それから建物に戻り、発電機を切った。

他の者も彼について外に出たが、それは不注意な行動だったかもしれない。ヴァン夫人は早口で英語を話しながら兵士の服を直していて、火をはたいて消すような勢いで、ほとんどヒステリックにシャツとズボンをしきりに払っていた。それが終わると、彼女はハオの方に来て、シャツの背中をはたいた。「悪い人たちだわ」と彼女は英語で言った。「こういうひどい人たちと関わるからこうなるのよ」

住職が寺から出てきた。スクリーンの後ろにいたので、彼はほとんど何も目にしていなかった。ハオが手榴弾のことを教えると、彼は井戸の蓋から大きく二歩後ずさった。

「すまなかった。真っ先に井戸が頭に浮かんだんでね」と大佐が言った。

ハオは大佐の謝罪と、「安全だと思う」という住職の返事を通訳した。

「手榴弾が爆発したら、あなたの水は泥水になってしまうよ」

「水は後でまた落ち着く」と住職は言った。

「かなり深いな。それにコンクリート製なのか?」

「コンクリート工事です」とハオは言った。

「一級品だな」

「一級品?」

「とてもよくできてるよ」

「ええ。スイス赤十字が設置したんです」

「それはいつだ?」

「いつかは知りません」

「あのくそやかましい発電機を聞きつけたんだろうな、違うか?」と大佐は言った。

それには答えず、ハオは口を閉ざした。

訪問者たちが機材一式を積み直し、幸運の山にある基地に無線連絡をしている間、ハオは礼儀正しくそばに立っていた。

「かっ飛ばして上るぞ」と大佐は言った。

「いいですね。そこならもっと安全でしょう」とハオは頷いた。

数分もすると、パトロール隊のジープが三台やってきて、乗り込んできた兵士たちは轟音とともに夜の中に去った。

ハオはゆっくりと講堂に入り、壁を探っていき、打ちつけてある釘を見つけた。服を脱ぎ、シャツとズボンを掛け、藁のマットを両手で払い、二メートルほどの布を広げて蚊を防いだ。住職は壁の向こう側の寺からそれを耳にして、おやすみ、と声をかけた。ハオは暗闇から静かに答え、下着と肌着で横になった。

あの大佐――ハオは軍服姿の彼を見たことがなかった。それが彼にはふさわしいように思えた。これまでの人生で会ったことがあるアメリカ人といえば、政府と軍関係、それに数人の宣教師だけだったが、なぜか、彼にとってのアメリカ人は皆民間人のカウボーイだった。あの若い兵士の勇気には目を見張った。彼らがベトナムにやってきたのはいいことなのだろう。

だが、大佐と関わったことで、住職が自分に怒っていることが壁越しに伝わってきた。あのアメリカ人は確かに魅力的で、惹き付けられるが、結局のところ、彼らも人形使いの集団に過ぎない。フランスの出番に幕が下ろされ、そして幕が上がり、今度はアメリカによる人形劇というわけだ。だが、隷属や操り人形の時代は終わった。千年の間中国の下にあり、それからフランスの支配。全部終わったのだ。自由が訪れるのだ。

ハオは穏やかに住職に話しかけた。住職が幸運な夢を見れるよう願った。彼の方は眠れなかった。恐怖が内臓でくすぶっていた。また、手榴弾が夜の闇から転がってきたら？　殺し屋たちが来ないかと耳を澄ませて、彼はジャングルの重苦しい生に気がついた。昆虫たちはどんな大都市の日中にも負けないような騒音を立てていた。すべてが呪われていた。彼の妻は病気で、甥は死に、戦いは終わることを知らないだろう。両足でサンダルを探り当てて、彼は井戸に出て、暗がりの中でバケツから水を飲み、心を落ち着けた。大丈夫だ。何も彼を傷つけることはできない。彼は生きてきて、愛を知り、優しさに触れてきた。幸運な人生だ！

爆弾を寺に投げ込んだ後、チュン・タンはすぐにその場を立ち去り、並んだ小屋の裏をできるだけ静かに走り、小道に入った。ほんの数メートル進んだところで彼は動きを緩め、耳を澄ませた。声。人の動き。しかし爆発音はない。

一分。二分。音が届いたとしても、自分の血の轟きで聞こえなかったかもしれない。

両腕で腹を押さえて狭い道に立っていると、悲しみが体から滲み出てきた。あの馬鹿たちがアメリカ人の隣に座っているなどとは予想していなかった。もう何年も泣いていなかった。

本当に彼らを殺したのなら、俺はこんなに泣くことはないだろう。

こうして感情がほとばしるのはいいことだった。涙を蒔きなさい、いい収穫になるのよ、と老婆たちは言っていた。若い頃はいろんな理由で泣いた。それからは、あまり泣かなかった。

道を進んでいった。サイゴンで渡された手榴弾は一つだけだった。さて。

映写機を持ってくるアメリカ人の民間人を待つように、と言われていた。特定の標的。それではなぜ、腕のいい狙撃手にライフルを持たせて送り込まないのですか、などとは訊かなかった。アメリカ人の死を事故に見せかけたいのだろう。

しばらく小川を移動して、うるさい犬たちがいる村を迂回しなければならなかった。下流に向かい、彼はその地域を統括する幹部の家に着いた。家の住人たちは寝ていた。裏手にある小さな庭で、彼は木の幹にもたれかかってしゃがみ込み、ボロ布で頭を覆い、両膝に頭を預けた。二時間休んだ。

昔からの友人であるハオにどうして金をせがんだのか、自分でも分からなかった。接触せよ、という指令を受けたわけでもなかったし、自分の心理を探ってみようとも思わなかった。

雄鶏が二度目に鳴くとすぐ、彼は幹部を起こし、失敗を報告した。彼は中国製の56型ライフルと三十発入りのバナナ型の挿弾子を二つ支給され、ヴァンコドン川沿いにある、おちこぼれ少年たちの陣地、ホアハオ教ゲリラたちの「失われた支配地」に戻るように指示された。移住と教化を受け入れる用意がある、とゲリラたちは表明していた。

「そこで何か問題でも?」と彼は幹部に訊いた。

「誰も奴らを攻撃してはおらん。何の抗争にも出くわすことはないだろう」

「分かりました。銃は要りませんが、懐中電灯を下さい」

川の水かさが増していた。チュンは陣地のはるか上流の浅瀬まで行って渡り、また下流に戻らねばならなかった。全部で五、六キロの移動だった。

前哨地にやってくると、竹とバナナの葉でできた小屋があり、彼はホーホーと音を立てたが、応答はなかった。

道は川の近くの黒く焼け焦げた土地、かつて市場があったところまで続いていた。ここにいた人々は疫病に追い立てられ、後になって、迷信の儀式を行う祈禱師が、建物を燃やすように、と命じたのだった。近くの小さな納屋はまだ無事で、バラックとして使われていた。

若者たちはその裏に集まり、同志の一人を埋葬していた。二週間マラリアで苦しんだあげく死んじまった、と彼らは言った。服は全部脱がせていた。死者の開いた口に米粒をばらまき、棺もなしで、裸の若者を深さ一メートルほどの墓に下ろし、湿った黄色っぽい土の塊で埋めた。

チュンは顔から蠅を払いながら、そばで見守っていた。少年たちは盛り土の周りで立ち尽くしていた。そして一人が口を開いた。「ひでえよ、また一人いなくなっちまった」

全員が若く、ほとんどはまだ二十歳にもなっていなかった。彼らのグループはベトミンに参加したことはなかった。バデン山出身の、無知な山岳部族で、死者の埋め方も分かっていなかった。

埋葬が終わると、彼は少年たちと一緒にバラックの裏に立って演説をしたが、もう彼らが聞き慣れた言葉を繰り返しただけだった。

「我々はマラリアの薬を君たちに与えることができる。君たちを北にあるコルホーズという集団農場に移住させることができる。そこでなら、平和と秩序の下で生活できる。だが君たちが戦い続けたいなら、もっと良い戦い方を見つけてあげよう。

「我々は集権化されている。鉄の組織だ。神出鬼没の拳の中に集結している。我々の力とは揺るぎない意志だ。どんなに強力な侵略者の軍隊でも太刀打ちはできない。我々はフランス人を追い払ったし、アメリカ人たちも追い出して、彼らの操り人形も葬り去ってみせる。奴らには勝手に勝利を主張させておけばいい。侵略者たちは海を相手に戦っている。どれだけ波を打ち負かしても、我々の決意という海原が消えることはない。

「自由になりたいか？　個人の解放とは国家の解放のことだ。君たちを始めに率いた男たちはこのことを分かっていた。彼らはホアハオのゲリラとともにそれを学び、君たちをここまで導いた。今、君たちは我々とともに歩み、最後まで戦い抜かねばならない。我々すべてが待ち望んできた始まり、我らが祖国の最初の自由の日までだ」

彼が教化を受けなくなってから、もうずいぶんたっていたので、自分が何を言っているのか、もう分からなかった。

新星寺で奉公していたことがあるために、チュンはここに派遣された。ここの人々を知っているだろう、と思われたのだ。ちょっとした間違いだった。彼らは孤児で、ほんの子供だったころに、もともとはメコン・デルタにいたがベトミンによって山岳地帯に追いやられたホアハオ教のゲリラに徴兵された。むしろ、誘拐だった。指導者たちは若い兵士たちを見捨てたか、もう殺されたかのどちらかだった。その間に、彼らの先祖の村は戦いで四散し、消滅していた。少年たちは何年もかけてヴァンコドン川をひたすら下っていったが、どこでも歓迎されず、結局この土地に留まった。この地域は、マラリアの中でも特に毒性の強い菌で有名で、「血小便」と呼ばれていた。誰からも相手にされないまま、一人また一人と死んでいった。

自分の部族はもともとベンチェー出身だが、彼自身は北部で何年も過ごしてきた、とチュンは説明した。現在、再統一の日まで、ベトナムの魂は北にあるのだと。「再統一が実現すれば、ベトナムのすべてが我々の故郷になる。ベトナムの何百万平方キロという土地には何の分断もなく、強制移住もなく、国家の骨組みは安泰だ。我々は心安らかに寝て、また平和な一日に目覚める。そして君たちの友のように、その道の半ばで死んだ仲間は墓で安らぎを見いだすことになる」

自分たちを見てみろよ、と彼は思った、生まれてから死ぬまでただ流浪して、さまよい、戦争しかないんだぞ。

「コルホーズ農場ってどんなだ?」

「働きたいか? そこには労働と自由がある」

「でも俺たちずっと自分だけでやってきたよ。今だって自由だ」

「農場での自由はまた別のものだ」

そう、その通りだよ、でまかせばっかりだ、お前ときたら怪物だよ、と彼はこんなところにいる自分を呪った。どこで死んだっていいさ、と彼は言いたかった。コルホーズにだけは行くな。「北へ向かうグループの集合場所に君たちを連れて行きたい。バウドンの近くにキャンプがあるんだ。長い徒歩の旅になる。明日かなり早く出れば、一日で着く」

「もうその話はしたよ」と一人が言った。「他にどうしようもないよ。北に行く。でも今晩は新月だ。明日旅をすることはできない。新月のすぐ後に旅をするのは運勢が悪いんだ。悪い運勢で一人死んだばかりだし」

「マラリアを起こすのは悪い運勢とか悪い神じゃない。小さくて見えない生き物が原因だ。蛇みたいに毒を持っているが、埃の粒より小さいやつだ。微生物というやつだよ。

「若き兄弟たちよ、よく聞いてほしい。我々はみんな死ぬ。微生物の手にかかって死にたいか? 究極の勝利とは多くの敗北から成り立っている。微生物に負けたいのか? 早く出発したほうがいい」

彼らは彼のほうをぽかんと見やるだけだった。彼らの多くは、川のはるか上流、異なる言葉の土地からやってきたのだから、彼が何を言っているのか、本当に理解できないのだろう。「考えてみるよ」とさっきの若者は言った。

彼らが話し合いをしている間、チュンは脇に立って顔を背けていた。さっきの少年が来て、腕に触れた。「明日行く」

「それが君たちの決定なら、いいだろう」とチュンは言った。

その前の晩、グループの全員が病気の同志に徹夜で付き添っていた。誰もが疲れていた。何もすることはなく、

二、三人が見張りに送られ、残りはバラックの近辺でぶらぶらしていた。チュンは壁にもたれて座った。平らに潰したタバコの箱が、藁葺きの天井にあちこち差し込まれ、雨漏りを防いでいることに気がついた。痩せこけた猫が何匹もうろつき、床の生ゴミをこそこそと漁っていた。

ゲリラの一人、片目の若者が、緑のココナツを腕一杯に抱えて持ってきた。彼は自分の胸を指差した。「俺のモサ」と、山岳地帯と思われる方言でチュンに話しかけた。「俺の名前、だろ」と横の男が訂正した。「俺の名前モサ」と彼は言い直し、頭を少し回して、見える方の目でチュンを正面から見た。彼が微笑むと、山岳部族の慣習通りに歯が削られて平らになっているのが見えた。自分の脚の半分ほどもある山刀で、彼はココナツの実のてっぺんを切り落とした。彼らはミルクを飲み、柔らかく透明な果肉を殻の破片でこすり取った。

彼らはチュンに寝床を用意し、小さな枕まで持ってきた。彼らは野営を描いた絵のような配置になった——外で一人が歩哨に立ち、中では五人がトランプをしていて、一人が口を出し、もう一人は近くでいびきをかいている。チュンは昼寝しようとしたが、眠れなかった。少年たちはずっとこんなふうに過ごしてきたのだろう、と彼は想像した。外の風が凪いだ。増水した川が土手に当たる音が聞こえた。暗くなった。見張り隊は上流の前哨地を放棄して、夕食に戻ってきた。全部で十五人もいないようだった。物静かでやつれたこの男たちは、ヴァンコドン川沿いのこの場所で、誰が来ようとも自分たちを守ろうと張りつめていて、来る者などいないことに気づいていないようだった。

彼らは料理の火を一晩中燻らせ、蚊除けにしていた。チュンはバンダナで鼻と口を覆って寝た。少年たちは煙が気にならないようだった。

暗くなってからだいぶ経って、雨になった。若者たちは装備一式を雨漏りのない場所にしまい始めて、「動かせ！動かせ！」と何度も言いながら、全員が配置換えをした。彼らは新しい持ち場で横になり、雨は屋根を通って、彼らの周りのいたるところに滴っていた。雨漏りの音のせいで、誰も口をきかなかった。ロウソクの明かりで見える彼らは、ぼんやりと目を開けていた。だが彼らはうきうきとしていた。歌や笑い声が上がった。人のいい少年たちだった。ただ、やるべきことをこなしていただけなのだ。雨が強くなると、彼らは潰したタバコの箱をさらに天井のあちこちに詰め込んだ。

真夜中に、四匹の犬がこっそり入ってきた。起きていたのはチュンだけだった。犬たちは音もなくうろつき、彼はあちこちに懐中電灯を向けた。光が当たると、犬たちは飛びのき、開いた戸口から逃げていった。光は煙を通り抜け、二、三人ずつ固まって寝ている少年たちの上を舞った。彼らは並んで、互いの体に腕をもたれかけて、家族同士のように互いに触れて眠っていた。

彼は夜明けに外に出て、湿った地面にあぐらをかき、少年だったころ新星寺で毎朝夕そうしていたように、鼻を出入りする呼吸に集中し、心を真っ白にした。またこの一年ほどこれを行っていたが、なぜかは自分でも分からなかった。修行をすることで、共産主義者としては無能になっていた。実際のところ、人の精神を変えるために有効なのは血と革命だ、と言われても、ピンと来なくなっていた。「大きな鉄槌で岩を打っても彫刻はできないし、暴力で人の魂を自由にすることはできぬ」と言っていたのは誰だったか？　おそらく孔子だろう。平和はここにあり、平和とは今だった。どこか別の場所、別の時に約束された平和など、偽りだった。

昨夜の犬たち――彼らは四つの高貴な真理、「四諦」であり、彼の嘘を闇で嗅ぎ付けたのだ。

――だめだ、気が散っている。彼は再び呼吸の運動に集中した。

どうしてハオに金をせがんだりしたのだろう、と彼はまた考え込んだ。

俺を見たときの、ハオの顔。ちょっと乱暴に遊びすぎた、あの子犬のようだった。子犬は俺を恐れるようになった。大好きだったのに。いや、だめだ――

――遅かれ早かれ精神はある思考に飛び乗り、迷宮へと彷徨いこんでいく、ある思考はまた別の思考へと分かれていくからだ。そして迷宮はそれ自体の上に崩れ落ち、お前は気がつけば外にいる。中にいたことなどなかった。夢だったのだ。

彼は再び呼吸に集中した。

朝。霧が川を隠し、彼方の頂には雲がかかっていた。中で少年たちが動き出す音が聞こえた。彼らは大地の豊かな勝利へと目覚め、また墓の外で一日を迎える。彼らは疲れた目で毛布にくるまり、ぞろぞろと出てきて、小便をしていた。「若者たちよ」と彼は声をかけた。「君たちが生きているうちに、この悪夢から抜け出す道を見つけるんだ」少年たちは眠そうな目で彼を見た。

一九六五年

合衆国中央情報局所属の「スキップ」ことウィリアム・サンズは、月曜の夜に自分の体力を試すことが毎週の行事になっていた。フィリピン軍とフィリピン保安部隊の合同パトロールに同行して、暗い山間で姿の見えない人々を虚しく捜索していたのだ。今回は友人のアギナルド少佐が参加できず、他の隊員たちはアメリカ人とどう接すればいいのか分かっていなかった。騒々しく動く三台のジープに分かれ、黙りこくったまま、轍のついた道を一晩中運転し、いつものようにフク団ゲリラの足跡を探し、いつものように何も見つけられず、ちょうど夜明け前、サンズは照明が落ちてエアコンも動いていない職員用宿舎に戻ってきた。この地域が停電するのは今週三回目だった。彼はジャングルに向けて寝室の窓を開け、ベッドの中で蒸し暑さに苦しんだ。

四時間後、エアコンは復旧し、彼は汗でじっとりと濡れたシーツの中ですっきりと目を覚ました。寝過ごしてしまった――おそらく朝食の時間はもう過ぎていて、朝の柔軟体操も省略しなくてはならないだろう。手早くシャワーを浴び、カーキ色のズボンと、フィリピン人の友人アギナルド少佐からもらった、地元ではバロンタガログという薄手のボックスカットのシャツを着た。

一階に下りていくと、マホガニーの食卓に彼の分だけが用意されていた。コップの氷はもう融けていた。その脇には朝刊が置いてあったが、マニラから外交文書用の郵便袋で配達されてきた昨日の新聞だった。給仕のセバスチャンが厨房から出てきた。「おはよう、スキープ。床屋が来ますよ」

「いつ?」

「もう来てます」

「どこにいるんだ?」

「キッチンにいますよ。先に朝食にしますか? 卵いります?」

「コーヒーだけ頼む」

「ベーコンエッグは?」

「コーヒーだけにしてもらっていいか?」

「卵はどうします? 軽く両面焼きで」

「分かったよ、持ってきてくれ」

彼は大きな窓の前にあるテーブルに座っていて、外には、二ホールのゴルフコースが異様に生い茂るジャングルに囲まれているという狂った景色が見えた。宿舎と使用人の住まい、納屋に作業場があるこのちっぽけなリゾートは、デルモンテ株式会社の社員の休暇用に建てられたものだった。サンズはデルモンテの人間を見かけたことはなく、会うことはないだろうと今では思っていた。他にここにいるのは二人だけのようで、一人はイギリス人の蚊の専門家、もう一人はドイツ人で、サンズが思うに彼はもっと不吉な類の専門家、狙撃手かもしれない。

朝食にベーコンエッグ。卵はどれも小さかった。ベーコンはいつもおいしかった。米で、ジャガイモはなし。柔らかいロールパンが一つで、トーストはなし。白い制服を着たフィリピン人たちがあたりを動き回り、モップや雑巾で汚れやカビを落としている。黒のボクサーパンツだけという格好の若者が裏返しにしたココナツの皮の上に乗り、アーチ形の廊下からメインルームに滑って木の床を磨いていた。

サンズはマニラ版『タイムズ』の一面を読んだ。ボーイ・ゴールデンという名のギャングが自分のアパートの居間で殺されていた。サンズはその死体の写真を眺めた。バスローブ姿で、狂ったように手足を投げ出して、舌がだらりと垂れ下がって出ていた。

木箱を抱えた床屋の老人がやって来たので、スキップは「裏に行こうか」と言った。二人は観音開きの扉を抜けて、中庭に出た。

晴れた、無邪気な日和だった。それでも彼は空を怖れていた。六月中旬にマニラに着いたときから六週間ぶっ続けの雨で、そしてある日、ぱったりと止んだ。アメリカから出るのは初めてだった。赤っぽいオレンジ色のスーツケースを抱えて家を出て、インディアナ州ブルーミントンの大学に行くバスに乗り込むまでは、カンザスの外で生活したこともなかった。ただ子供の頃に何回か、そして十代のときに一度、ボストンにある父方の親戚の家に泊まりに行ったことはあった。最後に行ったときはほとんど一夏泊めてもらい、マスチフ種の番犬のような大柄な警官と元軍人たちというアイルランド系の男たちと、プードルのように心配そうな妻たちという親戚軍団の中で過ごした。自分たちでは気づいていない彼らの下品さとやかましさに触れ、抱きしめられ、愛され、圧倒された。お互いを知り合い程度にしか扱わない母方の中西部の人々には決して見ることのなかった家族のありかたを見せつけられた。真珠湾で戦死した父の記憶はほとんどなかった。大人の男としてのお手本をスキップに見せてくれたのは、ボストンのアイルランド系の叔父たちだった。それに応えられているとは思えなかった。自分のちっぽけさが身に沁みるだけだった。

今、愛すべきミニチュア版アイルランド人とでも言うべきフィリピン人たちから、彼は同じような温かさと歓迎の心を感じていた。フィリピンに来てまだ八週間目だった。ここの人間は好きで、気候にはげんなりしていた。中央情報局の一員として合衆国に勤めてから、五年目が始まったところだった。情報局のことも国のことも、誇りに思っていた。

「横のところだけ切ってくれないか」と彼は老人に言った。故ケネディ大統領に影響されて、角刈りだった髪を伸ばしているところで、この地域のスペインの遺産の影響からか、このところは口ひげも伸ばし始めていた。

老人が彼の頭を刈っている間、彼は第二の神託、マニラ版『エンクワイアラー』を読んでいた。一面大見出しの記事は、フィリピン人巡礼者による驚くべき奇跡の数々を報道する連載の第一回と銘打たれ、喘息の治癒や、黄金になった木の十字架、動く石の十字架、涙を流す石膏のイコン、血を流すイコンなどが列挙されていた。

床屋が彼の目の前に手鏡を差し出した。この外見でマニラを歩かずに済むのはありがたかった。口ひげはまだ見込みがある程度にしか生えていなかったし、髪は中途半端で、人目を引かずに済むには長すぎるし、うまく整えるには短すぎた。いったい何年くらい角刈りで通してきたのだろう？　八年か九年だ。情報局の採用担当者たちがブルーミントンのキャンパスに来て、面接を受けたあの朝からずっとだった。担当者は二人ともビジネススーツに角刈りで、その前日に教職員用のゲストハウスにやって来ているところを彼が覗き見したのと同じ格好だった。中央情報局からやって来た、角刈りの採用担当者たち。中央という言葉が気に入っていた。

マニラから状態の悪い道を丸一日運転したところにあるこの地では、彼は何の中央にいる気もしなかった。読んでいるものといえば、迷信じみた新聞。目に入るものといえば、漆喰の壁に伸びる蔓、壁に縞を作るカビ、壁にいるトカゲ、壁に飛び散った泥のかけら。

中庭にあるこの高座から、サンズは空気に漲る緊張感を察知した――施設の勤務者たちの間に抑え気味の口論が起きている。彼らを「使用人」と考えるのは気が進まなかった。好奇心が疼いた。だがアメリカの内陸部で育てられた彼は、個人的な諍いにはひたすら関わらないようにしてきた。しかめっつらは無視し、曖昧な物言いを重んじ、別の部屋から大声が聞こえても受け流してきた。

セバスチャンがかなり緊張した面持ちで中庭に出てきた。「お客が来てます」

「誰だい？」

「他の人が言いますよ。私に言わせないでください」

しかし、二十分経っても誰も来なかった。

サンズは散髪を終え、磨かれた木の床がひんやりとした応接室に入った。誰もいない。そして食事の部屋には、昼食の準備をするセバスチャンしかいなかった。「誰か僕に会いにきたんじゃないのか？」

「誰か？　いいえ……誰もいないと思います」

「客が来たって言わなかったか？」

「誰も来ていません」

「そりゃどうも、訳分からないな」

彼は中庭の籐の椅子に座った。ここなら新聞を読むこともできるし、アンダース・ピッチフォークという名のイギリス人昆虫学者を眺めることもできる。ピッチフォークは三番アイアンでゴルフボールをチップショットして、かなり小さめのゴルフコースにある二つの実物大のグリーンを行ったり来たりしている。二エーカーほどのコースの芝生は細かく手入れされ、生物学的に一様になっていて、それを囲う金網には周囲の植物が暗く無情に絡み付いていた。ピッチフォークはバミューダパンツに黄色いバンロンのシャツを着た、ロンドン出身で白髪まじりの、ハマダラカの専門家で、午前中はこのコースで時間を潰し、太陽が建物の屋根を通り過ぎるころ、マラリア撲滅という仕事に取りかかるのだった。

コロネードの奥にある部屋付きの個人用中庭では、ドイツ人の客がパジャマ姿で朝食を取っているのが見えた。あのドイツ人は誰かを殺すためにここに来ている――二度彼と話しただけで、サンズはそう確信した。マニラから部門主任が同行したのは、表向きサンズの件の処理だったが、彼はずっとドイツ人と一緒にいて、サンズには「いつでも動けるようにして、彼は放っておくように」という指示をしていた。

ピッチフォークのほうはといえば――記憶に残る名前のマラリアマンだ――ただ情報を集めているだけだった。たぶん村落地帯で活動中のスパイだろう。

サンズは皆の実際の職業を推測するのが好きだった。はっきりしない用件で人が出入りしていた。イギリスにこの場所があれば「セーフ・ハウス」とでも呼ばれていただろう。しかしアメリカのヴァージニアで、どの家も安全とは思うなとサンズは教えられていた。海のどこにも島など見つからないのだと。一番身近な教師である大佐は、メルヴィルの『白鯨』にある「風下の岸」をどの新入りにも覚え込ませていた。

だが、陸影なきところにおいてのみ、神のごとき岸辺なく広大無辺の真理があるとするならば――たとえそこが安全であろうとも、不名誉にも風下の岸に打ちあげられるよりは、あの咆哮する無限の海にほろびるほうがましではないか！　おお！　そうなら、いったいだれが蛆虫のように陸地にむかってはいずってゆくだろうか！

ピッチフォークはボールをティーにのせ、グリーンの脇に寝かせたゴルフバッグから大きなヘッドのウッドを選び、フェンスの彼方に広がるジャングル目がけて打ち込んだ。

『エンクワイアラー』紙によれば、そのころスル海では海賊がオイルタンカーを乗っ取り、乗組員を二人殺していた。セブ市では、町長候補と支持者の一人が候補の兄弟に蜂の巣に撃ち殺されていた。犯人が支持していたのは対立候補、彼らの父親だった。「凶暴化した後」二人を殺した「錯乱者」が、カミギン州の知事を撃ち殺していた。

そしてドイツ人のほうは、ゴムの木で吹き矢の練習をしている。きれいに三つに分解できるところを見ると、原始的な作りの吹き矢ではないようだ。組み立てると長さは一・五メートル以上になり、矢は十五～二十センチはありそうだ。白く尖っていて、実際のところ長すぎるゴルフのティーのようだった。ドイツ人は矢を標的の樹皮に巧みに打ち込み、しょっちゅう動きを止めては、ハンカチで顔を拭っていた。

スキップは彼の友人、フィリピン軍少佐エディー・アギナルドと下の村で会う約束をしていた。

スキップはドイツ人の殺し屋と一緒の車に乗り込んで――もっとも殺し屋でもドイツ人でもないかもしれないのだが――山を下る途中にある市場まで行った。二人はエアコンのついた職員用の車を使い、後部座席の窓を閉じて、歪んで手荒く切られた木材でできた草葺きの家や、つながれたヤギ、うろうろする鶏、よろよろと動く犬を見ていた。埃をかぶった玄関に座り込んで赤いビンロウの実を吐き出している老婆たちを通り過ぎると、小さな子供たちがそのそばから離れて車の横を走った。

「ありゃ何だい？　何か言っているよね」

「『チズ』って言ってるんだよ」とサンズはドイツ人に教えた。

「それ何だい？　『チズ』？　その意味はどういうこと？」

「親たちがマッチをくれってアメリカ兵によく言ってたんだよ。『マッチズ！　マッチズ！』ってね。今じゃ『チズ！　チズ！』って叫んでる。何のことか自分たちも分かってないさ。もうアメリカ兵はいないし、マッチがほしけりゃ『ポスポロ』って言うしね」

だが、老婆たちは怒り狂ったように子供たちをつかんだ。そんな様子を目にするのは初めてだった。「この人たちはどうしたのかな？」彼はドイツ人に訊いた。

「もっとましな食事が必要だな。蛋白質が少なすぎる」

「何か感じないか？　何か変だ」

「山は魚が少なすぎるだろ。蛋白質不足なんだよ」

「エルネスト」スキップは前にかがんでドライバーに話しかけた。「今日村で何かあるのか？」

「あるかもしれません。分からないですが」とエルネストは言った。「ちょっと訊いて回ってみましょうか」彼はマニラ出身で、英語は達者だった。

エドゥアルド・アギナルド少佐はぱりっとした野戦服に身を包み、イタリア人とそのフィリピン人の家族が経営しているレストラン、「モンテ・メイヨン」の表に停めた黒いメルセデスの後部座席で待っていた。イタリア人のパヴェーゼは、客が金を出しそうなものなら何でも料理したが、大したものは出さなかった。外からの客には、ヤギのレバーがたっぷり入ったとてもうまいボロネーゼスパゲティーを作った。少佐はドイツ人を歓迎して、「エディー」と呼んでくれと言って譲らず、ぜひ昼食をご一緒に、と誘った。

ドイツ人が申し出を受けたので、スキップは驚いた。この客はしっかりと、心ゆくまで食事をした。太っているわけではないが、食事に情熱を注いでいるようだった。スキップは彼がこんなに幸せそうにしているところは見たことがなかった。髭をたくわえた、熊のような男で、分厚い茶色の縁つき眼鏡をかけ、肌は焼けているというより焦げていて、話すときには大きく柔らかい唇が湿っぽくなっていた。

「パヴェーゼのエスプレッソをいただこうか？　何と

いってもあれは生き返るよ」とアギナルドは言った。「スキップは徹夜だったしね。疲れてるだろう」

「まさか！　疲れてるなんてありえないですよ」

「うちの者どもに失礼などなかったかな？」

「そりゃもう丁重でしたよ。どうも」

「だがフク団は見つからなかった」

「道路脇に隠れて見えてなかったってとこですかね」

「PCボーイズは？」

「PCですか？」フィリピン保安部隊（PC）のことだった。「PCは問題なかったですよ。ほとんど話しかけてこなかったし」

「軍の支援を受けるのが気に食わないんだよ。彼らのせいだとは言わないけどね。戦争をやっているわけじゃない。フク団はただの裏切り者なんだ。それが盗賊に貶められてしまった」

「その通りですね」それでも、サンズはこうしたジャングルパトロールで点数を稼いで、マニラか、うまくすればサイゴンに異動になるのを狙うしかなかった。何といっても、これまで激しい訓練を受けてきて、ロープにつかまって絶壁に揺られ、雷雲の中をパラシュート降下し、高度に爆発性の物質の処理法を学びながら冷や汗をかき、有刺鉄線をよじ上り、真夜中に急流を渡り、椅子に縛られて何時間も尋問を受け、そのあげくに事務員、ただの事務員にしかなれなかったのか、という思いから逃れることができた。収集。分類。図書館員の未婚の女性なら誰でもできる仕事をやり遂げること。「それで昨日の晩は何をしてたんです？」彼はエディーに訊ねた。

「私かい？　早めに横になってジェームズ・ボンドを読んでいたよ」

「冗談でしょう」

「今晩あたりパトロールに出るかもしれない。一緒に来るかい？」アギナルドはドイツ人に訊いた。「なかなか愉快かもしれないよ」

ドイツ人は混乱していた。「何のために？」とサンズに訊いた。

「我らが友人は行かないそうです」とサンズはエディーに伝えた。

「私はもっと下に行くんです」とドイツ人は説明した。

「もっと下っていうと？」

「列車に」

「ああ、駅ね。マニラに行くんだね」とアギナルド。「残念だ。我々のささやかなパトロールは身が引き締まるかもしれんのだが」しょっちゅう銃撃戦になるような口ぶりだった。スキップの知る限り、その手のことは一度もなかった。エディーは少年ぽい人間だったが、恐ろしげに見られるのを好んでいた。

三週間前にマニラで、サンズは『マイ・フェア・レディ』の上演でエディーがヘンリー・ヒギンズを演じるのを見ていて、友人である少佐が派手なルージュとおしろいをして部屋着のジャケット姿で舞台の上を歩き回る姿が頭から離れなくなっていた、立ち止まり、きれいなフィリピン人女優の方を向いて、「リザ、私のスリッパはどこだ？」と言う。観客のフィリピン人のビジネスマンたちとその家族は皆立ち上がり、大喝采していた。サンズも感動した。

「君が練習しているのは何だい？」とサンズはドイツ人に訊いた。

「サンピットのことだろ。そうだよ」

「吹き矢かい？」

「そうだよ。モロ族のね」

「サンピットってのはタガログ語かい？」

「広く使われてるはずだよ」と少佐が口を挟んだ。

「この島々ではあちこちで使われる言葉ですね」とドイツ人も同じ意見だった。

「何でできてるんだい？」

「組成のことかい？」

「そう」

「マグネシウムだよ」

「マグネシウムときた。参ったな」

「すごく頑丈なんだよ。それに軽くてね」

「誰に作ってもらったんだい？」

彼は会話を続けようと訊いただけだったが、殺し屋とエディーが目配せを交わしているのを見てショックを受けた。「マニラにいる民間の人たちでね」とドイツ人は言い、サンズはそれ以上話を続けるのはやめた。

食事の後、三人とも小さなカップでエスプレッソを飲んだ。この遠く離れた村に来るまで、サンズはエスプレッソを飲んだことはなかった。

「今日は何があるんです、エディー？」

「何のことか分からないんだが」

「僕も分からないですけど、今日は何かの悲しい記念日か何かなんですか？　偉大な指導者が死んだ日とか？　どうしてみんなあんなに不機嫌なんです？」

「緊張しているってことかな」

「そう。ピリピリしていて不機嫌だ」

「彼らは怯えているんだよ、スキップ。吸血鬼がいるんだ。アスワンと呼ばれる吸血鬼の一種だよ」

ドイツ人が口を挟んだ。「吸血鬼？　ドラキュラのことですか？」

「アスワンはどんな人間に化けることも、どんな形になることもできる。となると問題は、誰もが吸血鬼かもしれないということだ。この手の噂が広がりだすと、冷酷な毒のように村を覆ってしまう。先週のある晩なんか──先週の水曜日の八時頃だったな──市場の外で皆が老婆を袋叩きにして『アスワン！　アスワン！』と叫んでいたよ」

「袋叩き？　年寄りの女性を？」スキップは訊いた。「何で殴ってたんです？」

「その辺にあるものを引っ摑んで殴っていたね。よくは見えなかった。暗くてね。どうやら曲がり角に逃げたようだった。だが後になってある店主が言うには、オウムに姿を変えて飛んで行ってしまったらしい。そのオウムは小さい赤ん坊に嚙み付いて、赤ん坊は二時間後に死んでしまったと。司祭は何もできないんだ。聖職者ですらお手上げなんだよ」

「頭がいかれたガキみたいな連中だね」とドイツ人は言った。


食事が終わって、連れのドイツ人が職員用の車に乗って山を下ってマニラ行きの線路に向かうと、スキップは言った。「あの男とは知り合いなんですか？」

「いや」とエディーは言った。「本当にドイツ人だと思うかい？」

「外国人だとは思いますよ。妙な男だ」

「彼は大佐に会ったんだよ。そのとたんにもう出発だ」

「大佐に？　いつです？」

「自分からは名を明かさなかったというところが大事だな」

「名前を訊いてみました？」

「いや。自分ではどう言ってた？」

「訊いてみたことはないですね」

「彼は勘定のことはおくびにも出さなかったな。私が払うよ」エディーはぽっちゃりとしたフィリピン人女性──パヴェーゼ夫人に違いない、とスキップは思った──と話をして戻ってきた。「明日の朝食用にフルーツを買っていっていいかな」

「マンゴーとバナナが旬なんじゃないかな。熱帯のフルーツは全部」

「それはジョークかな？」

「そうですよ」彼らは鼻をつく食肉処理場と腐った植物の匂いがする、つぎはぎの防水シートの屋根の市場に入った。信じ難いほど醜い不具の乞食たちが固い地面に足を引きずって二人の後を追ってきた。小さな子供たちも近づいてきた。車いすに乗っていたり、ココナツの殻を切断した脚の先に当てがっていたり、顔に切り傷があったり盲目だったり歯がない乞食たちは、杖や義足の根元で子供たちを叩き、シッシッと追い払って悪態をついた。アギナルドがピストルを抜いて、いらいらしている集団にそれを向けると、彼らは一斉に後ずさって諦めた。彼はパパイヤを売る老婦人とてきぱき値段の交渉をして、二人は通りに戻った。

エディーはサンズをメルセデスに乗せ、デルモンテ・ハウスまで送った。まだ二人の間で秘密のやり取りなどはなかった。何のために会ったのかと訊きたかったが、サンズは自重した。エディーは彼と一緒に乗り込んだが、その前に車のトランクを開けて、茶色い紙ひもで縛ってある長方形で重い包みを取り出した。「これを。餞別だよ」彼に促されて二人は後部座席に座った。グレーになりかかった白いベッドシーツが革のクッションにかかっていた。

エディーは膝の上に包みを置き、折り畳み式で金属の台尻がついた、落下傘兵用のM1カービン銃を取り出した。引き金から前方の銃身の木の部分は仕上げ直されていて、細かい模様が刻まれていた。彼は銃をスキップに渡した。

サンズは両手で銃を動かし、あちこち眺めた。エディーは彫刻の上でペンライトを動かした。「すごいですね、エディー。素晴らしい出来です。本当にありがとう」

「吊りひもは本物の革だよ」

「そうですね」

「いい銃だよ」

「光栄です。ありがとう」サンズは心から言った。

「国家調査局の二人の若い連中がこれを仕上げたんだ。すばらしい銃工でね」

「すごいな。でも餞別と言っていましたよね。誰が発つんです？」

「すると君はまだ指令を受けてないのか？」

「いえ、何も。何なんです？」

「何でもない」少佐はヘンリー・ヒギンズばりの作り笑いを見せた。「でも任務を任されるかもしれないだろう」

「藪の中ってのはやめてくださいよ、エディー。雨の中、水がぽたぽた垂れてくるテントに放り込まれるのはごめんですよ」

「私が何か言ったかな？　君同様に何も知らないよ。大佐にこのことを話したかい？」

「何週間も会っていません。ワシントンにいますからね」

「ここに来ているよ」

「マニラにですか？」

「ここ、サンマルコスだよ。実際この家にいると思うよ」

「家に？　またそんなことを。冗談でしょう」

「彼は親戚なんだろ」

「冗談なんでしょう？」

「仕掛けてるのが本人じゃないならね。今朝電話でも喋ったよ。この家からだって言っていた」

「はあ」相づちを打つだけの馬鹿になった気分だったが、もう言葉が出てこなかった。

「彼のことはよく知っているのかな？」

「そりゃもう――ええと。分かりません。訓練してくれましたけど」

「君は彼をよく知らないということだね。彼の方は君をよく知っている」

「そうですね。確かに」

「大佐が君の親戚というのは本当かい？　君の叔父か何かだって？」

「そんな噂が？」

「詮索してしまっているかな」

「そうです。僕の叔父ですよ。父の弟です」

「すごいな」

「すみません、エディー。知られたくはないんです」

「でもすごい男じゃないか」

「そういう意味じゃないんです。叔父の名前で世渡りしたくなくて」

「家族は誇りにすべきものだよ、スキップ。いつでも誇りに思っていい」

何かの間違いだと確かめるべく、サンズは中に入ったが、間違いなく本物の大佐、彼の叔父が応接室にいて、アンダース・ピッチフォークと座ってカクテルを飲んでいた。

「今夜のためにめかしこんでるじゃないか」と大佐はスキップのバロンのことを言いながら立ち上がって、手を差し出した。力強く、かすかに湿っていて、酒のグラスを持っていたせいで冷えた手だった。大佐はアロハシャツ姿だった。分厚い胸板とビール腹で、がに股で、日焼けしていた。フィリピン人の少佐よりそれほど背が高いわけではないが、山のような男だった。鉄床のような頭は銀髪で、てっぺんが平らな髪型だった。大佐はもう酔っていて、自分の過去の力によってまっすぐ立っていた――ノートルダム大学のヌート・ロックニーの下でのフットボール、ビルマでの「フライング・タイガース」のための任務、このジャングルでエドワード・ランズデールと行った対ゲリラ作戦、そしてもっと最近では、南ベトナムでの任務。四一年のビルマでは何ヶ月も捕虜になり、脱走した。「マレーの虎」とも、ラオス愛国戦線とも戦ったことがあった。アジア戦線の多くで敵と相対してきたのだ。スキップは彼を愛していたが、ここで会って嬉しくはなかった。

「エディー」大佐は両手で少佐の手を取り、左手を上の方に動かして肘の上を摑み、二頭筋を揉んだ。「飲もうか」

「早すぎますよ！」

「早すぎるって？　ちくしょうめ。俺はもう方針転換できないぞ！」

「早すぎます！　お茶だけ頼むよ」とエディーは給仕の少年に言い、スキップも同じものを頼んだ。

大佐はスキップが脇に抱えた包みをしげしげと見つめた。「晩飯の魚か？」

「見せてやれよ！」とエディーは言い、スキップは真鍮のコーヒーテーブルの上に包みを開き、M1銃を置いた。

大佐は腰を下ろし、スキップが少し前に車の中でしたようにライフルを膝の上に置き、細かい刻印を指でなぞっていた。「素晴らしい出来だ」と言って微笑んだ。だが誰かを見て微笑んだわけではなかった。彼は横の床に手を伸ばして、茶色い紙袋をスキップに渡した。「これと交換するか」

「やめときます」

「袋の中身は何です？」とエディーは訊いた。

「大使館からの機密袋だよ」と大佐。

「ああ！　ミステリーというわけだ」

大佐はいつものように二つのグラスから同時に飲んでいた。空のチェーサーを給仕係に向けて振った。

「セバスチャン！　ブッシュミルはもうないのか？」

「ブッシュミル・アイリッシュ・ウィスキーを！」と若者は言った。

「使用人たちはあなたをご存知のようだ」とピッチフォークが言った。

「そんなにちょくちょく来るわけではないぞ」

「みんなあなたを敬っているようですよ」

「チップの気前がいいからだろう」大佐は立ち上がって、サイドボードに置いてある氷入れから指で氷を取り出し、考えを分かち合おうとする人といった風情で、立ったまま外の地面を見つめていた。皆は待っていたが、彼は一口飲んだだけだった。

ピッチフォークが口を開いた。「大佐、ゴルフはしますか?」

エディーは笑った。「我らが大佐を外に誘い出したら、辺り一面荒廃してしまうよ」

「熱帯の太陽は避けるようにしてる」と大佐は言った。彼は低い真鍮のテーブルにお茶を運んできた女中の尻を嬉しそうに眺めていた。全員に杯が行き渡ると、グラスを掲げた。「フク団の最後の男に乾杯。彼が間もなく墓に入るであろうことを願ってな」

「フク団の最期に!」と皆で叫んだ。

大佐はぐいぐいと飲み、一息ついて言った、「我々にふさわしい敵であることを願おうじゃないか」

「異議なし!」とピッチフォーク。

スキップは紙袋と美しい銃を自分の部屋に持っていって、両方ともベッドの上に置き、しばらくの間だけでも一人になれてほっとした。日中は女中が部屋の窓を開けていた。彼はクランクを回して鎧窓を閉め、エアコンを入れた。

袋の中身をベッドの上に広げた。二百二十グラム入りのゴム糊の瓶が一ダース。それが彼の存在意義だった。

古いものから最新のものまで整理された大佐のカード目録システムが、そっくりそのまま四つの折り畳み式テーブルに載せられ、スキップのバスルームのドアの両側に置かれていた。七・五センチ×十二・五センチのカードの数は一万九千を超え、大佐によればマニラにある政府の臨海複合施設にある木材加工工場であつらえられたという幅の狭い引き出し一ダースに納められている。テーブルの下の床には、白紙のカードが入った十三・五キロ入りの箱が七つと、一ページにつき四枚のカードが複写されて一万九千枚のカードシステムがすべて複製された二十センチ×二十七・五センチの写真複写物を満載した二つの箱が鎮座していた。スキップの主な仕事、人生のこの時期における任務、小さなゴルフコース脇のこの大きな部屋にいる目的とは、大佐が考案した分類に従って第二のカタログを作成し、二つのカタログの間の相互参照を作成することだった。サンズには秘書も助けもなかった。これは大佐の秘密の情報コレクション、隠し場、隠匿場所なのだ。自分一人で写真複写をやってのけた、と彼は話していたし、彼以外でこの秘密を扱うのはスキップだけだ、とも言っていた。

ギロチンのような大きな裁断機と、長くずらりと並んだ糊の瓶。そして図書館にあるような、全長一メートルの頑丈なカード用引き出しが一ダース、その各表面には四桁の数字が刻まれている――

2242

――大佐のラッキーナンバーだ。二月二日、一九四二年。日本軍から脱走した日。

大佐が冗談話をしているのが聞こえた。皆が笑うなか、大佐の大きな笑い声が家中に響き渡っている。大佐と一緒にいると、サンズは女の子のような気恥ずかしい絶望を覚えた。どうすれば、フランシス・サンズ大佐のように明快で、断固たる人間になれるのだろう？ もっと幼かった頃、彼は自分の弱さと多感さを噛みしめ、良きヒーローを見つけようと決心していた。ジョン・F・ケネディはその一人だった。リンカーン、ソクラテス、マルクス・アウレリウス……。銃を見ているときの大佐の笑み――スキップにこの銃が贈られることを前もって知っていたのだろうか？ スキップには腹立たしかったが、時おり大佐はそういう笑い方をすることがあった。唇を物知りげに動かすのだ。

叔父を追って情報局の世界に入るはるか前、実際にはCIAができる前、子供だったスキップにとって、フランシス・サンズは伝説的な存在だった。フランシスは重量挙げをし、ボクシングをし、フットボールをしていた。飛行士であり、戦士であり、スパイだった。

九年前のあの日、ブルーミントンで、「なぜ情報局に入りたいんだい？」と採用担当者は訊いてきた。

「叔父が僕を同僚にしたいと言っているからです」

担当者はまばたき一つしなかった。当たり前のことを耳にしたと言わんばかりだった。「それで君の叔父とは？」

「フランシス・サンズです」

今度はまばたきがあった。「大佐ではなくて？」

「そうです。戦争中は大佐でした」

「大佐というのは一生ものなんだよ」ともう片方の男が言った。

そのとき彼は十八歳、大学一年生だった。インディアナ大学に行ったのは一九四二年以来の移動だった。四二年、真珠湾のアリゾナ号での父の戦死を受けて、未亡人になったばかりの母に連れられ、カリフォルニア州サンディエゴから母の故郷の平原にあるカンザス州クレメンツに戻り、静かな家で、正体を現すことのない悲しみの中で少年時代を送ったのだ。クレメンツに連れられてきたのは二月の初旬で、ちょうど、「フライング・タイガース」から囚われの身となっていた母の義理の弟、フランシス・ゼイビアーが、日本軍の捕虜輸送船の側部からシナ海に飛び込んで脱走した月だった。

　卒業すると同時に、スキップはＣＩＡに採用されたが、訓練を受ける前に学校に戻され、ジョージ・ワシントン大学の比較文学で修士号を取得させられた。中国国民党の亡命者たちが共産化した本土から持ってきたエッセイや物語や詩の翻訳を手伝った。その手のものを出版する少数の雑誌はＣＩＡからの出資で全面的に賄われていた。彼は毎月世界文学基金から支払いを受けていたが、そこもＣＩＡの隠れ蓑だった。

　一九五五年のあの日、叔父のことを口にしたとき、採用担当者は二人とも微笑み、スキップもそれに合わせて微笑んだ。「もし我々のところでキャリアを積みたいなら、採用できると思うよ」と二番目の男は言った。

　そして実際そうなった。かくして、彼の目の前にそのキャリアが伸びているわけだ。聞き取り調査から作られた一万九千のメモ、ほとんどは彼には理解できないものばかり――

　ジャック・ドゥバル（？）、四隻の船を所有（ヘリオス、スーベニア、デヴィネット、レナール）。「ダナン湾」、妻帯、「チャン・ル（ルウ？？）」、情報ステ　ボート　犯罪／諜報用か。漁業で利益なし。ＣＸＲ

――最後の三文字は記入を担当した調査官の名前を示していた。スキップは自分のヒーローたちの言葉を引用した自分のメモを追加するようになった――「国があなたに何をしてくれるかではなく……」――カードにはＪＦＫやＬＩＮＣ、ＳＯＣなどの名前をつけていた。一番分厚い束はマルクス・アウレリウスの『回想録』からのものだった。帝国の辺境で包囲され、孤独の中、紀元二世紀に自省の言葉を書いた、一老ローマ皇帝。

　人間を正しく、節制的に、雄々しく、自由にしないものは、いかなるものといえども人間にとって善きものではない。そして人間を右記の反対にしないものは、いかなるものといえども人間にとって悪いものではない。ＭＡＭ

スキップがダイニングルームに入っていこうとすると、ピッチフォークが「異議なし！」と吠えているようだった。

もう魚と米のコースが出されていた。スキップが大佐の左側の席に座ると、空の皿に給仕係が料理を盛った。彼らは燭台からのおぼろげな明かりで食事を取った。電気が止まっても、雰囲気にはほとんど変わりはなかった。建物の脇でのエアコンの唸るような音はなくなり、応接室の天井にあるファンは低い音で回転するのを止めていた。

その間も、大佐はずっと喋っていて、フォークをもっぱら食事よりも人に向け、もう片手でタンブラーを握り、テーブルに固定しようとしているようだった。ボストン出身のアイルランド系の訛りに、テキサスとジョージアの空軍基地での日々が加わった言葉遣いだった。「ランズデールの真の目的というのは、人を知り彼らから学ぶことだ。あの努力は芸術の域だな」

「全くそうですよ！」とピッチフォーク。「全く関係ない話ですが、異議なし！」

「エドワード・ランズデールは人間の鑑だ」と大佐は言った。「恥じることなく断言できる」

「それで、ランズデールはアスワンとかその手の伝説とどう関係があるんです？」とエディーが訊いた。

「もう一度言おうか。今度はちゃんと聞いてもらえるかもしれんしな」と大佐は言った。「エドワード・ランズデールが最も魅せられたのは、人々そのもの、彼らの歌や物語、言い伝えだ。情報活動をする中でそういう具合に魅了されて何が生まれるかというと、すべからく副産物にすぎん。分かるか？　こりゃ肉のない魚だな、おい。セバスチャン、俺のかわいい魚はどこだ？　どこに行ったんだ？　おい——こいつに俺の魚をくれてやるってのか？」ちょうどその時、給仕のセバスチャンはスキップに二皿目のバンゴスを出しているところだった。これが大佐の好物だとスキップは知っていた。料理人までもが、彼が来るという知らせを受けていたのか？「オーケー、鯨みたいなのを一匹釣り上げてな」と大佐はもう一皿もらいながら言った。「アスワンについての話はまた後だ」

セバスチャンは頼まれる前から大佐の皿に三匹目の魚を取り分け、一人で笑いながら厨房に向かった。厨房ではスタッフが楽しそうに大きな声で話していた。大佐がいて冗談を言っているところでは、フィリピン人はうきうきとしてくるのだ。大佐が明らかに彼らのことを好きなので、フィリピン人たちも彼に夢中になるのだった。エディーもそうだった。彼は上着のボタンを外し、水からシャルドネに飲み物を切り替えていた。この夜が終了する光景がスキップには見えた――レコードが床に散らばり、皆が監獄ロックを踊って尻餅をついている。いきなりエディーが言い出した。「エド・ランズデールなら知ってますよ！　彼とは大きな仕事をしましたからね！」

エディー、そうなのか？　果たして本当なのか、スキップには分からなかった。

「アンダース」スキップはピッチフォークに訊ねた。「この魚の分類名は何だい？」

「バンゴスかい？　サバヒーと呼ばれているね。川の上流で孵化するが、海に生息する魚だ。チャノス・サルモネウスだよ」

「ピッチフォークは数カ国語を操れるんだよ」とエディーは言った。

バンゴスはマスのようなおいしい魚で、全然魚臭くなかった。国際開発庁が山の麓に人口孵化場を設置する援助をしていた。大佐はじっくりと、手間をかけて食べていて、フォークで肉のかけらから小骨を取り除き、食事中に何杯もウィスキーを飲みながら喉に流し込んでいた。習慣は変わっていなかった――毎日、五時を過ぎると断りもなく大量に飲み出すのだ。アイルランド人が酒飲みだというのは家族内での暗黙の了解だったが、五時より前に飲むのはだらしがなく、退廃的で、上流ぶった振る舞いだった。

「アスワンの話を聞かせてくれよ。法螺話を一つ」と彼はエディーに言った。

「ええ、いいでしょう」とエディーは話し始めた。スキップが思うに、ヘンリー・ヒギンズのキャラクターにいくぶん入り込んでいた。「いいですか、昔々あるところに、と話は始まるわけですが、兄と妹が母親と住んでいました。実は父親を何か悲しい事故で亡くして、未亡人でした、何の事故かまではあいにく思い出せませんが、勇ましい死だったことは確かです。申し訳ないですが、祖母にちゃんと確かめてくるようにとは言われていませんからね！　まあともかく話を思い出す努力はしますよ。まだ小さな子供だった兄と妹はですね、そうだまた謝らなくては、両親は両方とも殺されていて、二人は孤児でした。だから母親ではなくて、母親の年老いた叔母が、ルソン島の我らが村から少し離れたところにある小屋で二人の面倒を見ていたわけです。我らがサンマルコス村かもしれないな、その可能性は否定しません。少年はたくましく勇敢で、妹は心優しく美しい少女でした。大叔母の方は――まあそのあたりはお分かりでしょうが――そんな二人をいびるのが好きで、仕事を山ほどさせて、きつい言葉もどっさりと投げつけ、ぐずぐずするなと箒で叩く始末。兄妹は従順な子供で、文句一つ言わずに言うことを聞いていました。

「村では幸せな日々がずっと続いていましたが、そのころ呪いが降り掛かり、血に飢えたアスワンがヒツジや若いヤギを襲っていて、最悪なことに小さな子供、とりわけ妹のような女の子の血を吸うようになっていました。吸血鬼は老婆の姿で目撃されることもありましたし、凶暴な牙を持った巨大なイノシシのこともあれば、かわいい子供の姿をして小さな子供を影へと誘い込み、その無邪気な血を吸うこともありました。その地の人々は怖れおののき、もう微笑むこともできず、夜になると家のロウソクの火の近くに固まって外に出ず、ジャングルの森に入ってアボカドや効用のある薬草を集めることも、肉を求めて狩りをすることもなくなりました。毎日午後には村にある教会に集まってアスワンの死を願って祈りを捧げましたが、その甲斐もなく、祈りを終えて家に帰る道すがら、おぞましい殺され方をすることもありました。

「さて、この手の話につきものの展開ですが、兄と妹の元に天使が現れました。ある日、ボロ布をまとった浮浪者の身なりをした大天使ガブリエルがジャングルをやってきたわけです。天使は井戸に水を汲みにきた二人に出会い、少年に弓と一袋の矢を与えました――袋のことは何て言いましたっけ？」

「矢筒（クイバー）だろう」とピッチフォークが助け舟を出した。

「矢筒（クイバー）です。なかなか美しい言葉ですね。天使は若者に矢筒に入った矢と非常に強い弓を授け、道を下ったところにある穀物倉庫で一晩過ごすように、そこで吸血鬼を殺せるだろう、と言いました。夜の穀物倉庫にはたくさんの猫が集まりますが、実はその一匹がアスワンで、周りの目をごまかすために猫の姿をしているのです。『でも天使さま、どうやったらアスワンを見分けられるのですか？　すべての猫を射つ矢も下さっていないのに？』すると大天使ガブリエルは言いました。『アスワンはネズミをつかまえて弄ぶことはせず、ただちに切り裂いてその血を貪る。そうする猫を目にしたらすぐに射なければならない、それこそがアスワンだからだ。もちろん、失敗すればお前がアスワンの牙で引き裂かれることになって、生き血をやつに吸われることになる』

「『怖くなんかありません』と少年は言いました。『だってあなたは姿を変えた大天使ガブリエルさまですよね。怖くなんかありませんし、聖人の助けがあれば失敗なんてしませんし』

「弓矢を抱えて彼が家に戻ると、死んで黄泉の国に旅立った母の叔母は彼を外に出そうとしませんでした。毎晩自分の寝床で寝なさいと言うのです。箒で彼を叩き、武器を取り上げて、茅葺きの小屋の屋根に隠してしまいました。ですが少年は叔母の言いつけに初めて背き、その晩弓矢を取り戻し、ロウソクを一本持って穀物倉庫にこっそりと行って、影で待ち構えていました、そりゃもうおぞましい影ですよ！　そしてネズミの姿がその影の間をこそこそ動き回っていました。そして猫の影もそこら中にありました、三十四匹ほどの猫がいたのです。どれがアスワンなのか？夜の闇に二本の牙が赤くきらめき、アスワンのシューっという声が聞こえた、とだけ申し上げましょう、そして鳴き声が上がり、恐ろしい顔が彼の喉めがけて飛びかかりました、少年は矢を放ち、その化け物が倒れるドサっという音を聞きました。すると息が詰まったようなうめき声が上がり、爪をひっかく音がしました。傷ついた敵が体を引きずって安全な場所に逃げようとしていたのです。若き英雄がその場所を調べると、凶暴な爪を持った巨大な猫のちぎれた脚が見つかりました。彼の矢は左の前足を射抜いて突き抜けていました。

「若き英雄は家に戻り、醜い大叔母は彼を叱りました。妹も起きていました。大叔母は二人にお茶とご飯を出しました。『どこに行ってたの、兄さん？』『アスワンと戦ったんだよ、傷を負わせたはずだ』すると妹が大叔母に言いました。『おばさまも夜はいなかったわ。どこに行ってらしたの？』

「『わたしかい？』と子供たちが愛する叔母は言いました。『いいや、わたしは一晩中おまえと一緒だったよ』でも彼女はさっさとお茶を入れると、何やら言い訳をして寝てしまいました。

「その日、二人の子供は老婆が外の木で首を吊って死んでいるのを見つけました。彼女の足下には血溜りができていて、彼女の左腕がなくなっているところから血が滴っていました。その朝にお茶を入れていたとき、彼女は服の下に腕の傷を隠して、自分の血、アスワンの呪われた血を滴らせていたのです。

「古い言い伝えですよ」とエディーは言った。「もう何回聞かされたか分かりません。でも人々はそれが実際に起こることだと信じています、昨日、今週ここで起こったことだとね。まったく」と彼は言い、聴衆が拍手している間、自分のグラスにさらにシャルドネを注ぎ、グラスの上でボトルを逆さにして振った。「話しているうちに一本飲み干していたってことかな？」

大佐はもう一本のコルクを開けようとしていた。「お前にはアイリッシュの血が流れてるぞ」彼はグラスを掲げた。「今日はアンダース・ピッチフォーク准将の誕生日だ。乾杯！」

「准将？」とエディーは言った。「冗談でしょう！」

「階級の話は冗談だ。だが誕生日ってのは本当だよ。ピッチフォーク、二十四年前の誕生日に自分がどこにいたか覚えているか？」

「ちょうど二十四年前といえば、真っ暗な夜の中をパラシュートの下で揺られて中国に降下してましたね。その地方の名前すら知りませんでした。そもそも私が飛び出していった飛行機を操縦していたのは誰だったですかね？私にキャンディーバーを五、六本渡して空に蹴り出した男は？　そしてそいつは居心地のいい寝床に戻っていった！」

「そして、撃ち落とされて無事着陸できなかったのは誰だったかな？　そしてその二十日後、捕虜収容所でお前がゆで卵をあげたのは誰だった？」

ピッチフォークは大佐を指差した。「私が心優しい人間だったからじゃありません。そのかわいそうな男の誕生日だったからですよ」

エディーはぽかんと口を開けた。「ジャップの収容所を生き延びたんですか？」

大佐は椅子を後ろに引いて、ナプキンで顔を拭った。汗をかき、まばたきしていた。「日本軍の不名誉なる客人だった身として……どう言ったものかな……捕虜になるってことがどういうものかは分かってる。ちょっと言い直そうか。別の言い方で言うと——ちょっと時間をくれ、言い直すから……」彼はぼんやりとスキップを見つめ、スキップの方では、大佐が前後不覚になってきて、やみくもに話を変えようとしているという気がしてきて気まずかった。

「日本軍のことでしょう」とサンズは仕方なく話を戻した。

大佐は食事から離れて座り、背筋は完全に伸ばして両足を投げ出して、右手でグラスをつかんで太腿に置いていて、赤らんだ顔を汗が流れ落ちていた。すごい男なんだ、とサンズは自分に言い聞かせた。はっきりと、だが静かに彼は自分に言った、辛酸をなめてきた偉大な人間なんだ。

こんな瞬間にはすべてがあまりに素晴らしく、彼はどうしても芝居がかってしまった。

「奴らのところには葉巻がなかったな」と大佐は言った。厳格で、自制している彼の様子は畏敬の念を呼び起こしたが、自信までも与えてくれるかというと、心もとなかった。そもそも、酔っぱらっていた。それに、割れたガラス越しに彼を見ているのかと思うほど汗をかいていた。だが、戦士だった。

気がつくと、サンズはまた自分に言い聞かせていた――この旅がどこに向かおうと、俺はついて行く。

ピッチフォークは言った。「あの戦争では憎むべきは誰なのかはっきりしていました。ゲリラとは我々のことだった。フク団とは我々のことだった。ベトナムで奴らを打ち倒すためにはゲリラにならなくてはなりません。なぜとおっしゃるなら、ランズデールがそのことを証明しています。ゲリラにならなくては」

「何になるべきだと俺が思ってるか言おうか」と大佐は言った。「エド・ランズデールが何になることを学んだか、それはアスワンだ。それがエド・ランズデールだ。吸血鬼だよ。そうだ。二回ほど息をして、素面に戻って言うぞ」本当に息を吸ったが途中でやめ、ピッチフォークに言った。「おい、異議なしって叫ぶのは勘弁してくれよ」

エディーが「異議なし！」と叫んだ。

「分かったよ。じゃあ俺のアスワン物語を話すとしよう。アンヘレスから山を上ったところ、クラーク空軍基地のさらに上で、ランズデールは一緒に活動していたフィリピン軍特殊部隊に命じて、パトロール中だった二人のフク団ゲリラを誘拐させて、その二人の少年を部隊の一番後ろで引きずり回した。二人を絞め殺して、脚を縛りつけ、二人とも頸動脈に穴を開けて」――大佐は指を二本自分の首に当てた――「血を抜き取った。死体は道に置き去りにして、翌日同志たちに見つけさせるように仕向けた。そして実際そうなった……。その次の日、フク団は完全にそこからいなくなった」

「異議なし！」とピッチフォーク。

「さて。ちょっと考えてみようじゃないか」と大佐は言った。「そもそもフク団は死の影の下で生きていたんじゃないのか？　ランズデールと攻撃部隊は小規模の戦闘で一ヶ月に六人くらい奴らを殺していた。毎日自分たちを追ってくる脅威にびくともしなかったのなら、奴らをアンヘレスから追い払った二人の少年の死とは何だ？」

「それはまあ迷信から来る恐怖でしょう。未知なるものへの怖れってやつです」とエディーは答えた。

「未知なる何だ？　我々が何を活用できるかという点から考えてみようじゃないか」と大佐。「奴らは神話のレベルで戦争に従事していると判明したわけだ。戦争なんてどのみち九割がた神話だろう？　戦争を遂行するために我々は戦争を自己犠牲へと昇華するじゃないか、加えてしじゅう神を持ち出すわけだ。戦争とは単に死ぬこと以上のものでなくちゃいかん、でなきゃ全員脱走する。我々はそれをもっと考えなくちゃいかん。そして相手の神々を持ち出してくる必要があるんだ。敵にとっての悪魔、アスワンもな。我々のことよりも、敵は自分たちの神、悪魔、アスワンどもをよっぽど怖れてる」

「あなたが『異議なし！』って言うタイミングですね」とエディーはピッチフォークに言ったが、彼はワインを飲み干しただけだった。

「大佐、サイゴンから着いたばかりですか？」とエディーが訊いた。

「いいや。ミンダナオだ。ダバオ市にいてな。それからサンボアンガ。そしてダムログだ。小さなジャングルの町だよ。行ったことあるんじゃないか？」

「二回ほどありますよ。ミンダナオには」

「ダムログには？」

「いいえ。聞かない名ですね」

「そりゃ意外だな」と大佐は言った。

「どうしてです？」

「ミンダナオの情報については君が頼りになるって聞いてたからな」

「すみませんが、お役には立てません」

大佐はナプキンでスキップの顔をはたいた。「何だこりゃ？」

エディーが言った、「おや、ようやく口ひげの話が出た！　そう、ワイアット・アープを目指せっていうことなんですよ」エディー自身も口ひげを生やしていた。若いフィリピン人男性がよくたくわえている幅の大きい黒い毛で、口ひげはそのどこにでも伸びて行けそうだった。

「口ひげの男というのは特別な才能がなくちゃいかん」と大佐は言った、「特殊な技術とか、そのうぬぼれた心を補って余りあるものだ。アーチェリーとかカードの手品、それに――」

「回文とかですね」とアンダース・ピッチフォーク。

セバスチャンがやって来た。「デザートはアイスクリームです。停電で溶けてしまいますから、全部食べていただかないと」

「俺たちで？」と大佐は訊いた。

「もしみなさんで食べきれないようでしたら、私たちが厨房で片付けます」

「俺はデザートはいらん。散々飲んでるしな」と大佐。

「そうか、そういうことか！」とエディーが言った。「しばらく回文って何のことか思い出せませんでしたよ。回文ね、そうだった！」

明かりがつき、エアコンが建物のあちこちでまた動き始めた。「まあ食っちまえよ」と大佐はセバスチャンに言った。


夕食の後、彼らは中庭に移ってブランデーと葉巻を楽しみ、電動殺虫器の音を聞きながら、食事中はずっと避けてきた話題、誰もが結局は毎日持ち出す話をした。

「いやもう」とエディーが切り出した。「マニラでは午前三時にその知らせが入りました。夜が明ける頃にはみんな知っていましたよ。ラジオなんかじゃなくて、心から心に伝わっていたんです。フィリピンの男たちはマニラの通りに出て泣きましたよ」

大佐は言った。「我々の大統領がだよ。合衆国大統領だぞ。ひどい話だ。本当にひどい」

「偉大な聖人のために流した涙と同じものでしたよ」

「彼はすばらしい男だった」と大佐。「だから俺たちは彼を殺してしまった」

「我々が？」

「光と闇の境界線というのは誰の心の中にもある。誰の魂にもな。彼の死に関して無実の人間などおらん」

「でもそれって――」宗教的ではないか。スキップは言いたくなかった。だが言った。「それって宗教的ですよ」

大佐は言った。「葉巻に関しちゃ俺は宗教的だよ。それ以外では……宗教？　違うな。宗教以上のものだ。真理ってやつだ。善良なるもの、美しいものすべてに我々は襲いかかり、バシッとやっちまう。あの哀れな生き物どもが見えるか？」彼は殺虫器のワイヤーを指した。虫たちが激突しては一瞬燃え上がっている。「仏教徒はあんな風に電気を浪費したりはせん。『カルマ』とは何か知ってるか？」

「ほら、また宗教っぽくなってる」

「おやおや、そうだな。俺が言ってるのは、すべては我々の中にあるってことだ。戦争全部がな。それが宗教だよ、違うか？」

「どの戦争の話なんです？　冷戦ですか？」

「冷戦なんてもんじゃないぞ、スキップ。第三次世界大戦だ」大佐は話をやめて、靴の底で葉巻の吸い差しの形を整えた。エディーとピッチフォークは何も言わず、ただ暗闇を見つめていた。酔っているのか、大佐の苛烈さでくたくたになっているのか、スキップには分からなかった。大佐の方はさっきまで雲の中で途方に暮れていたのに、案の定もうすっきりと出てきていた。だがスキップは家族だった。これにふさわしいところを見せなければ。これとは何か？　社交の最高峰とでもいうべき、フランシス・ゼイビアー・サンズ大佐と夕食と酒をともにする晩を乗り切ることだ。登頂の準備をするべく、彼はサイドボードに向かった。

「どこに行くんだ？」

「ブランデーを取るんですよ。第三次大戦だっていうなら、いい酒を飲んでおいたほうがいいでしょう」

「われわれは今、世界規模の戦争をしているし、もう二十年近くずっとそうだった。朝鮮戦争がそのことを十分明らかにしてくれたとは思えん。そうだったとしても、我々の目はその証をきちんと見てはいなかった。だがハンガリー蜂起から、その現実に取り組もうって気になってる。秘かなる第三次大戦だ。代理アルマゲドンだ。善と悪の争いであり、その真の戦場とはすべての人間の心だ。ちょっと一線を越えようとしてるな。いいかスキップ、これはあのアラモの戦いってやつじゃないのかと思うことがある。この世界は堕落してる。振り返ればいつもアカに染まっていくやつがいるんだってな」

「でも単に善と悪の戦いじゃないでしょう」とスキップは言った。「狂った連中とそうじゃない連中の争いです。僕らは共産主義が自分たちの経済的愚行のせいで崩壊するのを待っていればいいいじゃないですか。自分たちの狂気の重みで」

「アカどもはたしかに狂ってるかもしれん。だが非合理的なわけじゃない。奴らは統合された司令部と想像もつかん自己犠牲を信じてる。残念ながら」と大佐は言い、ブランデーグラスを飲み干した。間があったので、話は終わったかに見えた。残念ながら……。大佐は咳払いをして続けた。「残念ながら、そのせいで共産主義者どもは抑えきれなくなっている」

サンズはこの手の話にまごついてしまった。それを信じることができなかったのだ。彼はこのジャングルで、統合司令部が腐りきっていて共産主義が死に絶えたところで喜びを見いだし、真理を目にしてきた。フク団はここルソン島から一掃されたのだし、最終的には彼らすべて、地球上の共産主義者は一掃されるだろう。「キューバのミサイルを憶えてるでしょう？　ケネディは奴らに立ち向かった。アメリカ合衆国はソヴィエトに立ち向かって、退けたじゃないですか」

「ピッグス湾では、彼は尻尾を巻いて、多くの優秀な男たちを泥沼に置き去りにして死なせたぞ。――いや、違う、誤解しないでくれよ、スキップ。俺はケネディ信者だし、愛国者だ。万人のための自由と正義を信じてる。それを恥じるほど洗練されちまってるわけじゃない。だからといって、自分の国がお花畑のように見えるわけじゃないんだ。俺は情報局の人間だ。真理を追っているんだよ」

ピッチフォークが暗闇から話に加わった。「ビルマでは善き中国人がたくさんいましたよ。お互いのために命を懸けました。そのうちの何人かは、今や善き共産主義者です。奴らが銃殺されるのを是非見たいもんだ」

「アンダース、お前素面か？」

「ちょっとは」

「ああ」とスキップは言った、「彼が生きてたら！　どうしてあんなことになったんです？　この先どうすれば？　そしていつこんな話を繰り返さずに済むようになるんです？」

「お前が知っているかは分からんよ、スキップ、だが議会には我々が手を下したと思ってる連中がいる。我々がだ。我々の局が。具体的にはキューバの善き友人たち、ピッグス湾作戦を実行した連中が調べられてる。それから我々が調査をする、委員会だな、アール・ウォレンとかラッセルとかもろもろの連中だ――ダレスが担当して、どんな嫌疑も晴らそうとしていた。本当に必死だったよ。おかげで我々はますます怪しく見られてる」

エディーは急に起立した。顔は影になっていたが、具合が悪そうだった。「回文を一つも思いつかない」と彼は言った。「失礼しますよ」

「大丈夫なのか？」

「ちょっと運転して空気を吸わなくちゃ」

「一息つかせてやれ」と大佐は言った。

「車まで送りますよ」――しかし、大佐がスキップの腕に手を置いた。

「いや、平気です」とエディーは言い、まもなく建物の反対側でメルセデスのエンジンがかかる音が聞こえた。

沈黙。夜。いや、沈黙ではない――暗く声を上げる昆虫たちのジャングル戦。

「さて」と大佐は言った。「エディーの奴から何か聞き出せるとは思ってなかったよ。奴らが何をしてるのかも知らんしな。それになぜエド・ランズデールと一緒に大きな仕事をしていたなんて言うんだ？　ランズデールの時代にはまだ短パンの坊やだったってのにな。五二年といえば奴はまだほんの赤ん坊だ」

「ええ、まあ」とサンズは言いながら思った、エディー少佐の心が情熱で燃え上がるとき、彼はつい詩的な口調になってしまう。それを嘘というのは酷というものだ。

「ずっとどうしてた？」

「アギナルドと夜あちこち乗り回してました。それに言われた通りにカード目録にも目を通しましたよ。言われた通りのおぞましいやり方で。切り貼りしてました」

「よし。いいじゃないか。何か質問は？」

「そりゃもう。どうしてファイルにはこの地方のものが全くないんです？」

「ここでは収集されとらんからだ。明らかにサイゴンからのファイルだろ。サイゴンとその周辺だ。それからミンダナオのファイル、それを俺が引き継いだ。そう、俺がミンダナオ区域の担当だ、もっともそんな区域はないがな。何か必要なものは？」

「今は複写したものを適切な大きさにした後にボックスに戻してるんです。あの引き出しがもっと必要になります」

大佐は椅子を両脚の間でつかみ、椅子ごとスキップに近づいた。「段ボールの箱だけを使え、いいか？　まもなく発送することになる」また酔っているようで、視線は虚ろで、もし見えたならおそらく鼻は赤く、一家の男たちに共通の酔い癖だったろう。だが話しぶりはてきぱきしていて的確だった。「他に質問は？」

「あのドイツ人は誰です？　ドイツ人だとしたらの話ですけど」

「ドイツ人？　あれはエディーの部下だ」

「エディーの？　僕らは今日彼と昼飯を食ったけど、エディーは彼を全然知らないようだった」

「そうか、エディーの部下じゃないなら誰かは分からんな。俺の部下じゃない」

「あなたはその男と会ったとエディーは言ってましたよ」

「エディー・アギナルドはフィリピン版大嘘つき野郎だ。他に聞きたいことはないのか？」

「それじゃ、アンダース、壁のあの小さな印は何だい？」

「えっ、何かな？」

「この小さな泥のぶつぶつは？　昆虫と関係があるものなのかい？　昆虫学者だろ？」

ピッチフォークは居眠りから覚めて、瞑想するようにブランデーを味わっていた。「私は蚊の専門家なんでね」

「もっと致命的な疫病だな」と大佐。

「というよりは沼地排水の専門ですよ」とピッチフォークは答えた。

「アンダースは君について非常にいい報告をしてくれてる。自慢気なくらいだ」

「いい若者ですよ。まっとうな好奇心ってやつを持っています」とピッチフォークは言った。

「マニラにいる我々の局の誰かがお前に接触したか？」

「いえ誰も。ピッチフォークがここにいるのを一種の接触と言わないなら」

「ピッチフォークは我々の局の人間じゃない」

「なら何です？」

「毒殺者だよ」とピッチフォーク。

「実を言うと、アンダースはデルモンテ株式会社の名誉ある社員だ。デルモンテ社はマラリア撲滅に大いに貢献してるんだ」

「私はＤＤＴと沼地回復の専門です。だがどの種の生物が小さな泥のぶつぶつを形成するのかは知らないな」

フランシス・サンズ大佐は反り返り、半分残ったブランデーを流し込み、暗闇に向かって目をしばたき、咳き込んで言った。「お前のパパ、つまり俺の兄は、あのジャップどもの真珠湾への卑怯な攻撃で命を落とした。あの戦争での我々の同盟国は誰だった？」

「ソヴィエトです」

「それで今夜の敵は？」

スキップには展開が読めた。「ソヴィエトです。それで我々の味方とは？　あの卑怯なジャップたちです」

「そして」とピッチフォークが話を継いだ。「マレーのジャングルで五一年と五二年に私が戦った相手は？　四〇年と四一年にビルマ戦線で私たちを助けたのと同じ、中国のゲリラですよ」

大佐は言った。「迷路を通っていくときには理念をしっかりと持っとかねばならん。障害コースを走るときと言ったほうがいいかな。とことん厳しい現実という障害コースだ」

「異議なし！」とスキップは言った。叔父が明白なことを大げさに言うのは嫌いだった。

「勝利の礎となるのは生き残ることです」とピッチフォ

ーク。

「最初は誰だ?」と大佐。

「しかし結局は」とピッチフォークは続けた。「自由か死です」

大佐は空のグラスをピッチフォークに向かって上げた。「フォーティーキロで、アンダースは小さな鉱石ラジオを七ヶ月稼働させてた。どこに隠してたのか今でも教えてくれん。収容所では少なくとも十人のジャップがその機械の場所を突き止めようと昼夜必死になっていたのにだ」

フォーティーキロとはビルマ鉄道の在外基地で、一九四一年にその作業部隊が日本軍によって収容されたのだった。「ココナツの殻を米のお椀の代わりにしてたな」と彼は言った。「みんな自分用の殻を持ってたよ」彼は手を伸ばして甥の手首をつかんだ。

「おやおや」とスキップは言った。「僕が逃げようとしてると?」

大佐は睨んだ。「むう」

彼はここぞとばかりに先ほどの話を蒸し返した。「大佐、ファイルの目録はどこかの時点でサイゴンに戻るんですね、違いますか?」

大佐は暗がりで彼を見つめていた。首の上で頭のバランスを取っているように、わずかな身動きをしながら姿勢を整えていた。葉巻の吸い殻をしげしげ眺めることで集中しようとしているようで、離したり近づけたりして見て、回復したらしく、きちんと座り直した。

サンズは言った。「フランス語の勉強もしています。ベトナムでの任務をください」

「ベトナム語はどうだ?」

「復習は必要でしょうね」

「一言も分からんのだろ」

「勉強しますよ。カリフォルニアの語学学校に行かせてください」

「サイゴンなんか誰も行きたがらん」

「僕は違います。そこの部局に入れてください。あなたのカードファイルの管理をしますよ。責任者にしてください」

「俺のケツと話をつけてくれ。頭が痛いんだ」

「どんなデータもすぐ見つけて手元に出せるようにしてみせます。この指一本で探すだけでいいんですよ、サー、そしたらささっとお望みのものが出てくる」

「そんなにファイルが好きなのか? ゴム糊の虜になっちまったのか?」

「奴らを叩きのめしましょう。その一員になりたいんです」

「誰でもサイゴンは嫌がる。タイワンに行ったらどうだ」

「大佐、心からの敬意をもって言いますが、さっきあなたがちらりと匂わせたことは絶対に間違ってます。我々は奴らを負かしてみせる」

「勝てんと言ったわけじゃないぞ、スキップ。勝利が勝手に転がり込んでくるわけじゃないと言ったんだ」

「それは分かってます。彼らは我々にふさわしい敵のはずです」

「まったく。あんなに頑張ったのに、お前ときたらあの新入りのガキどもと一緒じゃないか。別の人種なんだな」

「ベトナムに派遣してください」

「タイワンだ。あそこの生活はいいし、出世していく人間とも会える。それかマニラだな。マニラが第二候補だろう」

「フランス語は上手くなってます。いっぱい読んでます。ずっとそうでした。語学学校に通わせてくれれば、サイゴンに着くころにはネイティブばりになってますよ」

「おいおい。サイゴンは回転ドアなんだ。誰もが来ては出て行く」

「輪ゴムが必要です。でかくて長くて分厚いやつが。追加の引き出しが来るまでは、あなたのカードを束にしておきたい。それにカードテーブルももっと要ります。サイゴンでは部屋を一つと事務員を二人付けてください。百科事典を作ってみせますよ」

大佐はくすくす笑った。低くてぜいぜいという音だった――馬鹿にするような、芝居がかった笑いだ――だがそれは喜んでいる証拠だとスキップには分かっていた。「分かったよ、ウィル。学校には行かせる、それはいいだろう。だがまず俺のために任務をやってもらいたい。ミンダナオだ。そこのある人物について詳しく知りたい。ミンダナオであれこれ調べるのは嫌か?」

サンズは襲ってくる恐怖を乗り越えて力強く答えた。

「やりますよ、サー」

「潜入せよ。蛇どもと絡み合え。人肉を食らえ。すべてを知れ」

「なかなか広範囲ですね」

「カリニャンという名の司祭がいて、もうそこに何十年も暮らしてる。トマス・カリニャン神父だ。ファイルに載ってる。カリニャンについての知識を叩き込んでおけ。奥地にいるアメリカ人の神父(パードレ)だ。兵器やその他の類いを受け取っている」

「どういうことです?」

「まあよくは分からん。言葉の問題だな。『銃器を受け取っている』と。それ以上は分からん」

「それから?」

「そこに行くんだ。そいつに会え。我々はファイルを最終確定することになりそうだ」

「最終確定?」

「その下準備をしてるんだ。それが命令だ」

「最終確定っていうのは……」彼は言いよどんだ。

「というのは?」

「ファイル以上の何かのようですが」

「決定が下されるまでは何ヶ月もあるだろう。今のところ、我々は事態をきっちりと把握しておきたい。もしやるとなれば、我々の出る幕じゃない。お前は行って、俺に報告すればいいだけだ。報告書はミンダナオにあるヴォイス・オブ・アメリカの放送局を通じて伝えられることになってる」

「そのあとはサイゴンであなたのカタログ作成ですね?」

「ベトナムだ。お前のM1ライフルはママのところに発送しておいたほうがいいぞ。あの弾薬はもう支給してないからな」

「くそ。ブランデーをもう一杯いきますよ」

スキップが注ぐと大佐はグラスを差し出した。「乾杯だ。だがベトナムにじゃない。アラスカに。イエッサー!」

アンダースとスキップは杯を上げた。

「何ともうれしい偶然だ。お前にちょっとした任務を与えたかったし、もしお前の現場での出来が俺の予告通りに立派だったら、再異動させる理由はばっちりだ」

「僕を試してたんですか? 一晩中ずっと?」

「一晩中か?」

「いえ。一晩中じゃなくて。いつから――」

「いつからだ、スキップ?」彼は葉巻を吸い、暗がりの中で大佐の太った顔がオレンジ色に浮かび上がった。

「あなたは台本を書いてたんですね」

「お前を操ってたと?」

「僕が十二のときから」

「アラスカに行ったことがあってな」と大佐は言い出した。「戦時中に建設されたアラスカ・ハイウェイを見た。素晴らしかった。道じゃなくて風景がだ。大いなる道など、風景に走るちっぽけでどうでもいい引っ掻き傷にすぎん。あんな世界は見たことがないだろうな。あれは神のものだ、といっても聖書の前の神のことだが……。目を覚まして自分を見る前の神だ……。自らの悪夢である神だ。そこには赦しなど存在せん。ほんの一つ間違いを犯せば、風景はお前を砕き、血の染みにしてしまう。それも一瞬にしてだぞ、サー」彼は赤くなった目であたりを見回して、周りの様子が分からなくなってきているようだった。あまり支離滅裂になるなよ、とサンズは自分に言い聞かせた。「そこに長いこと暮らしている女性に会った。それはずっと後のことだ、去年のクリスマスに会う機会があってな。もう年を取った人で、若い頃と中年のほとんどをユーコン川の近くで過ごした人だ。アラスカの話をしたら、彼女は一言だけ言った。『神に見放された土地ね』とな。

「礼儀正しき哀れな野郎どもよ。君らの沈黙は敬意の表れだと思っておこう。感謝するよ。要点を言ってほしいか？

「その女性の言葉で俺は考え込んだ。俺も彼女もその土地を経験したわけだ、そこは単に見知らぬ環境という以上のものだった。見知らぬ神の行いを二人とも感じた。

「その数日前、せいぜい二日前のことだが、俺は新約聖書を読んでいた。娘がくれたやつだ。今でも俺の鞄に入ってる」大佐は立ち上がりかけて、座った。「まあそれはいいだろう。要は――ああそうだ！　その男の話には要点ってものがあって、それが分からんほど酔っぱらっちゃおらんということだ。それが要点だ、ウィル」スキップをウィルと呼ぶのは大佐くらいだった。「聖パウロが言うには神は一人だ、それは彼も認めてる、だが、『主は一人だけであるが、働きは種々ある』とも言ってる。俺が思うに、それが意味するところは、足を向けて前進すれば、ある宇宙からさまよい出て、別の宇宙に入ることがあるということだ。つまり、人間の運命というものが自分で思ってるものとは全く違うような土地に来ることがあるんだ。そしてこの全く違う宇宙は大地を通じて統べられている。土を通じてだぞ、ちくしょうめ。

「つまり要点とは？　それはベトナムだ。要はベトナムだ。ベトナムだよ」

九月下旬、サンズは山の麓にある町から列車に乗ってマニラに入った。暑い日だった。彼は開いた窓のそばに座った。停車するたびに、売り子がマンゴーとパイナップルのスライス、それに箱を開けてばら売りにしたタバコとガムを持って乗ってきた。小さな少年は二・五センチ四方のスナップ写真を売ろうとしてきて、それが裸の女性の股間のクローズアップだと気づくにはだいぶ時間がかかった。

指示された通り、彼は大使館には届け出ず、任務に関してマニラの誰とも接触しなかった。少佐のところにちょっと顔を出そうかとも思ったが、とりわけエドゥアルド・アギナルドには近づかないように、と言われていた。だが、臨海地区の将校クラブへの出入りは特に禁じられていなかったし、そこで出るポークチョップは今まで食べた中で一番の絶品だった。マニラの駅で、彼はズボンのポケットに入れた財布を右手でしっかり摑み、乞食や売人たちの群れを急いでかき分けていき、ガソリンの臭いがプンプンするタクシーに乗り、デューイ通りにある地区へ向かった。

エアコンがきいた臨海クラブでは、南の窓から夕陽がマニラ湾に沈む光景、部屋の反対側の北の窓からは水泳プールが見えた。大使館の海兵隊護衛と思われる屈強な男が二人、飛び込みの練習をしていた――宙返り、バックフリップ。黄褐色のヒョウ柄のツーピースの水着を着た黒髪のアメリカ人女性に目を奪われた。ほとんどフレンチビキニだった。彼女は十代の息子に話しかけていて、デッキチェアを伸ばしたところに座っている息子は自分の足下を見ていた。若くはなかったが、素晴らしい女性だった。プールにいる他の女は全員、だぶだぶのワンピースを着ていた。スキップは女性が苦手だった。肉汁たっぷりでしっとりとしたポークチョップが出てきた。どうやったらこんなポークチョップが出来るのか想像できるほど、料理には詳しくなかった。

店を出るとき、彼はレジのカウンターにある展示ケースから、ベンソン&ホッジズのタバコがたっぷりと入った箱を買ったが、自分で吸うわけではなかった。あげて回るのが好きだったのだ。

クラブの表でタクシーを待ち、午後遅くの日差しの中に立って、目の前の広い土地を見回した。ジャカランダやアカシアの木、釘がてっぺんにずらりと並ぶ壁、そして施設の入り口には、アメリカ国旗。国旗を見たとたん、涙が出てきて、喉がつかえた。彼の人生の情熱のすべてが星条旗の中で渾然一体となって痛みを生み出し、その痛みで彼はアメリカ合衆国を愛した――その痛みで、第二次大戦の写真に写るアメリカ兵たちの汚れて飾り気のない誠実な顔つきを愛し、その痛みで、年度末に緑色の校庭に降り注ぐ激しい雨を愛し、その痛みで、子供時代の夏休みの感覚の思い出を慈しんだ。カンザスで過ごした夏の日々、ベースを回ったこと、草の上に怪我もなく倒れ込み、暑さで頭がずきずきし、通りは風のない午後にまどろみ、巨大な楡は濃くはっきりとした影を落とし、ラジオのつぶやきが窓枠越しに聞こえ、赤い翼のクロムクドリが旋回し、大人たちは追い求めたものが理解不能になってしまったことを悲しみ、数々の声が次第に遅くなっていく夕暮れの中庭を越えてきて、列車が町から空の中へと動いていく。国への愛、祖国への彼の愛は、夏のアメリカ合衆国への愛だった。

潮っぽいそよ風で国旗はうねり、その向こうでは太陽が沈もうとしていた。このマニラ湾の日没のような強烈な濃い赤色を、自然の中で見たことはなかった。消えかかっていく光は恐ろしいほどの生命力で海と低い雲を満たしていた。みすぼらしいタクシーが彼の前に止まり、注意深く特徴を消した二人の外務省の若者が後部座席から降りて、情報局の匿名の若者が乗り込んだ。

悪夢のように感じられる夢から、カリニャンはじっとりと汗をかいて目覚めた。夢は彼を震撼させたが、その何に怖れたのか？　夢、あるいは訪れ。ある人、顔のあるべきところが青白い空白となった僧侶が彼に言っていた、「お前の体とは、お前のイエスへの愛と神の恩寵とを結ぶ情熱（パッション）に火（イグナイト）をつける小枝なのだ」と。英語から遠く離れた土地に流れ着いたので、彼が心の中でそのフレーズを繰り返し、唇を動かして言ってみても、それは消し去られたように感じられた――情熱（パッション）、火（イグナイト）をつける。もう何年も、そんな言葉を呟いたことさえなかった。そして、恩寵やイエス・キリストの夢を見ること自体が驚きだった。そんなことに心煩わせてから、もう長い年月が経っていた。

私の人生の孤独――ユダの孤独な故郷への旅。

彼はカビで汚れた教会の隅にあるベッドから起き上がり、白く茶色い石鹸の塊を手に、白く茶色い河へと歩いていった。二人の小さな少年が、家畜化されたこの地方の水牛（カラバオ）の広い背中に乗って、釣り糸を投げて釣りをしていて、彼を見つめてきた。もう一頭の水牛は土手の横にある近くの泥穴で水に浸かっていて、鼻と角の先だけが見えていた。サンダルと下着姿で、服の下に石鹸を押し込み、カリニャンはヒルがつかないようにてきぱきと水浴びをした。

教会に戻り、きれいなパンツの上にカーキ色のズボンとTシャツを着て、聖職者の襟をつけるころには、ピラーがお茶を入れ始めていた。

司祭はヤシの木の下にあるぐらぐらのテーブルのそばの

切り株に腰を下ろし、その日最初のタバコを吸い、陶器のカップからお茶を啜った。「今日ダムログの町長に会いに行くよ。ルイス町長だ」とピラーに言った。

「ダムログまでわざわざ?」

「いや。お互いバシグまで出てそこで会う」

「今日ですか?」

「今日って言ってる」

「誰が言ったんです?」

「バシグの族長だ」

「分かりました。妹のところに全部持って行って洗濯しておきます」

「日曜の朝まで礼拝はないよ」皆に伝えるには、ピラーにさえ言っておけばよかった。

「分かりました」

「他の三人の族長と会う。あの宣教師のことでね——行方不明になった男のことを覚えているかい?」

「ダムログの宣教師ですね」

「見つかったそうだ」

「怪我は?」

「遺体だよ。本当に彼だとすればの話だけどね」

ピラーは十字を切った。中年の、夫を亡くした女で、ムスリムとカトリック両方にたくさん親戚がいて、彼の世話をよくしてくれた。

「テニスシューズを持ってきてくれないか」

どんよりとした日だったが、彼は麦藁帽をかぶり、バシグまで十キロの赤い土の道を歩いていった。風が出てきて、草、ヤシ、そして家が揺れた。雨粒ほども数がある小さなカブトムシの大群が突風に巻かれて飛び過ぎていった。道で遊んでいた子供たちは彼を見ると歓声を上げて逃げていった。バシグに着くと彼は市場に向かい、この町で暮らせば生活も良くなるのに、といつものように考えた。だがここはムスリムの町で、教会を建ててはくれないだろう。

市場に着く前に、バシグの族長と山の村タンダイからの二人の族長が彼の両脇に合流した。三人とも六十近い男で、ぼろぼろのジーンズかカーキ色のズボンを履いて、彼と同じような円錐の帽子をかぶり、一人は長い槍を持っていた。町の子供たちは藁葺きの日よけの陰に避難して、「パーデア、パーデア」と静かに呼んでいた。神父さま(ファーザー)、神父さま(ファーザー)……。四人は連れ立ってカフェに行き、ルイス町長が到着するまで時間を潰すことにした。カリニャンはご飯とヤギ肉料理とインスタントコーヒーを注文した。他の三人は米とイカにした。

　カリニャンはユニオンのタバコを一箱買って一服した。このムスリムたちが嫌な思いをしたとしても、お生憎様だ。だが三人ともタバコを欲しがり、四人で一服した。

　当の死体とその所持品を持っている人々には先週メッセージを送ったし、どういった特徴を見つけるべきかもう伝えてある、とルイス町長は言っていた。火曜にはアメリカ人の宣教師かどうかを判断してバシグまで戻ってくる、と族長たちは言った。今日はもう木曜のはずだ、とカリニャンは思った。どうでもいいことだが。

　乗客を満載したカルメンからの乗り合いバスが着き、巨大な殻を脱ぎ捨てるように乗客を降ろした。ダムログからの町長も乗っているだろう。

　人々はカフェの入り口を通りかかり、窓の前を過ぎていき、覗き込んだが、誰も入ってはこなかった。歯のない酔っぱらいの老人が別のテーブルに一人で座り、ぶつぶつと歌っていた。後ろからは、それとは違う音楽が聞こえてきた。二、三人の子供たちが米軍のクランク式ラジオの周りに座り込んでいた。一番はっきりと聞こえる電波はコタバトからのものだった。何ヶ月か前のアメリカのポップソング。彼らはホットビートや悲しいバラードが好きだった。

　小柄で丸い腹のダムログ町長ルイスが、笑みを浮かべ、両手を叩き、自分を引率しているような雰囲気でカフェに入ってきた。四人に加わり、あたりのちょっとした光景を見渡した。

「訊いてみたかい?」と彼は英語で言った。

「いいえ」

　ルイスは槍を持った年長の族長のサリリンにセブ語で言った。「プランギ川のところで死体を見つけた連中だ」

「ああ」

「靴を探せと言ったんだよ。スケッチを送った。それからシャツのラベルだ。これもスケッチを送ってある」

「骨しかない。それと指についていた指輪だ」とサリリンは言った。

「左手の?　金の指輪か?」

「それは聞いてない」

「こっちの手だぞ。左手だ」

「いや、何も言っていなかった」

「歯を見てみたのか?　歯に金属を入れてたんだよ。そう伝えたか?」町長は自分の口に指を当てて、カリニャンに訊ねた。「あなたはしてるかな?　見せてやれるかい?」

カリニャンは大きく口を広げ、三人の族長に奥歯を披露した。族長たちはその眺めを楽しんでいるようだった。

「歯についた金属は見つかったのか？」と町長は訊ねた。

「その手の歯を探すよ。でも集落に問題があって、それを話し合いたい」とサリリンは言った。

「俺はお前の集落の族長じゃないぞ。お前が族長なんだ。お前の地位であって俺のじゃない」

「わしらの学校には修理がいる。屋根で日光は防げるが、雨はそうはいかない」

「金が欲しいんだとよ」と町長はカリニャンに英語で言った。

「セブ語は分かりますよ」とカリニャンは答えた。

「知ってるさ。ただこのムスリムどもには分からんように話したくてね。俺はクリスチャンなんだよ。セブンデー教会。セブンデー教会の人間だ。だけどこのムスリムどもの前じゃあ一つの家族だろ」

「行方不明の宣教師もセブンスデーでしょう？」

「そうだ。ダムログの町にとっては悲しいことだ」

「彼に五十ペソやったらいいでしょう」

「俺が五十ペソ持ってると思うかい？　金持ちじゃないんだよ！」

「後で払うと言えばいいでしょう」

ルイスはサリリンに言った、「学校の修理にいくらだ？」

「二百」

「二十ならやる。今じゃないぞ。来週だ」

「屋根板は高いんだ。最低でも板に百五十」

「板ならダムログにある。欲しいならやるぞ」

「板と資金だ」

「資金に二十五」

サリリンは他の族長たちと話し合った。ルイスはカリニャンを見やったが、司祭は首を振った。聞いたことのない方言だった。

「最低三メートルの板を十枚」とサリリンはセブ語で言った。「厚い板だぞ」

「いいだろう」

「資金はいくらくれる？」

「四十がぎりぎりだな。嘘じゃない」

「五十」

「分かったよ。五十ペソに厚板十枚だな。来週だ」

族長たちは話し合いに入った。背の丸い、心配顔のカフェの女主人がやってきて、ロールパンを二つと、司祭は皆と同じように指で食事を始めていたが、彼に金属製のスプーンを持ってきた。白人は米ではなくパンが好きなはずだ、と彼女は信じていて、彼が町に来るたびに市場に行ってパンを買っていた。

サリリンが結論を伝えた。「あと一週間待つといい。これからタンダイに戻って、山を越えてプランギ川に行かなくちゃならない」

「こいつらまだ川にも行ってないんだと!」ルイスは英語で言った。

「分かりますよ」

「このムスリムどもは動きが鈍いんだよ。俺たちの時間を無駄にして喜んでやがる」

宣教師は雨期の前から行方不明だった。死体の知らせは一ヶ月前に届いていた。

サリリン族長が言った。「ここで二週間後に会おう。わしらがダムログに行ってもいい。わしらは答えを、あんたは木材と金を持ってくる」

「二週間だと——一週間にしてくれ! ミセス・ジョーンズが待ってるんだぞ、かわいそうに!」

族長たちは自分たち専用の方言で話し合った。「だめだな」と族長。「二週間では無理だ。遠いし、プランギ川の人々は信用できない。ムスリムじゃない。クリスチャンでもない。別の神々の民だ」

カリニャンは宣教師の妻、ミセス・ジョーンズが気の毒だった。思いついて、「私たちもついて行って、ダムログに遺体を運ぶ手配をすればいいんじゃないかな」と言った。

ルイスは言った。「あんたも一緒ならタンダイまでは行ってもいい。プランギ川を渡るのは——ごめんだ。死にたくないよ。長生きしたいんだ」

「いいですよ」

「あんたは一緒に行くのかい、神父さん?」

「そう」

「一人で?」

「彼らと一緒なんだから一人じゃないでしょう」

彼らは合意した。族長たちは二週間後にダムログでルイスに会う。ルイスはサンミゲルを注文した。「カトリックのレストランはいいよ」と司祭に言った。「俺たちのセブンデー教会にはビールなんかない。健康に良くないからね」女主人は大瓶に入った肉のおつまみを彼らに勧めた。町の人々はカフェの入り口の両側に群がり、口を開けて見つめていた。

「アボカドが手に入るのよ」と女主人はカリニャンに言っ

た。「ランチにいらっしゃいな。アボカドのミルクシェイクを作ってあげるから」

彼はスパイスで柔らかくなった水牛の肉を食べた。信じられないくらい臭みが強かった。彼がおいしいと頷くと、皿一杯まるまる出てきた。悪くはなかった。しかし後味はあまりに水牛臭かった。ドアにいる群衆からの声――

「パーデア、パーデア、パーデア」

ユダは外に出て行って、首をつった。

「みんなにお祈りを言うよ」と司祭は彼らに声をかけた。サリリンは立ち上がり、邪魔者たちに向かって行った。裸足の足を踏み鳴らし、槍を振った。集団は二、三歩後ずさった。

女主人は隣のテーブルにいる年寄りの酔っぱらいを弱々しい手で叩き、よく聞き取れない言葉で怒鳴っていた。酔っぱらいは気にしていないようだった。

「ははあ、どうやらあなたの信者たちは告解したいみたいだ」とルイスは言った。

ユダはまっさかさまに落ち、からだは真っ二つに裂け、はらわたが全部飛び出してしまった。

ただ生き延びているだけのこの人たちは、罪のことなど知っているのだろうか。節くれ立ったマホガニー色の人々はよろよろと歩き、告解をしに来ている。彼は連れと表に出て、族長たちは村人を押しのけていた。「私は祈るよ。みんなも祈らなければ。天にいる聖人たちに祈ろう」

彼は族長たちと一緒に、タンダイと呼ばれる彼らの集落へ行くつもりだった。タンダイに行く改造ジープバスはなかったし、あるところから先は道もなかった。歩くことになる。カリニャンに分かっているのは、宣教師の遺品を持っている人々がプランギ川沿いに住んでいる、ということだけだった。そこにたどり着くまで、どれくらいの旅になるのかは予測できない。二十五キロ、と族長たちは言っていたが、彼らにも分かるはずはないのだから、尋ねるだけ愚かというものだ。親切心から、彼らは徒歩二日という見積もりを口にした。夜までにタンダイに着けるようにすぐに出発しよう、と彼らは言い張った。

一緒に昼まで歩いて、マギンダまでやってきた。そこで族長たちは親切心を発揮して、彼のために馬を借りた。馬と言っても、ポニーくらいの大きさで、背中には木の鞍がついていた。三人の老人が先導して、その貧相な馬はカリニャンの体重を載せて最初の数キロをよろよろと進んで、タンダイの集落がある山の麓までたどりつき、そこからは馬から降りて、後ろを歩いて上らねばならなかった。低い山々の果てしないうねりに暗闇が降りてきた。

丘を登っていく道は村人たちが切り開いた広い道で、その点では楽だったが、勾配はきつく、彼は息が上がってしまった。冒険をするには年を取り過ぎてしまった——何歳だろう？　もう六十近いはずだ。自分でもはっきりとは思い出せなかった。半分ほど行ったところで、低い口笛が聞こえ、四人目の案内人が合流した。「こんばんは、パーデア」と彼は英語で言った。「お供しますよ」自分はロバートソンといい、サリリンの甥だと名乗った。夕方の薄明かりではロバートソンの顔は見えなかった。

一日中、ユダについてのこと、イメージの数々、あの僧侶、夢がまた彼の脳裏に蘇ってきた。顔があるべきところに銀色の雲がかかっている、夢の中の僧。誰かがそれを解き明かしてしてくれるかもしれない。

頂上にたどり着き、夜を過ごす学校に向かった。男たちは夕食にべとべとの白い米とフワイアンという緑の野菜を持ってきて、間もなく真っ暗になったので、寝床に入るほかにすることはなかった。彼は皆と同じように、マットもカバーもなしで、体の片側を下にして木の床に横になった。眠れなかった。空気は臭いバシグ川沿いにある彼の寝室とは違う匂いがして、教室には風が入らず、窓には巨大なバナナの葉がかかっていて、軒先のトカゲすら耳慣れないクークーという音で鳴いていた。真夜中近くになると、雨が本格的に降り始め、どんどん激しくなり、嵐は金属の屋根を粉砕するような音を立て、まず彼らを音で溺れさせ、そのうちに水で襲うぞ、と脅しているようだった。畝状になったシートの継ぎ目から雨粒が入ってきたので、カリニャンは机を二つ並べてその下に避難した。もっとひどく雨漏りのする家の住人たちも真っ暗な教室に入ってきて、二十人近くになった。土砂降りが止むと、丘の斜面を雨が降りていく轟音が何時間も聞こえた。

ほとんど眠らず、夜明けに起き、外に出て学校の壁に向かって用を足した。雨の夜の後で涼しく、風はまったくなかった。この時間の大地は開かれてあり、秘密を明かしてくれるように思えた。

盗人の十字架の下にはどのような贈り物をしようか？　彼が屁をすると、角のところから彼を覗いていた子供たちは唇をすぼめてその音を真似て笑った。

彼の死の足下にはどんな慰めが？

準備も別れの挨拶もなく、三人の族長たちは外に出て旅路についた。彼らが何も持っていなかったので、彼もそれにならった。族長たちは裸足だったが、彼はケッズのシューズを履いていた。

一行は滑りやすい道を下り、長い尾根に出て、もう一つの山を目指して重い足取りで進んでいった。世界の一角が赤く染まり、太陽が昇ってきて彼らに照りつけ、眼下の蒸気を焼き払い、より雄大で入り組んだ眺望を霧そのものから形作ってみせているようだった。丘や峡谷、きらめく渓流、そして、緑色の無数の明暗だけでなく銀や黒や紫色に染まった植生。隣の丘に家がいくつか固まった集落があり、彼らはそこで休憩して、特産のコーヒーと米のお椀をもらった。サリリンはビサヤ地方の方言で集落の首長と話をし、朝方に谷の向こうから聞こえた銃声のことを話し合っているのがカリニャンの耳に入った。「行く先に戦闘があるって警告しているんだよ」とロバートソンは言い、カリニャンは「そう聞こえたね」と答えた。また彼らは歩き始めた。

山の反対側に下りていくと、水牛の蹄で広く平らにならされた道に出た。道は次第に狭くなり、カリニャンは両腕を胸のところですくめて歩き、両側にある棘に刺されないようにするしかなかった。サリリンが先頭に立ち、彼の槍先が頭上の枝に当たり、昨日の雨粒がカリニャンの顔にかかった。他の三人は司祭の後ろで身をかがめていた。いきなりサリリンは道をそれて、ガマの葉の海に分け入った。彼らの足元のどこかに、幅十五センチほどの道が続いている。もう太陽は頭上から照りつけていたが、足の下ではどろりとした赤い土がまだ健在で、カリニャンの靴にへばりつき、ソールの上に重なり、側面を這い上がってきて足首まで飲み込んでいた。他の裸足の男たちはゆうゆうと歩いていたが、カリニャンはコンクリートのように重い赤い塊にテニスシューズをとられて苦戦していた。泥に完全に取られてしまわないように、彼はケッズのシューズを脱ぎ、ひもで結びつけて手からぶら下げた。

段丘を抜け、峡谷深くにある渓流へと下り、下ったらまた登るのか、とカリニャンががっくりしていると、次の頂の向こうからパチパチという音がかすかに聞こえ、一行は目の前の空にもくもくと上がる黒煙の影に入った。風のない空にまっすぐ上がる黒い柱だった。血があり、火が、そしてヤシの煙の樹があるだろう――ヨエル書の言葉ではなかったか？　こうして英語が戻ってくるなんて驚きだ。それから聖書の言葉も、闇から蘇ってきた。ヨエル書、そう、第二章だ、たいていは「煙の柱」と訳されるが、もともとのヘブライ語では「ヤシの煙の樹」と書かれている。

峡谷の底で川を渡るとき、カリニャンはシューズを洗おうとした。泥は水では溶けず、指でこすり取らねばならなかった。水は澄んでいた。飲めるだろうか。どの渓流にも、農業用水を取って下水を流し、動物に水浴びをさせる村落がどこかにある。彼はどうしようもなく喉が渇いていて、全身が震えていたが、他の者は水を飲まなかったので、彼もやめることにした。濡れたシューズを裸足に履いた。黒い煙のモノリスにまっすぐ向かっていった。

彼らは頂上に達し、泥っぽくごつごつした下りの道を進んでいった。目指す先の集落の小屋はどれも燃えて、ほとんど崩れていて、黒い板が煙をあげているだけだった。サリリンは両手を口の周りでお椀の形にしてホーホーと音を出した。答えがあった。橋のたもとに、麻布のふんどしをした老人がいた。サリリンと甥はその村人と話をして、カリニャンはごわごわする草地に座り、目から煙を払いのけていた。「タド・タドが来て破壊していったそうだ」とロバートソンは司祭に教えた。「でもみんな逃げた。彼は年寄りだから逃げられなかった。手を撃たれて隠れてるんだ」タド・タドとはクリスチャンの一派だった。その名前は「さっさと急げ！」という意味だった。

住人のうち、手に銃創のあるこの老人だけが残っていて、その傷をハエの卵がついた葉で包んでいた。「傷が悪くなっても、この一族は手足を切らない」とロバートソンは説明した。「感染することはないから必要ないんだ。卵が孵化して腐った肉を食べてくれるからね」

「ああ、そう」とカリニャンは言った。

「良いやり方なんだ。でも具合が悪くなって死ぬこともある」

どう見ても、老人は具合が悪そうだった。落ちくぼんだ目は猿のようで、革のようにげっそりした体の肉は関節のところで骨から垂れ下がっていた。口の奥の方に歯が二、三本あり、今はその歯で一心にマンゴーを嚙んでいた。サリリンの質問にはぶっきらぼうに答えていたが、果物を食べ終わると穴に捨てて、腰に巻いたアンティ・アンティンという、種の殻で作ったブレスレットをカリニャンに見せた。この魔力で安らかに死ねる、と彼は説明した。だから弾丸の傷など何でもないと。

老人はセブ゠ビサヤ方言で話したので、カリニャンにはよく分かったが、若いロバートソンは通訳してきた。「あとは猿の血を飲めば生き返る」

「一緒に川に連れてってくれ」と老人は言った。「泥を飲みたい」

「一緒に来たいそうだ」とロバートソン。

「ああ、分かるよ」

「この部族では泥から命が生まれることになってる。川に行きたいんだ」

「何を言ってるかは分かるよ」と司祭は繰り返し言った。

老人は東の丘の向こうを指差し、言い伝えにある土地、伝説の場所のことを語った。

「あの山の向こうにアガマニヨグというところがあるそうだ」

「子供たちがその手の話をするんだ」とカリニャン。

それでも東を指して老人は言った。「アガマニヨグだ。ココナツの土地だよ」

「アガマニヨグなんて子供向けの話だ」

「なら行かないことだ」と老人は言った。

彼らは移動を再開し、川の真ん中を渡って狭い谷を抜け、山腹に向かって登り、草の先端をつかんで体を引き上げ、カリニャンは一歩進むたびに告発者の突き棒に駆り立てられた――私は誰のものでもない己の意志において邪悪で、完全に悔いてはいません。でも少し、ほんのちょっとは悔いていています、でもまったく不完全です。息子たる精神において、私は失格でした。彼は自分のものである悪魔の声を抑えつけ、外界の音を聞くように自らを律した。風に震える濡れた葉、オウムの甲高い鳴き声、薮で小さな猿たちがぺちゃくちゃ喋る不誠実な声。植物が彼らに覆いかぶさっていた。道はサリリンの頭にしかない想像の産物だった。カリニャンは懸命に後をついていき、もし倒れたらジャングルの中で迷子になってしまう、という恐怖でどうにか立っていた。服はびっしょり濡れて、ポケットにも汗が溜まっていた。道はまた広くなり、彼らは世界を見渡す尾根へと出た。ずっと簡単に進めるようになった。二時間もしないうちに、五キロほどの幅のアラカン峡谷と、そこを流れるオリーブ色のプランギ川を見下ろしていた。十階建てのビルほどもある高さの巨大なアカシアの木々はキノコの形をしていて、その樹冠は差し渡し三十メートルもあり、川岸は見えなかった。サリリンはそれまで一度も彼に話しかけていなかったが、向き直ってセブ語で言った。「振り向いて見ろ。わしらが来た方角を。そこまで二十キロある」カリニャンは西の方を見た。緑灰色のジャングルが赤いバラ色の光に染まり、日没の大釜に崩れ落ちていた。

　彼らはもう一時間歩き、タトゥグの集落の名残りにたどりついた。前の年の洪水によって、草はすべて倒れたままで、支柱が低い家々は傾いていたが、まだ人は住んでいた。カリニャンは疲労のあまり手を上げて帽子を取ることもできず、墓だろうとはぼんやり分かっていた盛り土に腰を下ろした。墓が彼を取り囲んでいたが、まだ情け容赦ない地生の蔓に覆われてはいなかった。この十人ほどの人々を何かが皆殺しにしたのだ、いやもっと、二十人か、二十五人――疫病、洪水、略奪者たちか。彼はようやく帽子を脱ぐことができた。子供たちが笑い、女が一人泣いているのが聞こえた。「こっちへ。そこから出て、座っちゃだめだ」とロバートソンは言った。サリリンが彼の腕を取って起こした。「ほら、ここに箱がある」とロバートソンが言った。彼の手には、虫食いの跡がある拾い物の板でできた箱があった。「君の同胞の骨だ」

諜報将校としての初の公式任務を遂行すべく、サンズは日曜日の午前四時十五分にマニラの国内線空港に到着した。DC－3機に乗ってミンダナオ島最北の都市カガヤンデオロに向かう予定で、売店のウィンドウに集まった、半ば眠っている何十人もの人々に加わった。彼らの首からはハンカチが垂れていて、しおれた雑誌で自分をあおぎ、静かにひしめいてはいるが、店員たちのそっけない顔に決然と向き合っている。そして飛行機に乗り込む前にいなくなってしまう。壁にチョークで書かれた搭乗待ちリストの四十番目にスキップの名前があったが、前の三十九人は現れず、飛行機には彼が一番乗りで、全部で五人の乗客を乗せて玉虫色のジャングルと黒い海を越え、でこぼこの赤い地面に何事もなく着陸した。DC－3機は翼を片方吹き飛ばされてもまだ飛行できるはずだった。大佐からいろいろ聞かされていたのだ。

サンズはタクシーを拾ってデオロ市場まで行き、朝食は抜くことにして、島を南に向かう乗り合いバスに乗り込んだ。彼は安物のカメラ、淡い緑色でフラッシュがなくなったインペリアルマーク8を持っていたが、もっぱら濃緑色でスポンジのようになった景色を眺めていた。バスはかなりの勢いで走り、ほとんど止まるくらいまで減速して乗客の乗り降りを行っていたが、完全に止まることは一度もなかった。どの村でも、売り子が横を走り、紙に包んだマンゴーやパイナップルのスライス、結って閉じたビニール袋に入れてストローを差したコカコーラを売っていた。中央の山地にある町マライバライに着いて一晩を過ごすまでは、それが彼の食事だった。

旅の間じゅう、ホームシックの波が押し寄せてきた。合衆国が恋しかったのではないし、カンザスでもワシントンでもなく、ルソン島の山地にある家が恋しかった、寝室にエアコンがついていて、キャンベルのスープがあり、領事館の臨海売店からのスキッピー・ピーナツバターもあった。こうしたちょっとしたパニックの発作が起こることは、置かれた環境への没入が進んでいる証だと思い、彼は歓迎した。大佐が言っていた考えに興味が出てきていた。主は同じ、しかし種々の働き。任務の行く末への怖れにも悩まされていた。トマス・カリニャン神父についての彼の報告を誰が読むのだろう? どうやって印象を良くすれば?

マライバライは貧しい町で、ほとんどの建物はベニヤ板と亜鉛メッキでできていたが、人は多く、喧噪でごった返していた。カトリック教会の広場の隣でホテルを見つけ、ムスリム式の個室バスルーム付きの部屋を確保した——一つの仕切りの中に、トイレの穴と、一メートルのゴムホースがついた冷水の蛇口があった。このエキゾチックなシステムに精神的な吐き気を催したほどだった。この手の任務には孤独と恐怖が付き物だと予想はしていたが、配管を目にしてそれを経験するとは思っていなかった。ベッドで横になって、喘いでいる間に、体中の血から体力が煮えて出ていってしまった。狭い部屋の窓は高すぎて、外は見えなかった。この世界の空気には酸素がなく、子供たちの声と通りの喧噪しかないように思えた。彼はカメラを持って下に行き、広場の石のベンチに座って靴磨きをしてもらった。靴磨きの少年は七歳か八歳にもなっていなかったが、上唇の周りに汗の粒を浮かべながら仕事に取りかかり、ブラシで箱を決然と叩いて足を代えるよう客に指示していた。サンズはその子の写真を撮った。少年は落ち着いていて、気づかないふりをしていた。これでいいだろう、この子の顔で落ち着けるはずだ。彼は料金をはずみ、壁はなくただ並んだ席の上に大きな円蓋がかかった教会に入って、土曜日の夜の礼拝が始まるのを待った。何人かがやって来た。夕暮れになった。外の広場ではコウモリが飛び交っていた。ラテン語で、彼の心は落ち着いた。若い司祭はビサヤ語で説教をしていたが、いくつも英語を使っていることにスキップは気づいた——「悪霊」「悪魔祓い」「堕天使」「魂の探求」「心の探求」。皆が立ち上がって聖餐を受ける段になると、彼は席を立ち、衝撃的なほど異邦の町へと戻った。

誰かれなく呼び止めて、ついに英語を話す人間をつかまえ、彼は西洋風レストランの場所を聞き出して、間もなく「ラ・パステリア」に腰を下ろした。メニューの中には缶から出しているようなものもあるイタリア料理の店だが、新鮮なドレッシングのサラダと、カブと新鮮なセロリにオリーブまで付いた前菜があった。白いテーブルクロス、キアンティワインの瓶に入ったロウソク、レコードプレーヤーもあり、スタッフは南部ジャズのレコードをかけていた。

木製の鎧窓は開けられていて、この高度にしては相当涼しい夜の山風が入ってきた。その窓際の一つに女性が座っていて、サンズはイギリス人かアメリカ人に違いないと思った——若いがどこか若々しさがなく、事務的な雰囲気を漂わせていて、独身の司書か牧師の未婚の妹といったところだ。だが食事の間じゅう、彼女の方に目を向けると、彼女はいつも戸惑うほど率直に見つめ返してきた。

ウェイターが彼女のテーブルを片付けると、彼女は立ち上がり、まっすぐスキップのところにやってきた。コーヒーカップを持っていて、彼のカップの隣に置いた。手を差し出した。「一晩中見つめ合ってたわよね。お互い紹介したほうがいいと思うわ。わたしはキャシー・ジョーンズ」

彼女は彼と握手し、そのまま握っていた。単なる友情ではなかった。彼をじっと見つめる目つきはほとんど泣き出しそうで、必死で何かを求めていた。サンズは言葉が出なかった。女性にどう接すればいいのか、まだ分かっていなかった。彼女の作り笑いが必死さで崩れかかっているのを見て、彼の心は哀れみに打たれた。彼女は病気か、酔っているのか、その両方なんだろう。

「ああもう、ほんとやだ」と彼女は言い、ちょっとした笑い声か泣き声を上げて顔をそむけた。テーブルにコーヒーを置いたまま、さっさと出て行ってしまった。

サンズは動揺して、食事ができなかった。それでもデザートは注文した。カンノーリが出てくると、ウェイターは鬱陶しいくらいわざとらしく彼のそばから離れず、ついに切り出した。「今日あのご夫人は払っていません。払っていただけますか?」スキップは払った。

翌日の午後、ダムログでバスから降り、舗装されていないメインストリートを歩いていると、小柄で太った男が挨拶をしてきた。見たところ、新入りをチェックするのを習慣にしている男のようで、ダムログ町長エメテリオ・D・ルイスだと名乗った。ルイスは町に一つだけあってフレディ・カストロが経営しているホテルに彼を案内し、道中でダムログの重要な場所を指していった。市場、レストラン、闘鶏場、乾物屋。

　ダムログはコンクリート道路の果て、バス路線の果て、電力線の果てにあった。電気は来ていたが下水道はなく、サンズに分かる限りでは屋内の配管もない。少なくともカストロ氏のホテルにはなかった。頑丈な木材で造られてはいるが、午後の雨は屋根からだけでなく上に二つある階を伝って一階にある彼の部屋の天井から滴ってきた。ベッドと持ち物を濡らさないようにするためには、置き場所に頭をひねる必要があった。夕暮れ時になると、町長と、英語が達者な若者のカストロの二人に連れられ、町に五つある泉のうち一つに行き、サンズはチェック柄のパンツに黄色いサンダルという格好で、女たちやあんぐり口を開けた子供たちに見られつつ、山腹の斜面に取り付けられたパイプから出る澄んだ水を浴びた。

「水に入って入って、安全だから」と町長は請け合った。「ここにはワニはいないよ。マラリアもない。襲撃してくる人間もいないよ。南ではムスリムの集団が組織的に活動してるけど、コタバトだけの話さ。ここはコタバトじゃないしね。ここはダムログだ。ダムログへようこそ」

　スキップが背中を向けると、子供たちは彼に呼びかけた。ミンダナオ島にアメリカ軍が来たことはなかったので、誰も彼を「ジョー」とは呼ばなかった。子供たちは「パーデア、パーデア……」と言っていた。ファーザー……彼のことを司祭だと思っていた。

　主よ、昨晩このような奇妙な夢を見ました……

彼女は市場のベンチに座り、昨夜見た恐怖をつなぎ合わせながら午前六時の出発を待ち、コーヒーを待っていた。半分寝ぼけた二人の女性が近くで露店を開けて、商売を始めた。わたしは審判の席に座っていましたが、その前に、その、ハンドバッグを持っていて、鉛筆を買おうと店に入りました、でもその店は世界の果てにある黒く巨大なスタジアムにあるステージで、わたしはもう死んでいて、自分の罪に対して申し開きをせねばならず、でもできませんでした。その暗闇はわたしの永遠の死でした。

　夢でささやいていたのは誰の声？　だがもう露店の女はコーヒーを売る準備ができていて、魔法瓶に入れた熱湯をスプーンですくったネスカフェの粉に注いでいた。店の女はトランジスタラジオをつけた。コタバト市にあるDXOK局からポップソングが流れたあと、午前六時のアベマリアが五度流れた。

バスの姿はあったが、運転手はまだ来ていなかった。時刻表通りに出られるかどうかはもうどうでもよかった。もう何年も、彼女は腕時計をしていなかった。

そして、あれは誰？　十メートルも離れていない露店に座ってシュガーロールを食べているのは、あのレストラン、「ラ・パステリア」で彼女が馬鹿みたいな真似をした相手の男だった。馬鹿、バカ！　だが昨夜、彼を見たとき、彼女はどうすることもできない痛みを、渇きを覚えた。フィリピン製の服、茶色いスラックスに茶色のサンダル、白いボックスカットのスポーツシャツを着て、夕暮れのロウソク明かりの中で、もじゃもじゃの頭に口ひげをした彼は、ここにやってきたばかりのティモシー、良き知らせと輝かしい親睦をもたらすティモシーにそっくりだった。そして彼女はこのアメリカ人にやみくもに身を委ねたのだった——消えていった空白の問いからティモシーが彼女のところに戻ってきたら、そうするであろうように。

まだ夜明けではない。この山の天気は不思議で、日光は鉄床のように照りつけてくるが、日陰では涼しく、夜になると肌寒いほどだった。彼女はパーカーのセーターの中で体を丸め、フードの陰で顔を隠し、十メートル離れたところからアメリカ人を見守った。ティモシー、昨日の晩初めて彼を見た瞬間、あなただと思ったのよ、頭と指先に血がさっと上ってほとんど前が見えなかった、そして今、腕を綿の鞄のひもに引っ掛けて、朝の六時にコカコーラを飲んでるわ、ティモシー、あなたにそっくりなのよ。バスの運転手と思われる男がやって来て、アメリカ人の隣に座ってコーヒーを頼んだ。頭上のブリキの軒では、かすかな蛍光灯が羽虫を華々しく付き従えている……。軽い毛布に身を包んだ眠そうな露店の女たちが、横にある木のケースを開け、ゆで卵やタバコ、キャンディー、シュガーロールなどを棚に出していた。ティモシー、生きてるの？　わたしの横にいる店の女はココナツの葉を縫って、パーティーの景品に使う小さな箱を作っているわ。もう一人は短い箒の上にかがみ込んで通り過ぎていく、箒といっても藁の束で掃いてるだけ……。わたしが今感じている真理を、いつまでも覚えていられますように……。ティモシー、わたしたちは生きて、死ぬのね。

運転手がバスの扉を開け、アメリカ人もその後ろに乗り込んだ。そのバスに乗って、姿をさらすなんて考えられない。もう一本遅いバスに乗ろう。彼女は背をそむけて卵とロールパンとネスカフェのお代わりを頼み、荷物を持って歩いた。持ち物はひもの持ち手がついた茶色い紙袋に入れていた。

彼女はリサール広場のベンチに座り、六人ほどの女子供たちが、刈り取った稲穂をバスケットボールのコートに広げ、熊手を持って脱穀している姿を見つめていた。どこにも行く当てはなかった。もう一晩過ごすよりは、当てにならない午後の時刻表に賭けてみるほうがましだった。街にセブンスデー派の教会はなかったので、彼女は下宿屋に泊まっていたが、一人旅の女性がいることで緊迫した気遣いが生じてしまい、嫌われているように感じた。誰もが丁寧に接してくるのだ。だから、お金も払えないのに「ラ・パステリア」に行ったのだった——ということで、その場所にいた言い訳にはなっても、見知らぬ男に心を開いた言い訳はできなかった。

彼は本当にティモシーにそっくりだったのだろうか？彼女はこの旅をした唯一の理由、写真の束を紙袋から取り出した。先週、ティモシーの荷物の山からフィルムを一巻見つけて、暗室を持っている男に会うためにここまでやってきた。二十枚くらいの写真は、ほとんどがちゃんと現像されており、ティモシーが写っているのはそのうち三枚、二枚は端のほうだった。マニラからの技師たちとティモシーが一緒に浄水施設の建設予定地を眺めていて、幸せな大きいげっ歯類のようなルイス町長が前の方に出しゃばっている。アップだがぼやけたティモシーが初心者の撮影者に撮り方を教えている。そしてもう一枚は、他ならぬキャシーの肩に腕を回して、ピンクの漆喰の教会の前でのフィリピン人の結婚パーティーでポーズをとるティモシー。残りの写真は彼が新婚夫婦に送るつもりだったもの——コタバト市だ。ピンクの教会に見覚えがあった。彼女はティモシーが言うところの「大名旅行」で、彼と一緒に八人乗りのジープに何十人と乗り込み、百キロ近いでこぼこの道を行った。コタバトでの彼は神様扱いで、あれこれ心配事を相談され、ちょっとした贈り物を持たされ、知らない人の結婚式に出るようにせがまれ、ドイツ製のカメラでその行事を記録してくれ、と頼まれたのだ。

こうした写真のほかに彼女の荷物といえば、昨日の着替えと、午後に山から乗ったバスの木の座席用のクッションだった。道路は緩やかに下っていて、遥か彼方まで見渡せ、その眺めは素晴らしく広大で、少しずつ塊になっていく黒い灰色の積乱雲の下、緑が千百もの色合いを見せていた。開いた窓を通って風がうなり、最初は松の、そして低地のすえた匂いがした。バスは土砂降りを突っ切って走り、午後四時にダムログに着いたときもまだ水が滴っていた。

今日はルイス町長がバス停にいない。賭博でもしているのだろう。広場の向かい側の建物で、男たちが闘鶏に声を張り上げているのが聞こえた。彼女も一度、表の通りをうろうろしていて遠くから眺めたことがある。鶏の蹴爪にはカミソリが付けられていて、ものの数秒のうちにお互いを切り刻むのだ。

彼女とティモシーは広場からそう遠くないところにある家に住んでいた。寝室は三つあり、窓には網戸が付いていて、屋根は雨漏りせず、使用人のコーリーと、たいていはコーリーの姪っ子たちのうち二、三人と一緒だったが、いつも同じ顔ぶれではなかった。家には誰もいなかった。安息日と日曜日には、女の子たちはキニペトの集落に帰ってしまう。

松の匂いと山合いの街の比較的涼しい空気を吸ってきた今、彼女には自分の家の匂い、湿った木材と酸っぱいリネンの匂いが分かった。家は暗かった。台所の頭上にあるチェーンを引いてみた――電気は通っている。ゴキブリが何匹も隅に逃げていった。コーリーはお椀に覆いをかけて米を残していた。アリが群がっていた。ティモシーがいないと、なんて絶望的で、恐ろしい場所なんだろう。

彼女は米もお椀も全部、家の敷地の片隅にある土に捨てて、帰ってきてから三分後に家を出た。

夕食はサンシャイン食堂でとり、そこでその日二度目の嵐に足止めをくらった。町の電気は止まり、彼女はロウソクの明かりがついた店で、マニラからの調査チームに同行しているロミーという男と、保安隊巡査の制服を着たボーイ・セドーサとお喋りをしながら、天気が良くなるのを待った。ロミーは瓶入りのオールド・キャッスルを、セドーサはタンドゥアイ・ラムを一瓶飲んでいた。サンシャイン大衆食堂の女主人テルマは、部屋の反対側にあるカウンターの後ろで高い椅子に座り、トランジスタラジオを聞いていた。

ティモシーに似たアメリカ人がずぶ濡れになって入ってきた。腰にはカメラらしきものをくくりつけ、入り口を少し入ったところでためらっていた。お喋りが止んだ。彼は隣のテーブルに座り、コーヒーを注文した。もし彼女に気がついていたとしても、礼儀をわきまえていて口には出さなかった。

そう、気づいておくべきだった。ダムログはバス路線の果てにあって、宿があるただ一つの停車地なのだ。

彼はカメラをテーブルに置いた。雨が降り続く中、彼がコーヒーを飲むところを皆が見ていた。

若い酔っ払いの集団がカフェに陣取って暴れ回り、テーブルや椅子をひっくり返していた。ロウソクの明かりが彼らの恐ろしげで荒々しいシルエットを浮かび上がらせていた。テルマは手を叩き、まるで自分の子供たちを見るように笑っていた。彼らがいなくなると、彼女は家具を元の場所に戻し始めた。巡査のセドーサは体を動かし、懐中電灯を雨の中の酔っ払いたちに向けた。それから、頭のおかしい女が入ってきて物乞いをした。彼女とテルマは親戚同士のように抱き合ったが、実際血縁だったのかもしれない。

セドーサ巡査はあごと肩はまっすぐにしていたが、ロウソクの炎のほうへ体を傾けていた。隣にいるアメリカ人をじっと見つめていたので、相手もついに知らんぷりはできなくなった。「あんたの名前を教えてもらえるかな」

「ウィリアム・サンズだよ」

「そうか。ウィリアム・サンズね」セドーサは映画で見るような顔つきをしていた——死んだような酔った目が、太って脂ぎった顔の中にある。鼻は鋭く、アラブ風だった。まばたきはしなかった。「あんたを疑ってるわけじゃないが、この界隈を旅行する許可証の類いを見せてもらえるかな？」

「身分証明は何もないんだ」とアメリカ人は言った、「ポケットが一つしかないからね」彼は白いTシャツと、水着のトランクスらしきものを着ていた。

「なるほど」目を離せば忘れてしまうと言わんばかりの目つきで、セドーサはサンズを見た。

「ルイス町長の知り合いなんだ」とサンズは言った。「町長から公式の許可をもらって来てる」

「アメリカ軍関係者ってとこかな？」

「デルモンテ株式会社だよ」

「ああそうね。ならいい。チェックしてるだけだ」

「分かってるよ」

「何か入り用だったらこのボーイ・セドーサに言ってくれよ」と巡査は言った。

「オーケー。僕のことはスキップって呼んでくれよ」

「スキープ！」とセドーサ。

すると調査チームから来ているロミーも言った、「ああ、スキープか！」

そして腰掛けに座ったテルマも、食べ物が入った瓶の後ろから手を叩いて叫んだ。「どうも、スキープ！」

「スキップに乾杯」とキャシーは言った。

彼は分かっていたのだろうか？　あだ名を教えたということは、今後この町でトラブルには巻き込まれないだろうということだった。

彼も全員にグラスを上げた。

「この雨の中カメラを持ち歩いてたようね」と彼女は言った。

「確かに今晩は意味ないな」と彼は認めた。

「いつも持ち歩いてるの？」

「いいや。あんまり頼り過ぎないようにしてる。気をつけないとこいつが目になっちゃって、そこから物を見る唯一の夢になってしまうからね」

「夢って言った？」

「えっ？」

「物を見る唯一の夢になってしまうって言った？」

「そんなこと言った？　目って言いたかったんだ。カメラが目になっちゃうって」

「不思議な言い違えですわね。若い頃写真家にでもなりたかったの？」

「いいや、違いますよ。ジークムント・フロイトになろうと夢見たことは？」

「ジークムント・フロイトに文句でもあるの？」

「この世紀の過ちの半分はフロイトのせいだよ」

「あら本当？　もう半分は？」

「カール・マルクス」

彼女は笑ったが、同感ではなかった。「この町でどっかの名前でも話に出たのは初めてじゃないかしら」

測量士のロミーは手をぐいっと伸ばしてアメリカ人と握手した。「ご一緒してもらえたら光栄なんですが」彼が引っ張ったので、ついにアメリカ人は椅子を動かして一緒のテーブルに座った。「コーヒーをご一緒にどうですか？それかもっと楽しめるものにしますか？」

「もちろん。誰かタバコ要るかな？　ちょっと湿ってるけど」

「全然問題ない」とセドーサ巡査は言い、一本受け取ってロウソクの炎の近くにかざして乾かした。「おっと！ベンソン&ホッジズだ！　いいタバコじゃないか！」

改めて、今度はさらに近くからアメリカ人を見て、彼女の心は何も動かなかった。何かがあることを願っていた。町は泥だらけで、ありとあらゆる肥料や殺虫剤が悪臭を放っていた。ティモシーのいないこの土地を見ると、彼がいようがいまいが、この土地は嫌だった。

男たちは彼女が聞いたこともないバンタムウェイト級のフィリピン人ボクサーの話をしていた。小さな蛾がテーブルの上に散らばっていて、かつてはタミス・アンガン・バナナケチャップ――でもそれって何だろう?――を入れていた一ガロン入りのピッチャーに立てられたロウソクの周りに集まっていた。男たちは政治家の話もしていたが、彼女は興味をそそられなかった。国中が熱狂するスポーツ、バスケットボールの話もしていた。飽きてきたので、彼女は軽い霧雨の中、停電で真っ暗の夜を歩いて家に戻った。ぬかるみに足を踏み入れ、道を歩いていけるだけでもラッキーだったし、家を見つけられたのはもっとラッキーだった。

ドアを入ったところで靴を脱ぎ、寝室に向かった。ナイトテーブルの上の懐中電灯を手探りで見つけ、ぼんやりした明かりを頼りに服を脱いだ。ナイトテーブルには、ティモシーの持ち物から見つけた本もあった。ジョン・カルヴァンの恐ろしい論文と、彼の予定説の教えが書いてあり、わざわざ呪われるために作られた魂がひしめく地獄が約束されていて、彼女はその本をどうしてよいか分からず、身近に置いて、自分の嘔吐物に引き寄せられる犬のように、ついついその精神的ポルノとでもいうべきものを開いてしまうのだった。マッチを見つけ、皿の上で蚊取り線香に火をつけ、蚊よけネットの下にもぐりこみ、シーツをあごまで引き上げた……。特定の人間は間違いなく救済されるように選ばれていて、他の者たちは絶対に破壊される……。雨でまだ髪が濡れていて、人生の悪臭の中で横になっている。彼女は本に触れなかった。

眩しい光で彼女は目を覚ました。天井のランプ。電力線が復旧したようだ。外はまだ暗闇で、雨は上がっていた。彼女はサンダルを台所に持ってきて、流しに放り込んでゴキブリを追い払い、明かりをつけ、ガス式の冷蔵庫から冷えた水を一杯飲み、テーブルの前に腰を下ろして写真を眺めた。プランギ川から出てきた死体の指にはめられていた、金なのかそうでないのかはっきりしない指輪を誰かが持ってくるまでの時間、フィルムを現像するために移動することで手持ち無沙汰にならずに済んだ。川の人々は指輪を送ってこなかった。骨やその唯一の装飾品をいじるより、彼らは親族だと名乗りそうな西洋人を探しに出たのだ。何週間も自分たちで考えたあげく、彼らは五十ペソというわずかな報酬と引き換えにすることにしたのだった。

彼女は彼の目を通して結婚パーティーを見ていた。写真を撮られることは前もって言われていたので、彼らはしっかりと準備していた。小さな女の子たちの何人かは口紅とおしろいで化粧をして、黒い髪はポマードでてかてかとセットされていた。

ピンクの教会の壊れた段での、まさにこの瞬間を、彼の目が見て、彼の心が焼き付けたのだ。右の方の背景には看板があった——「トレッドセッターズ／タイヤ交換の世界の新たな夜明け」——そしてスズ箔で剣先をくるまれた聖ミカエルの肖像が、結婚を祝う者たちの頭上に浮かんでいた。聖ミカエル祭の日だった。ムスリム、カトリック、誰もがこの闘う聖人を称えて踊った。ティモシーがフラッシュをいじっていると、花婿の家族は大きな声を上げて笑い始めたが、フラッシュがボンと光ったとたん、節度をかなぐり捨てて内気なパニック状態になり、甲高く叫んでお互いの後ろに隠れようとした。

冷蔵庫にある二人のボックスから、彼女はティモシーのフィリピン製葉巻を一つ取り出して座り、しっかりと持ってテーブルの皿でマッチをつけ、何口か短く吸い込んでから、流しの水に突っ込み、彼の匂いに包まれてまた腰を下ろした。だが頭はふらふらしていた。彼女は記憶のきらめきを追い、虚無へと入り込んでいった。葉巻、写真、彼が触れたもの、さまよい戻ってくる言葉、それらすべてを彼女は何かの証拠のように発作的にかき集めていた。

彼女は上の明かりを消さずにベッドに戻った。すぐにカルヴァンの本を開いた、ティモシーが見つけ、読み出して止まらなくなった本だ。こんな冒瀆の数々、彼女だけがこっそりと考えていたと思っていたことがちゃんと言葉になっていることが驚きだった。彼がそうしたことも本のことも一度も彼女に言わなかったことを見ると、ティモシーにも驚きだったのだろう。文章の横の余白に、彼がチェックマークをつけているところがあった。彼女は目を閉じ、指でなぞっていった……

「だから悪いものは、悪である限り、善ではない。だが単に善だけでなく、悪であるものが存在することも善いことである」

「そしてかれらが悪くなると神が予知したもうたならば、今はどのように善く見られていても、悪くなるのではないだろうか」

「我らは子供なのか？　神がその永劫なる善良さによって、救済せんと命じ、残りのものを拒絶したという真理から我らは逃げるのか？」

この震える心臓、奈落のスリル、わたしの予め定められた破滅という逃れようのない真理。

明かりをつけたまま、こうした恐るべき確約を胸に抱き、彼女は眠りについた。


翌朝は晴れていて、涼しいくらいだった。美しい空に雲が流れ、昨夜のじくじくした、釜の中のような天気とはすべてが違っていた。コーリーが市場からパンと小さな卵を三つ持ってきて朝食を作り、その後キャシーは、彼女が訓練して今では遠くの集落で活動している八人の看護助手に会った。現在のところは四つ部局があるだけで、その前の四半期は六つ、次の四半期は一つになるか六つか、はたまた十か。資金は行き当たりばったりだった。

助手たちに加えて、発展開発基金からの女性、エディス・ビラヌエバにも会った。必要もないのにメモを取る人だった。キャシーの八人の助手たちは全員女で、若く、結婚していて、多くの出産を経験しており、なかなか自分たちの集落から離れられなかったので、この機会はちょっとしたパーティーになった。彼女たちはココナツオイルで揚げてバナナの葉で包んだ米と、砂糖やココナツの葉に包んだ米、普通に炊いた米を持ってきていた。「米ばかりよね」とビラヌエバ夫人は申し訳なさそうに言った。

彼女たちは皆キャシーの夫のことが好きで、彼の消息についてあらゆる知らせを持ち寄り、敬意を持って彼のことを口にして、彼が生きても死んでもいないということを仄めかしていた。彼のことはティミーと呼んでいた。

昼食が終わると、次はエメテリオ・D・ルイス町長のところに行く番だった。彼はダムログのすべての人についてすべてを知ることでこの地位に君臨していて、州政府に町長のポストがなくても町長になっていただろう。キャシーは残ったおつまみをマホガニーのトレーに載せ、絹のスカーフをかけて持っていった。ダムログの郵便局と町役場は市場の横にある三部屋のブロック造りの建物に入っていたが、町長は日差しが入らず風が入る自分の家の居間の方が気に入っていたので、その建物は使っていなかった。町長はキャシーをデスクの脇の枝編み椅子に座らせて、大声で氷水を頼み、ポリオの予防接種のことを尋ねた。彼とはもう二年の付き合いだった。それでも、彼は彼女を到着したばかりの特使のように扱い、二、三分かけて話をするのだった。「われわれは離れた部局にポリオのワクチンを持っていけるでしょうかね？　農村部には問題がありまして。あんなにたくさんの子供を抱えてダムログまで歩いて来られる人はそう多くありませんから。いいところも貧乏なんですよ。それに道中で強盗に遭うことだってある。この手の無法者どもの犠牲にはなってほしくありません。いいところも貧乏なんです」彼がこのフレーズを最近何度も使っているのをキャシーは耳にしていた。いつも語順が逆さまだった。そう、彼のデスクにある御影石の文鎮に刻んである名前によれば、エメテリオ・D・ルイスのDは、「ゼウス」のイニシャルだった。

選挙はまだ先だが、もう町長選の対立候補から中傷されていて、臆病者、「チキン男」呼ばわりされている、と彼は言った。町長職の苦労を語りながら、彼の目は幸せで生き生きとしていた。南ミンダナオ大学で教えている彼の妹が、中庭で拡声装置を使って部族の歌を歌っていて、彼は発泡スチロールの造花を入れた花瓶の横で両手を組み、満足げに聞いていた。

彼はアメリカ人のスキップ・サンズのことを話したが、スキップにも彼女のことを話していたに違いない。もちろん、彼女がサンシャイン食堂で彼に会ったことは知っていた。

「スキープ・サンズにアメリカ軍大佐のことを知っているかと聞いてみたところ、これがずばり、とても面白いつながりがありましてね……。どんなつながりか、お聞きになりたいですか？」

「ゴシップは嫌だわ」

「確かにクリスチャンの教えに反します！　ですが町長との会話であれば話は別です」

キャシーはデザートの覆いを取り、彼は片手をかざして、チェス盤を見るようにトレーを見つめていた。「こりゃ大勢の客だな！」

「あなたがまじないで呼び出してるんじゃないかしら」とキャシーは言った。

「私が呼び出してるですって！　そうですよ！　アメリカ軍大佐にフィリピン軍の少佐を呼び出してみせました、それからもう一人いたな。あれはスイス人でしたか、何者だと思います？」

「会ったことないわ。フィリピン人にも。大佐だけよ」

「それにエンジニアたちの測量チームも呼び出しましたね。ミセス・ルイス」太った彼の妻が草履を履いて、台所からリノリウムの床をすっと入ってくると、彼は声をかけた。「どう思う？　俺は魔法使いかな？」

「声が大きいだけよ！」

「キャシーは俺がまじないであれこれ呼び出してくるっ

て信じてるんだよ」と家の裏手に向かう彼女に言った。

「キャシー」と彼は言った。「調査チームにちょっとやってもらいたいことがあるんです。それを説得するのに力を貸してもらいたいんですよ」

「わたしにそんな力はないわ、エメテリオ」

「私が呼び出したんですよ！　私のために動いてもらわなきゃ！」

「じゃあ自分で出かけていって話をしなきゃ」

「キャシー。スキープというあのアメリカ人が私に何と言ったと思います？　大佐と親戚なんですよ。正確に言うと、大佐は彼の叔父なんです」

「まあ！」とキャシーは言った。大佐は大まかに言えば強い印象を残していったが、顔をはっきりとは思い出せなかった——呼び出せなかった——ので、比べることはできなかった。

「スキープにフィリピン軍将校ともう一人の男のことを訊いてみましたがね、その二人のことは知らんぷりでした」

「どうして知ってるはずだってわかるの？」

「この手の連中はみんな知り合いですよ、キャシー。政府の秘密任務に関わってるんです」

「みんな隠れ蓑を使ってるわよね」彼女自身、宗教的な性格はない国際児童解放運動の援助でここにいたが、実のところはイエス・キリストの葡萄園で働く夫の配偶者として来ていた。

町長は迷い込んできた犬にサンダルを投げ、尻に見事命中させ、犬は鳥のような悲鳴を上げて扉から逃げていった。

「ギャンブルというのは完全にわれわれの理念に反していますね」彼はいきなり考え込んだ。「賭け事はセブンデーの教えに反している。もう止めようとしているんですがね」

「止められるわよ。賭けてもいいわ」

「どうも。おやおや、そりゃいい！　ハハ！『賭けてもいい』ね！」彼はすぐに冷静になった。「でもご覧の通り、闘鶏には行きます。義務でしてね。人々の情熱と関わっていたいですから」

「そうなんでしょうね」

もう十五分が過ぎたころ、若い女が——使用人か隣人か親戚か——デスクに氷水のグラスを二つ置いた。ルイス町長は手の甲で額の汗を拭った。ため息をついた。「ご主人のティミーのことで」フィリピン人たちは急に彼女の夫をティミーと呼ぶようになっていた。「遺品についての知らせを待ちましょう。もう少しかかりそうです。望みは捨てていませんよ、キャシー、どこかの犯罪集団が彼を人質にしていて、知らせが入ってくることがありえますからね。われわれは強盗団だの誘拐グループに散々酷い目に遭わされていますが、今回は奴らが希望です」水を飲むと、本当に正直な沈黙が彼を包み込んだ。いや。希望などないのだ。

午後二時に授業が終わり、街が昼寝の時間に入ると、彼女はコンクリートブロックの学校に四つある教室の一つで活動しているダムログ保健部のドアを開いた。開発運動のエディス・ビラヌエバが居合わせていて、若い母親たちが自分たちの赤ん坊に予防接種をしてもらいに来るのを見ていた。十二歳か十三歳くらいだが、せいぜい九歳か十歳くらいにしか見えない少女たちが二十人ほど並び、赤ん坊の手足を容赦なくしっかりと持って注射を受けさせ、旅の本当のお目当てである粉末ミルクの缶をもらっていた。

一方、アメリカ人スキップ・サンズは表のコンクリートの玄関に座り、本を眺めていた。チェック柄の短パンに白いTシャツ、ゴムのサンダルという格好だった。泣き声は気にならないようだった。

彼女たちがいなくなると、キャシーはエディスをアメリカ人に紹介した。彼は立ち上がろうとしたが、エディスは彼の横に座り、スカートのしわを伸ばした。「何の本かしら？」とエディスはたずねた。「暗号表？」

「違うよ」

「じゃあギリシャ語？」

「マルクス・アウレリウスなんだ」

「あなた読めるの？」

「『彼自身に』。たいていは『自省録』って訳されてる」

「言語学者ってとこね。あなた学者なの？」

「ただの練習だよ。ホテルに英訳があるんだ」

「カストロのところ？　わたしならあそこには泊まらないわね」とエディス。「四時のバスで出るのよ」

「ミスター・カストロのところは屋根に穴が開いてるけど、次のホテルはやたらと遠いから」

「一人なの？」エディスは結婚している中年の女性だった。そうでなければ彼をからかったりはしないだろう。

彼は微笑んだ。突然、キャシーは彼の脇腹の下の柔らかいところを蹴って彼の目を覚まさせたくなった。この朗らかな男の、人のいい顔を歪めてやりたくなった。

「見てもいい？」とキャシーは言った。彼の本は地味な安物で、カトリック大学出版から出ていた。彼女は本を返した。「カトリックなの？」

「中西部のアイルランド系カトリックなんだ。ごちゃごちゃの雑種だってみんな言ってる」

「カンザスって言ってたかしら？」

「カンザス州クレメンツ。君は？」

「マニトバ州ウィニペグよ。その郊外ってとこね。カンザスと同じ緯度だわ」

「経度だろ」

「オーケー。あなたたちの真北ね」

「でも国が違うわね」とエディスは言った。

「違う世界よ」とキャシー。くたびれた妻が二人して、男に群がっている。「じゃあいらっしゃい」と彼女は彼の手を持って立たせた。

三人はキャシーの家のある通りへと歩き始めた。「じゃあ、合衆国中西部の出身ってわけね」とエディスは言った。

「その通り、カンザスだよ」

「わたしの夫もそう。イリノイ州スプリングフィールドよ」とキャシーは言った。

「へえ」

「今は行方不明だけど」

「知ってる。町長からそう聞いたよ」

エディスが口を挟んだ、「町長以外ありえないわよ！」とキャシーは言った。「そうやっていろいろ情報を集めてるの。しゃべればしゃべるほど、みんなはいろいろ教えてくる。あなた、わたしを待ってたの？」

「まあ要するにそうだね」と彼は認めた、「でも待ち過ぎたよ。急がなきゃ」

「急ぐですって！」とエディスは言った。「フィリピンぽくないわね」

彼がいなくなると、エディスは言った。「わたしがまだ一緒だって知らなかったのね。あなたと二人きりで会いたかったんだわ」

その日の午後四時ごろ、二人の女が街から出るエディスのバスを待っていると、またアメリカ人を見かけた。彼はバミューダパンツを履いて日焼けした脚を出し、毛のついた茶色いココナツを手に市場の露店の間をうろうろしていた。「こいつをかち割って開けてくれる人を探してるんだ」と彼は言った。

市場のある広場は町の一ブロックをまるまる占めていて、茅葺きの売店に囲まれ、その内側は踏み固められたむき出しの地面だった。三人はそのココナツをどうにかしてくれる人を探して市場を歩き回った。バスが到着して、混沌をどっと振り落とした——乗客たちは自分の荷物袋を持ち上げ、子供たちを集め、逆さに吊るされてバタバタ羽ばたいている鶏のかぎ爪を持って振り回していた。「運転手が山刀を持ってるはずだわ」とエディスは言った。しかしスキップは山刀を使う行商人を見つけ、その男が巧みにココナツの実のてっぺんを切り落として、飲むような仕草で持ち上げて、彼に返してくれた。スキップはそれを差し出した。「誰か飲みたい人?」女たちは二人とも笑った。彼はミルクを飲んでみた。「だめよ、それは捨てなさいよ。お腹を壊すわよ」とエディスが言った。スキップは地面に果汁を空けて、行商人に果肉を四つに分けてもらった。

エディスは運転手と少し話をして、戻ってきた。「ヘッドライトを洗わせたのよ。ここの人たちは洗わないのよ。暗くなったら泥がひどくて、目隠しでもしてるみたいな運転になるんだから」彼女はキャシーにお別れとお礼をい、ゆっくりと時間をかけて今回の訪問を締めくくっていた。彼女はスキップに手を差し出し、彼はぎこちなく指先のほうを握った。「どうもありがと」とエディスは言った。「あなたはダムログの街にいい刺激になると思うわ」その口調はどこかいたずらっぽく、無作法だった。

エディスは麻の留め糸のついた巨大なマルチカラーの嚢袋を持っていた。彼女はそれを振りながら、サンダルでぺたぺたと歩いて行き、絹のスカートの下のお尻は水牛のように揺れていた。よし。行ったわ。午後のあいだずっとキャシーは首と肩がこった感じがしていて、この女性と一緒だという重荷を早く下ろしたかった。毎日の終わりが彼女の心から光を盗んでいき、そして夜の悲しい狂気がやってくる——目覚め、泣き、考え、地獄について読む夜が。

それなのに、カビ汚れのあるベンチに彼女のために白いハンカチを広げているこのアメリカ人ときたら、的外れで、愚かで、安心できそうだった。彼は「フランス語で話したい?」とフランス語で言った。

「何て言ったの?——ああ、いいえ、マニトバはそうじゃないのよ。その手のカナダ人じゃないの。あなた本当に言語学者なんじゃない?」

「ただの趣味だよ。本物の学者だったらここで一生研究できるだろうな。僕の知ってるかぎり、ミンダナオ方言を体系的に研究しようとした人はいないよ」

彼は厚切りにしたココナツを一切れ持ち上げた。アリに見つかっていた。アリを吹き飛ばして、ダークブルーのアメリカンボーイスカウトのポケットナイフで一かたまり切り取った。

「君の仕事ってきついね」と彼は言った。

「そうね」と彼女は答えた。「どんな仕事なのか勘違いしてたわ」

「そうなの？」

「難しさと、真剣さをね」

自分の能力を見極めなさいよ、と彼に叫びたかった。

「その、いろんな人と付き合わなくちゃいけないいって意味で言ったんだけどさ」

「異教徒の中に入ると全てが変わるわ。本当に変わるの。もっとはっきりと、鮮明になるのよ、鮮やかにはっきりするわ。何て言うか……言葉にしようとするとどうもだめみたいね」

「そりゃそうだと思うよ」

「じゃあこの話はやめにしましょう。思いついたことを書いてあなたに送ってもいいかしら？　手紙で？」

彼は「いいよ」と言った。

「あなたの方は？　仕事はどうなの？」

「どっちかっていうと休暇なんだ」

「デルモンテがここに興味でもあるの？　このマギンダナオの平地ではあまりパイナップルは育たないと思うわ。洪水がひどいもの」

「休暇中なんだ。それで旅行してるんだよ」

「それで何の説明もなく来てるってわけね。迷子の大使さん」

「まあそうだね、もし君みたいな素晴らしい人たちが僕らの代表としてずっといい仕事してるんじゃなきゃ、外交官ぽく振る舞うチャンスだって思うかも」

「わたしたちの代表って誰のことかしら、ミスター・サンズ？」

「アメリカ合衆国だよ、ミセス・ジョーンズ」

「わたしはカナダ人よ。わたしは福音を代表してるのよ」

「でもさ、合衆国だってそうだよ」

「『醜いアメリカ人』っていう本を読んだことは？」

「なんだってそんな本を読まなくちゃいけないんだい？」

彼女は彼をじっと見つめた。

「わかったよ、オーケー、『醜いアメリカ人』は読んだことあるよ」と彼は言った。「でもナンセンスだと思うな。自虐的になるのが流行になってきてるだろ。僕にはピンとこないな」

「じゃあ『おとなしいアメリカ人』は？」

「『おとなしいアメリカ人』も読んだよ」——そしてこの本のほうはナンセンスだとは片付けられなかったことに彼女は気づいた。

彼女は話し出した。「わたしたち西洋人はいろいろと恩恵を受けてるわ。自由意志がそう。わたしたちは特定の……」考え込んで言い淀んだ。

「僕らには権利があるよね。自由や、民主主義が」

「そういうことじゃないのよ。どう言えばいいかしら。自由意志についての問題があるでしょう」もしかしてジョン・カルヴァンを読んだことはあるかしら、と訊いてみたくて、体が震えた……。だめ。訊くこと自体が破滅的だ。

「大丈夫かい？」

「ミスター・サンズ」彼女は言った、「キリストは知ってる？」

「僕はカトリックだよ」

「そうね。でもキリストは知ってるの？」

「その」と彼は詰まった。「君が言いたいだろう意味では知らないよ」

「わたしも知らないの」

彼はこれには答えなかった。

「キリストのことを知ってると思ってた」と彼女は言った。「でも完全に間違ってたわ」

何を言ったらいいのか分からないとき、彼は座ったまま動かなくなることに彼女は気づいた。

「ここのみんなが狂ってるわけじゃないのよ」——これにも彼は答えようがなかった。「ごめんなさい」と彼女は言った。

彼はそっと咳払いをした。「君は国に戻れる。そうだろ？」

「あら、いいえ、それは無理よ」彼はその理由を怖くて訊けないでいる、と彼女は感じた。「それじゃ何の解決にもならないわ」

このアメリカ人が醸し出す沈黙には抗い難いものがあった。それを埋めなければ、という気になるのだ。「まあ、悲劇のなかで生きてくっていうのは別に珍しいことじゃないし、変なことでも前代未聞のことでもないわ。ここを見てよ！　太陽は昇っては沈んでいく。日ごとに心が大きくなって——どう言えばいいのかしら……その愛は容赦なくて、情け容赦なく進んでいって、心の中の子供みたいに押したり蹴ったりするのよ。じゃあもういいでしょ！　わたしこのことはここまで！」何てバカなの！　と自分に叫びたかった。

沈む夕陽が雲の下に姿を現し、雲を照らし出し、突如として街全体が深紅色に脈打っているような光景になった。アメリカ人はそれには何も言わなかった。「それでこれが全部、その、つまり……片付いたらどうするんだい？」と彼は言った。

「あらおめでとう。いい言葉を見つけたわね」

「ごめん」

「もしティモシーが死んでたらってことかしら？」

「もし、その……そうだね。ごめん」

「何があったのかは知らないわ。彼はマライバライ行きのバスに乗って、わたしたちはまだその帰りを待ってるのよ。具合が悪そうで、他の人に会う前にそこの診療所の医者に行って診てもらうって約束をしてた。わたしたちが知る限り、診療所では誰も彼の姿を見ていないわ。彼がマライバライに来たのかどうかも分からない。ここと間にある町には全部行ってみた。何も、何の知らせもなかったわ」

「ということは、もうずいぶん経つんだね」

「十七週間よ」と彼女は言った。「できることは全部したわ」

「全部？」

「みんなに連絡をしたし、当局にも全部連絡をしたわ、大使館にも、もちろんわたしたちの家族にもね。千回くらい電話をして、毎回大騒ぎしてた。彼の父親が七月に来て、懸賞金を出していったわ」

「懸賞金か。彼は裕福なの？」

「いいえ、全然」

「そうか」

「でも進展はあったわ。遺骨がいくつか出てきた」

中西部の出身らしく、アメリカ人はこの発言に「ああ」とか「そうか」と答えた。

「だから今は遺体の結果についての知らせを待ってるの」

「ルイス町長から聞いたよ」

「そしてそれがティモシーだったら？　もう少しここにいて、新しい仕事を見つけるわ、もともとそのつもりで二人で話してたから。それか、びっくりなことにもしティモシーが戻ってきたら？　そうなるかもしれないわね、彼はそういう人なのよ。もしそうなったら、計画通りにするわ。彼には変化が必要な時期だわ。変化を求めてたのよ、新しい挑戦ね。取り組むことは前と何も変わらないけど、新しい土地でやりたがってたってことよ。それにわたしは看護婦だから、どこでも必要とされるわ。タイか、ラオスか、それともベトナムか」

「北ベトナムかい、それとも南？」

彼女は言った、「北には人がいるわね」

「セブンスデー再臨派の人が？」

「ＩＣＲＥよ――国際児童解放運動」

「そうか、国際児童解放運動ね」そして突然、彼は熱っぽく語り始めた。「いいかい、ここの人たちの生活は今までより良くはならないよ。でも子供たちは違うかもしれない。自由な事業とかのことなんだ。全部古くさく聞こえるだろうけどね。そして自由な事業というのは革新や教育や繁栄のことなんだ。そして自由な事業というのは自然に広がっていくものなんだ。ここの人たちのひ孫たちの生活は今の合衆国より良くなってるはずだよ」

「あら」彼女は面食らって言った、「それはすてきな考え方ね。希望を持てる言葉だわ。でも『ここの人たち』は言葉だけでは食べていけない。お腹にお米が必要なのよ、つまり今晩の話よ」

「共産主義の国だったら、子供たちは今晩いい飯にありつけるかもしれない。でも孫の代は巨大な牢獄になった世界で飢え死にしてしまうよ」

「ところでどうしてこの話になったのかしら？」

「国際児童解放運動が共産主義の看板だって思われてるって知ってるかい？」

「いいえ。本当なの？」実際彼女は聞いたことがなかったし、どうでもよかった。

「サイゴンのアメリカ大使館には第三勢力だと見なされてる」

「いいかしら、ミスター・サンズ、わたしは第五列でも第三勢力でもないわ。そもそも第三勢力って何のことか分からないし」

「共産主義でも反共産主義でもないけど、共産主義にとって都合がいい勢力のことだよ」

「それであなたたちデルモンテの人たちはサイゴンのアメリカ大使館にしょっちゅう出入りしてるの？」

「あちこちから公報が送られてくるんだ」

「国際児童解放運動は小さな団体よ。十くらいの慈善基金からの援助でやってるの。ミネアポリスに本部があって、四十人くらいの看護婦が活動してる。何カ国かは知らないけど、十五か十六カ国くらいだわ。ミスター・サンズ、うろたえてるみたいね」

「僕が？　こないだの晩は君がずいぶんとうろたえてる

みたいだった」

「いつ？」

「マライバライだよ」

「マライバライ？」

「おやおや。イタリア料理の店だよ？　町長からセブンスデー再臨派のキャシー・ジョーンズっていう同じ名前を聞いたけど、それが君だとは思わなかった」

「どうして？」

「あの晩の君はどう見てもセブンスデー派っていう感じじゃなかったしね」

カラフルなバミューダショーツを履いたアメリカ人は彼女からの返事を待っているようだったが、明らかに無駄だった。「町長と家族の人たちは親切にしてくれたわ」

「いや、そうことじゃないよ……分かるだろ」

「誰も自分のことを全部は打ち明けないわ。そうでしょう？　例えば町長はあなたの身元は違うと思ってる。あなたは秘密の任務中だって言ってるわ」

「僕がデルモンテの社員じゃないってこと？　ドール・パイナップル社のスパイだと？」

「あなたの叔父さんは国際開発局の人間だって言ってたわ」

「彼に会ったことがあるのかい？」

「派手でわんぱくな叔父さんよね」

「じゃあ会ったんだ。誰かと一緒だった？」

「いいえ」

「そうか。でも町長は他に二人のことを言ってたな。確かドイツ人だっけ」

「このところよく来るのよ」

「その二人が？　いつここに来たんだい？　覚えてる？」

「わたしは金曜にここを出たから、木曜にはいたわね」

「先週の木曜ってことかい。四日前だな」

「一、二、三、四、そうね、四日前だわ。何か問題でも？」

「いや、いや。行き違いにならなきゃよかったのにって思ってるだけ。ドイツ人は誰と一緒だった？」

「ちょっと考えさせて。フィリピン人だったわ。軍人の」

「ああ、アギナルド少佐だ」

「実際に会ったわけじゃないのよ」

「僕らの友だちなんだ。ドイツ人のほうは知らないけどね。ドイツ人だったかな？　よくは知らないんだ。町長が言うにはひげがあるらしいけど」

「スイス人って町長は言ってたわ」

「ひげの？」

「会ってはいないのよ」

「でも大佐には会ったんだね」

「この辺でひげは珍しいわ。ちくちくするもの。その口ひげもそうじゃないかしらね」

彼は口を閉じて、どうだと言わんばかりに彼女に向き合った。帽子はなく、濡れた額から汗が滴っている、垂れ下がった口ひげからも……。彼はようやくあたりを見回して、消えかかりながら二人を包み込んでいる朱色の薄明かりをじっと見た。「すごいな」と彼は言った。

「祖母は薄暮って言ってたわ」

「とにかく圧倒されるときがあるよね」

「五分もすれば蚊が群がってきて、二人とも生きたまま食われるわ」

「薄暮か。ゲール語っぽいな」

「ほら。ほとんど透明になってる」

「天国の存在を身近に感じさせるよ」

「天国がそんなに素晴らしいところなのかは分からないわ」と彼女は言った。

彼にはショックな言葉だろうと思っていたが、彼は「何か分かるような気がするな」と言った。

「福音を持ってきてる?」と彼女はきいた。

「福音?——ああそうか」

「聖書は持ってるの? つまりホテルに」

「いや」

「それなら一つ手配できるわよ」

「そうか——じゃあ頼もうか」

「カトリックはわたしたちほどは福音にこだわらないんでしょう?」

「分からないな。君たちの習慣を知らないし」

「ミスター・サンズ、何かお気に召さなかったかしら?」

「ごめん」と彼は言った。「そんな場じゃなかったよね。ただの礼儀知らずなんだ。恥ずかしいことだよ」

謝られて心が動いた。優しくそれを受け止めようと言葉を探した。

「ルイス町長と来るのは誰だろう。槍を持ってる」とサンズが言った。

固まった泥土と浅い水たまりの道を、町長ともう二人の男が歩いてくる姿が彼女の目に入った。町長は巨大なお腹の上にムームーのような白いスポーツシャツを着て、彼と一緒にいる男たちの一人は槍を空に向け、もう一人はタバコを吸っていて、すぐに彼女は事態を悟った。

「ああ、なんてこと」と彼女は言って、叫んだ、「ルイス町長！　町長！」

彼女は立ち上がり、スキップ・サンズも続いた。彼女の左手はお尻の下に敷いていた彼の白いハンカチを摑んでいた。男たちは振り向き、二人の方へやって来た。「彼女はここだ、ここにいる」と町長は言った。彼らが夕暮れをもたらしたようだった。タバコの端が暗がりの中でゆらめいた。「キャシー」と町長は言った、「とても残念です」

自分が本当に希望を抱いてきたのか、この時彼女には思い出せなかった。

ルイス町長はスキップに話しかけているようだった――「とてもつらい務めだよ。だが残念ながら私はまだ町長なんでね」

町長は指輪を差し出し、それをつまもうと彼女はスキップのハンカチを落とした。

「キャシー、今夜はわれわれ全員にとって悲しい夜です」

「刻印があるのかどうか見えないわ」

「あるんですよ。こんな証拠を持ってこなくちゃならないなんて悲しいことです」

「じゃあこれまでね」

「そういうことです」とルイスは言った。

彼女はティモシーの指輪を握りしめた。「それでどうなるの？　どうすれば？」彼女は右手の人差し指に指輪をはめた。

「僕はこれで」とスキップは言った。

「いいえ、行かないで」彼女は彼の手をつかんだ。

「本当に悲しいことだよ」と彼は言った。

「キャシー、こっちへ」と町長が声をかけた。「スキップはあとであなたにお悔やみを言いますよ」

町長の連れの若い男はタバコを水たまりに捨てた。「あなたのために長い旅をしてきた」

二人に金を払わねばならなかった。誰が金を出したんだろう？「わたしが五十ペソ払うのかしら？」と彼女は訊いた。誰も答えなかった。「それに他のものはあるの？　持ってきてないの？　これだけなの？」彼女は槍を持った男のほうを向いたが、彼は無表情だった。英語は分からなかったのだ。

「ありますよ。ティミーの亡骸は私の家にあります」と町長は言った。「妻がいて、あなたが来るまで番をしているんです。そうなんですよ、キャシー、私たちのティミーは逝ってしまった。喪に服す時なんです」

サンズがミセス・ジョーンズの家の前を三度目か四度目に通りかかると、ようやく中で明かりがついていた。そのころにはもう夜の十一時を過ぎていたが、ここの人々は長い昼寝をして、夜は遅くまで起きていた。

彼はポーチに上がり、小さな虫が斑点のようになっているネオンの輪の下に来た。彼女が居間の真ん中で途方に暮れたように立ち尽くしているのが窓越しに見えた。瓶を首で持ってぶらぶらさせていた。

彼女からも彼が見えているのは明らかだった。「葉巻でもどう?」と彼女は言った。

「何だって?」

「葉巻でもどうかしら?」

彼には答えようのない、完璧に単純な質問。

「今夜はちょっと飲んでるのよ」

彼女がドアを押して開け、ポーチの手すりに座りにきたので、彼は後ろに下がらねばならなかった。彼女はふらついていて、暗がりに落ちてしまうのではないかと思った。

「これ飲んでよ」

「何だい?」

「ブランデーよ」

「きつい酒はごめんだよ」

「ライスブランデーよ」

「ライス?」

「ライスブランデーよ。お米の……ブランデーなの」

「君の気持ちは――」彼は言いかけて止めた。夫が死んだというのに、何て馬鹿な切り出し方なんだ。

「いいえ」

「いいえって?」

「違うわ」

「君は――」

「わたしは何も感じてない」

「ミセス・ジョーンズ」と彼は言った。

「だめ、行かないで。前も行かないでって言ったのに、いなくなってしまったわ。いいの、心配しないで。彼は生きてはいないだろうってずっと思ってた。だからあのときレストランであなたの手をつかんだわけ。望みはないって分かってた。もうどうしようもないわ、だから――ベッドへ行きましょう」

「何てこった」と彼は言った。

「今すぐって意味じゃないわ。いえ、今すぐね。黙んなさいキャシー、あんた酔ってるわね」

「何か食べたほうがいい」

「ポークならあるわ、まだ悪くなってなければの話だけれど」

「食事にしたほうがいいと思わないかい?」

「それとロールパンも」

「ロールパンだとたぶん――」彼は言うのを止めた。パンならブランデーを少し吸収してくれるかもしれない、と言おうとしたのだが、暑くて、彼の首は痛々しいくらい日焼けしていたし、そもそも食べ物の吸水力をあれこれ議論して何になる?

「どうしたの、若者さん?」

「僕のところにはエアコンがなくて」

彼女はじっと彼を見据えた。酔っているというより、狂って見えた。

「ご主人のことはお悔やみ申し上げます」と彼女は言った。

「何だって?」

彼女のブラウスはボタンが半分外れていて、ほとんどへそのところまで開いていた。ブラジャーは驚くほど小さな青い花の柄だった。汗がお腹を伝っていた。彼のほうは腋から乳首にかけて痛くていらいらする湿疹ができていた。肌に氷を当てたかった。雪になればいいのに、と思った。

「あなたが入ってブランデーを飲むんだったら、何か食べるわ。エアコンはきいてるわよ」

エアコンは寝室にあった。二人はベッドに入り、愛のようなものを交わした。その間じゅう、彼は落ち着かない気分だった。違う。嫌な気分だった。終わるとすぐに彼女の手を払いのけて服を着て、ホテルに歩いて帰った。後悔で頭の中は真っ黒になり、ぎとぎとの油のように動かなくなっていた。未亡人になったばかり、しかもその知らせを聞いた日に……。一方の彼女は、その後もそれほど恥じても酔っぱらってもいないようだった。ただ夫が死んだことに怒っているようだった。


彼は翌日の夜も彼女の家の前を通りかかったが、明かりはついていなかった。ノックしてみたが、返事はなかった。それ以上うるさくすると近所の人を起こしてしまう。彼は帰った。

まだ乾季ではなかったが、雨は降らなかった。日が沈むとすぐに雲が空に蓋をし、熱気がダムログにこもり、花を萎れさせ、皆の頭の中に押し入ってきた。ゆっくりと、街全体がラムを啜っていた。若い調査技師のロミーはサンシャイン食堂でムスリムたちと殴り合いの喧嘩を始め、広場に出てさんざん殴られたが、誰も席を立って見に行こうとはしなかった。

土曜日の夜には、縞模様のスズメバチと小さなトンボが食堂の蛍光灯を覆った。虫たちは激しく交尾し、皿の上に落ちてきた。群れが次々にこの集会に集まってきて、明かりの下を這いずり回り、そしていなくなった。ルイス町長はカフェにいるサンズを見つけ出した。安息日が終わったので、連れを探していたのだ。

「毎晩同じ食事をしてたんじゃつまらないだろ」と町長は言い、木とレンガと妙なリノリウムの床の家に彼を連れていった。彼らはスパイスがきいた豚肉のアドボを食べ、パイニットという地元のコーヒーを飲んだ。そしてオールドキャッスルリカーも――スコッチでもバーボンでもない、ただのリカー。ロミーはホテルにこもって、傷を人前に見せないようにしていたので、スキップが笑って話せる相手といえば町長しかいなかった。キャシー・ジョーンズはどうしたのだろう？「彼女は火曜の朝にマニラに行ったよ」と町長は言った。「夫の遺骨に空港まで付き添うんだ」

その知らせは寝耳に水だった。「もう帰ってこないのかい？」

「義理の父に会って、彼が遺骨を合衆国に持っていく」

「彼と一緒には帰国しない？」

「要するに旦那の遺骨を飛行機に載せに行くだけだよ。それからダムログに戻ってくる。献身の気持ちだけでわざわざ合衆国まで行くことはないだろう」

翌日、彼と町長はマルチカラーで右ハンドルのいすゞの積載トラックに乗り込み、直径十センチの鉄パイプの積み荷と一緒に浄水施設の建設予定地に行った。大きな野原に巨大な濾過ステーションが建っていた。パイプ設置プロジェクトがようやく始まったところなのが見て取れた。ルイス町長はいつかここにスタジアムを造りたいとも考えていた。ガマが生い茂るだけのこの平原の中を歩き回り、小さな手で身振りをしながら、ゲストハウスや競技グラウンド、水泳プールの区画を計算していた。

三夜連続で雨が降らなかった。うだるような暑さの家にはいられず、人々はダムログにある唯一のコンクリートの地面であるバスケットボールコートで横になり、どんよりとした黒い空を見上げ、ほとんど言葉も交わさずに夜明けを待っていた。

毎晩、サンズは街をうろつき、ミセス・ジョーンズの家の前を幾度となく通ったが、明かりはなく、四日目にようやく明かりが見えた。

彼女はノックには答えたが、中には入れなかった。酷い格好だった。

「戻ってきたんだね」

「帰って」と彼女は言った。

「明日街を出るんだ」

「よかった。戻ってこないで」

「また少ししたら戻る手配ができるさ」と彼は言った。

「一、二週間すればってとこかな」

「別に止めはしないわ」

「中で話をしてもいいかな？」

「どっか行ってよ」

彼は立ち去ろうとした。

「分かった分かった、いいわよ」と彼女は声をかけた。

「入って」

月曜日の朝遅く、乗り合いバスが広場にやってきた。ボンネットが開いていて、男が二人エンジンの上にかがみ込み、もう一人の男の両足が車体の下から突き出していて、運転手はフロントシートでブレーキを踏んで叫んでいた。

サンズは最初に乗り込んだ客だった。マニラで、ちょっとした移動にこの手の車を使ったことは何度かあるが、今日のように山越えをしたことはなかった。車体を長くしてあるこの型のジープは、前と後ろの席に十人ほどの人間を載せることができそうだったが、実際にはアクセルがいかれないかぎりは何人でも載せたし、どんな路面でも走り、どれもどぎつい色で塗りたくられ、三角旗と、クロムメッキをしたトロフィー、それに十代のスピード狂が好みそうなヒューヒュー音を立てる安飾りなどで飾り立てられていて、どの車のフロントガラスの上にも名前とスローガンが書かれていた。コマンドー、ワールドチャンピオン、云々。今日の車は「しぶとい野郎(スティル・アライブ)」という名前だった。

修理が行われている間、サンズは車の乗客用スペースにあるベンチに座って待ち、米粒が散らばった床板を見つめながら、多くの乗客に加えてただ日陰を求めてやってきた人たちと一緒にすし詰めになっていた。二時間経って修理が終わり、少なくとも二十人の客とその持ち物と袋が積み込まれ、いよいよ出発かとサンズは思った。だがさらに人が乗り込んできた。数えてみたところ、屋根から下がっている十一対の脚も入れると、少なくとも三十二人、それに赤ん坊が二人いた。一人は眠っていて、もう一人は泣きわめいていた。ヒヨコの声も聞こえた。ぎゅうぎゅう詰めになっていたので、熱の損傷でできた小さな赤い斑点がお互いの眼球の表面にあるのが見えるほどだったし、その気になれば舌を出してお互いの頬の汗を舐めることもできるくらいだった……。車体が動きだし、何らかの超自然的な力で前へ進み、油ぎった汗っかきの氷山のように巨体を揺すって町から出て行く。こんな容赦ないものに、ブレーキが何の役に立つだろう? スキップの最後の勘定では、乗客は四十一人で、彼がいる後部座席に二十五人、三人が前にいて、上には十二人が乗っていた。それと運転手。さらに、ぎりぎりになって乗り込んできた人たちもいれば、追いかけてきて屋根の上に乗り込んだ者もあり、ようやくスピードが上がると最後の何人かは諦め、笑って手を振っていた。サンズの向かいにいるのは猿のような老人とトカゲのような女、それに百歳の老婆のような足をした少女だった。町から出てしばらくすると、低いバナナの森に入り、騒々しい昼は静かになり、日差しも漏れてくる程度になった。彼らはオーク材の骨組みの、小さくぼんやりとした村々を通り過ぎ、あるところでは、壊れた道路の真ん中で燃えている竹の焚火に突っ込んでいった。それからジープは揺れ、唸りながら山道を登った。そしてタイヤがパンクした。ほとんど全員が車から飛び降り、サンズは全員の集合写真を撮ることができた。四十七人が車体のところに集まり、彼がシャッターを切るときに嬉しそうな声を上げていた。

午後三時にカルメンで降りた。アスファルトのメインストリートと二階建ての漆喰の建物がいくつかある、先週のマライバライ以来の偉大な文明だった。その晩泊まる部屋を見つけ、ごろりと横になって昼寝をし、午前二時過ぎまで目を覚まさなかった。町全体がまどろんでいた、起きているのは犬と、罪人だけだ……。この孤独な時間に、サンズはキャシー・ジョーンズに抱いた欲望を悔いた。心の中で彼は十字架の下にひれ伏し、清めの血を振りかけてくれるようイエスに懇願していた。ミセス・ジョーンズはがっしりとしていて、中年になる手前とはいえまだ中年ではなかった。顔は丸く、頬はぽっちゃりとしていて、カールした濃い髪は羊毛のようで、柔らかく優しい茶色の目で、手は柔らかかったが力強くもあった。話すときは小さな、水平な前歯に舌が当たっていた。面白く、感じが良くて魅力的だったが、神経がいかれるほどでもなかった。彼の魂がイエスとミセス・ジョーンズの間をうろうろさまよっているうちに、雄鶏の鳴き声が聞こえた。

スキップは地図を何枚か持っていた。毎日地図にうっとりとかぶりつき、自分の体から解き放たれて鷲のように自由になっていた。どこで司祭のカリニャンを探し出せばいいのかは大佐から聞いていたが、彼のミンダナオの地図には、リオ・グランデ川沿いのナサダイと呼ばれる場所は記載されていなかった。しかし北コタバト地方の地図には、この教区の都市部にある教会が正確に記されていたので、彼は朝一番にカルメンの端にあるリゾートのような「養成の家」本部に向かった。ハッダグ神父はお休み中です、と言われたが、神父は二十分もしないうちに出てきた。息に聖餐のワインの匂いのする、たくましいフィリピン人の老人だった。二人は一緒に地図を見て、司祭は鉛筆で小さな印をつけた。「私が思うに教会はここか、ここにあるはずだよ」と彼は言った。司祭は驚くべき寛大さを発揮して五十CCのホンダのバイクを貸してくれて、スキップは二時間ちょっとで三十キロ以上移動することができた。路面に開いた穴のせいで絶えずジグザグに走っていたことを計算に入れれば、五十キロかもしれない。教会は地図に印をつけた通りの場所にあった。傾いたコンクリートブロックの建物にかけられたオリーブ色のカンバスが屋根を覆っているか、あるいは屋根代わりに使われていた。カルメンからの道中、スキップは村落をいくつか通ってきたが、この建物は一番近い村からでも一キロは離れてしまっており、明らかに下の地面を浸食している川のそばにぽつんと立っていた。

カリニャン神父はフランス系カナダ人の家系で、白髪のひょろっとした体、ためらいがちな身のこなしと曇った目をした男で、もう三十三年もの間ここで暮らしてきて、日本軍の占領、ムスリムの蜂起、悪名高い台風、突発的で破壊的な川の変動を生きてきて、セブ語を話し、日焼けした地元のカトリック信者を相手に務めを果たしてきたため、もう英語をほとんど忘れかけていた。スキップの家系のことを訊ねるとき、「あなたの先祖は」と言おうとして「あなたの子孫は」と言っていた。

カリニャンは彼を丁重に迎え、表の日陰にあるテーブルに紅茶を運び、サンダルを脱いで足をテーブルの下にそろえ、膝を開いて彼の向かい側に座った。すり切れたデニムのズボンを履いて、川の水で茶色に変色したTシャツを着ていた。口から息をしていて、ユニオンのタバコを吸い、

「オニオン」と発音していた。タバコを吸っていないときは両手で太腿をつかんで、座ったまま軽く体を揺すり、視線は精神病患者のようにずり落ちて脇にそれていった。集中しようと努めてはいた。サンズが話しているときは来客の方を向き、ショックを押し隠してパンツ姿のサンズを出迎えているような、不審そうだが友好的な表情を浮かべていた。わざとではないとサンズには分かっていた。銃器の横流しなど、到底できそうには見えなかった。

「サンディと呼ばれたりはするかな?」

「まさか! でも友だちからはスキップと呼ばれてます」

「スキップね」と司祭は繰り返し、フィリピン人のように「スキープ」と言った。

「あなたは行方不明の宣教師の捜索を手伝っていたんですよね。つまり遺骨の回収のことですけど」

「そうそう。その通りだろう?」

「プランギ川沿いで?」

「そうだよ。帰るときに山を登っていって、気を失ったよ」

「でもここの川もプランギ川じゃないですか? 僕の地図にはそう書いてあります」

「部分的なものだよ。何て言うんだったか思い出せないな——支流だ、そうだ。ここの部分はリオ・グランデと呼ばれている」

「分かれてるんですか」

「プランギ支流に出るにはかなりの距離を歩かなくてはいけない。長い距離だ。まだ歩いている夢を夜に見るくらいだよ! お茶は大丈夫かな?」

「おいしいです。ありがとう」

「水は問題ないんだ。飲み水は十分にあるが、水浴びできるほどじゃない。タンクから水漏れしていてね」彼の言う「タンク」とは、数メートル離れたところにある、ひどくひび割れたコンクリートの水槽のことだった。

「あなたの教区にはカトリックが大勢いるんですか?」

「ああ、そりゃもうね。カトリックね。何百人も洗礼したし堅信礼もしたよ。それからどうなるかは知らないが。ほとんどは会うことがないからね」

「ミサには来ないんですか?」

「困ったときには来るよ。実のところ、彼らにとって私は神の司祭ではなくてね。魔女に手助けしてもらいたがる人々だからね。私も似たようなものなんだよ」

「はあ」

「明日は来るよ。何人かだけ。聖ディオニシアの祭日だからね。聖女には力があると信じていてね」

「ははあ」

「それに君も」

「僕ですか？」

「君はカトリックかな？」

「母は違いました。父はそうでしたけど」

「そうか――父親というのはたいてい信心深くはないしな」

「戦争で死んだんです。ボストンにいる父のアイルランド系の親戚のところによく遊びに行きました。親戚は熱烈なカトリックでしたよ」

「堅信礼は受けたかな？」

「ええ。ボストンで受けました」

「ボストンと言ったかな？　私はブリッジウォーターで育ったんだよ。近くだね」

「そうですね」会話の多くは二回繰り返されていた。

「私が家を出てから父と母はボストンに引っ越してね」と司祭は言った。「一九四八年に母と電話で話したよ。ダバオの新しい高級ホテルからかけたんだ。そのときは開業したばかりでね。まだ高級ホテルなんじゃないかな？　いつも私のために祈っていると母は言っていたよ。声を聞くと、いっそう母が遠くにいるような気がしたな。この教区に戻ってきたときは、最初の日からやり直すような気分だった。故郷から遠く離れていると改めて感じたんだね」

パンツしか履いていない小さな子供たちが四人、建物の角に立ってじっと見ていた。サンズが微笑みかけると、叫び声を上げて逃げていった。

「もう一人の男にも会ったよ。ここを訪ねてきてね」とカリニャンは言った。

「誰のことですか」

「大佐だよ。サンズ大佐だ」

「ああ、そうですよね。大佐ですか」とスキップは頷いた。

「でも軍服ではなかったよ。暑すぎるんだろうな。だから軍のどの部門なのかは分からなかった」

「退役してるんです」

「彼もサンズという名だね」

「そうです。叔父ですから」

「君の叔父か。なるほど。君も大佐なのかな？」

「いえ。僕は軍の者ではありません」

「そうか。平和部隊かな？」

「いえ。デルモンテの社員です。お伝えしたと思いますが」

「ここには平和部隊と聞くと大騒ぎする人たちがいてね。訪ねて来る人がいればいいなとみんな思っているんだよ」

「残念ですけど、よくは知らなくて」

「それに昨日は二人来たよ。フィリピン人の軍人と、もう一人」

「昨日？」

カリニャンは眉を寄せた。「昨日じゃなかったかな？」

「ちょっと順番を確かめてもいいですか」とサンズは言った、「大佐はいつ来たんですか？」

「ああ、何週間か前だよ。聖アントニウスのお祭りのころだ」

「そしてあとの二人は昨日ここにいたんですか？」

「私が会ったわけじゃなくてね。ピラーに聞いたんだ。私は下流で臨終の儀式を行っていた――とても年寄りの女性がいてね。ピラーが言うにはフィリピン人と白人だったそうだ。アメリカ人（ジョー）じゃなくてね。外国人だよ。パームクルーザーで来ていた」

「なるほど。パームクルーザーですか」サンズは足元の地面がぐらつくのを感じた。

「ボストン、と言ったかな」とカリニャンは言った。

「そう、ボストンです」

「デルモンテだったか？」

「そうです。でもこの二人がやってくるなんて――妙ですよね？」

「まだ川にいるんじゃないかな。ピラーに訊いてみるよ。彼女は川の人々からの知らせをよく聞いているからね」

「ピラーというのは家政婦なんですか？　僕たちに紅茶を入れてくれた人ですか？」

「紅茶は大丈夫かな？　ミルクがなくてね」司祭は二人が腰を下ろしたときの話をまた始めた。

「まいったな」とスキップは言った。

司祭はスキップの混乱を感じ取ったようだった。気を遣っていた。「私たちはみな魂の審判をくぐり抜けることになる。小さいころ、私はユダヤ人のことをイエスを十字架にかけた人々だと言って憎んでいたよ。それにイエスを裏切ったことでユダも軽蔑していた」

「そうですか」とサンズは言ったが、何のことか分からなかった。

カリニャンは苦労しているようだった。言葉がなかなか出てこなかったのだ。指で唇を触れていた。「その、誰でも独りで経験するのはなかなかことだ」と彼は言い、どの類いの真理のことを言おうとしているのかは不明でも、彼の目は雄弁にその傷を物語っていた。

「あなたの写真を撮っても?」

司祭は突然警戒するように身なりを正し、両手を胸の前で握りしめた。スキップがフォーカスを調整してシャッターを押すと、カリニャンは力を抜いた。「君は巡礼者みたいなものだよな。そう、私もなんだ。プランギ川までずいぶん歩いていったよ」と彼は言った。

「お互いのために祈りましょうか」とスキップは言った。

「私は祈らないんだ」

「祈らないんですか?」

「そう、そう。祈りはしないんだよ」


あのアメリカ人（ジョー）は紅茶を気に入ってくれた。自分でお代わりをしてくると言って聞かなかった。他の訪問者のことでピラーとずいぶん話をしていた。

なぜこうした人々がしじゅうやってくるのかは謎だ。

アメリカ人はバイクに乗ることを楽しんでいたようだ。轍を越えて庭に入って停め、ベルトは布鞄の持ち手に通してあって、鞄は体の横で揺れていた。

彼がいない間に子供たちはバイクの周りに集まり、口をぽかんと開けて、指先でバイクを触っていた。

「ほら来たぞ!」とカリニャンは英語で叫び、子供たちは散り散りになった。

どうしてこの数週間、英語が戻ってきているのだろう? アメリカ人の宣教師のことを考えているせいだろうか? 箱の中の骨は黙しているようだが、実はあらゆる言語で話しているのだろうか? 彼があのアメリカ人の客、大佐と初めて話をしたとき、心の中に風穴が開いたのかもしれない。何年ぶりかに会うアメリカ人だった。いや何十年ぶりか。

大佐は二度やってきた。一人で来て、丁重に振る舞っていた。人のいい男だったし、地元の人たちも嬉々として彼に接していた。しかし善かろうと悪かろうと、強き者はトラブルを起こすものだ。

来訪者の目にこのあたりがどう見えるかを意識しながら、カリニャンは川岸までの赤く泥っぽい道やひび割れた水槽、防水シートをした屋根、壁に広がるカビを眺めた。あのアメリカ人（ジョー）はたぶんコンクリートの部屋、下にある「お手洗い」を使っているのだろう。暗く、汚く、低い壁一つで台所と隔てられていて、台所の側ではピラーが歌いながら米を調理している。彼女は一歩またぐだけで、穴の上にしゃがみ込む彼に向かい合うことだってできる。彼はトイレットペーパーを使いたがるだろう。お手洗いにはロールが一つあったが、天気のせいでびしょ濡れになっては乾いていたので、実際に使うことはできなかった。

ピラーは台所で歌うのをやめて、トレーを持ってまた出てきた。マンゴーとパイナップルのスライスだった。

「ピラー、あのアメリカ人がまた来たら留守だと言うように言っておいただろう」

「でも違う人ですわ」

「こんなにアメリカ人だらけというのは好きじゃない」

「あの人カトリックでしょう」

「大佐もそうだったじゃないか」

「カトリックは好きじゃないですか？　あなたはカトリクでしょう。わたしもカトリックです」

「またバカなことを」

「いいえ、それはあなたです」

彼が誘惑してこなかったことで、彼女は怒っているのだった。彼にも分かっていた。誘惑したところで、誰が気にするだろう？　彼は人に触れるのがとても恥ずかしかったただけだった。

「あの老人があなたに会いに来ています。ついさっき台所から見ました。食べ物をあげないで。いつも戻ってくるんだから」

「アメリカ人はどこだ？」

彼女は英語で「トイレです」と言った。

老人はピラーが中に入るまで待ってから、教会の角に姿を現して、ある種の敬意から遠回りに歩いてきた。カーキ色のパンツだけを履いていて、脚は股のところまでむき出しで、腹周りを縄で締めていた。カリニャンが手招きすると、老人は近くに来て座った。皆と同じように痩せていてほとんど骨と皮だけで、動くミイラだった。とても聡明なエスキモーのような、元気がなくうんざりした表情だった。よく微笑んだ。歯はほとんどなかった。

「お許しを、パーデア、私は罪したんです」彼は明らかに意味を分かっていない英語で話しかけてきた。「祝福を、お赦しください」

「汝を赦そう(テ・アブソルボ)。パイナップルはどうかな」

老人は何切れかを両手に取り、「マラミン・サラマト・ポ」と、ルソン島の方言のタガログ語でお礼を言った。いくつもの言葉であれこれ話すことで、老人はようやく準備ができるようだった。

「前の月、夢に誰かがやってきてね」と彼は老人に打ち明けた。「お告げを授かったと思うんだ」

老人は何も言わず、食べ物に集中していて、犬の顔のように無関心な表情だった。

アメリカ人の客は台所から戻ってきたが、お茶は持ってこなかった。この巡礼中の若者はのんきな足取りで、自分の中心にある大いなる熱き炉、自分では気づいていない苦しみの炎の周りを、手足がくねくねと動いていた。

アメリカ人が近づいてくると、老人は椅子を空けて、その横にぺたんとしゃがんだ。

「このあいだ見た夢のことを話していたんだよ。夢のお告げを見つけ出してくれるんでね」とカリニャンはアメリカ人に説明した。

「こんにちは、パーデア」と老人は言った。

「君のことを神父さまって言ってる」とカリニャンは言った。

果物を食べ終えて指を舐めると、老人はセブ語で言った。「どうして夢にお告げがあると?」

カリニャンは言った、「強烈な夢だった」

「目を覚ましたか?」

「ああ」

「また眠ったか?」

「一晩中起きていた」

「それは強い夢だ」

「僧侶、聖なる者が私のところに来たんだ」

「聖なる者とはあなたではないか」

「フードをしていた。顔は銀の雲だった」

「男か?」

「そうだ」

「家族か?」

「違う」

「顔は見えたか?」

「いや」

「手は?」

「いや」

「彼は足を見せたか?」

「見せなかった」

老人は非常に熱心に、少しやかましくスキップ・サンズに話しかけた。

「そうだね、初めまして」とサンズは言った。

老人は彼の手首をつかんだ。話して、止めた。司祭が通訳をした。「彼が言うには、眠るとき、魂は体から離れるそうだ。そして魂の羊飼いというか牛飼いが魂を集めて――」彼は語り部と相談した。「――魂の牛飼いが魂を追いかけて、岸辺、海辺のところで群れにする。羊のようにね」

老人が話し、司祭が彼に質問し、老人はアメリカ人の腕を引っぱり、カリニャンが話をつなぎ合わせた。岸辺に集められた魂たちは海に沈み、その底で夢の世界を見いだす。黄色い蛇が夢の海の境界を守っている。二つの世界を行ったり来たりしようとする者は蛇のとぐろで首を絞められ、眠っている間に死んでしまう。カリニャンはうまく説明する英語の言葉を見つけられなかった。「かなり複雑な話をしていてね。ちょっと頭がおかしいんじゃないかな」

「この世界は前世の記憶を持たないし、来世はわしらの悲しみの記憶など持っていない。だから死が訪れるのは喜ばしいことだ」

こう言って老人は立ち上がり、去っていった。

「待った待った。私の夢のお告げは何なんだい?」

「わしの言ったことが聞こえなかったか?」と老人は言った。

カリニャン神父は教会にあるハンモックで一晩過ごすと言ってきかず、サンズはカリニャンの部屋で神聖なるイエスと共に眠ることになった。目を閉じることのないイエス像が司祭のたんすにもたせかけられていて、サンズは木の鎧板と藁のマットのベッドに横になり、ガーゼのような網の下で眠ろうとした。僧侶の旅路にぴったりの独居房だった。彼は闇の中で横になっていた。網の外で蚊が一匹音を立てていた。大佐が聖書から引用した言葉についてカリニャンに訊いてみようと心に刻み込んだ――神は同じだが働きは種々ある、というくだり。政府の人間には魅力的な考え方だ。宇宙的な官僚機構……。心配事で頭が一杯になってしまった。大佐、エディー・アギナルド、あのドイツ人。誰もがここにやってきたが、彼には一言もなかった。大佐が隠し事をしていたのではどうにもならない。彼が抱いていた一点の疑い、大佐の能力や判断、理解力についての疑念を突かれてしまった。大佐は少し狂っている。だけど、みんなそうじゃないか? 問題は、大佐が甥の能力を信頼していないのではないかということ、でっち上げの任務に派遣したのではないかということだ。彼は聖書の力についての夢、預言的な夢からふと覚めた——ミンダナオ島など合衆国には何の利害もなく、このカトリックの司祭がムスリムに銃器を提供しているなどありえないし、おとなしいアメリカ人、醜いアメリカ人スキップ・サンズがここにいる巡り合わせになったのは、ただ将来の仕事のために見聞を広めるためだ、ということに思い当たった。ここには今やるべき仕事などないからだ。夢は一つも心に残らなかった。ただこの確信だけだった。

今日は人々が親しんでいる聖人ディオニシアの祭日だから、午前の礼拝式には人が来るかもしれない、とカリニャンはアメリカ人（ジョー）に説明した。

彼は聖女ディオニシアのことなど聞いたことはなかった。聞いたことがある人間などいない。「そう、彼女はここでは力があるんだよ。川沿いで起こした奇跡のおかげで、まだ聖人でないにしても列聖されるだろうな。五世紀に北アフリカで殉教したんだよ。感動的な殉教だ」

何十年も前の説教で、他意などまったくなく、カリニャンはディオニシアの最期の受苦を生々しく描写し、珍しく大勢やってきた典礼者に聞かせた。今では、彼女は流域のいたるところで伝説となっていた。人々は多くの治癒が彼女のおかげだと信じ、ディオニシアを目撃し、彼女が現れたしるしやお告げを見たと主張していた。「そこで、彼女の祭日が近くなるとみんなに知らせることにしている。でも川の人々にとって、いつがその日なのかを理解するのは簡単ではなくてね。カレンダーなんてないからね」

礼拝に来たのは数人だけだった。その前に、司祭は川岸で新生児の額に泥っぽい水を振りかけて洗礼した。「聖水そのものはないんだ」とアメリカ人（ジョー）に説明した。「だから司教は川はすべて神聖なものだと布告を出した。みんなにはそう言ってある」

赤ん坊はスカーフにくるまれてぐったりしていて、目は閉じ、口を開け、痰の泡を吐いていた。母親もまだ子供だった。

「この子はひどい病気みたいですけど」とアメリカ人（ジョー）は言った。

「どの子が生き延びて、どの子が死ぬのかを知ればびっくりするよ」と司祭は言った。「いつも驚かされる」

彼らは夜のミサに集まった。彼は訪問者の目で改めて眺め回した。小さなグレーの部屋、歪んだ木のベンチの列、カビだらけの土の床、そして集まってきた無知な一握りの人たち、十人、十一人――アメリカ人(ジョー)も入れると、十四人が参列していた。年寄りの女性が二、三人、老人も数人、それに黒い目をして洟が垂れっぱなしの幼児たち。赤ん坊は泣かなかった。時おり誰かが空咳をしたり、しわがれた音を立てた。老婆たちは愚痴っぽく返事し、老人たちは何やらぶつぶつ呟いていた。

アメリカ人の来訪者は彼らに混じって、カーキ色のズボンと汚れたTシャツという格好でベンチに座っていて、まるで自分が最後のアメリカ人だというように、真面目に、友好的に、熱心に聞き入っていて、まばゆいばかりだったが、目の奥には怯えた孤独があった。

今日の朗読は何だっただろう？　彼は典礼拝のスケジュールの本をなくしてしまった。実際のところ、もう何年も見ていなくて、自分が読みたいところ、聖書を開いたところにある節を読んでいた。「ここにあります」彼は英語で読み上げた、「そこで、あなたがたに、キリストによる勧め、愛の励まし、熱愛とあわれみとが、いくらかでもあるなら……」この地方の言葉で「熱愛とあわれみ」に当たるはずのものを説明しようとしたが、結局こう言った。

「どういう意味かは分かりません。おそらく私たちが家族に対して抱く気持ちです」

彼はマタイ書二十七章五節を探した――そこで、彼は銀貨を聖所に投げ込んで出て行き、首をつって死んだ。

そして説教の時間だった。「今日は英語で」なぜかは言わなかった。アメリカ人がいるために彼に礼儀を示すことになるということは言わずもがなだっただろう。彼の考えることを、誰しもがどの言葉でも理解できるわけではないのだが。迷信深い吸血鬼信仰者たち。だが彼自身も一度、アスワンが子供の血みどろの脚をくわえて飛んでいる姿を見たことがあった。

「説教は英語ですると言っておきました。実は何も用意していません。今日読んだところの話をしましょう、裏切り者ユダ・イスカリオテについて。『そこで、彼は銀貨を聖所に投げ込んで出て行き、首をつって死んだ』。

「彼は聖所に、自分の師を裏切るべく彼に金を渡した者たちのところに戻ります。彼はその汚れた銀貨を返そうとしますが、彼らは受け取りません。それがなぜか考えたことはありますか？　なぜ彼らはどこから見ても善き金を拒否するのでしょう？　それはなぜ？『そこで、彼は銀貨を聖所に投げ込んで出て行き、首をつって死んだ』。

「私は最後の告解をしました。聖書の中で私に一番近いのは誰でしょうか？　最も私に似ているのは？　ユダです。裏切り者ユダ――それが私です。それ以外に告解すべきことがあるでしょうか？　誰もイエスを裏切れと私に金を払ったわけではありません、でもそんなことが問題でしょうか？　私は決して金を返せません。彼らは汚れた金を取り戻してはくれません」

もう三十年以上も、母国語でこんなに長く話したことはなかった。拡声器のように英語が自分の頭から出ていくに任せた。「私の祖母がよくその表現を、『熱愛とあわれみ』という言葉を使っていました。どういう意味なのか訊ねたことはありません。

「祖母の愛を拒んだときのことを思い出します。私は祖母が大好きだったし、彼女のお気に入りの子でしたが、やがて十代に入り、十二歳、十三歳になると、祖母が一緒に暮らすようになって、私は意地悪をするようになりました。彼女はただの年寄りだったのに、私はとても不親切でした。

「そのことを思い出したくはありません。苦い記憶です。祖母は愛してくれていたのに、私はつらくあたりました。誰にも愛情を感じていませんでした。

「もちろんここ、人々が貧しくて病気がちなところでは、彼らを愛することはできません。引きずり下ろされてしまうから、破滅してしまうからです。愛することはここの誰もが知っています、でも愛を返すとなると、流砂のようにあやふやです。私はキリストではありません。誰もキリストではないのです。

「他の時には、私たちは十字架にかけられた盗人、イエスの横で磔になった者です。彼はイエスのほうを向き、『あなたが御国の権威をもっておいでになる時には、わたしを思い出してください』と言いました。そして慈悲深いイエスは言いました――『あなたはきょう、わたしと一緒にパラダイスにいるであろう』。私たちはそのどちらかだろうと思います。私たちは裏切り者か、盗人です。

「私はあたりを見回して思います、どうしてナサダイに来たのだろう？　どうやってここまで？　ここは迷路の片隅にすぎません。沼地に浮かぶ島です。ユダは穴へと飛び降りていき、救い出されるかどうかは神のみぞ知ることです。そうでしょう？　すべては神の御心にまかされています、私たちは何者でしょう？　時に私たちはユダです。でもユダは……ユダは出ていって首をつりました。

「この三十年、いやもっと、私は未開の民と暮らし、彼らの強力な神々と女神たちとともに生き、その言い伝えを自分のものにしてきました。おとぎ話などではありませんよ、現実です、いったん自分の中に取り込んでしまったら現実なのです。心の中に彼らの言い伝えのイメージを取り込み、先祖たちの冒険の中で生き、彼らの危険な悪魔や聖人と向き合って歳月を過ごしてきました、形だけカトリックの聖人の名前を持っている聖者たちです……。幾度となく完全に迷子になりそうでした、幾度も、二度とは戻って来れない迷路に迷い込みそうになりました……でもいつも、神々や女神が私を破滅させてしまう前に、聖霊が私に触れ、自分が何者なのか、どうしてここに来たのかをぎりぎりのところで思い出すことができました。もちろん、自分が何者なのかをほんのちょっと垣間見ただけです。そしてまたトンネルに戻ってしまう」

ミサは終了し、参列者は去っていき、カリニャンは下着とサンダルだけになり、水を浴びに川に行った。

この川では非常に珍しいことに、モーター付きのパームクルーザーの音がして、彼は立ち止まって見た。クルーザーは彼の視界を通り過ぎ、減速して、モーターがアイドリングになり、乗っていた二人は岸辺を見つめて、近づいてきた。カリニャンは手を振った。彼らは視界から消えて、土手沿いに茂る低いサゴヤシの陰に入った。

彼は腰まで水に入り、体を洗った。

愚かな説教をしてしまった。英語のせいで昔の悩みが目を覚まし、一気にあがき、汚れた包帯の下で揺れ動いたのだ——彼の魂とその病が。

どうして私がここに?——ユダが迷路にひょっこりと現れる。

頭を垂れ、だが足は見ずに、彼は川から上がった。若かったころに犯した数々の不親切に心を奪われ、悩まされた。どれも深刻なものではなかったが、彼は怖れた。それらは一種の不道徳からなされ、放置されていれば、世界に対してとても危険な人間になっていただろうからだ。

彼はサゴの葉のほうを振り返り、まったく奇妙な光景を目にした——西洋風の格好をした白人の男が、唇に長いチューブをくわえている。竹のようなものだ。カリニャンがその光景をじっと見て、何か挨拶をしようとすると、男の頬はしぼみ、そして何かが神父の喉仏の肉に刺さり、そのまま食い込んでいるようだった。彼は手を伸ばして払いのけようとした。舌と唇がひりひりし、目は燃えるようで、数秒のうちに頭が完全になくなったような感覚になり、そして手と足の感覚もなくなり、体のすべてが離れていくようで、突然彼は体の各部分がどこにあるのか分からなくなった。自分が水に倒れ込んでいくのを感じることはなく、水中に崩れ落ちるころには死んでいた。

川の近くの藪で用を足し終え、サンズは教会の下の道をやってきて、灌漑水路で水牛の背に乗った二人の小さな少年に出会った。少年たちは気恥ずかしさと疑いのこもった笑みを浮かべた。「パーデア、パーデア……」

彼のことをカリニャンだと思ったのかもしれない。宇宙全体にはいろいろな姿をした司祭が一人いるだけだ、と思っているのかもしれない。

彼は子供たちにガムを投げた。一人は取り損ね、水牛の広い背から飛び降り、水路の端に生えた雑草の中からガムを拾い上げた。「パーデア、パーデア」

「僕は神父じゃないよ」とサンズは言った。

日没の光の中で、パームクルーザーが強力なプロペラで水しぶきを巻き上げ、魔法のような色の霧を走り抜けて下流へと向かっていくのを彼は見つめた。二人が乗っていた。川の遠くだったことに加え、水しぶきで見えづらく、どういう状況だったとしても、その二人は「エディー・アギナルドとドイツ人だった」と報告書に書けるほど確かではなかった。しかし、あの二人はずっと潜行していて、ついに姿を現したのだ。彼が双眼鏡を取りに教会へ走ろうとしたとき、司祭がいるのにふと気づいた。すぐ沖のところで、顔を下にして泳いでいる。そんなふうに泳ぐ人といえば？　溺れた人間だ。サンズは彼を追って川に入っていった。川底の穴に落ち込んでしまい、頭の先まで水に入った。水面に出ると、カリニャンが浮かんだままぐるりと回転して、下流に向かっていくのが見えた。サンズは彼のほうに泳ぎ出したが、思い直して川岸に泳いで戻り、水辺の道を走り、カリニャンより下流に来たところでサンダルを脱ぎ捨て、さらに深い水の中に入り、もう一度泳いでいって漂っていく司祭をつかまえようとした。判断ミスだった。手足はだらりとして、死体のようで——もう死んでいるのかもしれない——司祭は川が直線になっているところで一気に速くなり、さらに下流に、そして四百メートルもの幅がある川の真ん中へと流れていった。

サンズは泳いで追うことはもう諦め、岸に戻って這い上がり、今度は裸足で道を進んでいった。道を外れたところにある家に向かい、そのそばの草むらにひっくり返してあるカヌーボートを見つけ、人を呼んだが誰も家にはおらず、ボートを右側から持ち上げようとしたが無理だったので、道のほうへ引きずっていこうとした。男が出てきて止められた。裸足で上半身も裸、赤い短パン姿の逞しい若者だった。戸惑っていたが、すぐに彼は緊急事態だと飲み込み、家に立てかけてあった櫂をつかんだ。それぞれが端をつかんでボートを岸に押していき、危なっかしく乗り込み、死体のほうに漕ぎ出した。小さな舟をフィリピン人が漕ぎ、アメリカ人が方向を指示し、神の国へと旅していく死者に着実に近づいていった。

翌日、サンズはホンダのバイクで教区に戻り、トマス・カリニャン神父の溺死を報告した。ハッダグ神父は彼を失ったことを悲しみ、知らせがこんなに早く届いたことに驚いていた。「川の人びとからの知らせが届くには何週間もかかることもあるからね」と彼は言った。

この用事を済ますために午後いっぱいかかった。その後、サンズはカルメンで部屋を予約し、町を走る高速道路で農業省の三人の男が食事の店を探しているところにたまたま出会い、鶏の串焼きとご飯を一緒に食べた。彼らは道路脇にある屋台に落ち着き、男が痩せこけた鶏の脚とももをココナツの殻の炭火で焼き、醬油とスパイスとコカコーラを混ぜたソースに浸けた料理を食べた。腹を空かせた犬たちが彼らを見ていた。三人のうちの主任、デビッド・アルベロルはアメリカ人と一緒に町をうろつきたがったが、サンズは死ぬほど疲れていた。他の二人は落ち着いていたが、アルベロルのほうはアメリカ人に出会って興奮していて、狂っているのではないかと心配になるくらいだった。彼は同じ話を繰り返し、何度も自己紹介をして、顔は汗と内なる光で輝いていた。二分おきに「話をしに」家に来ないかとスキップに持ちかけた。「君はほんとに陽気なやつだよ」と彼はアメリカ人に言った。「俺の好きなタイプだ。あと三十分一緒に来ないか？」デビッドは他の二人が恥ずかしくなるくらいだんだんしつこくなってきて、スキップが小さなホテルの前で彼らの公用ジープから降りると、酔っぱらって目に涙をためて頼み込んだ——「頼むよ、サー、この通り、あと三十分だけなんだ、なあ、頼むって、お願いだ……」サンズは翌日会う約束をして、都合次第では会えないかもしれない、と言った。サンズと他の二人はもう会わないであろうことを了解して、アルベロルは朝一番に会えると期待して、彼らは別れた。

カリニャンの遺体の首から突き出ていた二十センチの吹き矢のことは、ハッダグ神父には言わなかった。

彼はカルメンのホテルの部屋で横になり、ドイツ人の殺し屋のことを考えていた。あの男の女っぽく見えたところが、今では詩的に思えてきた――眼鏡、分厚い唇、白い肌。死と親密に取引している、いろいろ心得た男なのだ。大げさでうんざりする男だ、とサンズは思っていたが、今では想像をはるかに越える重荷を背負った男に思えてきた。


彼がダムログに戻るころ、町はアカアリに襲われていた。サンシャイン食堂の彼のテーブルをそこらじゅう歩き回り、カストロのホテルのベッドにも群がっていた。

島の南端にあるダバオ市まで行って、マニラへの飛行機に乗ってもよかった。そうはせず、ダムログに引き返した。せいぜい一晩ダムログで過ごしてから、バスを待ってもよかった。そうはせず、彼は三週間いて、全く中身のない報告書を作成した。すべてエメテリオ・D・ルイス町長からの又聞きに基づくもので、司祭の接触相手や彼の死因についての推測はしなかった。

つまりサンズは無許可離隊していたのだ。職務怠慢を無意味な仕事で紛らわし、苦々しい思いから兵士ばりに離脱していた。そして夜はミセス・ジョーンズと過ごしていた。

一九六六年

ホノルル海岸でのビル・ヒューストンの休暇は午前中の当直時間に始まった。男が持っている金を使うには早すぎる時間帯だったし、おまけに、海軍には彼にナイトライフを満喫させるつもりなどさらさらなかった。海軍の停泊地からシャトルバスに乗って、空軍基地のだだっ広い用地を横切り、市街地を抜けてワイキキビーチまで出て、大型ホテルの間をとぼとぼと歩いていき、リーバイスとハワイアンシャツ、そして白いバックスに赤いラバーのソールがついたぴかぴかの靴といういでたちで砂の上に座り、売店の串焼きポークを食べ、リチャーズ通りまで市バスを使い、軍用YMCAでベッドを予約し、午後一時には海岸のバーで飲み始めた。

彼は若い士官たちがひいきにしているエアコンの効いた店に行ってみて、一人でテーブルに座ってラッキーストライクを吸い、ラッキーラガーを飲んでいた。ラッキーな気分になれた。小銭が手に入ると、本土の実家に電話して、弟のジェームズと話をした。

かえって落ち込んだだけだった。ジェームズは馬鹿だった。弟も自分と同じように入隊するつもりだった。

ビールで頭はズキズキし、心は寂しい気分でいっぱいになって、浜辺をぶらついた。午後三時には、ホノルルの歩道は焼けるような熱さになり、歩いているとゴム製のソールにくっついてくるくらいだった。

ビッグサーフ・クラブに逃げ込んで、自分より少し年上の二人の男とビールを飲み交わした。一人は最近ヒューストンの船の乗組員になったキニーという男だった。アメリカ海軍ボナーズ・フェリーはもっぱら民間人が乗り込んだT2タンカーで、キニーもその一人だった。だが、熱帯クルーズ気分でワルツを踊っていたわけではない。海軍にいた経験があり、船から船へ渡り歩いてきて、陸には本当の故郷がない男だった。キニーとつるんでいたのはビーチにいる裸足のゴロツキで、何か打ってるんじゃないかという雰囲気の男だった。その男はピッチャーを立て続けに二つテーブルに持ってきて、ついに打ち明けたところでは、第三海兵隊にいてベトナムで兵役につき、早期除隊で本国に戻ってきたのだった。「そうさベイビー、治療ってわけ」

「なんでまた?」

「なんでって？　精神に障害があるからよ」

「何ともなさそうだぜ、お前」

「俺たちにビールおごってくれるなら正常だ」

「いいとも。俺は精神障害者リストに載ってるんだ。月二百四十二ドルだぜ。モークどもみたいにビーチで寝て、モークどもみたいなもの食ってりゃ、ハムズのビールだってけっこう飲めるくらいだぜ」

「モークって何食うんだ？　そもそもモークって誰だよ？」

「この辺りにゃモークとハウリーがいてな。俺らがハウリーだ。モークってのはこの土地のクズどものことだ。何を食うかって？　安物を食うんだよ。もう気づいたかもしれねえけどさ、ジャップにシナどももウヨウヨしてるだろ。ひとくくりに言えばアジア野郎どもだな。連中の食べ物がなんであんなに臭いか知ってるか？　ネズミのウンコやらゴキブリやら、米に入り込んだものと一緒くたにしてフライにしてるからだ。気にしてねえんだよ。何だってここはこんなに臭えんだって連中に訊いたって分かりゃしねえ。そうよ、俺はいろいろ見てきたわけ」とゴロツキは話を続けた。「向こうじゃアジア人どもは妙ちきりんな麦わら帽かぶってるだろ、見たことあるかな——先がとがってんだぜ？　女の子たちが自転車に乗ってるとこに通りかかって、そいつの帽子をつかむとするだろ、そしたらひもで結んであるから頭ごと引っ張っちまう、自転車から引きずり倒しちまうんだぜ、おい、そんでその子は泥ん中に落ちてもうめちゃめちゃってわけだ。そん時その子の体がこんな風に曲がってるのを見ちまったよ。首が完全に折れてさ。死んでた」

ヒューストンは完全に混乱してしまった。「何だって？　どこで？」

「どこって？　南ベトナムだって。ビエンホアだよ。実際、街のど真ん中だったね」

「そりゃひでえな」

「そうかい？　それなら、かわい子ちゃんを道で乗っけたってだけで、その子が膝元に手榴弾投げてくるってのもひでえ話だよな。奴らはルールを知ってる。距離を取っておかなくちゃって心得てるんだ。こっちに近づいてくる連中は、たぶん手榴弾を持ってんだな」

ヒューストンとキニーは黙っていた。それに太刀打ちできるような話などなかった。男はビールを飲んだ。ほとんど眠りのような一瞬が訪れた。それでも誰も話し出さず、ゴロツキは何かに答えるように言った。「何てこたねえよ。

ちょっと見てきたのさ」

「じゃあビールを拝もうぜ」とキニーは言った。「お前の番じゃないか?」

誰が何をおごったのか、男は覚えていないようだった。彼はどんどんピッチャーを持ってこさせた。


ジェームズ・ヒューストンは高校三年生の最後の授業から帰宅した。運転手に中指を立て、派手に歓声を上げてバスから降りた。

頼んでおいた通り、母親は誰かに乗せてもらって仕事に出て、車道にトラックを置いていった。弟のバリスが片方の耳に指を一本突っ込んで車道に立ち、おもちゃのピストルの引き金を何度も引きながら銃身を覗き込んでいた。

「バリス、目に気をつけろよ。火花が目に入って病院に行くハメになったガキの話を聞いたことあるからな」

「キャップって何でできてるの?」

「火薬だよ」

「何て? 火薬?」

中で電話が鳴った。

「ぼく出ちゃいけないんだ」とバリスは言った。

「また電話が付いたのか?」

「知らない」

「でも鳴ってるよな?」

「うるさいってば」

「切れちまったじゃねえか、このバカ」

「どっちにしたってぼくは出ないよ。人間じゃなくて虫がしゃべってるみたいな音がするんだ」

「面白い野郎だな」とジェームズは言って、中に入った。暑くて、生ゴミのような匂いが少しした。母は気温が三十七度を越えないと気化式のクーラーをつけようとしないのだ。

彼は学校からの大量の書類、宿題やレポートカード、年度末のお知らせを取って入った。流しの下のゴミ箱に押し込んだ。

また電話が鳴った。兄のビル・ジュニアだった。

「フェニックスは暑いか?」

「ほとんど三十七度だな、暑いよ」

「こっちも暑いぞ。汗ぐっしょりだ」

「どこからかけてる?」

「ハワイはホノルルだ。ちょっと前までワイキキビーチに立ってた」

「ホノルル？」

「おう」

「フラガール見えるかい？」

「売春婦ならいくらでも見えるな。でもフラダンスだってできるはずだぜ」

「そりゃそうだろうな！」

「何か知ってるのか？」

「俺が？　知らないよ」とジェームズは言った。「言ってみただけさ」

「こんちくしょうめ、古き良きアリゾナが懐かしいね」

「ま、再入隊したのは俺じゃないし」

「どこでもいいから麗しき砂漠に連れてってくれって気分だよ。そっちの暑さには裏がないだろ？　乾いた灼熱ってやつだ。こっちは言ってみりゃメソメソしてるな。おい、考えてもみろよ、グツグツ煮立ってる汚水でいっぱいのやかんの蓋開けてみたことあるか？　ここの通りをぶらつくってのはそんな感じだ」

「それで」とジェームズは言った。「他に何かあるのかよ？」

「ところでお前何歳だっけ？」

「もうすぐ十七だよ」

「これからどうすんだ？」

「どうするかって？　知るかよ」

「学校はもう終わったのか？」

「知らねえよ」

「知らねえって何だよ？　卒業はしたのか？」

「あと一年行かなきゃ卒業はムリだ」

「卒業する以外やることあんのか？」

「なさそうだね。それとも陸軍にでも入るかな」

「海軍じゃだめなのか？」

「船乗りばっかりになるだろ、相棒」

「小賢しいやつだな、相棒。陸軍に入れよ、相棒。俺のいるとこじゃ毎日ケツ蹴っ飛ばされるだけだもんな」

ジェームズは困ってしまった。兄がどういう人間なのか、実は分からなかった。

オペレーターが割って入ってきて、ビルはコインを追加することになった。

「バーにいるのかい？　違う？」とジェームズは言った。

「おう、バーだ。ハワイはホノルルのバーだ」

「要するにその……」要するに何なのか、分からなかった。

「おうよ。フィリピンにもホンコンにもホノルルにも行ったってことだな。他にどこに行ったっけ。分かんねえな。言いたいのは、熱帯ってのはトロピカル・パラダイスなんかじゃねえってこった。どこもかしこも腐ってやがる——虫に汗、臭い、その他何でもだ。きれいに見える熱帯のフルーツまでたいてい腐ってるときた。道ばたで潰されててな」

ジェームズは言った、「じゃあ……声が聞けてよかったよ」

「まあな」とビルは言った。

「オーケー」

「オーケー」とビル、「おい、俺がかけてきたってママに言っといてくれよ。いいか？　よろしく言っといてくれ」

「オーケー」

「オーケー……愛してるって伝えといてくれ」

「オーケー。じゃあ」

「おい。おい、ジェームズ」

「あん？」

「まだ聞こえてるか？」

「聞こえてる」

「海兵隊に入れよ」

「まったくさ、あいつら持ち上げられすぎだろ」

「海兵隊には剣があんだろ」

「海兵隊って要するに海軍じゃねえの」とジェームズは言った。「海軍の一部だろ」

「まあ……確かに……」

「だからさ……」

「剣は士官しかもらえないしな」とビル・ジュニアは言った。

「だろ……」

「じゃ、ちょっと一発やってくる」とビルは言った。

「おう、一発やってこいよ！」

「お前ちゃんと知識あんのか？」と兄は笑いながら電話を切った。

ジェームズはキッチンの引き出しを探して、母親のセーレムの箱に半分タバコが入っているのを見つけた。ドアから出ようとしたところで、電話が鳴った——ビルだった。

「またかよ？」

「最後に見たときはな」

「どうかした？」

「サウスマウンテン山によろしく言っといてくれ」

「もうサウスマウンテンは見えないよ。見えんのはパパゴ・ビューツだ」

「東側か？」

「イースト・マクドウェルにいるから」

「イースト・マクドウェル？」

「どうしようもねえだろ？」

「砂漠もいいとこじゃねえか！」

「ママは馬の牧場で働いてる」

「何てこった」

「小さいころから馬に関しちゃ詳しかったろ？」

「アメリカドクトカゲに噛まれないようにな」

「日陰なんかねえけどさ、いいとこだぜ。ピマ居留地のすぐ近くで」

「そんで学校に行ってんのか」

「ここんとこパロ・ヴェルデ高校に通ってる。十月くらいからかな」

「パロ・ヴェルデ？」

「そう」

「パロ・ヴェルデかよ？」

「そうだよ」

「俺たちがサウス・セントラルにいたころ、うちの高校はバスケかフットボールでパロ・ヴェルデと試合してた。あのころの高校は何ていったっけ？」

「俺は小学校だったよ。カーソン小学校」

「何てこった。自分の高校の名前も思い出せねえ」

「どうしようもねえよな？」

「フローレンスには行くか？」

「行かねえよ」

「父さんには会うのか？」

「会わねえ」とジェームズは言った。「だって俺の親父じゃねえし」

「ま、トラブルには近づかないこった。あいつの教訓だな」

「あいつの教訓なんて真似しねえ。見もしねえよ」

「まあ」とビル・ジュニアは言った。「とにかく……」

「とにかく。そうだな。マジでワイキキビーチにいるのかよ？」

「厳密に言えば違うな。今いるわけじゃない」

「こっちは五十二番通りとマクドウェル通りのところだ。動物園もある」

「何があるって？」

「そう、ちょっとした動物園」

「おい、ママに言づてがあるんだ。いつ家に戻ってくるんだ？」

「まだだな。あと二時間てとこかな」

「じゃあ電話するかな。言っときたいことがあるからな。俺の船にオクラホマから来たやつが二人いてさ、それはともかく、二人とも何て言ったか分かるか？　俺がオクラホマ野郎みたいな喋り方だとさ。『その、私は行ったことはありません——でも私の家族はあります』ってな。その話ママに伝えといてくれ。オーケー？」

「いいよ」

「オクラホマで俺を身ごもったから、生まれてみりゃそこ出身みたいになってるってな」

「オーケー」

「ＯＫか！　オクラホマの略だな！」

「参ったな」とジェームズは言った。

「そうだよな。どうしようもねえだろ？」

「オーケー」

「オーケー。じゃあな」

二人は電話を切った。

ど派手に酔っ払ってやがる、とジェームズは思った。父親譲りのアル中だな。

バリスが片手におもちゃのピストルを、もう片手にポプシクルを持って入ってきた。半ズボンだけの格好で、小さなお巡りさんといった風情だ。「目に火花が入っちゃったかも」

「俺行かないと」とジェームズは言った。

「目に火花入ったみたいに見える？」

「いや。うるせえって、この変人」

「トラックの後ろに乗ってもいい？」

「放り出されて死ぬ気ならな」

彼はシャワーを浴び、着替えて出ようとすると、電話が鳴った。また兄からだった。

「おい……ジェームズ」

「ああ」

「なあ……ジェームズ」

「ああ」

「なあ。なあ。なあ……」

ジェームズは電話を切って家を出た。

ジェームズはシャーロットを拾い、それからロロと、ロロが気になっているスティーヴィー・デール——ステファニーの略だ——という女の子を拾って、マクドウェル・マウンテンズでやっていると聞きつけたパーティーを目指してドライブした。付き添いなしのワイルドなパーティーで、すべてから隔絶した道はずれの砂漠でやっているはずだった。だがそんな集まりが本当にあったとしても、乾いた砂丘が延々とうねっている迷路の中では見つからず、四人はハイウェイに引き返し、ピックアップトラックの後ろに座ってビールを飲んだ。「もっと冷やしとけなかったのかよ?」とジェームズは訊いた。

「納屋のアイスボックスからかっぱらってきたんだ」とロロは言った。

「卒業の夜だってのにパーティーの一つも見つからねえ」とジェームズは言った。

「卒業の夜じゃないでしょ」とシャーロットは言った。

「じゃあ何だ?」

「授業の最終日よ。あたしは卒業しないし。あんたは?」

「生ぬるいビールだな」とジェームズは言った。

「卒業なんかできっこない」とシャーロットは言った。

「どうでもいいわ」

「おう、誰もケツとも屁とも思わねえって」とロロが言い、その下品さに皆で笑い、彼は言った。「俺ら田舎のガキだろ」

「そんなことねえって」とジェームズは言った。「お前のお袋は馬の牧場で働いてる。俺の親父はちょこちょこ灌漑をやってる。おまけのうちの裏にはでかい納屋があるんだぜ、相棒」

「ここのほうがいいわ」とスティーヴィー・デールは言った。「ポリ公いないし」

「その通り」とジェームズ。「誰もちょっかい出してこねえ」

「蛇だけに気をつけてればね」

「俺のへビにご用心」とロロが言い、女の子たちは大声を上げて笑った。

女の子たちが笑ったとき、シャーロットの鼻からビールが吹き出て、ジェームズは幻滅した。スティーヴィーのほうが年下で、まだ一年生だったが、彼女のほうが分かりやすそうで、それほど緊張もしていないようだった。スティーヴィーは背筋をまっすぐにしていたし、セクシーにタバコを吸っていた。何だってシャーロットと付き合っているのか? 本当のところは、スティーヴィーのほうが好きだった。

ロロを降ろしてから、彼はシャーロットを家まで送っていった。スティーヴィーはあれやこれやでまだトラックに乗っていた。先にシャーロットを降ろすようにした。

彼女の家の前に立って、彼はシャーロットにさよならのキスをした。彼女は彼の首に両腕を回してしがみつき、緩んだ唇は濡れていた。ジェームズはあまり力を入れずに左腕だけで彼女を抱き寄せ、右手はだらりと垂らしていた。失業中のシャーロットの兄が、ドアのところにやってきて睨んでいた。「ドアを閉めるかクソクーラーを切りなさいよ、バカ」と母親が中から声を上げた。

トラックに乗って、ジェームズはスティーヴィーに訊いた。「家に帰る時間か？」

「でもないわ」

「ちょっとドライブしてっか？」

「そうね。すてき」

結局、二人は一時間前にみんなといた所に戻ってきて、低い山並みを見ながらラジオを聞いていた。

「夏はどうする予定なの？」とスティーヴィーは言った。

「お告げ待ちだよ」

「何もないってことでしょ」と彼女は言った。

「何もって何が？」

「予定がってこと」

「夏だけの仕事を狙うか、マジで長続きするのにするか――高校に戻るのはナシだな」

「ドロップアウトするってこと？」

「親父みたいに兵役に就こうかなって思ってた」

この案に彼女は何も答えなかった。指先をダッシュボードに載せて、前後にこすっていた。

ジェームズは話すことがなくなってしまった。首筋が張っていて、首を回せるかどうかも怪しかった。一言も思いつかなかった。

シャーロットのことを何か言ってくれないかな、と思った。彼女は「どうしてそんなにムッツリしてんの？」とだけ言った。

「クソ」

「どうしたの」

「シャーロットと別れなきゃと思うんだ。マジで」

「そっか……彼女も勘づいてるんじゃない？」

「マジで？　勘づいてる？」

「ジェームズ、あなた彼女といても全然うれしくなさそう」

「分かんのかい？」

「気分どんよりって感じ」

「じゃあ今は？」

「何よ」

「今この瞬間はどんよりしてねえだろ?」

「そうね」彼女の笑みは太陽だった。「ほんとに兵役に行くの?」

「おうよ。陸軍か海兵隊だな。今キスしてもいいだろ、どう?」

「変な人」彼女は笑った。

長いキスをした後、彼女は言った。「そういうとこ好きよ。楽しいときはおかしい人だもの。それに顔もいけてる——それもあるわ」そして二人はしばらくキスをして、ラジオがコマーシャルに入ると彼はしばらくダイヤルをいじった。

「ん、ん」と彼女は言った。

「何だよ、スティーヴィー?」

「考えてたのよ、この彼のキスって陸軍っぽいかしら、それとも海兵隊っぽい? んー」と彼女はキスしながら言った。体を離した。「合衆国空軍かも」

彼はキスをして、とても優しく彼女の腕に、頰に、首に触れた。本当に触りたいところに手を置くほど女知らずではなかった。「ぬるいビールがあと一本ある」と彼は言った。

「飲んだら。あたしは喉乾いてないし」

彼は運転席の側のドアに、彼女は助手席側のドアにもたれて座っていた。太陽が沈もうとしていて、自分の見た目を気にせずにいられて彼は嬉しかった。自分の表情が場違いではないかと心配になるときがあったのだ。

げっぷがこみ上げてきた。彼は止めようとせずに大きくげっぷをして言った。「内臓からのあいさつだな」

「あなたのパパは刑務所にいるんでしょ?」とスティーヴィーは言った。

「そんな話どこで聞いた?」

「ほんとなの?」

「いや。ていうか継父だから」とジェームズは言った。

「ほんとのとこ、どっかの男ってだけ。ママの過ちなんだ。俺のじゃない」

「じゃ、ほんとのパパは軍人ってわけ?」

ジェームズはハンドルの上に両腕をだらりともたせかけ、その上にあごを載せ、外を見つめた……。彼女はと言えば、お互いに人生最悪の秘密を教え合ったらどうか、と急に思いついていた。

彼は外に出て、ちょっとした茂みの後ろに回って小便をした。太陽は彼らの南西にあるキャメルバック・マウンテンの向こうに沈んでいた。上空はまだ澄んだ青空で、地平線のところでは別の色、見つめると消えてしまう赤っぽい黄色になっていた。

彼はトラックにいる彼女の横に戻った。「なあ、俺決めたよ。歩兵隊に入る」

「ほんと？　歩兵隊？」

「おう」

「それでどうするの？　何かの専門にでもなるの？」

「ベトナムに渡るんだ」

「それから？」

「片っぱしからやってやるさ」

「やだ」と彼女は言った。「男同士じゃないのよ。あたし女なんだから」

「そりゃ悪かった、ボス」

彼女は彼の首の裏に片手をあて、指でやさしく髪に触れた。やめさせようとして、彼はまっすぐ座り直した。

「ひどいこと言うのね、ジェームズ」

「何が」

「あなたが言ったことよ」

「口から出ただけさ。本気じゃなかったと思う」

「じゃ言わなきゃいいのに」

「クソ。俺がそんなに悪い人間だと思うか？」

「誰でもいやなとこはあるわ。それを悪くしないようにすればいいだけ」

二人は少しキスをした。

「ま、とにかくさ」と彼は言った。「今何したい気分？」

「何かな……わかんない。あたしたちガソリンまだある？」

「おう」彼女が「あたしたち」と言うのを聞くとぞくぞくした。

「ちょっとあちこち走ってみない」

「行けるとこまで行くか」俺は本気だ、ということだった。

「オーケー」別にいいわよ、ということだった。

ジェームズが家の前の暗がりに立っていると、母親がトム・ムーニーのコンバーティブルのシボレーに乗せてもらって、仕事から帰ってきた。助手席からぼんやり口を開けて外を見ていて、ぼろぼろになった麦藁帽と首を保護するバンダナで顔は隠れていた。ムーニーはジェームズに手を振り、ジェームズはタバコの吸い差しを地面に捨て、足でもみ消して、手を振った。そのころにはシボレーはいなくなっていた。

彼女は息子に一言もなく中に入った。珍しく、ありがたくもある沈黙だった。

彼がキッチンについていくまで沈黙は続いた。「牧場は大してきつくないって言うんなら、この腕に触ってみなさいよ、震えてるんだから。スープ缶を温めるから、それを食べて。ぎゃあぎゃあ騒がせないで、そこに座って勝手に夢見ててよ」キッチンの明かりをつけた彼女は小さく、疲れきって見えた。「ボローニャソーセージもトマトもあるわ。サンドイッチがいい？　座りなさい、スープとサンドイッチにするわ。バリスは？」

「誰？」

「そのへんにいるでしょ。いつでも腹ぺこだもの。予定日まであの子はお腹にいたのに、体重は減ったのよ。五十五キロで始まって、臨月には五十一キロまで減ってた。中からわたしを食べてたのよ」顔を拭って、手についた泥を顔に塗り付けていた。

「ママ。料理の前にシャワー浴びろよ」

「もう」と彼女は言った。「疲れてて、生きてるのかどうかも分からなくなるわ。缶を開けといてね」

二人はピーナッツバターとゼリーのサンドイッチを食べ、キャンベル缶のスープを飲んだ。

「このトマト切るわ」

「もう食べたよ。いらない」

「野菜は食べなきゃ」

「スープに野菜入ってるだろ。『ベジタブルスープ』なんだから」

「逃げないで。話があるのよ。学校はいつから夏休み？」

「今日で終わったよ」

「じゃあ牧場に働きに来て」

「そんなの聞いてないって」

「聞いてないって何よ？　ドル札は目にしなきゃ意味ないのよ。わたしはまだ目にしてないわ」

「軍はどうかなって思ってた。陸軍かな」

「いつ？　今？」

「俺十七だよ」

「十七でいかれてるわ」

「ビルだって十七だったろ。兄貴にはサインしたじゃないか」

「あの子は傷つかなかったもの、たぶん」

「今日電話してきたよ」

「電話？　何て言ってたの？」

「別に。ホノルルにいるって」

「あの子は一セントも送ってこなかった。別に頼もうとは思ってないけど」

「陸軍に入ったらちょっとは送るよ」

「一度か二度はちょっと送ってきたわ。いつもじゃなかった。このところはないわ。わたしにもプライドってものがあるから、わたしからは言い出せない」

「給料日ごとに送るよ。ほんとだって」とジェームズは言った。

「それは自分で決めなさい」

「サインしてくれるってこと?」

答えはなかった。

彼はフォークを取り、トマトのスライスを食べ始めた。

「毎月封筒を送ってくれたらいい。それに金を入れて送り返すから」

「勧誘の人とはもう話をしたの?」

「これから」

「いつ?」

「これからするって」

「それはいつよ?」

「月曜」

「月曜の夜に書類があって、兵役につく十分な理由を言えるんだったらサインしてもいいわ。でもただの願望なら、火曜に起きたらわたしと牧場に来るのよ。電話は付け直したけど、家賃は待ってくれない。バリスはどこ?」

「腹が減ったら来るだろ」

「あの子はいつも腹ぺこなのよ」と彼女は言い、さきほどの話をまた始めた。言わずにはいられなかったのだ。

静かにしていられない母親だった。いつも聖書を読んでいた。母親としては老い過ぎていて、疲れ過ぎていて、あまりに愚かだった。


ビル・ヒューストンは心からビールを味わったが、喉にへばりつくような感じがしてきた。燃えるような日光が開いたドアから入り込んできているところを見ると、この酒場は西向きに違いない。エアコンはなかったが、飲むところではいつものことだった。確かに怪しげな酒場だ。

彼がトイレから戻ると、キニーはまだビーチのゴロツキを問い質していた。「何やったんだ? ちゃんとしたところを教えろよ」

「何もしてねえよ。知るかって」

ヒューストンは腰を下ろして言った。「お前らに悪気はねえよ。弟が海兵隊に入りたいってさ」

元海兵隊員のゴロツキは酔っ払っていた。「それがどうした。俺はいろいろ見てきたぜ」

「あっちの女に何かやらかしたみたいだぜ」とキニーは言った。

「どこの女？」

「ベトナムだよ、こんちきしょう」とキニーは言った。

「聞いてねえのか？」

「いろいろ見たさ」と若者は言った。「要するに、みんなでその女を押さえつけて、そいつが女のアソコ切り取ったってわけだ。そんなのしょっちゅうだろ」

「マジかよ。ガセじゃなくて？」

「俺もちょっとはやった」

「お前がやったって？」

「その場にいたからな」

ヒューストンは言った。「マジでお前が……」口にはできなかった。「マジでやったってのか？」

「どこぞの女のマンコ切っちまったのかよ？」とキニーが言った。

「そん時ちょうど居合わせてさ。すぐ近く、同じ――ほとんど同じ村だ」

「お前の仲間だったのか？　お前の部隊が？　同じ小隊の連中かよ？」

「仲間じゃねえ。韓国の奴だよ、韓国人部隊だ。あのクズどもにゃ人間性ってもんがねえ」

「黙りやがれ」とキニーは言った。「お前が一体何やったのか言えよ」

「ひでえことは山ほどあるのさ」と男は言った。

「嘘こけ。合衆国海兵隊がそんなこと許すかよ。この嘘つきが」

男は逮捕される被疑者のように両手を上げた。「おい、ほんと、なあ――何をそんなにカッカしてんの？」

「お前が生身の女を切り刻んだって言ってくれたら本物だって認めてやるぜ」

バーテンダーが叫んだ。「あんた！　前も言ったろ！　揉めたいのか？　喧嘩したいのか？」シャツを着ていない大柄のハワイ人だった。

「これぞまさにモークだ」バーテンダーが雑巾を投げ捨ててやってくると、二人の連れは言った。

「出てってくれって言ったろ」

「そりゃ昨日の話だ」

「そんな話をするなら出てってくれって言ったんだ。要するに昨日だろうが今日だろうが明日だろうが、あんたの顔は見たくないね」

「ビールがあんだぜ、おい」

「持ってけ。いいから出てけ」

キニーは立ち上がった。「こんなクソ溜めのモーク酒場、さっさと出ようぜ」彼はシャツのベルトのあたりに片手を入れた。

「ここで銃を抜いたらあんたムショ行きだぞ。俺に殺されなきゃの話だけどな」

「暑い日はすぐ頭に来るんでね」

「あんたたち三人とも出てけ」

「俺をキレさせようってのか？」

若いゴロツキは狂ったように笑って、両腕を猿のようにだらりとさせ、後ろ向きに飛び跳ねてドアのほうに動いていった。

ヒューストンも足早に出口に向かった。「おいおい、行こうぜ！」キニーのジーンズの腰のところに見えたのは、間違いなく銃尻だった。

「分かるか、あれがモークってやつだ」と男は言った。「ラフでタフなふりしやがってさ。自分のほうが弱いとなったとたん、ちっこい赤ん坊みたいにすぐ泣き出しやがるくせに」

三人はそれぞれ安ワインの瓶を食料雑貨屋から買った。ワインと一緒に白パンを三斤買ってくれ、と雑貨屋は言ってきたが、それでもまだお買い得だった。彼らはパンを少し食べて、残りは二匹の犬にやった。ほどなく三人とも酔っ払って歩き、腹を空かせた野良犬の群れに囲まれて、白く眩しいビーチと黒い海、そして砂にぶつかって音を立てる青い泡を目指した。

車が止まった。白く、公用車のようなフォード・ギャラクシーで、軍服を着た海軍将官がウィンドウを下ろした。「お前ら、しっかり楽しんどるか？」

「イエス、サー！」とキニーは言い、中指を眉に当てて敬礼した。

「そう願っとるぞ」と将官は言った。「何といっても、この先はお前らのようなカスどもにはきつくなるからな」彼はウィンドウを上げ、走り去った。

午後の残りはずっとビーチで飲んでいた。キニーはヤシの木の幹にもたれて座った。ゴロツキは仰向けになり、胸の上でワインの瓶を立たせていた。

ヒューストンは靴も靴下も脱いで、土踏まずの下で砂の盛り上がりを感じていた。この瞬間は「トロピカル・パラダイス」という言葉が理解できた。

彼は二人の仲間に言った。「なあ、要するにあのモークどものことだけどさ。俺の家のあたりに住んでるインディアン連中と同じ血筋じゃないのかな。そのインディアン連中だけじゃなくて、インドから来るほうのインディアンとか、その他思いつく限り全部のその手の連中、どこか東洋っぽい奴らだよ、だから実際んとこさ、世界にはそんなにたくさん人種はないと思うんだよな。だから俺は戦争ってやつには反対でさ……」彼は安ワインの瓶を振り回した。「だから俺は平和主義者なわけ」ビーチに立って、この聴衆を前にして、二リットル入りのワイン瓶でジェスチャーをして、まったくのデタラメを一席ぶるのは最高だった。

だが、キニーが妙な真似を始めた。夢見心地の顔つきで、黒く輝くドレスシューズの上でボトルを傾けて、ワインが爪先にボトボトと落ちるのを見ていた。砂をつまんでは何度もゴロツキのほうに投げて、胸や顔、口に砂のしみをつけていた。男のほうはそれを払いのけ、どこから砂が飛んでくるのか分からないふりをしていた。

俺のダチの家でパーティーの続きをしようぜ、とキニーは言い出した。「そいつに会ってほしいね」とゴロツキのほうに言った。「そんでお前の虚言癖をバッチリ直してやるよ」

「上等じゃねえか、このくそったれが」と男は言った。

キニーは親指と人差し指をつけて彼に見せた。「お前をこれくらいのスペースに押し込んでやりてえよ」と言った。

三人はビーチを横切って、キニーの友達の家を探しに出かけた。熱い砂に裸足でいたうえに、今度はアスファルトを歩くことになって、ヒューストンは苦痛に苛まれていた。

「靴はどこにやったんだよ、このバカ?」

ヒューストンはリーバイスのポケットに白い靴下を入れていたが、靴はなくなっていた。

彼は十七セントのサンダル一足を買おうと店に入った。サンダーバードが安くなっていたが、彼のダチに貸しがある、とキニーは言い、後で街に連れていくと約束した。

ヒューストンは自分のアイボリーホワイトのバックスキンの靴が大好きだった。白く保っておくために雲母の粉をかけていたのだ。むざむざ潮にさらわれてしまった。

「これって軍の基地か?」と彼は訊いた。三人は安っぽいピンクとブルーの造成住宅地に来ていた。

「バンガローってやつだよ」とゴロツキは言った。

「おい」ヒューストンは男に声をかけた。「お前なんて名前よ?」

「言うかよ」と彼は答えた。

「クソみたいな嘘ばっかこきやがって」とキニーは言った。

バンガローの家並みは少々スラム街のようではあったが、ヒューストンが東南アジアで目にしたものに比べれば大したことはなかった。白い砂粒がアスファルトの歩道を覆っていて、ココナツヤシの木の間を歩いていると、遠くの波音の轟きが聞こえた。彼は何度かホノルルを経由したことがあって、とても気に入っていた。他の熱帯の土地と同じく、煮えたぎるような暑さで、臭かったが、合衆国の一部だったし、きちんと手入れされた土地だった。

キニーは戸口の上にある数字をチェックしていた。「これがダチの家だ。裏に回ろうぜ」

「ベルを鳴らせばいいじゃねえか」とヒューストンは言った。

「俺はベルを鳴らしたくないね。お前がやるか?」

「まあ、それはナシだな。友だちじゃねえし」

彼らはキニーについて建物の裏に回った。

裏にある窓の一つに明かりがついていて、キニーは爪先立ちになって覗き込んでから、壁のそばにあるヤシの木に体を預けてゴロツキに言った。「ちょっと手を貸してくれ。網戸をちょいと叩くんだ」

「なんで俺が?」

「ちょいと驚かせてやんだよ」

「どうして?」

「いいからやってくんねえかな。金を貸しててさ、その件で脅かしてやろうってわけ」

男は爪で網戸を引っ掻いた。中の電気が消えた。網戸の向こうの窓枠に男の顔がうっすらと浮かび上がった。「何か用か、ミスター?」

キニーが言った。「グレッグ」

「誰だ?」

「俺だよ」

「ああ、よう——キニー」

「その通り、俺だよ。二百六十あるか?」

「見えなかったぜ」

「俺の二百六十はあるのか?」

「戻ってきたとこかよ？　どこにいた？」

「二百六十返せよ」

「クソ、なあ、電話があんだからさ。何でかけてこなかった？」

「六月の最初の週には着いてるって手紙出したろ。今いつだと思う？　六月第一週だ。金を返してもらうぜ」

「クソ。頼むぜ。全部はないんだ」

「いくらならあんだよ、グレッグ？」

「クソ。いくらかは払えるかもな」

キニーは言った。「お前見事なくらいホンモノのクソ野郎だな」

彼が腰のベルトから45口径の青いオートマティックを抜いてグレッグに向けると、グレッグは糸が切れた操り人形のように落ちて姿を消した。まさにその瞬間、ヒューストンは破裂音を聞いた。どこからその音が聞こえたのかを彼は理解しようとし、キニーがその男の胸を撃ったのではないという可能性を信じようとした。

「さあ、行こうぜ」とキニーは言った。

網戸には穴があいていた。

「ヒューストン！」

「何だ？」

「話はついたぜ。行くぜ」

「行くぜって？」

脚の感覚がなかった。ヒューストンは車に乗っているように移動していった。彼らは家並み、停車中の車、ビルを通り過ぎていった。すると車の往来が周りにあった。三秒か四秒ほどかと思う間に、かなり移動していた。彼は息が切れ、汗でぐっしょり濡れていた。

狂ったゴロツキが言った。「ありゃ大したもんだったな、おい。あの会話はあんたの勝ちだよ」

「借りっぱなしの奴は許せねえ。俺につけ込むやつはな」

「俺行くよ」

「ああそうだろうよ、この低能」

「今どこなんだ？」とヒューストンは言った。

男は急に離れて歩道から車道に出た。

「おい、お前の顔気に食わねえな」とキニーは去っていく男に言った。「キチガイで裏切り者の臆病者が」

「何だと？」と男は言った。「いいか、俺をなめんじゃねえよ」

「なめんなって？」

「ありゃ俺のバスだな」と彼は言い、タイヤを軋ませる車の間を縫って走って道路を横切り、バスの後ろに回って姿を隠した。

キニーが叫んだ。「おい！　海兵隊！　このくそったれ！　常に忠実なれってか！」

ヒューストンは体を折って、郵便ポストの上に吐いた。キニーは正気には見えなかった。油っぽい膜が目を覆っていた。「飲もうや。対潜爆弾って飲んだことあるか？ジョッキ入りビールにバーボン一口入れたやつのことだぜ」

「あるよ」

「そいつなら腹一杯飲める」

「おう。そうか」

二人はエアコンの入った酒場を見つけ、キニーは後ろのほうのブース席にビールとバーボンを用意してきて、対潜爆弾をこしらえはじめた。

「こいつを飲むとビンビンになるんだ。飲んだことあるか？」

「ああ、ビール一杯に一ショット入れるんだろ」

「飲んだことは？」

「ま、作り方は分かったよ」とヒューストンは言った。

何時間経ったのかまったく分からない状態で、ヒューストンはじっとりと汗ばみ、体じゅう蚊とハマトビムシに咬まれて目覚めた。沈みこむマットレスに生きたまま飲み込まれそうで、頭痛は頭蓋骨を叩き割らんばかりだった。波が殴りつけてくる音も聞こえた。男があっさり別の男を撃ったって現場に俺は居合わせたんだ――これがまず彼の頭をよぎったことだった。

どうやら戸外の寝室に泊まっていたようだ。隅にある蛇口に体を引きずっていき、甘く思える水をたっぷり飲んで小便をし、手始めに、縁が焦げた大きな穴が真ん中に開いた濡れたシーツを流しから取り出した。腕時計、財布、ズボンとシャツは見つけたが、靴はビーチでなくしたことを思い出したし、装備キットはＹＭＣＡに置いてあるはずだった。十七セントで買ったサンダルは勝手にどこかに行ってしまったようだ。

財布には五ドル札が一枚、一ドル札が二枚あった。竹の床に散らばったコインを集めると九十セントあった。自分がどこにいるのか確かめようと外に出た。

頭がクラクラした。がぶ飲みした水でまた酔ってしまった。

看板には「キングケーン・ホテル　水兵歓迎」と書いてあった。

キニーはいないかと気をつけて見回したが、人っ子一人見かけなかった。無人島のようだった。ヤシの木、明るいビーチ、暗い海。彼はビーチから離れ、街に向かった。

ボナーズ・フェリー号には戻らなかった。船が停泊しているあたりや、キニーに出くわしそうな界隈に行くつもりはなかった。彼にはもう会いたくなかった。彼は出港をすっぽかし、二週間上陸許可なしで過ごした。ビーチで寝て、一日一回は海岸にあるバプティスト教会の伝道本部で食事をして、キニーがホノルルよりも香港寄りの海のどこかにいると確信してから海軍憲兵に出頭し、拘留所で一週間更生した。

彼の等級はE―3まで戻って、彼はまた上等水兵になった。ボイラーマンの等級は自動的に失ったことになる。キャリア二度目の降格だった。一度目は、スービック海軍基地での勤務中の「度重なる些細な違反行為」の結果だった。基地ゲートの外のいかがわしい界隈にしょっちゅう繰り出していたのだ。

それからの十八ヶ月、ヒューストンは横須賀の基地で下働きとゴミの片付けを割り当てられた。たいていはがさつな黒人や不適格な低脳、そして彼と同じように価値のない脱走兵が一緒だった。ホノルルでフォード・ギャラクシーのウィンドウを下げ、「これからきつくなるぞ」と断言した将官のことをしょっちゅう思い出すはめになった。

行くところまで行かせてくれる彼女ができたので、ジェームズはしばらく陸軍のことなど忘れていた。週に一回か二回、エアーマットレスと寝袋を母親のピックアップトラックに積み込み、家族が眠っている家からスティーヴィー・デールを連れ出して、冷え込んだ夜明け前の砂漠で彼女とセックスをした。一晩で二回、時には三回。回数をちゃんと数えていた。七月十日から十月二十日までの期間に、少なくとも五十回。六十回まではいかないだろう。

スティーヴィーは自分から動こうとはしなかった。ただ横になっていた。「イマイチなのかよ」と訊きたかった。「ちょっとは動けないのか?」と。しかし、セックスの後には失望感と疑念に苛まれ、彼女に話しかけることなどできず、ただ彼女が学校のことを喋っているあいだ、聞いているふりをするだけだった。科目がどうとか、教師がどうとか、はたまたチアリーダー部のことを――彼女はまだサブのチアリーダーだったが、来年はメインチームに入れると期待していた——彼の耳元で喋り続け、彼はどんどん便器に押し込まれていくような気分になった。

性生活のことしか頭にないわけではなかった。母親のことは心配だった。牧場ではあまり稼げないうえに、疲れ切ってしまう。体は痩せて、ぎすぎすしてきた。毎週日曜日は半日を「信仰の館」で過ごしていたし、土曜日の午後は百五十キロ以上運転して、フローレンスの刑務所にいる内縁の夫に会いに行っていた。こうした行脚にジェームズは一度もついていかなかったし、もうすぐ十歳になるバリスも付き添おうとはせず、哀れな母親が土曜日と日曜日の朝に身支度を始めると、掘建て小屋やトレーラーのある界隈に逃げてうろうろしていた。

自分がスティーヴィーのことをどう思っているのかは分からなかったが、母親のことで心が痛むのは分かった。兵役のことを話題にすると、母はいつでもサインしてくれそうな様子だったが、今ここから出て行ったら、母はどうなってしまうのだろう？　母には女手一つと、イエス・キリストへの狂った愛しかないし、主のほうは彼女のことなどお構いなしのようだった。結局、母は自分を騙しているだけで、窓にぶつかる羽虫のように、聖書とその約束に身を委ねているのではないか、と彼は思っていた。学校を辞めて徴兵募集係に会う決心をしてから、何週間も何もせず、飛び込み台のてっぺんで、いや巣の端で立ち往生していた。「ママ、巣立つときってのは誰にでも来るんだ」と彼は言った。「じゃあ行けばいいじゃない」と母は言った。

陸軍には入れてもらえなかった。十八歳未満は入隊させないのだ。「海兵隊なら十七歳でも入れてくれるけど、陸軍はダメだ」と彼は母親に言った。

「半年待てないの？」

「八ヶ月って言うほうが近いよ」

「学校でもいろいろ学べて成長できるわよ。卒業してから兵役の準備をしてもいいじゃない。それまでにしっかり準備すれば」

「俺行かなきゃ」

「じゃあ海兵隊にしなさい」

「海兵隊はイヤだよ」

「どうして？」

「お高くとまっててさ」

「じゃあどうして海兵隊の話になってるの？」

「十八にならないと陸軍は入れてくれないからだろ」

「わたしがサインしても？」

「誰が署名しても同じだよ。出生証明書がいる」

「証明書ならあるわ。『1949年』って書いてあるでしょ。簡単に『1948』に変えられるんじゃない？　9の下のところの線を書き足して8に見せれば」

十月最後の金曜日、ジェームズは偽の出生証明書を持って陸軍の募集係のところへ戻り、月曜日の召集に出るようにという指示をもらって帰ってきた。

サウスカロライナ州フォート・ジャクソンで受けた基礎訓練の最初の二週間は、彼の人生で一番長い二週間だった。一日一日が一生分のように思えた。不確かさ、罵倒、混乱、疲労の中で生きていた。殺し殺されるということで頭が一杯になってくると、それらは圧倒的な恐怖に変わった。現場で他の兵士たちと一緒に訓練を受けているときは、大丈夫だった。化け物のように叫ぶ。藁人形を銃剣で突き刺す。いざ一人になると、この恐怖のせいでまともに前も見えなかった。疲労だけが救いだった。肉体の限界を越えて酷使されると、外界との間にはガラスの壁ができる——耳もよく聞こえなかったし、たった今見たばかりのもの、見せられたばかりのものも思い出せなかった。ただ眠りを待っていた。ずっとヒステリックに夢を見ていたが、許される限り眠った。

ベトナムでの任務を与えられた。それが死を意味することは分かっていた。自分で志願したわけではなく、志願のやり方すら聞いていなかった。ただ運命を言い渡されたのだ。基礎訓練を終えて四日目、入隊してきた食事仲間に囲まれ、自分の昼食をテーブルに運んでいるところで、水で戻されたマッシュポテトの湯気の匂いが顔に立ち上り、偽装爆弾と地雷がばらまかれた未来へと向かう両足はゴムのような感覚だった。隊はパトロールに出るだろう、そして彼はジャングルの中で隊列を作っている仲間たちの前方に出過ぎるだろう。彼が先頭にいて何かを踏み、それはただちに彼の血管を切り裂き、まるで絵の具のように彼を飛び散らせるだろう——爆発音が耳に届く前に、両耳はずたずたになる——おそらく、かすかにシュッという音のほんのさわりが聞こえるだけだ。ここに座って、仕切りの入ったトレーからスプーンで昼食を食べているなんて、まったく無意味だ。自分の命を守るべきだ。この食堂から出て行って、延々とポルノ映画が上映されているどこかの大都市に消えるのだ。

仲間が二人やってきて、戦死の話を始めた。

「今以上に俺をビビらせようってのか？」ジェームズはおどけた口調になるよう努力しながら言った。

「殺されない可能性のほうが高いぜ」

「うっせえ」

「マジだって、そんなに戦闘だらけってわけじゃない」

「あそこの奴見たか？」とジェームズは訊いた。二人にも見覚えのある男だった。テーブルを三つ挟んだところに、緑の軍服を着た、かなり小柄な黒人が座っていた。一等軍曹だ。陸軍に入るには若すぎるようにも見えたが、胸のところにはリボンをずらりとつけていて、その中には白い星が五つついた青いリボンがあった――名誉勲章。


　勲章をつけた兵士を見かけたら、彼らはいつも近くを通って眺めることにしていた。おいあれだぜ、そうだろ？――英雄的な行為によって非情かつ暗くなった人格を内に抱え、コーヒーを飲む男のそばを、体に力が入らなくなっているガキたちが、じろじろ見ないようにしながら通り過ぎていく。だがそれを楽しもうと思うなら、生きて帰ってこなければならない。

　他の男たちがいなくなると、ジェームズはお代わりをしに列に戻った。皆が食べ物に文句を言うので、彼も文句を言っていたが、実は好きだった。

　胸に青いリボンをつけた黒人が彼を手招きした。

　どうするべきか、ジェームズには分からなかったが、とりあえず行った。


「まあ座れ」と軍曹は言った。「お前の顔つき気に入ったぜ」

「ええ？　どんな顔？」

「ま、座れって」と軍曹は言った。「俺はそこまで真っ黒ってわけじゃない」


　ジェームズは座った。

「お前の顔つきが気に入ったんだよ」

「そう？」

「本当は戦車を操縦するとか、ヘリのエンジンをいじっていたいのに、このままじゃジャングルに放り込まれて撃たれちまうよって顔だ」


　ジェームズは黙っていた。口を開いたら泣き出してしまいそうだった。

「お前んとこの軍曹から聞いたぜ、コンラッドだったかコンロイだったか」

「軍曹ね、そう」とジェームズは不安になって言った。「コネル軍曹だよ」

「何かに志願でもして逃げようと思わないのはなぜだ？」


　今度は笑い出しそうになって怖かった。「俺脳ミソねえから」

「第二十五大隊に行くんだろ？　どの旅団だ？」

「第三」

「俺は第二十五だ」

「マジで？　嘘じゃなく？」

「だが第三じゃない。第四だ」

「だけど第三は――あの旅団は――その、戦闘中じゃ？」

「いくつかの部隊はそうだ。残念だが」

軍曹、俺戦いたくありません、とさえ言えたら、間違いなく命は助かる、そうジェームズは感じた。

「殺られるのが心配か？」

「ちょっとはね、つまり――そう」

「心配いらん。『それ』にやられちまう前に空っぽになって、何も考えなくなる。何があっても大したことなくなっちまうさ」

そう断言されても、ジェームズの心は晴れなかった。

「そうとも」小柄な黒人の軍曹は前にかがみ、両手の指先をせわしなく突き合わせていた。「ちょっと近寄れ。いいか」と彼は言った。彼のほうにかがみながら、耳でもつかまれるのか、とジェームズは半ば怖れていた。「戦闘地域じゃ地図に留められたピンみたいにならないことだ。そのうち敵はもっと強力な力でそのピンにハンマーを打ち下ろしてきやがる。機動力のオプションってやつが欲しいだろ？　決定の共有ってやつが必要だろ？　つまりは、偵察部隊に志願しろってこった。それなら自分から言い出せる。そこに志願しろ。それから先は絶対に、何にも志願するな、とびっきりの女とベッドに飛び込むのにも志願するな、それがボンド・ガールでもだ。志願するな、それがルールその一だ。そしてルールその二は、外国にいるときは女を犯さないことと、家畜と、できれば家も傷つけないことだ、ただし隠れ家を焼くのは別だ。あれは任務の一部だからな」

「それで名誉勲章をもらったってとこか」

「その通り。だから俺の言うことは聞いとけ」

「分かったよ。オーケー」

「俺は石炭かってくらい真っ黒かもしれねえが、お前の兄弟だ。なぜか分かるか？」

「それは何とも」

「なぜならお前は交替要員として第二十五に行くからだ、そうだろ？」

「イエス、サー」

「サーはよせ。俺はお前のサーじゃねえ。お前は第二十五に行く、そうだろ？」

「その通り」

「オーケー。そして俺は第二十五から来た。第三旅団じゃなくて第四だ。だがどっちにしたって、お前が交替する相手ってのは俺かもしれん。だから秘訣を伝授してる」

「オーケー。どうも」

「違う、俺に感謝すんな。ありがたいのはこっちのほうだ。なぜか分かるか？　お前が俺の代わりかもしれんからだ」

「どうってことないよ」

「いいか、俺が言ったことよく検討しとけよ」

「そうするよ」

ジェームズは歩兵隊特有の口調が気に入り、真似しようとした。機動力のオプション。地図上のピン。より強力な力。検討。ちょうど二週間前、彼らの兵舎に訓示に来た偵察部隊の軍曹が使っていたのと同じ言い回しだった。今度はいかにももっともで、有意義に聞こえた。一つはっきりしたのは、歩兵になるなら偵察兵を選ぶのがいい、ということだった。

カーメルにある国防総省外国語学校で二ヶ月、そしてモンテレーにある海軍大学院でほぼ十二ヶ月、合わせて一年以上を合衆国のカリフォルニアで過ごし、スキップ・サンズは東南アジアへの帰途につき、そして、707機で太平洋のはるか上空を飛んで、ホノルルとウェイク島の間のどこかにいるとき、彼を食い尽くすことになる謎の影に入った。

東京まで707機で行ったあと、プロペラ機でマニラに向かい、その北にある山の麓までは列車を使い、そして今回も車でサンマルコスにある職員用の家に戻ってきた。エディー・アギナルドと対決する準備はできていたし、同時に、少佐の無意味で汗ぐっしょりのジャングル・パトロールに参加できると思うと嬉しかったが、着いてみると、パトロールは中止されていて、エディー・アギナルドの姿はどこにもなかった。フク団は全滅したと宣言されていた。アンダース・ピッチフォークはとっくにいなくなっていた。残っている人間といえば、家回りの使用人たちと、ときどき休暇でマニラからやってくるスタッフだけだったが、たいていは過労気味の書類運搬係で、眠ってばかりいた。その一人が大佐からの手紙を持ってくるまで、一ヶ月近く待たねばならなかった。

メッセージは運搬係のポーチに入っていて、ワシントン記念塔の写真付きはがきに書かれていた。黄色い印が隅に付けてあり、「公式の書類は包装紙で包むこと／封筒の使用に関しては通信者に相談のこと／よろしく／アメリカ郵便局」と注意事項が書いてあった。

少し早いがメリークリスマス。ファイルを全部荷造りしろ。マニラに向かえ。部局に顔を出せ。俺はラングレーにいてごちゃごちゃしてる。先週ボストンに行ってきた。お前の叔母さんと従兄弟たちが本当によろしくと。サイゴンで会おう。F・X叔父

ファイルはもう梱包されていた。少なくとも彼はそう思っていた。戻ってきた最初の日に、ファイルを置いていたクローゼットに軍支給のオリーブ色の小型トランクが三つあるのを見ていた。それぞれの蓋には、W. F. Benét という名前が刷り込まれていた――アクセント記号は先の柔らかいペンで書き込まれていた――そしてどれも厳重に南京錠がかかっていた。

この貴重品の謎を解く鍵になりそうなことは何も書いていなかったので、それは翌日に回し、次に指示されている通り、叔父のプロジェクトでぎゅうぎゅう詰めになった職員用の車に乗ってマニラの大使館に行った。車はそのまま置き、首都から六十五キロほど北のクラーク空軍基地に向かうように指示された。基地で南ベトナム行きの軍輸送機に乗り込むことになっていた。

翌日は大晦日だった。予定では、元旦にクラーク基地から離陸し、サイゴン郊外のタンソンニュットにある空港に向かうことになる。

ようやくだ！　もう飛び立ったような気分で、デューイ通りで職員用の車の中に座り、太陽がマニラ湾の上空で震えるのを見ながら、その荘厳な光で郵便物に目を通して自分を落ち着かせようとした。ブルーミントンからの大学同窓会ニューズレター。『ニューズウィーク』と『USニュース・アンド・ワールドリポート』、両方とも何週間も前のものだ。大きいマニラ封筒にあったのは、カリフォルニアの郵便物の最後の束で、カリフォルニアから軍郵便局の住所を通じて転送されてきたものだった。これらの手紙は彼を追って二ヶ月も旅してきたのだ。グレース叔母さんと、父の四人兄弟の一番年長のレイ叔父さんからの封筒には、何やらチャリチャリ音がするものが入っていて、開けてみたところ、新しいジョン・F・ケネディ半ドル硬貨が一枚、それにグリーティングカードが入っていた。どう

やらコインをテープでカードに留めていたのが、一万五千キロを旅する中で外れてしまったようだ。スキップは十月二十八日に三十歳になっていて、大台に乗った記念に、いつもの倍額の五十セントが送られてきたというわけだ。大きくなった子にはもう二十五セントではないらしい。

そして、とても珍しいことに、スキップの母親ベアトリス・サンズ未亡人からの手紙。分厚く感じられた。開けなかった。

キャシー・ジョーンズからの手紙も一通あった。前の年にも何通か受け取ったが、どんどん狂った内容になっていて、全部保管していたが返事を出すのはやめてしまった。

> ついにベトナムにやって来たかしら？　隣の村にでもいるのかしら？　パナビジョンとテクニカラー版の聖書の世界へようこそ。でもここでは、あなたが愛する合衆国出身じゃないことにしたほうがいいわよ。怒りが鬱積してるから。でもフランス人はそんなに嫌いじゃないみたい。フランス人には勝ったものね。
>
> ダムログを覚えてる？

次の段落にある「情事」という言葉が目に飛び込んできて、彼は読むのをやめた。

大佐からは何もなかった。

もう十四ヶ月以上叔父に会っておらず、ミンダナオでの怪しい一件のせいで、二人のどちらか、あるいは二人とも任務から下ろされたのだと思っていた。いずれにせよ、何かのせいで二人とも動けなくなっていた。彼は国防総省外国語学校でベトナム語の授業を受けていて、サイゴンでの勤務に向けての賢い下準備をするはずだったが、不可解にも、三人の翻訳者のチームと十一ヶ月も一緒に過ごす羽目になった。ベトナム国籍の人間は一人もおらず、役に立つのかどうか非常に疑わしいプロジェクトにかかりきりで、つまりはお墨付きの愚行を重ねていたわけだ――七百冊以上はあるベトナム語の文献から、神話的な事項を抜粋して百科事典を作成するという作業で、多くはモンテレーの海軍大学院の地下階に三つあるオフィスで行われ、おとぎ話に登場する人物の一覧表、分類、カタログ作成が主な内容だった。

これは南ベトナム援助司令部の心理作戦部のために大佐が行っている作業だということは理解していたし、大佐がＣＩＡの主要な連絡係であることも承知していた。実際、ショーウォルターという、だいたい月ごとにラングレーからスキップの翻訳チームにやってきた情報局士官によれば、大佐が南ベトナム援助司令部の心理作戦を動かしているというのはほとんど周知の事実だったし、まもなくスキップもそれを補佐することになるだろう。

「いつ僕は呼ばれるんです？」

「一月かそのへんかな」

「最高ですね」とスキップはその遅れにいら立って言った。この会話があったのは六月だった。

気まぐれな神話プロジェクトは、参加者全員が突然配置転換されて終わり、無用な資料は箱に入れられ、ラングレーに発送された。

彼は母親からの手紙を開いた。

「息子スキッパーへ」――彼女の字は大きく丸く、傾いていて、十五センチ×二十センチの便箋何枚にも渡るものだった。

手紙を書くのは得意じゃないからまず言っておくけど、別に悪い知らせじゃないのよ。悪い知らせのときだけ手紙を書いて送ってくるんだ、なんて思ってほしくないもの。実は逆で、本当にいい小春日和なのよ。空はどこまでも青くて、雲一つ見えないわ。木が紅葉してるから、列車が通る音も違う具合に聞こえて、幸せそうな挨拶の音になってるのよ。じきにむき出しの冬の寂しい笛の音になるんでしょうけど。今日の午後はぽかぽかしていて、家の中にそよ風がほしいくらいよ。窓を開けたら、赤い翼のハゴロモガラスの鳴き声が聞こえる。芝はまだ伸びてるから、本格的に秋が来る前にもういっぺん刈らなくちゃね。なんていい日かしらって思って、「そうだ手紙を書こう！」って思ったわけ。

お金ありがとう。洗濯機とセットになる乾燥機を買ったわ。服がいっぱい入ってぐるぐる回ってるところよ。でも、こんないい天気の日はシーツや毛布なんかの大きめの洗濯物をロープにかけて、外で干したくなるから、そうしたわ。昔みたいにシーツをかけたのよ。そうそう、テレビじゃなくて、乾燥機を注文したのよ。テレビでも買いなよってあなたは言ってたけど、やめておいた。何か楽しみがいるなって感じるときは本棚に行って、『骨董屋』とか『エマ』とか『サイラス・マーナー』を持ってきて、おなじみの箇所を読むのよ。十中八九は出だしに戻って全部読むことになるわ。古き良き友だちですもの。

あのピアース牧師が務めを終えるって言ってたでしょ。新しい人が教会に来てるわ。ポール司祭よ。かなり若い人。名字はコニフっていうんだけど、ポール司祭で通してる。いろいろ自分流でやってる人よ。面白い人だわって思って、去年の冬は日曜に欠かさず行ってたけど、天気が和らいで太陽が出てきたら、いろいろと忙しくて、四月の頭から行ってないかしらね。テレビはないけれど、ニュースはチェックするようにしてるわ。ひどいニュースじゃない？　どう考えればいいのか分からない。自分が思うことを誰かと話せたらって思うときもあるけど、やっぱりやめておこうって気になって。あなたは政府の一員になって世界のために尽くそうとしているけれど、でもこの国の指導者たちは善良な若者を送り込んでよその国を破壊しようとしてて、若者が命を落としてもろくな説明はたぶんないのよね。

と書いてから三十分ね。乾燥機がゴトゴトいって、まだ暖かいうちに畳まなくちゃいけなくて。こんなこと書いてしまってごめんなさい。言いたいことだけ書いて、後で書き直して、悪いところは消して、いいところだけ送ろうかな。でもやめておくわ。わたしにとっての戦争は将軍や兵士の視点とは違うの。今度の十二月七日で、あなたの父さんが死んで二十六年になるけど、毎日昔のことが恋しくなるわ。父さんのあとしばらくして、恋人も何人かいたわ。ケネス・ブルックとは、彼がノースウェスト航空に就職するまでかなり一緒にいたけど、二人で将来どうしようか考えるには早すぎたから、彼がミネアポリスに移ったときに終わったわ。そうでなきゃ婚約してたはずよ、つまりあなたには継父ができてたわけね。でも本題はそれじゃないわね。本題って何だったかしら？　もう、この手紙送らないほうがいいわ！　わたしとケン・ブルックがちょっと本気だったってことをあなたが知っているかどうかも分からないし。そもそもケンのこと覚えてるかしら？　一年おきに、クリスマスのころになると家族と里帰りしてきて、家族と姉さんのところに行ってたわ。来ない年には奥さんの実家に戻ってたけど、どこかは知らない。ほんと、あの頃が懐かしいわね。

あの古い手押しの芝刈り機を出してきて、今年はもう一回庭を手入れしたほうがいいわ。油を差しとかなきゃ。夏の間は子供たちにしてもらったのよ、ストロースさんの子供のトマスかダニエルのどちらかがやってくれたけど、今は学校があるから。あの子たちは交代で、父親が買ったガソリン式の大きくてうるさい化け物を使ってた。一回二ドルだったわ。手押しの芝刈り機とは古い付き合いよね。庭の手入れをしていたときのことを覚えているわ。「その刃に触っちゃだめだからね！」ってわたしは叫んでたわね。誰も押していないのに、刃が飛びかかってきてあなたの指を食いちぎろうとしてるって口調だった。そしたらある日、刃が回ってる音がして窓の外を見たら、Tシャツを着てひょろっとした腕のスキッパーが押してそこを通ったのよね、強力小型エンジンみたいだったわ。最初の挑戦で庭をぜんぶやってのけたわね。わたしは本当にはっきりと覚えてるのよ、あなたも覚えていてくれてるといいけど。どんなにいい気分だったか忘れないでくれるかしら、わたしも忘れない。

ちょこちょこ便りをくれてありがとう。あなたのことを訊かれるから、何かニュースを伝えられるのはうれしいわ。言語研究所に通って、海軍の院に行って、合衆国大使館付になって、すごいわね。スターになったみたいな気分よ。

ちょっといい天気だったけど、今は午後三時くらいで風が出てきたわ、シーツがはためいてバタバタいってる。太陽と風で乾いたら一番真っ白になるのよ。風があるのはラッキーだわ。線路はわりと近いけど、風はいつも反対の方向に吹くから、砂はこっちには来ないわ。線路の「あっち側」で暮らしててよかった！あなたがあの窓を通り過ぎたのを思い出すわ、芯の強い子だって一目で分かった。あのとき思ったの、この子は父親譲りの頑張り屋さんで、大学まで行って奨学金もらうんだ、何もこの子を止められないんだって。それで今もっと勉強して、大学院でしょ。陸軍、海軍、大使館、みんなに必要とされてるみたいね。

終わりから七行目のここまで来て、彼は読むのをやめ、自分を呪ってしまった。合衆国に十四ヶ月いたのだから、出発する前に実家に寄る手配くらいはできたはずだった。だが、避けてしまった。戦争、陰謀、宿命――確かにそれなら立ち向かえる。ただママだけは勘弁だ。ママの洗濯物が物悲しい春の日にパタパタはためいているのはごめんだ。ずっと変わらずちっぽけで、低く、整然としたカンザス州クレメンツも勘弁してもらいたい。ここマニラはおよそ北緯十四度東経五十七度で、彼は地球の裏側に来ていた。だが十分離れているわけではなかった。一人でいる母のことを思うと心が痛んだ。特に国防総省外国語学校にいた後。「お前を学校に行かせるよ。それはいいだろう」と言った大佐の言葉通り、一九六五年の感謝祭の直前に、彼はカーメルの街を見下ろす高い岬に異動になった。眺めといえば、岸辺にのしかかる低い霧か、もう少し高く大地にまといつく靄くらい、そして、晴れた日には、純粋な太平洋の海が悲痛なくらい離れて見えた。彼はといえば、完全なベトナム語漬けの授業を受けていた。施設に四週間缶詰めになって、次の四週間は週末に出られるだけだった。最初に外出したとき、彼は海岸を四、五キロ行ったところにあるナミュール・ノートルダム修道院で聖餐を受けた。日曜日の朝のミサには、一般人も修道院に立ち入ることができた。信者は祭壇のほうを向き、俗世との絆を断ち切る誓いを立てた修道女たちは座るか立つかしていたはずだが、彼女たちは壁の反対側にいて、自分たちの家族からも姿を隠していたので、どちらかは分からない。世を捨てた侍女たちが、小さな窓越しに引っくり返した手を伸ばし、キリストの体を受け取るのを一目見ようと、家族の何人かは家族席に座っていた。その朝彼女たちを見て、今そのことを考えると、彼の束縛感は和らいだ。彼は別離の誓いを立てたか？　そうではない。事情はどうであれ、彼は自由で、万人の自由のために戦っている。ただし、母親に関しては、何らかの誓いが立てられていた。何かの囲い込みが同意されていた。

スキップ、あなたと国全体のために祈ってるわ。また教会に通うわ。

なかなか手紙を書かなくてごめんなさい。便りをくれてうれしかったのよ、でもペンと紙を取り出してくるにはいいお日柄でなくちゃ。

さて、こんなとこかしら。新しい手紙みたいなものよ！

あなたを想って

ママ

この手紙を読み切ったことで自信が出てきて、キャシー・ジョーンズからの手紙にも向き合えるかもしれない、と感じた。だが暗くなってしまい、読めなかった。

彼はかなりの時間をかけてこれらの便りを読んだが、タクシーは半ブロックも動いていなかった。「何か問題でもあるのか？」彼はドライバーに訊いた。「どうしたんだい？」

「何か遅れてますね」とドライバーは言った。

　遠くのほう、通りが湾の輪郭をなぞって曲がっているところでは、車が順調に走っていくヘッドライトの光が見えた。だがここでは立ち往生していた。「すぐ戻るよ」と彼は言った。車を降りてトラブルの場所に向かい、止まっている車をよけながら、鼻につく水たまりの間を縫っていった。大型の市バスが車の流れを止めていた。男が一人、通りによろよろと出てきたために、止まってしまったのだ。酔っていて、血だらけの顔で、Tシャツの前側は引き裂かれていて、バスの前で泣きじゃくっていた。どうやら喧嘩でこっぴどくやられたあと、挑むことができる一番大きな物に立ち向かっているようだ。警笛、声、ふかしたエンジン音。物陰からスキップは黙って見ていた——血にまみれた顔は激情でゆがみ、バスのヘッドライトを浴びて輝いている。頭は後ろにのけぞり、両腕は腋のところを鉤で吊り下げられたようにだらんと垂れている。この悪臭漂う、絶望的な街。彼は喜びに満たされた。


　ジェームズの一時休暇が始まると、母親はマコーミック牧場から三日間の休みを取り、二人は砂漠の端にある小さな家で一緒にテレビを見てその時間を過ごした。ジェームズが戻ってきた日、彼女は彼のA級軍服を荷物から出し、スチームアイロンで皺を丁寧に伸ばした。「ついに国の役に立てるのね」と彼女は言った。「共産主義者に立ち向かわなきゃ。神を否定してる連中よ」もし彼女がユダヤ人やカトリック、モルモン教徒にも同様の台詞を吐いていなければ、その言葉にも意味があったかもしれない。

　母親が仕事に戻ってからは、ジェームズはしょっちゅうスティーヴィー・デールと会っていた。クリスマスイヴの午後、二人は彼の母親のトラックに乗り、ケアフリー・ハイウェイ沿いの丘の縁、車が単独で事故を起こしてドライバーが死んだ場所まで行った。

「見える？」とスティーヴィーは言った。「まずサボテンにぶつかって、それからパロベルデの木、そしてあの大きな岩に衝突しちゃったのよ」

　数日前、レスキュー隊が黒く焦げた車体を岩から移動していたが、まだ運び出されてはいなかった。車は亀のようにひっくり返り、燃えたのだ。

「かっ飛ばしてたんだろうな」

「車にいたのは一人だけよ。道路に一台しかいなかったの」

「遅れてたんだろ」

二人はそれぞれビールの缶を開け、すぐにスティーヴィーはほろ酔い気味になった。黒焦げになって返した手のひらのような残骸を座って見ていた。

「ドライバーは中で焼け死んだの」と彼女は言った。

「そいつが気絶してたんならいいけどな」とジェームズは言った。

もともとは赤い車だったのが、炎で塗装が溶けてしまっていた。輝く金属の部分があちこちむき出しになっていた。シボレーだったのかもしれないが、もう車種は分からなくなっていた。

「この世のものはぜんぶ少しずつ燃えていってるのよ」と彼女は言った。

「あん？　そう？　よく分からねえな」

「ぜんぶが酸化してるのよ。世界のぜんぶ」

どうやら化学の授業でこのニュースを仕入れてきたようだな、と彼は考えた。

基礎訓練の期間中、彼はしょっちゅう彼女のことを考えていたが、特に思い入れがあったわけではなかった。高校にいる女の子のうち、少なくとも他に七人のことも、同じくらいしょっちゅう考えていた。彼女とここにいて、果てしない空間にいても、万力にかけられているような気がした。

「きいていいか？　初めて俺たちがやったときさ、お前って——その——バージンてとこだったのか？　あれが初めてだった？」

「本気で言ってるの？」

「ええと。まあ」

「冗談ぬきで？」

「そう。つまり冗談なし」

「あたしをなんだと思ってるわけ？」

「きいただけ」

「そうよ、バージンだったわ。毎日やってるようなことじゃないもの、少なくともあたしはね。あたしのことなんだと思ってるのよ」と彼女は言った。「やり放題ネエちゃんかなにか？」

思わずジェームズは笑い、それでスティーヴィーは泣き出してしまった。

「スティーヴィー、分かったよ、ごめん、スティーヴィー」と彼は言った。クリスマスイヴでよかった、と彼は思った。明日彼女は家族と一緒だろうから、会わずに済む。

だがそれは単にビールのせいで、二分もすると彼女は彼の謝罪を受け入れていた。「雲があるときの夕暮れっていつもきれいよね」と彼女は言った。

夕暮れになると、すぐに冷えてくる。風が吹き始めたのが分かった。日が終わろうとする、最後の暖かい息吹。スティーヴィーは何度も彼にキスをした。

サウスカロライナで、彼は動物のように扱われ、生き延びた。大きく、強く、成長して、より良い人間になっていた。だが、自分が育った土地に戻ってくると、どうすれば母親と同じ部屋に座っていられるのかも、この十六歳の女の子に何と言えばいいのかも分からなかったし、人生におけるこの数日間、上級歩兵訓練のためにルイジアナに送られるまでどう過ごせばいいのか見当もつかなかった。何をすべきか教えてもらえる場所に戻らなくてはならなかった。

「プレゼントとかそういうのを早めに開けちゃわない?」とスティーヴィーは言った。愛情に満ちた指先で彼の首の後ろに触れた。「いつ来たい?」

この単純そのものの質問を考えていると、それが大きく膨らんできて、頭がはち切れそうな気がしてきた。

彼はドアのハンドルをひねって外に出て、爆発した車の残骸の横を通り過ぎ、膝に両手を当ててかがみ込み、どうにか立っているという状態で、視線を冬の地平線に向けていた。かすかなピンクと青の彼方から誰かに出てきて、救ってほしかった。遠くに蜃気楼のゆらめきが見えた——この黒焦げのシボレーから引っ張り出された男のような、ベトナムでの恐ろしい焼死か、それともスティーヴィーの質問の数々と彼の首の後ろに触れる彼女の指で満たされた年月なのか。

クラーク空軍基地の独身士官宿舎で、サンズは風呂付きの個室に一晩泊まった。宿舎の大部分は大学寮のような雰囲気になっていて、ドアはしょっちゅう開閉し、半分裸の若者たちがホールで大声を上げ、シャワーの音やナンシー・シナトラの曲がスタン・ゲッツのボサノバのインストと張り合い、ライトガード脱臭剤の匂いがしていた。彼は夜八時ごろに着いた。運転手と一緒に小型トランクを部屋に運び込んだ。誰とも話さず、早くに寝て、翌日の大晦日には寝坊した。そして基地のシャトルバスに乗り込み、どこでもいいから朝食を食べられるところで降ろしてくれ、とフィリピン人の運転手に言った。

かくして、一九六六年の十二月三十一日の午前九時、サンズはボウリング場の軽食バーにいた。この早い時間でも、平均スコアを上げようとする航空兵たちでいっぱいで、ざわついた雰囲気になっていた。ずらりと並んだボウリングのボールの横にあるテーブルで、プラスチックのトレーに載ったベーコンエッグを食べながら、彼は見守った。フロア全体ががやがやしていても、スポーツマンのアプローチには忍び足のこっそりとした動きが、そっと獲物の鳥を狙う狩猟犬の集中のようなものがあった。他の男たちはレーンをのしのしと歩き回り、砲丸投げの選手のようにボールを投げ飛ばしていた。スキップはボウリングをしたことはなかったし、観察したこともなかった。その魅力は明らかだった——さっぱりした配置、物理的な弾道計算の確かさ、木のレーンの有機的な豊かさと、ピンを立て、倒れたピンを払いのけるマシンの物言わぬ従順さ、そして何よりも、力みのなさとサスペンス感。ボールが保持され、狙いを定められ、息子のように旅をしていく、影響を与えられるという望みを越えたところへ。ゆったりとしていて、大きく、力強いゲーム。朝食を食べ終わったらすぐにやってみよう、とサンズは決心した。まずはコーヒーを飲みながら、キャシー・ジョーンズからの手紙を読んだ。

万年筆の青いインクで、丁寧な字で、おそらくベトナム製の薄くて茶色い半透明紙に書かれていた。彼女が送ってきた最初の何通かは明瞭で、打ち解けたふうで、寂しげで、愛情に満ちていた。サイゴンで会えるかしら、と彼女は書いていたし、彼もそれを楽しみにしていた。最近の手紙のほうはと言えば、彼女の頭は混乱していた——

人生ずっとジョーカーとつきあってきたわ。ただのジョーカーよ。エースでもキングでもない。ティモシーが最初のエースで、わたしをキングに導いてくれたの——イエス・キリストのことよ。その前はミネアポリスの大学に行ってた。でもやる気がなくなったからやめて、秘書の仕事をして、毎晩外出して、ダウンタウンで働いてる若い男、若いジョーカーたちとカクテルを飲んでた。

——誰に宛てるでもなく書いた日記を破いてきたのかもしれない。読むに耐えなかった。彼女に会いたくなくなってしまった。

わたしたちが訪れてるこの土地の人たち――この人たちを見てみてよ。監獄に閉じ込められた犯罪者と同じように境遇に囚われてるのよ。物事の成り行きで生まれて、生きて、死ぬのよ。ここよりあの場所で暮らしたいとか、農民じゃなくてカウボーイになりたいなんて一言も言わないわ。実際には農民にすらなれない。小作人だもの。耕して、手入れするだけよ。

最初のころ、この手の声明文はさほど長くはなく、だいたい表裏一ページで、「もう手が疲れてきたわ！　この辺にしておいたほうがいいわね。じゃあ。キャシー」とか、「さて、もうどん底よね。じゃ、この辺で。キャシー」と締めくくられていた。最初のころは、彼もいつも短い返事を出していた。ぶっきらぼうに見えないことを願って。だが何を書けばいいのか分からなかった。熱情に駆られているときは、二人の結びつきははっきりしていたが、今では謎めいていた。

選択ができることと、そんな自由がまったくないっていうことの違い――ここくらいそれが強烈に分かるところはないわ。あなたたちアメリカ、あなたたちの軍は選択して戦争してる。あなたたちの敵にはそんなことはできない。戦火のさなかにある土地に生まれたんだもの。

でも合衆国対北ベトナムっていう、そんな単純な話じゃないかもしれないわね。そうじゃなくて、この戦争を押し付けられた若者たち対この戦争を選んだ若者たち、死んでいく兵士たち対理論家たちと教条主義者たちと政治家たち。

いかにもがさつな考え方で、サンズはとっくにうんざりしてしまっていた。どの公立学校にもレーニンの胸像が置いてあるところを見たいのか？　自由の女神像が引き倒される下品なセレモニーでも見たいのか？　もちろんそうなんだろう。そしてその頑迷さが彼には魅力だった。冷笑的で視野の狭いインテリ女性にはいつもやられてしまう。頭が鋭く、生まれつき暗い女たち。彼女の顔にはとげとげしさと申し訳なさそうな面が同居していた。優しい、茶色い目。

大地には務めが種々あるって聖書に書いてあるってあなたが言って、違うと思うわってわたしが言ったこと覚えてる？　あなたが正解だったわ——コリント人への第一の手紙十二章五〜六節、その他ね。「奉仕にはいろいろの種類がありますが、主は同じ主です。働きにはいろいろの種類がありますが、神はすべての人の中ですべての働きをなさる同じ神です」。

あなたみたいな政府関係の人間にはたまらないわよね！（あなたがデルモンテの社員だとはまだ思ってないわ）。いろんな天使の部局がこの大地のショーの各パートを運営してるって信じたいなら、止めはしないわ。マニラ空港からサイゴンのタンソンニュット空港に行くだけで、神の多様さ、宇宙の多元性が一つの星に存在するって言いたくなるもの。

考えてみたら、北米ではスペイン人司祭たちが（それともカトリック教会自体かしら？）、ある土地は悪魔の——それかキリストの——支配下にあるって信じてたはずよね、だから「ディアロボ山」とか「サングレ・デ・クリスト山」とかもろもろの名前があるわけ。

彼はコーヒーマグの下に手紙をすべりこませた。もう集中できない。旅で神経が昂っていた。この世界が消えていき、次の世界が現れてきて、周りにいるボウラーたちが動いて音を立てていて、黒い惑星を放り投げ、木製のピンの星座を粉砕している。部屋に戻れば、彼はまた別のものを動かそうとしている——大佐のファイルという怪物、バッグの中にはウォーキングシューズが二足と、スーツもきっちりした服もないが、洗濯機で洗える着替えが四組、それから籐でできた小さな木箱、つまりはバスケットだが、これはかなり頑丈で、数カ国語の辞書が詰め込んである。スキップは民間人としてやって来たことを忘れないように訓練されていて、それらしい格好にするためカーキ色やオリーブ色の服は避けて、黒よりは茶色の靴を履き、ベルトも茶色を選んだ。特注のカービン銃は置いてきて、秘密エージェントにふさわしい武器、ズボンのポケットに忍ばせておける大きさの25口径のベレッタピストルを持っていた。コーヒーを飲み過ぎたせいで、こうしたことが頭の中でぐるぐると回っていた。ボウリングをするという案は諦め、レーンを後にし、熱帯の太陽の下を大股で歩いて、しまいには額がクラクラしてきて、汗に濡れたシャツが肌にべっとりとくっついた。

基地の図書館は開館しているようだった。屋根の上でエアコンが唸っていた。彼が入り口に近づくと、蛍光灯の明かりに人影が動くのが見えたが、ドアは動かず、本の世界から閉め出されて一瞬パニックに陥り、途方に暮れて見つめていた。出てくる男が苦労しながらドアを開けたので、サンズは入ることができた。ドアが湿気で膨らみ、枠のところで引っかかっていただけだった。コーヒーのせいで頭痛がしていたが、席につくことはせず、棚を見て回ってあれこれ本を覗いた。マーク・トウェインの『まぬけのウィルソン』の全部の章の冒頭にある銘句を読み、無名のまま終わった人生という宝物についての一文を探してみたが、覚えていたはずの文章は見当たらなかった。児童書のコーナーで、フィリピンの民話の本を何冊か見つけた。ベトナムのものはなかった。

次にヌート・ロックニーについての本に出くわして、彼は小躍りした。座ってページをめくると、八十七ページに、一九三〇年のノートルダムのグラウンドで、ロックニーが最後に指導したチームと一緒に写っている写真を見つけた。その写真の三列目の真ん中にいて、髪はふさふさで皺はなく、もうなじみの熱心な率直さを顔に浮かべているのが、フランシス叔父だった。控えの新入生だったが、それでもロックニー率いる若者たち、ぶっきらぼうで自信に満ち、胸を張り、人生の数分先だけを見つめている若者たちの一員だった。フランシスの兄マイケル、つまりスキップの父は前の年にノートルダムを卒業して、花嫁の故郷カンザス州クレメンツに引っ越していた。フランシスは陸軍航空部隊に入隊し、一九三九年に退役してビルマに向かい、民間機に扮した「フライング・タイガース」と一緒に飛ぶことになる。マイケルも農業用具の販売に飽き足らなくなり、一九四一年に海軍に入り、その六ヶ月後、真珠湾攻撃の最初の数秒においてアリゾナ号とともに沈むことになる。戦争。事故。父の一族には早死にがあまりに多かった。大佐にはアンという娘がいた。息子のフランシス・ジュニアは、ある年の七月四日、ボストン湾でヨット中に溺死した。兄と息子、二人とも湾で命を落とした。兄弟姉妹も従兄弟もたくさんいたし、その子供たちもいたが、誰もが誰かを亡くしていた。やかましく、悲しい一族。

スキップは並んだ選手たちを眺めた。ベンチから飛び出していって、喜び勇んでお互いの体をぶつけ合って血を流す男たち。警官や戦士へと鍛え上げられて、女子供には絶対理解できない世界に暮らす男たち。その男たちがスキップを見つめ返していた。古傷が疼いた。未亡人の一人息子。彼は男にならないまま、男の世界に入っていた。

彼は本を閉じ、もろい紙に書かれたキャシー・ジョーンズからの手紙を開いた。


彼らは戦いをしている土地に生まれたのよ。終わることのない審判の時に。

まだ誰も言ってないことだと思うけど、地獄の定義って、そこにいる人たちが、ここは地獄なんだってことに気づかないことじゃないかしら。お前たちは地獄にいるって神に言われてしまったら、不確かさからくる苦しみがなくなってしまうし、そのずっとつきまとってくる苦しみがないと完全な苦しみにはならないでしょ？――「自分の周りに満ちているこの苦しみが、わたしとかれらの永遠の破滅なのか？　それともこれは、つかの間の旅にすぎないのだろうか？」堕落した世界でのつかの間の旅ね。

言ってしまうけど、カルヴァンを読み始めたせいで、わたしの信仰は暗くなってしまったわ。カルヴァンと格闘して負けたのよ、彼の絶望に引きずり込まれてしまったわけ。カルヴァンは絶望とは言ってはいないけど、実際にはそうだわ。まさにここ、この地球は地獄なんだって分かってるし、あなた、わたし、わたしたちみんなは神に創られて、結局地獄に落とされるだけなんだってことも分かってる。

そして突然わたしは叫ぶ、「でも神はそんなことなさらない！」

ほらね？　不確かさの苦しみってやつよ。

それとも、これが煉獄の旅なのかってカトリックのあなたは自問したかしら。ベトナムに来れば自問することになるわ。一日に五回も十回もふと自分に問いかけることになる、いつ自分は死んだんだろう？　そしてなぜ神の罰はこんなにも過酷なんだろう？


彼は図書館の冷気の中で午後を過ごし、シャトルバスで独身者宿舎に戻った。

部屋に戻って一分も経たないうちに、ドアをノックする音があった。民間人の服装をした、彼と同じくらいの歳の男で、両手にサンミゲルビールの瓶を一本ずつ握っていた。

「バケツに入ってる最後の瓶だぜ、おい」

ちょっと戸惑ってしまうような笑顔の男だった。

「スキッパーにはビールがないとな」

スキップは言った――「おう！」

「クアンティコ以来だな！」

彼はボトルを受け取って握手した。スキップは相手を思い出して気分が盛り上がったが、名前までは思い出せなかった。彼の「ファーム」での訓練が終わると、二人はクアンティコでの二十一日間の暗号プログラムで一緒だった。親しい仲間ではなかったが、会えて嬉しいのは確かだ。二人で座り、何分か当たり障りのないおしゃべりをしているうちに、スキップは頭から抜け落ちた友だちの名前を聞くタイミングを逃してしまった。「お前の部署はどこだ？」彼は男に訊いた。「まだラングレーか？」

「DCに放り込まれたよ。国務省のでかいビルでさ、ペンシルヴァニア通りの。でもあちこち回るんだ。サイゴンにマニラ、DC。お前は？」

「異動してるとこだ。サイゴンだ」

「サイゴンは大したもんだぜ――家とか使用人をシェアするような暮らしだよ。出られるとなりゃいつでも出てってさ。まったく――毎週末だな。たいていの週末はそうだ」

「きれいな国だって聞いてるよ」

「そりゃびっくりするくらいだぜ。家から出て小便してさ、最後の一滴を振り落として見上げたら――マジで信じらんねえ、どっからこんなのができたんだってな」

「言ってみりゃここと似たようなもんか」

「ここよか相当危ねえよ。危険手当がどっさりだ」

「そりゃ楽しみだな」

「作戦部にいんだろ？　違うか？」

「そう」とスキップは言った。「表向きは。でも計画本部のほうで動いてるみたいだ」

「ま、俺は計画にいるけどさ、国務のほうで働いてるみたいだし」

「どうして基地に来た？」

「二〇〇〇時になったら戦争に無料送迎だよ。もう時間切れってやつさ。サンミゲル飲めるのもこれがラストチャンスだな。樽を持ってくりゃよかった」

「サンミゲルって樽で売ってるのか？」

「そういえば知らねえな。でも将校クラブじゃ瓶で売ってる。行こうぜ」

「体ベトベトなんだよ。あとで落ち合うか？」

「待っててもいいぜ。それか街のほうに行くってのは？」

「ええと」とスキップは言った。「もし二〇〇〇時に出るんなら――」

「それか将校のガキたちが何やってるか見にティーンクラブにぶらっと寄ってもいいぜ」

「えっ?」

「そういやそれで思い出した。つまり将校のガキって話でさ。お前、他ならぬ大佐の親戚だろ?」

「そりゃどこの大佐の話だよ?」

「大佐の身内じゃねえの? フランシス・ゼイビアー大佐の?」

「よくしてもらってる、同じ人間のことを話してるんなら」

「『大佐』って呼べる人間は一人しかいねえよ」

「そうだろうな」

「俺は彼の心理作戦コースを受けたよ。メッセージのある男だよな」

「確かにビジョンはあるね」

「お前もあれ受けた? 題目が見当外れでさ。『思い出話とその理論化』ってのにすりゃいいのに」

「そういう人だよな」

「雑誌の論文にアイデアをまとめてた。読んだか?」

「雑誌に?『研究』のことか?」

「イエッサー」

情報局の機関誌、『情報研究』のことだった。あそこに大佐のアイデアが載っている? 何かコメントすべきか? いや。

彼はビールをがぶ飲みして、口ひげをぬぐった。もじゃもじゃのケネディ期はもう通り越していた。皆はてっぺんが平らな角切りにすでに回帰して、自分たちがビートルズとは違うことを誇示していた。だが、スキップは口ひげを残していた。ふさふさしていた。

「スキップ、あの雑誌はよく読むか?」

「マニラでチェックしとくよ。奥地にはなくてさ。サンマルコスにいたから」

「ああ、あそこね――デルモンテの所だろ」

「行ったことは?」

「いや。大佐の論文読んでないか?」

「あの人が出版するようなものをこしらえるとはね」

「出版されたわけじゃない。原稿だ」

「どうやって見たんだ?」

「お前は大まかな形の原稿を見たんだって思ってた」

「なあ、大佐が物を書くなんてことも知らなかったんだぜ。どうやって入手した? お前雑誌の関係者か?」

「じゃ読んでないわけか」

スキップは心臓が止まりそうだった。「いや」と彼は言った。「言っただろ」

「ま、お前には言ってもいいか。あの原稿はちょっと謎なんだよ。皮肉のつもりだったって可能性もある。でも機関誌に皮肉を投稿してくるんだとしたら、それまた謎だよな。それ自体訳分かんねえし、おまけに内容もあれだろ」

「分かったぞ」とスキップは言った。「いや絶対お前のこと覚えてたけどさ、名前が出てこなくて」

「ヴォスだよ」

「名前はリックだろ?」

「ソノトオリ」

「顔は覚えてたんだ、けどさ――」

「太ってきてんだ」

「そんなもんかな」

「結婚したしガキもできた。太ったね」

「男の子、それとも女の子?」

「女の子。セレステってんだ」

「いい名前だな」

「十八ヶ月だ」

「そりゃつらいよな? 離れたりなんだりさ」

「旅に出れてありがたいね。行ったり来たり、俺は月みたいなもんでさ。本当のとこ、毎日毎日あれじゃ耐えられねえ。女子供はぞっとするぜ。理解できねえよ。よそにいるほうがいいね」彼はベッドに腰掛けていたが立ち上がり、小型トランクの一つに座った。「それで、ここにあるのは誰の持ち物なんだ?」

「俺は運んでるだけだ」

「W・F・ベネーって誰よ?」

「受取人だろうな」

「それか差出人か」とヴォスは言った。

「名前に聞き覚えはないな」

「Wって何の略だ? ウィリアムか?」

「お手上げだね」とスキップは言った。

「Fのほうは? フルネームは何だ?」

「リック……俺はこれについちゃ何も知らない運搬係なんだ」

「腕相撲するか?」とヴォスは言った。

「えっと、やめとくよ」とスキップは答えた。

「もしやったらどっちが勝つかな?」

スキップは肩をすくめた。

「やってみるか?」

「やめとくよ」とスキップは言った。

「俺もやめとく」とヴォスは言った。「筋肉は要らないしな。専用の軍隊もいるし。あのグリーンベレーどもは人間戦車だぜ。デスマシーンだ。一人で俺たちの両方ズタズタにしちまうくらいだろ？　その連中が局のために動いてる。まあ要するにだ、この先タフガイにはずっと軍服を着といてもらうってこった。奴らは戦場から卒業なんてことにはならねえし、デスクの後ろに鎮座してあれこれ指図することもねえ。戦略事務局とは違うからさ。あの戦争なんてもう大昔のことだ」

スキップは自分のボトルをヴォスのボトルに当てた。両方空だった。「このビールをケース半分くらい飲んでしまってるなら、くだらないお喋りしてたんだろうなって思うだろうな。午前四時で半分酔っ払ってるんなら」

「でも違うだろ」

「違うな」

「おうよ」

「いつビール買いにいく？」とスキップは訊いた。

「今どうだ？」

二人とも立ち上がった。

スキップは言った。「おう、しまった。ちょっと待った」

「何だよ」

「腕時計が止まってる。今何時だ？」

「十五時二十分」

「クッソー、あと四十分でちょっとした報告があるんだ。ちゃんとした格好しなきゃ」

「それから？　サイゴンまでまっしぐらか？」

「俺の知る限りではね」

「じゃ多分そこで会えるな」

「ああ」とスキップは言った。「そしたらビール飲もうぜ。サイゴンじゃ何飲んでる？」

「タイガービールだ。飲んだら吐く」

「結構じゃないか」とスキップは言った。

ヴォスは床を見つめ、目を上げる前に集中して、話すことを練っていた。

「じゃあ出かけるんだよな」とスキップは念を押した。

ヴォスは立ち上がった。「後日な」と言い、出かける彼にスキップは半敬礼した。

大佐はいつも言っていた――もう駄目だってところまで来たら、シャワーを浴びて着替えるんだ。

スキップは両方とも実践し、その日の服をランドリールームに持っていった。完璧にきれいな格好で新しい職場に赴くつもりだった。ドスドス音を立てる洗濯機に囲まれ、一時間以上もプラスチックの椅子に腰掛け、要は姿を隠して見られないようにしていると、混乱と恐怖が潮のように満ちてきた。一時的にそれを乗り越えて服を畳んだが、また引きずり下ろされてしまった。彼は椅子で背筋を伸ばし、両手は膝元に置いて座っていた。自分の人生など無に等しいことを思い知らされた。地平線に見えるあの一点、堅固で揺るぎない最重要目標に心を定めた——打倒共産主義。パニックは鎮まった。

しばらくして、独身者用宿舎の表に出ると、空は暗かったが、雨ではなかった。シャトルバスは一時間に四本出ていた。彼は次のバスに乗って、どれも同じ畝形の屋根がついたグリーンの建物の街を、基地内の制限速度の時速二十四キロで通っていき、ゲートのすぐ内側にある終着所まで行って、そこからタクシーでアンヘレスの街に向かった。アスファルトのメインストリート、入り組んだ汚い路地、バーに売春宿に掘っ立て小屋。「レディーに会いたくないですかね?」とドライバーは訊いた。「やめとくよ」「じゃあカーニバルに行きますか?」そうだな、いいだろう、カーニバルには行こうか、でなければなぜ街まで出てきたのか分からない。二エーカーの泥地でカーニバルには十分だった——震える麻のロープがついた、カビだらけの茶色いテント、五つほどの乗り物、地元のラジオ局を流す拡声器、余興ステージの正面に掛けられた、すり切れかかった巨大な壁絵。ドライバーに支払いをしていると、せがんでくる子供たちに囲まれたが、怒った売り子たちが追い払ってくれた。彼は雑誌の紙に包まれたピーナッツを買った。壁絵に描かれた「スル海の人魚」の顔が気に入り、中に入ってみた。客は彼一人だった。彼女は黒く長い髪を頭の後ろでプラスチックの花でまとめていた。小さな胸はビキニのトップで覆われていた。尻尾は何でできているんだろう? よくは見えなかったが、何かの布製のようだった。魚の尾びれのようには動かない。高さ一・二メートルで幅二・五メートルほど、地面から一メートルほどの高さの台に載ったガラスの水槽の中で、両腕を使って行ったり来たりしていた。空気を吸いに上がって、下がって、行ったり来たり、行ったり来たり。また水面に上がり、水槽の縁に掛かっている白いタオルに手を伸ばし、両手と顔を拭いて、タオルの横にある物掛けからタバコとライターを取り、湿った指で巧みにマルボロに火をつけ、しばらく吸い、彼に手を振って出ていけという仕草をして、背を向けた。彼は出て、別のテントに行った——「ボーホルの小人五人組」。ボーホルってどこだ？　この辺のどこかの島なんだろう、そのうち地図を見てみよう、と彼は思った。今のところは、そこの何人かの住民に会うわけだ。入り口の上に広げられた垂れ幕には、小さくて陽気なあごひげの男たちが描かれていて、そのうち二人は、先がきらきら光るつるはしで金鉱を掘っていて、三人はきらめく金塊を満載した手押し車を押していた――フランコ、カルロ、パウロ、サント、マルコ、妙な名前の不思議な男たち。しかし中にいたのは彼らではなかった。盲目で、痙攣していて、昏睡状態で、汚れたおむつをした小人たちが、五つの大きな揺りかごに寝ていて、名前と年齢と体重がカードに表示されていた。十七歳から二十四歳まで。十二・五キロ、十三キロ、十五キロ……。あごひげではなく、手入れされていない桃色の産毛。手足がビクビク動き、乳白色の目が震えている……。ハエがとまっている……。サンズはよろよろと外に出て、ローラーコースターに乗った。別にどうというものではなく、分解されて街から街へとトラックで運ばれていく類いのものだが、高さや奥行きが足りない分をスピードと回転でカバーしていて、傾斜を一気に下り、カーブに突っ込んでいくと、全体が傾いて揺れ、のど元まで死が迫ってきた――そもそも誰が組み立てを監督して、この乗り物の点検をしたのか？　誰が安全を保証したのか？　誰もそんなことはしていない。悲劇に備えておけ。愉快になり、めまいを覚えて、彼はこのアトラクションから降り、濡れた囚われの人魚のテントの前にまた立っていた。もう日没だった。大晦日。午後のあいだずっと、花火の音がちらほらと聞こえていたが、どんどん増えてきていた。笛の音や爆発音ではなく、隅のほうでバチバチという音、ポンといったり破裂する、どこかからの音。高く掲げられたポスターの人魚は微笑んでいて、マルボロを吸ったりするようなタイプには見えなかった。彼はもう一度入って、さらに落ち込みたい気持ちに駆られた。

　航空兵が運転している空軍のジープが、すぐ近くで停まった。ヴォスが乗り込んでいた。彼は降りてきて、二人は色褪せた巨大な絵の前に並んで立った。「予定ってのはこれか？」

「そうだよ」

「報告が？」

「その通り」怖くて、わくわくする感覚。「入ってみるか？」

「実を言うと二日前に行った。行ってこいよ」

「もう行ってきたんだ」スキップは悲しそうに言った。

「じゃもう少し話しようぜ」

「そうだな」

二人は売店のリノリウムのテーブル席に座り、それぞれサンミゲルのボトルを頼んだ。場違いもいいところの格好だ。ヴォスはピンストライプのシャツ、茶色のスラックス、ウィングティップの靴を履いていた。聖書のセールスマンのようだった。スキップもそうだった。

　スキップは口を開いた。「じゃあ、偶然じゃないってことだ」

「ちゃんと分かってるじゃねえか。ここで任務があるわけよ」

「ああ。今そう言ったろ」

「お前をこづき回すために来てんだ」

「うまくはいかなかったな」

「十分だよ」とヴォスは言った。「耳に入ったんなら十分だ」

「耳にしたのはありがたくもないナンセンスばかりだぜ」

「そりゃどういうこった?」

「いいか、進化ってものがあることは認める。物事は変わっていくし、俺たちは新しい世代だ。でもな、年寄りの番人に何の文句があるんだ?」

「何もねえよ。ショーをやってるのは連中だ。だけど大佐じゃない、だろ? 大佐は独演会をやってるのさ」

「そもそも彼を知ってるのかよ? 受けたコース以外でさ?」

「知ってる。大佐のとこで働いたからな」

「本当かよ?」

「去年の夏と秋にかけてずっとだぜ。F・X叔父さんは俺を人質に取りやがった。調査させられたよ」

「何の調査だ?」

「あれこれさ。俺のことを事務員呼ばわりしやがって。ラングレーに閉じ込められたから、自分でも一人人質を取ろうと考えたんだろうよ、え? でも彼には借りがあってな。俺はそれから二等級昇級した」

「すげえな」

「六月からだぜ」

「そりゃ速いな」

「稲妻レベルだろ」

「大佐がやってくれたのか?」

「スキップ、違うぜ。大佐が昇級させてくれたわけじゃない。でも大佐と一緒だったってことで、連中は俺に注目したんだ」

「そうか。そりゃ結構じゃないか」

「おいおい違うって。物分かりが悪いな」

「何だよ。言ってくれ」

「連中が俺に注目したのは、大佐に注目してるからだ」

ぴくりとも動かない瞬間が来た。何も見えてこなかった。「……注目？」

「さあ分かってきたな」

「つまり、大佐がラングレーで『閉じ込められた』ってのは……」

「ようやくピンと来たようだ」

次に訊くべきことは、大佐が何かの深刻なトラブルに陥ったのか、運命を挑発し、キャリアを棒に振るような窮地に陥ったのか、ということだった。しかしその次にするべき質問は、今でも大佐は困ったことになっているのか、ということで、そして、その次には――他に誰が巻き込まれているのか？　例えば、俺もトラブルになってるのか？

ということで、彼は口をつぐんだ。

そして、ヴォスのほうが喋り始めた。

「十四ヶ月前、ミンダナオで何があった？」

「報告書を見たんだな」

「読んだよ。俺が解読したんだ。電信が『マル秘』で送られてきたところにいたのは俺だよ」

「おい、マル秘で来たんなら、なんでお前が解読するんだ？」

「マル秘は正式な分類じゃねえってくらい知ってるだろ。ジェームズ・ボンドもそう言ってるぜ」

「まあ、それでも――義理としてさ」

「誰への義理だ？」

「俺と、受取人への」

「大佐宛てのは全部チェックされるんだ。大佐が出すやつも」

「じゃあ、あそこでどういうことになったかも知ってるわけだ」

「そう。大佐はヘマをやらかしたのさ」

「リック、俺はそんなこと報告しなかったぞ。もう一度よく読めよ」

「大佐が貴重な時間と金を使って、球技の試合のニュース映像を入手しようとしてるのはなんでか分かるか？」

「いや、分からない。野球の試合か？」

「フットボールだ。フットボールの試合だよ。フィルムを何缶か運ぶために、太平洋横断フライトを依頼しようとしたんだ。自分が大統領か何かだと思ってんのか？」

「大佐のやることだから理由があるんだろ」血が騒いでいた。ボトルでヴォスを殴りつけたかった。「どの試合だ?」

「ノートルダム大対ミシガン州立大。先月のやつだ」

「分からないな」

「敵の情報そっちのけで、ノートルダム対ミシガン州立大の試合の情報を熱心に集めてる」ヴォスは腕時計を見て、航空兵に合図をした。

「お前が大佐にフィルムを運んでるのか?」

「スキップ。なあスキップ。誰がそんなことするかよ」彼は立ち上がって手を差し出した。できるだけしっかりとスキップは握手をした。「なあ」とヴォスは言って、言葉を探すその目からは人間的な同情が伝わってきた。「戦争で会おうぜ」ジープが動き出していた。彼は去っていった。


サンズはビールをさらに二本飲み、あたりがすっかり暗くなると、カーニバルからさまよい出て、軽食屋で魚とご飯を食べた。戸口越しに見える通りではささやかな騒ぎになっていた――片腕を火傷した若い男が、片腕は包帯で吊り下げられていても、次々に爆竹に火をつけ、通りがかりの人たちに投げつけていて、皆は飛び退いては甲高く叫んでいた。午後九時には、街じゅうでお祝いの爆音が鳴り響いていた。サンマルコスでの独立記念日もかなりのものだったが、今日はもっとワイルドで、間違いなく危険で、銃の音と轟音のリズムがそこらじゅうでこだまし、まるで夜のすべてが攻撃を受けているようだった。南ベトナムのほうがまだ平和ではないかと思えるくらいだ。彼は売春地区へとぶらついていった――実際のところ、アンヘレスにそれ以外の場所はあまりない。汚水、恐ろしい悪臭、渇きに満ちて生気のない人影、口を開けた女たちの視線が入り乱れる中、じめっとしてロックンロールが鳴り響く小屋を通り過ぎていった、腐敗のせいで吸血鬼の墓並みに暑く豊かだった。東南アジアの夜の淫らなミステリー。アメリカを愛するのと同じくらいの情熱で彼はそれを愛したが、そこには秘かな、どす黒い欲望があった。そして逃げ隠れせず自分に認めた。故郷に帰れなくなったって、構いやしない。

クリスマスの二日後から、ジェームズは友達に電話するのをやめ、スティーヴィーからの電話に出るのもやめた。

毎日、十歳の弟バリスと一緒にテレビアニメを見て、何も思い煩わすことのない子供時代という晴れやかな世界を、できる範囲で分かち合っていた。

大晦日にはパーティーに出かけた。スティーヴィーがいた。怒っていて、彼のところには来なかった。ドナとその他の友だちと一緒に、奥の暗いところに引きこもっていた――チアリーダーの控えチームと将来のプロムクイーンコンテストの準優勝者たちが、怒りに燃え、群れている。いいさ。彼がずっと彼女にしたかったのは、アン・ヴァンダーグラスだった。ジェームズと同じ年にパロ・ヴェルデ高校に入り、今はキッチンの入り口のところに立っている美人で、見覚えのない二人の男としゃべっていた。

彼はラムを飲んだ。それまで口をつけたことはなかった。「302ってんだぜ」と誰かが言った。

どこかに送り込まれて、迫撃砲か何かで吹っ飛ばされることになるんなら、そもそもスティーヴィー・デールなんかと付き合うんじゃなかった、と彼は思った。

「ま、こんなもんか。302ってなビールよか軽いよな」と彼も同じ意見だった。

「コーラ入れてよ」

アン・ヴァンダーグラスが話しかけてきた。蜂蜜色のブロンドで、いつもうまく化粧をしていて、あまりに若く、純粋で、気高く思えたので、彼は近づくことができなかった。そのうち、彼がまともに学校に行っていた最後の年に、フットボール部にいる三年生のダン・コーデュロイとデートしていると耳にして、それからまた別の男、コーデュロイの友だちのウィル・ウェッブ、それからはくそフットボールチームの半分、三年生全員とデートしていて、一人残らず全員とやっていると彼は聞いていた。「お前めちゃくちゃきれいだよ、知ってるか?」と彼は言った。「今まで言ったことなかったな。言ったことあったっけ?」――だが、少し太って、顔が丸くなっていて、自分が覚えているほど美人ではないように思えた。大人っぽくはなっていたが、いい意味ではなく、彼にはおばさんじみて見えた。

ラムの一口が喉に引っかかり、むせそうになったが、どうにか下りていってくれて、それからは喉の感覚がなくなり、釘でもガラスでも燃える石炭でも飲み込めそうだった。

それからの一時間、時間は廊下か何かの物体のように目の前を通り過ぎていった。唇はゴムと化し、よだれを垂らしながら「こんなに酔ってんのは人生初だ」と言っていた。
皆に囲まれ、笑われているように思えたが、確信はなかった。部屋は斜めに傾き、壁そのものが彼のケツにぶつかってきた。手や腕が怪物の触手のように彼を掴んで、立たせている……

どこか暗い場所から、彼は自分の体にたどり着き、外に立っていて、片手にタバコを、もう片手には酒を持っていた。

迫り来る破損車のように、ドナが姿を現した。怒りの炎が燃え盛っている。「どうしてそんなこと言うの？　どうしてそんな口きけるの？」後方にいるスティーヴィーは頭をうなだれて泣いていて、周りの女の子たちが髪を撫で、悲しみを払いのけようとしていた。

ロロが庭で彼をまっすぐに立たせた。急降下して爆撃してくるドナを振り切ることはできなかった。「ドナ、ドナ――」ロロは笑っていて、鼻を鳴らして、大声で叫んでいた。「――ドナ、こいつ聞こえてないって。説教やめろよ」

「スティーヴィーは妊娠するとこだったのよ。あやうく妊娠するとこだったって分からないの？　どうしてそんなマネできるの？」

「妊娠するとこだったって？」とロロは言った。「あやうく？」ジェームズは両膝をついて、ロロの脚にしがみついていた。

「妊娠してるって思ってたのよ、分かった？　分かってる？　街にいる最後の夜なのに、彼女に唾吐くみたいなマネして、ベットナームに行くなんてありえない。ロロ、分かった？」

「分かったって！」

「そう言ってやって！」

「了解！　言っとくよ。おいジェームズ」とロロは言った。「ジェームズ。お前さ、スティーヴィーと話しろよ。彼女をバッチシ傷つけたんだぜ、ジェームズ。立てよ、立てって」

足が動いて、火がついたバーベキューセットの横に立っているスティーヴィーのところに向かった。彼が何か言って、スティーヴィーはキスをした――じめじめした、いかにもティーンなキス。「んでタバコ吸ってるのね」と彼女は言った。「いつもは吸わないくせに」

「吸ってるよ。いつも吸ってた。お前が知らないだけだって」

「吸わないくせに」

「吸ってんだって」

また何かが起こってスティーヴィーはいなくなり、代わりに来たのか彼女が化けたのか、とにかく友だちのドナが現れた。「最後の最後に彼女を傷つけちゃったわね、ジェームズ」

「タバコ吸うんだって」と彼は言おうとした。あごを閉じておくことも、胸のところから上げることもできなかった。

キッチンの中に戻ってみると、アン・ヴァンダーグラスはもう美人には見えなかった。老けて、すり切れて見えた。髪は縮れていた。顔はのっぺりしていて、赤く汗っぽく、死人のような笑みだった。このヤリマン、と彼が言っているのに、皆と一緒に笑っていた。「気づくのにちょっと手間取ったけどさ——お前ヤリマンだよ。ホンモノのヤリマンだ」彼はかなりの大声で言った。「みんなももう知ってんだ、気づけよな」と彼は言った。「お前はカンペキに、汚ねえヤリマンなんだ」アンはグロテスクに笑った。一晩中誰かれ構わずセックスしてきたような雰囲気だった。彼の心は歪んだまま動かなくなった。「どうしようもねえヤリマン——このヤリマン——このヤリマンが——」と言い続けていた。

皆に地面に叩きつけられ、ホースの水をかけられた。彼の周りの土は泥になり、彼はその中でうずくまって、手足をバタバタさせてまっすぐ立とうとした。

基礎訓練のときにも、これとさして変わらない経験をしていた。両足が広がって顔からばったり倒れ、泥が口に入り、彼は考えていた——ああそうかい、またかよ。

一九六七年

一九六七年一月一日の午後、グエン・ハオは、大佐の側近のジミー・ストームという男を車に乗せ、タンソンニュット空港に向かった。常にと言っていいくらい、ジミー・ストームは民間人の格好をしていたが、ハオがこの若者に初めて会ったときには、CIAの心理作戦部のヴィラの表でしゃがみこんで休憩中で、タバコを吸っていて、軍曹の袖章がついた合衆国陸軍の野戦服を着ていた。

この日の午後、ミスター・ジミーことストーム軍曹はそのときの軍服を着ていて、空港に行くまで座ったまま、まんじりともせず、帽子もかぶっていて、それまで座ったことのない後部座席にいて、一言も口にしなかった。新任者を迎えるので少し緊張しているのだろう、とハオは思った。

しかし、この沈黙にはいろいろな原因が考えられた。ミスター・ジミーは変わり者で、複雑な若者だった。ウィリアム・サンズがエア・アメリカのDC－3型機のタラップを降りてきて、ジェットの騒音と湿った風を食らって少し頭を引っ込めているころには、ミスター・ジミーはお喋りに戻っていて、嬉しそうにサンズと話をして、会話は速すぎてハオはついていけなかった。

小型トランクのうち二つは黒のシボレーのトランクに積み込み、三つ目のトランクは新顔の男が持って後部座席に座ることになった。スキップと呼んでくれ、と彼は出迎えの二人に言った。

「おう、そうか」とミスター・ジミーは頷いたが、それから考えを変えた。「でもスキッパーって呼ばせてくれよな。スキップじゃ短すぎるだろ。アッサリしすぎてる」今度はミスター・ジミーはハオの隣に座っていた。

ハオも口を開いた。「ミスター・スキップ、お迎えできて嬉しいです。あなたの叔父さんと私の甥が知り合いでして。今度は叔父さんの甥にお会いできたわけだ」

「お土産があるんだ」新任者はタバコを一カートン渡した。箱を見たところマルボロかと思ったが、別のものだった。ウィンストンだ。ハオは言った、「どうもありがとうございます、ミスター・スキップ」

信号で停まっていると、右側に自転車がやってきた。ミスター・ジミーがウィンドウをさっと下げて、「ディディー・マオ！」と言い、何やら身振りをすると、自転車は離れていった。

ミスター・スキップは英語で話しかけてきた。「ベトナム語で話していいかな、ハオさん？」ハオはベトナム語で答えた。「そのほうがいいですね。私の英語は子供並みなので」

「今日は僕らにとって新年だ」とミスター・スキップは言った。「もうじき君たちのテトだから、もう一回新年を祝うことになるね」

「発音がきれいですね」

「ありがとう」

「ベトナムには何度も来たんですか？」

「いや。一度も」

「それは驚きです」とハオは言った。

「集中コースを受けたんだ」とミスター・スキップは言った。「集中コース」のところは英語を使った。

「で、いよいよお出ましってわけか？——全部で三百キロ」と若いミスター・ジミーは言って、後ろに手を伸ばして小型トランクに触れた。「アール公の王国への鍵ってわけだ」

それまで一度も会ったことはないのに、ジミー・ストームはスキップ・サンズへの深い憎しみを抱きながら、どうにか話をしている、とハオはすぐに確信した。スキップのほうはストームを不審に思っているようで、少しためらってから言った。「百キロくらいだよ」

日没で、雲の下側は赤く燃え上がっていた。車がサイゴンに入り、家が立ち並ぶ通りを過ぎていくと、子供たちは薄暗い光の中で縄跳びをしていて、跳んでいる子供たちの呪文のような歌が切れ切れに聞こえてきた。それから、惨めな店が並ぶアメリカ軍の通りに来て、口のように開いた戸口の前を過ぎていく——どの口からも音楽、声、悪臭が放たれている——そして川を越えて、正式にはギアディン地区に入り、チラン通りを下って、ＣＩＡの心理作戦部のヴィラに向かった。誰もそこに長居せず、ジミー・ストームだけが、シューシュー音がするエアコン付きの散らかった寝室にいて、その部屋から出てすぐにある応接室には、籐のテーブルとジャワ綿のクッションソファ、ほとんど空の本棚と、スツールなしの竹のバーがあり、薄い黄色の壁には厩舎にいる馬たちの絵が飾られていた。

黒のシボレーはヴィラで停まった。ハオはアメリカ人たちが荷物を降ろすのを手伝って——ミスター・スキップの衣服に籐のバスケット、それに小型トランクが三つ——さよならを言い、汚水路脇のでこぼこの道を懐中電灯を頼りに歩いて帰った。

ハオと妻のキム、それにときおり訪ねてくる親戚たちは、休業中の店の二階の裏手に住んでいた。店はハオの一族のもので、親戚はキムのほうだった。ハオが路地から入ってきたときには、もう暗くなってから一時間が経っていたが、彼女のサンダルがコンクリートの地面をこする音が聞こえた。大きな鉢に植えた果物の木の間をぶらぶら歩いている。ハオは居間の天井にある蛍光灯をつけて、彼女を呼んだ。

話がしたかった。大佐の家族の一人がやってくるところを迎えに行くように頼まれたことで、確たる同盟関係を結んで、人生の橋を渡ったという気がしていたし、その人生は妻のものでもあった。彼女にはこの状況を大まかに把握しておく権利があった。

彼はプラスチックの赤い扇風機の前にある椅子に腰掛けた。すぐにキムが入ってきた。中年で、扁平な足で、針金のような体つきで脂肪は上塗り程度、針金のような腕に反った脚、お腹がちょっと出ていた。二重あごで目が飛び出てきていて、庭に置いてあるカエルの像のような顔でもあり、仏のようでもあった。彼女は息をつきながら座って言った。「今日は体調いいわ」

「奇跡だな」と彼は言った。妻はこうした言葉が好きだと知っていた。

「昔話に出てくる喘息治療をしてみたのよ」

「おいおい」と彼は言った。「そんな馬鹿な」

「でも効いたわ。体調いいもの」

「アメリカ人の医者に診てもらえるようにするよ。ミスター・大佐が手配してくれるはずだ」

「放っておいて」といつものように彼女は言った。「墓に入るのはわたしなんだから」

彼女は面倒見がよく、彼の良き友だった。愛おしく思っていたし、長生きしてほしかった。だが、彼女は健康ではなかった。

二人はしばらく一緒に座り、赤い扇風機が回って、その下のテーブルの表面がブーンと音を立てるのを聞いていた。別の開業医に勧められた通り、彼女は目を閉じ、鼻で息をしていた。

本当に長い病だったし、おそらく数年前に彼女の甥が死んだことで悪化してしまった——四年前のことだっただろうか？　彼女はよくトゥの自殺の話をした。すがるような遠い目をして、何か、たぶん自分の声音のせいで、意志に反して彼女がその話に引き込まれていくのがハオには分かった——あれは事故だったとは思えないかしら、単にちょっと試してみただけ、不思議に思って、覗いて、ガソリンの匂いを嗅いでいただけだって。分からないけど。分からないな、とハオも言った。だが、トゥがガソリンを手に入れるのは一苦労だったはずだ。仏は好きじゃないわ、と彼女はよく言った。神様はたくさんいるのに、仏の物事は単純すぎるのよ。周りを見てみて、そんなに単純かしら？　違うでしょう。

話し合うためには彼女の世界に入らねばならなかったので、彼は訊いてみた。「最近の夢のお告げはどうだい？」

「わたしの呼吸は問題ないだろうし、いとこはじきに結婚するって」

「いとこ？　どのいとこ？」

「ランよ！　隣の部屋まで連れて行って、ランが寝てるところを見せてあげなきゃ駄目かしら？」

「どのいとこが一緒にいるのか忘れていたよ」

「二人いるのよ！　ランとヌーよ」

「僕たちの状況について話し合おう」

「話して」

「ミスター・大佐はクーチーの近く、幸運の山のあたりで計画をしている、それは知っているね」

「彼の手伝いをするのは危険だわ。やりすごせないの？」

「もう手伝っているんだよ。何人かの族長と話をしたし、彼の地図にトンネルの入り口の印を付けた」

「あなたがどちらに付くか決めてしまったら、わたしたちはどうなるの？」

「もう付いてしまっている。僕たちが考えなくてはならないのは、国が再統一されたときのことだ。国を出ることになるだろう」

「出るって？」

「国を出るんだ。移住だよ。別の国に行くんだ」

「でもそんなの無理だわ！」

「何のしがらみがあるんだい？　家には誰も残っていないじゃないか」

「誰も残っていないのは、あなたが仕事をあげられないからじゃない。ここの店がもう閉まってたのに、どうして他の二つも売ってしまったの？　それはともかく、ミンがいるわ」

「ミンには自分のチャンスがあるし、なんとかできる」

「そのうち戦死するって言いたいのね」

「頼む、妻よ、じっくり考えなくちゃならない時なんだ」

気が動転してしまう話になると、彼女はしょっちゅう立ち上がり、無意識に歩き回った。座布団を持ち上げて、両手ではたいて埃を落としたり、膝丈の小さな箒を使って木の床の上の糸くずを掃いたりするのだ。ハオの母もその手の箒を使っていた。祖母も。覚えているかぎり、彼が足を踏み入れたことのある家には必ずあった。

「ミスター・大佐の甥に会ったよ。スキップという名だ。今度食事に呼ぼうか」

「アメリカ人を家に入れるのはよくないわ」

「どちらかに付かなければ、どちらからも信用されない。どっちつかずの人間になってしまう。どちらが勝つにしても、そうした人間は結局収容所行きだ」

「じゃああなたはアメリカ側に付いたわけね。アメリカ人が勝てば、わたしたちは国に残れる」

「いや。アメリカ人たちは勝てない。自分たちの祖国のために戦っていないからだ。ただ善良でいたいだけだ。そのためにしばらく戦ったら、出て行くだろう」

「ハオ！　じゃあどうして手を貸すの？」

「彼らは勝てない、でも友人たちに友情を示すことはできる。彼らは立派な人たちだから、そうするだろうと思う」

「でもあなたはベトミンに友だちがいるじゃない」

「今はベトコンと呼ばれているよ」

「チュンよ。チュン・タンは友だちでしょう」

「ベトコンの話はやめよう。共産主義者たちは未来しか信じていない。未来を振りかざして、全部破壊してしまって、肝心の未来には何も残らないだろう。今はアメリカ人たちの話だ」

「話してよ。止めはしないわ」

「もしアメリカ人たちに手を貸せば、僕たちは難民にならずにすむ。出国を助けてくれるだろう。たぶんシンガポールかどこかへ。そうしてもらえると思う。シンガポールはとても国際的な場所だ。邪魔者扱いされずにすむ」

「シンガポールのことは話してみたの？」

「その時が来たらするよ。マニラとか、ジャカルタとか、クアラルンプールとか、他にも場所はある。収容所で難民にさえならなければいいんだ」

「アメリカ人たちがベトミンを滅ぼすように祈るわ」

「僕は希望を持っていないよ、キム。古いことわざにもあるだろう、鉄床はハンマーよりも長持ちするものだって」

「わたしたちはどっちなの？　どっちでもないわ。間で潰されるのよ」

「もう一つあるな、どの雄鶏も自分の糞の山では一番強い」

「はは！　じゃあこういうのはどう、雄鶏はチキンだけど、男たちは雌鳥の群れみたいって」

「それは聞いたことがないな」

彼女は嬉しそうに笑って、台所に向かった。

「分かってるよ」とハオは声をかけた。「夫をからかってるときが一番楽しいんだな」だが彼女の笑い声を聞くと、心が暖かくなったし、そんなことはトゥが死んでしまってから滅多になかった。彼女はトゥを天の贈り物として大事にしていた。二人の兄弟は死んだ姉の子供だった。彼女にはこの二人しかいなかった。今ではミンだけになってしまった。

台所で、グエン・キムはやかんの下のプリマスコンロに火をつけた。棚の前で立ち止まり、香料の小さな瓶を一つ一つ開けていき、それぞれの匂いを吸い込んだ。呼吸療法にとても凝っていた。このところは、ローズマリーが特にお気に入りだった。治療とは関係なく、香りがよさそうなので、パチョリの香油と混ぜてみたかったが、やり方が分からなかった。混ぜてみると、まったく別の香料ができあがってしまって、気分が悪くなる匂いだった。

喘息の治療法は夢に出てきたものだった。そのことは夫には言わなかった。そして、チョロン地区の中国人の漢方医からもらったシロップ剤を使っていた。その成分が何なのか、医者は言わなかったが、ヤモリの肉と皮を使っていると聞いたことがあった。ハオはこの手のものが好きではなかった。

夫はギャンブラーで夢見がちな人間だ、とキムは思っていた。家族も驚いたことに、乾物屋を二つ売ってしまって、三つ目の店は、とある男に貸したところ、すぐに潰れてしまった。今は、その店の空になった棚の合間で、彼女の従兄弟が寝泊まりしていた。お金を使って何かするでもなく、ハオは日常の必要なものにだけ出費し、時間のすべて、さらには自分の魂までもあのアメリカ人たちに注ぎ込んでいた。まだはっきりしていないと思っているのだろうか？　言われなければ彼女は分からないとでも？

二人の女の子が一緒に住んでくれて嬉しかった。ランとヌーの二人は手伝ってくれたが、彼女の一族の従兄弟たちだから、使用人とは呼べない。使用人のように振る舞ってくれたらいいのにと思う時がある、などとは言えなかった。だが彼女たちがそれをわきまえているいるのなら別によかった、役立たずの母親、彼女の叔母にもう言い含められているのなら——

彼女はけちなことを考えるのはやめた。

血が病を吐き出すときには、精神的な汚れも一緒に出て行き、回復している人はつかの間の純粋さを経験できる、そう彼女は信じていた。

そういう状態のときは、明快に物事を考えることができると信じていたし、ひょっとすると何かひらめくかもしれない。

ハオは家計のことを彼女には相談せず、大きな買い物をしなければ今までのように暮らしていける、とだけ言っていた。それで十分だ。確かにギャンブラーで、夢見がちな人だ。でも頼れる男だったし、尊敬していた。彼の父は地元の特産品をサイゴン川沿いに運んで、フランス人相手にいい商売をしていた。ハオはその緩やかな破滅を目の当たりにしてきた。子供のいない結婚という呪いを受けた、滅びゆく家系の息子。ここに残りましょう、とは頼まないつもりだった。もし彼が逃げたいのなら、一緒に逃げよう。明日のことで泣きわめく必要がどこにあるだろう？　故郷から引き離される、そのはるか前に死んでしまうかもしれないのに。

彼女が急須と湯呑みを二杯彼のところに持っていくと、彼は両腕を肘掛けにおいて、目を閉じ、扇風機の風を受けて考え込んでいた。

彼女も腰を下ろして、自分たち両方にお茶を注いだ。

「誓ってほしいことがあるの」と言った。

「何だい」

「何があっても、ミンの面倒は見てほしいの」

「約束するよ」

「そんなあっさり！」

「妻よ、分かってくれ。ミンには自分のチャンスがあると言ったとき、もうあいつは自分の道を切り開いていると僕は言いたかったんだ。もうジェット機には乗っていないしね。合衆国の輸送ヘリを操縦しているんだよ。輸送専用の、大佐専用のヘリだ。もう安全なんだ。ミスター・大佐と僕で彼を守るよ。もう一度言うよ、約束する」

「それともう一つ」

「あといくつあるんだ？」

「これだけよ、もし出て行くとしたら、戻ってこれる？」

「できることなら」
「約束して」
「このことは誓うよ。もし戻ってこれるなら、ここに戻る」
「たとえ灰になって戻るとしてもよ」と彼女は言った。

キムが心配事をはっきりと口にしたので、彼は驚いた。強力な、無数の神々のはっきりとしない集団から自分の望みを隠すよう、いつも気を配っていたから、そんなことを彼女が口にしたのは初めてだった。

話し合いをしたことで、彼はぞくぞくした。妻は移住を考えているだけではなく、交渉もしていて、避けられないことだというように妥協もしている。二人は二階に上がって、階上にいつもしつこく残る暑さにもめげず、彼は妻が眠るまで抱きしめていた。立て続けの台風のように彼らの人生にやってくる戦争、戦争、また戦争、そしてようやくその向こう側に、安全という遠い頂が、旅の行先が見えていた。そしてキムが言っていた通り、彼女の息は穏やかで、ぜいぜいという音はしなかった。少なくとも、今夜のところは。

彼は自分の寝床に移り、服とサンダルを網のすぐ外の床に置いた。プラスチックのサンダルの甲には Made in Japan と書かれていた。文化の間の高い壁は泥のように崩れていこうとしていた。彼とキムはどこにでも行ける。マレーシア。シンガポール。香港。日本だって可能だ。今、道を歩いていって、誰かに「日本にだって行けますよ」と言えるのだと思うと、笑ってしまった。

夜中にキムに起こされた。ラジウムの時計針を見た。四時十五分前。「どうしたんだい？」
「犬が外で吠えてるわ」
「寝なさい。僕がしばらく様子を見ておくよ」

彼女がまた寝つくまで、彼は静かに横になっていて、蚊取り線香の小さな残り火が部屋の向かい側のたんすの上で燃えている光を見ていた。

外の路地から、チュンが立てる音がした——チュン以外にはありえない——ヤモリの鳴き声を真似ていた。チュンがこんな遅くにやってきたことはなかった。しかし、注意深い人間はやり方を変えるものだ。

ハオは手を下に伸ばして網を持ち上げ、両足を外に出した。ズボンとシャツと日本製のサンダルを階段の下に持って行ってそこで着て、暗闇の中で立っていた。何も聞こえず、自分の呼吸だけを感じて。できるだけ静かに階段を降りた。階段が店部分の傾いた天井になっていて、従兄弟たちが足の真下で寝ている。静かに降りるのは無理で、一歩ごとに何か軋む音がした。降りたところで、女の子たちが起きてはいないと分かるまで待った。

台所に入って、ガスコンロの後ろの窓に行き、留め金を外した。開けるとすぐ、その外で小さな咳の音が聞こえた。

「チュンか？」

「おはよう」

「おはよう」

「起こしてしまってすまない」

「温かいものは出してあげられない。水を一杯どうだ？」

「親切はありがたいが、喉は渇いていない」

「俺が外に出るよ」

彼は台所の扉から小さな中庭に出た。チュンは壁際で待っていた。

「タバコは二階なんだ」とハオは言った。

「吸わないほうがいいだろう。見られるかもしれない」

二人は台所の窓の下の壁にもたれ、並んでしゃがんだ。

ハオは言った。「街に来るなんて危なっかしいな」

「今はどこに行くのも危険だ。ほんの二年前はあちこち移動できた。今では南のどこでも逃亡者だよ」

「それに家までやってくるなんて、俺たち両方に危険だ」

「どちらかといえば俺のほうが危ないな」

「お前を守っているんだよ、チュン・タン。誓ってもいい」

「信じているさ。でも最悪の事態を想定したほうがいい」

「チュン、俺たちがどういう行動に出るとしても、お前は守られていると感じていなきゃ駄目だ」

「そう焦らないでくれ。俺たちはもう動き出していると同意したわけじゃない」

「会うたびにお互い少しずつ深入りしている、そう思わないか？」

「理解には近づいているかもしれないな。でも実際に何か行動したわけじゃない」

「それを変えるつもりは？」

「ない」

見せかけだ、とハオは思った。実際に拒んでいるわけではない。

「俺たちがこれ以上深入りする前に」とチュンは言った、

「ちゃんと理解してくれているのか確認しなくては」

「言ってくれ」

「ロシア船で北に行くには三日かかった。五四年のことだ。二年後には再統一された国に戻れると言われた」

「続けて」とハオは言った。

「六年後にホー・チ・ミン・ルートで戻るのには十一週間かかったし、その間に百回は死にかけた」

「聞いてるよ」

「六四年に、もう十年も故郷に戻る日を待っていることに気づいた。でもそれまでに南に四年間戻っていた」

「その数字の数々に恨みが募っていくのが分かるな。不満なんだな」とハオは言った。

「俺は矛盾を生きてきた。そいつはなかなか消えてくれない」

「なるほど」

「俺は臆病だった。こいつは自分で解決しなきゃならない」

「助けになるよ」

「それは分かってる」とチュンは言った。「でも何を求めてる？」

「俺は古い友の助けになりたいんだよ」


「率直に話し合おう。安全だと感じてほしい、と俺に言っておいて、嘘をつく。本当のことを言ってくれ、お前はこの状況から何を得ようとしてる？」

「家族が生き延びることだ」

「いいだろう」

「お前のほうは？」とハオは訊いた。

「真理が生き延びることだ」

今度は何だ？　哲学か？「どうして真理が脅かされることがある？　真理は真理だろう」とハオは言った。

「真理が俺の中で生き延びてほしいんだ」

俺は商売人なんだ、利益と損失の話をしよう、とハオは思った。だが「理解しようとはしているよ」とだけ言った。

「言葉では、俺のしていることがこれ以上説明できるとは思えない。何かに強制されているわけじゃないってことだけは分かってほしい。トラブルに巻き込まれているわけじゃない。金が欲しいわけでもない。ただ、真理に向かっていかなくちゃならない」

ハオは彼を信じなかった。彼は同志たちを裏切ろうとしている。その動機は何だ？　哲学ではないだろう。

ハオの横でしゃがみ、チュンは後ろの壁に頭を預けてため息をついた。別れを言うのかと思った。「分かったよ」その代わりに彼は言った。「一緒に一服しよう」

ハオは二階にこっそり戻り、タバコとアメリカ製のジッポライターを見つけた。踊り場のところで彼は二本火をつけ、持って降りた。はたして坊主はまだ待っているだろうか。彼は待っていた。いいだろう。今夜は重要な一歩を踏み出すことになる。

ハオは言った。「彼は会いたがっている」

「彼はあれこれ欲しがりすぎるな」

「お前を保護したがっているんだ」

「彼が俺の身元を知らない限り、保護は必要ない」

「お前の仲間たちからお前を保護したいんだよ。彼の側の人間からじゃなくて、お前のほうからな」

「両方の側のことを心配するのは俺のほうだよ」

二人はそれぞれ両手で火を隠してタバコを吸い、ハオは考えていた――俺は友だちのためにタバコの火もつけてやれない、顔に光が当たったらこいつは生きていけない。もう何年も、こいつの目を見ていない。

「チュン、お前が行こうとしているところにたどり着くには保護が必要だ。そしてその人間はお前を信用しなくちゃならない」

「まだその時じゃない」彼の友はタバコの残り火を消して、吸い差しをシャツのポケットに入れた。

ハオは言った。「三年前、お前が改めて俺のところに来る少し前、俺の甥は新星寺の裏で焼身自殺した」

「知っている」

「お前も今そうしているのか？　自分を破滅させているのか？」

何とゆっくりとして、思慮深い男になったのか。いつも強情な誠実さがあったが、今はもっと深いものになっていた。彼の沈黙は探求だった。霊感を与えてくれるものだった。「嘘が発せられてきた。俺が言ったことだ。真理に俺を取り戻させようと思う。もし俺がその過程を生き抜けなかったなら、それだけのことだ」

「もっと賢明な動機を見せなくては」

「いや。真理だ。どうせ嘘だと思われるだろう」

「信用を得るには時間がかかる。何かが必要だ。何か俺に渡してくれるか？」

「今回は、彼らがもう知っているかもしれないことを話そう。次はもう少し話す」

「ああ。俺たちは渡ろうとはしているが、一気には行かないということだな」

「北から戻ってきた連中は、大攻勢が近いと言っている。すぐにじゃない。おそらく次のテトのころだ」

「それは初耳だな」

「お前のところの大佐は耳にしているだろう。噂を聞いているはずだ。でも噂じゃない。みんな感じている。近い」

「彼はお前から情報を引き出したがるだろう。二、三日の取り調べだ。それが普通だ」

「馬鹿だと思われちゃ困る」

「すまない」

「手順を決めるのは俺のほうだ。そうでなきゃいけない」

「そう言うなら」

「具体的で、彼が確認できる情報を教えるにはまだ時間がかかる」

「分かった」

「時間が必要なんだ。まだ渡る準備はできていない」

近所の雄鶏たちが三度目の鬨を上げた。チュンがハオの近所から出るために十分な明るさはあった——果物の木々、土の庭、木の家並み、早起きした家の台所についている蛍光灯、庭の間をくねくねと通っている汚水路。この平凡な安らぎがある友がうらやましかった。

大通りまで出ると、彼は立ち止まり、タバコの吸い差しに火をつけ、パン屋の二人の少年が自転車に乗って、朝のパンを持って通り過ぎていくのを見ていた。

ハオとこんな時間に腕を組んで歩いたことを思い出した。全く別の宇宙でのことだ。よろよろと荒っぽく歩き、盗んだライスブランデーですっかり酔っぱらってしまい、住職からどんな罰が待っているかも気にならなくなった二人の若者たち。その晩の月の大きさと色、若い世界の限りない友情をはっきりと覚えている。そして二人で歌っていたこと——「昨日道で君のあとを追ったよ……今日は君のお墓に供える花を選んだよ……」

一月二日の昼食時間、初めてベトナムで丸一日を過ごす日、スキップ・サンズはサイゴン川沿いにあるクラブ・ノーティケで叔父を待っていた。反対側の下流の岸には、がらくたや小型船や掘建て小屋がぎっしりと並んでいたが、茶色い水面にはさして往来はなかった。彼はメニューを見てみたが、食欲はなくなっていて、自分の食器をいじりながら、雑多でやかましい鳥の鳴き声を聞いていた。センチメンタルなくらい音楽的な鳴き声、怒ったような声。汗が背筋を伝っていった。隣のテーブルにいる客に目が留まった。理解できないくらい大きく黒い腫瘍が、そのアジア人の男の頭皮から首筋の後ろまでを覆っていた。その向かいには、猿を膝に載せた女性が座っていた。猿は面白いことをしてくれなかったし、メニューはがっかりだったので、彼女は顔をしかめていた。

大きな爆発音がして――迫撃砲か？　ロケット弾？　ソニックブーム？――皆が飛び上がった。猿はひもの限界まで飛び出していき、テーブルの下で左右に動いていた。何人かの客は立ち上がった。テーブル席の人々は静かになり、ウェイターたちは柵のところに集まって、ダウンタウンのほうを眺めていた。誰かが笑い、話し声が上がり、陶器の食器がカチャカチャいう音が戻り、食事が再開された。

サンズ大佐はちょうどテラスに入ってきたところで、「おいおい、落ち着けよ」と言った。

大佐は幸運の山からヘリでやってきたのだ、とサンズは見て取った。大佐のカンバス地の戦闘用ブーツと袖のところどころに赤い泥土がついていたが、普段着を着て、驚くほど平然としていて、地元の名所とゴルフしか頭にないような風情だった。手にはもう琥珀色の水割りを持っていた。

サンズは彼の向かい側に腰を下ろした。

「万事問題ないか？　例の民家に入ってるだろうな」

「ええ」

「いつ入った？」

「昨日の夜です」

「大使館の誰かに会ったか？」

「まだですよ」

「今日は何を食おうか？」

「大佐、真っ先に訊きたいことがあるんです。サンマルコスのことで」

「食う前に？」

「はっきりさせたいんですよ」

「いいだろう」

「少佐に指令を出してたんですか？」

「少佐？」

「アギナルドですよ、少佐の。前回僕たちが会ったとき」

「そうだった。デルモンテ・ハウスだったな。サンカルロスの」

「サンマルコスです」

「そうだな」

「アギナルドですよ？　フィリピン人の？」

「そうだ。フィリピン人のな。いや、フィリピン人を使ってはいない」

「ドイツ人はどうなんです？　あなたの部下ですか？」

「マニラにある政治部門が全員を動かしている。俺はその人間じゃない。俺は連中がどうにも撃ち殺せずにいる病気持ちの犬だよ」

「分かりましたよ。じゃあそれ以上は訊きません」

「いやいや。お前が言い出したんだろう。ここで止めるなよ。何が問題なんだ？」

「たぶんお門違いだ」

「俺に訊けよ。一緒に働いてるんだ。片付けてしまおうじゃないか」

「そうですか。じゃあカリニャンの件は何だったんです？」

「誰のことだ？」

「カリニャンですよ、サー。ミンダナオの司祭です」


彼が真剣だと大佐はようやく理解したようだ、とスキップは気づいた。「おう、そうだな」と大佐は言った。「カリニャン神父だな。共犯者の。誰かが奴を安楽死させてやったんだな」

「それは誰です？」

「俺の記憶が正しければ、あの作戦はもともとはフィリピン陸軍の司令部から出たものだ。報告書から理解するところでは」

「僕がそれを書いたんですよ。カルメン近くのヴォイス・オブ・アメリカ放送局までロバに乗っていって、指示通り、暗号化した報告書をマニラに送って、あなたに転送してもらいました。それに僕は地元の軍のことしか触れていません。ほんの少しだけです」

「あれはフィリピン陸軍の作戦だったはずだ。さらに言えば、我らが友人エディー・アギナルドが担当していたはずだ。それにカリニャンがミンダナオのムスリムゲリラたちに武器提供していたか、あるいはゲリラ間の兵器のやり取りに関与していたと信じるに足る理由はいくらでもあった」

「司祭は吹き矢で殺されました。サンピットと呼ばれるやつです」

「現地の武器だな」

「デルモンテ・ハウスにいたドイツ人以外が持っているのを見たことはありません」

「なるほど」

「あなたがあのドイツ人を動かしていたわけではないんですね」

「違うと言ったろ」

「それで十分です」

「十分だろうがなかろうかどうでもいい」

「くそったれ」

「そうか」大佐が返事を考えながら、震える指でグラスの縁をなぞっているうちに、スキップの心は萎えてしまった。この非難の言葉を繰り出すために心を鬼にしてきた。しかし、生身の人間を攻撃することになるとは思っていなかった。「それで」と大佐は言った。「繰り返しになるが、何が問題なんだ？」

「心配なだけです」サンズはどうにか言った。

しばらく、大佐は何も言わなかった。スキップの怒りの炎は消えてしまった。この巨人を傷つけてしまうかもしれないと、どうして考えておかなかったのか？　こうした年長の男たちのことを知らなさすぎた――どうして俺には父がいないんだ？

大佐は口を開いた。「いいか。こういったことが起こるのは稀だが、それでも起こるんだ。誰かの名が複数の情報源から出てきて、誰かが思いつき、誰かが報告書を出して、冒険をしてみたくなる奴が出てくる――それがどんな具合かは分かるな？――そしてあっという間にこれだ。この手の混乱を目撃したってことはすごい財産になるんだ、スキップ」

「僕は目撃者なんてもんじゃないでしょう」

「言いたいのは、我々が乗りこなしてる獣の獰猛さが分かるだろうってことだ。どう扱うかには気をつけるんだ」ブルドッグのような彼の顔は、格別な悲しみを物語っているようだった。彼は酒を啜った。「俺のファイルは安全か？」

「イエス、サー、安全です」

「モンテレーはどうだった？」

「素晴らしくきれいでしたよ」

「ベトナム語で俺にホットドッグを頼んでくれ」

ウェイターは水を注いでいた。サンズは彼に話しかけた。「ビュッフェスタイルなのでご自由にって言ってます」

「素晴らしいな。だが『ビュッフェ』ってのは俺にも分かった。ハオ・グエンに会ったろ」

「ハオ？　ああ、会いました」

「タンソンニュットで拾ってくれた男だ。彼とはベトナム語で話したか？」

「イエス、サー、しましたよ」

「腹は減ったか？」

「メニューにないものを頼んでみましょうか」

「スキップ」

「イエス、サー」

「お互いばつが悪くて、気楽に話せなくなってしまうのか？　俺はごめんだ。それはごめんだよ」

「分かりました。感謝します」

「いいだろう」大佐はビュッフェに向かった。

甥のところに戻ってきたとき、大佐はホワイトソースに入った蟹をボウルに入れていた。腰を下ろし、フォークで口に運び、ほとんど噛まずに数口飲み込んだ。酒を一口飲んだ。「リック・ヴォスはどうだ――ヴォスは？　昨日の晩は家にいたか？」

「リック・ヴォスが？　いいえ」

「じゃあそのうちに会うな。じきに」

「出発前にクラークで会いましたよ。僕を探しに来てました」

「あいつが？」

「もっぱらあなたのことを訊いてました」

「どの筋の話だ？」

「あなたが雑誌に投稿した論文について話したがってましたね」

「ひょいひょい姿を見せるヒヨッコどもはどうでもいい。今俺が一緒にいる男以外はな」

「だといいですけど」

叔父のため息が聞こえたような気がした。「スキップ、いいか、世界はひっくり返ってしまって、俺はお先真っ暗だ――ちょうど先週、お前の従兄弟のアンから手紙をもらってな」大佐の娘のアンのことだ。「大学の左翼連中に仲間入りしたんだと。信じられるか？『私たちの政府のベトナムでの狙いを父さんも理解すべきだと思う』ときた。ビートニクとデートしとるんだ、混血の男とな。母親は怖くて俺には言えなかった。レイ叔父さんから聞かされる羽目になったよ。『わたしたちの政府の狙い』だと？　ふざけとる。共産主義をあらゆる分岐点で叩きのめす以外の狙いが政府にあるのか？」

胸当てのついた半ズボン姿のアン・サンズが、歩道にぺたんとしゃがみこんで、小さく赤いボールを突きながら、ジャックスに使う小石を歩道から拾い上げている姿を、スキップは思い出した。アンが縄跳びをしていて、編んだ髪が揺れて、歌と跳ぶ脚の動きに夢中になっている姿を、容易に思い出すことができた。彼女の手紙の件を聞いて腹が立ったが、彼女が愛国心を捨てたことは二の次だった――ありきたりな少女ではなくなってしまったことこそが罪だった……。混血のビートニクだって？

「さて」と大佐は言った。「元気を出そうか、人と会うからな」

彼は近づいてくるその男を指した。痩せた若い男で、腰から下は軍服を着ているが、カラフルなボックスカットのマドラスシャツをはだけて、オリーブ色の肌着を見せていた。

「ストーム軍曹」とスキップは言った。

「知ってるのか？」

「昨日の晩、空港に迎えに来てくれました」

「そうだった、そうだった」と大佐は言った。「ジミー、座れよ。二人とも何か飲むか？」

スキップはいらないと答え、ジミーは「アメリカのビールを」と言った。日中にジミーと会うのは初めてだった。日焼けした顔、輝く小さく真剣な目はスキップの目と同じ色だった。IDカードには「薄茶色」と分類される色だ。目を見張るような刺青をしていて、弾丸を二発飾っていた。アンダーシャツにはStorm B. S. とプリントされていた。

大佐はウェイターに合図して、ビールと水割りを頼んでから言った。「おや、礼儀ある振る舞いだな、ジミーが我々のためにシャツのボタンを留めているじゃないか。そのシャツじゃ営倉行きの違反になると思うがな」

「俺はファッション的にはキチガイで」

「それに、ズボンの足のところを出したままで人前に出てきてるな」

「軍服じゃありませんよ」

「それが違反なんだろうが」

「もう食ったのかい、スキッパー？」とストームは言った。

「まだだよ」とスキップは正直に答えた。

「お前が昨日の晩迎えに来てくれたとスキップが言ってる。ありがとうよ」

「どういたしまして」

「ヴォスにも会ったと。ここに着く前に、クラークであいつに見つかったそうだ」

「変な話でビールを台無しにしないでくださいよ」とジミーは言った。

「俺がこのところ書いてる論文について、ヴォスがあれこれ訊いてきたそうだ」スキップのほうを向いて大佐は言った。「あれは撤回したんだ。控えめに言っても、一貫したテーマがなかったからな。ぶっとい棹一本でアイデアの池をかき回して、ぐるぐる回ってただけだ。水しぶきはけっこう上がったな。何の話をしていたんだったか……ヴォスだ」

「あれこれ話が出る前に振り切ってきましたよ」

「どんな論文だったかは言っていたか？」

「いえ、言ってませんでしたね。読ませてもらえます？」

「じゃあ書くのを手伝ってくれ」

「それはどうでしょう。原稿を見せてもらえれば――」

「探し出せたらな。歪んでとっ散らかってる。一年たって引き出しから出してみたら、自分が考えてたことも分からなかったな」

「ま」とジミーが口を挟んだ。「一年も引き出しに入れてたらそうなりますよ」

「いいか、あの原稿を投稿したのは俺じゃない。ヴォスが勝手にやったんだ」

「それって職務違反では？」

「まさにその通り、職務違反もいいとこだ。妨害工作だ。他にあいつは何て言ってた？　クラークでのことだ」

「そうですね」とスキップは言った。「あなたがフットボールの試合に興味を持ってることを言ってました」

「ノートルダム対ミシガン州立大だ。信じられない試合だ。非常に教育的でな。その映像を入手して、講義に使おうと思ってる。隊に持って回りたい。この戦域の士気たるや惨憺たるもんだ。大地全体が発する臭いでおかしくなっちまう。スキップ、土地が違うなんてもんじゃない。ここは違う神に支配された別世界なんだ」

「おなじみの哲学的妄想になってきましたね」とジミーは言った。

スキップは言った。「戦争に勝つのは哲学的妄想だよ」

「こりゃ一本（トゥーセイ）」とジミーは言った。

「一本？」

「フランス語のほうはどうなってる？」と大佐は訊いた。

「欠かさずやってますよ」とスキップは請け合った。

「スキップと俺は昔の話をしてた」と大佐は言った。「ここにはまだ言ってなかったな」

「先に食わしてもらっても？」とジミーは言った。

「行ってこい。俺はお手洗いに行く」

二人とも席を立って、すぐにジミーは片手に皿と、もう片手に大きなロールパンを持って戻ってきた。食事にかかろうというストームに、スキップは情報局の取調室スタイルで彼にあれこれ尋ねた——タバコはくれてやれ、だが吸うことはできないくらい次々に質問しろ。

「どこの出身なんだい、ジミー？」

「ケンタッキー州カーライル郡だよ。戻る気はないね」

「Ｂ・Ｓ・ストームっていう名前なのか？」

「その通り。ビレム・スタフォード・ストーム」

「ビレム？」

「Ｂ-Ｉ-Ｌ-Ｌ-Ｅ-Ｍ。祖父のあだ名だった。母の父のほうだな、ウィリアム・ジョン・スタフォード。それでパズルが解けるわけじゃないぜ、はまらないおかしなピースが出てくるってだけだ。こんがらがったまま始めて、結局狐につままれておしまいさ」

「ビルとは呼ばれないわけか」

「ないね」

「ストーミーもなしか」

「ジミーでいいよ。ジミーって言ってくれたら」

「陸軍の情報部なのか？」とスキップは訊いた。

「心理作戦。あんたと同じく。あのトンネルを心理的精神的拷問ゾーンに変えちまおうってわけ」

「トンネル？」

「クーチー地区のそこらじゅうにあるベトコンのトンネルだよ。俺は考えてるんだ、無臭性の精神作用剤とか、スコポラミンとか、ＬＳＤあたりをさ。トンネル網をそいつで満たしちまう。あのクソ野郎ども、一線越えた脳味噌で穴って穴から出てくるぜ」

「そりゃすげえな」

「心理作戦ってのは尋常じゃない思考がキモなんだよ。アイデアが破裂しちまうギリギリのところまで膨らますわけ。俺たちは現実そのものの切っ先にいるんだ。現実が夢になるまさにその場所だ」

「リック・ヴォスは心理作戦じゃないんだろ？」

「違うね」

「でもやり取りはしょっちゅうしてる？」

「『友は近くに置け。敵はもっと近くに置け』」

「それを言ったのは？」

「大佐」

「そうだよな、でも誰かからの引用だよな」

「自分のセリフを引っぱってくるんだよ」

「いつもそうだな」

「ヴォスってのはタチの悪いアホだぜ」

「じゃああいつがこっち側にいるってのは好都合だろ」

「誰の側？　流動的な状況だとどっちも一緒くたになっちまう」

「フン族のアッチラ王か、ユリウス・カエサルからの引用だな」

「誰が？　ヴォスが？──ああそうか」

「大佐だよ」

「そうだな。で、あのファイルだけどな。あれで勢揃いなのか？『煙の樹』のすべてなのか？」

「まあ、ちょっとずつ一通りかな」

スキップは彼に食事をさせた。ストームは蟹と、薄くてもろいフライを指で食べていた。ちょっとした沈黙を彼のほうから破った。「ヒロシマに爆弾落とした奴らさ、後で後悔したと思うか？」

「それはないな」とスキップは自信を持って言った。

「チーフが来るぞ」

大佐がテーブルに戻るとスキップは言った。「トンネルに興味があるって話をジミーから聞いてるところです」

大佐はバドワイザーの缶と空のグラスを持っていた。丁寧に注いで、泡を吸って、ぐいっと飲んでから言った。

「その通り。このガリガリ男の話をしようか。ストーム軍曹は心理作戦側の民間防衛中央情報局との連絡係で、俺が民間防衛中央情報局側の心理作戦との連絡係だ。軍曹と俺は一緒に『迷宮』というささやかな、こぢんまりとしたプログラムをやっている。トンネルを地図化するんだ。ベトコンのトンネルのことは聞いてるだろ」

「そりゃもう」

「目下はベトコンのトンネル群だ。我々が地図を作り上げたら、それは変わる」

「地図化ですか。それって情報機関の仕事じゃないですか。それか偵察か」

「つまり」と大佐は言った。「『迷宮』はこぢんまりとしていると言ったが、我々の任務の範囲は非常に柔軟だ。どの明確な範囲からも恩恵を受けずに作戦を行っていると言っていい」

「でも──心理作戦は？」

「実のところ、我々は偵察部隊を持ってる。それから恒久的な着陸ゾーンもあるが、これを基地と呼ぶことは許可されていない」

「誰がそう呼ぶんです？」

「俺だよ。それに素晴らしい歩兵隊が防御してる」

スキップは血が躍った。「当然お供しますよ」両手がひりひりして、一気に汗が引いた。

「ウィリアム、我々のプロセスにおいて、お前は重要な役割を果たすことになる。決定的な役割だ。だがお前の出番はすぐ来るわけじゃない。残念だが、今はじっと待ってくれと頼むことになる」

「どこで待つんです？」

「奥地にちょっとしたヴィラがある」

スキップの心から喜びは消えてしまった。「ヴィラですか」

「誰にでもこれを頼めるわけじゃないんだ」

「どこでも行きますよ」とスキップはどうにか言った。

「気に入ったね、この男」とジミーは言った。

「お前のことは今月中に手配しておく。目下のところは、もし我々の誰かがお前を五兵団に欲しいとなったら、それに従うことになる」

「いいですよ」

ジミーは言った。「俺たちはあのトンネルを地獄図絵に変えたいのさ」

「ジミーは地雷敷設スクールに行ったんだ」

「冗談でしょう」

「すべてマスタープランに入ってる」とジミーは請け合った。

「卒業したのか？」

「そんなわけあるかよ」とジミーは言った。「何かを卒業までやり遂げてきましたって風に見えるか？」

二人がコーヒーを飲んでいる間に、スキップは昼食を食べて――彼のやる気と同じくらい淡白で、でこぼこのスイートロールだ――ストームが黒のシボレーを運転して二人をコンチネンタル・ホテルまで連れて行った。大佐は一階の奥、ロビーの喧噪から離れたところに部屋を取っていた。明らかにこの部屋をずっと使っていた――何箱もの本とレコードのアルバム、タイプライター、レコードプレヤー、仕事用の机、バー代わりに使われているもう一つのデスク。大佐はレコードをかけた。『ピーター・ポール＆マリー・イン・コンサート』だ。「聴いてみろ」彼はプレヤーの上にかがんで覗き込み、アームを太い指で持って、このトリオの「三羽のカラス」の演奏にセットした。死んだ騎士とその呪われた恋人の、暗いバラッドだった。スキップとジミーはそれぞれデスクのところで黙って座っていて、曲がかかっている間に大佐はズボンとシャツを替えた。スキップのせいで損ねた機嫌はもう直っていた。彼はベッドに腰掛けて、ローファーを履きながら言った。「あのミンダナオの任務だがな、あれはいい報告書だった。どこが気に入ったか分かるか？」

そして彼は話を切った。

「いえ」とスキップは答えた。「分かりません」わざとらしく質問しておいて答えを待つ大佐の癖にいらいらした。

「俺の名前を出さなかったことだ」

「伏せておくべき正当な理由があったと思います」

「お前には本能的な分別ってものがあるんだろうな」と大佐は言った。

「最初に報告書を読むのはあなただろうと思ったんです」

「最初で最後の人間だよ。ともかくそのつもりだった」

「もっと詳細な報告が必要なら、そう言われるだろうと踏んだんです」

「こいつはちゃんと心得てるじゃないか」とジミーはスキップの椅子の背に腕を預けて言った。「スケートのやり方ってものを分かってる」

大佐はジミーをまっすぐ見据えて言った。「あらゆる意味で、こいつはファミリーなんだ」

「メッセージ受信」とジミーは請け合った。

「よし、じゃあいいな」大佐は立ち上がった。「カオフックからの飛行機で一緒だったのは誰だと思う？　我らが中尉だ」

「イカレ中尉ですか」とジミーは言った。

「おいおい、敬意がないな」

「認識票にそう書くべきですよ。歩兵たちから『イカレ中尉』って呼ばれてる」

「おそらくロビーにいるぞ」

「イカレたチューイは酔っぱらいってか」

「スキップ、我々はアメリカ軍歩兵隊と取引してるんだ。見つけ次第仲間にしようじゃないか」

「中尉の話をしてるんだ」とストームは言った。「俺のことじゃないぜ」

「陸軍に不満があるわけじゃない。俺だって元々は陸軍航空部隊にいた。ただ、歩兵隊は昔とは変わってしまったな」

「少なくとも奴は兵役六ヶ月のチケットを燃やしてずらかることはしなかったじゃないですか」とストームは言った。

「その通りだ、一緒にいてくれた。『イカレ中尉』って呼ばれてるんだったか？」

「一人で心理作戦をやってるような奴ですよ」

「さてと、ウィリアムよ」デスクの引き出しをごそごそ漁りながら大佐は言った。「お前の書類はできてる」彼は甥に栗色のパスポートを投げた。

スキップが開いてみると、「ウィリアム・フレンチ・ベネー」という名前の上で、自分の顔が彼を見返していた。

「カナダ人ですか！」

「カナダ教会会議がお前の家賃を払ってる」

「聞いたこともありませんよ」

「そんなもの存在せんからだ。お前は会議の援助でここに来てる。聖書の翻訳とか、その手のことだ」

「しかも『ベネー』！」

「さあ、ベネー、コーヒーでも飲みに行こうか」と大佐は言った。

ざわついた大きなロビーで、無数のファンが天井で回るなか、三人は籐の椅子に座った。周りでは物乞いや浮浪児が、亡命者や従軍者たちの足元をうろついていた。戦時下の首都、冒険譚に満ちた豪勢なホテルのロビーで、人々はついに自由になり、自らの過去に囚われずに済んでいるのだ。五、六ほどの言語で取引がされていた、不吉なランデヴー、作り笑い、チャンスをうかがう目つき。変質者、流浪者、英雄たち。嘘、傷、仮面、強欲な企み。これこそ彼が求めていたものだった――ジャングルにあるヴィラなどではなく。

悲しくなって、彼は大佐に尋ねた。「奥地で会えますか？」

「もちろんだ。お前の準備を全部整えてるところだ。何か特に必要なものは？」

「通常のものです。ペン、紙、その類いの普通のものですよ」

「ペーパーカッターにゴム糊か」

「それはいいですね。最高だ」

「タイプライターも用意するぞ。タイプライターは持っておけ。それにリボンがどっさり要るな」

「あなたの回顧録でも書きましょうか」

「暑さでいらいらしてるな」と大佐は言った。

「三十分くらいはがっくりしててもいいでしょう？」

「頼むよ、サイゴンにいて我々の作戦に参加するなら、もっとひどいことになる。南には尋問ステーションが五十ほどある。報告書の山を次から次に読んでいかなくちゃならん。すべて国内用のものだ。どこかのタコ壺に放り込まれて相互参照を作らされて、しまいにはウンコしたら十二・五×二十センチのカードが出てくるようになる。外の村にいて、人々を知るほうがいい――我々が戦争をしている土地をな。どこかいい場所で始められるようにしておくよ、心配はいらん。最終的には重要な仕事をしてもらう」

「信じてますよ、サー」

「ここまでで質問は?」

「ファイルの中で」

「言ってみろ」

「『煙の樹』っていうフレーズは重要なんですか?」

「じゃあファイルの『T』までは来たわけだな」

「いえ。今日耳にしたんですよ」

「おいおい」とジミーは言った。「俺が言ったんですよ、でもここのバイ菌やら病気はみんなで分かち合ってるもんだと思ってた」

「こいつはファミリーなんだよ」と大佐は改めて彼に言った。

「それでどういう意味なんです?」とジミーは訊いた。「『煙の樹』って」

「参ったな。どこから話を始めればいいんだ。気恥ずかしいくらい詩的だな。大げさだ」

「何だかあなたらしくないな」とスキップは言った。

「詩的で大げさなことがか?」

「恥ずかしくなるってとこですよ」

「質問です。『友は近くに置け、敵はもっと近くに』ってのは誰のセリフなんです?」とジミーは言った。

「これは尋問か?」と大佐は言った。「じゃあカクテルにしよう」

カクテルを飲める場所は、チーサック通りのあたり、やかましくてじめじめした店だった。バーの暗がりにあるジュークボックスが一曲流す間に、スカーフのように一時代が丸ごと目の前を通り過ぎていくような場所だ。どの酒場でも、スキップはビール一杯をちびちび飲み、集中を切らさないようにして、情報を仕入れようとしていた。ポップスの曲とつまらなさそうなゴーゴーダンサー以外、さしたる情報はなかったが。くらくらしてきて、どうして故郷に帰らなかったのか分からなくなった。いつの間にか、イカレ呼ばわりされている中尉が一緒になっていた。確かにそんな男だった。張りつめた顔にわざわざ見開いた目で、お前らのせいで怯えたガキになっちまったじゃねえか、というメッセージを世界に発しているようで、会話しやすい相手ではなかった。そうしている間にも、「ヴォスについて知ってることを話そうか」と大佐は言っていた。「初めてヴォスに会ったとき、マニラでサンミゲルでも飲もうかと座ったんだ。あいつは一杯頼んで、まったく口をつけなかった。ビールは賞品みたいにあいつの足元に鎮座してたよ」

「僕と一緒のときには半分飲んでましたよ」とスキップは言って、自分でも一口飲むようにした。

イカレ中尉は、一メートル離れたところでデズモンド・デッカーのカリブのリズムに合わせて踊っているゴーゴーダンサーの膝元に夢中になっているようで、ストーム軍曹が彼の耳に大声で叫んでいた。「こいつに勝とうが負けようがクソほどもねえよ。俺たちは後ゴミ期に生きてんだ。マジで短い十億年になるぜ。エクトプラズムの回路んとこじゃさ、人類のリーダーたちは知らず知らずのうちにお互いとも大衆ともつながってんだよ、そこじゃもう世界規模で満場一致で、この惑星を捨てて新しいのに乗り換えようって決定が出てんだ。この扉を閉めたら別んとこが開くってな」中尉には聞こえていないようだった。

ジミーの御託は大佐にも聞こえていないようだった。何億杯目かの水割りを飲んで、彼は宣言した。「大地が奴らの神話なんだ。大地に侵入するってことは、奴らの魂に侵入するってことだ。これが本当の潜入だ。確かにトンネルかもしれん、だがこれは絶対に心理作戦の領域だ」

二人が真剣なのか、中尉をからかっているのか、スキップには分からなかった。

「でさ」とジミーは言った。「音をやってみたいんだよな。人間は音にアレルギー症状を起こすことがあるだろ。ある遺伝子の層全体が、一つの振動にアレルギーになるってことありうるか？」

「ちょっと待った」とスキップは言った。「層だって？」

大佐は言った。「俺は特定のライフルの銃音アレルギーなんだ。ヘリコプターのプロペラ音も、あるｒｐｍになるとだめだ」

中尉が突然口を開いた。「何が俺を一番苦々しい気分にするか分かります？　我々が今取り組まされてる、前人未到レベルのデマカセですよ。しかもノン・ファッキン・ストップでね」

「ちょっと待った」とスキップは言った。「前人未到？」

「お前どこかワープしてんだって」とジミーは中尉に言った。「そいつはお偉方がお前をどう見るかっていうお前なりの見方だけどさ――でもたった今、連中にはお前なんか見てないさ、だから見てないことについての見方なわけよ、そうだろ、要するに無を見てるわけでさ、結局そいつは無なわけだよな」

大佐は結婚生活の問題についてぶつぶつ言っていた。「妻は俺たちの喧嘩を『家庭内不和』なんて言いやがる。低俗だ。そう思わんか?――心の奥底に届き、引き裂いてしまうようなものを『家庭内不和』なんてな。どう思う、ウィル?」

大佐がこんなに酔っ払っているのを見るのは初めてだった。

物事がジグザグに進んでいく途中で、ある女が彼の二の腕をつかんで言った。「強い! 強いね! ファックしようよ、オーケー?」

さてどうしよう? いくら取られるんだろう? しかし彼には彼女の悲しい貧弱さ、愛想よくごまをする恐怖、彼女の苦々しい恐怖が想像できた、どれくらい彼女がその恐怖を隠そうとするかによるが……。もう一人の女は、ジュークボックスの横で両腕をだらんとして、あごをがっくりとうなだれてゆっくりと踊っていて、売り込みすらしようとしなかった。

「いや、やめとくよ」と彼は言った。

病んだ月のような大佐の顔が彼の前に現れた。「スキップ」

「ええ」

「一杯おごるって約束してたか?」

「そうですよ」

「飲んでるか?」

「ええ」

「じゃあ乾杯だ」

「乾杯」

隅のところでフラッシュ電球が光った。大佐はカメラマンに見覚えがあるようで、彼のほうに行った。一行はエアコンのきいた、エレガントと言えなくもない場所にいた。中尉はカクテルのコースターにボールペンでメモをしていて、ジミーが真剣に話しかけていた。大佐はカメラを手に戻ってきた。「フィルムを返したら焼き増しをくれるとさ。ちゃんと座れよスキップ、しゃんとしろ。お嬢さん、フレームから出てもらえるかな。家族のための写真なんでね」フラッシュ、漂っていく月。「家族に送るよ。叔母さんのグレースが欲しがってたからな。みんなお前を誇りに思ってる。みんなお前の父を本当に愛してた」と彼は言い、「父はどんな人だったんです?」とスキップは訊き返した。突如として、彼の人生でも指折りの大事な会話が始まっていた。「お前の父は誇り高い男だった。勇気があったよ」と叔父は言った。「生きていたら、それに知恵も加わっていただろうな。もし生きていたら中西部に戻っていただろう、そこがお前の母さんの愛する土地だからだ。ビジネスマンになっていただろうな、優秀で、地域に欠かせない要になったろうな。絶対に政府とは関わらなかったはずだ」そう、それは分かりましたよ、とスキップは言いたかった。でも父は僕を愛してたんですか、僕を愛してくれてたんですか？

ジュークボックスはハーブ・アルバートのトランペット曲をかけていたが、大佐はその音楽を無視して、葉巻でさらにがらがら声になったバリトンのウィスキー声を張り上げて歌い出した。

花の若者地に埋め、
女もまた、夕べも待たず亡き人に
騎士やあわれ、猟犬、
鷹、恋人も。三宝伏して天も照覧

スキップはその夜十一軒目くらいの酒場から外に出て、自分の滞在場所がどの辺かは大まかにしか分からないまま、チーサック通りから歩いていき、ベトナムでの最初の一日を終えた。どんどん大きくなっていく群衆に囲まれ、砂っぽいディーゼルの煙をくぐって、バーの息吹とその脈打つ店の光景を取り過ぎていく――何の歌だろう？　分からなかった。さては国での最近のヒット曲、「男が女を愛する時」かと思ったら、その名もなき扉を彼が通り過ぎるときには歪んでしまっていて、何とでも言えそうなものになっていた。三輪タクシーのドライバーと物々交換をして、チラン通りに送ってもらった。ぐっと静かなこの路地で、彼は花と腐敗、くすぶる炭と揚げた食べ物の臭気を吸い込み、耳には遠くに響くジェット機の音と、武装ヘリコプターのドンドンという音、果てには三十キロ離れたところで爆発する千ポンド爆弾までが聞こえてきた、音というより、内臓に響く事実だった――それは確かに存在して、彼の魂の内奥で鳴り響いているのだ、と彼は感じた。爆弾の下にいるのはどんな気分だろう？　あるいは上にいて投下するのは？　西の方角では、赤い曳光弾が夜空に筋を描いていた。これを求めていたのだ。このために来たのだ。炉の中に、断固として新しい秩序に放り込まれるために

――いわば「異なる働き」だ――理論が燃え尽きて灰となるところ、道徳という問題が現実の問題になるところに。

前日の午後、タンソンニュット空港で、彼は信じられないような空挺部隊の活動を目にしていた。ずらりと並んだ戦闘機や爆撃機が着陸しては飛び立ち、山のような輸送機が家ほどもある重器を吐き出していた。この戦争で勝てないなんてことがあるのか？

彼はヴィラのドアを見つけた。鍵はかかっていなかった。

家の中では、バーの後ろにリック・ヴォスが立っていた。「俺たちのいかれたささやかなショーにようこそ」

「そしてこんばんは、だな」

「俺たちを見つけたわけだ」

「お前もここにいるのか？」

「トワイライト・ゾーンに来てるときはいつもだよ。マティーニは？　俺素質あるんだぜ」

「酔っ払わずに夜を半分まで来たとこなんだ」

「じゃあこれから後半戦と行こうか」

「寝床に入りたいね」

「大佐とクラブ巡りしてきたのか？」

「ほんのちょっとな」

「とっつかまったのか？　任務を任されたか？」

「まだだよ」

「俺からは一つ任務があるんだ。ただの暇つぶしだけどな」

「そりゃありがたいね」とスキップは言った。

「お近づきになろうと思ってさ」とヴォスは言い、びっくりするほど冷たいマティーニを作った。

火傷するくらいの温度の湿気に襲われ、波打つ太陽のぎらぎらする光に向かって空いた手をかざし、上等兵ジェームズ・ヒューストンとE偵察隊の新入兵二人が、装具一式をタラップから滑走路に降ろし、大きな格納庫にある集結エリアに行き、自分たちの装備の上に腰を下ろしてコーラを飲んでいると、ようやく彼らが誰なのかを心得ているとおぼしき二人の技術兵長がやってきた。

二人とも、三人の上等兵に挨拶はしなかった。一小隊を丸ごと運べるくらいのM35型ライトバンバスに新入りたちを案内しながら、二人で会話をしていた。「俺が特別リクエストしたのはカーソンなんだ、ところが奴は誰をよこしたと思う？　お前だよ。つまり俺が言ってるのは、そう、ファックユーってこった、ロング・タイムには近づくな、あそこは俺のバーだってこった」

「要するにさ、ロング・タイムの中に入るのはそもそもお前一人なんだろ、この星で客はお前一人しかいねえってことかよ」

「悪く思うな」

「そりゃ気分悪いね。胸クソ悪いって」

「ま、んじゃ気分害しちまったってことだな。けど俺のバーには近づくなってんだ。これがお前らの辞令かよ？」と彼は話を続けた。今度は三人の新入りに話しかけていた。

ジェームズは三人の書類をまとめて、汗っぽい手に握りしめていた。

「お前らの給料は遅れるって知ってたか？」

「どうして？　俺たちの書類に問題でも？」

「別に。もうぶっ壊れてっから」

もう一人が言った。「もう世界中喉からケツまでメチャクチャだね」

二人の出迎えはキャビンに乗り込み、新入りたちはカンバスで覆われた後ろの洞穴のようなスペースに入り、外に向けて開いている後面からはできるだけ離れて座った。ゴトゴトと進んでいくと、後面から見える風景は、飛行場、ごちゃ混ぜになった箱、兵舎、乗り物、航空機、そして街、ワイルドな色に塗られた建物、自分たちがどんなに変に見えるのか分かっていない人々で溢れ返った通りから、やがて漠然とした緑へと変わっていった。ジェームズはサウスカロライナとルイジアナでジャングル用の訓練を受けてきたが、それは秋と冬のことだった。ブーツの中の足は蒸し蒸ししていた。ヘルメットを外した。曇った日だったが、ぎらぎらする日光が後ろの開いた防水シートから差し込んできて、目を開けていられなかった。彼はうとうとして、茶色の朦朧とした状態になり、眠っていると、トラックが跳ね、爆発音が頭の周りで鳴り響いた。フィッシャーとエヴァンズはもうデッキの装備の間に突っ伏していた。ジェームズは二人の上に倒れ込んだ。トラックは止まっていた。ドアがバタンという音がした。前の席にいる二人が後ろのバンパーから上がってきて、絡まり合った三人を覗いていた。「な、こいつらヘンタイ連中だって言ったろ」と一人が言った。もう一人はタバコを上にかざして、数珠つなぎにした爆竹の導火線だと分かるものをそれにつけ、三人のそばに投げ込んだ。また耳をつんざく、バンバンという破裂音。二人の捕獲者は姿を消した。車両はまた動き出した。三人の上等兵はこのあまりに無神経なジョークに震撼した。ジェームズは怖くて泣き出すところで、エヴァンズは「銃があったらあいつの後頭部を撃ち抜いて放り出してやるのに、分かってんのかよ」と言っていた。「こんちくしょう！」とフィッシャーは叫んで、運転席の壁を思い切り蹴りつけた。トラックはまた止まった。「ろくでもねえことしやがって！」とヒューストンは叫んだ。「あのくそったれどもに殺されるじゃねえか！」今度は一人だけ、フラットが後ろに姿を見せた。「GI！」と彼は叫んだ。「GIマザーファッカー！　敵襲来！」彼はバドワイザーのビール缶を一つずつ投げ込んだ。「ありゃいまいちなギャグだったな」と彼は認めた。

「まったくその通り」とフィッシャーは言った。

「ま、とにかくさ、そいつはプルタブまで付いたホンモノの本国のバド缶だ。そいつをぐびっとやってさ、悪く思うなよ」

フィッシャーはスポークスマンとして話を続けた。「そりゃ気分最悪だよ！　ちっくしょうめ！　何様だってんだよあんた、北ベトナム軍のベトコンのスパイか？」彼が缶を開けると泡がそこらじゅうに飛び散り、彼は「ちくしょう！」と叫んだ。

「俺たちゃ慰労休暇の寄り道をしてるとこだ」と男は言った。「横向きのアソコを拝んだことはあるか？」

三人はベンチに座り直していた。誰も口を開かなかった。

「もういっぺん言うぜ、横向きのアソコを拝んだことはあるのか？」

三人はまだその質問をじっくりと考えていた。

「どうやら俺の話を聞いてもらえるようだな」とフラットは言って、バンパーからひょいと降り、また移動を始めた。

「こんちくしょう！」とフィッシャーは言った。

「もうそれはやめてくれ」とエヴァンズは言った。

「じゃあ何て言えばいい？」

「知るかよ。俺が知ってるわけないだろ？」

ジェームズはビール缶を両足で固定して開けた。タブを缶の中に落として、口に持っていき、タブが舌に当たるまで生温いバドワイザーをがぶ飲みし、その後もまだ缶にかぶりついていた。

嵐がやってきて、五分間滝のような雨が降り、止んだ。それからは霧っぽくなり、息をするのも苦しかった。

ジェームズはベンチを移動して輸送車の端まで行き、思い切って、外にあるベトナム戦争を見てみた。巨大な葉から、改造車から、小さな人々から、雨が滴っている。トラックはギアを落とし、エンジンが喚き、大きなタイヤの下では泥が沸き立っている——裸足の歩行者たちは道路から飛び退き、茶色い顔が通り過ぎていく、轍、轍、轍、また轍、ビールが彼の腹の中でよろめいた。シャツの裾で顔をぬぐい、眉を片手で覆って日没を見守った。太陽は雲の下へと落ちていき、暗澹として力強い色に世界を染め上げていた。車両はハイウェイに入った。道路脇の植物は死に絶えているようだった。コンクリートの歩道に泥がこすりつけられて赤くなっていた。あらゆる種類の乗り物がこの道を使っていた——自転車にスクーター、それに明らかにその手の二輪車から作られたもっと大型の新型車、牛車に手押し車、さらには円錐形の帽子をかぶった半分裸の歩行者が、一斉に下を向いている。トラックは警笛を鳴らしてジグザグに動き、ブレーキをかけてはギアを入れ直し、東に突き進んでいった。しばらくは、手押し車がついてこられるくらいにゆっくり進んでいて、愚かで、深い同情に満ちた水牛の顔をジェームズはずっと見つめていた。

夜は突然やってきた。しばらく往来はまばらになり、さらにしばらくすると、速度を落とし始めたようで、どこかの町かその近くにいた。輸送車はもっぱら竹で作られた建物の前に停まった。正面の看板は赤電球でぼんやりとライトアップされていて、コカコーラ、そしてロングブランチ・バーと書かれていた。その赤い雲の中に漂っている店は暑く、じめじめして、謎めいていて、孤独に見えた。音楽がやかましく鳴っていた。ヒューストンが車両の外に身を乗り出し、車の正面方向を覗くと、前方にはあれこれ動きがあり、影になった建物と、自転車のライトが小さく動いているのが見えた。しかし、そこと彼の間には、長い暗闇が伸びていた。

出迎えというよりは捕獲者の二人がやってきた。「俺のトラックから出ろ」とフラットは言った。

「マジで?」とヒューストンは言った。

「なあフラット、勘弁してやれよ」

「分かったよ」とフラットは頷いた。「ふざけてて悪かったよ。お前らが今週一番の出し物だったんでな。お前らの移動がここまで遅くなったということは、俺たちはマジで、つまり一番賢明な判断としてだな、ここビエンホアで一晩泊まるべきだということだ。で、お前らとゴキゲン君は楽しんどいてくれ、その間に俺はここロング・タイムに入って、大事な敵のスパイに二人ほど会わなくちゃならん」

「俺たちも一緒に入るんだろ?」とエヴァンズは訊いた。

「違う。お前らは入れない」

「入れねえって?」

「だめだね、立ち入り禁止だ」

「でもさ、あんたは今入るんじゃないの?」とジェームズは言った。

「俺は正式な任務についてる」とフラットは言った。「お前らは通りのあっちのほうで別の場所でも探せよ。フロアショーにでも行け」

「通りのあっちって?」とフィッシャーは言った、「ありゃ通りなんかじゃねえよ。真っ暗じゃねえか」

「ジョレット伍長が諸君を町までエスコートする」

「分かったよ、クソッ。いいよ。ちくしょうめ。俺が引き継ぐよ」とジョレットは言った。「みんな乗れよ、行くぞ」

「おっと、それはなしだ。トラックはここに置いておけ」

「こっからじゃどこに行くにも一キロくらいあるじゃねえかよ!」

「諸君」とフラットは言った。「頑張ってくれ。隊列を乱すことなく移動して、地上最初の夜に待ち伏せ攻撃をケツに食らわないように祈るんだな。金はあるか?」

「クソ」とジョレットは言った。「こいつら金なんか持ってねえって」

「お前、『クソ』を俺の名前みたいに言い続けてんな」とフラットは言った。「クソってのを俺の名前みたいに言うのはやめろ。お前らいくら持ってる? なぜなら、俺たちが住んでるこのイカレポンチの現代世界では、金がなければ一発やることはできんからだ。ビール一杯分くらいはあるか?」

「ビール一杯っていくら?」

「俺は二ドルあるよ」とジェームズは申告した。

「合衆国の現金か軍票か?」

「普通のドル札で」

「ジョレット伍長、この新入りたちをフロアショーに連れていけ」

フラットとジョレットはぶつかり合ってお互いの邪魔をし、お互いに依存しつつも嫌い合っている兄弟のようなオーラを発しつつ、自分たちのM16ライフルをライトバンの道具入れにしまった。ジョレットは上等兵たちに言った。「お前らの武器は?」

「ちくしょう！」フィッシャーが大声を上げた。「言ったじゃねえか！」

「武器は持ってない」とジェームズは言った。

「そりゃ珍妙なこった」

「何かもらえるのかな？」

「そうだよな、お望みの武器は何でも持たしてもらえるはずだよな」とジョレットは請け合った。「戦争なんだからよ」

フラットはロングブランチ・バーに入っていき、三人を引き受けることになったジョレットは言った。「実際そんなこと口にしねえけどさ、『クソ』って言いたい気分だな」

彼は向き直って、町へと向かった。三人はついていくしかなかった。

「俺たち今どこ？」

「ビエンホアだ。町外れは通らない。あそこは空軍ばっかだ」

暗かった。これがベトナムだった。「ちくしょう」ジェームズは自分の声を暗闇と同じくらい抑えて言った。

「つまり？」

「つまり、地獄よか暗いじゃねえか」

「新兵募集のとこでサインする前に、ここがどんだけ暗いか見せてもらえばよかったな」とエヴァンズは言った。

「俺はサインしたんじゃねえ」とフィッシャーは言った。「徴兵でケツ持ってかれたのさ。そんでヘリ訓練で資格を取ったわけ」

「じゃ、なんでこんなとこにいるんだ？」とエヴァンズは訊いた。

「お前こそなんでここにいるんだよ？」

「俺は志願したんだ。どうしてかって？　それには二つある。好奇心と馬鹿さ加減だ。お前はどうよ、カウボーイ？」

母親が牧場で働いていると口にして以来、ジェームズ・ヒューストンは「カウボーイ」になっていた。「単に馬鹿だったってだけだろうな」と彼は言った。

「この辺に地雷あると思うか？　この道に地雷は？　仕掛け爆弾（ブービートラップ）とかは？」とフィッシャーは言った。

「うるせえよお前ら」とジョレットは言い、三人は即座に黙った。

ジェームズは料理の煙の油っぽい湯気の臭いを嗅いだ。四人はおぼろげな光を目指していた。もう遠くはなく、彼らのブーツはギュッギュッと音を立て、腰につけた食器セットがカチャカチャと鳴っていた。この感覚に勝るものはない、と彼は確信した、怖くて、誇らしく、まごつき、ひそやかで、生き生きとした感覚。

フィッシャーが沈黙を破った。「どこに行くのか教えてもらえませんかね？」

ジョレットは立ち止まってタバコに火をつけ、あたりにライターの光を発した。「『フロアショー』という例の場所だ。フロアのショーは昔は相当ヘンだった、何といっても音楽なしだったからな」彼はライターを振って火を消した。「な？　スナイパーなんていないぜ」

「フロアのショーってどういう？」

「相当マシになってるはずだ。ジュークボックスを入れたらしい」

「何があるんだ？」

「おいおい、歌だよ。曲だ。分かるだろ？」

「どこからジュークボックスなんぞを仕入れたんだい？」

「どこだと思う？　どこかの下士官クラブだ。誰かが裏ルートで売ったんだな」

「それで何が入ってるかは知らないって？」

「何で俺が知ってるんだ、上等兵よ？　そんなの知るかって」

「いや、その——だいたいのところで」

ジョレットは立ち止まって天を仰いだ。「まったくよ。俺はまだそいつを見に行ってねえんだよ」

「そうか、分かった」

「俺も今そこに行くとこだってんだ」

「オーケー、分かったって」

「お前らとそこに向かってんだ」

その店の正面にある折れた看板には、「フロアショー」と書かれていた。納屋のような外見だが、中にいるのはヤギや鶏ではなく人間、もっぱら小柄な女たちだった。ベニヤ板で作られたバーの後ろには「リトル・キングス・エール」いうネオンサインが光っていた。ラーバランプがあった。「ここに座れ」とジョレットは指示した。彼らはテーブル席に座った。「お前さ、名前はなんだっけ？」

「ヒューストン」

ジョレットは言った。「ヒューストン、俺にビール一杯おごってくれ」

「一杯だけおごるよ、それだけだ」

「おい参ったな！　あんた俺の番号をスクラッチしてんぜ」

「それってどういうこと？」

「つまり、二ドルばかし要るってこった」

女が一人近づいてきた。「フロアショーどう？」ジョレットがまだ座っていなかったせいか、彼が交渉相手だと考えているようだった。短くてぴっちりした青いドレスを着て、彼に微笑みかけていた。前歯が一本なかった。

「フロアショーいらない。今ビール。フロアショーあと」

「あなたのウェイトレスなるよ」と彼女は言った。

「二ドルくれよ」と彼は言った。「ビール四杯だ」

ジェームズは言った。「俺はラッキーラガー」

「ラッキーない。プスブーリボン」

「パブストかよ？　パブストしかねえの？」

「プスブーリボンか33」

「じゃあ33だ」とジョレットは言った。

「俺はパブストがいい」とジェームズ。

「一番安いやつがいいんだ」とジョレットは言った。「ボトルで持ってこい。汚ねえグラスはごめんだ」

彼女はヒューストンの金を取り、離れていった。

びくついた顔でフィッシャーは言った。「よしきた！」

「さてと」とジョレットは言った。「俺はここからひとっ飛びする」

「えっ？」

「片付けなきゃいけない用事があんだ。お子様たちはここにいろ」

「何だって？　いつまでここにいるんだよ？」

「俺が戻るまでだ」

「だからそれっていつまでなんだよ？」

「ジョレット伍長」とフィッシャーは言った。「頼むよ。俺たち国から来たばっかなんだ。ここがどこかも分かんねえ」

「俺は分かってる。だから俺が戻るまでここにいろ」

女がボトルを四本、首のところで二本ずつ摑んで戻ってきた。ジョレットは彼女を途中でつかまえて一本取り、「どうもご苦労さん」と言って消えた。

ということで、三人は座っていて、女はバーの雑巾でビール瓶についた水滴を拭っていた。とても小柄で、地黒の顔には白すぎる厚化粧をしていた。

「にきびの薬みたいな味のビールだ」とフィッシャーは言い切った。

「この町の名前なんだったっけ？」とエヴァンズは言った。

ジェームズはビール瓶を口のところで傾け、ぐいぐい飲んで、考えようとしていた。半分飲み干したが、何も思いつかなかった。ビールは他と変わらない味だった。「あんなヤンキーども、別に要らなかったよな」と彼は言った。

「俺には必要だったぜ。迷子になっちまった」とフィッシャーは言った。「俺だってヤンキーだし」と彼は指摘した。

「フロアショーどう？」と女は言った。

「今ビール」とエヴァンズは答えた。「フロアショーあと。オーケー？」

彼女は寄りかかってきて、直接ジェームズに言った。

「フラッチョいらない？」

「彼女何て言ったんだ？」

「ちょっと待った」とジェームズは言った。「つまり『フェラチオ』って言いたかったのかな、どうだろ？」

「んなわけあるかよ」

「でもそう言ってたぜ」

「まったく信じられねえ」とフィッシャーは言った。

「いくらで？」

「一回今なら二ドル」

「これが信じられるか？」

「誰か二ドル貸してくれ」とジェームズは言った。

「金持ってんのはお前だろ」

「もう持ってねえよ」とジェームズは言った。

「あんた何て名前だっけ？」とエヴァンズは訊いた。

「あたしの名前ロウラ」と彼女は言った。

「つまりローラだよな？」

「いいフラッチョしてあげる」

「今ビール、フラッチョあと」とエヴァンズは言った。

彼は青ざめていて、驚いているようだった。

ジェームズは手早く33ビールを片付けた。ここで口をつけても大丈夫なのはこれだけのように思えた。隅のほうの、テーブルをいくつも寄せてあるところでは、白い制服を着た若者の集団が座っていた。外国からの水兵たちで、このぼんやりとした明かりでは色の分からないベレー帽を持つか、かぶるかしていて、その多くは娼婦を膝に載せていた。近くでは、かの有名なジュークボックスが炉のように赤く音を吐き出していた。真ん中では、三組のカップルが「ふられた気持ち」に合わせて、ゆっくりと、ほとんど身動きせずに踊っていた。背の高いアメリカ兵がダンスパートナーを両腕で包み込み、彼女の上にかがみ込んで、顔を貪り、果てしなく、恐ろしいくらいのキスをしていた。マシンの音楽が止まって、ブーンと音を立てて考え込んでしまっても、カップルたちは全く同じ動きを続けていた。ビーチ・ボーイズの「バーバラ・アン」がかかると、外国人水兵たちは一斉にそれに合わせてセンチメンタルに歌った。ジェームズも一緒に歌いたかったが、気恥ずかしかった。どんなリズムになっても、カップルたちはトランス状態のゾンビのように立ち尽くしていた。「あの水兵っぽい連中はフランス人だと思うな」とエヴァンズは言った。「だな、ありゃフランス人だ」

三人の歩兵は座ったまま、踊っている人々を眺めていた。ジュークボックスは女の歌手の「メイキン・ウーピー」、次に別の女性歌手の「イパネマの娘」をかけていた。

ローラがやってきて、またフロアショーのことを訊いてきて、フィッシャーが「俺と寝たいのか?」と応えた。彼女が「あらそうよ、ムッシュー、どうもファックユー」と応戦してきたので、三人は陽気で何とも気まずい気分に陥り、彼女はつんとして立ち去った。

「ビール一杯おごってくれ、ヒューストン」

「もうおごってやったろ。次は俺の番だ」

エヴァンズはジェームズに言った。「ディルドーくんくん男だよ、お前」

「何だよそれ?　ディルドーくんくん男って何だ?」

「そりゃ言うまでもねえよ」

ジェームズにはそうは思えなかった。「ディルドーって何だよ?」と彼はフィッシャーに訊いた。

「金持ってるか?」

「俺の二ドルはどこ行った?」

「あいつらに訊けよ」

「お釣りは出ないのか?」

「あいつらに訊けって」

「誰にも何も訊いてねえって」

「黙れよ」とエヴァンズは言った。「数えさせてくれ。いいか、この部屋には男よか女のほうが多いぜ。女が十五人いる」

「どれかファックしたいってか?」

「何が言いたい?　もちろんやりたいさ。全員ファックしてやりてえ」

「みんなちょっとブサイクだよな」とフィッシャーは言った。

「まあちょっとな」とジェームズは言った。「でもブスだってわけじゃない」彼は部屋の反対側にいる女を見ていた。獅子鼻で、セクシーな唇。退屈そうで、ぼんやりとした彼女の視線に刺激された。

「俺がおごるよ、それからお前がおごれ」エヴァンズはフィッシャーに持ちかけた。

「決まりだな」

「決まりだ」

「じゃゲットしてこいよ」

「お前が行ってこい」

「お前がおごるんだろ、ならお前が連れてこいって」

「いいとも、この野郎」とエヴァンズは言った。「みんな二十一歳か？　IDチェックしていいか？」

「彼女たちにビールをおごるのか？　どうすんだ？」

「そういうこと」ついに戦争だ、と塹壕から突撃していくような勢いで、エヴァンズは煙っぽい薄暗がりに入っていった。

戻ってきたとき、彼は満足げだった。「もう一杯ビールくれたら踊ってやったっていいぜ。いやマジで。ヒューストンさ。お前何歳なんだ？」

「知らねえよ」

「知らねえって？　知らねえってのか？　俺は十八。さ、俺の歳は言ったぜ。言えよ」

「十八」

「十八？」

「俺もだ」とフィッシャーは言った。

ジュークボックスはディオンヌ・ワーウィックの「ウォーク・オン・バイ」をかけ始めた。

近くで一人踊っているように見えた、太った娼婦が回転すると、彼女の胸に顔を埋めてしがみついている小柄な男の姿が現れた。五センチのヒールがついたカウボーイブーツを履いていて、男の尻は女のように見えた。フィッシャーは二人を笑い始め、どうにも止まらないようだった。

男はパートナーから離れて、三人のテーブルにやってきた。彼は微笑んでいたが、フィッシャーが立ち上がると、「お前ぶちのめされたいのかよ？」と言った。

「違うね」

「そうかい、じゃあそんなにぶっ高くクソ近くに立たないでくれるか。身長は？」

「高いほうだな」

「ぶちのめされるにゃちょうどいい高さだ」男はもっぱら周りに向けて言っていた。彼はジーンズとマドラスシャツを着ていた。背が低くて肩幅は広く、丸い頭だった。

「どれくらいの身長だよ？」

「知らねえよ」

「何センチなんだ、このヤンキー？」

「百九十二・五」

「そりゃまたずいぶんなこって」

「お前にはぶちのめされねえよ」とフィッシャーは言った。

「仲良くしようとしてるだけだぜ」とジェームズが口を挟んだ。

「俺は思ったことを言ってるだけだぜ」とフィッシャーは言った。「俺をぶちのめすとかいう話のことでさ」

「ビールでたっぷり筋肉つけてきたみたいだな、おい」

「事実を言ってるだけだ」

「おやそうかい。こいつはビールで筋肉モリモリなんだとよ!」

「そもそもお前何だよ?」

「俺はオーストラリア商船員のウォルシュだ。身長百五十二センチ体重四十八キロ、お前ら全員と一度に喧嘩してもいいし、一人ずつでも構わねえ。一番タフなのからいこうか。誰が一番強い? かかってこいよ。お前が一番か?」

「違うんじゃないかな」とジェームズは言った。

「タフだろうとなかろうと、俺の相手したくねえんだろ」とオーストラリア人は言った。フィッシャーのほうに向かって、「お前はどうだ、デカチン? 俺を屋根の上に放り投げれるって思ってんのか?」と言った。

「お前なんかどうってことねえチンケなクソだけど、屋上に放り込んでやるよ」とフィッシャーは笑いながら言った。

リトル・ウォルシュは怒り狂っていた。「俺を屋上に放り投げるって? 表に出ろ。表に出ろや。俺を放り投げてみろってんだ、出ろや」彼はさっさとドアに向かった。

フィッシャーは戸惑いながらついていった。「何てこった」と彼は言った。「小人レスラーに襲われるなんてな」

ヒューストンとエヴァンズも外に出た。扉越しに漏れてくる明かりしかない泥道で、ウォルシュは肩と手首をほぐし、上体をのけぞらせてから前に折り、両手で土に触れ、喧嘩の準備体操をしていた。「さあ来いや」フィッシャーは両腕を伸ばしてかがみ込んでいて、子供を抱き上げようとするような姿勢だった。彼の相手は左右に動き、頭を上下に動かして、左肩を落として素早いフェイントを繰り出し、右手を突き出し、どうやらフィッシャーの目に土を投げつけたようだった。フィッシャーは立ち尽くして、まばたきし、目を細めて口をぽかんと開けていた。オーストラリア人は彼の股間を蹴り上げて後ろに回り、足の裏でフィッシャーの膝の裏側、続いて彼の背筋を素早く蹴りつけ、大柄な若者は両手で股間を押さえてうつぶせに倒れ込んでしまった。

オーストラリア人は彼の上にかがんで叫んだ。「起きろや、この怠けもんが！」

そのころには、フランス人水兵や連れの女たちも様子を見に外に出てきたが、もう勝負はついていた。

ウォルシュはフィッシャーに手を貸して立ち上がらせた。ジェームズとエヴァンズも手伝った。「おい、立てよ、立てって。もうお遊びはいいだろ、みんなでビールしこたま飲もうぜ」

店の中で、彼は若者たちのテーブルに合流し、連れの太った娼婦を引っ張ってきて膝に載せた。「小さい野郎とは喧嘩しないこった。ちっこい奴は絶対やめとけ。俺らがお前らみたいな図体のでかいのと一緒にいんのは、生き抜いてきたからだよ、なんで生き抜いてきたのかっていったら、めっぽう強えからだ。さてと！　みんなにビールだ！　まったくよ！」彼は突然叫んだ。「ドーテイ臭がするぜ！　ここの誰がドーテイなんだ？」彼は三人の無表情な顔を見回した。「おめえら誰もファックしたことねえのかよ？　別にいいんだよ。ビールは俺のおごりだよ、ボーイズ。ちょっといじめて恥かかせちまったからな。俺は程度の低いゲス野郎だよ。でもな、四十八キロしかねえんだぜ。そんでハチドリみたいにぶら下がってるわけよ。そうだろ、ハニー？　ちっこいちっこい！」

「わたしちっこいちっこい好き。でかいチンコ嫌い」と彼の女は言った。

女の子たちに囲まれていた。一人がフィッシャーの膝に座った。一人はジェームズの椅子のそばに立っていて、彼の耳をいじっていた。彼女はかがみこんで「ファックしようよ」と囁いた。フィッシャーの膝に座った女の子は彼に「わたしは大きなチンコ好きよ」と言っていた。彼女のサンダルはつま先からぶら下がっていた。おかしな顔をしていた。大きく斜めの頬骨だ。エルフのような外見だった。「どいてくれ。キンタマ痛えよ。あんたを愛してねえんだ」と彼は言った。

「俺は身長百五十二センチなんだ。この高度だと、最大の関心事はサバイバルだ。アグレッシブに行かなくちゃなんねえ」ウォルシュは女の尻をぐいと押して言った。「このアメリカ陸軍の勇敢な若者たちにビールを大盤振る舞いしてえな。あんたら勇敢な若者は表の看板見たか？　去年ここはルーの店って呼ばれてた。だから『ルーの店』って書いたでかいコカコーラの看板があってな、表のちっこい看板に『フロアショー一日中』って出てた。ところがある晩酔っ払ったオーストラリア人の商船員が看板にカラテチョップをお見舞いして割っちまった。そうとも！　俺のことだ。この店に今の高名を授けたのは他でもねえ俺だ。あんたの故郷どこだ、デカチンよ？」

「ピッツバーグ。帰りてえな」

「あんた勇気あるぜ、ピッツバーグ。友情の握手だ。ちいせえ奴とは喧嘩すんじゃねえぞ。あんたをぶっ倒すコツってのを学んできてるんだ。俺は船で世界中行ったさ、そんで勝利を収めてきた。俺は百五十二センチで、もうこれっぽっちも伸びねえ。んで、フロアショーは俺のおごりだ」

ジェームズは女と踊ろうとした。彼女は柔らかく熱い体を寄せてきた、ごわごわした髪はベビーパウダーのような匂いがした。彼が名前を訊くと、「あんたのために名前作ったげる」と言った。ふっくらとした、生意気そうな唇。リズムは激しかったが、二人はジュークボックスの赤い光の中でゆっくりと踊った。ウォルシュがビールの代金を払った。彼らはフランス人水兵たちと一緒に歌った。水兵の一人がパンツ姿でテーブルの上に乗って踊り、他の仲間たちはビールを振って彼に泡をかけた。ウォルシュはテーブル席の連中と腕相撲をして、一人残らずねじ伏せた。彼がフロアショーの金を払ったが、ストライプが入ったギャング風のスーツを着た男に「ジュークボックス代」として二ドルを追加で払わねばならなかった。建物の裏にあるベッドルームに行って、床に座って待っていると、女が一人入ってきてドアを閉め、口にタバコをくわえたままドレスを頭から脱ぎ捨て、赤いハイヒールだけの格好で男たちの前に立ち、タバコをふかしていた。どこを取っても完璧な体だった。「名前は何て何て何ていうんだ？」とエヴァンズは叫び、彼女は「ヴァージンて名前よ」と答えた。バーではジュークボックスがまた「ふられた気持」をかけていて、裸のヴァージンは動き始めた。「今夜わたしは火照ってるの、本当に、火照ってる」と彼女は泣くような声で言った。ジェームズは手にも足にも、唇にも舌にも感覚がなかった。彼女は彼の顔から一メートルも離れていないところに立っていて、しばらく音楽に合わせて踊り、続いてベッドに座り、両膝を大きく開いて、タバコのフィルターの端をヴァギナの陰唇の間に差し込んで、煙をふかした。隣の部屋のジュークボックスはローリング・ストーンズの「サティスファクション」を演奏していた。ジェームズは頭を切り落とされ、煮えたぎる熱湯に放り込まれたような気分だった。ヴァージンは仰向けになり、ベッドに頭と肩だけを預けて、ハイヒールで床に踏ん張り、胴体は「バーバラ・アン」のリズムに合わせて動いていて、男たちは声を合わせて歌った……。彼は心のどこかで祈った――全能なる神様、これが戦争だってんなら、平和なんかもうごめんです。

クーチー・クーティーズの三人の男が協議のために来ていた。自分たちだけで固まっていて、この日曜日の朝はバンカー1の脇にある日陰を独り占めしていて、E偵察隊の誰もそこに押し掛けていこうとは思わなかった。黒人の男が特に怖かった。夜を旅し、男も女子供も見つけ次第殺すことに夢中な長距離偵察パトロール部隊で兵役を務めてきた男だった。髪は爆発した強烈な渦巻きスタイルで、インディアンのように顔を塗りたくり、袖を引きちぎった軍服でうろついていた。それに比べれば、仲間にいる中西部のどこかの出身の本物のインディアン、小柄でしなやかながに股の男は、いかにもまともそうだった。三人目の男はイタリア系か、もっと遠いところの出で、ギリシャ系か、アルメニア系かもしれない。E隊にはもちろん、作戦上の上官である大佐にも一言もしゃべらない男だった。

一方の大佐は、休むことなくまくしたてているところだった。本当に大佐だったわけではなく、南部の太っちょの名誉大佐のようなもので、兵士たちは秘かに「カーネル・サンダース」と呼び、「幸運の山」の西側にある陣営でたまに開かれる、この手の午前の集会のことを「パワー・アワー」と言っていた。

だが大佐は馬鹿ではなかった。皆が考えていることを不気味なくらい察知していた。「俺が民間人だってことは君らも気づいてるな。君らの中尉と協議してるが、命令を彼に出すことはせん。だが大まかに言えば、我々の作戦の指揮を取ってるのは俺だ」熱帯の朝、叩き付けるような日光の中、腰に両手を当てて立っていた。「十二週間前、去年の十一月十九日、俺の母校ノートルダム大はミシガン州立大を相手に、校史に残る大激戦になるはずだった試合をした。どちらも最高のチームだ。両方とも無敗だった。どちらも戦いに飢えていた」大佐は兵士たちと同じようなカンバス地のブーツと固い布地のジーンズを履いていて、ポケットがたくさんついた釣り用のベストを着ていた。白い

Tシャツ。飛行士のサングラス。後ろのポケットからはベースボールキャップの青いつばがのぞいていた。「試合の一週間前、ミシガン州立大の学生は飛行機からノートルダム大のキャンパスにビラをまいた。『ノートルダムの平和的な村人諸君』に宛てたビラだ。そこにはこう書いてあった。『なぜ我々に抗うのだ？　どうして我々にあっさり勝てるなどという間違った信念にしがみつく？　君たちのリーダーは嘘をつき、君たちが勝てると信じ込ませてきた。偽りの希望を与えてきたのだ』」

何をまくしたてているのか？　大佐は半分ギャグで、半分不吉な謎だった。南部の貧乏白人のように聞こえるときもあれば、ケネディのようなときもあった。イカレ中尉にジープを運転させ、山を巡回しながら、葉巻を嚙み、ウィスキーを瓶からちびちび飲み、膝の間にM16ライフルを挟み、虎か豹、野生の豚でも撃てないものかと狙っている男だった。

「さて、俺が話をしてるノートルダム対ミシガン州立の試合は、すでに世紀の一戦と呼ばれてる。なぜその試合が重要かというと、俺がかつてノートルダムのファイティング・アイリッシュチームのタックルだったからじゃない。まさに今、ここで、ベトコンと戦ってるからだ。この試合の映像を入手できないかと手を尽くしてきた。何が起こったのか、この戦域にいる兵士にじっくりと見てもらいたい。ファイティング・アイリッシュが列車に乗って、ミシガン州イースト・ランシングにあるスパルタン・スタジアムに向かったときの映像を手に入れたい。線路脇のトウモロコシ畑や酪農農場に、『マリア様は憐れみに満ち、ノートルダムは二位』と書いてあるプラカードを掲げている人々が立ってる。君ら全員に、ノートルダムチームが目にしたものを見てもらいたい。七万六千人の観衆で一杯になって、歌って踊って揺れて叫んでいるスタジアムに入っていく光景をな。キックオフの映像をみんなで一緒に観たいもんだ。

「ノートルダムには様々な不運が降りかかっていた。我らがパスレシーバーの主力、ニック・エディーは列車から降りるときに氷で足を滑らせて、試合開始前に肩を壊していた。次の誤算は、試合最初のプレーで、我らの最高のセンターが担架で担ぎ出されたことだ。次に、クオーターバックのテリー・ハンラッティが倒されて肩を脱臼し、運び出されるはめになった。第二クオーターもかなり進んだころ、ミシガン州立大は我々を10対0で踏みにじっていた。だがそこに現れたコーリー・オブライエンという糖尿病体型の控えクオーターバックが、何と三十四ヤードのタッチダウンパスを控えレシーバーのボブ・クラデューに通した。こいつはアイルランド系の名前ですらないだろ。その後ミシガン州立大の攻撃をしのぎ、第四クオーター開始時、我らがキッカーがついにフィールドゴールを決めてのけた。

「というわけで、試合は同点、10対10だ。残り一分三十秒。ノートルダムは自陣三十ヤードのラインでボールを保持していた。フィールドがある。ボールがある。男たちがいる。

「ところが、ヘッドコーチのパーセギアンは時間を使って、同点で終えることを選んだ。勝利せずフィールドを去ることを選んだ。

「さて、それはなぜだ?

「同点で終わっても、全米チャンピオンになるチャンスはまだあったからだ。引き分けでも、全国的には彼らは一位のままだった。そして二週間後に彼らは実際全米チャンピオンになった。南カリフォルニア大を51対0で粉砕してな。

「さて、それは賢明な判断だったと俺が言うと思うか? そうかもしれん。賢明だったかもしれん。だが間違っとる。

「なぜならその日、イースト・ランシングで、不倶戴天の敵を相手にして、彼らは勝利をつかむことなくフィールドを去ったからだ」

銀髪の角刈りの頭から汗が噴き出て、顔を伝っていたが、拭おうとはしなかった。両手を腰から動かし、右の拳で左手を叩いた。ヘビーウェイト級のチャンピオン並みにがっちりした拳だった。「神かけてこの試合のフィルムを入手してみせる。みんなで座ってこいつを観るんだ。

「さて。どうしてこの話をしてるのか勘違いしないでほしい。こんな話をしてるのは、我々自身、まさにここで相も変わらず同じものを目にしてるからだ。相も変わらず、我々は一続きの土地と敵に相対してる。理論上将来はこうなるはずだという想定で目の前の土地を捨てることは、我々の流儀じゃない。我々の今の任務とは、上にある着陸ゾーンのためにこの山を確保しておくことであり、トンネルの入り口を調べて地図に印していくことだ。そのトンネルに入る必要はない。その仕事には担当がいる」

確かに、その仕事には担当者がいた。札付きのワル、クーチー・クーティーズだ。この連中は片手にピストル、片手にキンタマを握りしめ、歯に懐中電灯をくわえ、クーチー地区のどこにでも向かい、大地に空いた暗い穴に頭から滑り降りていく。「クーチー・クーティーズ」とはぴったりの名前だった。E偵察隊には立派な呼び名はなかったが、カオフックに近いこともあって、「カウファッカーズ」として知られるようになるのは避けようもなかった。ちょっとした悪運だが、あまりに下品なので、何かにペイントすることは憚られた。

「我々はこの戦争に勝ってみせる」まだ喋っているのか？「そしてこの部隊はそのために活動してる。自分たちを潜入者だと思え。我々の足の下にあるこの大地にベトコンの魂がある。この大地が奴らの神話だ。我々はこの大地に侵入し、奴らの心、神話、魂に侵入する。これこそが本物の潜入だ。大地という神話に入り込むんだ、それが我々の任務だ。

「質問は？」

長い沈黙が訪れ、兵士たちは近くの鳥のさえずりと、山の上からピシピシと響くヘリコプターの音を聞いていた。

大佐はサングラスを外し、部隊全員を一度にまじまじと見つめた。「俺がノートルダムでプレーしていたときは、引き分けの試合なんて妹にキスするようなもんだって聞かされていた。俺が一九四一年に東南アジアに出てきたのは妹にキスするためじゃない。俺が東南アジアにやってきたのは、『フライング・タイガース』と一緒に日本軍相手の航空作戦に参加するためで、そして共産主義者どもと戦うために東南アジアに残った。そして今、心の底からの厳粛な約束をこめて諸君に言おう、俺は東南アジアで死ぬ、そして死の瞬間まで戦うとな」

彼がイカレ中尉のほうを見ると、中尉は「解散！」と言った。

彼らは各自の持ち場に移動した。イカレと軍曹、クーチー・クーティーズはバンカー1のところで大佐と集まっていた。全体的に言えば、部隊はこの民間人に反感を抱いていたが、結局のところ若造ばかりだったので、彼の経験は認め、自分たちに何か祝福を与えてくれたという、ぼんやりとした迷信を抱いていた。というのも、最初の兵役期間を完璧にこなして、二回目を志願し、それでもまだ敵の銃弾を一度も食らっていない者が何人かいたのだ。例えばフラットやジョレットだ。現在二人は行方不明だが、恐らく無許可離隊しているだけなのだろう。

十一時ごろ、十五時間遅れで、フラットとジョレットが三人の交替要員をM35に乗せて入ってくる音が聞こえた。要員の一人は背が低く、一人は普通で、一人は高かった。

曹長が立っていて、彼らを出迎えた。三等曹長ハーモンは日焼けしていて、二の腕まで袖をまくり上げていて、脚絆は注意深くたくしこみ、ほとんど白に近いブロンドの髪をきちんと刈り込んだ男だった。汗などかかないように見えた。「政府所有の車両での無許可離隊から戻ったものと見なす」

「違う違う違う」とフラットは言った。「違うって、曹長、そんなんじゃない。こいつらに説明させるから」

「説明はお前たち二人から聞こう」とハーモン曹長は言った。

「お好きなように、曹長」

「お前たちはナンバー4に入るように」とハーモンは交替要員に言って、フラットとジョレットをバンカー1に連れて入った。

曹長たちが見えなくなるやいなや、いつものように何かに怒っていたゲティ上等兵は、シャワー室の表の濡れた地面にヘルメットを無造作に置き、小さな女の子のように両足を離して両膝をつける格好でその上に座り、ピストルを膝元で持った。

「曹長……」と誰かが叫んでいた。

ゲティは全員に見えるようにピストルを頭上にかざし、二メートル以内に入ってきた最初のカス野郎を撃ち殺す、と宣言した。

ハーモン曹長はまじまじとゲティを見つめている三人の交替要員を探しに外に出てきた。

「そいつを連れてけ」と曹長は言った。

一番背の高い男は動転して泣き出さんばかりだった。

「その男が誰かも分かりません。俺たち着いたばかりなんですよ」

ゲティが声を荒げた。「みんなに分かってもらいてえだけだ！」

曹長はバンカー1のドアのそばでしゃがんでいるフラットとジョレットのほうを向いた。「ちょっとこいつをほぐしてやれ」

「えええー」

「お前らがやってくるまでは何ともなかったぞ。こいつをいじめるのはやめろ」

「聞いてくださいよ、曹長」

「もう二回言ったぞ。これ以上は言わん」

「分かりました、曹長」

「返事はいらん。お前らがどうするか見てっからな」

曹長は形式張らず、人目を引く模範的な男で、背が高く、力強く、リラックスしていて、眉毛も金髪のまさにブロンドで、五メートル離れても分かるくらいの茫然とするような青い目の持ち主だった。負傷経験のあるベテランの職業軍人で、グレゴリー・ペック主演の映画の舞台にもなった朝鮮戦争屈指の激戦地、ポークチョップ・ヒルの生き残りだった。

「銃をなくしたわけか」と彼は言った。

三人の新入りは黙ったままだった。

「おめえら平和主義者のハトポッポか？」

「曹長、俺たち間違った経路で来たんです。サンディエゴに行くはずがエドワーズに行って、グアムに行くはずが日本のどっかに行っちまって」

「俺たち輸送機に放り込まれたんですよ、曹長」

「誰も武器なんかくれなかった。誰も何も言ってくれなかったんですよ」

「ちょっとからかっただけだ。武器はある。だが、ぼけっと座って俺のトラックを待ってる時間はない。状態のいい道路を六十八キロ来るのに、なんで十五時間余計にかかった？」

「道順がてんで間違ってたんです」

「それに飛行機がマジで遅れて、ホント」

「日本で延々待たされました」

「腕時計が止まってるんじゃねえかな。そうだ――ほらね？　止まっちまってんですよ、曹長」

「どの町にいるかもチンプンカンプンで」

「どの地方かも」

「地方って何なのかもわかんねえし」

三人がこの尋問をどう乗り切るのか見ようと、部隊は待ち構えていた。どうやらジョレットとフラットに言い含められた言い訳を一つも思い出せていないようだった。だがこんな調子で言い訳を続けていて、何一つはっきりと言おうとはしなかった。

「よく聞け」

「はい、曹長」

「お前らが現在いるのはカオフック、D中隊のE偵察部隊だ。我々は南ベトナムのクーチー省の南西部に駐屯している。地方じゃなくて省だぞ。『鉄の三角地帯』のことを聞いたことはあるか？　我々がいるのは鉄の三角地帯ではなく、その南西にある友好的な地域だ。山の頂上にある着陸ゾーンのため、この地域の安全を確保せねばならんが、軍規により、それを基地と呼ぶことはできん。E部隊がここにいて、中隊の残りは上にいる。例の『地図上のピンになるな』的な説教は頂戴したか？　よし、ここにあるのが地図上のピンだ。基地とは呼ばないが、要するに永続的な基地で、我々には二つのタイプの恒常的偵察パトロールがある。山の周りを偵察してから向こうにいくやつと、山を越えてから山の周りを偵察するやつだ。

「ここじゃ何かとシェアだ。十四人いて、シェアヘッドは三つだが、化学薬品仕様の便所はない。だから茂みに自分のカイボを掘って、ちゃんと埋めろ。鼻に来る臭いはごめんだ。ここはごちゃごちゃしてない。全て割り当て制だ。山のほうはめちゃくちゃだが、毎日二回は温かいメシが出て、そのうち一回は交代、温かいメシは一日一回だ。自分たちのローテーションについては連中と決めろ。もし温かいメシの回数が足りねえってヒーヒー言う声が俺の耳に届いて、俺がややこしいスケジュールに取り組まなくちゃならんとなったら、怒り狂ってここの生活を地獄に変えたくなるからな。楽させてくれるんなら、お前らにも楽させてやる、それがここのシステムだ。きっちりと自分らで片付いてるんだったら、俺はただその辺にいるだけの存在だ。質問は。ないな。よし。さてと。

「この戦域には公然と上官に刃向かって生きてる部隊がある。ここはそうじゃない。俺はペリー中尉の命令を実行すべくここにいて、てめえらみんながそうするように目を光らせてる。聞こえてるか？」

「はい、曹長」

「ゆっくり簡単に話してるが、本気だぞ」

「はい、曹長」

「さて、エヴァンズ上等兵、ヒューストン上等兵、フィッシャー上等兵。一通り聞いたな。目下のところで質問は？ないか？　いつでも何でも質問していいぞ」

「シェアって何すか？」

「シェア？　シェアのことだ。俺の口を見ろ――シャワーだ。他に質問は？」

「カイボってのは？」

「お前のトイレ穴のこったよ、上等兵。フィリピン語じゃないかな」

「曹長、ちょっと一眠りさせてください」

「そりゃ結構。好きなだけ寝とけ。本国の昼時間にはお前らが必要だ、夜間の任務をやってもらいたいからな。しばらくは警備をやってもらう。バンカー4に入れ。木にハンモックをかけてブラブラしたいなら、それでも構わん。ベトコンはこの辺には一人もおらん。エイムス伍長にハンモックと武器を支給してもらえ」

エイムス伍長を見つけることはできなかった。四人の宿舎は砂袋の壕で、タール塗りで防水シートがあり、汚れた靴下と防虫剤の臭いがしていた。三人は四つの簡易ベッドを見つけたが、そのうち三つからはゴミが取り除かれていた。エヴァンズはその一つから乾いた泥を払って言った。

「このクソもあと三百六十四日ぽっきりだ」

自分たちの荷物を片付けていると、友だちのフラットが入り口に現れた。「第三次世界大戦にようこそ。なあ、爆竹のちょっとイカレた件は悪かったよ。一杯おごるからパープルバーに来いよ」

「パープルバーかよ」

「ほんとに紫だってんなら俺は行かねえ」

「パープルの人食いが怖いのか？」とフラットは言った。

「怖くなんかねえよ、疲れてんだ」とヒューストン上等兵は言った。

「オーケー。でも借りは借りだからな」フラットは三人に中指を立てて去っていった。

高校のバスケットではセンターだったのっぽのフィッシャーは、ビニールの天井に頭を前後にこすりつけていた。「悪くねえよな」と彼は言った。

三人は簡易ベッドに横になり、じっとしていた。しばらくして、ヒューストンとエヴァンズはどうやってコカコーラを手に入れるか話し合った。恥ずかしさに加えて互いの目を気にしてしまい、身動きできなかった。だが眠らなかった。外でフラットの声がしたので三人とも起き上がって、彼についてパープルバーに行った。

ブルドーザーで大まかに作られて、ジープに蹂躙された道路は轍がひどくて歩けなかった。ずっと端を歩いた。頂上の着陸ゾーンからのジープが通りかかり、クラクションを鳴らした。「手を振るなよ、挨拶したってしょうがねえ」とフラットは言った。「止まりゃしないさ」車が排気ガスを吐き出して通っていくと、彼はバンパーを蹴った。

カオフック村の多くの住民は信用できないと考えられ、ある日トラックに積み込まれて、神のみぞ知る場所に連れ去られていた。水田は荒れ果て、道は除草剤によって細長い荒地になっていた。村は「協力者」の難民のためのおんぼろキャンプになっていて、南の村にある新星寺と、北のパープルバーの傘下にあった。

「お前らはここで待て」パープルバーに着くとフラットは言った。

「ちくしょう、なんでだよ？」

「冗談だって！」

曹長は任務で山の上にいたので、部隊の半分がバーに来ていた。テーブルを二つくっつけて、全員が座っていた。給料日には女がいっぱいいるが、今日は一人だけで、黒のハイヒールと赤いマニキュアをした女が新聞を持ってテーブル席に座っていて、着ているのはシャツとズボンだった。「ねえちゃん、ビール四杯」とフラットが言うと、「わたしあんたの奴隷じゃないわよ」と彼女は言って、いつもいる店長(パパさん)が、黄茶色の氷の塊がぎっしり入った冷凍庫からビールを持ってきた。ビールをポンと開ける前に、フラットは自分の水筒からヨウ素化した水を注ぎかけ、三人もそれにならって、足の下にある藁土をドロドロにした。瘦せた犬たちが戸口越しに中をうかがっていた。

交替要員たちは部隊の目的と任務は何なのか、フラットに訊こうとして、もっぱら着陸ゾーンの広域安全確保だ、とフラットは説明しようとした。すると誰かが口を挟んだ。「CIAのために働いてるのさ」

「ここは偵察部隊だと思ってたんだけど」

「偵察部隊じゃない。俺たち何なのか自分でも分からねえよ」

「もしCIAだってんなら、緑のベレー帽はどこです? CIAのために動いてんのはあの連中でしょ。グリーンベレーの」

新入りたちはあっさりとパープルバーで酔っ払った――前日の酒が抜けていなかったのだろう。

「お前のことだけどさ、ヒューストン。お前ちょっとしたカウボーイだよな。でも一つあるんだ。お前センスいいよ。何かサマになってる」

「そりゃどうも、相棒」

「いや本当だって。ホントに。俺酔っ払ってるけどさ――分かるだろ」

「分かるよ、分かる。そりゃね、つまりお前はオカマで、俺をしゃぶりてえってわけだ」

「うるせえよ。屁こいたの誰だ?」

「何言ってんだ? この国全体が臭えんだよ」

「臭いを嗅ぎし者、転嫁せり」

「勘づきし者、ひねり出せり」

「感じ取りし者、押し付けり」

ヘリコプターセンター周辺の山に駐屯している男たちはいつも埃まみれで、汚れた髪でいるよりはましだと考え、ほとんどが頭を剃り上げていた。フラットは着陸ゾーンからの二人に交替要員を紹介した。「こいつらの名前を訊いてみろよ」

「つまり、二人両方に?」

「そうよこのケツ穴男、二人とも両方だ」

「なあおい、聞けよ。俺はあんたのケツの穴じゃねえ」

とカウボーイは言った。

一瞬、間があった。それから全員が吹き出して笑い、カウボーイも笑った。

彼は言った。「オーケー、あんた誰?」

「ブラッドガッター」

「嘘こけよ」

「いんや。ブラッドガッターだ」

「そうなんだよ。こいつの本名だぜ」

「ブラッドガッターっての? すんげえクールな名前じゃねえの。世界一かっけえ名前だよ」

「こっちの奴には負けるぜ」

「するとその名は?」

「ファイヤーゴッド」

「ファイヤーゴッドだって?」

「おう。ジョゼフ・ウィルソン・ファイヤーゴッドだ」

「すっげえ」

「そしてこいつの名前はブラッドガッターだ」とファイヤーゴッドは言った。

「マジかよ」

「てことで、俺たちマブダチなわけ」とブラッドガッターは言った。「俺たち一緒につるんでる。理にかなってるだろ」

ゲティ上等兵が入ってきて、一人で座った。

「ゲティス・バードよ、お気に入りの45口径はどうした?」

「曹長に取られた」とゲティ上等兵は答えた。

「45なんてどこで手に入れたんだ、ゲティ上等兵?」

「交換した」

「交換だと、このカスが。盗んだんだろ」

ゲティ上等兵はまたトランス状態になって、誰にも耳を貸さず、独り言をつぶやいていた。「何だって故郷のことをこんなに思い出すんだ」

「ゲティス・バードのことは気にすんな。イカレてんだ。ラリっちゃってんのさ」

クーチー・クーティーズの三人が入ってくると、ゲティも含めて全員が黙った。三人は椅子を引いて座り、一人が大きくげっぷした。

彼らが話し出すまでは黙っているのが得策だったが、フラットは我慢できないようで、彼らに尋ねた。「なあ、曹長は山から戻ってきたか?」

「曹長はまだ上」と黒人の粗暴な男が答えた。「あんたはまだ安全」

フラットは口を閉じていられなかった。「あんたインディアンだよな」とインディアンのトンネル偵察兵に言った。「んでここにいるヒューストンの野郎はカウボーイなんだぜ」

「あんたカウボーイ?」

「故郷じゃそんなことねえよ。ここだけの話」

ゲティ上等兵は一人トランスしていた。「俺は乗り間違えてる。間違えてる。間――違え――て」――それだけを幾度となく表明していた。

他の二人はただビールを飲んでいたが、黒人のクーチーはゲティ上等兵を睨みつけた。「ごちゃごちゃ言って俺を潰す気だ。俺の中にヒビを入れてきやがる」

「ああ、ありゃ何も考えてねえんだ」とフラットは言った。

「何も考えてねえってことくらい知ってる。あいつに痛い思いはさせねえ。俺が誰か怪我させそうに見えるか?」

「いや」

「見えないって? 誰かを傷つけてやりてえ気分だな」

表で二台目のジープが停まった。「ちくしょう――ペリー中尉だ」と新入りの一人が言った。

「曹長は一緒じゃねえ。だからあいつなんざどうでもいい」

皆で見境なく中尉をこき下ろしているところに、中尉はそそくさとバーに入ってきた。物知り顔で、「俺をコケにするのはもう止めにしたらどうだ」と言いたげな作り笑いを浮かべ、タルカム・パウダーの入ったビニール袋をあちこちに放った。使って四分もすればドロドロになるような代物だったが、全員が使った。

中尉はコーラのボトルを注文し、ゲティ上等兵のように一人で座った。クロムメッキをした水筒から、ラムをちびちびとコーラに足していた。突然皆のほうを向き、世間慣れしているところを見せようとして、カウボーイを指して言った。「おい。現実って何か分かるか?」

「何です?」

「不正解」

酔ったとき、つまりたいていのときの彼はそんな男だった。酔っていないときは概して若く、概して馬鹿で、他の連中と変わらなかった。

後になって、彼は誰を見るわけでもなく言った。「死神なんぞファックしてやる。でも妹にキスはしねえ」誰もそれに答えなかった。

カウボーイは言った。「あいつ壊れてんじゃねえの？」

「あいつ何だって？」

「壊れてる」

「あいつ何だって？」

「壊れてるって言ったんだよ。すっかりイカレてる」

「そうだよ！　分かってるじゃねえか！　そいつがイカレ中尉だ！」

席を立って出て行くとき、イカレ中尉は交替要員たちのほう、とりわけ、バスケットボールのプレー中に前歯が一本欠けた長身のフィッシャーを見て、「全員死ぬまで映画は終わんねえ」と言った。彼は弾むような足取りでふらふらと出て行った。

それから、全員が新入りを囲んで座り、少しずつ教え込んでいった——

「俺たちCIAの手先なの？」

「心理作戦の任務をやってる」

「心理作戦ってCIAの手先なのか？」

新入りの一人、エヴァンズはかなりやられ気味で、「認めようぜ。認めよう。認めようや」とだけ繰り返していた。

「どういう状況になってるかわかるか？　第三旅団の他の連中は生き血吸われてんのさ。第二十五歩兵隊の残り全部だ」

「要するに生き血吸われたらお陀仏だ」

「うっせえよ。だがその通り。そんなのごめんだってくらい死んでんだ」

パープルバーは竹の柱と屋根葺きの建物だった。何かの藁が床に一通り敷き詰められていた。その下は泥だった。壁はなく、ビーズのカーテンがあるきりで、ヤシの木や山並みといった熱帯の風景が描いてあったが、もう消えかかっていた。深い溝が三方にあり、町に土砂降りの雨が来ても、パープルバーは浸水しないようになっていた。ただの大きめの酒場で、置いてある折り畳みテーブルと椅子はすべて米国政府支給だった。陸軍移動野戦病院用の発電機が外にあり、パープルバーの酒を冷やしていた。西側にある、三つの卓上扇風機が、会話についていくように首を左右に振っていた。

「そうだ。そうだよ。認めようぜ」

「ラッキーなファック野郎たちに乾杯」

「ラッキーなファック野郎たちって誰のこった？」

「俺たちみんなラッキーなファック野郎だぜ。なんたって月に五回、カンペキに友好的なゾーンをパトロールしてんだ」

「そう、週に一回くらいな。そんで残りの時間は皆様の邪魔にならないようにしてる」

「それが我らの神聖な任務なり。トークくれ」

「何だって？」

「トークンだよ？　シガリロだぜ？　吸う類いのやつだよ。一服していいか？」

「オーケー。トークンっていうのか？」

「問題はだな、任務をしてないときは給料使っちまうってこった。そいつは困ったもんだよな」

「なんたって――つまり――認めようぜ」

冷凍庫の横のテーブルがバーカウンターの代わりだった。その上には、ポータブルのレコードプレーヤー、アルバムの山、それにラーバランプと呼ばれるバーのおもちゃがあり、琥珀色の瓶の中で、温かいオイルに入った液状ワックスに火がついていて、ほとんど円環だが毎回微妙に違い、予測できない動きを見ることができた。赤いマニキュアをした女の子がレコードをすべて決めていた。リクエストは受け付けていなかった。名前を訊くと、「どんな名前がいい？　あなた好みの名前にしたげる」と彼女は言った。

ブヨと蚊で空気は黒ずんでいた。店長（パパさん）はハエたたきとレイド殺虫剤の缶を手に、虫を追いかけていた。

トンネルねずみたちは酔っ払って、親しげに全員に何杯かおごったが、だからといって怖さが消えるわけではなかった。黒人は一人だけだったが、三人とも黒っぽい話し方だった。得体の知れないことを言う連中だった。哲学者だ。神の子らにはみなトンネルがある。誰もがソノ気になるようなトンネルを心に抱えている。彼らは飲みに飲み、しまいには目が完全にどんよりして、ろくに前も見えていないようだったが、それ以外では酔っ払っているようには見えなかった。しかし一人が用を足すとなったとき、チャックを下ろし、テーブル席でそのまま小便をした、しかも自分のブーツの上にジョボジョボと……。黒人と白人が飲んでいるのはそうはお目にかかれない……。人間はカテゴリーにしがみつくものだ……

ミンにはスキップの失望が理解できたが、人生の荒波が押し寄せてきた今、スキップの叔父である大佐が頼れる存在になっていた。彼のところに避難するのが得策だ。大佐が甥を遠ざけておきたいと思っているのなら、別にいいじゃないか。大佐のおかげで、ミンはもうジェット機の操縦はしておらず、この戦争を生き抜けるかもしれない、と思うに足る理由があった。今ではヘリコプターの操縦しかしていなかったし、大佐専属だった。よく私服でうろついて、恋人のミス・カムがいるサイゴンで何日も気ままに過ごした。彼女はカトリック信者で、日曜日の朝には一緒にミサに行き、午後は彼女の大家族と一緒に家で過ごした。

飛行には集中が必要で、神経がすり切れてくる。今回、黒のシボレーに客として乗っていくのは楽しかった。22号道路の荒廃した風景を見て、ミス・カムのことを思う以外、することはなかった。

スキップがベトナム語を話せることはハオ叔父さんから聞かされていたので、このアメリカ人を「忘れられた山」近辺にある新しい住まいに連れて行く道中、彼と叔父はさして口をきかなかった。ミンは助手席に座り、スキップは小型トランクを一つ持って後ろに座っていた。叔父は両手でハンドルを握って運転し、まっすぐ前を向いて深く集中していて、口は子供のようにぽかんと開いていた。シボレーの黒い屋根に雨がパタパタと音を立てていた、どこからともなく嵐がやってきていた。今年は少し早めだ。ハオ叔父さんは英語を喋ろうとしていたが、ミスター・スキップはあまり話さなかった。「あまり話さないほうがいいんでしょうか」

「ハオさん」とスキップは言った。「雨だと悲しい気分になるんだ」

ミンもちょっと英語を試してみた。「雨の中で幸せになることを学ぶといいですね。雨はたくさんありますから、たくさん幸せになります」英語にすると、あまり頭が良さそうな響きではなかった。

叔父がブレーキを踏んだので、ミンはダッシュボードに手をついて体を支えた——目の前を水牛が横切っていた。反対方向からの貨物バンが水牛とぶつかり、その分厚い皮に跳ね返されたようで、壊れた歩道の真ん中に横倒しになって止まっていた。

水牛は何かを思い出そうとするかのように頭を下げ、しばらく静かに立っていて、角を左右に動かし、紙袋に入った両手が交互に動いているように尻を揺らし、丈の高い草地に入っていった。水牛が雨の幕の中に消えていくと、ハオはシボレーを操り、貨物バンを避けて通った。

22号道路を離れてしまうと、どの道路もひどい状態で、ほとんど通行不能だったが、叔父がタイヤを動かしていれさえすれば、ぬかるみにはまることはないはずだった。「大きなくぼみに来たら」とハオは言った。「急いで下りますよ、反対側を上らなくちゃいけませんから」

「でかいくぼみって――それは何だい？」

「下りの坂と上りの坂です。底に泥がある」

「分かるよ」彼らはベトナム語で会話をしていた。

黒のシボレーは長い下り斜面を下っていき、底にある泥たまりをバシャバシャと通過し、反対側の急な斜面を上がって、ほとんど頂上まで来て、目の前には空しか見えなかった。そこでタイヤは力を失い、シボレーが後ろに下がっていくと、苦しむ亡霊のように呻き声を上げていた。彼らはぬかるんだ土の縁のところで休んだ。ハオがエンジンを切ると、ミスター・スキップは言った。「よし。ここで立ち往生か」

ミンはサンダルを脱ぎ、ズボンの裾を膝までたくし上げ、透明なビニールのポンチョをかぶって、一番近い農家へ歩いていった。そこの農夫が鼻輪で水牛を引っ立てて車のところにやってきてくれて、ロープを前の車軸につないで、ぬかるみから引っ張り出した。

スキップは車がはまっていたところを後ろの窓から覗き込んで、英語で言った。「一つ穴から出たと思ったら、また別の穴にはまるのかよ」

スキップの向かう先は、それほどひどい家ではなかった。ガスコンロもあるし、屋内の配管もあり、おそらく使用人が二人いるはずだ。希望すれば熱い風呂にも入れる。ミンが理解しているところでは、そのヴィラはフランス人の聴覚障害専門医の家族が所有していた。その医師はもう亡くなっていた。地域にあるトンネルの一つに魅せられ、探検に入り、導線に引っかかってしまった、ということだけは判明していた。

ドコドコという雨の音は和らいで、屋根にポツポツ当たる程度になっていた。ミンは目を開けた。眠ってしまった。叔父がまた車を停めていた。土手から溢れている川に道路が飲み込まれていて、これ以上は行けないようだった。待っていれば、頭巾でもかぶった骸骨じみた船頭が現れて、アメリカ人を川向こうでの追放の身へと渡してくれるのだろうか、とミンは思った。だがハオはじりじりと進んでいた。川などではなく、幅の広い細流が、彼らには見えないところにある川からあふれてきただけだった。

「忘れられた山」という名の村に彼らがゆっくりと入っ

ていくころ、雨が止んだ。濡れ渡った世界に午後の太陽が輝き、人々は嵐などなかったかのように外で動き回っていた。泥道の脇、木陰で土がそれほど濡れていないところで、子供たちは薄青色のプラスチックの鎖で縄跳びをしていた。

車はヴィラの車寄せで停まり、ミンが事態を飲み込むまもなく、ちょっとした冒険に巻き込まれた――ヴィラの裏から大きな怒鳴り声が上がり、使用人か管理人とおぼしき老人が熊手を振りかざし、蛇が何やらと叫びながら出てきた。ミンがすぐにその後を追い、叔父とスキップもついていくと、化け物のような大蛇が裏庭をジグザグに進んでいるところにやって来た。まだらのニシキヘビで、その場にいた誰よりも長く、全員の身長を足したよりもまだ長かった。「僕に任せて、僕に任せて」とミンは言った。老人は手にした熊手でもう一撃加えたが、まったく効き目はなく、ミンに渡した。さてどうする？　高価な蛇の皮を台無しにはしたくなかった。蛇は家の裏手にある土手に向かっていた。彼は追いかけていき、熊手を思い切り打ち下ろし、蛇の頭を仕留めようとしたが、背骨の下のほうに突き刺してしまい、すると案の定、蛇は恐ろしいほどの力で彼の両手から熊手をもぎ取って激しくのたうち回り、熊手が刺さったまま藪の中にずるずると逃れた。ミンと使用人は後を追っていき、両手で濡れた茂みを叩いて、二人ともずぶ濡れになった。「化け物はここだよ！」と使用人が叫んだ。彼は水が滴るポインセチアの後ろから姿を見せた。尻尾をつかんでいた。「もう死にかけているよ！」だが蛇はまだのたくっていて、彼の手から逃れた。ミンはどうにか熊手をつかみ、蛇の背筋を踏みつけて獲物から抜き、頭に何度も打ち下ろした。頭は驚くほど脆く、熊手が簡単に貫通した。

老人の顔は緩み、満面の笑みを浮かべていた。「さてさて、私の家族のところに持っていこうか！」

この地域のカトリックの司祭が挨拶に来ていた。英語でスキップに話しかけてきた。「ああいう動物を殺す必要はありませんよ。ペットにして飼っている人はたくさんいます。でも皮が取れる大きさですね。もっと色が派手だといいんだけど。赤のもいればオレンジの蛇もいますからね」なかなかいい服を着た、おそらく都市部出身の若者で、司祭の襟を着けていた。「ぜひ私の家にいらして下さい」と彼は言い、それはぜひ、とスキップも答えた。

それから、ミンと老人は獲物を誇示して村の大通りを歩いていった。ミンが頭を持って、尻尾は彼の戦友が持ち、二人の間に全長四メートルの蛇を吊るし、二人とも空いた腕を伸ばして死骸とのバランスを取っていて、小さな子供たちが声を上げたり歌ったりしながらその後ろを歩いていた。

ミスター・スキップは司祭と家に残っていた。スキップが外にいれば、ミンは「あなたの出迎えにはぴったりの縁起物じゃないですか」と彼に請け合っただろう。

激しい雨が晴天に変わったまさにそのとき、合衆国中央情報局のウィリアム・サンズは装備と叔父の小型トランク三つを抱え、「忘れられた山」という意味のカオクエン村にあるヴィラに到着した。彼の気分にはそぐわない天気だった。

お前にやってもらいたいことがある、お近づきになろうぜ、とヴォスは言っていた。それは嘘で、近くもなんともないタンソンニュットの南ベトナム援助米軍司令部にあるクオンセット兵舎にかくまわれて、「CORDS／フェニックス・ファイルシステム」と呼ばれる、膨大かつ雑多な情報の山――誰かが南ベトナムのどこかで見聞きしたことをメモすれば、それが全部ここに収められる――を照合するという、短命に終わったプロジェクトに参加しただけだった。全員が人員プールから召集された、だいたい十八人くらいの男と二人の女でグループは構成されていて、ほとんどの労力は、運び込まれてくるデータがどの類いのものか分類することに費やされた――箱一杯に入った紙を並べて二十一センチ幅の列を作れば、赤道を四・三周する長さになり、あるいはコネチカット州を覆うくらいの面積になる。さらに言えば、バーナム&ベイリーのサーカスショー十七回分のゾウよりも重くなる、云々。ショックと絶望。大波が船倉になだれ込んできて犠牲となった、海難事故の死者たちの気持ちがよく分かる。ある日、箱を全部手押しのカートに積み込み、熱帯の太陽が照りつける中、石灰殻の道を押して、同じ複合施設内にある倉庫に搬入するように、という指令が来た。プロジェクト終了。以上。

その次は、カオクエンで待機――「忘れられた山」なのか「忘却の山」なのか、はたまた「こんな山忘れてしまえ」なのか――つまるところ「ダムログ２」だな、と彼は思った。今回もまた、まともな道路の果て、電力線の果てのさらに向こうでの日々。

家の世話をしている年寄りの夫婦、ファン夫妻——彼はミスター・トーとミセス・ディウと呼んでいた——が彼ら三人に米と魚の食事を出してくれた。一週間か十日おきに郵便物と本、それに食料庫用にあれこれ持って戻るから、とハオは言って、一緒に来た二人は帰ってしまった。

スキップの新しい家には、屋上の貯水タンクから水道が引かれていて、屋内の水回りもあり、一階には流し付きのトイレ、上の階にもトイレと風呂、ビデ付きのバスルームがあり、壁紙に描かれた人魚にはカビで妙なツヤが出ていた。そのバスルームの鎧戸を開けると、トイレの便器から蛾が何匹も飛んで出てきて、彼の頭にとまった。

電気器具はなかった。銅板のシェードがついたブタンガスのランプがあり、各部屋には、仕上げの上塗りがはげて落ちかかっている籐の家具が置かれていた。これから何ヶ月も、毎日雨が降るだろうが、そのときは木製の鎧戸があるので下げればいい。上の階からはちょこちょこと水漏れしていて、居間のあちこちに置かれた漆塗りのボウルに溜まっていた。でも家はそよ風の入る場所にあり、心地良かった。何かと理にかなっていた。塩とコショウは振り出し器ではなく、砂糖と同じように小さなカップからスプーンで掬うようになっていた。二階にある彼のベッドは建物の角、続きの間のすぐ隣にあり、ネットで仕切られていて、うだるような夜でも、ほんの少しの風でも入るようになっていた。

日の最後の光を頼りに、彼は家を見て回った。二階建ての建物で、主にコンクリートか日干しレンガのような、湿り気のあるざらざらした建材でできていた。外壁にある銃眼には、小さく黒いスズメバチが出入りしていた——フランス領時代、この地域にも戦闘があったのだ。基礎の周囲にはコンクリートの排水路が張り巡らされていて、家の土台の後方にある峡谷を流れる幅広くゆったりとした川に雨を排水する仕組みになっていた。彼は川を見下ろした。冒険好きな子供たちが、木のかけらやココナツやヤシの葉など、水に浮かぶ物なら何でも使って作った浮き袋につかまって通り過ぎていき、彼に向かって声を上げていた。

ヴィラの持ち主だったフランス人医師が遺していった体の痕跡といえば、トンネルの壁面に残る薄い膜だけだ、とサンズは聞かされていたが、家の正面扉の横にはサンダルとスリッパ、明るいグリーンのゴム長靴が一足ずつ並べてあった。ウォーキングシューズは体ともども吹き飛ばされてなくなっていた。ブーケというその医師に、一九三〇年代始めにヨーロッパから来たのだが、管理人ことミスター・トーによると、一緒に来た妻はすぐにマルセイユに帰ってしまい、二階の風呂場の、無数のつやのある人魚の壁紙を選んだのが彼女でないとすれば、マダム・ブーケがいた形跡は家のどこにもなかった。だが、主人を失ったはずの家には、医師の気配が溢れていた。彼が死んだ日から、家のものには何も手がつけられておらず、すべてが主人の帰りを待っていた。居間の隣にある天井の高い書斎では、巨大なマホガニーのデスクの上に本や雑誌がぎっしり置かれていて、その上に人間の外耳と内耳の形をした陶器が乗っかっていた。その重しには、取り外せるインク壺や灰皿などのパーツが付いていた。三本のミアシャムパイプを置く台が少し傾いた角度で出ている。そのそばに何冊も積まれた本には、新聞紙の切れ端か、ごわごわしたベージュ色のトイレットペーパーが挟んであり、そのどれかは彼が最後に読んだ言葉のはずだ。そして彼は眼鏡を外し、外に歩いていって、跡形もなく吹き飛んでしまった。書斎に散らかった物を除けば、仕事場はきちんと片付けられていて、家具にはサイゴン版の『ポスト』や『ル・モンド』といった新聞が掛けてあり、鎧戸は閉まっていた。持ち主が後で調べに来ても分からないくらい、本の位置は動かさないように注意しながら、スキップはそっと本を覗いてみた。医師のページの扱いは雑だった——お茶の跡、インクのような指紋、長い文章に適当に引かれた下線。どの本の表紙の裏にも購入日が書かれていて、その上に、同じ筆跡で「ブーケ」と署名してあった。それだけでなく、医師は十七年間『人類学』を購読していた。書籍サイズの雑誌で、全部ベージュ色のしっかりとした表紙がついていて、六八号に渡って通し番号が振ってある。加えて、年別に同じ茶色の紙で束ねられた評論誌がいくつか。湿っぽい、赤ワイン色のハードカバーの『ニコラス・ニックルビー』が唯一の英語の本だった。スキップは学生時代にその本を読んだことがあったが、覚えていることといえばただ一つ、その本のどこかで、人間が希望を抱くこととは「死と同じくらい普遍的な」ことだ、とディケンズが書いていたことだけだった。

一週間後、約束通りハオがやってきて、スキップの郵便物とブーケ医師の持ち物を入れるための段ボールを山ほど持ってきた。段ボール箱はうれしい気遣いだった。彼のほうから頼んだわけではなく、ハオが気を利かせてくれたのだ。キャシー・ジョーンズからは、狂おしく絶望的な手紙が一通来ていた。どうやら彼女は、このところ国際児童解放事業といくつかの孤児院の橋渡し役をしているようで、今の生活と、目にしているもののせいで、彼女のカルヴァン主義的運命論――いや、彼女の場合は運命論的カルヴァン主義だよな、とスキップは思った――は完全に真っ黒に塗りつぶされていた。

あれこれ読まないほうがいいかしら。でも言ってしまうけど、かなり前から信じるようになったの、ティモシーが死んだって確実に分かる前からよ。世界が創始されたときから、未来永劫地獄で過ごすように運命づけられている人たちもいるってことよ。そういう人たちは普通の生活なんて味わうことは絶対できっこなくって、生まれるやいなや地獄は始まってる。わたしたちはそれを見てきてるでしょ、少なくともあなたはダムログで見たわよね。そしてベトナムに来てるんだったら、間違いなくテクニカラーで見てるわけよね、かわいそうに。でも笑ってあげるわ。

天国にいる人もいれば、地獄にいる人もいて、辺土ゾーンにいる人もいるんでしょうね。それとも世界は地理的に分けられてるのかしら。そういえば、わたしたちがダムログで毎晩毎晩ちょっとサイケな情熱に陥ってセックスしてるとき、あなたが言ってた「種々の働き」についての言葉を見つけたって言ったかしら？『コリント人への第一の手紙』よ、あれは十二章だったかしら？

そうね――調べてきたわ。十二章第五節と第六節よ。

でもその引用はキング・ジェームズ版からのものので、わたしが使い慣れてるのは改訂標準訳のものだったから、気がつかなかったわ。わたしの聖書には「奉仕にはいろいろの種類がありますが、主は同じ主です。働きにはいろいろの種類がありますが、神はすべての人の中ですべての働きをなさる同じ神です」とあるわ。だから〝administration〟は「奉仕」って訳すのが適切よね。別に天上の行政的な序列のことじゃないもの。分かった？

あなたがここにいて話ができたらと思うわ、でも考えてみれば、わたしたちあまり話はしなかったわよね？　一緒になるとすぐ「その気」になってた。あなたのことはほとんど分からないまま。でも手紙は書くわ。

そもそも、あなたはこれを読んでるのかしら?

正直に言えば、ノーだ。読んでなどいない。

土砂降りの合間に川から吹いてくるそよ風で、虫は鎮まり、書斎は涼しかった。夜になると、彼は医師の玉虫色のシルクのローブを着て過ごし、八百冊ほどもあるフランス語の蔵書をあれこれ覗いていて、最初のころは家の敷地からほとんど出なかった。

彼は折り畳んだ段ボールをせっせと立体に戻した。ハオはガムテープを一巻き持ってきてくれたが、この天気で全部くっつき、がちがちの輪になってしまい、まったく役に立たなかった。マルコ・ポーロ以来、この気候が西洋文明を退けてきたんだよな、と彼は思った。

彼はミスター・トーに村の店にひもを買いに行ってもらい、司祭のところでお茶をしてくる、とミセス・ディウに伝えた。

パトリス神父の小さな家は、大通りから百メートルほど離れていて、水たまりに渡してある木の切れ端が目印になっている小道を入ったところにあった。

神父はしょっちゅう教区を巡回していて、サンズと一緒に過ごす時間はあまりなかった。自分がカトリックであることをサンズは言っていなかった。もう言わないかもしれない。俺は自分の信仰にうんざりしてるのかな、と彼は思った。キャシーのように信仰が試され、そして敗れたからではない。信仰を実践しないままだったからだ。それに、このちっぽけな青空教会が——コンクリート板の上に立てられた木の柱に、ブリキの屋根板がかかっている——ここが、救済というドラマが繰り広げられる場所なのか?

サンズは小さな庭園にいる小さな神父を見つけた。パトリス神父は丸い猿顔だった。鼻というよりは鼻孔だ。大きな、爬虫類のような目。エキゾチックだという次元を越えて、宇宙人のようだった。彼はグラスに熱いお茶を入れて持ってきて、二人は庭園の湿っぽい木のベンチに腰掛けた。背の高いポインセチアから、止んだばかりの雨が滴っていた。サンズはベトナム語を試してみた。

「いい発音ですよ」と若い神父は言って、三十秒ほど喋ったが、スキップには分からなかった——スキップはヴィラの二人の使用人ともベトナム語で話そうとしてみたのだが、まったく駄目だった。

「本当にごめん。分からないんだ。もっとゆっくり喋ってもらえるかな?」

「そうします。すみません」

二人の間に沈黙が流れた。

「何て言ったのか、もう一回言ってもらっても？」

「もちろんです。あなたの仕事がここではかどるといいですねって言ったんです」

「それはどうも。うまく行ってると思うよ」

「あなたはカナダ教会会議の人なんですよね」

「そうだよ」

「聖書の翻訳のプロジェクトで？」

「いろんなプロジェクトがあるけど、その一つだね」

「あなたも翻訳に関わっているんですか、ミスター・ベネー？」

「今はベトナム語を勉強してるんだ。あとで翻訳に加わるかもしれない」

「ちょっと英語で話しましょう」と司祭は英語で言った。

「お望みなら」

「あなたの告解を聞けますか？」とパトリス神父は言った。

「いや」

「それは良かった！　あなたはカトリックではないんですか？」

「セブンスデー再臨派なんだ」

「セブンスデーの人はよく分からないですね」

「プロテスタントの一派だよ」

「もちろん。神は人がプロテスタントだろうがカトリックだろうが気にしませんよ。神自身はカトリックではありませんし」

「それは考えたことなかったな」

「この宇宙は神にとって何でしょう？　一つの劇でしょうか？　夢でしょうか？　それとも悪夢？」司祭はまだ微笑んではいたが、怒っているようだった。

「それは大問題だね。謎と言ってもいいかな」

「素晴らしい本を読んでいるところなんです」

スキップは話の続きを待ったが、本についてそれ以上の話は出なかった。

「ミスター・サンズ大佐にも会いましたよ。あなたのヴィラで。友人ですか？　同僚とか？」

「僕の叔父なんだ。友人でもある」

「大佐はすごい人ですよ。彼のことはよく分かりません。でもこの話はしないほうがいいんでしょうね？」

「それはどういう意味かな」

「控えておいたほうがいいだろうと」

司祭は回りくどい男で、英語で自分の考えをきちんと表現できないのだろう、とスキップは考えた。

「この地域の民話の収集を手伝ってもらえるかな？」と彼は司祭に訊いた。

「民話ですか？　おとぎ話とか？」

「そう。趣味でね。個人的に興味があるんだ。仕事とは関係ないよ」

「あなたの聖書のプロジェクトとは関係なく？」

「まあ、もちろん翻訳者としては参考になるけどね。神話の言葉の理解にはいいから」

「ですが、聖書は神話だと？」

「それは全然違うよ。神話の言葉で書かれてるってことだよ」

「もちろんそうですね。確かに。お手伝いできますよ。歌もお好きですか？」

「歌？　もちろん」

「ベトナムの歌を披露しましょう」と司祭は言った。

彼はスキップの目を見据えた。晴れやかな表情だった。真剣な顔つきになった。一分近く、彼は明朗かつ力強い声で美しい歌を聞かせた。もじもじせず、完全に歌に入り込んでいた。高音で、何かを渇望するような響きのある歌。

「何の歌か分かりましたか？」

スキップは言葉が出なかった。

「だめですか？　三年の間、彼は兵士として自分の村から離れた前哨地にいます。とても孤独で、一日中竹を切ってあくせくしています。体はあちこち痛む。タケノコと果物しか口にしていなくて、友だちといえば竹だけです。そんなとき、貯水槽に魚が一匹だけ、仲間もなく泳いでいるのを見かけます。わたしたちもそんなものでしょうね——ミスター・ベネーとパトリス神父。そう思いませんか？　わたしは故郷から遠く離れた村にいて、あなたはカナダから遠く離れている」

彼はそれ以上言わなかった。

「それが歌の終わりです。彼は一匹だけ泳いでいる魚を見るんです」

「終わりなのかい？」

「君にはちょっとしたアイリッシュの気があるよ」

「どうしてです？」

「アイリッシュは歌うのが好きなんだ」

「歌のコンクールがときどきあるんです、私は案外いいところに行くんですよ。あなたと同じく、それが趣味ですしね。この地方では、男はみな歌わなければなりません。悪霊たちに歌いかけないと」

「本当に？」

「本当ですよ、ミスター・ベネー。悪霊はここで生きています」

「そうなのか」

「何か無礼なことをすると、例えば森で用を足したりなんかすると、悪霊たちに悪ふざけをされることになります。木が倒れてきたり、大きな枝が折れて頭の上に落ちてきたり、地面の裂け目に落ちて骨が折れるかもしれません。こうして森には精霊が宿っていることを学ぶのは、少々ショッキングかもしれませんね」

「そうだね、そんなことがあったらさぞかしショックだろうな」とスキップは言った。

「この地方では中国人医師たちが開業しています。この手の精霊についてはいろいろ知っていますよ。そのうち薬局に連れて行ってあげます。行ってみたいですか？　面白いものが置いてありますよ。虎の体がほとんど全部、瓶や小箱に分けてあるんです。骨をすりつぶして犬に与えると、獰猛になるんです。虎の耳から作った蠟にも効用があると知っていますか？　象の尻尾の堅い毛は、お産のときの女性の痛みを和らげてくれるんです。それから象の骨や歯をすりつぶして、塗って傷を治す薬もあります。鹿の角をすりつぶしてアルコール類と混ぜれば、邪悪な類いの飲み物になります。男性を性的に異常に強くするやつですね。いろんな蛇とか、他の動物もそうです。昆虫もかな、よくは知りませんけど。中国人の医者はそういったことに詳しいんですよ」

「その手のコレクションを見るのは楽しいだろうね」

「ここの人たちはただ迷信深いわけじゃないんです。すでに証明されているものもありますしね。部族の人々は森に神殿や祭壇を作っています。精霊のために小さな家を竹で作るんですよ。ココナツの殻も使うんでしたっけ。精霊は確かにこの森に住んでいるんですよ、証拠を見たからには信じないわけにはいきません。森の祭壇の前で馬鹿にしたように小便をした輩がいましてね、あとで完全に精神に異常をきたしてしまいました」

「そりゃまたショッキングだね」

「わたしの名前はトン・ニャットです」とパトリス神父は言った。「あなたと友だちになれるといいですが」

「僕もそう思うよ」とスキップは言った。「僕のことはスキップって呼んでくれ」

そんな調子で、日々は過ぎていった――司祭とお茶をし、雨のないときに歩いて、柔軟体操のプログラム。彼は亡き医師の雑誌類をのんびり眺め、医師が下線を引いていた箇所を翻訳するようになった。大佐のファイルを手入れした。ときおり遠くにヘリの音や戦闘機、爆撃機の音が聞こえ、自分が的外れな虹色の泡の中にいるような気がした。

次にやってきたとき、ハオはエディー・アギナルドからの手紙を持参してきた。マニラの大使館から、サンフランシスコにあるサイゴン大使館の空軍郵便局の住所に転送されてきたものだ。

若くて本当に綺麗な女性と結婚することにしたんだ。本当だよ！　君はびっくりしているだろうな。僕の目の前で君が口をあんぐり開けている姿が目に浮かぶよ。イモヘネっていう人なんだ。ビラヌエバ上院議員の娘だよ。地方の政治家ってやつになろうかと思ってるんだ、堕落しきってるわけじゃないけど、しっかり金は持ってるやつにね。だから我らが麗しき大地に君が戻ってきたら、一稼ぎする手伝いはできるよ。

マニラにある君のところの政治部門から某氏が訪ねてきたよ。ちょっと妙な感じだったけど、それ以上彼について言うのはやめておこう。僕らの友人であり親戚である人について、かなり興味を示してた、つまり僕の友人で君の親戚の人のことだ。誰のことかは分かるだろ。某氏の熱心さときたら、君の仲間の中では際立ってたよ。僕はちょっと心乱されたな。彼がいなくなるやサイドボードから強めの酒を出して、すぐに君にこの手紙を書こうと机に陣取ったってわけさ。急がなきゃって肌で感じるんだよ。僕が全部を知ってるとは言えないけど、我らが友人にして親戚がこのことについて知らせを受け取るべきだっていう僕の感触は伝えておくよ。彼に寄せられてる強烈な関心と、我らが友人にして親戚の同僚であるはずの誰かさんの敵対的な口調をね。ときおり後ろを振り向くようにって警告しておいてくれよ、どんなに安心に思えるときでもね。

スキップ、ミンダナオの件はまずかったよ。ひどい失敗だったし、後悔してる。それ以上は言えない。

敬具

――「エディー」と派手な筆跡で署名してあった。

ジェームズは銃撃戦の夢を見た——出来損ないの銃から、これまた役立たずな弾を撃つ夢だ。夢にはメッセージがあることは彼も知っていた。戦闘で何もできなくなる、という今回のメッセージは気に食わなかった。悪夢以外で戦闘を目にしたことはないのだが。

D中隊の着陸ゾーンを出入りするヘリは、物資だけを輸送していて、戦闘部隊は乗っていなかった。ときおり、負傷兵が出てそれ以上は進めなくなったショットアップ・ヘリが着陸することがあったが、E偵察隊は実際にそれを目にしたことはなかった。

パトロールは嫌いではなかった。一回のパトロールは二日がかりだった。部隊はジグザグの道を西に上り、着陸ゾーンを通って南方面に出ていく。開けた農地を古い道沿いに通って、ジャングル地帯に入り、そして枯葉剤で作られた岩だらけの荒地に出る。そしてE小隊の陣地に戻ってくる。あるいはまず北方面に出て、東に上って着陸ゾーンを抜け、それから山を下って陣地に戻ってくる。道中では一晩の野営がある。全く何も起こらなかった。

カオフックの西側はまだベトナムで、枯葉剤の手は及んでおらず、敵が容易に姿を隠して待ち伏せできるようなジャングルや水田に覆われていた。西側は恐ろしいはずだったが、実際はそうでもなかった。農民たちは並んで丘の斜面で棚田を耕していて、いつも手を振ってきた。彼らの一族はフランスともベトコンともアメリカ軍ともまったく問題を起こさなかった、と聞いていた。

北側でも何も起きていなかったが、そこは誰も住んでいない岩だらけの急斜面で、渓谷になっていて、裏返しになった葉がしょっちゅう光に浮かび上がり、崖の上で一瞬、白目のように見え、誰かが潜んでいるようで、彼は怯えた。一見したところ、倒木は草むらの中にいる狙撃兵のように見えた。

「そこにあんのは何だ?」

「ありゃ象のウンコだよ」

「爆弾が仕掛けてあるとか?」

「そうだ。まったくもってその通り。奴らときたらどんなクソにでも爆弾を仕込みやがる」

「あれはバッファローのクソ。この辺に象はいねえよ」とブラックマンが言った。

「象はウヨウヨしてるぜ」

「この山にはいない。あれはバッファローのクソ」

「でかいじゃねえか」

「バッファローだってでかいだろ、このバカ」

「何が生えてきてんだ？　キノコか？」

「キノコなんて何にでも生えやがる。まっすぐ伸びて、どんどん大きくなるのが見えるくらいだ。ホルモン云々的にもトリップだぜ」とブラックマンは言った。

「とにかくさ、あら仰天ってのはあの塊にゃ入ってないな」

「俺たちがかわしたのはクソ一つだけだぜ」

「あのクソの山を出し抜いてやったぜ」

「あと七千六百万個くらいあるけどな」

「そうよ」とブラックマンは言った。「この先ウシのクソが山ほど待ってるぜ、ネズミのクソにコウモリのクソ……。でもそいつは食らわねえ、『最高級マインド』でかわしてくだけだ」

現在のところ、E小隊にいる黒人兵（ソウル・ブラザー）はブラックマン一人だった。ブラックマンがこうした。ブラックマンがああした。名前はあったが、秘密だった。「ブラックマン以外の名前で呼ばれたかねえ」と彼は言い張った。「白人が俺の先祖に与えた奴隷の名で生きんのはごめんだぜ」名前が書いてある軍服の当て布には粘着テープを貼って、何と書いてあるかは誰にも言わなかった。

ブラックマンは皆に言っていた。「俺は黒チンの黒人だ。でもそんなにでかかねえ。二十五センチだぜってみんな自慢したがる。でもみんなが俺の十五センチ砲と同じ威力で二十五センチのモノをぶらさげてんなら、この哀れな世界なんざ真っ二つに吹っ飛ばされるぜ。俺のかわいい十五センチ砲はそれくらい強力なのよ」

フィッシャーとエヴァンズがジェームズの唯一の友、一生の友だった。加えて、曹長にも好かれているかな、とは思っていた。それ以外のE小隊は妙な言葉で喋り、ジェームズは怖く、腹立たしく、除け者にされているように感じた。

家に帰りたくて仕方がなかった。兄のビルがホノルルでダイヤルを回して、母親の家のキッチンにある電話機を鳴らした気持ちが、今ようやく分かった。兄が電話してきたときに適当にあしらったことを後悔した。兄と笑いながら話し、友だちと喋り、このE小隊の連中を支配するという夢想、ここにはいないという夢、ここではないどこかにいる夢、他の場所であるどこかにいて、こんな場所とは縁を切るという夢。

休暇をもらって、第二十五歩兵団の大きな基地までヒッチハイクで行くか、着陸ゾーンからのトラックに乗ってサイゴンまで行くこともできる。トラックは毎日出ていた。

ハーモン曹長は当初思っていたほど周りと違う人間ではなかった。悪態をついたし、一度に一杯か二杯とはいえ、ビールも飲んだ、そしてもう一つの悪癖は嚙みタバコ、嗅ぎタバコだった。スヌースと呼ぶ者もいて、曹長への敬意から、彼らも吸っていた。曹長は年長で、戦争映画にでも出てきそうな顔だった——とても明るいブロンドの髪、抜けるような青い目、そして日焼けした顔に、エルヴィス・プレスリーのように顔の片側が上がる笑い方。笑うときにのぞく犬歯は欠けていたが、歯はとても白く、外見を損なうことはなく、曹長みたいに歯が欠けるってのも悪かないよな、とジェームズは思ってしまったくらいだった。フィッシャーも歯が一本欠けていたが、それは直したくなる類いの欠け方だった。それに、曹長の軍服はきっちりしていた。熱帯が暑く見えなくなるような格好だった。

給料をもらっても「幸運の山」で全部使ってしまう、とフラットは予言していたが、それは間違いだった。五月もかなり経ったころには、給料をもらうたびに、ジェームズはその一部をフェニックスにいる母に送金していた。一度だけ、母は大きな封筒に小さな手紙を入れて送ってきて、どこかから盗んできたに違いないピンクの便箋に挨拶を書きなぐっていた。息子へのお礼の言葉と、「何とかやってるわ、主が帳尻を合わせてくださるのよ」と書いていた。

六月の第二金曜日は、少し事情が違った。前日はジェームズの誕生日だった。彼はフィッシャーとエヴァンズと一緒に、正規のパスで、E小隊キャンプから村まで出た。全員で一発やらなきゃだめだ、とエヴァンズが言い出したのだ。「行こうぜ」とエヴァンズは言った。「俺たち戦争してんだ。男なんだぜ」

「戦争なんかどこでしてんだよ」

「そこらじゅうでやってるだろ。少なくともこの辺のどっかだ。だから一発やるまでは死にきれねえ」

三人はパープルバーに行き、その裏に並んだ小屋の中、藁が詰まった袋の上で、エヴァンズとフィッシャーは童貞を捨て、ジェームズはステファニー・デールを裏切って女の子と寝た。見たところ、彼女は少なくともひどい歯の持ち主ではなく、歯があるのかどうかも分からなかった。笑顔を振りまいたり、話をする必要などなかったのだ。だから、事を始めるにあたっては、不実も誠意も無用だった。彼女は野蛮人のように呻き、欲情の喜びの高みへと彼を引き上げていった。

そのあと、三人の上等兵はバーで合流した。まだ休みは十六時間あったが、現世でしておくべきことは全部済ませてしまっていた。

エヴァンズはグラスを掲げた。「一発！」

「そりゃねえよ」

「何だよ」

「『一発』とか言うなよ。気取ってんぜ」

「気取ってるって何だよ。そんなことねえよ。俺はこうなんだ」

「お前何だって？　お前『一発』なのか？」

「いいかよく聞け、俺の話を聞けよ」エヴァンズは顎からビールを拭って言った。「よし、分かったよ、俺は童貞だった。ここでそれを認める。あれが生まれて初めてだった」

二人ともまじまじと彼を見たので、彼は訊いた。「で、お前らは？」

「おうよ、俺もだ」とフィッシャーは言った。

「んで？　カウボーイは？」

「いや。俺は違う」

「いつまで嘘ついてんだよ」

「そういうこと」

「まあいいけど。お前いつもちょっと進んでたし」

「でも一つだけ、時効の嘘があんだ。今日は十九の誕生日じゃなくて、十八回目なんだな」

「え？」

「何？」

「十八になったばっか？」

「おう」

「つまりお前……十七だった？」

「その通り」

「マジかよ！　お前お子様じゃねえの！」

「もう違うって」

エヴァンズはぐらぐらのテーブル越しに腕を伸ばし、彼と握手した。「お前やっぱ進んでる。俺の予想なんか越えてんな」

誕生日を祝して、ジェームズは何杯かおごった。上機嫌でハイになり、笑っていた。湿度は最悪、安いビールは無尽蔵という土地にやってきて、彼はようやくビールの何たるかを理解した。

三人は日が暮れるまで飲んだ。カトリック信者のフィッシャーは悔い改め、暗い気分になっていた。「絶対性病になっちまう」

「ゴムつけてりゃ性病にならねえって」

「そうだな」と罪人フィッシャーは言った。「それは包装を開けたらの話だろ」

「何だって?」

「使わなかったんだよ! あの小さな包みを開けられなかった! 指が震えてたんだよ!」

「次は歯を使えよ、情けねえバカだな」

三人は暗い中を歩いて戻った。フィッシャーは何を言っても落ち込んだままだった。「神さまから性病伝染されちまう」

「この件で懺悔しに行くのか?」

「そうしなきゃ」

エヴァンズは言った。「『カトリック』って『カントリック（まんこなめなめ）』にすげえ響き似てるよな」

フィッシャーは傷ついたようだった。「そいつはマジで邪悪な言いっぷりだぜ」

「お前信心深いほう?」とエヴァンズはジェームズに訊いた。

「今はね。本気で信じてる。聖ファック様に帰依してるね」

誰も懐中電灯を持っていなかった。何も見えなかった。泥が乾いてコンクリートのようになっていて、三人とも轍でつまづいた。エヴァンズは叫んだ。「俺たちヤッたぜ!」

「そうだよな! 俺たちはヤッた! 言ってみりゃ……」

フィッシャーは言葉も出なかった。

「そうだろ!」エヴァンズは言った。「そうだよ! 信じらんねえ! すんげえ射精でチンポの先が吹っ飛んだかと思ったぜ」

フィッシャーは必死だった。「おい、お前らさ、マジでさ——ゴム使ったの?」

「そりゃそうさ、俺はゴム使った」

「次は使ったほうがいいぜ」とジェームズはフィッシャーに言った。

「次って何だよ? 俺はもう二度とやらねえ」

「嘘こけ」

「性病もらってませんようにって神さまに祈るしかねえ。小便するだけでも痛えってのに、注射も痛えんだぜ」

「ケツにナイフ刺すようなもんだろ」

「狂犬病の注射の次にひでえんだ」

「少なくとも売春婦から狂犬病は伝染らねえな」

「ホントか?」

「クソ。そういや知らねえ」

「女に嚙まれなきゃ平気だって！」

キャンプに戻り、三人は静かにしていようとしたが、バンカー4を見つけたとき、エヴァンズの呟きがあたりに響いた。「信じらんねえ！　死ぬにしても童貞のままじゃなくなったってのは確かだな」

フィッシャーは寝床にかがみ込んだ。船酔いしているような声だった。「邪道に堕ちた気分だ。絶対やるべきじゃなかった。初めてだってのに金払ってさ」

エヴァンズは自分の寝床に倒れ込み、自分の体を抱きしめた。「自分のムスコにキスしてやりてえよ。ファックできるってんだから愛おしくてたまんねえ！」

別の壕の誰かが叫んだ。「じゃ自分をファックして、黙りやがれ」

フィッシャーは暗がりのなかでひざまずいた。「神さまお願いっす、聖母マリアさま、イエスさま、それに聖人のみなさま、性病もらってませんように」

「どう言えばいいのか分かんねえ」とエヴァンズは言った。「でも終わったあとさ、俺は彼女の上にのしかかって、彼女はその、太腿をくっつけて、その……こすり合わせてた。そいつは……最高の気分だったぜ」

ジェームズは言った。「俺はずっと怖かったから、力が抜けなくてさ、ずっと腹痛持ちみてえな感じだった、ちょうどここだな」彼は自分の胸骨のあたりに触れた。「でも今度ばっかしは、神もファックなこのクソ溜めの中で怖いもんなんかあるかよって気分だよ。なんたってこんだけ酔っ払っててさ、ついに十八だぜ」

「どうしろってんだ」とフィッシャーは言った。「あのアマ俺のクソ取っちまった。俺の力を奪っちまった。ベトコンの手先だ。あの女どもベトコンの手先なんだ」

六月、雨期のさなか、キャシー・ジョーンズの看護局があるメコンデルタのサデックからそう遠くないハイウェイで、コリン・ラパポートという男が彼女を待っていた。彼はランドローバーに乗っていた。最近勤めるようになった世界児童事業のために、いろいろ見て回っていたのだ。彼女を手伝い、ナップサックとガチャガチャいう黒い自転車を車の後ろに積み込み、アメリカ製の道路を八キロほど行ったところにある孤児院に向かった。

ずっと前に、彼女はマニラで彼に何度か会っていた。そのころコリンは痩せていたが、去年一年間か、もっと長く合衆国で生活していたせいで、恰幅がよくなっていた。運転しながら、彼は麦藁帽を脇に置き、頭のてっぺんを濡れたハンカチで拭いた。昔から禿げていた。コリン・ラパポートより禿げた人はそうはいない。

「今回の訪問はどんな気分かしら?」

「まったくね、キャシー、貧困ってだけでも最悪だと僕は思ってましたよ」

「そうでしょう?」

「つまり、戦争になるとどんなことになるのか、想像もつかなかった」

「しばらくするとなんだか笑えてくるわよ、別に冗談じゃなくて。頭がおかしくなって、ただ笑えてくるのよね」

バオダイ王立孤児院に二人が到着したとき、みすぼらしい格好の看護人たちが、わずかばかりの腐った野菜を切って、雨水を沸かした大鍋に入れていた。「これがヴァンよ」若者がTシャツで手を拭いながら急いでやってくると、キャシーはラパポートに紹介した。「ミス・キャシー。来ていただいてうれしいです、さあ、案内しますよ」とヴァンはラパポートと握手しながら言い、かつては工場だったこの建物の階段に案内して三階に上がった。広大なフロアが金網で六つに仕切られていて、二百人の子供たちが年齢別に分けられて生活していた。ハエと尿とゴミの臭いでむっとする場所だった。ヴァンは八歳の子たちを一列に並ばせて、すり切れて不潔なパンツとシャツを着た子供たちは歓迎の歌を披露した。その間じゅう、ラパポートは虚ろな笑みを浮かべて立っていた。それからキャシーは彼を連れて階段を降り、外にあるマラリア病室に行った。ブリキの屋根の小屋で、十二人の患者が暗がりで静かに横になっていた。キャシーは患者の間を歩いて回って、瞼と口を開けて回った。「誰も死んでないわね」とコリンに言った。

二人が出てくると、二人の看護人が大鍋の両端を持ち上げ、一人が空いた手にひしゃくを持って、一番大きな建物に向かっていた。

「ひどい」とコリンは言った。「あれが食事ですか」

彼女は木の下に彼を連れていって、地べたに二人で座った。

「あれは生ゴミだと思ってた。それと汚水なんだって」

「煉獄にいる私たちには、地獄がいいところに見えるのよ」

「分かるような気がする」

ヴァンがコップにいれたお茶を二杯持ってきた。

「飲んでも大丈夫よ、煮沸してあるから」とキャシーは言った。

コリンは両足の間にコップを置いた。左の胸ポケットから葉巻を一本取り出し、右のポケットからライターを出した。「ひどい状況ですよね？」

「この星全体がね。邪悪な日々だわ。――ごめんなさい、ちょっと頭のおかしい話し方じゃない？」

明らかに、彼もそう思っていた。「あなたがどんなに苦しんでるか、僕には分かりませんよ」

それ以上は何も言わず、彼はお茶を飲み干した。葉巻をほとんど吸いきって、吸い差しを念入りに木の根元にこすりつけ、胸ポケットに戻した。

すぐに雨が激しくなり、二人は車内に入った。土砂降りの雨がアスファルトの車道にザーザーと降り注ぎ、路面を一面に広がるガラス釘のように見せている。「あなたに物資を送れるかどうかやってみますよ」と彼は言った。「飛行機一機分の積み荷をあなたのところに振り替えたい。できると思います。やってみましょう」

「よかったわ。ありがとう」

「ほかに僕にできることは？」

「ポケットの吸い差しをもらっても？」

「冗談ですか？」

「いいえ」

「あなたは吸うんですか？」

「ときどきね」

「あなたの好きなようにするのがいいでしょうね」と彼は言った。「まいったな。あなたを手助けしないと」

彼女は言った。「ランとリーがいるわ」

「誰です？」

「ランには紹介するわ。わたしがいないときは彼とリーで局を見てくれてる」

「ああ、そうなんですか。訓練は受けてるんですか？」

「すごく助かってるわ。正式な訓練は受けてないけど。すごく有能よ」

「キャシー、だから僕は児童解放事業を辞めたんです。地図とコンパスだけ持たせて、ジャングルに放り出すような連中なんだ」

「でもあちこちから援助はしてもらえるわ。アメリカ兵たちもいろいろくれるし。できるかぎりのことはしてるのよ」

「アメリカ兵が手助けを？」

「先週はキシロカインを半リットルもらったわ。昨日と今日は歯を抜いて回った。みんなキシロカインが大好きね。でないと、みんな歯を抜く地元の人のところに行ってしまうのよ。大きなペンチを使って、胸の上で足を踏ん張って抜くようなやり方よ。その人がいなかったら、自分たちで釘を使って抜いてしまう。それには丸一日かかるわ。みんな我慢強いのよ」

「フィリピン人とは違って、ということかな?」

「フィリピン人はプライドはすごく高いけど、我慢強くはないわね」

「自分たちの苦痛を恥じてはいないんですよ」

「あなたはどう思うかわからないけど、ここのほうが気に入ってるの。この国には真理だけが残ってる」

「じゃあそろそろ」とコリンは言い、その口調で、自分がまた狂ったことを口にしていたことに彼女は気づいた。

その晩、看護局に戻り、彼女はアシスタントたちを家に帰し、プリマスコンロでお米を少しゆでた。

この二日間、彼女のハンモックで病気の子供が寝ていた。彼女は手のひらの根元でお米をすりつぶし、指でその子にお粥を与え、空の卵の殻のような頭をもう一方の手で揺すってあげた。何も飲み込めなかった。彼女は米の汁とコカコーラを哺乳びんに入れて試してみたが、五歳か六歳のその男の子にはしゃぶる反射運動がなかった。明日か明後日の朝には死んでしまうだろう。もし生き延びたら? ——バオダイ孤児院にある囲いのどこかに入ることになる。

彼女は大きな籐の椅子に座り、コリン・ラパポートの安葉巻の吸い差しを吸った。もう暗くなっていた。子供たちは呻き、犬があちこちで吠え、女たちの小さな声が上がった。道のはるか先では、何台かの自転車のライトがあちこちに動いていた。彼女はくらくらして顔色が悪くなるまで葉巻をふかしてから捨て、家の中に椅子を入れて、蚊取り線香の近く、ハンモックでいびきをかくような息をしている子供のそばに座り、眠りに落ちた。夢の中では人々がベトナム語ではきはきとしゃべってきて、彼女にはそれが全部理解できた。

翌朝、子供は頭を起こして、コップから水とコーラを啜っていた。サバイバルというそよ風が誰に触れるのかは予測がつかない。そこには希望も絶望もさほど関係がない。彼女は昨晩捨てた葉巻を泥から拾って、指できれいに払い、お祝いに吸った。

医師の遺産を管理している兄のブーケ氏が、亡きブーケ医師の形見を引き取るため、運転手付きのバンで家にやってきた。

サンズはパトリス神父と一緒に村々を回り、家を空けておいたが、一日の終わりに戻ってきてみると、ブーケ氏はまだ家にいた。ほとんど老年にさしかかったフランス人で、しわがれた声にこけた頰、オリーブ色の短パンとポケットの多いベストという、釣りにでも行くような格好で、顎ひもがついたカンバス地の帽子で顔をあおいでいた。サンズはお茶をご一緒した。彼の英語はなかなかのものだった。サンズはお茶をご一緒した。最初は弟の話はせずに、女の話をしていた。

「年を取ってくると、年上の女ってのが魅力的に思えてきてね。昔は醜く見えた肉体が今じゃチャーミングに見えるんだな。薄紫色の血管があるだろう、あれも儚く見えるしね。美しきミステリーだ。新しい気品というか——物静かな女の気品というやつだな、そのほうがずっとエロティックだよ。私はルネサンス絵画の女たちに見とれるようになってね。本当にぽっちゃりしていて、内面から柔らかさが出ている。地元に内縁の妻はいるかな？」

サンズには答えようもなかった。

「いないか？　この国のことは分からんよ。だが内縁の妻を迎えるのがここの習慣じゃないかな。未亡人のほうがいいぞ。言ったように、成熟した女だ。愛を知っているし、ベッドでどうすればいいかも心得ている」

「弟さんに興味がありまして」としかスキップは言えなかった。

「クロードとは双子なんだ。二卵性だから似てはいないよ。死んだという知らせが来ても、私は泣かなかった。急に思ったんだよ、ああなんてことだ、あいつのことをちっとも知らないままだったってね。一緒には育ったが、何かを話し合うなんてしなかった。ただ一緒に暮らしていたんだ。私が知る限りでは、あいつはお客みたいな男だった。私のところに来た客じゃないよ——両親や姉とかの客だ。今朝、あいつが住んできた家を全部見てみて、若い頃隣り合わせで過ごした日々よりもあいつのことがよく分かったよ。ここを見て回るとき、あの頃二人の寝室にかかっていた絵の複製があるんじゃないかって思っていたよ。まあ、これだけ経っているし、あいつがその絵を持っているなんてまずありえないとは思うけどね。《休息する道化師》だったか、そんな名前の絵だ。目を閉じている道化師がいる——死んでいるのか？　眠っているのか？　どうして目を閉じているのか？　あいつはその絵をずっとベッドの上にかけていた。子供の頃はそれが怖かったな。クロードはその道化を怖がっていないってことが余計に怖かった。そしてあいつはここでずっと暮らしていて、それを怖れてはいなかった。私は怖いよ」ブーケ氏はため息をついた。「ご覧の通り、箱は積み込んだよ。いろいろと箱に入れておいてくれてありがたい。家具とかそういうものは全部置いていくよ。一族の誰かがまたここで暮らすだろうから——共産主義者たちが消えたらね。君たちが彼らを倒してくれたら。今のところは君たちの教会会議に貸しておくよ、それに——」彼は改めてスキップを見た。「ひょっとして、ＣＩＡとかその手の連中とグルじゃないんだろう？」

「いいえ」

「オーケー」彼は笑った。「心配はしていないよ！」

「その必要はありませんよ」

スキップはこわれものをよけておいた。その荷造りは兄が責任を持ってやればいい。ブーケ氏は、医師が持っていたデリケートな陶器製の人間の耳は置いていくことにした。「はるばるここまでやってきたわけだ。持って帰るなんて意味がないし、少し悲しいね。本や書類は一族の書斎のために救出してやらないと。姉がそれに情熱を注いでいてね。書類だ書類だってね。私たちが遺せるものはそれしかないと彼女は言うんだが、私に言わせれば、そもそもどうして遺産なんか持ってなくちゃいけないのかね？　良いものも悪いものも、物事というのは幾度となく破壊されるものだ。地上は戦争や嵐だらけだ。破壊に破壊が積み重なっている。クロードに何が起こったか？　ポンと爆発、それで何も残っちゃいない。私たちみんな同じことさ——灰、塵、ポン、それが私たちの遺産だ。いや、これは置いていくよ。壊れてしまうからね」太い指で彼はそれぞれのパーツを取り出して眺めた——「耳介」と「耳朶」がついた外耳、それから「耳管」と「鼓膜」、そして「前室」と「卵円窓」のついた迷宮のような「三半規管」、その半円形の「導管」と「聴覚神経」と「蝸牛」、「耳管」の長い管は頭蓋骨に続いている。微細な内側の骨まできちんと作られてラベルがついていた——「槌骨」、「きぬた骨」、「あぶみ骨」、それにスポンジのような外見の「乳様突起蜂巣」。「見事だ！　かくも小さく、かくも完璧、骨董品だな——たぶん学生時代のものじゃないかな。クロードは一九二〇年か二一年に医師免許を取ったんだよ」彼は突然話を変えた。「クロードが吹き飛ばされたトンネルを知っているかい？　見たことは？」

「いえ、残念ですけどありません」

「フランス語は話せる？　少しは？」

二人はフランス語に切り替えて、すぐに会話はどうでもいいことに移っていった。大柄でがっしりしたこの男は、自分をカモフラージュできるほど流暢でない言語で率直に話し合ったことが楽しかったようだった。

一晩泊まっていかれたら、とサンズはブーケ氏に持ちかけたが、道路は危険になるにもかかわらず、彼はここで一夜を過ごすことを怖れているようだった。すべてバンに積み込まれていた。日が暮れるころ、彼は去っていった。

何週間も先立って、ブーケ氏は教会会議の偽の郵便受けに手紙を送ってきて、到着の日を知らせていた。その間に、サンズは死んだ男の無名の季刊誌と、埃っぽい本のいくつかに愛着を覚えるようになっていて、自分の小型トランクの中に入れておき、医師の親戚や相続人の目につかないようにしておいた。兄はそれらを持たずに帰っていった。

そして、何週間か経った後でも、サンズは医師が下線を引いた文章を訳していた——サンズが聞いたこともないフランスの知識人の哲学書の一節、抽象的な文章が、奇妙なくらい彼を燃え上がらせたのだ。例えば「タラウマラの国への旅について」という、アントナン・アルトーという名の男による記事。ペンと白紙、それに辞書を積み上げて、彼はその文章の恐ろしい曖昧さに戦いを挑んだ。

> 自然が突然、数奇な気まぐれによって、岩石の上で責め苛まれる人間の身体を見せつけるということ、それは気まぐれでしかなく、この気まぐれは何も意味しない、とさしあたって考えてもよい。しかし来る日も来る日も馬で旅を続けるなかで、同じ巧妙な魅惑が繰り返されるとき、そして自然が頑固に同じ観念を表明するとき、同じ悲壮な形態が繰り返されるとき、すでに知られている神の頭部が岩の上に現れるとき、死の主題があらわになり、人間がひたすらその犠牲となるとき——そして人間の引き裂かれた形態に、より明らかになり、石化する物質から出て、よりあらわになった神々の形態、人間をずっと前から責め苛んできた神々の形態が応答するとき、——一つの国全体が石の上に人間の哲学に平行する一哲学を展開するとき、最初の人間たちは記号の言語を用いていたということをわれわれが知り、この言語が岩石の上に拡げられているのに目を見張るとき、確かに、これが単なる気まぐれであり、この気まぐれが何も意味していないとはもはや

思えない。

そう、この謎めいたアルトー氏の意図するところははっきりしないし、彼の言う「タラウマラの国」がどこにあるのかも分からない。新大陸のどこかなのか、このアルトーという男の頭の中にしかないのか。しかし、医師がこの文章を選んだ理由ははっきりしていた。白き旅人、判読しがたい異国の土地。

医師からして謎だった。死ぬはるか前から、彼が医学を放棄していたのは明らかだったが、祖国に帰ろうとはしなかった。サンズはそれが理解できるような気がした。

いくつかの出版物に加えて、サンズはノート、つまり医師の個人的なメモ帳も一冊持っていた。盗んだのだ。医師のメモは力強い、角張った筆跡で書かれていて、サンズは医師のお気に入りの文章と一緒に自分のノートに翻訳していった。

親愛なるジョルジュ・バタイユ教授

一九五四年の三月に、私の兄の妻が勤めておりますソルボンヌ大学の芸術図書館にて、あなたのご論文、「先史時代の絵画――ラスコー、あるいは芸術の誕生」を草稿の形で読ませていただきました。三十年近く住んでまいりましたインドシナから母国を訪れていた折のことです。

『ラスコー、あるいは芸術の誕生』。スキップはそのタイトルに覚えがあった。大きく、綺麗な本で、フランスのラスコー地方の洞窟網の壁に描かれた絵のカラー写真が付いていた。その本を手放した自分を呪ったが、失敬するには高価すぎるように思えたのだ。

最近になって、写真付きのその本を入手いたしました。もちろん素晴らしい本です。

オーストリアの比較文明論の教授だというジャン・ゲブサー氏の『洞窟と迷宮』という本にご注目いただけますでしょうか？　ここに引用いたしますと――

「たとえそれが思考の中のことであっても、洞窟に戻るということは、生から、未だ生まれざる状態へと戻ることである」

「洞窟とは世界の母性的、母系的な一面である」

「南フランスのカマルグにあるサン・マリー・ド・ラ・メール教会では、ジプシーたちが黒マリアのサラを崇拝の対象としている」

（バタイユ教授、スペインのグラナダ付近では三千人ものジプシーが洞窟で生活しています。）

（バタイユ教授、精神とは、意識が手探りで進んでいく迷宮なのでしょうか、それとも精神とは、限定された形の思考が浮かび上がっては消えていく、果てしない虚無なのでしょうか？）

（バタイユ教授！　私たちは洞窟にあるものは黒いと思っていますが、実は青白いのではないでしょうか、透明なくらいに青白いのでは……）

「迷宮に入ったテセウスは、ありうべき第二の生誕を我がものとするために、いま一度子宮に入っているのである——二度目の、不治にして恐るべき死に対する保証である」

（バタイユ教授、一九一四年にベグーエン伯爵はピレネー山中でレ・トロワ・フレールの壁画を発見しました——このトンネルは産道のようにのたくっていて、最後にたどり着く巨大な空間は、一万二千年前の先史時代の狩りの絵で覆われています。そこには想像上の半人半獣も描かれています。思春期の少年達を男の仲間として認めるための、死と再生の儀式のため、この空間は使われていたのです。）

「もし洞窟が安全と平和を、そして危険の不在を表しているのであれば、迷宮とは探求、運動、そして危険の表現であろう」

（——出口を求めてでしょうか、バタイユ教授、脱出を求めて？　それとも万物の中心にある秘密を求めて？）

（六十年以上生きてきて、私には自分が見えます。）

（混沌、アナーキー、恐怖。それが私を駆り立てます。それを私は欲します。自由であること。）

そうです！

バタイユという研究者に宛てた、ブーケの書きかけの手紙、熱烈で、難解で、くどい文章に、スキップはまだ取り組んでいた。

隠れ家に来てからひと月が経ったところで、彼はパトリス神父に連れ出され、ブーケ医師が消えていったトンネルを見に行った。二人は村を通り抜け、北の端を出て、西へ向かう道を歩いていった。半キロもない道のりだった。雨に浸食された丘の麓の地面にくぼみがあったが、それだけだった。破壊的な爆風で入り口は埋もれてしまい、さらに、雨で陥没してしまったのだ。この土地の多くのものと同様に、その深みは彼を拒んでいた。

「ここは重要な地域ではありませんよ」と司祭は言った。

「トンネルは使われていませんでした」

「誰がブービートラップを仕掛けたんだい？」

「自分でダイナマイトを持っていったんでしょう。陥没したところを突破するためのダイナマイトじゃないでしょうか。そして……自分を爆破してしまった」

歩いて戻る途中、スキップは司祭に言った。「中に入らずに済んでよかったよ」

「トンネルの中にですか？　どうして入ろうなんて思うんです？」

「思ってなかったよ」

「何ですって？」

「僕は臆病なんだよ、パトリス神父」

「良かった。長生きしますよ」

司祭は家にたびたびやってきては食事をしていった。務めで教区の遠くに行くことがないときは、毎晩姿を見せた。食事は最高だった。ミセス・ディウはオムレツにソース、珍味、その他フランス語の名前があるものは何でも心得ていて、外国の食材は手に入らないことが多かったが、それでも、シンプルでおいしい鮮魚や豚肉、米や野生の野菜の食事を作り、デザートに地元の果物を出してくれた。素晴らしいディナーロールと、黄金色のパンを焼いた。ここでなら水とパンだけでやっていける、そうサンズは思っていた。

雨がちなこの十週間、大佐は訪ねてこなかった。月に二、三回訪ねてくる司祭と、同じくらいの頻度で来るグエン・ハオ以外、スキップは友だちもなく、生来の孤独に戻っていった——雨が降りしきる、登校日の午後へと。自分のこの性分は分かっていた。仕事持ちの未亡人である母の一人っ子なのだから。二階に三つあるうちの一番小さな寝室で、彼は叔父の『２２４２』ファイルに納められた断片的な記録の仲裁人たらんと務めた。遅々として、はかどらない追求。一度には少ししかこなせない。大佐のファイルカードには、一九五二年から六三年にかけ、現在の南ベトナムのいたるところで尋問を受けたか、あるいは名前が挙がった人々が、その名前にしたがってアルファベット化されていた。切り貼りする段階は終え、一万九千のカードの複製一つ一つに見出しを付け、出てくる地名ごとに並べる作業を初めていた。そうすればいつか——すぐにではないだろうが！——関連する地方、村あるいは町にしたがって、この情報を見ることができる。なぜ、最初からこうした分類で保管しておかなかったのだろう？　それになぜ、彼が手を焼かねばならないのか？　CORDS／フェニックスと同じく、士官たちは外に繰り出し、根掘り葉掘り聞いて回り、メモを取り、別のポストへと移っていく。彼は何かの手がかりを見つけて、何らかの強烈な発見にたどり着くことを待ち望んでいた——キ首相がベトコンのスパイ活動をしていたとか、フランスによる収奪をくぐりぬけた皇帝の墓には財宝が隠されていたとか——だがそうはいかず、ファイルには何もなく、すべて意味のないものだった。カードに触れる指に、それが伝わってきた。データは取るに足らないもので、CORDS／フェニックスのデータと同様、錯綜しているだけでなく、もう時代遅れの情報だった。七・五×十二・五センチのカードはもう遺物にすぎなかった。そのことが魅力でもあった。

八月の初め、スキップが頼んでいた本格的な仏英辞典と、大佐からの写真複製物の包みを、ハオが持ってきた。『情報研究』に載ったかなり名高い論文、ジョン・P・ディマー・ジュニアによる「二重スパイについての考察」だ。加えて、大佐がさんざん手を焼いた、自分の論文の部分的な草稿もあった。七ページに渡ってタイプされ、手書きで注が付けられていた——フランス語の文献より興奮させられるし、エディー・アギナルドの謎めいた警告よりも不吉な思考。一方ではどこまでも明晰、もう一方では、不安になるほど不実。

大佐はディマーの「二重スパイ」の表紙にメモを一枚付けていた。

スキッパー、J・P・ディマーをもう一度頭に叩き込んでおくんだ、それと俺の原稿にも目を通してくれ。もっと書いたんだが、ぐちゃぐちゃになってしまってな。少しずつ送るよ。一気にまとめようとしたら、お前の頭がおかしくなってしまうからな。

前に「二重スパイについての考察」の話が出た午後のことを、サンズはよく覚えていた。その話自体が記憶にあったからではなく、大佐が口にした他のことが頭に残っていたからだ。

大佐はストーム軍曹と一緒にやって来て、CORDS／フェニックスからスキップを少しの間だけ救出していた。大佐は時おり彼を昼食に連れ出すことがあり、その日はニューパレス・ホテルのテラスで食事だった。階段を上がったところにある看板は、本日の「ハンバーガーフェスティバル」を告げていた。今日もどんよりした空模様だな、とサンズが言うと、「熱帯に空なんかあるかよ」とジミー・ストームが切り返してきた。普段着のジミーは元気いっぱいで、アンフェタミンでも飲んできたのか、とサンズは疑ってしまった。

大佐は椅子にふんぞり返り、右腕を手すりにもたせかけて座っていて、その後ろにはサイゴンの東半分が広がり、前には長いビュッフェが伸びていた——これぞハンバーガーの宴だ。左手はカクテルをつかんでいた。「情報局はショック状態だ。ケネディの件とピッグ湾事件で我々はガタガタになってる。どう振る舞ったらいいのか、どう任務を遂行すればいいのか分かっとらん。キューバじゃ我々は大失態をやらかしてる——局としても国としてもな。西半球版ロシアだよ」

サンズは言った。「ここはどんな具合だと思います？今のところで言うと？」

「それはベトナム側次第だよ、スキップ。もう長いこと『ベトナム側にかかっている』と言い続けてきたから、うさん臭く聞こえてしまうが、事実なんだ。問題はいかに彼らを手助けするかだ。俺、お前、テーブルに座ってる我々がな。つまり我々三人ってことだ。新しいアプローチが必要だろうな。データを扱ううえで、もっとアグレッシブにいかなくちゃならん」

「アグレッシブに？」

「我々三人がだ」

「僕たちが？」

「情報収集で肝心なのは、どこで主導権を手放すかだ。

外に出て行って、アグレッシブに藪を叩いて回って、すべてをアグレッシブにかき集めて、それからおとなしく他人にそれを渡して、後はお任せします、ふるいにかけてくださいって言うのか？　違うだろ。取捨選択というのはどのレベルでも絶えず行われている」

ジミーが一言「選別ですね」と言った。

「そして俺はこの選別ってものが好きじゃないんだよ、スキッパー。そこではじき出されるものの中には、我々にとっちゃ好ましくないのもあるわけだ、上官のお気に召さないというだけの理由でな。だから結局、残ってデスクに鎮座することになるものといえば嘘だ。調子のいい嘘、化け物じみた嘘にすぎん」

ジミーの一言――「お調子者の怪物か」

「嘘が次々に報告されていくわけだ。そして上が決定するものと言えば、情けなくて勘違いもいいところの政策だ。指定のルートにしたがって、くだらんアイデアが生み出されて、はるか彼方の現場、つまりこの地で、我々の手足は狂ったように動き始める。そして、かくかくしかじかの命令を受けたら、我々は報告をまとめ、細心の注意を払ってのたうち回って、大破壊を繰り広げて参りました、と言うわけだ。どんな具合かは知ってるだろ、スキップ、ミンダナオだよ。生温くて無力な状態から、熱烈で愚かな状態に針が振れるわけだ」

「熱烈――それはいい言葉ですね」とジミー。

「巣の中心から愚劣な案が出てくるのをボケッと待ってなくちゃならんのか？　自分たちでシナリオを作ってみるべきじゃないのか？」

この時点で、隣のテーブル席に座っている客にジミーは気がついた。背の高いアジア人女性で、魅力的で、こぎれいな格好をしていて、うっとりするようなシルクの服に身を包んでいた。「彼女のいかした肉汁に突っ込んでやりたいね」とジミーは言った。

「ハハ！」と大佐は笑った。

大佐お付きの道化たるジミーは、指で肉を一切れソースからつまみ出し、音を立てながら口に入れた。「そうしたいのはスキップかもな」

……論文原稿はコピーされた手書きのメモで始まっていた――大佐のブロック体の筆跡だ。

まだ序論はなし

分析と情報活動を区別することを、改めて強調しておきたい――明晰な思考、明快な言葉、正確な伝え方など、事実の明確さ――明晰さの欠如がいかにして我々情報局の情報機能を完全に狂わせてきたかを吟味する。その動機と目的。それと手段。方法。

それを主眼にしよう――分析と情報活動の区別だ。

オーウェル、「英語と政治」。

序論に関しては――

基本的に、ここでは機密任務の二つの機能について論じるということ――情報活動と分析。そして両者の間の境界の崩壊など。

次のページから、タイプされた文章が始まっていた。恥ずかしくなるくらい乱雑なものをスキップは覚悟した。第三段落まで読むと、大佐が誰かに手を入れてもらったに違いないことが分かった。

二つの機能の相互汚染

伝達のプロセスに関する我々の比喩表現が、この議論のモデルとなる。我々が伝達の「ライン」や、「一連の」指令と表現することは、解釈を行う立場の人間を介して、データが直線的かつ連結的に動いていくことの証左となっている。我々の情報任務の機能を例とするならば、この運動は現場で発生し、文書局、計画、あるいは作戦で終わりを迎える、と我々は考える。現場で士官によって収集された生のデータは、連鎖を少しずつ上がっていくにつれて減速し、ついにはそのデータが持つインパクトを考慮することによって――他の作戦への影響、上官の目標への影響、さらにはそのデータをやり取りする者のキャリア街道への影響までが含まれる――関連するデータがそれに平行するラインを上がってきて補強してくれるまで、止まったままになるか、それとも、実に不運であり、恐らく危険なことに、政治的政策を正当化するためにはそのデータが必要だと司令部が気づき、さらにこのデータを保持する者がその必要性を感じるまで、動かなくなってしまう。

この逡巡と疑念が示すのは、情報機能が分析機能によって汚染されてしまった、ということである。たとえ無意識にではあっても、データは解析されており、司令に与える影響が予期されている。我々は情報機能に与える「司令の影響」のことを論じているのであり、このような用語があるという事実は、その存在を認めるものである。しかしながら、「司令の影響」の作用やメカニズムについてはこれまで真剣に議論されてこなかった。

この論文が概ね提起しているのは、「司令の影響」は、情報任務の二つの機能、情報と分析が相互汚染することによって発動してしまう、ということである。

二つのカテゴリーの相互汚染

データが連鎖上で立ち往生し、(1)それを上昇させるような圧力が蓄積すること、および、(2)関連する資料が現れること、を待っている間に、人間の手による情報活動と文書的な情報活動の分離は脅かされ、ついには消滅してしまう。手短かに言えば、情報源の確実さを吟味する必要性が、プロセスの圧力に屈してしまうのだ。その結果が相互汚染である。生身の情報源からのデータの頼りなさは折り紙付きであるにもかかわらず、それが、文書による怪しげな情報解釈の根拠となり、この解釈が今度は逆に、生身の情報源に光を当てるものと見なされるようになる。

生身の情報活動と文書による活動という、二つのカテゴリー間の相互汚染は、より広義の、情報と分析という二つの機能の間における崩壊による副次的なプロセスである。

二つの波動の相互汚染

ここで、解釈のプロセスというものは常に流用され、組み込まれて、政策に利用される、ということを思い起こすべきであろう。相互汚染によって、データは曖昧で不明瞭なものとなり、結局は、内部における官僚的、政治的な作用を果たすのみになる。

「司令の必要性」が下方へと連鎖を伝達されていくプロセスの詳細な分析については、またの機会に譲らねばならない。この段階では、「司令の必要性」という感覚は、データが上がってくるのと同様の波動によって、実際に下方に伝えられると言うほかない。その帰結が、二つの波動の相互汚染である。

我々の情報局の初期の前身である戦略事務局における情報収集のプロセスと、今回取り上げているプロセスとは、全く性質を異にするものである点を強調しておきたい。戦略事務局においては、情報の機能は政策の影響をほとんど受けていなかった。政策とは平和のゲームであり、一方の戦略事務局は、戦争という目標を追求する司令機構に奉仕していたからである。その時期から、現場―文書局、現場―計画、現場―計画―作戦という、古いモデルが保持されてきた。しかし、そのモデルはもはや機能していない。

今日の情報局で実際に起こっているプロセスにより近いモデルとは、一つの連鎖上で圧力を受けた二つの波動が、互いを汚染するというものである。下方への圧力は「司令の必要性」から生じ、一方で上方への圧力は、司令を満足させる必要性から生じている。

議論のこの時点で、このプロセスが有効性を失っていることを改めて確認しておこう。なぜなら我々は、情報活動とは特定の任務、すなわち戦争という目標に奉仕することによって有効になる、ということを明らかにしているからである。

二つの目標の相互出現

本論は、この改良されたモデルを、いかにして今日の戦時状況、すなわち南ベトナムに適用するのかという問いに関しては、答えを出さないままにしておく。ただし、いくつかの点について、検討が加えられねばならない。

革命というケースで見られるように、集団は政治的目標を達成するために戦争を行うか、もしくは、反革命のように、生き延びることを目指して戦争を遂行する。（長い注釈。二つの目標の区別が曖昧になるケースは除外しておく。例えば国家が帝国建設や市場構築を試みるとき、あるいはこうした二つの攻撃を防御しようとするときである。かつ、我々はクラゼヴィッツやマキャベリを議論の俎上に載せたことから生じるような、精緻かつ巧妙な考えは意図的に排除している。繰り返し言えば、我々の主眼は、改良したモデルを使って、現時点での戦時状況における情報活動の役割を検討することにあり、したがって議論は単純化されている。）

ここで、余白に書かれた矢印が、ページの下に手書きで書かれた注へと読者を導いていた。

V――ここまではいいぞ。終わりの部分で言いたいのは、どんな提案でも歓迎するということだ。最後の箇所での主な論点は、ベトコン＝北ベトナム軍の目標とは、国家の存続によって生じる政治的革命だということだ。目標という点で、アメリカ合衆国はどこに位置しているのかを提起すること——我々は何をしているのか？　そしてその中での情報活動の役割とは？　そして、我々はいかにして戦時下の目標という意識を取り戻し、情報局全体を相手取って、情報機関という本来の役割を復活させることができるのか？

活動分離の必要性

一方で、合衆国は、この戦時状況においてさえも、軍事的な目標を明確化できていない。実際、我々が行っているのは、チェスのゲームであり、はっきりと言われてはいないが、後方に並ぶ強力な駒の集団、後方に控える大国を巻き込まないことが優先事項である。情報の世界にいる者にとって、この状況が示唆していることとは、分離を行うことによって活動の場を作り出すこと、そこで情報活動の本来あるべき目的が回復され、再び取り組まれなければならない、ということである。我々は「場」という言葉を使っているが、その代わりに、上方と下方からの圧力から、ある範囲の伝達の連鎖が分離されなければならない、と言ってもいいだろう——下からの「部下の追従」という圧力と、上からの「司令の影響」という圧力からの分離である。このような分離は、司令自体からの命令によって達成されるとは到底考えられず、情報局か、あるいはその構成員の主導によってもたらされねばならないだろう。

余白に——

V、これをもっとへりくだって、曖昧に書き直してくれ——「耳を持つ者に聞かしめよ」——FXS。ただし、V——肝心なのは時間だ。「動員—損失パラドクス」というやつだよ。

手伝ったのは誰だ？「V」とは？　ヴォスのことだろう、と彼は推測せざるを得なかった。最後のページには、大佐の筆跡でもう一つ注釈があった。

「煙の樹」（煙の柱、火の柱）——情報機関にとっての真の目標という「導きの光」——政策に合理性を与えるのではなく、情報収集を情報任務の主要な機能として取り戻すこと。さもないと、早晩、自分のキャリアのことしか頭にないような、権力狂でシニカルで熱意のかけらもない官僚たちが、政策を左右するために情報を利用することになるからだ。その行き着く先は、嘘を作り上げて、政府の方針をコントロールするべく政策立案者に差し出すという事態だ。加えて、「煙の樹」――キノコ雲との類似に注目。ハハ！

そして再びタイプライターの文字。ヴォスだ。

その最終段階の一歩先を仮定してみることも可能。あるグループ、あるいは分離された集団が、指導部が感じている必要性とは無関係に動き、偽情報を作り出すことを選択するかもしれない。そしてこうした偽情報を敵に渡すことで、選択に影響を及ぼそうとするかもしれない。

――ハハ！　大佐の笑い声が聞こえるようだった。コンチネンタル・ホテルのテラスで、ジミーの淫らな仄めかしを笑ったときのように。ジミーが音を立てて自分の指をしゃぶっているのを横目に、大佐はスキップに言った。

「J・P・ディマーの二重スパイについての論文を覚えてるか？」

「もう千回くらい読みましたよ」

「お前が二重スパイを使っているとしよう」

「二重スパイがいるんですか？」

「いるとすればだ」

「了解です」

「そしてお前がそいつにでっち上げの情報を渡したいとしよう」

「でっち上げの？　ディマー論文にはそんなこと書いてなかったはずですよ」

「こいつにコピーを作ってやってくれるか、軍曹」

「何のコピーです？」

「『二重スパイに関する考察』という論文だ。俺の本棚にある『情報研究』の六二年冬季号だ」

「すごい記憶力ですね」

「合衆国司令部の不満分子がハイフォン港で核を爆発させたがっている、そうハノイの連中が信じたとしよう」

「冗談でしょう？」

「すると、ホーの頭は少しこんがらがるんじゃないのか？少数の狂った連中が許可なしに事を済ますことにした、そう奴が考えたとしたら？」

「それはあくまで仮定の話なんですよね」

「スキップ。お前ポケットに核を忍ばせてるか?」

「いえ」

「どこで手に入るか知ってるか?」

「いえ」

「そうだろ。これは心理作戦だ。敵の判断力を狂わせることを話し合ってる」

「思考のプロセスには境界なんてねえ」とストーム軍曹は言い切った。「ヨガか神秘主義の作業に近いな」

彼はストーム軍曹のもう一つの標語を思い出した。「俺たちは現実そのものの切っ先にいる。それが夢に変わっちまうまさにその場所にな」


初めてパープルバーに行ってからというもの、ジェームズは今すぐそこに戻っていって、ビールを飲んで一発やりたかった。そしてまた戻っていきたかった。それ以上高尚な目的など思いつかなかった。

母親のことを忘れたわけではなかった。最初の給料の何回かは半分仕送りした。それから後は、送る金などなかった。すべて乱痴気騒ぎに使ってしまった。

四月は春らしくなく、暑いだけだった。夏じゅう豪雨だった。十月と十一月はまだ涼しく、乾燥していた。着陸ゾーン基地で振る舞われた感謝祭の七面鳥を、ジェームズは食べることはできなかった。隊の仲間たちは本物の七面鳥にありついたが、彼の前には漂白されて水漬けになった缶詰の肉が出てきた。「クリスマスは全員がっくりだろうな」とフィッシャーは言った。

最初のころ、ジェームズは短く悩ましい手紙を大量にスティーヴィーに送り、サイゴンで買った小物を贈り、彼女からの手紙が来ると大事に持って、それを読むときには彼女の顔と声を思い浮かべようとした。そしてある日、彼女を思い出せなくなった。他の連中は違った。兵役が長くなるにつれて、他の男たちは故郷の女たちに思い入れをどんどん強めていき、残り期間が短くなるにつれ、日数を指折り数え、白い女、白いアソコにありつくんだと、そればかり口にしていた。だが、ジェームズはパープルバーでもっと経験したいとしか思わなかった。体の色はどうでもよかった。

スティーヴィーからの便りは容赦なくやってきた。たいていはタイピングの授業中に書き留めた短い手紙で、学校で他の誰かにこっそり回すような類いのものだった。まるで、ジェームズは彼女の二列後ろで座ってうとうとしているだけで、バンカーでズボンを下ろしてむき出しの股間に懐中電灯を当てて、性器がただれた恐ろしい赤紫色の部分を見てなんかいない、という調子だった——震える光の中、ほとんど緑色に変色している。「そりゃ売女からもらったもんじゃねえな、女から伝染るもんじゃねえ」と兵士たちは言い、彼は繰り返し繰り返し確かめた。「そいつは単に汗っぽいジャングルのとんでもねえ症状だよ、何かのクソをもらってきたら、しまいには消えてなくなるさ。別にタマの毛を剃らなくてもいい。だから心配すんなって。タマは剃るなよ」スティーヴィーの手紙は濁点が全部丸で書かれていて、チンコのただれと同じくらい恐怖だった。彼はほとんど返事をしなかった。

君を導いていけるのは愛への道半ばまでだよ、と彼は彼女に書いたことがある。エヴァンズが恋人に書いた詩の一つから拝借したのだ。

いつまでも待ってるわ、と彼女は返事を書いてきた。あたしは最後まで愛を貫くんだから。

そんなことしないでくれ、俺はもう裏切ってるんだ、彼はそう書きたかった。そうはせず、返事をせずに済ませた。

クリスマスに、母親から手紙が来て、開封しながら胸が悪くなった。お金のことで泣き言が書いてあったらどうする？　だが、手紙にあったのは、救世主と飼い葉桶と羊飼いたちと、驚くような星に満ちた最初のクリスマスイヴについての詩節が書いてあるグリーティングカードで、最後に「愛をこめて、ママ」とだけ書いてあった。

分隊を率いてパトロールに出たイカレ中尉が隊にもたらした最初の不運とは、二人のベトコンが死んでいる隠れ穴に遭遇させたことだった。中尉が単独でそれを発見した。倒木をよけるために一人で道から外れたところ、屋根葺きを足が突き抜け、死体の頭を踏んづけたのだ。E小隊の何人かで木の幹を押しのけ、中尉が踏み抜いた竹と草の蓋をこじ開けると、二人の男の死体が折り重なっていて、水浸しで死臭を放ち、眼窩にはアリが群がっていた。木が倒れてきて二人を閉じ込め、夜の間に地下水が上がってきて、どうやらその速度が速かったために、まともに出口を掘り始めるまもなく溺れ死んでしまったようだった。イカレ中尉はその地域の住民全員を取り調べようとした。近づいていった最初の男は、薪の束を担いで畑から戻ってくるところだったが、荷物を投げ捨てて逃げ出し、E小隊の二人がその後を追っていった。他の男たちはしゃがんで待っていた。「この山が俺たちの上にクソ垂れてやがんだ」とイカレ中尉は言った。彼らのほとんどは、彼らを取り巻く空気が変わったことを実感できるほど長く滞在してはいなかった。フラットとジョレットはいなくなっていて、人が異動で出たり入ったりした結果、分隊で一番経験が長いのは、「カウボーイ」ことヒューストン技術兵長と、名を伏せたブラックマン軍曹だった。黒人兵はもう一人、エヴェレット一等兵が入隊してきていた。名前を呼べば答えてはきたが、ブラックマンとしか話はせず、それも周りに聞かれないように、静かに話していた。「クソを垂れるといえば」とイカレ中尉は言って薮の裏に回っていき、ベルトを締めながら出てきたところに、二人の隊員が戻ってきた。逃げた地元民を連れてはいなかった。

「運がなかったか?」

「逃げられました」

「地下ですよ、サー」

「地下だと思います」

「トンネルがあるんですよ、サー」

「ちくしょうめ。大佐には言うなよ」と中尉は言った。

「トンネルならここにありますよ」

確かに、地下世界への入り口と思われる六十センチ四方の穴が開いていて、小隊全員がその周りに集まった。イカレ中尉は膝をついて、懐中電灯をその中に突っ込み、すぐに立ち上がった。「おい、どうやらそのようだ。一メートルかそこら下ってて、そこで母管に入るんだな。下がってろ」と彼は隊に言い、手榴弾の安全ピンを抜いて穴の中に転がし、必死で逃げた。爆発は小さく、くぐもった音だった。土が吹き上がって降り注いだ。「知るかってな」と彼は言った。二人の兵士を穴のところに配置し、彼は他の兵士と一緒に死体のところに戻った。

この山の南側で、彼らは車道に整備されているところをパトロールしていた。五キロにわたって、D6ブルドーザーがE小隊基地からの道を拡張していた。そこから先は崖や渓谷で、車両が通ることはできなかった。イカレ中尉がハーモン曹長に無線連絡を入れると、曹長はジープに乗ってやってきた。「この死んだカスどもが目障りなんだよ」と彼はハーモンに言った。「引きずってけ。もし俺の山にベトコンがいるってんなら、こいつらが生け捕りにされたんじゃないかって思わせときたいからな。いいか」と彼は他の隊員に言った。「それが心理作戦だ。連中の脳ミソをファックしてやるんだ」

彼と曹長はジープに座って缶詰携行食を食べ、しばらくして、地元の男がトンネルにいるのならガソリンでいぶし出してしまおう、と兵士たちは思いついた。

半分入った二百十リットル入りのドラム缶を、三人がかりで車両の後ろから持ち上げ、道路からトンネルの入り口に転がしていった。樽はジグザグに動き、兵士たちは悪態をつきながら草木を叩き切った。よく見ようと全員が集まってきた。二人がドラム缶を穴の上に傾け、もう一人がM16ライフルの銃尻で栓を叩いて緩めた。

それを見るなりイカレ中尉はさっと歩いてきた。少し口を開けて頭を突き出し、口に出すことなく非難していた。

「除去作業中であります」と男は言った。

「ウェイン、銃をハンマーみたいに使うな」

「すんません、サー。あのアジアのカス野郎をこの穴からいぶし出そうって算段で」

彼らは栓を外して、臭いのきつい中身を穴に空け、アイオワ出身の大柄で頭は空っぽの少年、ウェイン上等兵が暗い穴にまたがって立ち、マッチを擦って放り込んだ。爆風で彼は吹き飛ばされ、皆の頭上を越え、大砲のように喚きながら木の梢を抜けて落ちてきた。

「次は誰だ？」とハーモン曹長は言った。

ウェイン上等兵の二人の相棒が慌てて彼のところに駆け寄った。彼は二人の間でびっこを引きながら戻ってきた。

「『穴が火事だ！』って言うのを忘れてたろ」

それほどひどい怪我はないようだった。「これで俺も有名人」とだけ言った。

「トンネルをめちゃくちゃにされたら大佐は気に食わないだろ」とブラックマンはイカレ中尉に言った。

イカレ中尉はブラックマンの肩を抱きかかえ、曹長が彼の前に回った。

「誰かが穴の状態をチェックすべきだよな」

「お前が行くなんてどうだ、ブラックマン？」

「俺が？」

「そうだ。ちょいと下りて見てこい」

「お前もここで年貢の納め時なのかどうか確かめてこいよ」

「トンネルなんか残ってねえよ、中尉」

イカレ中尉はブラックマンの肩をさらに抱き寄せて言った。「神の子らには皆トンネルがあんだよ」

カウボーイが口を開いた。「俺が行ってきましょうか」

分隊が彼を見た――どの頭も彼のほうを向いた。それからみんなそっぽを向いた。上、下、あっち、こっち。

「志願者あり」と曹長は言った。

「大佐がさぞ喜ぶな」とイカレ中尉はカウボーイに言った。

このところ、大佐はE小隊のところには姿を見せていなかった。新入りたちに至っては、遠くから彼を見かけたことしかなかった。「あれ本物の大佐なのかい?」とカウボーイはハーモンに訊いた。

「ま、俺の想像の産物じゃないだろうな」

「それってどういうこと?」

「本物だってことよ。あいつに指を踏まれたら痛くて叫ぶだろうよ」

「それはどうかな」とカウボーイは言った。「大佐を見かけるよりも、サンタクロースの膝の上に座った回数のほうが多いよ。俺にとっちゃサンタのほうがよっぽどリアルなんだけど?」

「ほれ」とハーモンは自分の懐中電灯を彼に渡した。「予備に持ってけ」

カウボーイはライトをつけ、頭から入っていった。クーチー・クーティーズがそうするのを何人かが見たことがあった。

彼がすっぽりと入っていって、もう姿が見えなくなると、全員が穴の周りに立ったまま待っていた。世界に広がるそのミステリーに飛び込んでいったことで、敬意の念が生じていた。彼の分別に対してではないとしても、少なくともその狂いっぷりに対して。

トンネルは何キロも続いている、という話だった。下には目の見えない爬虫類や、一度も地上に出たことのない昆虫といった化け物がおり、病院に売春宿、それにベトコンの非道の残滓、死んだ赤ん坊や殺された司祭たちといった恐るべきものがあるのだと。

「足を持ってくれ」彼はがっかりした口調で叫んだ。

兵士たちは足首を持って彼を引きずり出した。カウボーイは体の向きを変えることはできずじまいだった。「二十メートルくらいで崩れてる」と彼はイカレに言った。

「誰もいないのか?」

「俺が出てきてからはね」

彼女は五時ごろ、家の奥にある部屋で目を覚ました。窓は閉まっていたが、遠く東のほう、スーパースティション山の方角で、甲高く吠えて鳴き声を上げるコヨーテの声が聞こえた。今日は仕事がない。ベッドに横になったまま祈った。バリスが勉強をやる気になって新年を迎えますように、願わくば心に主を見いだしますように。ビルが勤めに喜びを見いだしますように、願わくば心に主を見いだしますように。ジェームズが戦地で無事でありますように、願わくば心に主を見いだしますように。コヨーテたちは傷を負った犬のような声を上げていた。明らかに、キリストの再臨を求めて騒いでいる。コヨーテたちの声が届きませんように。この世の魂がすべて救われるまで、キリストが歩みを止めていますように。救われる最後の魂は、息子たちの誰かかもしれない。その兆しはいたるところにあった。

　彼女は床に足を下ろし、ナイトガウンの上にフラネルのシャツを羽織った。まだかなり暗かった。また横になり、しばらくしてから二度寝していたことに気づいた。夢の続きは見なかった。時計がチクタク鳴っていた。ラジウムの文字盤ではまだ六時になっていなかった。彼女は起きて、スリッパを履いた。

　キッチンに行き、彼女は猫のためのカーネーションミルクをソーサーにぽたぽた注いだ。コヨーテに猫がつかまってしまいませんように。それに雄猫にも。この辺の子猫は必要ないはず……。まだ暗かった。バリスは夜中まで起きてはテレビのホラー番組を見ていた。彼を誘惑から守る手だてはなかった。

　コンロでタバコに火をつけた。インスタントコーヒー用にお湯を沸かし、折り畳みの小さなキッチンテーブルのところに座り、タバコを灰皿に置き、片手でシャツの襟元を押さえ、もう片手でコップを持って飲んだ。東には、緑がかった光の筋。窓は汚れていた。彼女には祈りしかなかった。祈りとネスカフェとタバコ。一日のこの時間には、頭が狂ったと感じずにいられた。

　壁の電話が鳴り響き、彼女はコーヒーを少しこぼしてしまった。神のご加護を。彼女は壁に行って受話器を取り、耳に何が飛び込んでこようとも、慈悲の言葉で迎えようとした。もしかして、という恐怖に駆られ、「もしもし?」としか言えなかった。

「やあ、ママ。ジェームズだよ」

「何ですって?」

「ママ、ジェームズだよ、ママ。メリークリスマスって言おうと思って電話してるんだ。ちょっと遅かったかな」

「ジェームズなの？」

「ジェームズだよ、ママ。メリークリスマス」

「ジェームズ？　ジェームズなのね？　どこにいるの？」

「前と同じくベトナムにいるよ。相変わらずね」

「元気なの、ジェームズ？」

「元気だよ。バッチリだ。そっちのクリスマスはどうだった？」

「大丈夫なの？　怪我はしてない？」

「してないって。ピンピンしてる」

「電話が鳴って怖かったのよ」

「脅かそうとしたわけじゃないよ。ちょっと声を聞こうと思ってさ」

「でも元気なのね」

「そりゃもう元気だよ、ママ。何も怖いことはないよ。そうそう、さっき送金しといたから」

「すごく嬉しいわ」

「ここんとこグズグズしててごめん」

「大変なんでしょ。頼ってるわけじゃないのよ。それでわたしたちは助かるってだけ」

「もうちょっとうまくやれるようにするよ。本当に。クリスマスはどうだった？」

「よかったわよ。いいクリスマスだった。座らなきゃ。椅子を取ってくるわね。ああ怖かった」

「怖いことなんてないよ、ママ。こっちは元気にやってるよ」

「そうなの、それはよかった。ステファニーには電話したの？」

「スティーヴィーのこと？」

「スティーヴィーだったわね。まだ電話してないの？」

「すぐするつもりだよ。今夜のリストじゃ二番目だ」

「そっちは今何時なの？」

「ちょうど午後八時くらい。軍隊じゃ二〇〇〇時って言うけど」

「フェニックスは朝の六時八分よ」

「そりゃまた」

「ちょっとのいてよ」彼女は言った。「あなたじゃなくて──あの老いぼれ猫がいるのよ」

「あの猫まだいるの？」

「いえ。別の猫よ」

「もう一匹のほうはどうなったんだい？」

「逃げたわ」

「コヨーテにやられたんだ」

「でしょうね」

「まあ、また一匹いるわけだし」

「ジェームズ――」と彼女は言い、そこで声が詰まってしまった。

「ねえ、ママ」

「ジェームズ」

「ママ、何も心配いらないって」

「心配なのよ」

「ママが思ってるのとは違うよ。今いるとこはホントに安全なんだ。まだ戦闘なんて一回もない。パトロールしてるだけだ。ここの人はみんなフレンドリーだし」

「そうなの？」

「そうだよ。ホントにそうなんだって。みんないい人だよ」

「共産主義者たちはどうなの？」

「まだ一人も出くわしてないよ。俺たちのところまでは来てない。あいつらビビってる」

「嘘でもありがたい話だわ」

「嘘じゃないって」

「じきに帰ってくるのよね。あとどれくらい？」

「ママ、もう一回延長したって言おうと思って電話したんだ」

「もう一回？」

「そうだよ」

「もう一年？」

「そういうこと」

何と言ったらいいのか、彼女は分からなかった。「弟と話したい？」

「バリスと？　オーケー。でも手早く頼むよ」

「学校で問題を起こしてるの。すぐ教室から出ていっちゃうって先生たちに言われてる。いたと思ったら次の瞬間いなくなってるって」

「バリスは何て言ってる？」

「学校が好きじゃないって。とりあえず行きなさい、とは言ってあるの。みんな好きじゃないのよ、でなきゃタダのはずないでしょって」

「バリスに代わってくれよ」

「今寝てるわ。少し待って」

「じゃあいいよ。心入れ替えろよって俺が言ってたって伝えといて」

「ありがと、ジェームズ。兄からの言葉だって伝えとくわ」

「じゃあ、俺無線ユニットで話してるから、そろそろ切らないと」

「無線ユニット？」

「そうだよ。基地に上がってきてるんだ」

「無線でしゃべってるの？　わたしは電話なのに！」

「よい年を、ママ」

「あなたにも」

「いい新年を過ごしてよ、ママ」

「そうね。あなたもよ」

「俺は大丈夫だよ。よし、じゃあこれで」

「じゃあね、ジェームズ。昼夜あなたのために祈ってるわ。あれこれ言われても気にしちゃだめよ。暗くなっていく世界で、あなたは主の信仰を守る務めを果たしてるのよ。今は旧約聖書の時代なのよ」

「分かってる。聞いてるよ」

「共産主義者は無神論者よ。主を否定してるのよ」

「そうらしいね」

「旧約聖書を読んでみて。どれだけ多くの人が主の名の下に殺しているか。サムエル記の上を読むのよ。士師記もよ。必要なら主の殺める手となるのよ」

彼のため息が聞こえた。

「あなたの腕を取って励まそうとしてるだけよ。毎日聖書を読みなさい。疑り深い人間もデモ参加者も、訳の分からない連中もいるわ。そいつらは裏切り者よ。そうした人のことが聞こえたら、耳をふさぎなさい。ありがたいことにフェニックスまでは来てないわ。デモを見かけたらトラックに乗り込んで、山から落ちる岩みたいに連中に突っ込んでやるわ」

「もう時間切れだってさ、ママ、じゃあねって言わなきゃ、だから――じゃあね」

洗濯のような音が受話器越しに聞こえてきた。息子が切ると、その音は止まった。「そうね」彼女は誰にともなく言った。

彼女は立ち上がり、電話をフックに戻した。


珍しく、すがすがしい朝。グエン・ハオは遅くまで横になり、寝室の窓の外で霧の細かな粒子がゆらめくのを見つめながら、「五蓋」という龍と戦うとは――いや、違う、戦うのではなく、ただ断固として向き合うことだ――どういうことなのか、考えていた。貪欲、瞋恚（しんい）、惰眠、掉悔、疑念。

彼はしばらく寝床で惰眠を貪っていた。落ち着かなくなって下に降り、台所の裏にある小さな庭に出た。日光で霧がさらに濃くなっていた。その熱の下、すべてが亡霊を放っている。亡霊たちはレンガの中から目を覚まし、渋々起き上がり、消えていった。

ハオは白いハンカチを石のベンチに広げ、ゆっくりと腰を下ろし、心の平安を得ようとした。

九時半になったとき、チュンが裏口でガチャガチャと音を立てた。ハオは立ち上がって鍵を見つけ、南京錠を開けた。坊主は偽造書類を入手していて、何のとがめもなくサイゴンを歩き回っていた。元気そうで、幸せそうですらあった。二人は大理石のベンチに並んで座った——昔はしょっちゅうそうしていたし、ハオが思うに、あれからまったく進歩していなかった。ここから先は、どこにでも分岐点がありうる。

「大丈夫か?」

「キムは具合が良くない。前より悪い」

「気の毒に」

「『五蓋』のことを考えていた」

「俺も時々考えるよ。詩があったのを覚えているか?

——『いたるところに吹かれていく煙のように、わたしは世界に囚われている』」

「龍たちに負けた」とハオは言った。「奴らに世界の深くまで追い込まれて、沈黙に戻れない」

坊主はそれをじっくりと考えているようだった。ハオは疲れていて、彼を急かす気にならなかった。しばらくしてから、坊主は口を開いた。「俺も戻ろうとしている。もう一度沈黙を見つけたい。でも戻れない」

「もう諦めるか?」

「今までの人生を終えることになるだろう。相当混乱してしまっていた」

「正直に言おう。俺まで混乱してしまった」

「こんなに長くかかったことで、俺を責めるか?」

「お前のことは幾度となく大佐に話をした。俺たちの金をふんだくっているんじゃないかとお前を疑っている。でも、お前はこうして姿を見せる。お前はちゃんと戻ってくるから、支援する値打ちはある、そう大佐には言ってある」

「幹部たちが一九四五年に俺の村に来て、ホーの演説を読み上げたときのことを思い出すよ。若い女が立ち上がって読み上げたんだ、歌うような声だった。ホーの言葉が世界に響き渡った。女の子の美しい声で、自由について、平等について語っていた。アメリカの独立宣言を引き合いに出していた。俺は夢中になったよ。すべてを捧げた。家を出た。血を流した。牢獄で苦しんだ。そのすべてを裏切るのに時間がかかったことで、俺を責めるのか？」

ハオはショックを受けた。「きつい言葉だな」

「真理とはそういうものだ。こう言おうか、自由を求める人民の渇きで、俺たちは汚れた水を飲まされてきたと」

それが嘘であろうとなかろうと、その話なら大佐も理解するだろう。「そのままの言葉を伝えるよ」

「交渉は終わりだ。要求するもの、そして渡すものがあって来た」

「要求は？」

「こんな人生を終わりにしたい。合衆国に行きたい」

ハオは耳を疑った。「合衆国？」

「できるか？」

「もちろん。何でも手配できるさ」

「じゃあ連れて行ってくれ」

「代わりに渡すものは？」

「彼らがお望みのものは何でも」

「今の話だ。今すぐ。何がある？」

「噂は本当だと言える。正月(テト)に大攻勢がある。南の全域だ。大規模な攻勢だ」

「具体的な情報を提供できるか？　場所や日時は？」

「北ベトナム軍主導で行われるから、あまり情報はない。でもサイゴンでは俺たちが担当だ。俺たちの支部に接触があった。工兵隊員のチームと一緒に行動することになる。彼らは市内に爆薬を仕掛けている。俺たちはたぶん二つか三つの場所に彼らを案内する任務を負う。どの場所か分かり次第、ここで情報を渡す」

「大佐はその手の情報を高く評価するはずだ」とハオはかろうじて答えた。

「これらの爆弾が大攻勢に備えてのものだということはほぼ間違いない。きっちりテトの日に来るはずだ」

戸口で四年間も足踏みしてきて、そして今、ものの二十分もしないうちに、これだけの話。膝に置いたハオの両手は震え出していた。彼はチュンにタバコを一本勧めて、自分も一本取り、お互いに火をつけるためにライターを握った。「お前の勇気には敬服する。俺が真実を言うに値するよ。だから言おう。大佐はお前が二重スパイをできるのかどうか、興味を持っている。お前が北に戻るということだ」

「多分戻れる。部族たちを北に派遣して教育教化するプログラムがある。その後で彼らを故郷に送り返して、組織作りをさせるという趣旨だ。そのプログラムに関わったことがある」

「本当に北に戻る気か？　なぜだ？」

「説明するのは無理だな」

「合衆国に行くという話は？」

「その後だ」

北に二重スパイとして行った後？　後などというものがあるのか、ハオには疑わしかった。何かに心を鷲摑みにされた。「俺たちはずっと友だちだったよな」と彼はチュンに言った。

「平和な時が来ても、俺たちは友だちだよ」

二人は滑らかな大理石のベンチに並んで座り、タバコをふかした。

「さてと――いいか？」チュンは言った。「俺たちは一線を越えた」

ブーケ医師のノートより――

また夜、虫がやかましい。蛾がランプで自らの命を絶っている。二時間前、私はベランダに座って夕暮れを見、生きるものすべてを羨んでいた――鳥、虫、花、爬虫類、木、そして蔓――それらは善と悪を知るという重荷を背負うことはない。

サンズも、午後の暑い中ベランダに座り、暗号にファイル、参照や相互参照で溢れた、朽ちていく家を背にして、医師のノートを膝元に広げ、そこに書き込まれている解読し難い文字をじっくり眺めていた。ノートは濡れたインクで乱雑に書きなぐられていて、線は滲んでいた。どのページをめくっても――


そして奇妙なことに、ここを通る人々はあたかも無意識の麻痺状態に襲われたかのように、あらゆるものに無知であろうとして彼らの感覚を閉じるのである。

自然が突然、数奇な気まぐれによって、岩石の上で責め苛まれる人間の身体を見せつけるということ、それは気まぐれでしかなく、この気まぐれは何も意味しない、とさしあたって考えてもよい。しかし来る日も来る日も馬で旅を続けるなかで、同じ巧妙な魅惑が繰り返されるとき、そして自然が頑固に同じ観念を表明するとき、同じ悲壮な形態が繰り返されるとき、すでに知られている神の頭部が岩の上に現れるとき、死の主題があらわになり、人間がひたすらその犠牲となるとき——そして人間の引き裂かれた形態に、より明らかになり、石化する物質から出て、よりあらわになった神々の形態、人間をずっと前から責め苛んできた神々の形態が応答するとき——一つの国全体が石の上に人間の哲学に平行する一哲学を展開するとき、最初の人間たちは記号の言語を用いていたということをわれわれが知り、この言語が岩石の上に拡げられているのに目を見張るとき、確かに、これが単なる気まぐれであり、この気まぐれが何も意味していないとはもはや思えない。

一九六八年

海軍を除隊になる三週間前、横須賀で、ビル・ヒューストンは三人の水兵と一緒に入隊者用食堂の厨房の塗装に派遣され、そこで黒人の男と喧嘩になった。ヒューストンのいつもの攻撃スタイルは、素早く低く飛びかかり、左肩を相手の胴体にぶつけながら同時に左腕で膝を取り、相手を倒して上に乗り、肩に体重をかけてみぞおちを一撃するというものだった。喧嘩は大事だと考え、いろいろな動きを研究したが、立って拳を構えてくる相手にはたいていこの作戦が効果的だった。ヒューストンがカタを付けようとした相手の黒人は、両脚を狙ってきた彼の額に一発パンチを見舞い、ヒューストンの目の前には星や虹が舞った。二人は塗料が入った大きなバケツの上に倒れ込み、あたり一面にペンキがこぼれていった。黒人と喧嘩をしたことはなかった。この男の胴体はヘルメット並みの硬さで、施設用の緑色のエテメル塗料の水たまりが広がっていくタイルの上を滑りながら、相手はもう体をよじって逃れていった。ヒューストンが体を起こそうとしている間に、男は人形のような身軽さでひょいと跳び上がり、ヒューストンの頭めがけて横蹴りを繰り出してきたが、男はペンキで足を滑らせて転び、左手で体を支えようとしたため、ヒューストンの頭は助かった。だが彼のその左手も滑り、起き上がろうとするときに仰向けになるという過ちを犯し、それまでに体勢を立て直していたヒューストンは、両足で思い切り彼の腹を踏みつけた。これは「ブロンコ踏み」という技で、相手が死んでしまうと言われていたが、他にいい手も思いつかなかった。どちらにせよ、喧嘩はそれでヒューストンの勝ちとなり、相手は息を詰まらせただけだった。突っ立って、どちらが白でどちらが黒なのか、もう見分けがつかなくなった二人の緑男は、六人の海軍憲兵に拘束された。海憲が二人を拭いてジープの座席に防水シートを敷き、手錠をかけた二人を連行するとき、もし拘留所でしばらく一緒になったとしても再戦は避けよう、とヒューストンは思った。表向きは彼が勝ったことになっていたが、ペンキの下に隠れた眉間にたんこぶをこしらえたのはヒューストンのほうだった。「一体何で喧嘩になったんだ?」と憲兵の一人が訊いて、「マヌケな白んぼって言われてさ」とヒューストンは答えた。「お前こそ俺をニガー呼ばわりしやがって」と男は言った。「それは喧嘩中の話だろ」とヒューストンは反論した。「だから勘定には入らねえ」まだ喧嘩の余韻で興奮していて、誇らしく、幸せで、二人は互いに友好的な気分だった。「二度と俺をニガーって言うなよ」と黒人は言い、ヒューストンは「もともとそんなつもりじゃなかった」と言った。

かくして、ヒューストン水兵は早期一般除隊を頂戴し、海軍での最後の十日間を、水兵としてではなく囚人として、横須賀海軍基地の拘留所で過ごした。

釈放されると、彼はフェニックス行きの民間ジェット機の航空券引換証を渡された。空路での移動は悲惨だった。頭をハンマーで殴られたように耳鳴りがして、くらくらし、空気の味は死んだようだった。飛行機に乗るのはもう金輪際ご免だ、と心に誓った。ロサンゼルスの空港で、彼はフェニックス行きのチケットを丸めて灰皿に捨て、男子トイレで軍服に着替えて水兵のふりをし、荷物を肩に担いで車を拾って、一月の澄み切ったモハーヴェ砂漠を抜けて家に帰った。思ったより早くフェニックス郊外に着いた。都市開発がかなり進んでいて、州間10号線ではタイヤが軋み、頭上にはジェットがやかましく飛び交い、そのライトが砂漠の青い黄昏の中でゆらめいていた。今は何時だろう？　腕時計はしていなかった。そもそも、何曜日だろう？　ヒューストンは十七番通りとトーマス通りの交差点で、故障した街灯の下に立っていた。手元には三十七ドル。二十二歳だった。もう一ヶ月近くもビールを飲んでいなかった。何も思いつかず、彼は母親に電話した。

一週間後、母親のキッチンに座ってインスタントコーヒーを飲んでいると、電話がかかってきた。弟のジェームズからだった。「誰だ？」とジェームズは言った。

「誰だってのは誰に言ってんだ？」とビルは言った。

「おっと——俺だよ」

「サイゴンのオマンコはどうだ？」

「てことは、ママはそこに座ってないんだよな」

「もう仕事に行ったんだろ」

「そっちは今午前六時じゃねえの？」

「こっちが？　いや、八時前だ」

「朝六時じゃねえって？」

「前はそうだったけどな。今は八時だ」

「朝八時に何やってんだい？」

「パンツ履いて座って、ネスカフェ飲んでんだ」

「海軍はもう終わったってこと？」

「もうあいつらとはおさらば、連中も俺とはおさらば」

「今ママんとこに住んでんの？」

「ちょっと寄ってるだけだ。お前はどこだ？」

「今？　ダナンだよ」

「それどこだ？」

「クソバケツの奥底のどっかさ」

「去年のヨコハマから会ってないよな」

「まあ、そんなとこかな」

「変な返事だな」

「ま、ちょっとね」

「『ヨコハマから会ってないよね』かよ」

ジェームズは「ま……」と言って黙った。

ビルは話を戻した。「オマンコにはありついてんのか？」

「そりゃもう」

「どうよ？」

「お祭しの通り」

「お前の彼女が寄ってってたって聞いてるか？」

「誰？」

「ステファニーだよ。デートしてたあの子だ。家に来たぞ」

「だから？」

「お前のことでお袋にあれこれ言ってた」

「何て？」

「手紙書いても返事くれなくなったとよ。お前がどうしてるか知りたいんだとさ」

「そこに住んでんじゃないの、あんた？」

「お知らせしとこうと思っただけだ。これでいいだろ」

「分かったよ。気にしちゃいないさ」

「妙な野郎だな。そうだ、お前がもう一回兵役やるってんで、彼女動転しちまってるぜ」

「本当に住み込んでんじゃねえの？」

「俺は仕事に就くまで何日か寄ってるだけだ」

「グッドラック」

「そりゃどうも」

「ママは？　仕事なのかい？」

「そうよ。そっちは何時だ？」

「もうどうだっていいね。今休暇中なんだ。三日間」

「一七〇〇か一八〇〇だろうな」

「どうだっていいよ。三日間だけはね」

「そんでもう明日の話だろ。違うか」

「このヘボ映画に明日なんかあるかよ。今日以外は存在しねえよ」

「実際戦闘は経験したか？」

「トンネルには入ったさ」

「何があった？」

弟は答えなかった。

「戦闘はどうなんだ？　経験したのか？」

「大したものはねえよ」

「マジか？」

「どっかヨソで何かやってますって感じでさ、俺がいるあたりじゃ何もないね。そりゃさ、死体やら負傷兵やら、ズタズタになった奴らも見たよ。着陸ゾーンでさ」

「ウソだろ」

「ホントさ。そこらじゅうクソみたいになってんのさ。でもここでの話じゃないね」

「たぶんラッキーなんだろ」

「そういうとこかな」

「他には？　聞かせろよ」

「他に？　どうかな」

「おいおい兄弟、例のオマンコはどうなんだよ」

弟の声は小さく、七千か八千マイル向こうからの電話線越しに、エコーして聞こえた。他の誰かの声でもおかしくない。あることについて喋っている。「そこらじゅうだぜ、ビル。木から落ちてくるみたいな調子だ。村の小屋に一人いてさ。あんな女今まで見たことねえ、誓うね。俺がのしかかってる間にいっぺんもケツをベッドにつけねえんだぜ。三十七キロもねえってのに、天井まで俺を持ち上げちまうんじゃねえかって思うね。朝飯に核燃料食ってるとしか思えねえよ。あの女に喧嘩してかなうとは思えないね」

「ちくしょう、こんちくしょう、ジェームズよ。家に戻ってきちまったら、どうやったら一発できんのか分かんねえ。普通の白人の女にどう接したらいいか忘れちまった！」

「海軍に戻れよ」

「入れてもらえるかは怪しいな」

「え？　だめなの？」

「ちょっと俺にうんざりしたみたいでさ」

「つまり……」とジェームズ。

「そういうこと……」

二人が黙っている間に、ザーっという雑音が入り、他の声が聞こえるかと思うくらいだった。

「バリスはどう？」

「元気でやってる。お前みたく変な奴だよ」

「ママも元気かい？」

「元気だ」

「イエスに入れあげてんのか」

「そりゃな。母さんが送った俺からのハガキ見たか?」

「ああ、あのハガキだろ?　来たよ」

「あれ出したのは拘置所でさ」

「そりゃまた」

「まあな……」

「なあ、俺が電話してきたってスティーヴィーに言わないでくれよ」

「ステファニーに?」

「そう、俺と話したって言わないでくれ」

「お前に手紙出しても返事くれないって言ってたぞ」

「他のみんなは故郷の女のことしか頭にねえよ」

「お前の頭にあんのは?」

「横向きのオマンコだね」

「売春宿のオマンコだろ。金出してありつくオマンコだ」

「この世のもんには全部値段があんだよ、ビル」

死人、ズタズタになった連中。それはジェームズの嘘かもしれない。国際長距離電話で、何か凄い話をしてみせなければ、というプレッシャーを感じたのかもしれない。大した戦闘はない、とビルは聞いていた。硫黄島とか、バルジの戦いとは違うのだと。弟を嘘つき呼ばわりしても仕方ない。ジェームズはもうひよっこの弟ではないのだ。から

かって子供扱いしたくはない。

「もう切らなくちゃ、ビル。愛してるってママに伝えといてくれ」

「伝えとく。スティーヴィーはどうすんだ?」

「言ったろ」とジェームズは言った。「俺のことは言わないでくれ」

「分かったよ」

「頼むよ」

「気をつけてな、ジェームズ」

「頭は低くしとくさ」とジェームズは言い、電話はカチッと切れた。


一月になって、もうほとんど終わろうかというころ、ビル・ヒューストンは、フェニックス近くのテンペ郊外の田舎で仕事を見つけた。家賃の支払い方法が日・週・月ごとから選べる部屋をサウスセントラル通りで見つけ、バスで出勤した。毎週火曜日から土曜日、午後十時の暗闇の中、彼は夜間の清掃係として、コンクリート会社のトリシティ・リディミクスに到着した。十時半までに、セカンドシフトの従業員は全員帰り、彼は強制的にかぶらされている帽子を投げ捨て、十五エーカーの砂地の主人になった。

破砕された岩がサイズごとに山積みになっていて、こぶし大の石から砂まで、どの山も戸惑うほど同じ大きさのものでできていた。漏斗の一つからは細かい砂がさらさらと漏れていて、六メートルほどのトンネルの根元で山になっていた。シャベル一杯分の砂をかき取るべく、彼は毎回狭いトンネルの中を這っていき、遠くにある金網の半球の中で輝く電球を目指し、息を止めて近づいていく。山にシャベルを刺すと、埃がゆっくりと霧のように舞い上がる。そして彼はシャベルを持って一歩一歩下がっていき、地面で循環しているひんやりした水流に砂を捨てる。物凄い勢いで水を出す消防用ホースを使って、粉砕機の下でコンクリートを混ぜる鉢を洗い、平べったいシャベルで一つ一つこそぎ落としていった。夜空には星が荒々しく輝き、それ以外は虚しく、寒かった。ディーゼルを浸した砂を二百十リットル入りのドラム缶に詰め、近くのあちこちで燃やして暖を取った。巨大な粉砕機の下にあるベルトコンベアの迷路を巡回したが、それが終わることはなかった。当然のことながら、次の晩には同じベルト、同じ作業、そして同じ砂利や石が待っていて、午前二時には冷えたテイクアウトのハンバーガーをマネージャー用の埃っぽいトレーラーで食べることになる。まずは狭いトイレで手と顔を洗い、鼻で水を吸い上げ、レバーのような色に固まった塵を吐き出す。太い首は熊のようだ。軽食を取ってしばらくすると、近くの小さな農家では雄鶏たちが独り寂しく、人間のような叫び声を上げ、そして六時ちょっと前に太陽が姿を見せ、あたりのアルミニウムの屋根板を松明に変え、六時半にはヒューストンはタイムカードに退出時刻を打って出ていき、運転手たちが入れ替わりでやってきてトラックでみっちりと列を作り、一番大きな漏斗の下に行って待ち、マシンに揺られている間にコンクリートの滝がシュートからそれぞれのタンクローリーに流れ落ち、彼らはそれを街の基礎工事に注ぎ込むべく出て行く。ヒューストンはバス停まで一キロ半ほど歩いて、土汚れにまみれて待っていた。高校生のガキたちと、幸せそうな、売春婦のような彼女たちが、学校に歩いて毎日の拷問に向かっていき、タバコを前後に貸し借りしている姿を見て、切ない気分になった。自分も同じことをして、その後は男子トイレで吸っていたことをヒューストンは思い出した……ああやって大急ぎで、熱すぎるタバコを口一杯に吸い込むくらい甘美なものなどなかった……全世界からこっそり隠れて……。高校のときと同じく、もう辞める、と仕事の最初の日に心の中で誓ったが、他に行く当てもなかった。

イカレ中尉はジープを停め、新入りの一人に合図した。新入りはジープのところに走っていき、二層になった弾倉の基本装塡を二つ分背負い、ガチャガチャ音を立てて戻ってきて、ジェームズの足元に下ろし、「呼ばれてる」と言いながら、またジープに走っていった。

「この弾薬は何だよ?」

「知るかって!　呼ばれてんだ!」新入りはイカレ中尉のジープに戻って何やら話を聞き、ガソリンの缶を二つ背負って戻ってきた。

「燃やせ燃やせ、燃やしちまえ!」

「何だって?」

「小屋を燃やすんだよ!　燃やさなきゃなんねえってさ」

「どうして?」

「知らねえよ。どうしようもねえことになってる」

「どういうこった?」

「攻撃を受けてるってさ!」

「どこの話だ?」

「知るかよ!」

パニックが後頭部から背骨を伝い、ケツを走り抜けていくのを感じながら、ジェームズは取っ手をつかみ、一番近くにある小屋に二人でガソリンを振りかけた。丘の向こうから、低い爆発音が何度も聞こえた。

新入りの二等兵がジッポライターを取り出し、気化したガソリンに火花が引火すると、爆風で二人は後ずさったが、丘の向こうからの轟音ほど大きい音ではなかった。「いいか、全部ただのモノなんだぜ、どうしようもねえクズでしかねえ」と彼は言った。

ジェームズは次から次へと小屋を回り、缶が空になるまでガソリンをかけて回った。燃える家の中に缶を放り込むと、炎がそれを捕らえ、缶の中の気化ガソリンに引火し、缶はシャーッという大きな音を立てて回転し、跳ねた。「見たか?」とジェームズは叫んだが、草葺きの屋根がバチバチと大きな音で燃えていたために、自分の声も聞こえなかった。

彼は叫んだ。「何だってこんなことしてんだっけ?」

「知るかって!」

「お前の名前何だったたっけ?」

「知るかってんだ!」

「そりゃどうしようもねえな」とジェームズは言ったが、

相手には聞こえていなかった。近くで銃声が聞こえた。頭上をヘリがけたたましく通っていき、谷の反対側の見えないところにロケット弾を撃ち込んでいた。そこには人も建物も存在しなかったはずだった。黒い煙とオレンジの光が大地から立ち上った。そこに人がいるのを見たことはあったか？　誰かが陣取っているのかもしれない。お気の毒に、今ごろは炎上中だろう。

二等兵が叫んだ。「サイコー・デリックだぜ！」

家はあっさりと崩れ落ちた。ジェームズは燃える家の中を覗いた。もぬけの殻だった。ゴミの一つも、古いタバコの箱も残っていなかった。屋根が崩れてきて、彼は後ずさった。

「これがクソってやつだ」と彼は二等兵に説明した。「なんたって、こいつらのこと知ってたんだからさ。ここの連中には会ったことがあるんだ。よく通りかかるからな」

「まだガソリンあるけど」

「あっちの小屋のほうに戻ろうぜ」

体勢を低くして、二人は小さな窪地にいくつか林のように建っている小屋に走っていった。

誰もいなかった。

「こんちくしょう、仲間はどこだよ？」

「知るかって」と二等兵は言った。

「曹長に言ってこい」

「あの丘の向こうはごめんだぜ――撃ちまくってるじゃねえか！」

「あっちから聞こえてくんのか？」

「そうよ。ベトコン並みにすぐ撃たれちまうよ」

「東のほうから聞こえてるんだと思ってたな」

「クソ。そこらじゅうで撃ちまくってるってことか」

ハーモン曹長が頭を引っ込めて、窪地の北の縁を走って越えてきた。二人の側に入ると、まっすぐ立った。

「お前ら二人にはここを固めてもらいたい」

「何があったんです？　銃撃戦になってるみたいだけど」

「お前らは発砲したか？」と曹長は訊いた。

「いえ」

「じゃあ、お前らは銃撃戦はしとらん」

「じゃ誰がやったんです？」

「俺たちのろくでもない仲間かも！」

「この山全体が攻撃を受けてる」と曹長は言った。

丘の頂上から、凄まじい轟音。

「ありゃ何です？」

「迫撃砲？」

東から、さらに大きな爆発音。

「ありゃ何なんです？」

そして後ろのほう、かなり近くから、さらに爆発音。

「どこです？」

「俺たちの周りだな。あれは迫撃砲だ」と曹長は言った。

「よく聞け。お前らはここを固めるんだ。いいか？」

「はい」と新入りは答えた。

「ここはひどい状況になってる。きちんと事を運べば、西側に回って丘の上に逃げて退却できる。奴らに悟られないように俺たちが中央部からこっそり逃げていく間、両側を固めてもらいたい。西から側面攻撃されたら、俺たちはおしまいだ。東からでもな。どっちにしてもだ。お前らの西には援護がある。お前らが東側の援護だ、分かるか？ベトコンはあの丘を回ってくる、諦めて逃げるな。いいか？」

「了解、了解」

曹長は二十発入りの弾倉一式を地面に放り出した。「スイッチをセミオートにしておけ。分かったな？」

「了解。ラジャー」

「さらに攻撃が来る。ここを離れるな。動いたら、俺たちのロケット弾がケツに炸裂する」

「ラジャー。ラジャー」

「ちゃんとやれば、奴らの後ろに回って、無事丘の上に行ける。俺の照明弾の合図でだ。西から照明弾が見えたら、着陸ゾーン目指して丘を上がれ。俺の合図でだぞ」

曹長がジェームズの肩に片手を置き、揺さぶってきたので、ジェームズは復唱した。「ラジャー。曹長の照明弾で」

曹長は西側に戻り、谷間に下りていった。

小屋の南側の日陰に入り、二人は迫撃砲や無反動砲の音がするたびに縮こまりながら、溝掘り器で排水溝を広げた。ジェームズが聞いた人生最大の雷並みに大きい音だった。

「訓練のときより相当速くやってるぜ、俺」と二等兵は言った。二人は穴に飛び込み、「知るかってんだ……M&Mくれ」と彼は言った。

ベルトに挿弾子を入れるところに、ジェームズはM&Mキャンディーを一袋入れていた。「一つかみくれよ」と二等兵は言った。

「『知るかよ』って言いまくるのやめたらやるぜ」

「クセなんだ。そんなに言いまくってねえ」

「『そんなとこかな』とか『参っちまった』とか『くだらねえ』とかあるだろ。いろいろ混ぜろよ」

「了解、伍長」

「お前の名前は？」

「ナッシュ」

「ちくしょうめ！」とジェームズは叫んだ。銃撃が小屋を貫通してきて、草を一面に飛び散らせた。

基礎訓練、兵器訓練、ジャングル訓練、夜間訓練、サバイバル訓練、回避および脱出訓練を受けてきた。だが、誰もこの状況に備えてまともに訓練できるはずなどなく、俺はもう死んだんだ、と彼は痛感した。

彼は声をひそめた。「M16じゃねえ。まちがいなくカラシニコフだ」ビュン、ビュン、ビュン、弾丸が毒虫のように頭上を飛んでいく、ビュン、ビュン。土煙と草葺きのかけらが宙を舞っている。ほんの数メートル離れたところで、ヤシの茂みから葉が落ちていく。

「片っ端から殺してやがる！」とナッシュは言った。

「俺たちがここにいることは分かってねえ」とジェームズは言った。「だから黙っとけ、いいか？」

二人とも撃ち返さなかった。

西から、自動機関銃のけたたましい銃音。誰かの叫び声――「援護しろ援護しろ援護しろ援護しろ！」ジェームズが立ち上がると、ブラックマンが窪地の西側を下りてきて、「撃て撃て撃て」と叫んでいて、ジェームズは東に向けて撃った。ブラックマンは肩にM60機関銃を担ぎ、五十キロの装填用弾薬箱を引きずっていた。彼は溝にいる二人の上に飛び込んできて、その鼓膜を破らんばかりに弾丸の雨を放ち、「誰もこいつを越えては行けねえ！」と叫んだ。彼は膝をついて起き上がって撃ち、前方にある高い地面の土が跳ね上がった。ブルドーザーのように、窪地の地面を平らにしていた。「諸君、俺には全人類皆殺しにできるくらいの弾薬があんだ」

この先、誰にもニガーなんて言葉は使わねえ、ジェームズは心の中でそう誓った。

彼はセレクターを親指で動かして、弾倉一個分をオートで撃った。丘の上で、また迫撃砲の音がしていた。

「こんなクソ信じられっか？」

「何がだ？　何がだってんだ？」

「曹長が言うには山全体が攻撃食らってんだと！」

「失礼な連中だ」とブラックマンは言った。「普通は昼間には攻撃してこないもんだ」

「ちくしょうめ」とジェームズは言った。

「どうした？」

「分かんねえ。お前笑わせてくれるよ」

「お前がおかしいんだって」

「なんで俺たち笑ってんだ？」

　笑いが止まらなかった。すべてが。すべてが、あまりに楽しくて、笑いが止まらなかった。すべてが。「知るかってんだ！」とジェームズは叫び、銃に装塡し、三人は笑いながら撃ちまくり、ジェームズが二つ挿弾子を使い切ったところで、ブラックマンが言った。「**止めろ止めろ止めろおめえら射撃止めろって**」

　丘の上のどこかからは、無反動砲や迫撃砲の音がしていたが、彼らの周りは静まり返っていた。

「M&M一個くれ」とブラックマンは言った。

「いいともさ」ジェームズは袋ごと彼に渡した。ブラックマンは袋を逆さまにして口にキャンディーを放り込み、素早く嚙んでいた。

　少し前までは銃撃で痙攣し、飛び散っていたジャングルから、さえずりが聞こえ始めた。

「ありゃなんだ？　ベトコンのリスか？」

「猿だよ」

「テナガザルだな」とジェームズは言った。

　ブラックマンはチョコがこびりついた歯を見せ、笑って言った。「照明弾だ。さて行くか」

「どこ行くんだ？」

「上がるんだよ」

「『上』がるって？　『上』はごめんだぜ」

「俺の銃が冷えたら行くぜ。今は触れねえ」

「ここはどうなってんだ？」

「触ってみるか。指が焼けて取れちまうぜ」

「そんなモノ触るかよ」

「二人とも挿弾子入れとけ」ブラックマンは言った。「丘を上がんなくちゃな」

「迫撃砲なんだぜ、ありゃ」

「行かなきゃな。さあ立とうぜ」

　ブラックマンはオリーブ色のタオルをクッション代わりにして、巨大な機関銃を炭坑夫のつるはしのように肩に担ぎ、二脚台をつかんで、バランスを取りながら丘を上っていった。その後ろにヒューストン、ナッシュと続いていった。

　上のほうでは、斜面に棚田が作られていた。三人はあぜ道に沿って、大まかに言えば上に進んでいった。

　けたたましい銃声がどこからともなく鳴り響き、銃弾が小さな苗を震わせ、水中でチューンチューンという音を立てた。

彼らは何も言わずにあぜ道を飛び越えて、乾いた側に倒れ込んで腹這いに進み、溝を見つけて入り、彼らを殺そうとしている誰かから急いで逃れた。

「分かってくれよ」とナッシュは言った。「訳分かんねぇうちにこんなことになっちまってさ。俺まだ三日目なんだぜ！」

「俺は二回目の兵役を始めたとこだ」とジェームズは言った。「俺とお前と、どっちがバカなんだか」

燃えている小屋や、無人の村落を通りかかったが、誰一人見かけなかった。まったく姿を見せないことで、彼らの存在はますます鮮明になっていた。だが、前方では動きがあった。銃声を耳にした。外国語で呼ぶ声も聞こえた。通りかかった村落の住民は、ほんの少し前に避難したばかりだった。庭先の囲いにはヤギが一頭取り残されていて、まるで斧に首を差し出しているような格好だったが、糞をしているだけだった。戦争のまっただ中で。

三人の兵士は頂上を目指して上っていった。

日が落ちるころまでに、三人は自分たちを殺そうとする人間で一杯の山を七キロ移動していた。ジェームズにとっては、あっという間のことだった。彼らが着陸ゾーンへの最後の半キロの道を上がっていくころには、空はピンクと紫になっていた。防御線の内側に入ると、アメリカ軍の軍服を着てうつぶせになっている男がいた。軍服の半分は引きちぎられていて、頭部はほとんど残っていなかった。ほとんど誰も目もくれなかったので、それが死体なのかどうかもジェームズには分からなかった。

着陸地点のそばでは、ミサイルの発射が報告されたために進路を変えて出て行ったというヘリの帰りを、医療衛生兵たちが待っていた。「ただの照明弾かもしれないけどな」と伍長の一人がブラックマンに説明していた。「ヘリポートに一発入ってきてさ、蹴り出すはめになった」誰も死体のことには触れなかった。ジェームズはブラックマンとナッシュと一緒にいた。三人は砂嚢の壁の上に腰掛け、ジグザグの道のりを狂ったように五時間かけて上ってきた山を見下ろした。東の谷は涼しげな影に入っていた。

「一体何があったんだ？」

「さっぱり分からねぇ」

「奴ら攻撃してきやがった。俺たちが敵なんだろ」

「俺は誰の敵でもないぜ」

「友だちにも敵にも何にもなりたかねぇ」

「曹長は？」

「E小隊はどこだよ?」

ジェームズには見覚えのない大尉が、三人のところにやってきた。ヘリのローターの埃で全身が赤っぽくなっていて、噛みタバコを噛んでいて、目に汗が入ってまばたきしていた。「ここは確立された拠点基地だ」——虫が彼の額に飛んできた。「ここ全域を確保したい」——舞い降りて、飛び立ち、消えていった。

「大尉、俺たちはハーモン曹長を探してるんです」

大尉はブラックマンと彼の巨大な機関銃を指差した。

「E小隊はどこなんです?」

「その60をちゃんと配置しとけ」彼は立ち去った。三人は動かなかった。

長い口ひげを生やして、頭には青いバンダナを巻いた、ヒッピーのような外見の衛生兵が温かい食事を三つ重ねて持ってきて、三人は心底お礼を言った。ただしナッシュは「その口ひげ、イモムシが這い回ってるみてえだな」と付け加えた。

自分の周りにいる男たちに対して湧き上がってくる、かつてないほど深い善意をジェームズは感じた。迫撃砲攻撃で戦死者が一人出た、と衛生兵は言った。「そいつ見たぜ!」とジェームズは言った。「死体見たよ。でも何か別モノなんだと思ってた」

「別モノ? 死体以外の何だってんだ?」

「確かにそうだ」とブラックマン。「そいつ見たな」

「まだよく分かんねえ」とジェームズは言った。自分が戦闘をしていたのかどうかも、はっきりとは分からなかった。「この山全体が攻撃されたんだろ?」

彼は記憶を整理して、その午後の出来事をまとめようとした。すべてが鮮やかで、混乱していた。一つだけ確かなことがあった。これほど素早く行動したことも、確信を持って動いたこともなかった。デタラメの類いは燃え尽きて、消えたのだ。

どうやら終わったようだった。何の説明もなかった。今まで、この山でゲリラの活動はなかった。突如として、西側の住民は姿を消し、ベトコンが現れ、その彼らも煙のように消えてしまった。ジェームズはしゃがみ、ソーセージと豆を食べた。野戦服は汗でびっしょりだった。ナッシュもびしょ濡れになっていることに彼は気がついた。「調子はどうよ?」とジェームズは訊いた。

「調子いいぜ。どうした? 信じねえのか?」

ジェームズはまごついてしまい、「おう。信じるよ。ホント」としか言えなかった。

「タマが汗かいてんのさ、それだけだよ。漏らしたわけじゃねえ」とナッシュは言った。

夕暮れの明かりの中、彼らは衛生兵に連れられてジグザグの道を通り、シャツを脱いだ若者たちが腰まで水に浸かって水浴びをしている谷間に着いた。土手の上でしゃがみ、泥っぽい水の上で靴下を絞っている男がいた。全員元気そのもので、笑い、叫んでいた。ブーツを脱げ、シャツを脱げ——正式な水泳の召集があるからには、戦闘はもう終わって、間違いなく安全なはずだ。弱くなっていく光の中で、ジェームズは興奮し、幸せで、ぼんやり見えるどの若者の顔からも同胞愛のメッセージを感じていた。

「お前ら偵察隊は身軽だよな」

そう言っているのは新入りなのだろう。E小隊などジョークにすぎないということが分かっていないのだ。彼らは確かに軽装備だった。ジェームズはリュックを持っておらず、ポンチョと塹壕掘り用具が入ったボーイスカウトのナップサックと、二十発入りのマガジンが七つ、センチメンタルなお守りがいくつか——コンドーム、ポーカーのチップにキャンディー——それに虫除けの薬、およびそれに浸したバンダナがあるだけだった。あれこれ引きずっていくよりも、何かが足りないほうがまだ辛くない、と信じていた。

誰かが言った。「ま、これで戦争はおしまいだろ。俺は街に行って一発やってくるぜ。テトのときは女はタダだからな」

「テトって?」

「せこいアジア野郎どもの新年のこった、分かったか。今日はテトなんだ」

「テトは明日だろ。今日は一月三十日だろうがよ」

「いつ?」

「今日だって、まったく」

森が開けたところに、着陸ゾーンからの歩兵が一人やって来て、「ちっくしょう! ちくしょうめ!」と言っていた。俺もあんな見かけなんだろうな、とジェームズは思った——汗まみれで、汚くて、目がギラギラして。「クソ! クソ!」と少年は言った。空き地の端まで走って、遠くに見える紫色の山々を見つめた。「クソ」

彼の知り合いの一人が訊いた。「クソって何が?」

彼は戻ってきて、頭を振りながら腰を下ろした。その知り合いの両手を取って、外国式に心からの挨拶でもするような様子だった。「クソ。一人殺っちまった」

「そりゃクソだよな」

「鹿を撃つのと大して変わんねえ」と少年は言った。

「お前いつ鹿を撃ったわけ?」

「映画とごっちゃになってんだろうな。でも実際んとこ――ビーン。それでもうおしまいだ」

「それでおしまいって感じじゃないぜ、トミー」

「おい。奴の頭半分が吹っ飛んだんだ。それでも何か言いたいことあんのか?」

「落ち着けって。お前興奮しすぎてんぜ」

「ああ、そうだよな」とトミーは言った。「落ち着かなきゃ」

「おい、俺の手離せよ、気持ち悪いな」

ジェームズも殺していた。銃口からの閃光が見えたので、小さな庭に手榴弾を投げ込み、それが爆発すると、二人のベトコンが男を引きずり、茂みに逃げていった。生きているようには見えなかった。あまりのショックで、男を助けようとしていた二人に銃を向けられなかった。ベトコンだったかもしれないし、違ったかもしれない。

そのとき、彼は二十発入りのマガジンを五つ持っていて、中尉にさらに二十八個渡された。三百発以上撃ち込み、手榴弾を二つ投げ、十キロ移動して、ベトコンの可能性がある男を一人殺した。

皆が見守る中、トミーは胸ポケットからタバコとジッポを取り出した。彼はおごそかに火をつけ、煙を吐き出して、友達に言った。「誰か殺ったか?」

「殺ったと思う」

「どっちを?」

「どっちかは分からねえよ。分かるわけねえだろ?」

ジェームズは一人も傷つけることなく最初の兵役を終えて、二回目の兵役にイエスと言ったところで、もう多くの人々が死んでいた――そしてこの男、トミーはさも楽しげにそのことを話していた。

衛生兵は二人の兵士と一緒に木立の中に入っていき、すぐにマリファナの匂いが漂ってきたが、そんなことはどうでもよかった。好きにぶっ飛んでいればいい、これは戦争なのだ。

太陽はさらに西に沈んでいき、山の後ろから姿を見せ、谷間を照らし出した。水田の向こうで、ジャングルは柔らかな色合いに沸き立っていた。はるか下のほうから、テトのために屠殺されている豚の鳴き声が聞こえてきた。少年がビートルズの替え歌を披露していた――

目を閉じて、股を広げてよ

君の卵子に受精してあげる――

別の少年が言った。「クソ、あんたら戦闘してたの？　俺たちパトロールで山を半分くらい下りて、また引き返してさ、何も見なかったし引き金一つも引かなかった。ロケット弾の音は聞こえたさ、ジェットにヘリ、爆撃だろ――でもクソ一つも見えやしなかった。迫撃砲はそりゃ聞こえたさ。でもクソの一つも見てやしねえ」

若者が現れ、「ハンソンがこの地域に来たぜ、みんなで乾杯しようや」と言って、六缶入りのバドワイザーのパックを開け、野犬のように周りに群がってきた男たちで分けた。

「ハンソンって誰？」とジェームズは訊いた。

「俺よ！　俺がハンソンだよ！」

ハンソンの頭が吹き飛ばされるところを思い浮かべた。基礎訓練のとき、流れ弾を受けてばったりと死ぬ兵士や、姿を隠した敵のスナイパーのことは聞いたことがあった。考え事をしていて、ちょっと何か口にして、その途端に倒れ込んで死ぬ。靴ひもを結ぼうとかがみ、頭を吹き飛ばされる。あっさり死ぬのはごめんだったし、そんな場面に出くわすのも嫌だった。

ブラックマンが全員に話しかけていた。「戦争中はカルマに気を配んなきゃだめだ。女を強姦したり動物を殺すのは御法度だ、でなきゃカルマにやられちまう。カルマってなあ車輪みたいなもんだ。あんたらの下にある輪を回したら上のも回る。んであんたらの隣には俺がいる。カルマは俺にも触れてる。いいか、何が何でもカルマを乱しちゃだめなんだ」

「何だそれ。ブラック・ムスリムの教えかよ？」

「俺はムスリムじゃねえ。いろいろ見てきただけよ」

彼が言っているのは、自分で実践しているはずもない完全なデマカセだった。しかしそれを聞いたジェームズの肌はゾクゾクした。

暗くなって、上官の目が届かなくなるとすぐ、E小隊の三人は、その日の午後の敵から一番離れたところ、防御線の東側にある木立で、誰も使っていないハンモックを見つけ、ブーツもベルトも取らずに倒れ込んだ。持ち主がやって来て追い出されるまでは、ここが宿だ。夜の帳が降りた。横向きになって、地面の高さで目をこらすと、枝の間に燐光のかけらを見ることができた。それ以外は、目が見えなくなったかと思うくらいの闇だった。網のところで蚊が唸っていた。眠るとき、腕や頬が網に当たりそうなところに、虫除けを浸けたバンダナを置いておいた。何かが茂みで這い回っていた。夜はいつもそんな風だった。今日、誰かを殺した。あれからまだ八時間も経っていない。基礎訓練中は、誰かを殺すなんて思いもよらなかった。心配だったのは殺されることだけ、動いてくれない車両や、死んだせいでモノにできない女たちのことだけだった。離れたところで、兵士が二人話しているのが聞こえた。興奮していて眠れないのだ。死が身近にあると、魂に真剣に向き合うようになる。その二人もそれを感じていた。声音でそれが分かった。

ジェームズは夜中に網を開け、外にごろりと出た。小便したいのかな、と思ったが、山の下のほうでまた迫撃砲の音がしているのに気がついた。ファック、クソ、行け行け、という声が聞こえた。東の闇夜に照明弾がいくつも交錯し、そのおぼろげな琥珀色の照明の中、枯葉剤で剝き出しになった丘の下の岩が自分の影と踊っているのが見えた。銃口の閃光と、カラシニコフのポンポンポンという音と、M16のけたたましい音が聞こえた。ジェットの音。ヘリ。ロケット弾。武器を手にしたまま、彼はハンモックのそばで凍りつき、怖くて泣きそうで、愚かで、独りぼっちだった。迫撃砲の爆発がどんなものか、身をもって理解できた――赤オレンジ色が家ほども大きく飛び散り、一秒遅れて、耳の穴が痛くなるほどの轟音。また轟音。そして一発、また一発と、どんどん彼に近づいてきた。至るところで銃撃していた。彼のヘルメットとライフルを弾丸がかすめていった。

「おいおいおい!」何かが彼のベルトをつかんで引き戻した。ブラックマンだった。「何やってる?」

「嫌だよ、冗談じゃねえ。ちくしょう、ちくしょうめ」

「そっちは敵だ! 伏せろ伏せろ!」

「すまねえ、すまねえ、すまねえ」

「クッソー、合図が来やがった」

ジェームズは「何だって?」と言った。

「行くぞ行くぞ行くぞ」

ブラックマンは動きだし、ジェームズは彼のシャツの後ろをつかもうとしたが、彼は下がって行ってしまった。防御線自体が後退していた。照明弾の光を受けた亡霊のようなナッシュが横にいた。「撃つのやめろよ! 俺たちだ! 味方だって!」俺撃ってたのか? とジェームズは訊いたが、何も聞こえなかった。すべては精神的テレパシーだった。彼は地面に触れることなく動いていた。どこへ? ここへ、この場所へ。ナッシュとブラックマンがまだ一緒だった。ナッシュは言った。「こいつら何者なんだよ?」

「あっちの山にいる偵察兵だ」とブラックマンは言った。

「迫撃砲を俺たちに撃ち込んできやがる」

声が交錯した。「俺の輸送指揮官はどこだ? 無線無線無線!」

「ここ、ここ、ここ!」

「ここが戦闘になってるって上に伝えろ。誰も下りてこねえ!」

「もう一度、もう一度言え!」

「中心から離れろ! 危険だ! やばいぞ!」

ジェームズは腹這いになり、土をつかんだ。体の下で地面が弾んでいた。体を預けておけなかった。ほとんど息もできなかった。

「あの野郎どもは何がしてえんだ!」

俺動いてるのか? とジェームズは訊いた。漆黒の闇は掬って飲めるくらい重く立ちこめていて、曳光弾と銃火の残像が筋になっていた。静かになった。虫の羽音すらしなかった。かつてないほどの無音の中で、吊り革が挿弾子に当たるわずかな音を聞いただけで、それが空だとジェームズには分かったが、ほんの二分前までは、辺りの騒音が凄まじく、自分の叫び声すらも聞こえないほどだった。この新たな沈黙の中では挿弾子を代えたくなかった。音を立てると、敵が照準を合わせてきて、ズタズタに、ズタズタに、ズタズタにされるのではないか、という恐怖しかなかった。

闇の二キロ東に別の山があった。名前は知らなかったし、名前のことなど考えもしなかったが、さざ波のような小さな銃撃の音がそこで聞こえた。下の斜面からは、もっと銃声がしていた。まだ彼の世界からは離れていたが、ずっと近く、明瞭な音。自分が撃たずにいる限り、はっきりと音が聞こえていた。

西から次々にジェット機がやってきた。「あのチンカス野郎どもはもうお陀仏だぜ」と誰かが言った。

ロケット弾が彼らの下の斜面全体と、頭上の木々を照らし出した。

「撃つな、撃つな!」と誰かが地面をドシドシ歩き回って叫んだ。「ハンソンなんだって!」その男はジェームズの隣に倒れ込んだ。「ハンソンが言うには、クソもいい加減にしろってな」

ジェームズに分かる限りでは、ハンソンも入れて六人の兵士が、斜面のすぐ上の茂みに腹這いになっていた。

下の山への爆撃が一段落したとき、ハンソンは静かに口を開いた。グリーンでのパッティングという、緊迫した場面を中継するアナウンサーのような口調だった。「ハンソンは姿勢を低くする。ハンソンは背筋を汗が伝うのを感じる。ハンソンの親指は安全装置にかかってる、指は引き金にかかってる。もし来たら、心底やられたって敵は思うことになる。ハンソンは奴らの顔を吹っ飛ばす。ハンソンの指はクリちゃんみたいに引き金を舐める。ハンソンはアソコみたいに銃を愛してる。ハンソンは家に帰りたい。ハンソンは清潔なシーツの匂いを嗅ぎたい。アラバマのきれいなシーツだ。ベトナムの臭いやつじゃない」

誰もハンソンの相手をしなかった。敵は殺し屋で、自分たちはほんの子供にすぎず、もう死んだのだ、と誰もが分かっていた。この瞬間のことが理解できて、この瞬間を生き延びれるような口調でハンソンが喋っていることを、皆がありがたく思っていた。

「俺のE小隊の連中はどこだ?」

ハーモン曹長が後ろにやってきた。下で着弾したロケット弾の、突然の神々しい光の中、背筋を伸ばして歩いてきて、助かったんだ、と兵士たちは思った。「ここに何人かいるか?」

ブラックマンの声がした。「E小隊が五八、はぐれたのが一人」

「この斜面の二百メートルほど下で、活発な戦闘が行われてる。これからそこに五十メートルほど接近し、攻撃する。俺についてこい。明るくなったら伏せて前を見ろ。暗くなったら見えてた所に動くんだ」彼はかがみ、ジェームズの肩に触れた。「呼吸が深すぎるぞ。鼻から浅く息をしろ、そうすれば大丈夫だ。こういう状況では過呼吸になるな。手や指が痙攣する」

「オーケー」とジェームズは言ったが、何のことなのか分からなかった。

「行くぞ!」と曹長は言って、出て行った。ゆらめく光の煙を引いた照明弾が谷の上空を漂い、煙から離れ、ゆらゆらと落ちていく。煙っぽい薄明かりで、ジェームズは移動しながら自分の足を見ることができた。前進している限り、殺されることはなかった。瞬間瞬間が、マンガのコマのようにやってきて、彼はそれぞれのコマにぴったり収まっていた。爆撃が夜を照らし、照明弾が天空に揺れ、彼の周りには黒い影が動き回っていた。「ブラックマン!」ジェームズは叫んだ。「ブラックマン!」前方で大きな銃音がしたので、彼は匍匐前進でそこに向かった。彼の周りの茂みの至るところを、銃弾がチュンチュンとかすめていった。誰かがやられ、泣き叫び、止むことなく喚いていた。すぐ前のところでは、ヘルメットを弾で飛ばされた男がひざまずいていて、頭の傷で頭皮がめくれている——いや、ヒッピーの衛生兵だ、頭にハンカチを巻いて、モルヒネの応急注射器を二本タバコのようにくわえ、叫んでいる男の上に膝をついている——曹長だ。「曹長、曹長、曹長！」とジェームズは言った。「よしいいぞ、話しかけろ。気絶させるな」と衛生兵は言って、注射器を噛み、曹長の首に刺した。だが、曹長は赤ん坊のように泣き喚きつづけ、ひたすら声の限り叫んでいた。「ちょっとぶっ放してこいよ、な？」と衛生兵は言った。ジェームズは体を屈めて、ブラックマンのところによたよたと歩いていき、下の銃光目がけて発砲した。人を殺していることは分かっていた。動いていること、それが秘訣だった。動いて殺して、素晴らしい気分だった。

その日の午後三時から、キャシーは難産に立ち会っていた。五時までかかって、頭の先が出てきただけだった。頭には、目がなく、耳もない顔。小さな母親はこの奇形の子供を産もうと必死だったが、そこから先は出てこなかった。家族には助産婦を雇う金はなかった。類人猿を研究している生物医学センターから、イギリス人の医師が向かっているところだった。キャシーが手伝うことになる。帝王切開になるかもしれない。モルヒネとキシロカインはあった。医師がもっとましなものを持ってきてくれることを願った。

枯葉剤がこうした奇形児の原因だ、とフランス人の医師たちは言っていた。ここの人々は違う説明をしていて、自分たちの過ちに対して怒れる神々に対して、罪のない子供たちを罰するのはお止め下さい、と訴えていた。どんな過ち？　心の中の邪な考え。こんなに若くして子供を宿したということは、内なる恐るべきイメージに屈したに違いないのだ。夢やあこがれ、淫らな考え。低い小屋の寝床で、両脚をくの字に開き、両手をぴくぴくと震わせて、彼女はどんな考えにもとらわれていないようだった。いきみ、息をつき、赤子が——『コロサイ人への手紙』にあっただろうか？——節と節、筋と筋によって支えられ、結び合わされ、神に育てられて成長していく体のこと。この子も、ただそれだけに見えた。彼女が世話をしている子供たちは、戦争で傷つき、片脚か両脚、片腕か両腕を切断されてきた

——顔を焼かれ、視力を失って。そして孤児になって。でも、大きな頭で顔は半分あるだけの、この悲しい奇跡の子は、膣口でふさがってしまい、すでに争いで破壊されてから出てこようとしている。

十時ごろまでには、医師が到着しないことは明らかだった。じきに赤ん坊の心臓は止まった。彼女は家族を外に出し、死産の子をばらばらにして、血まみれの部位を取り出し、できるだけきれいにし、真夜中を少し過ぎたころに家族を呼び戻した。彼女は家族と一緒に少女の隣で眠った。外の夜ではテトを祝う爆竹が鳴っていて、祝賀に出てきた人々は線香花火を手に持って振っていた。彼女は眠った。

それから、ずっと、ずっと大きな爆発音。嵐だ、と彼女は思った。神が、大いなる無色の考えとともに。しかし、それは戦闘だった。東と南のほうで、ゴミ缶に入れた爆竹のような破裂音、ただし雷くらいしか比べるもののないような大きさの音が、骨に響くほどの深さで轟いている。ここにいる期間で、これほどの音を耳にしたことはなかった。彼女は閃光と爆発の間隔が何秒あるかを数えて、そのいくつかは一キロほど離れたところだろう、と見当をつけた。一家は目を覚ましたが、誰もランプはつけなかった。遠く、水田の上空では、オレンジ色の曳光弾の間で、ヘリが白いサーチライトを放っていて、輝くポートガンから強烈な弾丸の雨を降らせていた。戦闘は何時間も続き、引き裂かれた心は嵐の中でのたうち回っていた。止まった。ときおり突発するくらいになった。夜明けまでには鎮静化した。セミが鳴き始め、光がゆっくりと満ちてきた。木の上ではテナガザルが声を上げていた。この世に銃など一丁もない、と思ってしまうほどに。小さな雄鶏がやってきて、戸口に立ち、くちばしを上げ、目を閉じて鳴いた。大地に平和がある、と思ってしまうほどに。

次に、彼女は焼夷弾の爆撃を受けた近くの村に呼ばれた。南ベトナム機によるものか、アメリカ軍なのかははっきりしなかったが、どちらにせよ誤爆だった。キャシーは火傷を見たことはあったが、その現場を見たことはなかった。午後遅くに到着した。テニスコートほどの大きさの黒い斑点が、村の半分ほどを端から覆っていた。何軒か小屋があったところは灰になり、水田の水は蒸発し、苗は消え失せていた。焦げた藁の臭いがし、硫黄の臭いがすべてを覆っていた。ナパーム弾ではなく、白燐爆弾だったようだ。低空を飛ぶ航空機の音がしたので、村人たちはジャングルに逃げて避難していた。何人かが殺されていた。まだ生きている小さな女の子がいたが、ひどいショック状態で、むごい火傷を負って、裸だった。もう手の施しようがなかった。キャシーは彼女に触れなかった。夕暮れの中、村人たちは彼女を囲んで座っていた。火傷の淡い緑色のきらめきが、消えていく明かりに抗っていた。魔術のようで、キャシーの疲労と、被災直後の雰囲気に沈黙も相まって、夢を見ているような光景だった。少女は月光で力を与えられた邪神のようだった。生命の徴がすべて消えたあとも、彼女の体は闇の中で光を放っていた。

キャシーは朝まで村にいて、それから自転車で、生物医学センターに向かった。その施設が爆撃を受けた、という噂が前の晩耳に入った。破壊されたのだと。その知らせを伝えてきたのは十歳にもなっていない少年だったが、肩に木こりの斧のような山刀を下げていて、夜明けの光の中、水田や畑を抜ける近道に彼女を案内してくれた。猿研究者夫婦のところに早く着こうと、彼女は必死にペダルを漕いだ。近道は家が立ち並ぶ水路の横を走っていて、デルタ地帯の水田が広がる平地を土手沿いに抜けていった。遠くのほうでは、アメリカ軍のヘリコプターの片側が日の出でピンクに染まり、川の上を捜索していた。この早い時刻、こんな日でも、あちこちで農民が水田で働いていて、かがんで苗の間で手を動かし、脚と背中はまっすぐにして腰で体を曲げていた。その周りではアヒルやニワトリ、巨大な水牛、淡い黄褐色で腹を空かせているように見えるインド牛、痩せこけた馬などがぶらぶら歩き回っていて、戦争など存在するはずもないような風情だった。

昼にほど近いころ、彼女はちょっとした坂を上り、反対側に広がる荒れ果てた光景を目にした。土から煙がまだ立ち上っている焼けた丘の頂上で、彼女は止まり、生物医学センターを見下ろした。猿を収容していた建物の一角は倒壊していたが、居住用の空間は無事だった。彼女は自転車を押して黒焦げの地面を歩き、建物を目指して下っていった。榴散弾が壁に穴をあけていたが、窓は無傷だった。ライフルを立てて片手でつかんでいる少年が、入り口のところにしゃがんで、足下に唾を吐いていた。入っていく彼女を見上げて、にかっと笑顔を見せた。

表の部屋で、彼女はビンガム夫人を見つけた。痩せた、もう老婆と言っていい女性で、血で汚れたカーキ色の服を着て、男の子のような髪型で、タバコをくわえて膝をつき、低いコーヒーテーブルの上に広げた軍用毛布に横たえられた猿の一匹におむつを履かせていた。彼女の周りには血糊の付いた布や包帯があった。彼女は手を休め、口からタバコを取り、キャシーに笑顔かしかめっ面を向けた。猿のような表情だったが、目には涙が浮かんでいた。「何て言ったらいいかしら？　入って」彼女は弱々しくタバコを振りかざした。「生きていてね」

破壊を目の当たりにし、キャシーは薬品のことが心配だった。だが、キッチンに冷蔵庫が二つあるのが見えた。キャシーは座り、「ひどいわね」と言った。

「わたしたちに分かるところでは、生き残ったのはこれだけ。ヤセザルは四種類ともいたのに。今は二種類だけ」なぜか彼女は笑って、愛煙家に独特の湿っぽい咳をして、笑うのをやめた。

「ひどいわ」とキャシーは言った。

「わたしたちはひどい所にいるものね」

「堕落した世界ね」

「それには反論できないわね。したって馬鹿なだけでしょう」

十匹くらいの猿が毛布の上で看護されているようだった。どれも布のおむつを付けていた。

ビンガム夫人は言った。「昨日の晩は行けなくてごめんなさい。どうなったかしら？　答えないほうがいいわね」

「母親は無事よ」

「赤ん坊は死んだのね」

「その通り」

「ごめんなさい。手一杯だったのよ。ここでインフルエンザが流行していたの。でも、もうどうでもいいことね」

キャシーはナップサックをテーブルに置いて開けた。人にあげるために、アメリカ軍のタバコをばらでビニール袋に入れていて、全部ビンガム夫人に渡した。「崩れてるのもあるでしょ？」

ビンガム夫人は小さな猿を膝元に抱き、大きな眉毛をした猿と一緒に、よく分からないというように袋を見つめた。「揺りかごは十一個あったの」と彼女は言った。「でも全部燃えてしまった」

たかが猿じゃない、彼女はそう叫びたくて仕方がなかった。猿よ、猿なのよ。

キッチンには女中がいた。若くて、ハイヒールのサンダルとミニスカートを履いた女で、流しで小さなおむつを洗う手を休めてキャシーに会いにきた。「何かもらえますか？」と彼女は訊いた。

「わたしのいるところに来ないで」とビンガム夫人は言い、彼女はキッチンに戻った。

「ドクターはいるかしら？」

「わたしたちは待っているところよ。何匹かは逃げたのかもしれない。彼は生き残りを探しているの」

「見つけられるかしら？　つかまえられる？」

「怪我をしているなら。これはゴールデンラングールよ」

彼女は毛布の上の傷ついたラングールザルを置き直した。

猿は黒い目を上に向けて横たわり、必死に考え事をしているようだった。「他の子たちはたぶん死んでしまったわ。わたしたちみんな死んでいたかもしれない。あのいまいましい連中。病んでいるのよ。あら、そうよね。わたしたちみんなおかしくなってしまったのよね。そうでしょ、気づいてはいないにしても」

じきに医師が入ってきて、傷ついた猿たちにジェスチャーをしていた。

「ベトコン参上」

「何かいた？」

彼は首を振った。

「迫撃砲だったの？」とキャシーは訊いた。

「ロケット弾だよ」とビンガム医師は言った。「航空機だ。それにただのロケット弾じゃない」

「ナパーム弾？」

「おそらくね」

「間違いないわ」彼の妻は泣き崩れた。「叫び声が耳にこびりついているわ——今こうやって話していても。あなたには分からないわ。あなたには分からないよ」医師はキャシーに説明した。「すまないが、分からないだろう」

「ミミ」妻は女中に言った。「看護婦さんにコカコーラを持ってきてくれるかしら」

女中は氷入りのコップにコカコーラを入れてきて、三人は居間にある発電機で供給される明かりの下に座り、ビンガム医師が猿の話をした。ラングールの四つの亜種は、実は二つの別の種で、その片方が三つの亜種に分かれている、と考えられるようになった。その一つ、金色の頭をしたトラキピテクス・ポリオセファルスは、彼によれば「痛々しいくらい希少に」なってしまい、生き残っているのは推計で五百匹ほどになっていた。そして今は、さらに少なくなってしまった。キャシーは哺乳瓶の口をラングールの口に当て、猿が粉ミルクをごくごく飲むあいだ瓶を持つ役を任された。かわいい生き物だったが、鼻から青い汁がぶくぶくと出て来て、伝染して死んじゃわないかしら、と彼女は思った。

夫婦はとても丁寧に接してくれたが、ひげ面で中年にさしかかっていて、いつもキャシーにはジャングルの主人に見える医師が、コーヒーテーブルの上に開けて置いてある彼女のナップサックに気がつくと、「あれは何だ」と言った。非常に冷たく、憎らしそうな、とても奇妙な口調だった。

「血圧計よ」

「テープレコーダーだろう」

「血圧計なのよ」

「録音しているんだな」と彼は言った。

「あなた、テープレコーダーには全然見えないじゃない」固く結んだ医師の唇からは血の気が引いていた。鼻から荒く息をしていた。

キャシーは言った。「もう切ってるわ」

「電源を入れないようにしろよ」

「テープレコーダーだってこの人は思っているのよ」とビンガム夫人は言った。

キャシーは椅子のそばの床に置いたコーラのコップに手を伸ばした。フシアリが群がってきていた。幅十五センチほどで、どれくらいの長さか見当もつかない隊列を組んで、燃えるような外から入ってきていた。

「ラジオは聞いたかしら？」とビンガム夫人は言った。

「北が全土で攻撃しているのよ。アメリカ大使館も襲撃されたわ」

「本当に」

「排除されたようね。ニュースではそう言っているわ。でもアメリカの支局よ。きっと勝ったように見せたいんじゃない？　あなた」彼女は猿の一匹の世話をしている夫に呼びかけた。「その子は死んだわ。死んだのよ」

「腕をちゃんと揃えてたんだよ」

「そっとしてあげて」

女中の子が短い箒を素早くはたき、アリを戸口から追い払っていた。入り口を守っている男の子は五十センチほど左によけた。女の子は中国系のようで、かなり背が高く、とても短い黒のスカートをして、長い脚を見せていた。

「あなたたちはここに残るの？」とキャシーは尋ねた。

「残るって？」

「いろいろ修理して、施設を建て直せると思う？」

「他にどうしろというの？　他に誰がこの子たちの面倒を見るの？　もう七匹になってしまったわ。それでもここにいるのよ。百六十匹のうち七匹よ」

「百五十八匹だ」と医師は言った。

「抗生物質の備蓄があったんじゃなかったかしら？　まだあるかしら？」抗生物質があることは分かっていた――

二つ目の冷蔵庫だ。

「あの畜生どもめ、自分たちを何だと思っているんだ？　君はカナダ人だったよね？　アメリカ人じゃなくて」

キャシーは落ち着き払って言った。「あなたたちの抗生物質のことを考えてるの。もう事情は変わったわ」

「まあ、ひどい」とビンガム夫人は言った。

「どうして君が来たんだろうと思ってたよ」

「分かるわ。ごめんなさい。分かるわ」とキャシーは言った。「でもこれが現実よ。あれがあるとすごく助かるの」

「冷やして置いておけるの？」

「バオダイの施設を考えてたの。電動の冷蔵庫が二つあるわ。本当に助かるのよ。本当よ。だいたい二百人くらいの子供が」

「わたしたちのところには百五十八匹いたのよ」とビンガム夫人は改めて言った。

「そうね」キャシーは彼女の顔をひっぱたいてやりたかった。二人にもう一度尋ねた。「あなたたちはどうするの？」

「たぶん残るよ」

「そうね。残るわ」とビンガム夫人は言って、流しで布をすすいでいる女中のほうを見た。


「発電機は順調ね」

「そうね。まだ電気はあるわ」

「君は本当は誰の手先なんだ？　何を狙ってるんだ？」と医師は言った。

夫人は椅子から飛び上がった。「薬は欲しいかしら？　薬はいる？」彼女はキッチンにいる女の子のところに走っていき、後ろからスカートをめくり上げた。スカートの下は裸、パンティーを履いていない――「ほらね」とビンガム夫人は言った。「残るかですって？　出て行けっこないわよ！」

「薬をあげたらいい」

夫人は冷蔵庫の一つを大きく開けて叫んだ。「持っていくなら、わたしを殺してからにしなさい！」

「彼女にあげよう。必要なんだよ」と医師は言った。

「ここに来るなんて馬鹿なことをして」とビンガム夫人は言った。

「持っていけ」と医師は言った。何事もなかったように、女の子は流しで洗い物を続けていた。

日が昇るころ、E小隊陣地の上の山は火山のように黒い煙を上げていた。二つの戦争でも無傷だった西側の水田は、北ベトナム軍の砲撃か、ベトコンの迫撃砲だかに加え、アメリカ軍の焼夷弾とロケット弾で破壊され、荒地と化していた。E小隊の陣地は無傷だった。百メートルほど離れたところで、迫撃砲によるクレーターがいくつもできていたが、それだけだった。カオフックの村も無事だったよ。だが、どうやら村人の多くは事前に知らされていたようだった。つまり、ベトコンが警告していたのだ。村人たちは接触を受け、教化され、転向したようだった。大攻勢の前日の午後、村は奇妙なくらい静かだった。パープルバーは理由もなく閉店していた。火曜の夜明け前に攻撃が始まり、午前の半ばごろまでには、村人たちは家にこっそりと戻っていた。何人かはそれでもやってきて、袋も荷物も持っておらず、二、三分留守にしていただけ、といった風だった。

大佐は夜明けにヘリでやってきて、ジープで山を下り、イカレ中尉と心理作戦の二人――ストーム軍曹と、小柄な軍曹がスキップと呼んでいる民間人――と一緒にあたりを見て回った。

「ありゃりゃ」とイカレ中尉は言った。「F16で我々の山はクソだらけにされちまったようですね」

「これは手始めにすぎん。これからは空から地獄が雨あられと降ってくるぞ。クソ残念なことにな」と大佐は言った。興奮していた。ここの村人たちは、戦闘中には姿を消していたが、山の反対側の農民たちは違って、焼かれた者を除けば、今は地べたに尻餅をついて並んで、両手は背中の後ろで縛られ、縛られた足首を前に投げ出していた。大佐はその何人かの頭を叩いた。ベトコンだ、と彼らは言った。カラ男を一人捕えていた。ベトコンだ。クーチー・クーティーズはシニコフを持って彼らに向かってきて、インディアンが背負っているリュックサックをズタズタにしてしまったのだと。目隠しをした捕虜の縛った手首をインディアンがつかんで、後ろ向きに引きずっていき、クーティーズのテントが設営してある薮に連れて行った。両腕が肩関節から外れてしまい、小柄な捕虜は激しくしかめ面をしていて、顎が外れそうなくらいだったが、クーティーズが菩提樹の枝を払い、彼を手首のところで縛って、地上十五センチくらい浮かせて吊るしても、声一つ出さなかった。

曹長の負傷でE小隊は動揺していた。曹長は首と脊髄、腹部に傷を負い、第十二病院に搬送され、全身麻痺状態で待機していた。危険な容態で、本国までの移送は無理だった。E小隊のほとんどはパープルバーに無言で座り、少ししか飲まず、悲しみで何も考えられず、運命の荒々しい力をいまいましく嚙み締めていた。新入りの黒人兵も一緒にいて、本国で知り合いだという人間について大ボラを吹いていた。彼は曹長のことをよく知らず、打ちひしがれてはいなかったので、喋ることができたのだ。ルイジアナの奥地出身で、仲間内では気恥ずかしそうだったが、同時に故郷のことを話せて嬉しそうだった。「前に魔女に乗っかられたことあんだよ。一晩じゅう乗っかられててさ、起きたときゃぐったりで汚れててさ、猿ぐつわ嚙んでた口んとこが血だらけだったね。ベッドの上に蹄鉄掛けときゃ魔女は近づいてこねえんだ。家ん中に入ってくる前に、その蹄鉄が歩いてきた道を一つ残らず歩いてこなくちゃなんねえからよ。俺の叔父さんはある晩石つかんで魔女の腕折ってよ、んで次の日ありゃ間違いなく日曜だな誓ってもいいけど教会で賛美歌を歌ってた近所の婆さんが泡吹いて倒れてバッタバッタ転げ回ってさ、ショールを取れって牧師が叫んでみんなでショール取ったら婆さんの腕破裂して骨突き出てんの、それがちょうど叔父さんが魔女の腕折ったとこなんだ。穴に引きずってけっつって牧師が言ってみんなで婆さんを穴まで引きずってって、牧師が魔女を燃やせっつうもんだからそのまま穴で燃やしちまった。ホントなんだって。うちの誰も嘘だなんて言わねって。叔父さんから話聞いてさ、みんな知ってる話だった」丸顔の黒人の若者で、石炭のように黒かった。誰も彼の話を遮らず、永遠に話し続けるかと思ったが、ナッシュが入ってきて話を切った。「おい、見に来いよ、クーティーズがあのベトコンいたぶってて、奴はもうめちゃくちゃになってるぜ、こりゃ嘘じゃねえ、ホント見てみろって」

外では、ブラックマンがマンゴーを手づかみで皮ごと食べながら見ていた。マンゴーはいつでも手に入った。バナナ、時にはパパイヤも。「あのパトロール隊員ども、アンフェタミンとヤクでおっ勃っちまった。ビンビンだ」と彼は言った。

長距離パトロール隊員の一人、大佐のクーチー・クーティーズの中でもとりとめなく錯乱した、粗野な格好をした黒人の男が、捕虜の前の血溜りに立ち、その顔に唾を吐きかけていた。

イカレ中尉も黙って立って見ていて、隣には心理作戦のストーム軍曹もいた。

大佐は日陰にいた。古くて銃弾で穴だらけになって、中に鶏が住んでいるコンテナに座って見守っていた。彼とスキッパーは、皆の前に出てくるつもりはないようだった。中尉が二人のところに行った。「ま、その、こんな感じでして、この手のことに関しては……」後は言葉にならず、しかめ面をして、唇を噛んでいた。

クーティーズの黒人は、スイス製多目的アーミーナイフで男の腹をえぐりながら、講釈を垂れているようだった。「奴らにケツ蹴っ飛ばされてんだ、何がどうなってんだかはっきりさせねえとな。南のそこらじゅうで攻勢かけてきてやがる。アメリカ大使館の建物までだぜ」

心理作戦のストーム軍曹は「おい、勘弁してやれよ」と言ったが、小さな声だった。

カウボーイが声をかけた。「そのマンコ野郎にかましてやれよ。もっと泣き叫ばせてやれ。そうだ、このカス。曹長はそんな具合に叫んでたんだ。泣き叫びやがれ」彼の顔は怒りで紫になっていて、泣いていた。

「このボロカスウンコ野郎に見てもらいてえものがあんだ」今度はアーミーナイフのスプーンを出して男の目に近づけていった。

「やれよ、やっちまえ」とカウボーイ。

「この野郎にマジで……じっくりと……見てもらいてえ」とクーティーズの男は言った。捕虜の叫び声に、「いい調子だ。女の子の赤ん坊みてえな声だぜ」と彼は答えた。彼は足下の血溜りにナイフを捨て、視神経だけでぶら下がっている男の両眼をつかみ、血走った眼球を回転させ、瞳が空の眼窩と頭蓋骨の髄を見るようにした。「自分をよーく見るんだな、このクソ野郎」

「何てこった」と痩せた小柄な軍曹は言った。

大佐はコンテナから飛び降りて、ホルスターをパチンと開けながら近づいていき、カウボーイとクーティーズの男に下がるように合図して、吊り下げられた捕虜のこめかみを撃った。

「まったくそれでよし」とストーム軍曹は言った。

カウボーイは大佐に面と向かい合った。「あんたは声が枯れるまで曹長が泣き叫んだのを聞いてねえんだ。そんなことが一回二回あったら、こんなクソもう楽しくもなんともねえよ」

死体はすぐにだらりとなり、脳の切れ端が顔の片側から落ちていった。

ベトナム空軍パイロットとして、若きミン大尉は数えきれない標的に砲を向けてきて、F―SE戦闘爆撃機のコックピットから何百人もの命を奪ってきたはずだった。だが、それらは炎や煙の絨毯の下で、曖昧なまま終わっていて、人が殺される場面を見たのはそれが初めてだった。

晴れた日だった。正午近かった。もう不快なくらい暑くなっていた。

大佐はピストルをホルスターに戻して言った。「反共産主義のためなら俺はたいていのことはやる。いろいろな。しかし神かけて、限度ってものがある」

ミンは大佐の甥の笑い声を聞いた。スキップ・サンズは立っていられないくらい笑い転げていた。テントに片手をかけて、引き倒さんばかりだった。誰も彼に注意を払わなかった。

黒人のパトロール隊員は大佐を睨み、これ見よがしに舌でナイフをきれいにしてから、パープルバーのある村へと大股で去っていった。

一方のミンは、こんな破壊行為など起こってはおらず、幻想の汚れた風が吹き込んできて、平和と秩序という現実を引きずっていっただけだという風情だった。例えばカオフック村では何が起こっていたのだろう？――E小隊の設営地は今や小さな基地になっていて、クオンセット式の小屋、臨時の便所、陸軍移動外科病院の大きな発電機が二つあった。寺はまだ南の集落を支配していたが、今ではタイルの参道が付いたコンクリート板の上に建っていた。北の集落は、棺桶や鶏小屋を思わせる難民用住宅で覆われてしまった――大佐をあちこちに乗せて飛んできたこの二年ほどの間に、これだけの変化が生じていた。大きすぎるパープルバーは変わらっておらず、退屈そうな顔をした売春婦と、家族を亡くした孤児の溜まり場だった。地元の女の子は誰も出入りしなかった。

「何て野郎だよ」とジミー・ストームは言った。「ありゃとんでもねえニガーだぜ」

「誰が彼をあんな風にした？　我々だよ」と大佐は言った。「この地で今起こっていることを、歴史は許してくれるかもしれん。だが奴は許してくれん。そうあるべきだろうしな」

捕虜の眼をえぐり出した黒人のパトロール隊員を、ミンは知らなかった。その隊員がいないときは、皆が彼の話をした。彼はポンチョを地面に敷いて、昼間だけ寝ていた。夜になると、世界を動き回るのだ。どこに行くのかは誰も言わないが。伸び放題の髪は全長三十センチの塊になっていた。袖とズボンの脚のほとんどを切り取っていたので、体を害虫から守っているものといえば、顔と手足に鮮やかに塗られた赤、白、青の筋模様だけだった。

一六〇〇時を少し過ぎたころ、ミンと三人のアメリカ人は山頂に戻り、大佐のヘリコプターでサイゴンへの帰途についた。改造型ヒューイ型ヘリで、機関銃はなく、二つ予備の座席が追加されていた。大佐が南ベトナム軍用に手配したものだが、南ベトナム空軍から大佐に貸し出されるように、最初から話がついていた。大佐の指示で、ミンは高度千メートルほどまで上昇し、ほぼ時速百六十キロを保っていた。ストーム軍曹はヘルメットの上に座り、M16ライフルを膝の上に横向きに持っていて、耳を塞ぐような風で髪は後ろに撫で付けられていたが、時おり銃を構えては、下の世界に撃ち込んでいた。大佐の甥は軍曹の隣に座っていて、ジャングルや水田、銃砲のきらめき、人の手によって破壊され、大釜の蓋から湯気が立ち上るように煙を吐き出す荒地を、開いた入り口から見つめていた。二機の戦闘機がすぐ下を通ると、ヘリのモーターのやかましい音はかき消されてしまった。戦闘機はかなり接近した。F—104。パイロットの一人のヘルメットに描かれた紋章を見分けられそうなくらいだった。

スキップ・サンズはよく笑顔を見せたし、いつも冗談を言っていたが、ミンは彼が笑い声を上げるのをほとんど見たことがなかった。どうしてあの哀れな、苦しむ男のことを笑ったのだろう？　それが笑えるなんて誰も思わないだろう。だが、彼には何かが笑えたようだ。

ミンの隣に座っている大佐はヘッドホンを付けて地平線に見入っていて、今朝の身の毛もよだつような出来事など忘れてしまったようだった。スキップのほうはといえば、その出来事が頭から離れないようだった。大佐は甥の振舞いには一言も触れなかった。言うに値しなかったのかもしれない。ヘッドホンがなく、ヘリの音で話す事もままならないので、スキップは神に感謝しているかもしれない。でも、他人の考えていることなんてわかるだろうか？　アメリカ人の行動の裏には考えなどなく、情熱しかない、とミンはよく感じていた。だが、彼は叔父に手を借りて乗り込むスキップの顔を見ていて、殺された男のことしか考えていないに違いない、と思った。

ほんの少しの間、ミンは大佐に操縦を任せた。安全なことではなかったが、大佐は望みが叶ったし、何も彼を傷つけることなどできなかった。大佐は戦争での最悪の経験をしてきた男で、ミンに悲しい打ち明け話をしたことがあった。仲間たちを皆殺しから救うために、ミンのように当時は若き空軍大尉だった大佐は、日本軍の捕虜輸送船の暗い船倉で、仲間の一人を素手で締め殺さねばならなかったのだ。大佐はよくそうした話を彼にした、おそらく、ミンには理解できないと思ってのことだろう。しかしミンの英語は上達していた。微妙なところはよく分からなかったし、会話にうまく加われるなど望むべくもなかったが、自分の任務の範囲内のことなら堂々と話すことができたし、アメリカ人同士の会話が全部聞き取れることもあった。そして、大佐がメコンデルタに愛人を囲っていて、このヘリコプターでしょっちゅうその女に会いに行っているということは、おそらくミンだけが知っていた。

サイゴンのタンソンニュット空港の飛行場は、夜明け前の攻撃からロケット弾を三度浴びていたが、そのときは攻撃されておらず、着陸許可が下りた。彼らはミンに機体を任せ、灰色の空の下、油っぽい空気の中、飛行場を横切っていった。ターミナルの外にあるコンクリートのバリケードを越えたところで、ハオがシボレーに乗って待っていた。

これからの行き先について、ちらりとでも興味を示したほうがいいのだろうか、とスキップは思ったが、実際のところ、興味はなかった。しかしストームは知りたがり、大佐は「ハオが心得てるだろうさ」と答えた。スキップとストームは後ろに座り、大佐は前の助手席に座って、ハオは長いタバコを吸って長いフィルターの先を親指でいじっていて、ズボンに点々と灰を落とし、近眼のように外を覗きながら、自信なさげに運転していた。街中に銃器の音、ドコドコというヘリコプターの音、そして、奇妙なことに、爆竹の音がこだましていた。引き取り手のない死体が道端にいくつか転がっていたが、深刻な被害はなく、人々はいつものように行き来して、小さなバイクで外に繰り出していた。「どこに行くのかちゃんと心得てるか？」と大佐は言ったが、ハオは何のことか分かっていないようで、大佐はもう一度、「ハオ、我々はどこに行けばいいのか分かっていないようだな」と言った。

「彼が場所を言うので、私が見つけます」とハオは答えた。しばらくしてから、彼は大佐の質問を先取りして、「チョロンは大きすぎます。通りが多すぎる」と言った。

「おい——そこだ——そこのジープだ」

二台の南ベトナム軍車両の横に、ハオはシボレーを停めた。ジープは二人のベトナム人の死体を囲んで無造作に停まっていた。

「停めろ。停めろ。エンジンを切れ」と大佐は言い、ハオがエンジンを切ると言った。「ハオ、ちょっとここの死んだベトコンを見よう。よく見て、我々の友人がその中にいないことを確かめてくれ」

ハオは頷いた。

「誰のことか分かるか?」

「我々の友人ですね」とハオは言った。

「そいつはここにはいないと思うな。いないはずだ。だが確かめてもらいたい――じゃあやろうか」

四人とも車から出た。

二つの死体は通りの真ん中に並んで横たわり、両腕が頭の上に伸びていた。どちらも蜂の巣にされていた。九人ほどの南ベトナム軍歩兵が、ジープの中にいるか、ジープにもたれるかして待機していた。近くでは、士官がタバコを吸っていて、片手をピストルの尻にかけ、気を付けに近い格好で立っていた。

「ケン少佐か?」

「そうです」

「フランシス・サンズ大佐だ――スキップ、だいたいのところを訳してくれるか? 彼はミスター・スキップ、俺の甥で同僚だ。スキップ、出て来てくれたことにお礼を言ってくれ。こいつを護衛してくれていたことにな。彼の情報が、俺から出たものだと伝えてくれ」

少佐は目を閉じて微笑んだ。「その必要はありません、大佐。分かりますよ」

「必要ないですね」とスキップ。「素晴らしい発音ですよ」

「ケンというのは中国系の名です。しかし私は中国系ではありません」

「何カ国語ができるんだ?」

「フランス語、英語、中国語です。もちろん私の母国語も。何かお役に立てますか、大佐?」

「全部言った通りになったか?」と大佐は訊いた。

「まじないのように」と少佐は言った。「我々はこいつらを待ち伏せしましたよ」

「爆弾の類いは持っていたか?」

ケン少佐はタバコを投げ捨て、四人をジープのところに案内した。後部座席に四つの梱包爆弾が置いてあった。

「共産中国製ですよ」と彼は言った。

「連中はいつここに来た?」と大佐は訊いた。

「午前三時きっかりです」

「我々が伝えた通りだったか？」

「すべてその通りでした」とケン少佐は言った。「ぴったりです。〇三〇〇時」彼は死体のほうに腕をさっと動かした。「二人のベトコン。約束通りですよ」

「目標は？」

「そこの陸橋の爆破です」

「この爆薬でそれが可能か？」

「私が考えるに、十分すぎるくらいでしょう」

「身分証明書はないんだろうな」

「身分証明書はありませんね」少佐は首を振った。

「少佐、これ以上お邪魔はしないよ。ただ、我々の情報が正確だったか確かめたくてね。そこの陸橋をちょっと見たら行くよ」

スキップとストームは大佐について、明らかに二人のゲリラの爆破ターゲットだった陸橋に行き、一番上に立った。下ではスクーターのざわめきが聞こえた。「狙いがよく分からん」と大佐は言った。「下の通りは塞がってしまっただろうな。だがそれで何がしたかったのか」彼は車に戻った。

ストームはスキップの隣を歩きながら言った。「お前の動きで分かるよ、ここが好きなんだろ。すごく静かに歩いてて、意味もなく体を熱くしてねえ。周りの空気をうまく使ってる」こう言いながら、彼は妙に気恥ずかしそうで、小柄でタフな変人にはまったく見えなかった。「意味分かるよな？」

「何となく」

「お前ここの人間みたいに空気に調和してるんだ」とストームは請け合った。

大佐はケン少佐と握手して、夕食と酒に誘い、少佐は丁重に辞退した。それから、大佐はシボレーの前の座席に乗り込み、熱心な態度を崩さず、ハオに「ハイウェイへ。飲もうか」と言った。

ハオは一気にUターンして、四人は死体を後にした。

「ちくしょうめ」と大佐は言った。「二重スパイと関わることになるとはな」

彼らは1号道路のどこか、舗装されていない袋小路にあるレストランバー、ジョリーブルー・バーにいた。スキップには、もっぱら売春婦とギャングのたまり場のように思えたが、ここはE小隊、およびカオフックの着陸ゾーンで任務に就く多くの者にとって、サイゴンでの行きつけの酒場だった。そのときは誰も店には来ていなかった。北だろうが南の軍隊だろうが、アメリカ軍だろうがベトコンだろうが、ベトナムにいる兵士は一人たりとも休暇など取ってはいなかった。涼しくなってきた夕暮れの中、スキップとストームと大佐は、日よけの下のデッキチェアに腰を下ろし、シボレーのラジオを米軍放送局に合わせ、最新の状況をチェックしていた。四十八時間前にカオクエンを出てから、スキップは一睡もしていなかった。大佐とストームも同じくらい疲労していたはずだが、何が起こったのか、何が次に起こるのか、その時は敵の大失敗に思えたこの前代未聞の大攻勢の現況を知るまで、三人とも寝るつもりはなかった。

毎時のニュース速報の合間に、大佐はポン引き用の部屋から合衆国大使館に電話をかけ、混乱して矛盾した情報をどっさり仕入れていた。

「クアンチ省のいたるところで組織的な攻撃だと。少なくともそれくらい北までだ」

「南はどこまでです?」

「カマウ岬までやられてる」

「半島の先の?　何てこった」

「そこらじゅうだ。そしてまとめて殺されてる」

北ベトナム軍とベトコンの勢力が一体となって、南ベトナムで人口が集中しているあらゆる箇所、および軍事施設を攻撃していた。「大胆かつ狂っとる」と大佐は最初言い、報告が集まってくると、「大胆で狂気の沙汰、かつ愚かだ」と言った。全面的な攻勢の一体性と唐突さ、激しさと壮大さは驚嘆すべきものだったが、個々の攻撃は明確なプランも適切な援助もなく行われたようだった。

大佐はブッシュミルの瓶から酒を注いでいた。シボレーのトランクに入れて、どこにでも持ち歩いているケースから出してきたものだ。「すでに、クーチーをノンストップで爆撃しているところだ。アメリカ兵が立っていないところで、クレーターにならんところは一インチ四方もない。地獄が降り注ぐぞって言ったろう。軽率な行動だと思うがな。トンネルの作戦があったのに」

「事実をズバリ言いましょうか」とジミー・ストームは言った。「トンネルなんかどうでもいいです」

「この敵と戦う別のやり方がないかどうか探し回ってるところだ。我々の手元にある以外のやり方をな」大佐はこだわっていた。

「最初は奴らの精神を火あぶりにしてやろうっていきり立ってましたけどね。今じゃ自分の頭が爆発しないようにするので精一杯ですよ」

スキップは半年間追放の身で、これを待ち焦がれていたが、いざ来てみれば、一分もこの場から離れていなかったようで、目を赤くした大佐と、震えるお付きの軍曹との会話を、中断されたところから始めているような気分だった。二人は平行線を辿っていて、延々と進めばどこかで会えると確信しているような様子だった。スキップの食道は燃えるような感覚だった。セブンアップを飲んでいた。今日、彼の心に刻まれた最も真なる真実とは、血を流して目をえぐられたあの男は人間なのであり、親しい間柄で愛情たっぷりに彼を抱きしめる人々がいるのだということ、そして、歴史上最も偉大な国家のスパイである彼、スキップが、このことで心乱されていること自体に狼狽しているということだった。

「言っただろう」と大佐は言った。「中央集中化のことを？ ベトコンと北ベトナム軍は一つの出所から制御されとるんだ」

「見事なもんですね」

「恐らく負かすことはできん。こんな調子じゃ勝てん。今朝の我らが若い歩兵の言う通りだ。こんなクソ、もう面白くも何ともない。このクソはめちゃくちゃだ。垂れ流しを止めなくちゃいかん」

ちらりとでも、大佐がこんな言葉を吐くのは初耳だった。すべてが間違っていた。真実なるものに対してあまりに無防備だから、完全に間違っていた。

「我々が中央集中化できないまま、糖液の中のアリみたいにもがいてのたうち回ることになるんなら、個々のもがくアリは上からの命令など待ってはおれん」

ストームは言った。「要点は何なんです、おやっさん？」

「要するに、我々には二重スパイがいて、なるだけ慎重に事を運ぶということだ。しかし計画を練って、頭も散々使わなくちゃならん。それは今日からというわけにはいかん。今日のところは、何かうまく行くまでホーおじさんが次から次に壮大な戦略を繰り出してくるのを、座ってボケッと見てる羽目にならずに済んだということでよしとしよう。今回の攻勢は失敗だった。今回の奴らは、ただ単に戦闘に飛び込んできて、自分たちを消耗させただけだった」

ジミー・ストームは疲れ切って投げやりな笑い声を上げ、スキップと大佐はそれを眺めていた。彼は落ち着いた。「まったくさ、どうやったら四十八時間ぶっ続けで起きててこんなアホらしい話を滔々とできるんです？ このオンナどもを離しといてくれ」彼はテーブルの給仕をしている女主人に叫んだ。「いいだろ――お前、お前来いよ」と彼は言った。そしてライターをパチンと開け、黒のミニスカートにむっちりした太ももを収めた小柄でこぎれいな女のタバコに火をつけながら説明した。「こいつは嘘つきのイカレた売女だぜ。いい連中だ。俺にぴったりの人種だよ」

大佐も同じライターから火をもらった。平べったい箱から出したプレーヤーズを吸っていた。スキップの記憶が正しければ、ジェームズ・ボンドのブランドだ。

「おいどうした――吸わんのか?」

「灰汁みたいな味がするときがあるよな。お前まだ吸わずにいるってのか」

「そうだよ」

「いらいらすんなよ」彼は煙を吐き出した。「戦争なんだぜ、スキップ」

「分かってる」

スキップは席を立ち、あちこちをうろついた。ジョリー・ブルー・バーのおぼろげな店内を眺めた。入り口のところに立つと、店の中が十度暑いのが肌で分かった。三人の女の子とママさん以外は無人で、ママさんはベニヤ板のカウンターの後ろから声をかけてきた。「イエス、サー、ビールいります?」

「腹が減ってるんだ」

「スープはどう?」

「スープとバゲットにしてくれ」

「持っていきます。座ってて」

「自己紹介させていただくわ」と女の子の一人が言ったが、彼は返事をせずに立ち去った。

彼はコンクリートの水槽のほうに回り、外のセックス小屋の裏に広がるガマを見ていた。小便をして、貯水槽の蛇口で顔を洗い、汗っぽいシャツをたくし上げ直して、自分に言い聞かせた。戦争なんだぞ、スキップ。怖れに勝つんだ。

彼は仲間のところに戻った。

テーブル席では、大佐がストームに話しかけていた。「卵はなかなか手に入らなかった。そんな具合にあれこれ溜め込んでたんだ、卵に、捕まえた動物の肉なら何でもだ。それからドクターたち、医療チームがいてな、彼らがその食料貯蔵庫から何を食べるか決めていた。犬、猿、ネズミ、鳥を捕まえたよ。鶏も何羽か囲いに入れてたな」彼はスキップに言った。「アンダース・ピッチフォークが捕虜収容所で何をしてくれたのか説明してるんだ。俺が体調が悪かったとき、アンダースがゆで卵をくれた。アンダースは特別任務についていて、蛋白質が必要だったから毎日一個卵をもらっていた。俺が寝込んでいたんで、一つくれたんだ。俺はせせら笑ったり、結構ですなんて言わなかったよ――奴の気が変わる前にさっさと食べたさ。もしアンダース・ピッチフォークがここに来て、今すぐ片手を切り落としてくれって頼んできたら、迷わずやる。切り落とした手をこのテーブルに置いていくね。戦争の恵みとはそういうもんだ。血のつながりより深い家族の絆だ。そして平和が戻ってきたら何が待ってる？――廊下の奥のほうでコソコソ陰謀に励む連中だ。ジョニー・ブリュースターのような連中だ。ブリュースターは骨の髄まで腐った男だよ。ずっと俺のことを根に持ってやがる。スキップ、奴を知ってるか？」

「直接には知りません。でも根に持つようなことをしたんですか？」

「問題は、ブリュースターが俺に何をしたのかだ。去年、半年も俺を机の後ろに縛り付けて、あらゆる質問をしてきやがった。健康診断みたいにみせかけていたが、何がしたかったのかは分かってる」

「何だったんです？　フィリピンの件じゃないでしょうね」

「いや、違う。カオフックのことだ。俺のヘリと部隊についてだよ。だからちょいとかましてやった、そしたらどうなったと思う？　質問は来なくなった。幕間はおしまいになって、俺は戻ってきたってわけだ」

「ちょいとかましてやったって言いました？」

「去年の六月にな」と大佐は言った。「ぶちのめしてやったよ」

「何ですって？」

「聞いたまんまだ。ハンドボールでもやろうって誘ったんだよ。ロッカーで身支度してコートに出たところで、奴のところに歩いていって、あごに一発食らわせてやった。ボクサーに訊いてみろ、誰もあご先にパンチをもらいたがる奴はおらん。まず最初に教わるのは、あごを引けってことだ。奴をのめしてやったさ、後悔なんぞしとらん。奴ときたらネバネバのドロドロの政治屋だ――類義語辞典は持ってるか？　ブリュースターがどんな男かきっちり説明しようと思ったら、辞典を当たって言葉を拾ってこなくちゃならんな」

「そんなことがあったなんて聞いてませんよ」

「奴が誰かに言ったとは思えんな。そんなことできるか？

お偉方のところに走っていって、一発食らってしまいました、なんて泣き言はみっともないに決まっとる」

「この悪党と腕相撲したことあるか？」とストームが訊いてきた。

「ないな」とスキップは答えた。

「別にあの野郎を怪我させたわけじゃないぞ。ジョニー・ブリュースターは強くてすばしっこい男だ。戦略事務局時代には、北フランスにパラシュート降下したこともある。だがレジスタンスに長いこと関わりすぎて、アカっぽいピンク人間になっちまった。左翼に同情的なんだよ。それにエリート主義者でな。俺たちのような古参の連中を厄介払いしたいのさ。金魚に混じってる俺たちのようなカエルは戦争で相当揺さぶられてて、連中は俺たちを厄介払いしたいと考えてる」

彼はハオに合図した。ハオは一メートル離れたシボレーでラジオをつけ、ドアを開けて座っていた。「ハオ、ハオ。ちょっと来い」叔父が頭を垂れて、指を振り回す仕草で、酔っていることがスキップには分かった。「何か食べるか？　前の飯は何時だった？　まあ座れよ、座れ」

「バーで何か食べてきます」

「座れよ。何か頼んでやるから座れって」

ハオが座ると、大佐はママさんに手を振った。「実を言うとハンドボールはやらん。音が響いてうるさいし、ゴム靴はキーキー言いやがる――絶対やらんよ。シューティングゲームよりうるさいからな。砲撃ばりに耳がしびれちまう」ママさんがやってくると、彼は言った。「こいつに食い物を出してやってくれ。ハオ、何がいい？　何が食べたい？」

「自分で言います」ハオは立ち上がって、ママさんと一緒にバーのほうに歩いていった。

「ジョン・ブリュースターは、刺繍付きの靴下なんぞをはいて、ワシントンＤＣは宇宙よりほんのちょっと大きいと思ってやがる。あいつら俺をどうする気だ？　クビか？　刑務所行きか？　それとも殺すか？　ウィルよ、俺の経歴を少しは知ってるだろ。あいつらが俺に何ができる？　俺は日本軍の捕虜だった。人間にできる経験で、俺を怯えさせようなんて思えるものが残ってるか？」

ママさんはスープを四皿と、トレーに載せたバゲットのプレートを持ってきた。大佐はバゲットを半分にちぎって言った。「真剣な話、死を少しでも怖れてる男はこのテーブルにはおらんはずだ」

「異議なし」とスキップは言った。

「すべては死ですよ」とストームは言った。

「そうか、忘れてたな」大佐はバゲットを頬張りながら言った。「ミスター・ジミーはサムライを気取ってるんだった」

「俺はそういう振りをしてるだけですよ、パパさん。死ってのはそもそもの基本条件なんだ」

「それで、お前は死についてどれくらい知ってるんだ?」

「違いますよ。宇宙はどこかからできたはずでしょう? でも違うんだな。無から生まれたはずなんだ。巨大な無からね」

「ミスター・ジミーは仏教の徒ってわけか」

「俺が信じてるのはまったく別の仏教なんでね」

「つまり、ミスター・ストーム軍曹はチベット仏教を学んでると」

「俺は死後の旅についての知識を学んでるんです。バルドの境地を。死んだあと、旅のそれぞれの局面で何をすべきかってことをね。ここに戻ってきてしまう間違った道だらけなんだ。地球に逆戻りですよ。俺はごめんだね。地球なんて肥だめだよ」

「花火付きの肥だめだぞ」と大佐は言った。

「お望みなら戻りゃいいでしょう。でもまた大佐になれるとは期待しないほうがいい」

大佐はこの発言にも平然として、この馬鹿を称えるような様子だった。

「カオフックで瞑想をしてみたでしょう、大佐——寺で」

大佐は答えを絞り出そうとするように眼を細め、ストームを一瞥し、しばらく黙ってから言った。「俺はハンドボールはやらん。古来からの球技だがな。スポーツだ。娯楽だよ」彼は心地良さそうに後ろにもたれた。「由緒あるアイルランドの娯楽だ。アイルランド発祥なんだ。アイルランドから渡ってきた」頭が前に泳ぎ、ぐっすりと眠り込んだ。


こうして、中年が始まった。

頼めるものなら誰にでも助けを求めるつもりで、キャシーはサイゴンまで旅行し、手始めに、世界児童事業のコリン・ラパポートを訪ねた。ベトコンに加えて、北ベトナム正規軍の落伍兵たちまでもがサデック地域を襲撃していて、アメリカ軍と南ベトナム軍の追跡は容赦なく無差別になっており、バオダイ孤児院への物資は滞りがちで、じきに何も届かなくなってしまう。

アメリカ軍のヘリコプターは、河川の上で動くものすべてを攻撃していた。サイゴンへの道に出るために、彼女は自転車のペダルを漕ぎ、運河沿いの道を進んだ。泥っぽくはないが反発せず、タイヤの回転を遅くしてしまう、きつい道――この大地はなんて柔軟で、豊かで柔らかく、当てにならないのだろう――そして、開けた土手に出た。水田を撫でる風がやってきて、体を走る震えのような日の光が、緑色の苗の間を動いていた。

彼女は茶店で待っていた。土の床、ブリキの屋根、藁の壁板。テーブル席で、ブリキ缶から熱いお茶を飲みながら、三十メートルほどの幅の川を渡してくれる人を待っていた。足元では小さな子供が、自分の腕の半分ほどの大きさの鮮やかな緑色のバッタで遊んでいた。このあたりには早朝からヘリコプターは姿を見せていない、と店を経営している一家から聞き、彼女は自転車を預けていった。淡いすみれ色の正装用の手袋をして、ピンクのタオルを巻いた渡し船の女性が向こう岸まで渡してくれた。対岸には家や庭があった……。きれいなドレスを着た女の子が小さな墓地にいて、日陰にあって木漏れ日でまだらになった墓の一つに突っ伏している……。アヒルの羽毛を詰めた古い米袋を三輪トラックに積み込んでサイゴンに向かう農夫に乗せてもらった。街から数キロ南東のところで二人の行き先は分かれ、彼女は降ろしてもらった。

彼女はふくらはぎまであるスカートにサンダルをはき、ストッキングは着けていなかった。7号道路の脇にある草葺きの茶店に座り、汗が膝の裏からふくらはぎへと伝っていくのを感じていた。ナップサックを開け、聖書を取り出して読もうとしたが、もう暗くなっていた。膝元で持って、しおりを指ではじいていた。詩編のどこかに書いてある――あなたに、あなたのみにわたしは罪を犯しました。テトの夜、爆発音が特に近くなっていた数分間、彼女はすべての虚栄心が叩きのめされ、知識が、そして欲望が停止するのを感じた、彼女はむき出しで、みじめな服従としてのみ存在していた。彼女の罪はちっぽけで、彼女の救済も破滅もちっぽけに見えた。

夜になった。男が茶店の前に赤い椅子を出していた。

彼女は三輪タクシーを拾って街に入った。ドンユー通りで、緑のシャッターが付いたジャミア・モスクの向かいにある二流ホステルに宿を取った。簡易ベッドに三十分横になって目をつぶったが、眠れなかった。

彼女は散歩に出た。もう十一時近かった。車の間を縫って歩いていると、三メートルの板の束を肩に担いで三輪バイクに乗った男が曲がろうとしたようで、板の端が彼女の頭を直撃しそうになった。彼女は飛び退き、今度はアメリカ軍のジープに轢かれるところだった——ジープは〝MUTT〟と呼ばれていた——タイヤがキキーッと軋み、車輪が一つ縁石に乗り上げた。「すまなかったね」と、運転していた荒っぽそうな顔つきの若い歩兵が声をかけてきた。さて、死にかけたわけだ。どうでもよかった。

彼女は赤く照らされた路地を歩いた。とある窓の中では——兵士が妻を平手打ちしていて、マットレスに膝をついた子供が、顔を拳のようにゆがめて叫んでいる……。

バーの入り口越しには——哀れな酔っぱらいの歩兵が二人、ジュークボックスの明かりで踊っている。二人とも独りで、頭をうなだれ、指をぱちぱちと鳴らし、肩を揺すり、頭を上下に動かして、どこかさびれた場所に向かう馬車馬のような足取り。彼女は立ち止まって見た。ジュークボックスの曲か、米軍放送局に合わせたラジオで、神が呼びかけてくるのが聞こえた——「私を心の底から愛しなさい」——「この人は私に恋している」——「愛こそがすべて」——だが今夜、歌声は兵士たちだけに向けられていて、そのメッセージは通りまで届かなかった。

頭をがっくりうなだれ、片手を使って壁に小便をしている新兵のそばを通り過ぎた。彼はＬＳＤで冴えた目で彼女を見て、「もう千年もションベンしてんだ」と言った。彼の知り合いは横でかがみ込み、吐いていた。「気にしないでくれよ」と彼は言った。「人生でハイになってんのさ」

ベトナム人たちは落ち着いて見えた。彼らと交流したことはなかった。アメリカ人の兵士たちはカナダ人とよく似ていた——喜びと悲しみ、罪悪感、怒り、そして愛情が引き波となって、彼女の心を引き出していく。よろめいて去っていく二人の兵士の広い背中を、彼女は見守った。

戸口から手榴弾を投げ込んで、何も知らない農民の腕や脚を吹き飛ばしているのは、彼らなのだ。腹ぺこの子犬を拾って、シャツに入れてミシシッピの故郷にこっそり持ち帰っているのも、彼らなのだ。村を丸ごと焼き払って若い女の子をレイプし、ジープ一台分の薬を横流しして孤児の命を救っているのだ。

翌朝、世界児童事業のオフィスで、コリン・ラパポートは彼女に言った。「キャシー。お願いです。どこかの病院にあなた用のベッドを見つけてあげますよ」

「その話をしに来たんじゃないわ」

「自分がどんな具合か分かっていないんですか？　疲れ

切ってるじゃないですか」

「でもわたしが疲れを感じていないなら問題じゃないわ」

「でも分かってるでしょう」

「分かってるわ」と彼女は言った。「でも疲れは感じてないの」


二月の初め、ジェームズ・ヒューストンは、汚れたジャングル用野戦服を着て、「幸運の山」から13号道路に出る給水トラックに乗り、それからジープに乗ってサイゴンに入った。大きな基地にある第十二避難病院に顔を出して、ハーモン曹長の見舞いに行くこともできたし、そうするつもりだったが、ジープの若者たちはずっと先まで進んでいったので、彼もそのまま乗っていた。

そのうち、生命を脅かす危険なく搬送できるまで治療ができれば、曹長はすぐに日本に移送されることになっていた。ジェームズに見舞いに行く気があるのなら、今のうちに行っておいたほうがいい。ブラックマンはそう言っていた。ブラックマンによれば、曹長の負傷は深刻で、一生治らない、ということだった。かなり激しい、おそらくは友軍側からの攻撃が、至近距離から腹部の骨盤の上を直撃したのだ。見るに耐えない状態だ、とブラックマンは彼に言っていた。

チーサック通りの売り子から、ジェームズはガムを一枚と、偽物のマルボロを一本買った。二回目の兵役が始まって三日目だった。彼は素面で、無許可離隊中で、ほとんど一文無しだった。

ジェームズの戦友、フィッシャーとエヴァンズは前の日に出国していた。背が高くて歯が欠けたフィッシャーは、ジェームズと握手しながら言った。「ここに来た最初の晩を覚えてるか？」


「フロアショーだろ」

「フロアショー覚えてるか？」

「もちろんよ」

「初めてパープルバーで一発やったことは？」

「もちろん」

「世界の終わりが来て、イエスが栄光の雲だかなんだかのクソに包まれて降臨してきたら、俺にとっちゃ人生で二番目に度肝抜かれるね。パープルバーでのあの夜の思い出にはかなわねえもんな」


三人は抱き合い、ジェームズは必死で涙をこらえた。絶対また会おうぜ、と誓い合った。もう会うことはないだろうな、とジェームズは思った。

チーサック通りにあるコージー・バーで、ジェームズは空軍兵にせびってタバコをもう一本手に入れた。男は酋長の血を引いているチェロキー・インディアンだ、と名乗り、ジェームズに二本目のタバコをやろうとせず、追い払いそうな勢いだったが、やがてジェームズが隣の椅子に座って、シャツの下の銃の位置を直すと、「何持ってんだ?」と言った。

「トンネル用だよ」

「トンネル用?」

「38型オートマティック。キャンプで遮断装置もらってさ」

「サイレンサーみたいなもんか?」

「おうよ。おいひでえな——なんでここはガソリンみたいな臭いなんだ?」

「俺毎日ジェット燃料注入してんのさ」

「臭いのはお前かよ?」

「自分じゃもう分かんねえ」

「うおー。フラフラしてくる。ビール一杯おごってくれよ、いいだろ?」

「ムリだな。いいか、このチーサックにゃ宝石商がいる。今朝45型をそいつに売ったよ」

「そいつ銃を買い取ってんのか?」

「俺は45型を売った」

「38型もいけると思うか?」

「そりゃ間違いねえ」

「間違いなくそいつは38型を手に入れられるぜ」

その日の午後、酔っ払って、無許可離隊中で、南ベトナムのピアストル硬貨をしこたま持って、臭い通りを歩いて——次から次に様々な臭い、それに乾燥食品を揚げるジュージューという音——ジェームズは店に立ち寄り、リーバイスの模造品と赤いTシャツ、それに裸の女と「サイゴン1968」という柄がついたピカピカの黄色いツアージャケットを買った。そんなジャケットを着るには暑かったが、気分は最高になるので、とにかく羽織った。本物のアメリカ製マルボロを二箱買って、路上の床屋に髪を切ってもらった。大きな基地以外で散髪したことはなかったが、酔っ払っていて、日頃と違うことをしてみようという気になったのだ。それから青と黒の軽いローファーを買った。彼が通りで着替えている間、人々は彼のほうを見ないように気を使っていて、彼はひもの付いた茶色い紙の買い物袋に野戦服を入れて持ち歩いた。

曹長に会いに行くまでには素面に戻ったほうがいい、そして素面に戻る前に、思い切り酔っ払っておいたほうがいい、と彼は考えた。その晩十一時ごろ、三輪バイクの運転手と物々交換で、チョロン地区の安ホテルまで乗せてもらったが、途中で方針を大転換し、安全とは言えない時間帯に暗闇の中を百キロ近く乗って、南シナ海の岸辺に向かい、フレンチーズと呼ばれる伝説の売春宿に行った。午前二時、彼らは漁村の近くに点在する小屋に着いた。カフェのカウンターで居眠りしていたパパさんを起こして、英語は少ししか通じなかったが、後はどうにか汲み取ってもらい、ジェームズが「あんたフレンチーなの？」と訊くと、パパさんは「フレンチー今くる」と答えたが、結局来なかった。外に明かりはなかった。発電機の音もしなかった。女の子はどこにもいなかった。アメリカ兵も。そもそも、誰も見当たらなかった。憂鬱そうな年寄りのパパさんは懐中電灯を持って、バンガローというよりは小屋がいくつか並んでいるところに彼を案内した。寝床には誰かの恥毛が点々と落ちていた。彼はシーツをはぎ取った。薄いマットレスには染みが付いていたが、恥毛よりは古いようだった。ベッドサイドにある電池式扇風機付きのこの部屋に、彼は一泊一ドルほど払った。蚊よけ網を下ろすことはしなかった。蚊は見かけなかった。

ケロシンランプの明かりのなかで、彼は折り畳みナイフを見つけ、野戦服の脚の部分を切り取りにかかったが、思い直し、代わりに偽物のリーバイスを短くした。寝床に入るころには、もう二日酔いになっていた。

正午ごろに起き、砂が点々としているカフェに行くと、女がオムレツと小さなバゲットと温かいお茶を出してくれた。後で、彼は全部お代わりを頼んだ。ただしお茶ではなく、ビールで。

客は他にもいた。膝上を切ったジーンズを履いた片脚のアメリカ兵が、テーブルを二つ離れたところで座っていた。袖を裂いた野戦服を着て、ぐちゃぐちゃの髪に日焼けした肌、飛行士のサングラスをして、何も食べずにビールを飲んでいて、もっぱら九ミリピストルを持って遊んでいた。親指を薬莢除去ボタンにかけ、挿弾子の端を手のひらに落としてはガチャッと戻し、また取り外しては戻していた。

「みんな死ぬんだ」と彼は言った。「俺はハイなまま死ぬぜ」

ジェームズはそれが気に食わず、席を立って出た。

波が轟く防波堤に向かった。砂浜は狭く、砂は茶色だった。彼は岸壁に座ってタバコを吸い、溺れ死んだ雄鶏が寄せ波の中で揺られているのを見つめていた。皆が言っていたフレンチーズはこんなものではなかった。皆が言うには、フレンチーズでは33ビールしか売っていないし——これは正しいようだった——催淫剤もある、ということだった。それに女の子たち。農家の女とはいえ、女もいると。そして、ほとんど毎晩、表で昔の西部劇風の決闘がある、とも言っていた。そして暗くなると、三輪タクシーの運転手はそこに近寄りたがらない、さもないと車を徴発されて、浜辺を行き来するレースに使われて、たいていは海に突っ込んでしまう、という話だった。

銃声が一発響き、彼は考え事をやめてカフェに走り、どんな悲惨なことになったのかと覗いたが、何も起こってはいなかった。乱れた髪の若者が独り座っていた。

「ようお前ら」誰もいないのに彼は叫んでいた。「こいつはクソの謎が解けたと思ってんだぜ!」

ジェームズは入り口に立って、それ以上中には入らなかった。ビールを飲みたかったが、女は逃げてしまっていた。

「ブローニングピストル回しでもやるか?」

「やめとく」とジェームズは言った。

「あんた防糞加工のタンポンパンツはいたほうがいいぜ、セニョール」

ジェームズは男の向かい側の席に座り、腰に両手を当てた。

若者は銃で遊ぶのをやめ、すぼまった足の先を引っ搔いて、またピストルの挿弾子を出してはガチャッと入れ始めた。「俺のゲームをやらねえならここに座るな」

彼はどうやらタバコの火を使ってネームテープの名前を消していた。認識票の代わりに、錆びて尖った缶切りを首から下げていた。

テーブルの上の、パーラメントの箱とジッポライターの横に銃を置いた。

「こういうの好きか? パーラメントは?」

「あんまり」とジェームズは言った。

「じゃその分もらうぜ」

彼はトントンとタバコを一本出して、くわえて火をつけた。右手しか使わず、左手は銃の上に置いていた。

「見てられねえ」とジェームズは言った。

「そりゃ結構。サーカスじゃねえよ」

「どうやったらあんたの気狂い病棟から出れるんだ?」

「道路を歩いていきゃいいだろ」

「サイゴンまでは歩けねえよ」

若者は銃口で頭を掻いた。「そりゃムリだな。最初に出くわしたオカマ野郎がスクーターでヨイショしてくれるさ。それかそいつのいとこか」銃は自分の頭に向けたままだった。

「な、そいつを下ろせよ」

「みんな死ぬんだぜ」

「名前もねえのかよ、お前?」

「カドワラダー」

「ちょっとだけでもそいつを下ろしたらどうなんだ? そしたらビール一杯付き合うぜ」

「俺の本名言っちまった。大失敗だ」

「なんで失敗なんだ?」

「人に名前を知られたら、傷つく」

「ひでえ思いしたんだな」とジェームズは言った。「クソだろ」

ボサボサ頭の男は目を閉じて、ぴくりとも動かず、鼻から息をしていた。「まったくよ」かなりたってから彼は口を開いた。「お前らゾンビどもはよ」

二サイクルエンジンの唸る音が近づいてきて、表で止まった。カドワラダーはピストルをテーブルの上に置いた。「フレンチーが来た」

痩せた男が入ってきた。スコットランド風格子縞のバミューダ短パンにサンダルを履き、長袖シャツを着た、青い目で禿げた頭の白人。彼は椅子を引いて座ろうとしたが、銃に気づいてためらった。

「あんたに」と彼は言って、段ボールの小さな包みをカドワラダーの手のそばに置いた。

カドワラダーは火がついたままのタバコを床に落とした。包みを横側から開けると、十個ほどの錠剤がテーブルの上にこぼれ出てきた。彼が33ビールの注ぎ口に四つ放り込むと、泡立ってきた。ジェームズに乾杯の仕草をした。「気分転換だ」

「フレンチーか」とジェームズは言った。

「そうだ」

「英語は?」

彼はそっけなく肩をすくめた。

「このどうしようもねえクズは自分を傷つけようって気になってやがるんだ」

今度は体全体で肩をすくめて――両手、両肩、ちょっとつま先立ちになって――軽く顔をしかめていた。

「女の子の二人くらいいないのかよ?」とジェームズは持ちかけた。

錠剤が泡立ってビールの中に溶けていくのを、カドワラダーは見つめていた。「何でもかんでも自分の思い通りになってて筋が通ってるように見せることはできねえよ」

「オマンコはもう理屈に合わねえってのか?」

フレンチーは椅子をぐるりと回して、逆向きにまたがり、ひょろっとした脚を突き出して、前腕を椅子の背に載せて座った。

カドワラダーは脚の上で片手をひらひらさせて、なくなった脚の部分をまじないで呼び出そうとしているようだった。「この世でガセじゃなかったのはこれだけだ」

「こんなこた言いたかねえけどさ」ジェームズは思い切って言った。「そんなクソ、まったく大したことねえぜ。もっとひでえ目に遭った奴はゴマンといるんだ」

「こういうわけだよ、フレンチー。みんな死ぬんだ、そうだろ? くたばりやがれ」カドワラダーは瓶をぐるぐる回して、何口かで飲み干した。椅子にもたれて、缶切りの尖った先で爪の掃除を始めた。「いいからその銃持ってけよ」

フレンチーは動かなかった。「俺に銃が必要だと? 俺がフランス人だと知らんのか? 戦争はもう負けた」

「ハッピーエンドは一つしかねえんだよ。この世を吹き飛ばさねえんなら、俺はビビリの口先だけ男になっちまう」

「じゃまたな」相手が気分を悪くしないことを願って、ジェームズはゆっくりと立ち上がった。

「俺は誰も傷つけてねえ。だからカルマの話はやめてくれ」

「そんな話してねえだろ」

「じゃあすんな」

「カルマが何かも知らねえよ」

「いいからもう行けよ」

「どっか行くさ。ひと泳ぎするかな。だからひょんな気になったって誰も助けには来ねえよ」

「フレンチーがいるさ」

「フレンチーは構ってくれないさ」とジェームズは言って、道を戻って防波堤に座った。

少しすると、カドワラダーがやってきた。両手の人差し指をビール瓶の口に突っ込んで持っていて、瓶を二本ぶら下げながら松葉杖でせっせと歩いてきた。立ち止まった。杖にかかしのように寄りかかって、片方のビール瓶の口に親指を当てて、ポタポタとジェームズの顔に振りかけた。

「名誉負傷章の持ち主たる俺はお前に好きなことできんだよ。こいつはけっこうなクソだろ」

「そうだな、ちくしょうめ」

「哀れな障害者は殴れねえよな」

「できねえよ、ちくしょう」

「ビール瓶持っといてくれ」彼は左の杖を倒し、反対側にもたれて、杖が倒れる前に砂地に座った。

ジェームズは一本返し、もう一本は持っていた。

「ピース&ラブだよ、わが同胞たちよ」

「分かったよ。ピース&ラブだな」

「すっかりひねくれちまった」

「どうってことねえよ」

「すまねえってことよ」

「痛むか、脚？」

「そんなアホな質問する奴はアホと言っていいよな。俺が障害持ちだからって妙なこと言わないでくれ。錠剤いるか？」

「今はやめとく」

「それぞれ三十ミリグラムのコデインが入ってる」

「マリファナは何回かやったよ……。ま、大したことなかったな」

「ないはずの脚のとこが痛え」

「ここどの辺なんだ？」

「ファンティエットにいる。それかムイネーだな」

「あんなボート見たことねえな」

「ありゃ小さい舟だ。本物は漁に出てる」

「スープのお椀みてえだな」

「お前どうしたのよ？　無許可離隊か、行方不明か、脱走兵か？」

「無許可離隊ってとこかな」

「俺は脱走兵だ」

「俺はただの無許可離隊だ。自分じゃそう思ってる」

「三十日たったら脱走ってことだぜ」

「まだ三十まではいってねえよ」

「俺の脚はどっかいっちまった。だからそいつに見習ったのさ。チャイナ・ビーチからカットされちまった」

「気に入らなかったのか？」

「あの『ニコニコ今日も頑張ろう療法』か？　冗談じゃねえ。俺は飲んで泣いて薬飲むほうがいいね」

「それくらい知ってるって」

「そうだよな。悪かったよ、ＧＩ。ちょっとイライラきちまった」

「で、ここはファンティエット市だと思うわけか?」

「おうよ。それかムイネー」

「で、ここが本当に世界に冠たる売春宿なのかよ? すんげえ賑やかなとこだって聞いてたぜ」

「この二週間こんな感じだ。大攻勢から静かになっちまった。フレンチーは敵に負けたのさ」

「みんなどこ行った?」

「自分の部隊に戻ったんじゃねえの。それかよそ行ったか。よく知らねえ。あんたは逆向きにやって来たわけ」

「そうみたいだな」

「戦闘で盛り上がってるってのに飛び出してきてさ、そいつを脱走ってんだ」

「なんで俺が脱走だってことにこだわるんだよ?」

「俺は考察してんだよ、兄弟、言いくるめてるわけじゃねえ。いいか、もし奴らが俺目がけて撃ってくりゃ、そりゃ俺だって逃げるよ——ていうか、そもそも俺は逃げたんだった!」

「それで脱走したわけじゃねえよ」

「じゃあなんでだ?」

「仲間に会いにさ」

「誰だよ?」

「向こうの第十二病院にいるはずの男さ」

「じゃあそいつに会うためにずらかったのか?——それとも会わずに済ませようってんでずらかった?」

「もういいって。お前の名前何だったっけ?」

「カドワラダー」

「カドワラダー、俺をからかうのはよせ。お前の二倍の数の脚で蹴飛ばすぜ」

「あんたの名前は?」

「ジェームズ」

「ジムはありえねえ」

「ジムじゃなくって?」

二人はビールを飲み干し、瓶を波の中に放り込んだ。

ジェームズは浜辺にあるココナツヤシの木立に歩いていった。脚一本に杖二本のカドワラダーが大股で追いついてくる間に、奇妙な丸ボートを一つ立てて——差し渡し二メートルほどある巨大な籠型で、葦葺きで編まれて当て板がされ、漆のようなもので上塗りされている——波打ち際まで勇ましく、よろよろと引きずっていった。裸の小さな子供たちが集まってきて、奮闘する彼を眺めていた。ヤシの向こうにある小屋に大人がいたとしても、出てはこなかった。

彼は立ち止まって一息ついた。波までは、まだかなりの距離があった。「お前の大いなる武器はどこだ？」

カドワラダーはシャツの胸元を上げて見せた。銃尻がベルトの上から出ていた。

「一緒に乗るんなら濡れちまうぜ。何たって二人とも沈むだろうからさ」

「あそこのボートを持ち上げろよ」

ジェームズはひっくり返してあるもう一艘のボートを持ち上げ、カドワラダーは銃とタバコとライターをシャツでくるみ、その下に放り込んだ。ジェームズも自分のマルボロを入れ、最後のひと踏ん張りで一気に舟を波に入れた。

穏やかな波に胸まで入り、カドワラダーはボートに松葉杖を置いて、ボートの中に這い上がってきた。棹が一本あった。ジェームズは舟を引っくり返しそうになり、「ロックンロール！」とカドワラダーは叫んだ。「妙な潮の流れに入っちまったら陸にはもう戻れねえ。それでもいいか？」

ジェームズは片側ずつ漕ごうとした。どこに立つべきなのか分からなかったし、そもそも、この揺れる半球型のボートでは立っているべきなのかも分からなかった。「これじゃうまく行かねえ。連中はどうやって進むんだ？」

「そのオールよこせ。俺は生まれつきの船乗りだ」

子供たちは岸辺に座り、漂っていくボートを見ていた。ココナツの木立でヤギが鳴いていた。じきに、ジェームズの耳に聞こえる後ろの物音と言えば、波だけになった。岸の向こうに木立があって、その向こうには葦と藁の小屋がある……。マッチの先のように燃え上がるな、と彼は思った。

「海で迷子だぜ！」カドワラダーは叫んだ。「この象徴性ときた日にゃ、目が泳ぐくらいだな」

「お前といると小さい弟を思い出すよ」

「何だよ——弟のどういうとこだよ？」

「どこってはっきり言えないけどさ。そういうこと」

二人は漂っていて、潮は二人をベトナムから引き離していった。

「でさ、ジェームズ、しばらくいんのか？」

「たぶん。分かんねえけど」

「フレンチーに掛け合って割引させてやってもいいぜ」

「金ならあるよ。割引はいらねえ」

「そりゃちょっと妙な態度だな」

「別に気を使ってくれなくていいってことだ」

「兵役はどの時点だ？」

「二回目に入ったとこ」

「妙な態度もいいとこだろ。なんだってこのブタ小屋で二回目に入ろうとすんのか理解できねえ」

「理由なんかねえよ」とジェームズは認めた。「お前短期か？」

「そんなに短かねえ」

「どれくらいまで来た？」

「八ヶ月。六ヶ月と八日来たとこでやられた。半分と八日だぜ。やってられねえ」

「新入りのときにクソ味わうようなもんだな」

「そうさ。クソ味わされんのはいつも最低さ。それもプランの一部だろ」

カドワラダーはコウノトリのように片足で立ち上がり、片側に引っくり返り、水中に落ちた。しばらくジェームズは海原で完全に一人きりだったが、やがてカドワラダーは水面に出てきて息を継ぎ、べっと水を吐いた。

「なあ」

「何だよ」

「ボートに戻れよ」

「どうして？」

「せめてそこにいろ」

「いるさ。動いてんのはお前だぜ」

「漕げねえんだよ。頼むぜ、はぐれちまう」

「そうか？」

「カドワラダー。おい、カドワラダー」

「アディオス、マンコ野郎！」

「岸までは一キロ半あんだぜ」

カドワラダーは三十メートルほど離れ、仰向けに浮かんでいた。

「カドワラダー！」

ジェームズは躍起になって漕いだが、こつがわからなかった。カドワラダーの姿が見えるのは、低い波のうねりが下がったときだけだった。彼は仰向けになって空を見上げ、足をばたつかせていた。「お前ちゃんと進んでるぜ！」とジェームズは叫んだが、カドワラダーは聞いていないか、どうでもいいようだった。どちらかが近づいているはずだ、とジェームズは信じ、それで元気が出た。魚の尾びれのように左右に漕ぐと、まだましなようだった。骨の折れる作業だった。カドワラダーが近くに来て、ジェームズは彼の片手をつかんだが、払いのけられた。ジェームズは髪をつかんだ。カドワラダーは甲高い声を上げてボートの側面にしがみついた。ジェームズには引っ張り上げる力は残っていなかった。息が上がって悪態もつけなかった。胸は波打ち、口の中は疲労で銅の味がした。

カドワラダーはボートを蹴って体の向きを変え、クロールで岸へ泳ぎ出した。ジェームズは漕いで後を追った。潮が後押ししてくれているようだった。

ティーカップ形ボートの底がこすれ、寄せる小さな波でよろめいた。ジェームズは降り、岸にボートを引きずっていった。

百メートルほど離れたところで、カドワラダーはばったりと仰向けになっていた。両手に松葉杖を持って、砂に二本の線を書きながら、ジェームズはそこによろよろと歩いていった。その間に、ボートはまた波にさらわれていた。泡の中で上下に動き、海に向かっているようだった。

「お前ムチャクチャだぜ。頭どうかしてる」

「そりゃそうだ」

「もう勘弁してくれよ」

「杖くれ」

ジェームズは力を振り絞り、杖をできるだけ遠くに放り投げた。「自分で取ってきやがれ」

二人が持ち物をしまった舟によろよろと歩いていき、自分の持ち物を取り、カドワラダーの銃、ブラウニングのハイパワーをしげしげ見た。

「おい」ジェームズは声をかけた。「こりゃ士官用の支給品だぜ。お前士官かよ?」

映画でサハラ砂漠に取り残された男のように、カドワラダーは苦々しげに砂地を這っていた。

「お前士官かよ?」

「俺は民間人！　ファッキン脱走兵だよ！」

彼はジェームズの足元までやって来た。ジェームズはブラウニングの弾倉を取り出し、スライドを引いて最後の弾を出した。「これで好きなだけ遊べよ」

「くたばれってんだ。弾はいやってほどあんだよ」

「じゃあ弾遊びしてろよ。銃はもらうぜ」

「俺のドンパチ返せ」

「だめだな。お前死んじまうからな」

「盗むってのかよ」

「そういうこと」

「この白ケツ野郎。そいつが俺のパラダイス行きのチケットなんだよ」

二人ともカドワラダーのジッポでタバコに火をつけ、ジェームズは言った。「じゃあ行くぜ」

彼は背を向けて立ち去った。

「止まれ。こいつは命令だ。俺は中尉なんだぜ」

「俺の戦争では違うね」ジェームズは立ち止まらずに言った。

防波堤の隙間を通っていくと、カドワラダー中尉の声が聞こえた。「アジア野郎一人殺っといてくれよな！」


サイゴンのダウンタウンから大きな基地に向かう、第二十五旅団所属の二人の男のジープにジェームズは乗せてもらった。ヘリのローターの土埃がもうもうと立ちこめている第十二避難病院のちょうど前で降ろしてもらって、誰にも何も言わずに中に入り、病気特有の静けさと医薬品の匂いの中、病棟ですぐに迷子になった。その朝はしこたまビールを飲んでおり、いらいらして、虚しい気分だった。最初はC3病棟だと言われ、次にはいや違う、C4だ、そしてC4の看護婦が考えるには5か6病棟で、ついには第6の看護婦がドーナツをくれて、わたしは見込みのない人と、何人か重傷患者の世話をしてるのよ、と言い、小部屋のようなところにかかったカーテンに彼を案内してくれた。「ジム？　ジムって呼ばれてるの？」彼女はカーテンを動かさなかった。

「ジェームズで通ってる」

彼女は仕切りを少し開けた。「ハーモン曹長？　ジェームズが来てるわ。あなたの隊のジェームズよ」

曹長はひどい有様だった。ジェームズはベッドの脇に立って、「やあ、曹長」と言って、言葉を続けようとしたが、駄目だった。あんた抜きで飲むハメになっちまったよ、とか、ちょっと前にみんなで撃ちまくっちまった、俺もやったよ、と言いたかった。ここの誰かに怒りを覚えた。おそらくは、死体と大して変わらず、規律違反の話をしても何の意味もない曹長に対する怒りだ。ばらばらになり、ワイヤーでつながれて、混乱したまま苦しい最期へと衝撃を加えられる、フランケンシュタインの怪物のようだった。あの怪物にも付いていたような、鈍い光を放つボルトが頭の横から出ていた——何のためだ？　本来なら臍があるあたりまでシーツがかかっていたが、腹のところにあるものは、屠殺場から持ってきた肉片をつなぎ合わせたような代物だった。ベッドの脇にある機械は規則正しく、シュー、ゴー、という音を出していた。モニターの赤い数字が心拍数を示していた——73、67、70。

「なんでチューブが口から出てんだ？」

「ジェームズ、曹長はまだ自力で呼吸できないの」

看護婦が用意してくれた椅子に座って、彼は曹長の片手を握った。曹長の手首につながった点滴の管を、泡が上がっていった。「曹長」

どこまでも青い曹長の目がふらふらと動き、ジェームズのほうに彷徨って、止まった。舌でチッという音を立てた。

「俺が見えるのかい?」

曹長はまたチッチッと舌を鳴らした、子供を叱るときのような音。チッチッ。唇は白くひび割れて、薄皮が剝がれていた。

ジェームズはかがみ込み、曹長の目を見つめた。睫毛は涙で固まり、子供が描いた絵のように突き出ていた。美しく青い目。女の目だったら、見とれてしまうだろう。

「あれは何の音を出してんだい?」と彼は訊こうとしたが、看護婦はいなくなっていた。「何を言おうとしてんだい、曹長?」ジェームズは自分の涙を拭ってしゃくり上げ、綿棒とねばねばのティッシュで一杯になったくず入れに唾を吐いた。「ちょっと挨拶していこうと思ってさ。何かいるものあるかとか、そんなとこ」

何秒かおきに、舌打ちの音。モールス信号だろうか?

「曹長、モールス信号は忘れちまったよ」

看護婦が二人入ってきて、ジェームズを脇にのけ、曹長の口からチューブを抜き、別のチューブを喉の奥に押し込んだ。チューブはゴロゴロ、シューッという音を立て、モニターの数字は一気に跳ね上がった――121、130、145、162、184、203。一分ほどで二人はチューブの交換を済ませ、曹長はまた呼吸できるようになり、数字はゆっくりと下がっていった。

「ひでえ」

「肺を清潔に保ってるの」と一人が言った。

「こんにちはも言わずにかよ」

「曹長、こんにちは」と彼女は言い、二人はいなくなり、ジェームズは座り直して曹長の手を握った。

曹長の彷徨う目は何かを熱望し、懇願していた。目からすべてが伝わってきた。ジェームズは犬が吠えるように泣きじゃくった。現実感と確かさが溢れ出てきた。泣くことの純粋さ、ただ泣くこと、誰も構うもんか――これはどんなゲームより大事なんだ。曹長の目から涙が出てきて、こめかみを伝い、耳に流れていったが、舌打ちの音をさせているだけだった。

「ドクター、こちらはジェームズです」と看護婦が言った。朗らかな顔つきの医師と一緒に戻ってきていた。

「ジェームズはハーモン曹長の部隊から来たんです」

「曹長、調子はどうかな?」

「何があったんです?」とジェームズは訊いた。

「どういうことだい?」

「どうなっちまったんです? 何があって? どんな傷を受けたんです?」

「何があったんだい、曹長?」と医師は言った。

曹長はひび割れた唇を動かし、舌を鳴らした。

「あの音を出してる」とジェームズは言った。「聞こえます?」

「曹長、何が起こったんだい? 思い出せるか? 昨日話をしただろう?」

曹長は唇の動きを機械の動きに合わせ、「俺――俺は――」と言った。唇の動きで、そう言ったように見えたのかもしれない。

「話したことを覚えてるかな? 照明弾が当たったのかもしれないと君に言っただろう? 背中に直撃したと?」

「胴に当たったんだと思ってた、腹だって――」

「照明弾がみぞおちの下あたりに入って、脊髄を上ったんだよ、分かっているのはそこまでだ。背骨が完全に開いてしまった状態になった」

「照明弾を食らったって?」

「その通り」

「照明弾ですよね。信号用の」

「そうだ。ひどい損傷だ。筋肉、肺、背骨。脊髄は第二脊椎骨に至るまでやられてる。ひどい損傷だよな、曹長?」

唇が動いている。喉の唾液で音を出そうと、何かを言葉にしようとしている。ジェームズに分かる限りでは、「俺はボロボロだ」と曹長は言っていた。


電話待ちの列は十人に達していたが、士官専用の電話が三つあったので、彼はそこに出かけた。交換手にダイヤルしたあと、右手を新しいピストルの銃尻にかけ、近づいてくる人間を威嚇した。三つの電話を独り占めだった。

交換手にスティーヴィーの番号を伝えた。何千年も前、高校にいたころに何百回と電話した、忘れるはずもない番号。

彼女の母親が出た――「もしもし?」――眠たげで、おそらく怖がっている。

彼は電話を切った。

大尉がバドワイザーを持ってきた。悪い連中ではなかった。彼は銃から手を離して、タバコに火をつけ、家に電話した。

「そっちは何時なの？」と彼の母親は言った。

「分かんないよ。午後だけど」

「ジェームズ、どうすることにしたの？　残ることにしたの？　決めたの？」

「滞在をちょっと延長したよ」

「どうして残ろうなんて気になるのよ？　もう国には十分務めを果たしたじゃないの。誰よりよくやったわよ」

「そうだけど……まだ終わってないって感じがして」

「今回が終わったら、もうサインはしないで」

「軍務から逃げてたんだ。もう用無し扱いかも」

「まあ無理もないわ。シェルショックなんじゃないの」

「除隊ってことになったら――フェニックスに帰ろうかな」

「そうね、そうしなさい。他に行くところなんてないでしょ？」

「どうかな。どっかの島とか」

「島ってなに？　わたしたちは島暮らしじゃないのよ」

「みんな元気？　バリスはどう？」

「バリスは麻薬をやってるのよ！」

「なんてこったい」

「悪態はやめて！」

「やれやれ。どんなヤク？」

「手当たり次第よ」

「あいつ何歳だっけ？」

「十二にもなってないの！」

「ひでえガキだな。さて――そんで――ビルからは何かあった？」

「ビルはもうひと月近く出てるわ」

「出てるって、どこに？」

「どこでしょうね。うちにはいないわ。それだけ」

ジェームズは一息ついて、最後の一服を吸い込み、タバコを消した。「刑務所ってこと？」

「一人は麻薬中毒、もう一人は刑務所よ！」

「何やったんだい？」

「知らないわ。なにかしらやらかしたんでしょ。年が明けて一週間経ったら刑務所に入って、二月十日まで出てこなかった。五週間入ってたのよ。有罪を認める代わりに執行猶予を二年もらうか、ひたすら入ってるしかなかった。あの人たちは過ちにうんざりしてるのよ」

「アリゾナにいるの？」

「そうよ。執行猶予でね。行儀良くしてないとフローレンスのあなたのパパのところに放り込まれるのよ。この父にしてこの子ありね」

「麗しきことかな」

「小賢しい口の利き方はやめて。聖霊はこの一家の男たちの魂をもう何世代も打ち据えてるのよ。でもちょっとした凹みでもできたかしらね？」

「そうだろうさ――でもさ、聖霊なんてそんなに神々しいもんじゃないかも」

「それは一体どういうこと？」

「ママ、オクラホマにいただろ、それからアリゾナ、それだけだろ」

「何が言いたいわけ？」

「分かんないよ。聖霊の話する前にさ、もうちょっとあれこれ見てきてほうがいいんじゃないってこと」

「ジェームズ、教会には行ってるの？」

「いや」

「ジェームズ、祈りは？」

「祈るって誰に？」

母親は泣き出した。

「ねえ、聖霊って何なのか教えてあげるよ。そいつは狂ってるんだ」

「ジェームズ」

悲しみも、満足感も、何も感じなかったが、彼は言った。「ママ、分かったたって。悪かったよ。ごめん」

「祈ってくれる？　今わたしと一緒に祈ってくれる？」

「いいよ」

「主よ、救い主よ、天にましますす父よ」と彼女は言い、ジェームズは耳から受話器を離した。聖霊が本当に南ベトナムに来ることがあるのなら、金タマを吹っ飛ばしてやれるな、と思った。

向こうに見えるバーでは、男たちがウィスキーをロックで飲んでいるのが見えた。野戦服の士官が自分の指をじっと見つめている間に、皆が彼のカクテルナプキンをびりびり裂いていた。

その瞬間、突然ハーモン曹長のことが心に浮かんだ――そうか、何てこった。水が飲みたかったんだ。

「ねえ」と母親が言った。「聞こえてるの？」

乾いて、ひび割れた唇――喉が渇いて、からからだった。舌で合図をしていたんだ。

「祈りをどうも、ママ」と彼は言って電話を切った。

ビールを開けて、ごくごく飲み、最後の一滴まで飲みきった。人生で一番うまいビールだった。最悪で、最高のビール。

ジェームズは車を見つけられない夢を見た。駐車場が村に変わっていて、狭く曲がりくねった通りだらけだった。M16を持っていて、村人たちに捕まえられるかもしれず、助けは呼びたくなかった。時間がなくなっていった。夢には無数の辺境や、ねじれた出来事の通り、語られない入り組んだ小道があったが、普段着で汗をびっしょりかき、マットで目が覚めたときには、覚えているのはそれだけだった。毎晩いろいろな夢を見た。任務をしているような気分だった。眠ると疲れてしまう。

起きてエアコンをつけようとしたが、エアコンはなかった。下の階のジュークボックスが足の下でドンドン響いていた。開いた窓には蚊よけネットが釘でかけられていた。今は昼だと思ったが、それは外にある看板の光だった。青と黒のローファーを見つけて、ビールでも引っかけようと、建物の壁に付いた階段を降りていった。行き止まりのところで、泥を踏まないように気をつけなければならなかった。ジョリーブルー・バー。何人かの男と一緒に座った。第二十五、しかも偵察隊だったが、長距離偵察隊員の悪い連中だった。アンフェタミンをもらって、一気に目が覚めた。女はいなかった。彼らの目は動物のようにぎらぎらしていた。ＬＳＤをやって、神経がおかしくなり、脳が裏返しになった男たちだった。「一緒に行こうぜ。ただ進むんだ。夜をかっ飛ばすぜ。スピードはバッチリだ。ファックすんだ。殺るぜ。破壊するぜ」ものにしたいことはいろいろあったが、できなかった。この連中と長距離パトロールに行って、転属すればいいだけだ、と悟った。この連中と同じように、彼の目も変わってしまうだろう。ブラックマンを知ってるか？　と彼は聞いた。「おうよ」と彼らは言った。「ブラックマンなら知ってる。一緒にやってるからな」じゃあ転属のやり方は教えてもらえるな、とジェームズは言った。「じゃあそうしろよ、そうしろ、あれこれやってきたっつっても、これはまだだろ？」確かにそうだな、と彼は言った、化け物たちと繰り出す潮時だよな。

「時間はあんのか？」

「俺二回り目だから」

「本国休暇くれんじゃねえの？」

「そんなのいらねえよ」

「国に戻りたくねえのかよ？」

「この戦争が俺の故郷だ」

「そりゃいい。国に帰っても、カードがすり切れるまでソリティアやるぐらいしかすることたねえ。一組駄目にしたらまた一組ってな。窓際に座って延々だ」

「毎日俺の頭に浮かぶクソの九〇パーセントは違法なんだよな」と誰かが言った。「でもここじゃ話は別だ。ここじゃ俺の頭ん中のクソこそが法だ。それ以外に法はねえ」

「連中は戦争の理論なんてもんをこさえてんだぜ。理論だぜ。俺たちには関係ないね。ここでは意味ねえ。俺たちにゃ任務があんだ。戦争なんかじゃねえ。任務だ」

「動け、そして殺れ、だろ?」

「分かってんじゃねえか。こいつは話が分かってるよ」

「ファッキン優等生だ」

「その調子だぜ」

「ダブルのベテランって何のことか知ってるか? 女をファックして、それから殺っちまうのさ」

「ここの全員、ダブルのベテランだぜ」

「そうなの?」

「死んだボケナス野郎全員に乾杯」

彼らはいなくなり、彼はビールを飲みながら、太腿に傷のあるゴーゴーダンサーを眺めていた。頭のそばの壁に、蚊が二匹ぶつかっていた。それ以外は自分の世界に浸っていた。音楽はガンガン鳴っていた。カントリー、サイケデリック、ローリング・ストーンズ。バーカウンターの上、そしてその後ろ――ラーバランプの炎がゆったりとゆらめき、ダンスを踊り、ハムズ・ビールの看板には滝がきらめいていて、万華鏡のような時計、光に照らされた小さな神殿が時を告げていた。

もうリアルすぎて訳分かんねえ、いやリアルさが足りねえのかな、とジェームズは誰かに言っていた……いや、誰かにそう言われたのか……。

すると大佐が入ってきた。民間人にしてCIAの司令官も同然の男、E偵察隊の継父とでも言うべき男。

シャツをはだけ、激しく息をつき、戸口を塞ぐように立っていた。微笑んで歯の矯正のブリッジを披露している小柄な二人の娼婦に両脇を抱えられていた。まともな様子には見えなかった。「おい、ちょっと手を貸してくれ」

「ここに座らせろよ」

皆が手伝い、一つだけあるブースのシートに座らせた。他は全部テーブル席だった。彼は酒の合図をした。暗い明かりで見る限りでは、紫色の顔で、そのうち青白くなった。女の子の一人が横に入って座り、シャツを大きくはだけ、銀白の胸毛に覆われた汗っぽい胸を拭いた。

「冠状動脈の治療が必要だ」

「誰か呼んできましょうか」

「座れよ、座れ。治療は必要だが、このいまいましいライスブランデーのせいでオーバーヒートして毒されてる。ブッシュミルを頼んだのに、ライスブランデーたっぷりのコーラを出してきやがるんだ。あんな混ぜ物飲めたもんじゃない。イボにはいいかもしれんがな」

「そうですね、サー」

「俺は陸軍航空隊出身だが、歩兵隊に対する敬意はあるぞ」

「知ってます。自分はE偵察ですんで」

「歩兵だというのは名誉なことだ」

「そうでしょうね」

「イボができたらな、カミソリで切って、ライスブランデーに十分浸しとくんだ」

「イエス、サー。そうします」

「まったくもってそうだ。E小隊か。確かに。クーチー・クーティーズがいなくなったから、お前が俺のトンネル隊員だ」

「その、二つほどトンネルに入ったってだけですが。三つですか」

「そいつは大事だ。三つというのはいい数だぞ」

「大した数じゃありません」

「すごいな、今まで見たなかで一番でかいトンネル男だ」

「自分はそんな大柄では」

「トンネルに入るにはでかいぞ」

「サー、ハーモン曹長のことはご存知で？」

「負傷したと聞いてる」

「そうです。首まですっかり麻痺してます」

「麻痺だと？　なんてこった」

「首まで完全に。足からズタズタにされちまって」

「ひどいもんだ」

「長距離偵察隊に移ろうと思ってます。あの野郎どもを痛めつけてやる」

「戦争では憎しみは恥ずべきことではないぞ、息子よ」

「あなたの息子じゃありません」

「出しゃばってすまんな」

「今晩は飲み過ぎてまして」

「お前の喪失感は分かる。曹長はいい男だった」

「クーティーズはどこ行ったんです？」

「使っちゃならんとさ。二人は転属で出ちまった。着陸ゾーン全体がなくなるんだ。クーティーズもヘリもなしだ」

「そうかと思いました。しばらくあなたを見かけませんでしたから」

「全部おしゃかになってる。本国でもここでもだ。家じゃ、妻とかわいい娘が混血でビートニクの反戦マンとセックスしとるんだろうよ」

「俺はすぐにでも、このめちゃくちゃなとこをうろつきたいです」

「すまんな。酔って気分も悪いやら情けないやら――何の話だったか……憎しみだ。イエッサー。我々を送り出すのは国への愛だが、そのうちに復讐が一番の動機になる」

大佐は話が分かっているのだろう、とジェームズは思った。目の前にいるのは、イボのことを話すデブの民間人で、生きる伝説でもある――血と戦争とマンコの人生。

「トンネル学校には行ったか?」

「いえ」

「通わせてほしいか?」

「長距離パトロールの訓練がいいです」

「どれくらいここにいるんだ?」

「二回り目に一月入ったとこです。ナンバー2ですよ」

「訓練を受ければ、三回目もいてくれという話になるだろうな」

「いいですよ。それで、この無許可離隊の件は何とかしてくれます?」

「無許可離隊?」

「三週間消えてたってのがホントのとこで」

「まずは明日の朝、自分の隊に戻れ」

「イエス、サー」

「体を洗って戻るんだぞ」

「明日一番ですね。分かりました」

「その件は何とかする。お前を長距離偵察隊に入れてやる」


夏の雨の訪れは遅れていた。だが、今日は雨だった。

スキップはパトリス神父と村を訪ね、そこからは一人で数キロ歩いていった。空軍の腕時計では、まだ午前十時にもなっていなかった。子供のころ、大佐がくれた時計……。マーティン・ルーサー・キングが殺された。ロバート・ケネディが殺された。アメリカ海軍の船と乗組員は、北朝鮮に人質に取られたままだった。ケサンの海兵隊は包囲されていて、歩兵隊はミライの村を丸ごと虐殺していて、毛むくじゃらで独善的な馬鹿どもがシカゴの通りを行進していた。毛深い連中の間では、一月のテト攻勢の残虐な失敗は、逆に精神的な勝利として伝えられていた。そして五月には、また全国的な攻勢があり、小規模なものだったが、同じくらいの反響を呼んでいた。彼が『タイムズ』や『ニューズウィーク』を貪るように読んでみたところ、記事は全部ここで書かれていたが、描かれている出来事は嘘臭く思えた。彼が流浪の身となって離れた本国は、六ヶ月か七ヶ月の間に、今後の政治的駆け引きが繰り広げられる海原に飲み込まれてしまった。カンザス州クレメンツは昔のままだ、ということは間違いなかった。あの町に訪れる夏は一種類しかない——騒々しいイナゴとハゴロモガラス、そしてパンを焼く匂いと石鹼の泡、刈り取ったばかりのアルファルファの匂い、子供時代の輝かしい確かさ。どこかへ行ってしまった、愚かにも消えてしまった——夏ではなく、彼自身のことだ。旅立ち、さらされ、変わってしまった。言ってみれば、蹂躙され、変形させられたのだ。ある記憶を彼は愛し、そのために戦った。この思い出を受け継ぐ世界には、抹殺された理想に囚われることなく進んでいく権利がある、そう思わずにはいられなかった。今のところ、彼の周囲には小さな羽虫が集まってきて、きらめいていた。地面に近いところには、アヒルやニワトリ、子供たちや犬、猫、丸い腹の小さな豚が密集していた。彼は司祭のスクーターの後ろに乗り、教区民たちの民話やことわざを求めてやってきた。聞くことができたのは、司祭の知り合いのカトリックの老婆の話一つだけだった。パトリス神父は引き続き西に向かい、スキップは歩いて家に戻るところだった。

三十分歩いたところで雨につかまり、小さな店の日よけの下に避難した。革のような顔のパパさんが、見事なものうげさでタバコを吸っていたが、一言も発しなかった。スキップが彼に微笑みかけると、老人の顔は嬉しそうにほころび、健康そうな歯並びが見えた。嵐自体はどうということはなく、ただの騒々しい土砂降りだったが、強風が突然木々に襲いかかり、道路の水たまりに皺模様を作っていた。店にいくつかある正体不明のフレーバー飲料から「ナンバー1」というソフトドリンクを買い、一気に飲み干した。彼は老人に英語で話しかけた。「僕が何考えてると思う？　考え過ぎかなって考えてるんだ」雨が止んだ。道路の向かい側の小さな家先では、歩き出したばかりの子供相手に、若い女がいないいないばあをして遊んでいた。よちよち歩きの子の横では、ほんの少し年上の姉が一人、両手を一緒にさっと動かす仕草をして即興で踊っていた。三人とも、その幸せの中に世界のすべてがあるような笑みを浮かべていた。

その日の朝、彼は聞かされた話にいたく感動した――昔むかし、あるところに戦争があった。国を守るため、ある兵士が妻と幼い息子を置いて出征した。妻は家と庭、息子の世話をした。毎日夕暮れになると、家の裏にある川べりに立ち、愛する夫が舟に乗って、自分たちのところに帰っては来ないかと待っていた……

ある晩、小さな家に嵐がやってきて、屋根をさらわんばかりの勢いで、壁にも打ちつけてきた。明かりが消え、幼い息子は怖くなって泣き出した。母は我が子を抱き寄せ、明かりをつけ直した。すると、彼女の影が戸口のそばの壁に浮かんだので、それを指差し、「怖いことは何もないのよ――ほらね？　パパが戸口のそばに立ってるのよ」と言って慰めた。影を見て、すぐに子供は落ち着いた。それから毎晩、彼女が川べりで日の最後の光から夫が帰ってくるのを待ち焦がれてから家に戻ると、パパはどこ、と小さな息子は言うようになり、彼女はランプをつけ、息子は毎晩壁の影にお辞儀をして、「パパおやすみなさい！」と言って、すやすや眠るようになった。

小さな家族のところに兵士が戻ったとき、妻の胸は喜びではちきれんばかりになり、彼女は泣いた。「ご先祖さまにお礼を言わなきゃ」と夫に言った。「神棚を準備して、息子を見ていてくださいね」と彼女は言った。「わたしは感謝の捧げものの食事を準備しますから」

子供と一緒になった男は、「お父さんだよ、おいで」と言った。しかし子供は言った。「パパは今いないよ。毎晩パパにおやすみって言ってるもん。あんたなんかパパじゃない」その言葉を耳にして、兵士の愛は消えてしまった。

妻が市場から戻ると、家に死の翳りが感じられた。夫は一言も口をきこうとはしなかった。祈り用のマットを折り畳んで、彼女には使わせなかった。妻が用意した食事を前にして、黙って膝をつき、食事が冷えてもう食べられなくなると、家から出て行った。

かつてのように、妻は川べりに立ち、夫の帰りを来る日も来る日も待った。ある日、ついに絶望にかられ、子供を近所の家に連れて行き、最後に口づけをして抱きしめ、川に走って身を投げた。

妻の死の知らせは、下流の村にいた夫にも届いた。その衝撃で、頑なだった心が動いた。息子の世話をしに村に戻った。ある晩、息子の寝床のそばに座ってオイルランプを灯すと、自分の影が戸口のそばの壁に浮かび上がった。息子は小さな両手を叩いて影にお辞儀し、「パパおやすみなさい！」と言った。その途端、夫は自分の過ちを悟った。その晩、息子が眠っている間に、彼は川べりに祭壇を作り、何時間もひざまずき、後悔の気持ちを先祖に伝えた。夜が明ける少し前、彼は眠っている息子を川べりに運び、一緒に死の水へと入り、忠実だった妻の後を追っていった。

老婆は表情一つ変えず、淡々とこの物語を話して聞かせた。彼の心は締めつけられた。子供と母親、二人きりの生活。互いに誤解してしまった男と女、影こそが父だったこと。彼らの物語を流し去っていった川。

幅のある浅い小川が流れている谷間に入ったところで、今度は土砂降りに捕まった。黒い傘を差して雨の中を歩いた。激しい雨で、川は泡立っていた。しばらくすると、茶色く力強い流れは速くなり、浮いた泡が渦巻いていた。水田が広がる平地に出た。カオクエンには多い風景だった。

今度は、農家の小屋ではなく、小さな家々を通り過ぎた。正面に庭があって、裏手には一族代々の墓があり、角ばった墓石には半分フードがかけられていて揺りかごのようだった。前方の道のあちこちでは、人々が近所の濡れたゴミの山に火をつけていて、上がった煙で子供のころ秋に嗅いだ匂いを思い出し、一瞬、自分がどこにいるのか混乱した。

老婆の話には締めくくりがあった。三人の悲劇的な死の後、山で雨が降った。一家を飲み込んだ川は増水し、荒れ狂った水はあらゆる石をぐらつかせ、川の怒りの音はついに鎮まることはなかった。乾季になり、水が穏やかに流れるときですら、川はまだ轟いている。川から砂を少し掬い上げて手に持つと、大きな音がする。砂を壷に入れて水を満たすと、たちまち沸騰してしまうのだ。

ヴィラに戻ると、黒のシボレーが表に停まっていた。居間の長椅子には叔父が座っていて、その足元に、最近あたりをうろついていた犬が寝そべっていた。大佐は犬の頭を撫でていた手を上げて、スキップに手を振った。「お前のカウチに消化されてる最中だよ」スキップは立ち上がる叔父に手を貸した。「この枕に食われてた」顔は赤らんで見えたが、その下からは青白さが覗いていた。「お前のシルクの枕だ」

低い黒漆のコーヒーテーブルのそばの籐の椅子にはグエ

ン・ハオが座っていた。すぐ近くにいるのに、遠く離れているような雰囲気で、何も言わず、ただ頷いて微笑んでいた。

「今何時だ?」と大佐は訊いた。

「もう一時です。何か食べますか?　ところで、ようこそ」

雨季が終わるころに大佐がやってくる、とは聞かされていたが、それだけだった。それも大佐に言われていたのだが。

「コーヒーは頼んでおいた」と大佐は言った。

犬は猛烈な勢いで自分の性器を舐め、フガフガと気持ち良さそうな音を立てていた。

「飼い犬ができましたね」

「こいつはミスター・トーのだ。みんなで食うのかもしれんな」

階下のバスルームでトイレを流す音がした。きれいな野戦服姿のジミー・ストームが現れた。シャツの裾を直して、彼はオナニー中の犬を見つめた。「大佐の犬は恋をしてるんですかね」

「俺の犬だって?　お前のだと思ってたよ」

ストームは笑ってカウチに座り、「お前は猪突猛進型のコソ泥犬だよ」と言って犬の頭をかいてから、指の匂いを嗅いだ。

「どうしてヘリで来なかったんです?」ジミー・ストームがいると、無愛想な口調になってしまった。

「ヘリはもう取り上げられてな」

「おや。じゃあ誰が使ってるんです?」

「まだ我々の同盟国のものだが、もっとましな使い道に回された。それから着陸ゾーンは廃止される——正式に決まった」

「もう何ヶ月も前にそうなったと思ってましたよ」

「神々の動きは遅いが、止まりはせん。この九月一日の時点で、カオフックはもう存在しない」

「残念ですね」

「戦時中の運だ。いずれにせよ今日はヘリを使わないつもりだった。非公式の訪問だからな。身内だけだ」

「トーにビールを持ってこさせましょうか。それとも酒にします?」

「コーヒーを入れてもらってる。頭をはっきりさせて話をしよう。話し合いをしたい」

「そうか、分かりました。ただでドーナツをもらうためにここにいるわけじゃありませんしね」母親が時々この表現を使うことがあったが、使ってみると愚かな響きだった。

「最近ディマーの論文をじっくり読み返したか？」

「二重スパイのやつですね。読みましたよ」

「おいおい」とストームは言った。

「何だ」

「俺も読んだよ」

「それで」

「それでも何も。ありゃ実行不可能だ」

「軍曹」

「大佐、あんたがオズワルドのライフルで聖母マリアを暗殺したいんなら、あんたのために目標を定めてみせますよ」

「我々はガイドラインから逸脱していると言いたいんだな」

「そりゃもう。応用して創意工夫せよってね」

「どう思う、スキップ？」

「逃走車の運転なら引き受けます」

「聖なるマリア様を撃つわけではないぞ」

「言われるまで待つべきですか？　それとも訊くべきかな」

「仮定上の話をするために来てる」

「暗殺ではないんですね」

「違うよ。違う」

「欺瞞作戦の延長線上の話ですか？」

「ということは、この手の話を前にしたのを覚えているな。我々の仮定上のお喋りを」

「二重スパイの話をしてましたよね。仮定上の二重スパイですが」

ミスター・トーがカップとポットを二つトレーに載せて入ってきて、アメリカ人たちにはコーヒーを、グエン・ハオにはお茶を出した。出て行くときに犬を足でつつき、部屋から追い出していった。

大佐はスプーンでコーヒーをかき回していた。「こりゃ何だ？」

「クリーマですか？　粉末クリーマですよ」

「粉末クリームか？」

「いえ——クリーマです」

「おい、溶けんぞ。何でできてるんだ？　粘土か？」

「ハオが持ってきたんです。ミセス・ディウが頼んだんでしょう」

「こりゃひどい。誰かの腋みたいな味だ」

「何年もそのままだったようで」とストームは言った。

「文明に忍び寄ってたってとこかな」

「こいつをエンジニアに使わせたら結構なダムだって作れるぞ。相当な水に耐えられる。さて。我々の策略に戻るか。作戦の話だ」

「二重スパイですね。つまり仮定の上での」

「奴の立場は変わった」

「ここで言える範囲では？」

「志願してる。かなりの間、どうしたものか迷ってた。だがテトが来て、一気に飛び込んできた。我々の元にいる。使うなら短期で長距離を行ける。だからこいつは身内の作戦ということにできる。何か必要な情報は？」

「身内の作戦ですか。つまり身内というのは……」

「ここにいる三人だけ、それにハオの甥のミン、俺のヘリのパイロットだ。『ラッキー』だ。会っただろう。ラッキーと、我々三人だ」

「それとピッチフォークでしょう」とストームが口を挟んだ。

「ピッチフォークもだ、もし必要になったらな。奴は国内にいる」

「イギリスは関係ないと思ってましたよ」

「イギリスは陸軍特殊空挺部隊二チームにニュージーランドの軍服を着せて送り込んでる。それから特殊兵がグリーンベレーに何人か混じってる。だからアンダースも来てる。長年の陸軍特殊空挺部隊だ」

「ところで、『長期で短距離』というのはどういうことです？」

「長距離、そして短期だと俺は言ったぞ。奴を一度きりの作戦で北に送って、偽情報を伝えさせる。そのためにお前に出て来てもらったんだ、スキップ。『煙の樹作戦』だ」

スキップがこのニュースを飲み込むまで、大佐は時間を置いた。

興奮はしなかった。ただ、凍え死ぬ男の倦怠感と悲しみがあるだけだった。「我々はガイドラインからどれくらい逸脱してるんです？」

「ガイドラインは仮定上の話には当てはまらん。我々はアイデアを出してるだけだ」

「じゃあしばらく僕がディマーの役をやっても？」

「いいぞ。悪魔の弁護人が一人必要だからな」

「このケースではあなたが悪魔でしょうね」

「スキップは天使の側ってか」とストームは言った。

「きつい質問をしてくるぞ。誰かがやらなくちゃいかん。

さあやってくれ。ディマーなら何と言う？」

「彼が訊いてきそうなことはずばり言えますよ。そうでなくても重要な質問——僕の目につくことならね」

「例えば？」

「彼の動きを往復でコントロールできます？」

「いや。それは試すまでもない。こいつは一度きり、しかも片道の作戦だ。奴は今回の作戦を失敗するかもしれんが、それだけだ。他には何もさせない」

「もし失敗したら？　偽スパイだったら？」

大佐は肩をすくめた。「何も危険はない。次の質問だ」

「あなたには全部話したんですか？　せめて嘘発見器にかけるくらいのことはしました？　あなたの情報はどうなんです？」

「現時点では不明瞭だ。まだ初期評価の段階だよ。こいつについてはお前に情報担当をやってもらう」

「僕が？」

「飲んで騒ぐために来たわけじゃあるまい？　お前が情報担当だ」

スキップは思わず深い息をついた。「そうですか」

「そうだ——次の質問」

「次のはもう答えが出てると思いますね。プロセスはどのくらいの期間に渡るものなのか？　嘘発見器にはかけたのか？　でもそれは後でやるんですよね」

「嘘発見器はいらん。ああいうのは信用できん」

「絶えずテストせよ、とディマーは言ってますよ。『早期に、そして頻繁に嘘発見器にかけよ』と」

「発見器はなしだ。男を試す方法はただ一つ、血だ。奴は同志の血を差し出した。どんな機械よりもそのほうがよっぽど雄弁だ」

「両方はだめなんですか？」

「血だけが真実を語るんだ。我々に信頼されていると感じてもらう必要がある。お前は俺を信頼してるか？　この件について俺の判断についてこれるか？」

「イエス、サー。発見器はなしです」

「感謝するよ、スキップ。本当にな」大佐は上唇を指で拭った。内に秘めたしょぼくれた感じと、沈みがちな表情で、自分の判断に対する信頼の重要さを伝えていた。「他には？」

「この質問はでかいですよ」

「言ってみろ」

「この件を上に報告してますか？」

大佐は肩をすくめた。

スキップは立ち上がった。「論文を取ってきますよ」

「飛び上がるは悪魔なり」とストームは言った。

極秘扱いだったが、論文はデスクの上に置きっぱなしだった。戻ってきて、彼は言った。「やるべきことと、やってはならないことのリストがあります――第十」

「座ってくれよ」

スキップは自分の椅子に戻った。「第十。『事前に司令部の許可を得ることなく、欺瞞作戦を立てたり、偽りの情報を渡してはならない。』」

「俺はその話をしてるんだよ」とストームは言った。「でも知るかってな」

「二十。『頻繁に、かつ詳細に報告せよ……』ここを見てみましょう。そうですね、悪魔はここではっきりと言ってます。『二重スパイの可能性を考える部局および将校は、最終的な国益を慎重に検討しなければならず、二重スパイとは、実際は許容された範囲での敵との連絡手段であることを忘れてはならない。』僕たちが話し合ってるのは非公認の接触になってしまう」

「自己公認というほうがいいだろうな」

「自己公認のうえでの敵との接触ですね」

「ハオ、どこかから本物のミルクを持ってきてくれるか？」と大佐は言った。

ハオは部屋を出た。

大佐は背筋を伸ばし、両膝に手を置いて座り直した。「この部屋の誰も、仮定上の男には会っておらん。今のところ接触は存在せん」

「大佐、ここだけの話をちょっと」

「いいだろう、言ってみろ」

「身内の作戦である等々のことは分かりました。でも、わざわざハオがいるところで話さなくても」

「ハオ？　現時点では我々よりもハオのほうが良く知ってる。我々の男を引っ張ってきたのはあいつだよ。最初の接触者だ」

「ハオのことはちゃんと分かってるんですか？」

「ちゃんと？　この鏡の間で誰のことがちゃんと分かるんだ？」

「分かりませんね」

「オーケー。経験則を言おう、地元民を信頼せよ。お前に言ったことはあったか？」

「そりゃもう」

「この国で誰でも彼でも信用するというわけにはいかんが、誰かは信用しなくちゃならん。本能でやるんだ。そしてこれだけは言える」ハオが小さなピッチャーを手に戻ってくると、大佐は言った。「ミルクを頼んだら来た。ミスター・ハオと仕事をするってのはこういうことだ」ハオは腰を下ろした。「ミスター・ハオ、我々は国家的な欺瞞作戦を自分たちで進めようと計画中だ。一緒にやるか？」

「その通りです」

「これでいいか？」大佐はスキップに訊いた。

「十分ですよ」

「さらに質問は？」

「たっぷりあります」

「いいだろう」大佐はスキップが散々目にしてきた七・五センチ×十二・五センチのメモカードを胸ポケットから取り出して、発表を始めた。「国家的欺瞞作戦のお出ましだ。しかし計画がないと作戦にも何にもならん。仮定のその段階に移ろうか。どうやって、偽の情報を確実に敵の手に渡すのか？　さらに言えば、ホーおじさんの手に？　捕まって拷問を受けてくれるスパイを通じてか？　偽の文書を『盗んできた』という二重スパイでか？　不可能に近い課題だが、その二つの組み合わせが理想と言えるだろうな。それぞれ別の情報源から入れれば、信頼性が増すことになる」

「そいつが全部、そのちっちゃなカードに書いてあるんで？」とストームは訊いた。

「ジミー。お前にはいい加減疲れてくるな」

「この話は全部、仮定の上なんですよね」スキップは念を押しておきたかった。

「そうだ、まだ何も形にはなっとらん。どうするかはまだ分からんよ。かくして情報を聞き出すことになるわけだが、お前がそれを担当する。男の名前はチュン。お前はベトナム語がいくらかできる。彼のほうは英語がちょっとできる。二人ともフランス語が多少できる。そうだよな、ハオ——彼は英語が多少できるんだろ？」

家に来てから初めて、ハオは完全な文章で答えた。「いえ大佐、失礼ですが。彼は英語を話せません。まったく」

「まあ大丈夫だ。そのためにスキップはカーメルに一年いたわけだからな」

「うまくやりますよ」とスキップは請け合った。

「お前なら大丈夫だ。ミスター・トー！」大佐は声を張り上げた。

トーが布巾を手に現れた。六十代なのだろうが、体つきはまだ中年にしか見えなかった——ただし達観したふうで、動じない——大佐のほうから微笑みかけたので、にこやかな笑みを浮かべていた。

「ミスター・トー。ブッシュミルを出してくれ」

全員がブッシュミルの水割りを手にした。ハオまでがグラスを受け取り、飲まずに両手で持っていた。一口飲んだだけで、大佐の顔からは青白さが消え、水割りを半分ほど飲むころには、どこも具合が悪そうには見えなかった。ただ、明らかに病気だった。

苦々しい口調になってしまっているとは気づかず、スキップは言った。「ずっと僕が何してたと思います?」

「我々みんな同じだろう――実行可能な戦略が出てくるまで待っていたと。その間はどうやって過ごしてる?」

「何も。ここで腐ってるんですよ。『後方予備隊』ってやつですからね」

「そいつは海兵隊の用語だぜ」とストームは言った。

「ぴったりだろ」

「我々がやろうとしてるこの段階までは、候補者のほうがペースを決めなくちゃならん」と大佐は言った。「それにな――一番信用できる点は、奴のこの動きの遅さと乗り気のなさだ。これがどんな一歩になるか、奴には十二分に分かってるということだろう。そして、疑り深いことを我々に隠そうとはしていない」

ハオが口を開いた。「ええ。彼は正直です。友達ですから」

「でも今は本気なんでしょう」とスキップは言った。

「転向した。その通りだ。それが今の状況だ」と大佐は言った。「もう我々の側についたから、ここにお前と一緒にいてもらうつもりだ。カオフックにもサイゴンにもいてほしくない。奴が今まで活動していないところにいてもらいたいからな」

「でもどうして遅れてるんです?」

「ただ単に姿を消すわけにはいかんだろう。末端組織の一部だからな。末端組織はネットワーク全体とつながってる。ちょっと休暇を取ります、なんてわけにはいかん。この地域に転属になるしかるべき理由を申し立ててるところだ。少なくとも奴はそう言ってる。ただそれには時間がかかると。そう奴は言ってるし、俺は信じてる」

「その間、僕は後方予備隊ですよ。ご存知の通りディケンズなんて読んでますからね」

「それとイアン・フレミングだな。すまんがトルストイは手に入らなかった」

「分厚い本なら何でもいいですよ。それか上品なスパイがたくさん出てくるやつを」

「シェル・スコット物は読んだか？」

「もちろん。あのシリーズのことでしょう。リチャード・S・プラサーの」

「ミッキー・スピレーンはどうだ？」

「全部読みました。十回は読みましたよ」

「ヘンリー・ミラーは？」

「ヘンリー・ミラーはいいんですか？」

「もう発禁じゃなくなった。法廷まで出てな。ヘンリー・ミラーを送ってやるよ」

「『南回帰線』を頼みますよ。『北回帰線』は読みましたから」

「『北回帰線』はいまいちだな。つまらんよ。『南回帰線』は本当に良かったが」

「へええ。あなたがそんな流行を追いかけてるとはね」

「あれは三〇年代に書かれてるんだぞ。ミスター・トー！」と彼は呼んだ。「これは食べ物の匂いか？」グラスを飲み干した。「昼食の支度の間に外に出ようか。ドライブでもしよう」

「歩いてもいいですよ」とスキップは言った。「道をちょっと行ったところにトンネルがあるんです」

「冗談だろ。ここにか」

「最新のものは一通り揃ってるんですよ、叔父さん」

「一つ探検するか」と大佐は言った。「酒瓶は忘れずにな」

外出は失敗だった。二人は村のメインの道路をジグザグに進み、水たまりをよけていった。「今の情勢の話はやめてくれよ」と大佐は言った。「それだけは頼む。信じられんよ、もう一人のケネディまでだぞ。誰かホーおじさんを殺せんのか？　ここの連中は本気だってのに」立ち止まった。次の自説を始めるのかと思ったが、どうやら一息つきたかったようだ。「一月に奴らを叩きのめしたのに、五月にはもう元気一杯で、もっといたぶってくださいって復活してきやがる。あれがトンネルか？」

「というより残骸ですよ」

大佐は十秒ほど黙って、トンネルの前までの二十メートルほどを歩き続けた。トンネルは小さな断崖にある、浸食された窪みになっていた。

「違うな。スキップ、これは違うよ。別物だろう。クーチー地区にあるトンネルを見たか？　見てないだろう？」

――地元風に発音していて、「グーチー」と聞こえた。

「いえ、ありません」

「スキップ、これはトンネルじゃない。その男が自分で発掘したように見えるな。洞窟か何かを発掘していたんじゃないか――ただ地質的には洞窟が見つかるようには思えん――石灰岩がないとだめなんじゃないか？」

「洞窟ですか？」

「ここの地下にはクレバスがあるかもしれん。地下の岩の割れ目だ」

「オーケー。そうですね。間違いなく彼は洞窟に夢中でしたよ。取り憑かれてた。彼のノートを見ましたからね」

「そうだろう。だが、少なくともこいつはベトコンタイプのトンネルじゃない。奴らのトンネルはこんなもんじゃない。入り口はまっすぐ下に降りるんだ。爆破しづらくしてある」大佐の失望はトンネルのことだけなのか、それとも甥にもがっかりしているのか、スキップには分からなかった。

二人はそのミステリーを後にして、昼食の様子を見に戻り、スキップは苛立ちを覚えていた――トンネルではなかったのだ。おそらく、洞窟ですらないだろう。死んだ男につれなく振られた気分だった。ブーケに裏切られたのだ。

家の低い門で、大佐はハオの肘をつかんだ。急にがらくたに興味が出たようで、自分より小柄な男の腕にしがみついてかがみ、最近の嵐で落ちた木の枝を拾い上げて杖代わりにし、玄関への最後の二、三段を上がった。

ミセス・ディウは昼食の準備を済ませていた。三人は黒漆のダイニングテーブルに直接向かった。トーがテーブルを仕切っていて、咎めるような雰囲気だな、とスキップは思った。司祭を除けば、この十六ヶ月で初めての食事客だったのだ。本日は地元の料理で、牛肉のスープ麺にミントの葉と豆の新芽が添えられていた。ただし、オーブンから焼きたてのアメリカ式スライスパンと、バターもあった。そして、最初からブッシュミル。箸はなしで、ハオにも出されなかった。デザートはグアバで作ったプリンの一種だった。

「アイリッシュチームに乾杯」と大佐は提案し、二本目の酒を空けた。いや三本目だというのもありうる話だ、とスキップは内心怖れていた。

「サンズってのはアイルランド系の名前じゃないですね」とストームは言った。

「その話はしないね」とスキップは認めた。

「そうだったか？」と大佐は言った。

「ええと――した記憶はないですよ」

「そもそも我々はショーネシー家だった。それが船に乗ってるときにいきなりサンズ家になった」

「グレース叔母さんからもそう聞いてます。大いなる謎にしてスキャンダルだと母はずっと言ってた」

「いや、面白いがちょっと恥ずかしい話、という程度のことだな。お前のママから便りはあるか？」

「元気なんでしょう。手紙は来ますよ。葉書で返事してます」

「とにかくだ、みんな、俺は国には乾杯しないつもりだった。昔のチームにだけだ――ノートルダムのファイティング・アイリッシュチームだ。といっても大多数はポーランド系だったな。少なくとも俺がプレーしていたころはそうだった――スキップを見ろよ。こいつの顔を。また年寄りの話が始まるぞって顔だ」

「話してくださいよ、叔父さん。あなたはどうか知らないけど、僕はもう酔ってる」

「よしよし、俺は熱気満タンだぞ。俺の思い出話で気球が上げられるくらいだ。いいから話題を変えてくれ」

「雑誌に出すあなたの論文ですけどね、よく理解できなかったんです」

「俺だって分からんよ」

「厳密には話題が変わったわけじゃないですが――熱気ってのが話題なら」

「批判は受け付けるぞ」

「荒っぽい言葉が多いですよ――『遮断された活動』とか」

「『遮断された活動』とは――主導権がどこにあるか示すこと、すなわちお偉方がケツを落ち着けている間に勇敢に立ち向かうということだ」

「それ以外にもあります」

「例えば何だ？　用語解説をしてやろう」

「思い出せないな」

「専門用語は大事だぞ。誰が読むことになるのか考えてみろ。ここの連中は意味不明な言葉が大好きなんだよ。『政治と英語』を読んだことはあるか？」

「ええと――ジョージ・オーウェルですね。読んだな」

「読んだか？」

「ええ。それと『一九八四年』を」

「まあ、一九八四年はこれからだ。もう十七年もせずに来るだろう」

「そんなとこでしょうね」

「十六だろう」とストームが自信たっぷりに言った。

「何が十六だって？」

「一九八四年まではあと十六年だ」

ぐる回した。

「何をです?」

「敵はこんなことはしとらんだろうな」と大佐は言った。

ストームは笑い、角刈りの頭の周りでパンを一切れぐるぐる回した。

「ちょっと待て。十八だろう。十八だ」

「足したり引いたりだよ、軍曹」

「じゃあ敵は何やってんです、大佐?」

「我々の不発弾を分解して、我々のチンポコをそいつで吹っ飛ばしてるのさ。地面に穴を掘って生活してる。プリンなんか食っとらんよ。勝利の名の下に自分たちの子供を食べとるんだ。それが奴らの昼食だ。だから気合いを入れなくちゃいかん。連中の一人がこっちの側についた。我々の歩兵隊半分を一人で打ち負かせるくらいの男だ。あらゆる門をくぐってきた男だ——ベトコンの『三つの門』を知ってるか? 血、投獄、北での時間だ。奴は三つともこなしてきてる。ハオに訊けばわかる——フランス領時代から闘争に身を投じてきた男だ。コンダオ島の囚人だった。南北分離の後で北に行って再教化されてる。ホー・チ・ミン・ルートで戻ってきてからは最悪な任務をやってきた。二年前には、カオフックで俺を暗殺しようとしてる」

「冗談でしょう」

「ケネディが死んだ一年ほど後だから、六四年の後半てとこだな。二年半前だ。そのことはハオに認めてる」

ハオはテーブルにいながら、その場にいないような風情だったが、大佐が彼のほうを向くとそれを認めた。「そうです、彼は私にそう言いました」

「俺が寺に来てるときに手榴弾を投げ込んだんだ。奴は本物だよ。役に立たん中国製の手榴弾だったがな」

叔父を見つめる自分の口がぽかんと開いているのがスキップには分かった。酔っ払って、古臭い男——絶対に殺せない男。

「問題は、そこまで本気だったのに、なぜ転向したのかだ。奴は何て言ってるんだ、ミスター・ハオ?」

「分かりません」とハオは言った。

「そこが気に食わんよ。まったく気に食わん」

「分からないです」とハオは言った。

スキップは突然明るい気分になった。「いいですか、いいですか。その偽のブツを作らなくちゃ、偽情報を。その手伝いはできるかもしれない」

「そのために一万キロ離れたこっちまで来てもらった。ちょっと考えてみろ。去年の大使館の爆破で、文書がいくつか宙に舞ったとしよう、文書の写しってとこだな——昔ながらの海賊連中が何人か集まって、核兵器を一つ流用できると考えてたときの議事録だ。そのとんでもない連中はそいつをハノイに運び込んで、くだらんゴタゴタは全部お終いにしてしまおうという算段だったと。連中から見てくだらんことだな。実際くだらんわけだが」

「待ってくださいよ」とスキップは言った。「会合というのはその——何でもいいですけど——陰謀かな、陰謀自体を練ってたわけじゃない。その陰謀を止めようっていう会合だったということにしましょう。その連中は陰謀者じゃないわけです。陰謀者を調査しようとしてるんだ」

「いいぞ」

「俺にはサッパリだ」とストームは言った。

「実際に陰謀を企んでる連中の議事録じゃないんだ」ブッシュミルを飲んだせいで耳鳴りを抱えながら、スキップは言った。「実際の陰謀のやつじゃなくて、陰謀の、その」——必死に頭を整理して——「進捗具合を査定している側の文書だ。だから暗号化された写しがあって——」

「暗号じゃないぞ。爆破から生き残った何枚かの断片だ。紙切れが何枚か——」大佐は黙って考え込んだ。

この話を蒸し返したことを、スキップは後悔した。この議論をするまで酒を控えていた大佐は賢明だった。そして、またこの話になっているというのに、彼のほうは、大佐が何を言っているのか分からなくなっていた。だが大佐はウィスキーをもう一杯啜っただけで、それ以上の話は出なかった。「巨人どもをよこしてくれ！」と彼は言った。

「つまり、そいつらを愛しているが故に——ジョニー・ブリュースターはどうだって？　奴は戦争の間ずっとワシントンで過ごして、ハンドボールをやって、カオフックでの作戦を解体することしか考えとらん。そして実際解体になった——九月一日ですべて終了、もう何もなしだ。戦略事務局のときはまったくよかったよ。奴は戦ってた。そんなことは自分でも分かってるはずだし、昔むかしは分かってたはずだ。ジョン・ブリュースターだって、いつかの晩にベッドから飛び上がって考えたはずだ、ちょっと待った、待った、何か話がおかしいんじゃないかってな。しかし本来の話が自由の存続と人間の救済、世界の灯だと思い出す前に、哀れでくだらん夢にとっ捕まって、頭は枕に戻っていき、また派手にイビキをかいとるわけだ。そして次の朝になればラングレーがすべてになってる。戦争をラングレーでやってるんだよ、あいつみたいな連中と俺みたいな連中の間で、情報局のことでやり合ってるんだ。あの野郎に一発食らわせてやったさ。あのこんちくしょうどもめ。あの連中はアメリカ合衆国がベトナムで何をやってると思ってるんだ？　いやちょっと待てよ——そしてラングレーにいる馬鹿どもに加えて、ペンタゴンの馬鹿どもだ。揃いも揃って！　分かっちゃいない。あいつらは何も分かっちゃいない」

彼は頭を垂れた。

「大佐」ジミー・ストームが声をかけた。

大佐は頭を上げた。

「大佐」

「何だ」

「あんたのおかげで俺はハチャメチャですよ」

「それは褒め言葉か？」

「まったくその通りで」

「車に乗せてくれ」と大佐は言った。

ハオが立ち上がった。それ以上、自分からは動かなかった。

「ねえ、みんな——一晩泊まっていったらどうです？」

「いや、スキップ、そうはいかん。戻ったほうがいい」

「じゃあ連れてってください。サイゴンをぶらぶらしたい。この週末だけでも」

「スキップ、都市部にお前を連れて行くわけにはいかんよ」

「そりゃないでしょう。テトのときはいましたよ」

「かわいそうに思ってな。それだけだ。お前は兵士だろ」

「ちょっとくらいいいでしょう。ポーカーでもやりましょう」

「トランプあるのか？」とストームが言った。

「あるよ。泊まっていけば」

「いや。戻らんとな」

「僕は後方予備隊ってわけだ」

「自分は迷子の麗しき子供ってかよ」とストームは言った。

「そうかよ」とスキップは言った。「アメリカの世紀ってわけだ」

「ロックンロールは不滅だよ」とストームは言った。

すっかり酔っ払ったCIAのスキップ・サンズは立ち上がり、階段のある吹き抜けに向かった。階段を上がって自分の部屋を見つけられるくらいには頭もしっかりしていたが、くらくらして横にはなれず、椅子に座り、散らかって波打つようなベッドの上に両足を預けた。

一時間うとうとしてから目が覚め、ベランダに行き、熱くて濃いコーヒーを飲んだが、自分のこれまでの過ちを前にした、ぞくぞくするような目眩のほうが蘇ってきた。太古からの行動あるのみの男、叔父のお供をすることになってしまったという、そもそもの間違い。ありゃネアンデルタール人だよ、とリック・ヴォスは言っていた。ミスター・トーが蚊取り線香に火をつけて出てきて、反対側の椅子に置くと、ほら、単純そのもの、変な臭いのするお香の残り火、オレンジ色の豆が、消滅と非在に向かって、螺旋のトンネル道を進んでいく。そんな蛇のようなイメージに囲まれ、襲われ、寄生されているような気がした。トンネル、迷宮プロジェクト、人間の耳の渦巻き形のカタコンベ……。しかし、それらの上にぼんやり聳えている中心的なイメージは、まったく違うものだった――煙の樹。そう、叔父は暗き霊のように自らを開き、情報局全体、そのあり方そのものを相手取り、変えられるはずもない潮向きを変える気なのだ。少なくとも、ハンドボールのコートで情報局に襲いかかるつもりだ。

栄養を取るため、コーヒーに入れる本物のミルクを頼んでおいた。チョークのような代用品の味がした。新入りの犬が両膝の間に入ってきて、カップに鼻を突っ込み、フガフガ音を立てて飲み始めた。

フランシス・ゼイビアー叔父、火の柱、煙の樹は、自分の姿をした大いなる樹を、キノコ雲を上げたいのだ――瓦礫と化したハノイの上空に本物のキノコ雲を上げるのではないにしても、その恐るべき可能性を、敵の王たるホーおじさんの頭の中に植え付けたいのだ。そして、この錯乱気味の古参の兵士が、その光景を実際のものにしようと目指すことはないと、誰が言い切れるだろう？　情報もデータも分析もクソ食らえ、理性もカテゴリーも統合も常識も知ったことか。すべてはイデオロギーであり、イメージであり、まじないごとにすぎない。炎によって精神を照らし出し、男たちの行いを熱するのだ。良心を恫喝するのだ。花火だ。歴史だけではなく、現実そのもの、神の思考自体が花火なのだ――黙してはいるが、明白だ。白熱するパターン、無限に広がって。

今までなら、帰りたいといつでも叔父に言えた。しかしここまで来てしまうと、ここまで深入りしてしまうと、こっそり抜け出して、鉄床のような叔父の頭に空を落とすわけにはいかない。その頭ががっくりうなだれるところなど、見たくはなかった。

彼はトーをベランダに呼んだ。

「あの犬がここにいるのはどういうわけなんだい？」

トーは「ル・メディシン」と言った。

「医師の犬なのか？」

トーは頷き、もう話は分かってもらえたと合点して下がっていった。

じきにミセス・ディウが出てきた。「あの犬にはドクター・ブーケの魂が宿っているとミスター・トーは言っています。医師が死んで、一年経ったら犬がやってきてです」

「ドクター・ブーケがこの犬になって生まれ変わってきたって？」

「そうです。ドクター・ブーケですわ」

「ミセス・ディウ」

「何ですか、ミスター・スキップ」

「どうしてトーは僕に英語で話さないんだい？」

「喋りません」

「英語ができないのか？　それともそもそも無口なのかな」

「いえ、ときどきは」と彼女は言った。「分かりませんけど」

「まあいいか」と彼は言った。「君のほうですっきりしてるんなら」

犬は庭にいて、三本生えているパパイヤの木の一つに向かって片脚を上げていた。近くでは、ミスター・トーが熊手の柄で体を支えてかがみ、集めたゴミにマッチで火をつけようとしていた。パパイヤの木のすらりとした形と、ふさふさした樹冠、その喉元に群がる果実にスキップは見とれていた……。年老いた管理人は後ずさって火を見つめ、燃え始めたことを確かめていて、蘇ってきたかつての雇い主はドーナツのように体を丸め、尻尾の根元あたりにいる害虫に噛み付いていた。

「すみません、ミスター・スキップ」ミセス・ディウはまだ肩越しのところにいた。「夕食は要りますか？」

「考えてみるよ。すぐ行く」

一つずつ片付けよう。パトリス神父を夕食に呼んでみようか。一種の罪滅ぼしに、吐き気のする食事を司祭の目の前で腹に押し込もう。だが、うつらうつらし始めていて、そう決心したのは夢の中でのことだった。空軍の腕時計で午後九時に目を覚ました。薄織りのベルベットのような闇で、ゴミの残り火が見え、足元では犬になったブーケが寝息を立てていた。空腹だったが、人生は馬鹿らしい限りだった。彼はベッドに入った。

ドーテイ中尉は筋肉質で真面目な若者だった。野戦服のシャツをぴっちりとたくし込み、ベルトは高く上げすぎていた。タバコは吸わず、酒はためらいがちに、控えめに飲んだ。しょっちゅう病原菌の話をしていた。熱帯の病気のことが頭から離れなかったのだ。ワクチンが効かない、迅速かつ恐ろしい病気のことを本で読んできたようだった。敵のことはまったく怖れていなかった。敵が存在するなどとは信じていなかった。

ドーテイ中尉はバーク曹長に言った。「俺はこのいかれたサル芝居を生き抜いてみせるからな。違法だとか筋違いだとか罪深いとか、そんなくだらん話はいらん。今日はヒーローでも、明日はナチ扱いされる。そんなこと分かりっこない。この天体に住んでる誰だってクソほども分からないだろ」まったく刺激的とは言わないまでも、すがすがしい態度だった。他の皆とは反対方向を目指していた。「ダーリーン・テイラーとデートしてたってのに、マイケル・クックとかいうヒッピーにパーティーに連れ出されてヤク打たれてファックされて、彼女までヒッピーになっちまった。あの極悪ヒッピーのマイケルがこの戦争に反対だってんなら、俺は戦争大賛成だね。それが分かってりゃ十分だ」どう見ても、ドーテイ中尉は童貞には見えなかった。自分がどの国にいるのかは分かっていなかったが、宇宙の中での自分の居場所はしっかりと心得ているようだった。

彼は素早く、厳密で、献身的だった。二日かかって時差に慣れ、三日目の朝に跳ね起き、冴えた目であたりを見回し、この地域のベトコンのトンネルに関して理解の助けになるような資料でも人間でも何でも持ってこい、と要求した。というわけで、隊の何人かと、前任者イカレ中尉のためにカウボーイ伍長が作成した何枚かのしわくちゃのスケッチにお呼びがかかった。

噂では、イカレ中尉はタンソンニュット空港に行って、ホノルル行きの南ベトナム援助司令部のフライトに乗り込み、本国の空へと消えていったということだった。

ドーテイ中尉は午前中ずっとかまぼこ形の宿舎に籠り、デスク代わりに使っている折り畳み式テーブルの上に、カウボーイ伍長作成のスケッチを広げていた。曹長にいいアイデアをひねり出させようとしていた。「このクソに効果的に対処するためにレーダーやソナーを使えないのか？つまり、トンネルがどこにあるかさえ把握できればいいわけだろ。そのためにはわざわざ潜り込む必要はないわけだ。俺たちは虫か蛇か、その手のクソ並みの生物か？　それとも二足歩行の理性的人間で、脳ミソ使ってこの問題に取り組むのか、どっちなんだ？」

「そんな必要はないかと思います、サー」

「何だ？」

「トンネルの地図を実際に作成する必要はないんじゃないでしょうか」

「実行せよという明確な命令を受けてるんだよ。そのために俺たちはここにいるんだ。でなきゃどうなると思う？　1号道路を進んでいって、致死性の物質を吸い込むことになる。それが代わりの選択肢だ。神のみぞ知るような物質の雲で肺が満たされて、間違いなくタマは種無しになる」

「明確な命令というのは、つまり、文書になってるんで？」

「命令を解釈する俺の心の中では明確になってるってことだ。誰かをせっついて文書にしてもらったっていいぞ。このクソ溜りでどうやって一日生き延びるかなんてことは予備役将校訓練部隊ではこれっぽっちも教えてくれなかったが、どうやって上司の袖を引っ張るかとか、とにかくも連中の気を引く術は教わったからな」

「その方針で行くことをおすすめします」とバーク曹長は言った。「ただ、トンネルねずみと呼ばれる部隊がおりまして、お望みとあればトンネルに潜っていきます。ここで任命できるかどうか確認してみましょう」

「俺たちは九月一日まではＣＩＡの心理作戦の管轄下にいるが、その後は帰国するチャンスがある。あくまでチャンスだけどな」

「サー。フランシス・ゼイビアー大佐はわざわざそのチャンスをフイにするようなことやらかしたと、もっぱらの評判で」

「ほっとけ。この件の経緯を君らは知らん」

くすぶる昼の雲の下、ドーテイ中尉は帽子もつけずにキャンプを歩き回った。心底心配しているようだったが、戦争や、戦争での自分の責任を憂いているわけではなかった。もっと巨大なものへの配慮だ。宇宙的に心配していたのだ。

ゴミの扱いがイカレ中尉とは違うので、Ｅ小隊はかなりいらいらした。イカレ時代はゴミは放ったらかしで、結局歴代の曹長が——最初はハーモンで次にエームズ、今はバーク——隊をせき立て、辺り一帯を掃除させていたのだが、ドーテイはすべて時刻通りにチクタクと行い、容赦なく整頓されていることを命じた。実にさまざまな点で、ドーテイ中尉はイカレ中尉よりもイカレていた。イカレ中尉はゴミに関してまったく非合理的だったわけではなかった。それ以外のすべてについて、極度にいらいらしていただけだった。

ブラックマンは指を鳴らし、顔に皺を寄せ、ちょっと目を細めてから見開いていて、何が言いたいにせよ、相当興奮しているのは明らかだった。ジェームズがドーテイ中尉の兵舎に近づいていくと、声をかけてきた。

「そしてお前はミスター・ベトコンに立ち向かうわけよ、正面からだぜ、まったく入り乱れちまう、お互い入れ替わっちまったから、俺たちと一緒にここに来てんのはお前じゃなくて、奴のほうなわけよ。んであっちのほうに行ってベトコン仲間と一緒になって、あのベトベトの米を口に放り込んでんのは奴のほうじゃなくってな、お前だよ。どっちがミッキーで、どっちがミニーなんだか。連中はどんな手でも使って俺らをだまくらかしてきやがる」

「ブラックマン」

「なんだいベイビー」

「俺だよ」

「あれ。あんれま。そうじゃねえかよ。クソッ。確かに。新入り坊やを見にいくのか？」

「そうらしいな」

今日のブラックマンは絶え間なく唇を嚙んでいた。「童貞のくせに、そんなこと知らねえって振りしてやがる」

「元気かよ？」とジェームズは言った。

「オーケーだよ。オーケー。俺を食う悪霊は一人か二人いなくなったね」

ブラックマンに会うのは久しぶりだった。テト以来だ。

「もう死んだと思ってたよ」

「大したことなかった。あの血はどっかの小さな静脈から出てきただけでな。クソ。俺が死にかけたって聞いてねえのか？」

「弾食らったのか？」

「いや。トゥドー・バーで切られたってわけよ。ニガーが便所についてきやがって」

「ナイフの喧嘩になったのか？」

「あのボケナス野郎が瓶を割って、俺が小便してたら肩を刺してきやがった」

「その程度のクソで名誉負傷章をゲットしたのかよ？」

「もうちょっとで我がクニのために死ぬとこだったね。そんで今はここでお前の臭いを嗅いでる。お前臭いぞ」

「そりゃ知らなかった」

ブラックマンの眼球は揺れていた。

「曹長に会ったぜ。ハーモン曹長覚えてるだろ？　補佐官の」とジェームズは言った。

「おうよ。ハーモンな、曹長の。覚えてるさ。会ったって？　さっきか？」

「いや。あのすぐ後」

「ひでえ件のすぐ後か？」

「おうよ」

二人は兵舎の東側に伸びる平行四辺形の影に入っていた。ジェームズは座り込み、壁にもたれかかったが、ブラックマンは座れなかった。

「よう。名前教えてくれよな」

「夢見てんだな！」

「せめてファーストネームくらいいいだろ！」

「チャールズだ。チャールズ・ブラックマン」

「ブラックマン？」

「そういうことよ。クソそのまんま。そんな名前だろ」

「ひでえな。それが名前かよ」

「新入り中尉に会いに行くとこか？」

「まあな」

「あいつやり手っぽいぜ、ベイビー」

「そうだな。やる気マンマンてとこだな」

「確かにやる気マンマン」

「よりによってチャールズ・ブラックマンかよ」

「だろ？」

「てことは、ホワイトマンって白人もいるんだよな」

「ま、そうだ。けど笑いは取れねえだろ？」

「俺はあんたを笑うね。でもなんだか悲しくなってきたな」とジェームズは言った。

ドアがバタンと開いた。心理作戦の小柄な軍曹が、兵舎から大股で出てきて、集会(パウワウ)のときのインディアンのようにジェームズに向かい合って座った。「本日もいいお日柄だよな。そんなの知ったこっちゃないか」

「それはどうでしょうかね」

曹長はジェームズの名前タグを見て言った。「それでだ。J・ヒューストンよ。Jってのは何の略だか――『オナニー(ジャークオフ)』か？　冗談だよ。すまねえ。今朝の俺はまたアホだな、ちくしょうめ。ヒューストンには行ったことないんだろ」

「ないっす。フェニックス出身で」

「暑いとこだよな。Jは何の略だ?」

「ジェームズ」

「ジミーと呼ばれることは?」

「ときどきはね、でもやめろって言いますよ」

「俺はジミーって呼ばれてる。でもジェームズってのはやめてくれ。ジミーがいいんだ。絶対にやめろよな。気楽に行こうや。フェニックスは暑いんだよな。体温越えだ。三十八、三十九、四十」

「あんた心理作戦の人?」

「おう」

「やれやれ」

「何だよ」

ジェームズはただ首を振った。

ジミーはごろりと横になって帽子を顔にかぶせた。「ここも暑いぜ。ヴェーット・ナーム。連中の意味不明な言葉で『永遠の汗』って意味だ」

ドアがまたバタンと開いた。男が出てきて、彼らには一言もかけずに仮設便所に歩いていった。ストームはぴょんと立ち上がった。「フェニックス・ヒューストンの番だ」

ストームはジェームズについて入り、バーク曹長の隣に立ち、一言も口にしなかった。ドーテイ中尉が喋る番だった。

「カウボーイ伍長」

「イエス、サー」

「お前のとこにはお鉢が回ってこないと思ってたか?」

「実を言いますと——」

「最悪なのは最後に取っておいた」

ジェームズは見回したが、一つだけある椅子はドーテイ中尉に取られていた。

「この件にはあと六十六日残ってる」

「イエス、サー」

「全部解体して、全員が第二十五歩兵旅団の通常任務に戻るまでの期間だ」

「イエス、サー」

「もともとは九十日あったが、その二十四日をムダにした。そういえば、この間の二月、お前は二十一日間無許可離隊していたな。お前の経歴は分かってる。どこにいたんだ? 民主党大会でデモでもしてたか?」

「ナニ大会です?」

「民主党全国大会だ」

「中尉、民主党大会は先週でした」とバーク曹長は言った。

「伍長、どこに逃げてた？」

「特別な任務で」

「違うな。お前は酔っ払って逃げてた。そして大佐が俺の前任の中尉と話をつけた。そうだろ」

「イエス、サー」

中尉は心理作戦の軍曹のほうを見て、一言期待しているようだったが、軍曹は何も言わなかった。中尉は話を続けた。「重点ってものが必要だな。要するに任務、つまりは目標のことだ。でなきゃ三十キロ向こうの地上最悪の場所に引っ立てられちまう。1号道路沿いの荒地を見たか？」

「イエス、サー」

「我々の任務とはこの地域のトンネルを地図化することだ。トンネルに飛び込んだのはお前だろ」

「俺？」とジェームズは訊き返した。

「入っただろ」

「そりゃ似たようなやつには」

「それで、お前の報告は？」

「どうでしょう。何を言えば？」

「何が見えた？」

「トンネルだけです」

「どんな具合だった？　何か教えろよ」

「とてもつるつるした壁で」

「他には？」

「狭かったですね。立てません」

「這っていかなくちゃいかんか？」

「這うところまでじゃないです。中腰でいなくちゃいけないだけで」

「お前狂ってるな」

「それは議論の余地なしで」とジェームズは答えた。

「お前にトンネルに戻ってもらいたい。そのクソトンネルを詳細に地図にするんだ。あんな適当なスケッチじゃないぞ。トンネルの中が気に入ってるんだろ？」

「正確にはちょっと違うんで」

「ほう、違うのか、違うのかよ、何でもかんでも、正確には違うんでと来た。だがお前はトンネルが気に入ってるんだよな」

「それであんたがビンビンになれるってんなら、どうぞ俺を志願させりゃいいでしょう」

「いいか、およそ二キロ四方、そこで動くどんなものでも俺は知ってるって環境を作り上げたい」

「でもこのあたりにあるトンネルは六つだけですよ。俺は六つとも入ったけど、どこにも通じてねえ。本モノのトンネルは北のほうにありますよ。北西だ」

「そんなこと言うな。俺の生きる糧がなくなっちまう」

「俺の装備に補償金を出してもらいたいですね」

「お前の装備なのかよ」

「銃とサイレンサー、ヘッドライトに二百八十五払いましたよ。一式支給してもらえるはずだったみたいですけど、軍隊に任せといたら今でも待ちぼうけってとこで」

「二百八十五ドルか?」

「イエス、サー」

「腰につけてるのは何だ?」

「ハイパワーですよ」

「じゃあトンネル用の38口径はどうした?」

「ちょっとフクザツな話で」

「ほう? このクソサル芝居でフクザツでないものがあんのか?」

「ありえないすね」

「二百八十五だな?」

「およそのとこ」

「俺が現金を請求できるんなら、自分の懐にしこたま溜め込むね。トンネル用装備なら申し込めるかもしれん。筋が通ってる話だろ」

「じゃ一式申し込んどいてください。それを売っぱらってトントンだ」

「俺を闇取引の共犯にする気か?」

「ちょっと考え事を口にしただけで」

「考え事はなしだ。認められん」

「イエス、サー」

「じゃあ、あと六十六日間毎日活動して、E小隊のためにモーレツに働け。休みなし帰国休暇なしパープルバーでのビールなしだ、分かったな」

「分かりました」

「じゃあ解散、とっとと取りかかれ」

ジェームズは出て行こうとした。

「分かったよ。待て」

「イエス、サー」

「俺に六十六日こき使われたあとのプランは?」

「ニャチャンで長距離偵察隊に異動です」

「嘘だろ。あの訓練プログラムか? ありゃ実地訓練だぞ」

「知ってますよ」

「誰を相手に訓練やってるかは知ってるのか?」

「そりゃもう」

「北ベトナム軍第十七師団だ。とりあえずパトロールに放り込んで、お手並み拝見ってところだぞ」

心理作戦の小柄な軍曹は楽しそうに笑った。「訓練中へマやったら死んじまうぜ。んでケツからキノコが生えてくんだ」と彼は言った。

「黙れ、軍曹――頼むよ。伍長、今回が二回目の兵役だな?」

「そうです」

「三回目もやらされるぞ」

「俺はいいですよ」

「解散」と中尉は言った。「幸運を。解散」

午後遅く、鳥が争う鳴き声で、彼は目を覚ました。スポンジに水を含ませて体を洗い、体を冷やすため、二階のバスルームの便器のところでアルコールを擦り付けた。余り物の軍用海水パンツとサンダルを履き、下に降りた。「ミスター・スキップ、お茶ですか?」とミスター・トーが英語で訊いてきた。「お願いするよ(シル・ヴ・プレ)」と彼は言った。デスクの前に座り、お茶が届いて夢から覚めきらないうちに、フランス語の文章に取りかかった。この状態のほうが外国語のフレーズの意味を理解し、その輝きを捕まえるのにはいい、と考えていた。ランプは消えたままにして、黄昏の光で作業をして、一息つくときには人間の耳の陶器の模型を見つめ、指でなぞっていた。内リンパ管、内耳神経、スカルパ神経節、コルチ器らせん神経節、そして、アルトー……

「どんなに信じがたいとしても」とサンズは訳していった。「タラウマラ・インディアンは、まるでもう死んでしまったかのように生きている……」

何かが起きるだろうと信ずるためには、確かに意志が私に必要だった。そしてこうしたことすべては何のためなのだろう。一つのダンスのため。消滅したインディアンたちの儀式のためである。彼らはもはや、自分が誰であり、どこから来たのか知らない。そして彼らはわれわれに聞かれると、小話によってわれわれに答える。彼らはこの小話の脈絡と秘密を失ってしまったのである。

毎日、午後に長い昼寝をしてから、彼は翻訳のゲームをしていた。外では、鳥たちの鳴き声が絶えなかった。しつこい声、探るような声、問いつめるような声、恥ずかしげなく恍惚となった声、悩ましい声——少なくとも、その意図においては、アルトー氏の謎めいた歌よりもわかりやすい。

いたるところで、闘いにおける分娩の物語、生成と混沌の物語が読まれるように思われた。それらは人間に似せて刻まれた神々のこれらすべての身体とともにあり、輪切りになったこれらの人間の彫像とともにあった。

このアルトーの文は手強い。おそらく彼は本気で、何かを追い求めているのだろう。しかしE・M・シオランのほうは。シオランは。退廃的だった。それは……非生産的で、心地良かった。

わたしたちが進むことも退くこともできないこの不毛の状態、この異常な足踏み状態こそ、まさに懐疑がわたしたちを導く状態であり、これは多くの点で、神秘家たちが言う「無味乾燥」に似ている。

……わたしたちは再びあの不確定そのものの状態に陥り込み、ほんのわずかの確実性でも錯迷のように見え、あらゆる態度が、精神が主張しあるいは揚言する一切のことが戯言のように見えるのである。このとき、どのような肯定でもわたしたちには大胆なものに見え、あるいは恥知らずなものに見えるが、どのような否定でもこの点に変わりはない。

もし英訳が出ているのなら、探してみようと思った。読み、自分の精神の働きのもとで意味が浸食していくのを感じること、彼はこの快楽に飢えていた。友達にこんな手紙でも書いてみようかと思った——僕は悪い人間なんじゃないか、実は邪悪かもしれないと思うんだ、もし悪魔がいるのなら、僕はその味方なのかもしれない……。真理をつかむ僕の能力のただ中で、麻痺していたい、恍惚としていたいんだ……。真理の前で、僕の精神が挫けてほしい。ただ官能的なものとして、真理が僕の上に流れていてほしい、僕を濡らしてほしい、現実になるため、モノになるために……。

手紙を書くことはしなかった。その友達が誰なのかも分からなかった。この世で友達といえば、Ｅ・Ｍ・シオランしかいなかった。

神の尊い教えを中傷する者が、もっと信仰厚い者であったなら、次のように繰り返してやまなかったであろう。「主よ、わたしの失墜に、わたしがすべての過ち、すべての罪に溺れるのに力を貸したまえ。あなたに印璽を印し、わたしを責めさいなみ、わたしたちを灰と化する言葉を吹きこみたまえ。」

ブーケがノートにこう書いているのも無理はない――戦争の栄光、闘いの喜びに包まれ、戦争という真理において、力こそが正義であるとわれわれは理解する。そして、原理に対するわれわれの敬意が雄弁と迷信に基づいていることを。

大佐のファイルの作業はもう終えていた。勢いで済ませていた。無意味な仕事だったし、役に立たないゴミだったが、官僚にとっては、ゴミなどというものは存在しないし、それを捨ててしまうことは屈辱なのだ。

どうしてこの地方の村落を回って、民話を収集してこなかったのか？　どうして、パトリス神父が来て温かい食事を求めてきたとき、熱があるのだ、とミスター・トーに言わせたのだろう？

盲滅法に、ありとあらゆるものを疑問に付し、夢のなかでさえ懐疑しているとは！

シオランを読んでいると、十歳のころに得た啓示が再びやってきた――鉄道作業員の息子が小さな写真を見せてきた、女の人が巨大な黒いペニスにフェラチオをしていて、男は胴体しか見えず、病んで幸せそうな女の目はカメラと戯れていた――こうした行為への好奇心は疎遠になってしまう裏切りなどではないこと、それは知られていて、許され、理解されていること、他の者がそれに拍車をかけるであろうこと。

懐疑はさながら災禍のようにわたしたちに襲いかかる。懐疑を選ぶどころか、わたしたちは懐疑のなかに落ち込むのだ。そして懐疑から自由になろうとしても、あるいはそれをごまかそうとしても無駄というものだ。懐疑はわたしたちから目を放さず、それに、懐疑がわたしたちに襲いかかるということすら真実ではなく、それはわたしたちの内部にあり、わたしたちは懐疑を宿命づけられていたからである。

彼が戦争にやってきたのは、抽象概念が現実となるのを見るためだった。その代わりに、彼はその逆を見てきた。今では、すべてが抽象的だった。

この家で、この戦争で独り、E・M・シオランのような人間と閉じこもっている……。ブーケがベランダに出ていったのも無理はない……。

また夜、虫がやかましい。蛾がランプで自らの命を絶っている。二時間前、私はベランダに座って夕暮れを見、生きるものすべてを羨んでいた——鳥、虫、花、爬虫類、木、そして蔓——それらは善と悪を知るという重荷を背負うことはない。

虚無は満ちて
現実で　虚無は己を経験する　その
虚無　は
生きて

仕事を渡り歩く合間に、ビル・ヒューストンはママのすねをかじり、母親とバリスのいる家に住み込んでいて、その点では十二歳になるこの弟と同じレベルにいるような気がした。二人の兄に劣らず問題児で、落第生にしてサボリ魔、シンナーを嗅いで遊び、マリファナをふかし、咳を抑える薬を飲んでいる、不思議な弟。信仰が試されてるのよ、祈りが必要なのよ、と母親は言っていた。八月には彼のほうの祈りが叶い、ヒューストンは街の西側で生の亜麻仁をトレーラートラックに積み込む仕事をもらい、すぐに、もっぱら二番通りを中心とした「デュース」地区に部屋を借りた。そこのうさん臭い雰囲気の中で母親のことを忘れ、誰にも気づかれずに自分の混乱と取り組めそうな気がした。一般除隊でなければ、また船に乗ろうとしていただろう。商船員になることも考えたが、そこでも雇ってもらえないだろう。ジェームズのことが頭をよぎった——戦争に直面し、否応無しに経験させられ、彼の先を行っている弟。全世界の航跡に置き去りにされ、これまでやってきた仕事とさして変わることなく、ロイ・ラギンス・シード会社でも、延々と同じ動きを繰り返すことで給料を稼いでいた。日の出前に起きて、十六メートルのトレーラーの数々に出たり入ったり、何キロも歩き、行ったり来たりして、スロープを上がっていって正面に来て、干し草用のフックで三十六キロ入りの袋を二つ引きずっていく。あちこち隙間が開いた車両の中には、日光が差し込んでいる。全部で八層、下にある袋とうまくかみ合うように重ねていく。亜麻仁には独特の、吐き気を催す臭いがある。仕事は砂漠奥地のサマータイム時間で行われ、朝と夜の五時から九時まで、日中の暑い時間は休みだった。シフトの合間に飲まないようにすること。せめて酔いすぎないように。

その仕事を失った後、彼は部屋を借りるのをやめ、救世軍に行ってみたが、素面でいることを強く求められ、じきに化けの皮が剝がれてしまった。酒臭い息のせいで退去させられ、日中はダウンタウンの広場で寝て、夜はぶらぶらすれば大丈夫だと思ったが、人は食わねばやっていけるわけもなく、ニュー・ライフ・ミッションからもらえるものといえば、正午のピーナッツバターサンドイッチと、夕食時のフランクフルトに豆だけで、どちらにも濃縮還元チョコレートミルクが一杯ついていた。毎日、負け犬たちの列に混じって食事を待っていると、人生に空腹をあざ笑われ、彼は屋根とキッチンのある生活を望んだ。また海軍に戻りたい、いや救世軍の施設でもいい。刑務所でも構わない。彼は暴行容疑でフェニックスの留置場に五週間いたことがあり、塀の中の生活には何の不満もなかった。食事は一日三回出してもらえるし、まともな連中と一緒だ——そりゃ犯罪者かもしれないが、素面で、ちゃんと食べている犯罪者はひどい振る舞いはしないものだ。母親の家以外ならどこでもいい。彼女の天国への熱い想いのせいで、家は地獄だった。

セントラルにある酒場で、自分はハーフだと言う、ぽっちゃりしてかわいいピマ族の女に出会った。彼女は街のずっと東にある居留地に彼を連れ出し、冷えていく夕暮れ、空が何の色合いもない青に変わっていく中、二人は彼女のポンコツ車プリマスのボンネットの上に座った。幸せそうなエスキモー顔で、茶色い前歯で、心優しいこの女との相性はよかった。背は低く、太っていた。有り体に言えば球体だった。居留地にちょうど入ったところ、ピマ・ロードの東側にある彼女のぼろ家に二人で行って、数日のうちに、メディシン・マンだと名乗る皺だらけの老いばれクレチン病患者が取り仕切る儀式で、二人は結婚した。ヒューストンと新妻は至福の二週間を過ごしたが、陰気で、毒々しいほどもの静かな彼女の弟が転がり込んできた。ある日の午後、彼女が昼寝しているすきに、ヒューストンは彼女の車のコンパートメントから六ドルと、タバコを六本くすね、バスに乗ってデュースに戻った。六が彼のラッキナンバーで、二桁の数字ではないのは彼女にとってもラッキーだった。弁護士を雇ったほうがいいだろうか？ そうは思えなかった。彼の心に炎のように入り込んできた女だったが、二週間ではそう大したことはなかった。離婚でこの冒険をややこしくする気はなかった。

十月が終わり、雨季が終わると、カオクエンの朝に日光が降り注ぐようになり、そして、避けようもなく退屈な午後が訪れる。「熱帯に空なんかあるかよ」とジミー・ストームが言っていたことを、彼は時おり思い出した。そしてこの贈り物によって、ヴィラの東側の部屋には美しい場所が出現した——二階の鎧窓の間には確固とした光の羽根板があり、キッチンの道具の間には精密な反射光が満ちていて、暗い執務室の鎧戸は激しく縁取られ、居間の天井近くにある長方形の通気口も、画家が遠近法の練習をしているように平らで、明確な平面……。そして、どんよりした空がもたらす、不変で均一な、事務的な午後の光で、彼の心は沈んだ。午前中には、選択肢が目の前に広がっていた。午後には、歩くこともできず、地面は消え失せてしまった——懐疑の念が地面を雲散霧消させてしまったのだ。

「ミスター・スキップ、女性のお客です」とミセス・ディウが言った。

デスクから立ち上がって居間に入り、その見知らぬ女と出くわした。そばかす顔で、茶色く日焼けし、贅肉はなく、フロントポケットがついた白いブラウスと男物のカーキズボンを着ていて、知っている人だと気がつく前に、彼の口は動いていた。「キャシー」

ダムログでの彼女には、ジャングルでの宣教師によく見られるような、興奮して怯えた様子、ヒステリックな、もしくは取り憑かれたような雰囲気はなかった。今の彼女にはあった。「ノンラー」と呼ばれる農夫の円錐形の帽子の縁を片手でつかんでいた。彼はその帽子を取って居間のコーヒーテーブルの上に置き、彼女はそれを追ってちょっと息を切らしながら立ち、帽子のそばに立っていた。

「カナダ人がいるって聞いてたわ」

「お茶があるよ。お茶でもどうだい？」

「あなたのことなの？　あなたがそのカナダ人ってわけ？」

「ねえ、言ってくれよ。お茶はいる？」

「あなたたちが村に落としてる複合焼夷弾はどうなの？」

「僕はその——お手上げだよ」

「分かってたかもしれない。いえ、分かってたわ。国際開発局？　デルモンテ？　今はカナダ人ですって！　他に肩書きはあるかしら？　トロント交響楽団とかかしら？」

「セブンスデー再臨派だよ」

「あなたたちときたら、まったく。馬鹿馬鹿しすぎて笑う気にもならないわ」

「教えてあげようか。僕は聖書を訳してるんだ」

「笑えないわ」

「そんなこと僕だって分かってるさ。ユーモアのセンスなんてとっくになくしてしまったよ。さて、一緒にお茶でもどうだい、キャシー？　それとも今日はご挨拶ってやつじゃないのかな」

「わたしはカナダ人のところを訪問してるのよ」

「でも挨拶しにだろ？」

「そうよ。蜂蜜持ってるでしょ」

「いや、コンデンスミルクならある。甘ったるいやつだよ」

「蜂蜜はないの？」

「そういうのはないよ」

「ないの？　あなたマクナマラを馬鹿にでもしたんじゃないの。その人だっけ？」

「防衛長官のことかい？」

「そう。彼のせいでここに島流しの刑になってるわけ？」

「ここが気に入ってるんだ」

「あなたたちスパイはいつも厚かましくてごキゲンよね」

「まあ座れよ」現実の仕事は幻滅続きだったところに、「スパイ」と呼んでもらえて、心が明るくなった。

彼女は椅子の縁に腰掛けて、荒々しくあたりを見回した。

「さてと、お茶だ」

「カナダ本国はどんな具合なの？」

「もういいだろ。頼むよ」

「何て言ったらいいのか分からないわ。言葉にならない。わたしはただ、要するに——怒ってるのよ」特に何を顔に浮かべるでもなく、彼女は立ち上がった。「もう行くわ」と口にしてからそれを思いついたように、玄関からさっさと外に出て、表に停めた自転車に両手をしっかりとかけ、スタンドを蹴った。黒い自転車。

「キャシー、ちょっと待てよ」とスキップは声をかけたが、追っては行かなかった。怒っている、と彼女は言っていた。それ以外の感情を抱くことがよくあるとは思えなかった。

彼は長椅子に座って前にかがみ、両肘を膝につき、コーヒーテーブルに置いてある雑誌を眺めた。『タイム』と『ニューズウィーク』、表紙には二人のアメリカ人オリンピック選手が、ブラックパワー・ムーブメント流に片手の拳を突き上げている写真。メキシコシティでのことだろう、と彼は思ったが、雑誌を読まなくなっていたので分からなかった。

彼女が戻ってきた。「一度も手紙をくれなかったわね」

彼が何も言わずにいると、彼女は向かいにある椅子をつかみ、それを少し離すことで異議を表明し、その籐の椅子にギシギシと音を立てて座った。「どうなの？」

「ま、僕は葉書を何枚か出したよ」

「わたしは手紙を書きに書いたのよ。何通かは本当に出したわ。どうして文通をやめたのかわかる？」

「教えてもらえるかな」

「カリニャン神父が亡くなったとき——亡くなったってこと知ってるかしら？　もちろん知ってるわよね。カルメンの近くの神父が溺死したっていうニュース。そのニュースを教区に届けたのはあなただった。そしてわたしたちは三週間も恋人同士だったのに、あなたはそんなこと一度も言わなかった！」

「一年前に君から手紙が来たんじゃなかったっけ？　司祭とか、溺死とか、その件のだいぶ後になってから」

「時間はかかったわ、でもついに理解したのよ。嘘つきには話をする価値がないって」

「まあそうかもね。でも手紙は嬉しかったよ」

その言葉で、彼女は一瞬躊躇ったようだった。「あなたからまともな返事はなかった。葉書なんて意味ないわ」

「嘘をつきたくなかったからかな」確かにそうだ、だが沈黙の本当の理由ではない。彼女の手紙は狂っていると思ったからだ。「それか、その、いや——手紙はきつくてね。それが真実に近いかな」

「偽物のカナダ人が真実の話をしてるのね。ところで、何て名乗ってるの？」

「スキップさ」

「名字は?」

「ベネーだよ。でもたいてはスキップだ。まだスキップだよ」

「偽名ベネーが真実について話そうってわけ!」

「自分のことをいつも洗いざらい話せるわけじゃないだろ。君は昔そう言ってたよ」

「そんなこと言った覚えはないわ。でもあなたみたいな人については確かにその通りよね、あなたの場合は本当だわ」

「じゃあ――しばらくここにいるんだろ?」

彼女は潤んだ目で睨んだ。怒りは激しいため息となって出ていき、彼に会えて嬉しいことが伝わってきた。

スパイのほうはといえば、わくわくして、喜びで両手が震えていた。彼はミセス・ディウを見つけ、お茶とフルーツ、パンを頼んだ。食べるものも飲み物もなしでキャシーと対面するのが怖かったので、彼女のところに戻って「二分だけ」と言って、ミセス・ディウが準備している間、台所をぶらぶらしていた。自分でトレーを運んでいった。

彼女のほうも突然恥ずかしそうにしていた。「この犬、そこらじゅうをうろうろしてるわ」と言った。

「あれはドクトル・ブーケだよ。ここの持ち主だった」

「まだ持ち主然としてるわね」

「転生したんだよ」

「あら。犬に生まれるには間違った国を選んだわね」

「でも正しい家を選んだと言えるな」

「誰かの食卓に上るのがオチだわ」

「ちょっと年寄りすぎるよ」

彼は犬を引っ掻き始めてから、指が汚れてしまうと気づいた。「ねえ」と彼は言った。「泊まっていってくれとは頼めないよ。楽しませられるような立場になくてさ。まったくね。ここのところはだめなんだ。仕事に埋もれててさ」

「何ですって?」

「ま、狂った話だろ」

「ええ。そうね。つまり――」

「うまくやってると思ってたけど、実際ここでパニックを起こしてるんだろうな」

「泊まっていってほしいの、それとも出ていってほしいの?」

「泊まっていってほしいよ」

彼は小さなバゲットを取り損ねて床に落とし、ドクトル・ブーケがそれをくわえて出ていった。彼は犬が立ち去ると、去るのを見ていた。上品な反射神経のない男。「あいつのことを『ドクトル』・ブーケって呼んできたけど、『ムッシュー』のほうがいいだろうな。学位は来世まではついてこないだろ？　君はカオクエンで何をしてるんだい？」

「わたしがここで何してるかですって？」

「そうだよ。そんなとこ」

「わたしは今ＷＣＳで働いてるの。もう国際児童解放事業じゃないのよ」

「ＷＣＳ？」

「世界児童事業（ＷＣＳ）は世界中に六十近くも支局を持つネットワークで、一九三四年から子供たちやその家族に社会サービスを提供してるのよ」

「そうだろうね」

「養子縁組がＷＣＳの中核事業よ。ここも含めて複数の地区で、わたしたちは家族のいない子供たちのために各方面と連携をしてるの」

「別に疑いはしないよ」

「やめてよ。というわけで、わたしはバクセにある宣教師の家にお邪魔していて、そこであなたのことを聞いたわけ。トーマス家でね」

「僕は会ったことないな。聞いたこともないよ」

「司祭の人からあなたのことを聞いてるそうよ」

「トン・ニャットだな――パトリス神父だよ」

「わたしは知らないわ。わたしはただ寄り道して、カナダ人仲間に挨拶していこうと思ったら、あなたがいたってわけ。おとなしいアメリカ人がね」

「ああ、そうか。醜いアメリカ人のほうにしないでくれてありがたいね」

「どうせあなたの耳には入らないわよ。耳が遠いもの。みんなあなたたちアメリカ人の耳の遠さは分かってるわ。本人たちは気づいてないけど」

「僕らはうまくいってるって気がしてたのに」

「ごめんなさい」

言うことがなくなり、彼女は哀れむように彼を見つめていた。

「調子（ケ・パサ）どう？」

「調子（ケ・パサ）どうですって？　あなたアメリカ兵みたいな口調ね」

「分かってる。調子（ケ・パサ）どう？」

「わたしはもう疲れ果てたわ」

「そうだろうね」

「つまり――醜いのはわたしのほう。もう疲れ切ってるの、そうじゃない？」

「いいかい」と彼は言った。「君が来てくれて本当に嬉しいよ。本当だよ、キャシー」

「本当に？」

「浮かれた真似してみせなきゃだめかい？」

「わたしは構わないわよ」

幸運にも、もっと食べ物をもらおうとして犬が戻ってきていた。スキップは犬の背中を手荒く撫で、マンゴーを何口か与えた。「じゃあ君は孤児のことでここに来てるってわけだ。世界児童事業のために」

彼女は頷いた。マンゴーのスライスをフォークの先に刺して、旗のように掲げていて、口にはロールパンを頬張っていた。パンとマンゴー、フォークの大部分を口に入れてしまった。

「今度は僕が謝らなきゃ。考えてなかったな――ちゃんとした食事にしたほうがいいかい？」

彼女はまだ噛みながら首を振った。「いいえ、大丈夫。そうなのよ――つまり、養子のほうの話よ。わたしたちは養子活動のための包括的な組織なの」

「北アメリカのすべての家族がベトナム人を一人養子にするんなら、この戦争は勝てるな」

「そんなとこね。この国をすっからかんにして、あとは殺し屋たちに任せてもいいわよ」

「今の組織も国際児童解放事業くらい金欠なのかい？」

「そりゃもう――事業の規模に比べればね。でもルイス町長が言ってたでしょ――『多くの人にひざまずいてみせれば、お金は見つかるもんです』って」

「うまいね。彼そっくりだ」

「町長と連絡取ってた？」

「いや」

「わたしもよ」

「別の話に戻ろうよ」と彼は切り出した。「僕が浮かれた真似しても構わないって言ってたよね」

「まずは食べさせて」

数分後、彼は二階に彼女を案内した。彼女の後ろから階段を上がりながら見たところでは、彼女の腰回りと太腿にはまだ肉が少しついていたが、確かに彼女の言う通り、人生に疲れ切ってしまったようだった。彼の状況はまったく逆だった。体重計はなかったが、水着のトランクスはきつくなってきて、それまでより下、腹の贅肉の下で履くようになっていた。体重計がない代わりに、聴診器と血圧計測器は与えられていた。包帯が十二ロール、粘着テープはなし。すべて適当。戦時中の配給とはそういうものだ。そんな思いに襲われながら、圧倒的な幸福感と欲望、せわしない指先、わしづかみにされた心、目眩に対処しようとしていた。馴れ馴れしくすると嫌がられるだろう、というのではなく、彼女はいかれた、どう見積もってもややこしい人間で、秘かに傷ついていて、シニカルに見せかけていて、情熱的すぎた。間違いなく怒っていた。そして、それらすべてが彼に火をつけた。三十年ちょっとの人生で寝た五人の女性の中で、彼女が最後だった。優雅な反射神経を持つ男は、チャンスが来たときにくよくよ考えないものだ。反射神経がないのなら、質問はやめたほうがいい。五人のうち、彼が二回以上寝たことがあるのは彼女だけだった。彼はベッドがある続きの部屋に案内して、彼女のほうを向き、そして――何もなかった。反射神経なし。

「わたしは構わないって言ったでしょ」と彼女は言い、二人はぎこちないキスを始めた。

「ミスター・ベネー、ワインはあるかしら?」

「あるよ。ありがたいことにある。それにブッシュミルが半分残ってる」

「豪勢ね」と彼女は言い、二本の指で彼の前腕に軽く触れた。その指を取って、彼はダブルベッドに彼女を導き、ヘンリー・ミラーの大胆な文章やポルノ写真、寮の部屋での猥談から学んだことを試してみた。ダムログでのときのように、二人は話さなかった。二人ですることはすべて、とりわけお互いにとって秘密だった。構わないわよ、と言っていた通りの展開で、最後の最後に彼女は天井の何かを見つめて叫び声を上げげた。俺はジェームズ・ボンドだな、と彼は一瞬思い、それから、またどんよりとした懐疑に落ち込んだ――アルトーとシオラン、犬、天候、すべての意義、二重スパイと思われる男との接触に備えること、もう二年近くも前に託されて、ここにやって来た使命。愚行だった。勝手な作戦、そして戦争そのものも――愚行に愚行の上塗りだ。そして、今しがたセックスして、彼のそばで横になって、ハンドボールの選手のように汗をかいているこの女性。

それから、どちらが先に口を開くのかでちょっとした意地の張り合いがあるような気がした。

「お湯を出すには火を起こさないといけないんだけど」と彼は口を開いた。「でもシャワーがいいなら――」

「あらやめてよ！　冷たい水でいいわ」

「ちょっとおしっこしてくる。それから君がシャワーを浴びるといい。いいかい?」

彼女がシャワーを浴びている間、彼はベッドシーツで体を拭き、海水パンツを履き直した。本でも読もうか、と思ったが、怪しい雲行きで、嵐の雲からはわずかばかりの、緑っぽい光しか届かなかった。本は全部一階にあるし、何もすることがないな、と彼は思った。手持ち無沙汰だ。小さなティーテーブルのところに座り、自分の膝と、むき出しの足を見つめていた。

彼女が部屋に戻ってきた。タオルを体に巻いて、髪を後ろに撫で付けていた。日焼けで茶色くなっていても、頬がピンク色に上気しているのが見えた。悲しげな、たるんだ膝だった。胸のところでしっかりとタオルを押さえ、左腕だけを伸ばした。彼の向かいには椅子があったが、彼女はベッドに腰かけた。「それ、最初に会ったときみたいな格好ね。ちょうどそんな妙な海水パンツはいてたわ。ポケットが付いたやつ」

「実はそのときのやつだよ。すんごく丈夫でさ」

「ワイルドなバミューダショーツはどうしたの?」

「破れたんじゃないかな」

「じゃあ嵐があったってわけね」

「初めて会ったとき、僕はズボン履いてたよ。マライバライのレストランでさ。覚えてる?」

「思い出したくないわ」

ちょうどいいときにやって来た、という雰囲気を彼女は漂わせていた。彼女にぴったりの光だったのだ、日焼けした首の下から肘の上にかけての、悲しげで、青白い肌、処女殉教者の落ち着きで、期待などせずに待っている。分厚い、農夫のような右のふくらはぎがベッドからぶら下がっていて、爪先は古い木の床近くの影に入っている。左脚はくの字になっていて、裏は右膝に当たっていて、両脚で4の字を作ってベッドに横たわり、片手は乳房の上、もう片手は頭の後ろにあてがっている——池の光、教会の光。まじまじと見つめる彼の視線に気づいていたら、嫌がったはずだが、彼女は彼のほうに目を向け、彼などどうでもいいかのようにじっと見つめ、表情一つ変えなかった。彼女自身は美しくはなかった。彼女の瞬間が美しかった。

部屋は暗くなり、急な強風が村のほうから声を運んできて、ゴトゴトと音を立てたが、雨の直前に風は止み、ニューイングランドの夏の日の雨とあまり変わらなかった。

「ずいぶんじっと見てるわね」

「君がいてくれて本当にほっとするよ。すべて解決してくれたよ」

「すべてって何が？」

「退屈だよ。退屈。それに考え過ぎることかな。閉所熱ってやつだな」

「あら、マニトバじゃみんな閉所熱のこと知ってるわよ。春が来たらみんなトラックに飛び乗って、百キロ飛ばしてウィスキー一杯飲みにいくんだから」

「ウィスキーと言えばさ。ブッシュミル飲むかい？」

「忘れてたわ！　あらやだ――何見てるのよ？」

「だめなのかい？」

「わたしはだめよ。もう婆さんなんだから。マシュマロみたいに太陽に焼かれてる。もう老いぼれよ」

「冒険してきたってバッジを身につけてるだけだよ」

「嘘つき」

「ほんとさ」

「ここのことも冒険だと思うの？」

「思うね」

「でも楽しくはないわ。冒険ではあるけど、冒険って終わるまでは楽しくないものよ。少なくともね」

この言葉は真理として彼の心に響いた。彼は生温いブッシュミルを二杯注ぎ、ベッドに持っていった。彼女は座ったまま窓際に詰め、小さなグラスを両手で持ったまま啜った。

「セブンスデー再臨派の人って普通酒を飲むのかな？」

「人によるわね。ここみたいなめちゃくちゃな場所に来たら、チャンスがあればみんな飲むと思うわ」

「どこにいたんだい？　デルタ地帯では」

「サデックっていう村よ。でも出ていくことになって。テトから変わってしまったわ。アメリカ軍の砲弾がすべて破壊してしまってる。災いが迫ってきてるから、誰もが気をつけなくちゃいけないのよ。多くの人にとってはもう現実になってるわ。ひどいわ、本当にひどい状況よ。慣れてどうにか進んでいくけど、ある日目が覚めたらもう耐えられなくなる。でもしばらくするともう慣れてしまう」

「君はここに孤児を探しに来たのかい？」

「探す必要なんてないわ」

「確かにそうだね」

「わたしたちは宣教師たちと連絡を取り合ってるだけよ。できることなら、何かもっといいことを始めたい。大掛かりなことよ。今ある施設はどれもこれもひどいのよ」その時点では、ひどい物事では彼の心は動かされなかった。彼は話をする彼女の頭を眺め、レンブラントなら、こんな輝きのない、真理に満ちた明かりの中でどうするだろう、と考えていた。

「それにあなたのカメラね」とキャシーは言った。

「カメラ？」

「あなたがカメラ持ってたことを思い出したの。まだ持ってるの？」

「もう捨てたよ。写真はもう撮らない。世界を博物館にしてしまうからね」

「世界は何であるべきなのかしら？」

「狂ったサーカスだな」

彼は化粧台の引き出しの中、一度も使ったことのないベレッタ製ピストルの横に写真を保管していた。「見てみて」と十枚ほど彼女に渡した。

「エメテリオ・D・ルイスじゃない！」

「君のは一枚もないよ」

「乗り合いバスだわ！　懐かしいわね」

「五十人近く乗り込んでたよ」

「それはタイヤも破裂するわね」

ノックの音。入ってもいいですか、とミセス・ディウが訊いていた。「食事しに降りていくよ」とスキップはドア越しに答えた。

「お香があります。要りますか？」

「いいよ」

彼女は甘く燃える二本のお香を片手に持って入り、「はい、こんばんは」と言って、部屋の向かい側の高い棚にあるホルダーに載せた。「オーケー。食事は後です。呼びますから」と言って出ていき、後ろ手にそっとドアを閉めた。

雨はもう止んでいた。彼は網戸越しに外をぼんやりと眺め、夜の闇が訪れる前の二分ほどの夕暮れの中で、ヴィラの裏手にあるパパイヤの木にトーが登っていくのを見ていた。パパイヤの木は土手越しに川にかかっていたので、老人は単に実を叩いて落とすわけにはいかず、口にキッチンナイフをくわえ、カエルのように足の裏を使って登っていき、両手で幹にしがみつき、片手で実を切り取って腕の下に抱え、後ろ向きに降り、最後の半メートルほどはひょいと飛び降りた。

「もう一杯いただけるかしら？」

「もちろんですよ、同志」

「ほんの少しだけ」

冗談にして、償いは小さくしてはいたが、先にキャシーに謝らされてしまったことで、スキップは唐突にいらいらした。彼女のほうは、もう全部忘れていた。そして、彼はふと気づいた――何ヶ月も孤独だったことで、自分を読むこと、学者のように自己分析することを学んできた、そして、この世界で、一人の人間を知るようになったのだと。

また雨になり、夜になった。もう彼女はバクセの宣教師一家のところには戻れなかった。彼女は適当に手洗いした彼のTシャツを一枚着て、彼はボクサーパンツ一枚で、シーツもなく一緒に並んで寝た。翌朝、朝食を食べて、彼女は黒い自転車でバクセに行き、スキップが彼女に会うことはもうなかった。

一九六九年

三人のアメリカ人が家の玄関に現れ、彼を軍言語学校に連れて行こうとしたとき、どういうつもりで彼らがやってきたのか、ハオは不安だった。三人のうち、黒人の男だけが非常に慇懃な口調で喋り、アメリカ大使館のケネス・ジョンソンだと名乗った。彼らは窓を閉じてエアコンが効いた外交官ナンバーのフォードに乗り込み、ハオは若い二人のうちの一人と一緒に後部座席に座り、ダウンタウンに向かった。

目的地に着くと、若い二人は外に出て、ハオとジョンソンのためにドアを開けた。ハオとケネス・ジョンソンは二人だけで歩いていき、コンクリートのバリケードを抜け、真新しい建物に向かっていった。以前の建物は、去年のテト攻勢で破壊されていた。ベトナム軍に所属する二千人から三千人が、ここで英語を学んでいた。建物の中は塗りたてのペンキとのこぎりで切った木の匂いがした。

彼が知る限り、この建物は囚人を収容するものではなかった。

ジョンソンが彼を階段から建物の地下へ案内すると、軍服姿の海兵隊員が並んで歩いた。生徒たちは階上で群れをなして歩いていて、その足音で頭上の天井が震えていたが、この地下階の廊下では、ジョンソンとハオと海兵隊員以外に人影はなかった。廊下の突き当たりにあるドアに来ると、ドアの横の壁に付いた小さな機械のボタンをジョンソンが手慣れた手つきで五つ押し、電気錠がブーンと唸り、カチリと開いた。

「ご苦労だった、オグデン軍曹」とジョンソンは言い、ハオと彼は閉まったドアが立ち並ぶ廊下に入った。静かで、空調が効いていた。ジョンソンは一つだけ開いているドアから、小さな待合室にハオを案内した。長椅子とパッドの入った椅子があり、普通の居間といった内装で、赤い「コカコーラ」という文字のある大きな電力式冷却器もあった。窓はなかった。地下深くにある階に違いない。

「コーラでもどうかな?」

ジョンソンは冷却器の重い蓋を持ち上げ、水滴のしたたるボトルを取り出し、冷却器の側面に付いた栓抜きでキャップを開け、彼に差し出した。とても冷たかった。

義務感から、彼は少し飲んだ。唇を閉じ、口の右側に流し込んだ。左の奥歯は虫歯になっていた。歯医者に行ったらどうだ、と大佐は言っていた。

「まあ掛けて」とジョンソンは言い、ハオは長椅子のクッションの縁に腰掛け、両脚はスタート前のランナーのような格好になった。

ジョンソンは立ったままだった。アメリカ人にしては小柄で、白いシャツの腋のところは大きな染みになっていた。ハオは黒人と会話をしたことは一度もなかった。

キムが市場に出かけて一時間ほど経ってから、彼らはやって来て、ハオを連れて行った。彼女には見られたくない、ということだ。この訪問を内密にしておきたい、そして誰も彼の居所を知らないということだ。

ジョンソンは彼の向かいにある椅子にくつろいだ感じで腰を下ろし、タバコを勧めてきた。ハオはマルボロを一箱持っていたが、タバコを受け取り、自分のライターで火をつけ、深く吸い込み、鼻から煙を吐き出した。ノンフィルターだ。彼はタバコの葉を上品に吐き出した。目の前にいる男の先祖が奴隷だったという事実が気まずかった。

ミスター・ジョンソンは自分にはタバコを取らず、シャツのポケットにしまって立ち上がった。「ちょっと失礼するよ、ミスター・グエン」どういう意味なのか、ハオが考えているうちに、黒人の男はドアを開けたまま出ていき、一人残された彼は愉快ではない考え事を巡らせていた。タバコの残りを瓶に落とすと、シュッという音がし、漂い、暗くなり、瓶の半分くらいまで沈んでいった。

開いたドアの向こうに、妻のキムが別のアメリカ人に付き添われ、廊下を進んでいくのが見えた。心が引き裂かれた。岩だらけの道を進むときのように、彼女は足元を見つめていた。彼には気がつかなかったようだ。

黒人の男が戻ってきた。「ミスター・グエン、別の場所で話をしよう。いいかな?」ジョンソンは座らなかった。彼が腰を下ろすつもりはないこと、自分が立ち上がらなくてはならないことにハオは気づいた。廊下をほんの二、三歩進んだところにある、また窓のない部屋に案内されて入った。痩せて骨張った、若く見える男が座っていて、読書用眼鏡を鼻まで下げ、足を組み、左手にあるテーブルに広げたマニラ式フォルダの中身を見下ろしていた。彼はハオに微笑みかけた。「ミスター・グエン、どうぞ中へ、これをお見せしたくてね」と言い、ハオはその打ち解けた口調にすがりたい気分だった。テーブルには入り組んだ無線システムのような器具と、ワイヤーが並べられていた。

「私はテリー・クロデル。クロデルと呼ばれているし、あなたにもそうしてもらいたい。ミスター・ハオと呼んでも？」

「ええ、オーケーです」

「まあ座って、座って」

彼はクロデルのそばの固い木の椅子に座った。椅子はもう一つあったが、ミスター・ジョンソンは気をつけの姿勢のままだった。部屋にいる二人のアメリカ人は全く違うタイプの人間だった。二人とも、地味なスラックスにぴかぴかの靴、白い半袖シャツという格好だったが、ジョンソンは立っていて、場違いで、少し居心地が悪く、茶色い服に黒い髪で、クロデルのほうは落ち着いて取り仕切っていて、白くそばかすのある肌で、髪は藁色だった。

「サミーを連れてきますか？」とミスター・ジョンソンは言った。クロデルは答えなかった。

「ミスター・ハオ、手短に済ませるよ、怖がることはない」とクロデルは言った。

「それはよかった」

「一時間以内に家に戻れるよ」

「今日はテトのために木を植えるんです」

「私の英語は分かるかな？」

「時々いろいろなことが分からなくなります」ハオはまだ、タバコの吸い差しが漂うコーラの瓶を持っていた。クロデルは彼の手からそっと瓶を取り、テーブルに置いた。

「もう少し飲むかな？」

「いえ、結構です。でもおいしかった」

クロデルは眼鏡をシャツのポケットにしまって前にかがみ、悪意や狡猾さのない、ただ熱心な視線をハオに向けた。短く太い髪と同じ色の睫毛で、瞳は白がかった青だった。「ここでは通訳にはいてほしくない。通訳なしで話せるかな？」

「ええ。私の英語は話すのは下手ですが、聞くほうは大丈夫です」

「十分だ」

ジョンソンも「十分ですね」と言って部屋を出て、後ろ手にドアを閉めた。

「この機械が何か知っているかな？」

「無線でしょうか」

「誰が嘘つきで、誰が正直者かを見分けられる機械だ。少なくともそう言われている」

今、機械は彼自身に関するこのニュースを発信しているのか？

「どう動くんです？」

「それは私の専門じゃないよ。今日は使わない」

「私は本当の平和を探しています」とハオは言った。「あなたたちが平和を作ってくれるのを待てません。あなたたちを待ってはいられない」

クロデルは微笑んだ。

「戦争は平和ではありません」

クロデルは立ち上がってドアを開けた。「ケン？」と呼び、それから「失礼、ミスター・ハオ」と言った。

姿を見せたのはジョンソンだった。

「通訳が必要だ」

ジョンソンはドアを半開きにしたまま行った。「理解し合えるように手伝ってくれる人間が必要でね」と言いながら、クロデルは三つ目の椅子を用意した。

彼は座り直し、膝のところで足を組んだ。

ここでタバコを吸ってもいいのだろうか、とハオは考えていた。

「最後に大佐に会ったのはいつかな？」

ハオはシャツに入れたマルボロを軽く叩いた。クロデルはライターを取り出して火を差し出し、ハオは自分のタバコの先をそこに持っていって煙を吹かし、考え込んだ――陽動作戦とどんでん返しに満ちたこの街で生きていくには、素早く動き、遠くを見渡していなければだめだ、彼にはその組み合わせが欠けている……。例えば、彼は妻の兄をうまく扱うことができなかった。義兄は彼に借金があり、ハオの父が死んでからはハオの所有になった家に住んでいたが、自分の借りを認めようとはしなかった。親戚とビジネス、この二つをうまくこなすことができなかった。そして父が死んだ後、彼は家業を潰してしまった。毎日の単純な売買を処理することもできなかったのだから、今、このアメリカ人たちが企んでいることなど、手に負えるわけがない。彼は香ばしい煙を吸い込み、「もうずいぶん会っていません」と言った。

「一ヶ月？　二ヶ月？」

「たぶん二ヶ月です」

ジョンソンが戻ってきていた。「サミーを連れてきました」と彼は言い、アメリカ人たちと全く同じスラックスとシャツを着た、とても若いベトナム人が三つ目の木の椅子に座った。ジョンソンはまた出ていき、クロデルはハオを見ながら早口で話し始めた。

「ミスター・ハオ」と若者が通訳した。「我々は人目のある場所で偶然出会ったように見せかけることはせずに、あなたをここに招いた。その理由を言おう」

「教えてくれ」とハオはベトナム語で言った。

「この取り調べの背後には合衆国政府がいることを理解してもらいたいからだ」

「私は合衆国の友人です」と英語でハオは言った。

「友だちは多いほうかな?」

「そんな質問をして何が言いたいんだろう?」と彼は通訳に訊ねた。

「分かりません。説明してくれるように頼んでみますか?」

「どうしてここに連れてこられたんだ? どうして私に友人がいっぱいいるかなんて訊いてくるんだ?」

「それは私のあずかり知らないことで」

「サミー」とクロデルは言った。「彼には質問だけをしてくれ。私が君に話すから、君は彼に話すんだ。彼が君に話したことを私に話してくれ。二人で勝手にお喋りしないでくれ」

「彼にだけ話して、私には話さないほうがいいでしょう」と若者はハオに言った。

五センチに達した灰を落とさないように、ハオはタバコをほぼ垂直に持ち、下からくわえて吹かした。「灰皿を忘れてたな。私は吸わないんだ」とクロデルは言った。

「一つ取ってきましょうか?」とサミーは言った。

「灰皿か? よかったら頼むよ」

また、彼は青白いクロデルと二人きりになった。多くの友人? 多くはない。間違った友人かもしれない。彼は大佐こそ大樹と頼んでしがみついてきて、嵐を突っ切ってくれることを期待していた。だが、樹がどこかに動くことはない。

サミーがノックして、灰皿のついでに自分のタバコにも火をつけて戻ってきて、灰皿をハオの前のテーブルに置いて、自分の灰を落とした。「これでいいですか?」

「吸ってしまえよ」とクロデルは言った。「ドレスデンみたいに煙を上げろ」ハオは自分のマルボロを灰皿の上にそっと動かし、ぐらつく灰を落とした。

「アメリカのタバコはベトナムより好きです」彼はタバコをもみ消して座り直した。

「君を訪ねてくる友だちは誰かな? ベトコンの男だ」

単純そのものの質問。しかし答えにたどり着くには、いくぶん離れたところから道をたどり始め、藪の中、関係のない経緯を通らねばならない。彼は新星寺での修行のことを話した。最初のころ、教義は老人が隠遁するための言い訳にしか思えなかったが、その後中年になって、つまり

――そしてキム、廊下で、うなだれている。そうなるように、彼らは手配していたのだろうか？　そうかもしれない。おそらく。何の目的で？　あまり深く考えたくはなかった。自分の立場を理解していることを願った。自分の目標をしっかりと手中にしておきたい。「ここから良い場所に行きたいんです。シンガポールに」英語で彼は言った。

「シンガポール？」

「そうです。たぶんシンガポール」

「君だけで？」

「私の妻もお願いします」

「君と奥さんはシンガポールに移住したいのか」

「その通りで」

「それが第一希望なのか？」

「私は合衆国に行きたいんです」

「じゃあどうしてシンガポールと？」

「シンガポールに行けると大佐に言われました」

「サンズ大佐？」

「友人です」

「彼はよく分からないまま話しているようだな。マレーシアのほうがいいだろう――つまり、我々が君を助けられ

今、その重要さに気づき始めたこと。彼は語った。実際に障壁となってしまっていた「五蓋」のこと、そして真実だった四つの高貴な真理「四諦」のこと。もう言うべきことがなくなると、通訳のサミーはタバコを一服し、「仏教徒か」と言った。

「それは人それぞれだ」とクロデルは言った。「私は五兵団の組織の名の下にここにいる。じゃあ君の友だちの名前はチュンなんだね？」

「チュンです。とても古い友人です。新星寺の学校に一緒に通っていました」

「今は何という名前で動いている？」

「知りません」

「チュンのフルネームは？」

「知りません」

「学校に一緒に行っていたのに、フルネームを知らないのか？」

「ちょっと待ってください」とハオは英語で言った。

「ミスター・ハオ、彼の名前はチュン・タンだ」

「そうだと思います」

「彼が最後に君の家に訪ねてきたのはいつだ？」

「ちょっと待ってください」

るならだよ」

ハオは彼らに助けてもらいたくはなかった。しかし、助けてもらうか、危険な目に遭うか以外、道はないようだった。

「少し話が先走っているな。この表現は分かるかな?」

「分からないときもあります」

「君にどこに行ってもらうかといったことについては、後で話す必要がある。今のところはお互い友だちになろう。それだけだ」

「悪いことです」

「何が悪いんだ?」

「今が」

「今が悪いことだって? 今ここが?」

「そうです。お願いします。私は大佐の友人なんです」

「君は間違った友だちを選んでいるよ」

「いえ。彼はいい人です」

「確かに。いい人だ。そう——今までどれだけの作戦が『迷宮』という暗号を頂戴してきたんだか」若者は通訳しなかった。「コーラをもう一本どうかな?」

「いえ、結構です。すみません。歯が痛くて」

「ハオ、別に悪いことじゃない。コーラをもう一本空けてもらえないようなら、今日はこれまでだろうな。自己紹介しておきたかっただけだからね。もうそれは済んだし、他に言うべきことは大してない。ただ、友だちになれたらと願っているよ。時おり君に連絡して、連れてくるとしよう。話はできるだろう。もっと仲良くなって、コーラを飲む。それでいいかな?」

「ええ。コーラですね」とハオは英語で言った。

「今私が言ったことをサミーに通訳させようか?」

「いえ。大丈夫です。分かります」

「車はもう使えないだろうな。タクシー代を渡すよ。テトに木を植えるんだったっけ?」

「そうです。毎年、どの年も」

「キンカンかい? オレンジ色の実が成るやつ?」

「キンカンです」

「あれはきれいだな」

「ええ。あの種類です」

「今君の家の前の庭にあるようなやつか」

「そうです」

「毎年一本植えるのか? 何本あるんだい?」

「十本です」

「今年で十一本になるわけだ」

「はい。十一本ですね」父が死んでから、十一年だ。
クロデルはテーブルに並べたいくつかの部品から成る嘘発見器を眺めているようだった。「参ったな、このワイヤーを見てみろよ」この訪問を大佐には内緒にしておく、といった類いのことは何も言っていなかった。どちらにしても、彼らには都合がいいのだろう。それとも、口にしたとしても余計な質問を浴びせられるだけで、嘘まみれになってしまうから、彼は何も言わないだろう、と踏んでいるのか。だがチュンには――チュンには言うべきだろうか？

「何でこんなに必要なんだ？　こいつを指につけるわけだよな……」とクロデルは言っていた。

　次にチュンがやって来るまで待って、どこまで話すかはそのときに決めよう。

「そのうち君と私と技師で座って、どう動くのか見てみようじゃないか」とクロデルは言った。

「同じですよ」とハオは言った。

「同じだって？」

　全部同じだ、どうだっていい、みんな嘘つきなんだ、と彼は言いたかった。

　家の前で、キムが新聞紙で根をくるんだ木のそばに立って待っていると、夫が三輪タクシーで帰ってきた。車から夫が出てきて料金を払い、なんでもないよという風に微笑みながら近づいてくるのを見守っていた。

「あの人たちにチュンのことを訊かれたわ」と彼女は言った。「あなたの友だちよ」

「僕も訊かれた」

「わたしが見えた？」

「地下で見た」

「あの人たちはどうしたいの？」

「全部チュンに関することだ。面倒なことになってるんだろう」

「わたしたちに会いにここまで来るって言ってたわ」

「いや。チュンはここには来ない。ここで彼を見たことがあるかい？」

「いえ。ここに来るのかって訊かれたから、いいえって答えたわ」

「僕も訊かれたし、家には来ないと答えたよ」

「よかった。もし今晩わたしのお祖母さんの霊が叫びながらあなたを追いかけてきたら、お祖母さんの言いたいことを教えてあげるわ。誰にでもいい顔をしようとするなってことよ」

「これで終わりだ」と彼は言った。「問題ないよ」

「これはだいたい他のと同じ大きさね」と彼女は言った。木の話だった。「帰りに市場に寄ったわ」

「キム、よく聞いてくれ。僕がどんな人間かは知ってるだろう」

「シャベルが見つからないの。手で掘ったほうがいいかしら?」

「僕のことはよく分かっているよね」と彼は言った。

「面倒ごとは起こさないで」

「僕は平和を求めてるんだ」

「じゃあお祖母さんの言うことをよく聞いて。森で優しさを振りまくのは良くないって、いつもわたしたちに言ってたわ。ちゃんと育って、実の成るところに植えなさいって」

「いいアドバイスだ」

「あのアメリカ人たちはあなたに怒ってるの?」

「いや。問題はないよ」

「輪タク代はもらったの?」

「お釣りが出るぐらいね」

「わたしももらったわ。シャベルはどこかしら?」

「知らないよ」

二人は低い鉄のフェンスの端まで行き、彼が小さな板の角と両手を使って穴を掘り、二人で木を置いた。隣の通りからは、歌声、爆竹、子供たちの上げる声が聞こえてきた。彼女は足の内側で土を穴に蹴り入れ、できるだけサンダルに土が入らないようにしていた。夫のほうは、自分も小さくなってそこに入ってしまいたいと思っているように、その作業を見守っていた。

明日、彼女は運勢を占ってもらう。ずっと楽しみにしていたのだ。今となっては、それが罰のようだった。

「そうか」と彼は言った。「思い出した」

「何を?」

「シャベルは……」

「どこ?」

「いや、いや。あそこじゃないな」

二重スパイが到着していた。

彼は付き添いの男たちと一緒に、黒のシボレーでヴィラにやってきた。ハオ、ジミー・ストーム、大佐、軍服姿のミンもいた。ハオの甥のミンは、かつては大佐のヘリコプターパイロットで、今はベトナム空軍に戻っていたが、今日は非番だった。スキップには大げさで仰々しい集まりに思えた。

彼らは居間で腰を下ろした。二重スパイのチュンは長椅子の、派手なハワイアンシャツを着た大佐と普段着のジミー・ストームの間に座った。そして、サンズはコーヒーを頼み、対面する日を二年も待ったこの男をじっくりと観察した。

チュンは身長百六十五センチほどで、がに股の男だった。三十歳から五十歳の間のどの年齢でもおかしくないように見えたが、ハオの昔の同級生だということは分かっていたので、ちょうど四十過ぎのはずだった。ポマードはつけておらず、頭の真ん中から釘のように突き出た髪だった。あれこれ浅い引っ掻き傷が残るような、浅黒い肌だった。太い眉毛は鼻梁の上で点々とつながっていた。大きな耳と、細い顎。醜いが、友好的な顔。アジア風のような、不思議な色合いのブルーのジーンズと、彼には少し小さめの緑色のTシャツを着て――どちらも新品のようだ――これまた新品のアジア製と思われる黒いハイトップ型のテニスシューズを履いていて、靴下は履いていなかった。両手を膝の上に置き、足は組んでいなかった。両足の間には、おそらく新品の深緑色のナップサックがあり、ぺしゃんとなっている。空なのだろう。チュンはまじまじと見つめるスキップの視線に優しく目を合わせた。白目には黄色の色合いがあった。病気のせいで、くつろいだ雰囲気になっているのかもしれない。

この瞬間、冷戦の闘士としてのスキップの遍歴において最も真実なとき、大佐は他のことに気を取られているようで、座っていられず、チュンを紹介することもせず、窓から窓に歩き回って外を見ていた。

「スキップ、ちょっと来てくれ。知らせがあるんだ。ちょっと表に出よう」

蒸し暑い午前の玄関の外に二人で立ち、二階に上がって海水パンツとTシャツ以外の格好に着替えてきたほうがいいな、とスキップが考えていると、大佐が口を開いた。

「スキップ、悪い知らせだ」

「いい知らせに見えますけど」

「そう、あれが例の男、我々の男だ」

「それはいい知らせですよね」

「違う。いやそうだな」と大佐は言った。「いいか、スキップ。君の母さんが死んだ。ベアトリスだ。ベアだよ」

胸を一撃するような言葉だった。しかし、何のことかまったく理解できなかった。

「何だって?」

「最悪のタイミングだ。しかも三日前の電報だ」

「まさか。信じられない」

「座れ、スキップ。座ろう」二人は石段に腰を落ち着けた。ひんやりとした、すり減った御影石。叔父は右手で胸ポケットに手を入れた。左手をスキップの右肩に置いた。スキップは両手で白っぽい黄色の紙切れをつかんでいた。後になって、この瞬間を振り返ると、いつもこうした細部が抑えようもなく蘇ってきてしまった。

「一杯持ってこよう」と大佐は言って、電報を持った彼を置いていった。彼は何度も読み返した。母の牧師からの電報で、何でもない子宮全摘出手術の後に合併症を患い、母が死んだ、ということだった。何でもない全摘出手術。何のことなのか。母の牧師は心からの同情と、何よりも祈りを捧げていた。

大佐は片手にグラスを持って戻ってきた。

「『何でもない全摘出』」とスキップは言った。「これはどうなんです?」

「さあ飲んでくれ。さあ。強い酒が必要だ」

「ちくしょう、分かりましたよ」

大佐は立ったまま彼のほうにグラスを差し出していたが、スキップは受け取れなかった。両手のひらを上にして、壊れやすい大きな灰のように電報を持っていた。「葬儀に出られない」

「残念だな」

「誰かが出てくれるといいけど」

「彼女は素晴らしい女性だった。弔ってくれる人は大勢いるはずだ」

大佐は甥のために持ってきたグラスを半分飲み干した。「電報は三日前に来た。俺はカオフックにいてな。電報が来てると無線で連絡が入ったから、誰かに連絡して内容を突き止めようと思っていたが、それを最優先にはできなかった。電報のやり取りは本当に多くて、知っての通り大抵は下らん内容だ……。それに本当に正直に言うとな、スキップ、俺は他のことで手一杯だった」

「いや、別に、そんなこと……」

「全部お終いだ。E小隊もなくなった。おそらくはジョニー・ブリュースターのご厚意でな。だが別の奴かもしれん。俺の知るかぎり、連中は我々を立ち退かせて、あの土地を絨毯爆撃する気だ」

「何てことだ」

「ということで遅れてしまった。すまんな。俺が戻ってきたら、準備できたとチュンが言ってきた。カオフックを失うことでカッカしていて、奴のことなど完全に忘れるところだった」

「葬儀は明後日ですね」

「行くべきだと思うなら行け」

「でもどう見ても無理だ」

「国の家族は分かってくれてるさ。お前が戦争に行ってることは心得てる」

「飲んでも？」

「おっ、しまった」

スキップはグラスを飲み干した。

「スキップ、二、三分独りにするから、心を落ち着けてくれ。それから中で任務を始めてもらいたい」

「分かってます。何てことだ。一日に両方とはね」

「すまないが、これが現実だ」

「もちろんです。すぐに行きますよ」

スキップは門の向こうの道路を見つめた。母のことはまったく考えなかった。後で考えることになるのだろう。母を亡くした経験などなく、どういう順番でこうした感情が生起するのか、予想することはできなかった。親しい人間を亡くしたこともなかった。物心つく前に、父は死んでいた。戦争に倒れた仲間たちは言うまでもなく、叔父フランシスは若くして息子を亡くしていた――ケープ・コッド沖をヨットで走っていて溺死したのだ。スキップ自身、木の枝から吊り下げられた男を大佐が撃つのを目撃していた。何だと思う？　人が死んだ。この瞬間を独りで受け止められずに済んだら、と願った。彼には無意味な瞬間だった。叔父が戻ってきて、隣に座ってくれたのでありがたかった。

「ねえ、叔父さん。孤児の甥になりましたよ」

「ベアトリスは兄の素晴らしい妻だった。スキップ、考えてみれば、兄は幸福の絶頂で死んだはずだ。短い月日だったが、彼女は兄を本当に幸せにしたんだ」

「あいつらが母さんを殺したんだ。へぼ医者どもが」

「いや、それは違うぞ。彼らはちゃんと心得てる、その能力は見てきただろう。六つくらいにバラバラになった歩兵を連れていっても、一年後にはパレードに出られるくらいになってる」

スキップは電報を半分に折り、もう一回半分に折り畳んだが、どのポケットに入れて汚すべきか決められなかった。道路のほうに投げ捨てた。

「なあ。お前のパパは何が大事なのか分かっていた。早めに結婚したんだ。他の家族の連中とは違った。まあ、うちの家族はみんな全然違うんだが。俺は靴を履いて百七十センチだ。お前の叔父さんのレイは百九十だ」

「年上なんですか？」

「レイか？　レイは二歳下だ。二歳と三ヶ月だ」

「そうか」

「大事なのは、お前には家族がいるということだ。孤児なんぞじゃない。それが大事なんだと思うぞ」

「ありがとう」

「本当だぞ。だが分かってるよな。いつでも分かっていたはずだ。いいか、確かにひどい話だし、タイミングは最悪だが……」

「大丈夫ですよ。入りましょう」

キムが薬用のお茶にしたいと思っている木の皮の粉末を買える場所なら、地元の司祭が知っているかもしれない、とミスター・スキップは言っていた。このところ、彼女の体調は良さそうだった。まだハーブや薬草に凝っていた。

ハオと甥はアメリカ人たちのところから出て、司祭の家に向かい、二百メートルほど川沿いの道を行き、並んだ小さな庭の横を通り過ぎていった。どの庭にも一つ、二つ、三つの碑が家族の墓に立っていた。そして、カトリック教会の所有地に裏庭から入った。

川沿いに並ぶ家では、女たちがその日の米を炭や焚き付けの薪で炊いていたが、司祭の家からは煙が出ていなかった。ミンが二回口笛を鳴らすと、ようやく、小柄な司祭がベルトを締め、ほとんど膝まで垂れたアメリカンスタイルのシャツのボタンを留めながら、裸足で裏口から出てきた。

司祭がいたので、ハオはいらいらした。家族のことで甥と話がしたかっただけなのだ。

ハオが自己紹介を始めると、「ええ、あなたのことは知っていますよ」と司祭が言ったので、妻のために薬草が必要なのだ、とハオは説明した。それに、もしあるなら、虫歯に効くものも。

「道を教えることはできますが、案内までは無理です」

「それで結構です」

「今日は外に出ないんです」と司祭は言った。「家にいることにしています。大事な夢を見たので」

「夢で今日は家にいるようにとお告げが?」とミンは訊ねた。

「いえ、私はただ静かにして、思い出して理解したいんですよ」

この手の人たちと話をする必要がなければいいのに、とハオは願った。しかし彼の妻ときたら——霊だの夢だの霊薬だの、ありとあらゆるナンセンス。そういうわけで、彼はここに来ていた。「薬草医を知っているんですか?」

「北から村を出る道を行きなさい。三つ目の村落で、中国系の一家のことを訊ねるといい。実際は中国人ではないけれどね」と彼は付け加えた。

「ありがとう」

二人は車道から家に戻った。胡散臭い治療薬を求めての行脚はもうここまでにしよう、とハオは決心した。キムへの魔法の粉末はなしだ。適当な嘘をつこう。「どのみち大した用じゃない」と彼は甥に言った。「話がしたかっただけだ。何週間も会っていなかったからね。少なくとも三ヶ月くらいだな」

「すみません、叔父さん」とミンは言った。「大佐にこき使われていて動けないんですよ」

「それに前回訪ねてきたときは、お茶も飲まずに帰ってしまったな。街に来たのは私たちのためじゃなくて、女友だちがいたからだろう」

「事情があるんですよ、叔父さん」

「今日お前を我が家に連れてくるように大佐に頼んだ。そうでもしないと来てくれないようだったからな」

「大佐が僕をここまで連れてきたのはそういうわけか」

「そんなに面倒なことか?」

「ちょっとした旅行ですよ。別にここにいる必要はありませんけど、あなたに会って、大佐に会えて嬉しいですよ」

「妻の兄と問題がある。フイだ」

「そのことなら知ってますよ。フイ叔父さんでしょう」

「ありえないな。お前のヘリコプターに銃はあるか?」

「ファン将軍のヘリコプターです」

「どんな銃だ?」

「機関銃が一丁です」

「あの家を攻撃してほしい」

「フイ叔父さんの家を?」

「あいつがいるべき所じゃない。俺の家だ。十一年分の家賃を踏み倒しているんだ」

「家に機銃掃射（ストレイフ）しろと？」英単語を使ってミンは言った。

「いや」とハオは英語で言った。「機銃掃射じゃない。機銃掃射は要らん。破壊しろ」

「叔父さん、愛情と敬意を持って言いますが、あまり良い考えじゃない」

「俺がどれだけ怒っているか分かるな」

「分かりますよ」

「じゃあ、ラプヴングの家に帰れ。叔父のフイと話をして、俺がどれだけ怒っているか伝えてこい。テトには家に帰るか？」

「いえ、無理です。叔母さんの誕生日には帰りますよ」

「あいつの妻の？」

「三月に」

「正確には何日だ？」

「三月十八日です」

「じゃあ、あいつと話をしてくれるか」

「頑固な人ですよ。ギアン叔母さんの誕生日を台無しにしたくないな」

「台無しにしたって構わん。俺は怒ってるんだよ」


二人は大きなヴィラの低い鉄の門に戻ってきた。中では、昔からの友人のチュンがアメリカ人に囲まれ、無頓着に未来とギャンブルをしている。そう。チュンはずっと誠実そのものだった。ハオは一度も彼を信じなかった。

家では、長椅子のチュンの隣に腰掛けた大佐が、片手にティーカップを持ち、もう片手はチュンの肩に置いて話をしていた。このところ、ハオはほとんど大佐に会っていなかったし、どちらにせよ大佐のことが怖くなっていた。チュンの反対側にはジミー・ストームが座っていて、胸のところで両腕を組んで片膝に足首を載せ、誰かにがっちり縛られて身動きできないような格好だった。しかし、チュンは完全にくつろいでいた。

ハオとミンは居間と執務室の境目、集まりに加わってもいないし蚊帳の外でもない場所にある椅子に座った。大佐はスキップに話しかけていたが、話を切って言った。「二つの家族が互いに助け合ってる。結局大事なのは家族なんだよ。ミスター・チュン、家族はいるかな？」

チュンが混乱してしまったようなので、ハオが通訳した。

チュンはハオに言った。「ベンチェーに姉がいる。母はずっと昔に死んだ。覚えているだろ」

ハオはベトナム語で彼に言った。「大佐の義理の姉がほんの何日か前に死んだんだよ。ここにいる甥の母さんだ」

「今一緒にいる彼か？」

ハオはこくりと頷いた。

「どうやら家族がいるようだな」と大佐は言った。

チュンにはもう何年も会っていない姉がいる、とハオは大佐に伝えた。

大佐はチュンの肩をさすった。「この男は本物だ。四六年から参加してる。二十年以上だぞ」

ミスター・ジミーは一言も口にしていなかった。ハオはまじまじと見てくる彼の視線が嫌いだった。

「この若者の母親が亡くなったって？」とチュンは言った。

「叔父が今日知らせを持ってきたんだ」

「お気の毒にと伝えてくれるか」

だが大佐がスキップに話しかけていた。「何よりもまずお前に理解してほしいのは、お前がこの男を使っているんじゃないということだ。ある意味ではお前はデータ収集すらしない。取り調べはありえない。論外だ。ただスポンジとしての役目を果たすんだ」

「分かってます」

「ただ学習しているだけで、大まかに奴の経歴を摑んでいるだけだと思っていれば、我々全員にとって都合がいい」

「分かりました」

「それと、手の込んだ嘘を考え出そうとはするな。奴が訊いてくることに対しては、完全に正直に答えてもらいたい――何かを探っているわけじゃないとはっきり分かっているならな」

「分かりました」

「ただし、お前の経歴とか、家族とか、人生のことを訊かれたら――全部話して構わん」

「ええ」

「彼は何て言ってるんだ？」とチュンはハオに訊ねた。

「指示を与えてるんだよ。お前に正直でいるようにと甥に言っている」

「それはありがたいと俺の代わりに言ってくれるか？」

俺は君ら全員に嘘をついているんだ、とハオは叫びたかった。

「お前たち二人はお互い話が通じるように頑張ってもらわなくちゃいかん」と大佐はスキップに言った。

「うまくいきますよ」とスキップは答えた。

サイゴンへの帰り道、ミンはジミー・ストームと一緒に後部座席に座っていた。なぜこの外出に呼ばれたのか、ミンには分からなかった。お互いを助け合う二つの家族だからだ、そのことは理解していたが、彼の役割などなかった。ほんの一ヶ月前なら、休暇中に呼び出されて腹に据えかねていただろう。しかし、恋人のミス・カムの父がミンによそよそしくなり、家に入れてもらえなくなっていたし、彼女はこっそり彼に会おうとはしなかった。どうやら、父は自分の家族がハオ叔父さんの財産と結婚することを当てにしていたようで、財産などないことを知ったに違いない。

抱え込んだ問題のせいで、叔父の頭からは常識が吹き飛んでしまっていた。メコンにある家と、もらえないことは分かりきっているはずの家賃にこだわり、そのうえ、全員皆殺しにしろとミンに言い出すなど、まったく馬鹿げている。一方で、大佐のこと、彼の様子が変だったことには、まったく触れなかった。大佐は青白い顔で、息をするのも大変そうで、この午前中はブッシュミルをがぶ飲みはせず、ちびちびと啜っていて、グラスを握りしめるというよりは指先でつまんでいた。それに、ジミー・ストームは珍しく黙ったままで、大佐の深い孤独に気づいていないか、気づかないふりをしていた。

ミン自身、大佐のC&Cヘリがパイロットのミンともどもベトナム空軍に戻されてからは、大佐にほとんど会っていなかった。叔父が何とかして自分の家族に向けさせようとしている30口径カリバー機関銃を除けば、ヘリに攻撃用装備はなかった。戦闘は免除されていて、航空タクシードライバーのままだったが、今はファン将軍お付きの身だった。前例のない一週間の休暇を将軍からもらったのだ。ありがたいと思ったが、この寛大さが新しい方針なのだと気がついた。軍の姿勢は変化していて、それが気に食わなかった。火が消えたようだった。

「ハオ、車を止めろ」と大佐が言った。

彼らは22号道路にさしかかっていた。ハオがその道路脇に車を停めると、大佐は外に出た。用を足すのだろう、とミンは思った。

だが、大佐は車のそばに立ったまま、空にぽつりと浮かぶ雲をじっと見つめているようだった――おそらく何十キロも彼方にあり、ここからは見えないシナ海の上空に浮かんでいる、小さくか細い月のような雲。大佐は車の前のほうに動いて、左手の拳をボンネットの上に置き、右手は腰に当て、泥の風景の中で待ち構えていた。かつて、あたりには鬱蒼としたジャングルと水田が広がっていたが、今では毒された瓦礫の山となり、ぎざぎざした岩と枯れ木が残るのみになっていた。雲の動きを変えようとするかのように睨んでいて、雲が流れて道路から南に逸れていくまで、それを見つめていた。

彼は車に戻った。「よし。行こう」

誰も口を開かなかった。軍曹すらも沈黙したままだった。かつて、ミンはこの二人の同僚のリズムに慣れたと思っていた。ストームが辛口のコメントかジョークを披露するはずのところには、空白しか感じられなかった。

準備をしすぎていたことにスキップは気づいた。この二年間、懐疑の迷宮を彷徨い、J・P・ディマーの「二重スパイに関する考察」を暗記する以外、彼には何も与えられていなかった。

「経験が示唆することは」とディマーは読者に警告している——

二重スパイの役割を好む者、実のところ自らその役を引き受ける者の大部分には、多くの共通点があるということである……。精神科医はそうした人間を社会病質者と説明している。

・概して彼らは物静かであり、重圧を与えても落ち着いているが、決まりきった手順や退屈なことを受け入れられない。

・他者に対して搾取的な態度を持っているために、彼らは他者との間に永続的で成熟した人間関係を形成しない。

・彼らの知性は平均以上である。時には二カ国語以上の言語をうまく操る。

・他者の目的や能力については懐疑的であり、冷笑的ですらあるが、自分自身の能力については過大評価する。

・スパイとしての彼らの信頼性は、担当将校の指令と、彼らが自分にとって一番利益になると考えることがどれほど一致しているかによって主に決定される。

・彼らは短期的にのみ野心的であり、多くのことを今すぐ求めている。遠くにある報酬に向かってじっくりと進む辛抱強さはない。
・当然ながら彼らは秘密主義であり、秘密と欺瞞それ自体を楽しんでいる。

「あなたのお茶はおいしいね。濃いのが好きなんだよ」と、J・P・ディマーなど読んだこともない二重スパイはサンズに言った。

スキップは書斎から辞書を二つ持ってきて、コーヒーテーブルの上に置いた。スキップが与えることのできない指示をこの男は待っているのだろう、と推測したが、現場の将校であるスキップのほうは何を求めているのか？　待つのをやめること。務めを果たすことだ。この男を同胞の敵とすることで、自分自身を不可欠な存在とすること。この男を知ること、そして大佐の言う通り、イエスかノーかの質問を三十通り繰り出して、ポリグラムの上を走る三本の線を見ても、裏切り者の心の地図は解読できない。もがき、進んではまた引き返し、まごつき、二言語の辞書と噛み合ない目標があるほうがいい。そして、こうした難問があって、自分の退路はもう断たれているというのに、チュンはお茶を味わっていて、ミセス・ディウのクッキー菓子に夢中になり、故ブーケ氏との出会いを楽しみ、犬はばらばらにして煮込むより串焼きにしたほうがいい、と勧めていた。あちこちに視線が逸れることも、妙に肩に力が入っていることもなかった。ユダはどこだ？　スキップは考え込み始めていた――実は、この男はただ迷い込んできたハオの隣人で、何かの馬鹿げた間違いでここに来ているのではないか……。二重スパイは少ししか英語を解さず、スキップのほうのベトナム語は未熟だった。フランス語の会話は二人とも持ち前の能力より少し劣っていた。この三つの言語を使ってジグザグに進めば、お互いの目的が交差するところへたどり着けるかもしれない。

「合衆国では犬を食べないんですよ。犬は友だちですからね」

「でも君は合衆国にいるわけじゃない。ここはベトナムだよ。君は家から遠くにいて、今日は悲しい日だ。ミスター・スキップ、私もとても悲しいよ。別の日に来られたら、と思う」

「僕の母が他界したって分かったんですか？」

「友人のハオが説明してくれた。悲しいことだ」

「ありがとう」

「お母さんは何歳だった？」

「五十二です」

「私は一九六四年に北から戻ったんだ。十年北で過ごした後にね。故郷への道のりはとても辛かった。ずっと母のことを考えていて、母への愛が強く蘇ってきたよ。覚えているなんて思ってもいなかったことを思い出した。家に帰ったら年を取っているだろうと思うと、悲しかった。まだ若い母でいてほしかった。でもベンチェーに帰ってみたら、その半年前に母は死んでいた。六十近くまで生きたよ。ダオという名前でね、花の名前だよ。だからお墓にはダオの花を切って供えた」

「奥さんはいます？　子供は？」

「いや。誰も」

「じゃあ父親は？」

「私が小さいころに死んだよ。フランス軍に殺されたんだ」

「僕の父も。日本軍に殺されて」

「君に奥さんは？　子供とかは？」

「まだいなくて」

「じゃあとても辛いね。分かるよ。二人目がいなくなるのはとても辛いことだ。お母さんはどうして亡くなった？」

「分からないんです。手術がうまくいかなくて。あなたの母は？」

「病気だよ。姉が言うには、四ヶ月近くも患っていたそうだ。母が死んだときには、私も病気にかかっていて、北から戻る途中で動けなくなっていた。熱病にやられてね。マラリアじゃない。別の何かだ。ハンモックで二週間寝ていた。病気の同志たちが来て、同じ場所にハンモックを吊るして、誰の助けもなく横になっていたよ。何日かして、そのまま死んでしまった仲間もいた。私は生き延びて、もう一度母に抱きしめてもらうことを待ちこがれていた。もう死んでしまったと知って、とても悲しかったが、そのころの私は強かったし、大義への情熱は悲しみよりも強かった。私はカオフックに派遣されて、そこで最初に受けた指令には、君の叔父を暗殺せよというものもあったよ。でも殺せなかった。爆薬が引火しなくてね。嬉しいことじゃないか？」

「とても嬉しいですよ」

「もしちゃんと作動していたら、友人のハオも死んでいただろう。でも大義はハオよりも重要だった。私はすでに多くの同志を失っていた。友を埋葬する――すると敵ができる。より深く大義にのめりこむ。そしていつか、友を殺すときが来る。そうすれば距離を置けるかもしれない。逆効果になるときもある——自分の心が問いを発しようとしているのに、耳を傾けなくなる」

「あなたは問い始めたわけだ。それで我々のところに?」

「最初から疑問はあった。それを聞き取る耳がなかったんだよ」

「チュン、あなたにとって何が変わったんです?」

「分からない。母の死かもしれない。子供がいない男にとっては大きな変化だ。すると次は自分が死ぬ番になる。いつ死がやって来てもおかしくはない。体が死ぬ前でもね」

「どういう意味です? ちょっと分からないな」

「分からないほうがいいかもしれない」

食事の間、彼の下手なベトナム語のせいで会話が最小限に留まっているとき、スキップは自分の身の周りを改めて観察し、この訪問者の目には何が映っているのだろう、と考えた。きれいな古いマホガニーと籐の家具。正面玄関の扉は、この地域では普通の家の正面がまるまる入るくらい堂々としていて、夜には鉄の門で守られている。そして、漆塗りの上に田園風景が筆で装飾された漆喰の木材——ぎざぎざのココナツの木が描き込まれた、念入りで、静かな光景、引き裂かれることになる魂など存在しない世界。ミセス・ディウは牛肉と麵のスープ、緑野菜、蒸した米を出してくれた。この日の朝、彼女は小さいが目を引く花束を家のあちこちに置いていた。毎日花が飾られていることにスキップは気づいた。今までは、ほとんど気がつかなかった。彼女とミスター・トーが暮らしている家は、ヴィラの上流にあり、ヤシと白い花を裂かせるインドソケイの木に囲まれている……。やがて、二重スパイは口に手を当ててあくびをした。

「眠いですか?」

「まだ大丈夫。どこで寝ればいいかな?」

「二階に部屋を用意してありますよ」

「どこでもいい」

「上品な部屋じゃないけど」

それからチュンは、ピストルを一丁もらいたい、あるいは一丁持っている、と言い出した。

「何だって?」

彼はもう一度、フランス語で言った。「私のためのピストルはあるかな?」

「いや。そういうのはないんです」

その頼み事で、彼は今の状況に引き戻された。この男を特別な人間と思わなくなっていたのだ。ただもてなすべき客だと感じ始めていた。

「ただの護身用だ」

「護身は必要ないでしょう。ここは安全だから」

「分かったよ。君を信じよう」

ミセス・ディウが出したデザートは、繊細なエッグカスタードだった。チュンとスキップは辞書を取り出した。

「下手なベトナム語ですみません。勉強はしたけど、あなたの言うことはほとんど分からない」

「北の訛りになってしまっているとは言われるよ。でも北で身につけたのはそれくらいだな。私たち南の人間は向こうでは固まっていたからね。ここにはここの流儀がある。北とはとても違うんだ」

「僕の国でもそうだな」とスキップは言った。

「君の国での南部の人はどんな感じかな?」

「礼儀正しくて、ゆっくり話すと言われてますね。自分たちの家族や友だち同士ではとても愛情たっぷりで、開けっぴろげですよ。でも、北部の人間はずっと控えめで、注意深くて、あまり気持ちを表に出さないと思われてる。そんな具合ですね。でも例外もあります。どこで生まれたかで全部が決まるわけじゃない。それにね、僕たちにも内戦があったんですよ。北部対南部の」

「そう、君たちの歴史は知っているよ。私たちはアメリカの歴史や小説や詩を学ぶからね」

「本当に?」

「もちろん。君たちの軍隊がベトナムに来る前から、アメリカは世界で重要だった。世界の中心的な資本主義国家だ。私はエドガー・アラン・ポーがとても好きだな」

次に、二人はこの戦争の過ちについて話した。それが誰の過ちなのかは口にしなかった。「ベトナムでは、安定している時代のためには孔子の流儀がある――知恵や社会での振る舞いなどの教えだ。悲劇と戦争の時代には仏教の流儀がある――現実を受け入れるため、心を一つにしておくためにね」とチュンは言った。

「ええ、それは聞いたことがあります」

「戦争は絶対に終わらないだろう」

「終わるはずです」

「私が終わりまで見届けられるとは思えないな。私は合衆国に行きたい」

「それは分かっていますよ。その手配はできます」この男がサンフランシスコの街頭に立っていて、歩行者信号が青になるのを待っているところを、彼は思い浮かべた。スキップが子供のころの同級生にも、移民の親を持つ子がいた。たいていはスカンジナビア半島出身だったが、彼らの家に行くと、むっとする、見知らぬ匂いに肺をつかまれる感じがした。想像もつかないような古い骨董品や、つばのない軍服の帽子の後ろに羽根が突き出している兵士たちが写ったぼやけた写真を目にした。親たちは不明瞭な言葉で真剣に話し、文法を手探りで扱い、ちょっとした言葉を言い損ねていて、そうした親のすべてが息子たちにとっては恥ずかしく、父親のことは黙って我慢して、母親が出してくるものはさっさと片付けようとしていた。「ああ、ママ、オーケー――もう行かなきゃ」そのころのスキップの年齢では、こうした大人たちが危険に動じない英雄であり、大洋を越えてきた流浪の者たちであることなど、気づくはずもなかった。控えめにあれこれ訊くことで、彼らは子供たちの壁に触れていた。親たちは子供たちのために命を賭けてきたが、子供たちは壁の反対側にいて、二頭筋の上まできつく袖をたくし上げ、クリームオイルで髪を後ろに撫でつけ、女の子のことで嘘をつき、爆竹やゴルフボール、死んだ猫をばらばらにし、鼻水の塊を街灯に塗り付け、アメリカ人のように笑い、訛りなく悪態をついていた。だが、彼が中学一年のときの親友、リトアニア人のリッキー・サッシュ――今思えば「サス」から来ていた名前だろう――は「糞食らえ」と同じくらい頻繁に「お願いだ」や「ありがとう」と言っていたし、靴ひもは大きな二重結びにしていた。それ以外のことでは、出身は分からなかった。アジア人はそう簡単ではないだろう。「確かに」とスキップは言った。「あなたの動機は何なんだろうと我々は不思議に思ってましたよ」

「分かりやすい理由が必要なのか？」

「一つ言ってもらっても？」

「いや」

「分かるでしょう、我々にとっては重要な問題なんです」

「君たちは単純なものが欲しいんだよ。私が共産党の資金を盗んだとか、禁じられた恋をしていて、彼女と駆け落ちしなくちゃならない、といった話を聞きたいんだろう」

「そんなとこです」

「そんなものじゃない」

「教えてもらえます？」

「私の同志と大義を裏切るたびに、魂に痛みを感じる。でも、それは命が戻ってくる痛みなんだ」

引き裂かれた心の痛切な断片、それとも高尚な汚物？

「チュン、あなたは合衆国がいいと言う。でも北に行くとも言ってますよね」

「まず北だ。それからアメリカ合衆国。北への道は知っている」

「大佐によれば、あなたは未開人とも働いたとか」

「本当の話だよ。バデンからの少年たちだ。部族を入隊させるか、少なくとも教化させようというプログラムがあってね。そのプログラムがどうなったのかは知らない。徒労に終わった努力が多すぎた。それに無意味な死も」

「大佐はそうした人たちに興味があるんですよ」

「その通り。私がある集団と一緒にまた北に行くことを望んでいる」

「どうして北に戻ろうと？」

「問題は、私は十二年前に北に行って、まったく好きになれなかったのに、どうして出ていかなかったのか、ということじゃないかな？　一九五四年には南に留まった人もいた。二年経っても何も起こりはしない、選挙も再統一もない、と党が考えていることを知っていたからだ。私たちはそこまで利口じゃなかった。私たちは希望に目がくらんで、北行きの船に飛び乗り、何も見ていなかった。故郷を、家族を、本来の土地を忘れさせるために、北に連れて行かれたんだ。だけど、いっそう記憶が鮮やかになっただけだった。私は北の黄色い土地ではなく、ベンチェーの赤い大地を思い出していたよ。肌寒い北の夜ではなく、暖かい南の夜だ。コルホーズでの敵対関係や窃盗ではなく、私の村での幸せを覚えていた。家族の生活、村の生活――それが共同生活というものだ。コルホーズは違う。人を一緒くたにして、出ていってはならないと命じ、君たちは思想によって団結したコミューンなんだ、と言ったところで無理な話だ。マルクスは私たちの家族と村を取り戻してくれるものだ、と私は思っていた。マルクスが言っていた大団円のことしか考えていなかったからだ。英語版やフランス語版ではどうなのか知らないが、未来の終わりには国家は枯れて落ちる葡萄のようになる、と彼は言っている。それを期待していたんだよ。マルクスは知っているかい？　そのフレーズは？」

「英語版は知ってますよ」二人は一緒に辞書をめくり、サンズは「国家の死滅」という表現に相当する言葉をひねり出した。

「そう、国家の死滅だ。そして国家が死滅すれば、私の家族と村が残る。それを未来の果てに見ていた。フランス人がいなくなり、アメリカ人がいなくなり、共産主義者もいなくなり、私の村が戻り、家族が戻ってくると。しかし嘘だった」

「彼らが嘘をついていると気づいたのはいつです？」

「北にやって来てすぐだ。でもそのときは、彼らの嘘など、どうでもよかった。アメリカ軍が来ていたから、まずはそれに対処しなければならなかった。その後、真理に取り組めると思っていた。私が間違っていたよ。真理が最も高位にあるんだ。真理が先だ。常にそうだ。すべては二の次なんだ」

「そうですね。でもその真理って一体何なんです？」

「仏陀は四つの真理のことを説いている。苦諦、集諦、滅諦、道諦だ。人生とは苦だ。苦は煩悩から生まれる。煩悩は捨てることができる。『八正道』を通じて、煩悩の放棄にたどり着くことができる」

「あなたはそう信じてる？」

「全部じゃない。私が経験したことしか君には言えない。経験から私が知っていることとは、人生とは苦であって、苦は留まることのない物事にしがみつくことから生まれるということだ」

「まあ、それは事実ですね。僕たちアメリカ人はそれを『人生の現実』って言ってますよ」

「それではアメリカにいる君たちにとっての真理とは？」

「現実を越えたところにあるものです。僕たちは神の福音を真理と呼ぶんじゃないかな」

「では、アメリカへの神の福音とは？」

「ちょっと考えさせて」彼はまた仏英辞典に手を伸ばした。だが、もう疲れていた。ものの十分で済む会話をするために、二人は辞書を百回は引いて、二時間かかっていた。彼が知っている福音とは、ルター派の母、ベアトリス・サンズが夢中になったときに彼に伝えようとしたものだけだった——この生はわたしたちの不滅の存在のほんの幼少期にすぎないのよ、と。線路沿いの、丈の高い芝が生えた庭で、洗濯ひもに囲まれた女性にはそういう瞬間は似つかわしくない、と思っていた彼には恥ずかしかった。それが真理かどうかようやく分かるね、母さん。間違いじゃなかったことを神に祈るよ。かたやアメリカのほうは——不可侵の権利、合意による政府、証明書、山々、選挙、墓地、パレード……。「まあ、それは全部議論の余地があるかな」と彼は英語で言った。「どの言語でもそれは全部反論できますよ。でもあなたの言った事実はどうこうすることはできない。でもその向こうに何かがあるんですよ」彼はフランス語で試してみた。「真理はありますよ、でもそれを伝えることはできない。ここにあるんです」

「そう、他には何もない。この場所、今この時だ」
「そして僕は今とても疲れましたよ、ミスター・タン」
「私もだよ、ミスター・スキップ。今日はこれくらいにしようか?」
「これくらいにしましょう」

彼は二階の自分の部屋から廊下を挟んで反対側にある部屋にチュンを連れて行き、そこにぎっしりと詰め込まれた大佐のファイルに囲まれて、二重スパイはぐっすりと眠れるだろう、と願った。スキップは眠ったが、浅い眠りだった。暗闇の中で目を覚まし、腕時計の虹色の文字盤を見た。二時十五分。母ベアトリスの夢を見ていた。思い出そうとすると、ちょっとした興奮だけが残っていた。彼女にとっては、彼がすべてだった。それももう終わりかもしれない。もう未亡人の一人息子ではないのだから。かつて、ボストンへの長い鉄道の旅で、彼はダウンタウンの風景を抜けていく列車から外を見ていた。シカゴだったか?　それともバッファロー?　小さな八百屋の表の通りで見かけた八歳か九歳の二人の男の子はみすぼらしく、すすで汚れて、タバコを吸っていた。孤児に違いない、と彼は思った。これからは、自分がその身だ。

そして、自責の念が体に襲いかかってきた、頭で血がずきずきと疼き、息をしようと喘いだ——電話をせず、手紙も書かなかった。どうしようもなく礼儀正しく、申し訳なさそうに、いかにも中西部的な混乱と怖れの中で死に向かう母を、独りぼっちにしてしまった。彼はネットを脇に投げ飛ばして、両足を床に下ろし、体を起こして顔を上げ、短く喘いで息をした。一杯やるか。

大きな家の二階にある、箱で一杯になった物置き部屋で、チュンは横になった。ベッドは二つの小型トランクの上に渡した二枚の板と日本式の畳でできていた。ＣＩＡの代表がブタンガスランプを渡してくれたし、別に読み終えなくても構わないベトナム語の社会主義リアリズム小説と、フランス語の『レ・ミゼラブル』を一冊持っていた。繰り返し読んでいたので、もう面白くなかった。彼は身の回りの家の雰囲気を肌で感じながら、暗闇で横になり、子供のころ新星寺にいたときを除けば、こんな大きな家で寝たことはなかったな、と思いを巡らせていた。

廊下に面した反対側のドアが開く音が聞こえた。静かな、裸足の足取りで、ミスター・スキップが物置きを通り過ぎ、一階に下りていく。

さて、何だろう？　悲しみ。眠れないのに違いない。キッチンから物音――そっとしておくのが一番だ。母親が亡くなったのだから。

母さん、今でもあなたのことを悼んでいるよ。

彼は十分ほど暗闇に横になっていて、それから起き上がり、下りた。一階のアメリカ人はパンツとTシャツ姿で、書斎で本を持って、シューシューと音を立てるブタンガスのランタンのそばに座っていて、そのそばには氷が入ったグラスが置いてあった。「少しは眠れましたか？」

「まだだよ」

「ちょっとアイリッシュ・ウィスキーを飲んでるんです。あなたもどうです？」

「いいよ。飲んでみようか」

ミスター・スキップは体を起こしかけたが、「グラスはキッチンにあるんです」と言い、また座った。

チュンがグラスを見つけて戻ってみると、アメリカ人はベトナム語慣用表現集のページをめくっていた。彼は床に手を伸ばし、椅子のそばに置いたウィスキーのボトルを持ち上げた。チュンが持ったグラスに少しだけ注いだ。

「一気に飲むものなのか、少しずつがいいのかな？」

「ライスブランデーはどう飲むんです？」

「少しゆっくりめだね」とチュンは言い、一口啜った。麝香の香りがして、薬品のようだった。「かなりいけるね」

「どうぞ。座って」

チュンはデスクのところにある椅子に横向きに座った。

「あなたの名前を探してた」とミスター・スキップは慣用表現集の本を閉じて言った。

「『タン』というのは空の色のことだ。同じ名前で空色の花もある」

「それは知らなかったな。青空の色？」

「青だ。空のような」

「そして『チュン』っていうのは『忠』のことでしょう？」

「国に対する忠誠のことだ。こんな名前を持ってるなんて、今では笑えるな」

書斎には本がぎっしり詰まった本棚が並んでいた。二つある窓と居間のひさし、それに外に通じる木の扉の両側にある鉄細工は目の細かい網で覆われていた。それでも、小さな虫がブタンランプに体当たりしては死んでいた。

「本がたくさんあるね」

「僕の本じゃないですよ」

「誰が住んでいるんだい？」

「僕と亡霊だけ」

「誰の亡霊？」

「前の持ち主ですよ。この家を建てた男です」

「そうか。私のことを言っているのかと思った」

ミスター・スキップはグラスを飲み干して、残っている氷の上にウィスキーを注ぎ足した。何も言わなかった。

「お邪魔だったかな」

「いや。付き合ってくれてありがたいですよ」

アメリカ人は自分の酒を飲み干した。「あなたはユダなんだろうと思ってた」と彼は言った。「でもキリストに近い」

「いいことだといいが」

「そうだってだけですよ。もう少し飲みます？」

「今ある分をゆっくり飲むよ」

アメリカ人は英語で言った。「あなたはそこに行った。その境地にいるんでしょう？　一つの体に二つの魂があるっていうのはどんな気分なんです？　それが真理なんでしょう？　僕たちみんな、本当はそうなんだ。他の連中は本来の姿の片割れでしかない。あなたはそこに到達している。そこにいるんだ、でもたどり着くために何かを殺したはずだ。あなたが殺したのは——何なんだ」チュンはついていけなかった。

そして真理を黙って受け入れること、最終的な放棄、解脱へと導く絶望——ここにある本のどこに、こうしたことが書いてあるだろう？

黙ったまま、アメリカ人は自分でもう一杯注いで、ゆっくりと飲んだ。彼が話をする気分でないのは明らかだったが、チュンは残った。


次の日、友人のハオがまたやってきた。女が朝食を作り、彼とスキップとハオは食卓についたが、何かがおかしい、とチュンは肌で感じた。

ミスター・スキップは、新星寺で二人が過ごした日々について訊ねてきた。二人はテトの祝日の間にブランデーを盗んだこと、二人で笑い、歌ったことを話した。三人とも、外国語の授業で「アメリカ人との朝食」の練習をしている学生のように振る舞っていた。

「チュン、今日の本棚は全部あなたのものですよ。用事があって、サイゴンに行かなくちゃいけないんです。明日の正午あたりに戻ります」

「私は一人でここに残るのか？」

「それでよければ」

チュンは二人を黒い車まで送っていった。彼はハオを少し呼び止めた。「何があるんだ？」

「ちょっと人に会うだけだ」

「詳しく教えてくれ」

「できない。分からない」

「深刻なことじゃないのか？」

「違うと思う」

二人のやり取りはアメリカ人の耳に届いていた。彼は車の反対側に立ち、熱くなった金属の屋根越しに話しかけてきた。「友だちに昼食に誘われたんですよ。同僚にね。何の用件なのか確かめておこうと思って」

「君が戻ってくるまで、もっと安全な場所があるかもしれない」

「いや、それはないな。あなたがここにいることは誰も知りません」

「だが君がここにいることは知られてる」

「それは問題にはなりませんよ」とアメリカ人は言った。

チュンは信じなかった。


西ドイツ連邦情報局第五課のディートリッヒ・フェストは、ワシントンDC郊外のナショナル空港で夜の便に乗り込み、十八時間、読書して仮眠を取る以外はすることがなく、父親の危機的な病状以外に考えることもなかった。父が入院してから七、八ヶ月が経っていた。胆嚢、肝臓、心臓、一連の発作、内臓への大量の出血と輸血、胃に入った栄養補給のチューブ、一番最近では肺炎。親父は死ぬことを拒否している。でも死ぬだろう。もしかしたら、もう死んでいるかもしれない。ついさっき、俺が頭をがっくり下げてうたた寝をしているあいだに。今、俺が馬鹿馬鹿しいミステリー小説を読んでいるあいだに。「クロード」——十月に見舞いに行ったとき、父は彼をそう呼んだ。体のいたるところからワイヤーやチューブが出ていて、青い目が虚空に向かって輝いていた。「ああ、クロードだな」尿の匂いがする、彼の他には誰もいない部屋に向かって父はそう言い、フェストが「僕だ、ダークだよ」と言うと、父は目を閉じた。

現地時間午後三時、フェストは香港に降り立った。タクシー運転手に適当な指示をしたせいで、ホテルの数ブロック手前でタクシーを降りて、徒歩で向かう羽目になった。この小さな車でも、小さな通りには大きすぎるくらいだった。バッグ一つだけを持って、屑物ばかり売っている露店がぎっしり並んだ、急な通りの段を上っていった。

もっと大きな通りに出たところで、彼は輪タクを呼び止めて、おむつの一種を履いた、針金のような体型の老人の後ろに乗り、素早くペダルを漕いでホテルまで連れて行ってもらった。ホテルはすぐ近く、三ブロック先にそびえていて、老人は簡単に道を教えることもできたはずだった。慣れない乗り物に乗り込んで、二分で到着した。自転車のハンドルのすぐ後ろには印刷された注意事項が貼ってあり、公式な運賃が掲示してあって、この短距離移動にフェストは香港ドルで四ドルか五ドルを支払わねばならなかった。しかし老人は拳と拳を打ちつけ、「ニシュウドル！　ニシュウドル！」と叫んだ。フェストは払いたくなかった。この歳になれば、老人は働いたらもらえるだけもらう資格がある。しかしフェストはビジネスにおいてはフェアな取引を信じていた。彼は支払いを拒否した。たちまちのうちに輪タクに取り囲まれ、おむつを履き、あれこれ口走っては泡を飛ばしてくる、あらゆる体格の運転手たちに包囲された。ナイフが見えたような気もした。怒ったベルボーイがホテルから出てきて、外に向けてチョップをするような魔法の動きで彼らを追い払った。死んだほうがましだ、と老人は居座った。フェストは二十ドルを渡した。彼は部屋に上がり、午後いっぱい寝て、午前二時に目を覚まし、短い小説、ジョルジュ・シムノンの英訳を読んだ。ホテルのオペレーターに電話して、ベルリンへの国際電話について訊ねたが、母親の番号は鞄のどこかに紛れてしまって見つからず、あきらめた。体調が悪化していく父の面倒を見ている母には、このところしょっちゅう電話していて、ここ何週間かはほぼ毎日だった。

八時にシャワーを浴び、服を着て、接触相手に会うために階下のロビーに下りた。二人は大きくて座り心地の悪いマホガニーの椅子に向かい合って座り、コーヒーを飲んだ。相手はアメリカ人で、若く、任務の重要性を心得ていて、自分の役割に少し入れ込み過ぎていた。最初はフェストの行き先しか告げなかった。ポケットにチケットを持っているのだから、行き先は当然知っていた。

「私のための身分証は？」

若い男はさっと下を向き、靴の間でしっかり固定した革のブリーフケースを漁った。「君には二つのバージョンがある」と言い、彼にマニラ封筒を渡した。「任務中は前の日付のある入国ビザがあるほうを使う。出国前にそれは破棄してくれ。出国には後の日付のビザのほうを使う」

「この任務の期間はどれくらいと決まっている?」

「ビザに従えばということかな?　後のほうのビザによれば、君が入国したのは――いつだっけ?　二月十一日だと思う。したがって、少なくともそれまでは国内にいなくちゃならないわけだ。ただしビザは六ヶ月有効だ」

六ヶ月という響きは気に食わなかった。しかし、二週間遅れた日付が付いているビザは、彼が任務の後に入国していることを示すためのものだった。つまり、二週間以内という計画なのだろう。

フェストは膝の上に書類を置き、留め金をつまみ、垂れぶたを開けて、開いた側を持ち上げて覗き込んだ。ドイツのパスポートが二つ。彼は一つを取り出して、保持者の名前を読んだ――クロード・ギュンター・ラインハルト。

「面白いな。息子の名前がクロードなんだ」親父にちなんで。そして、英雄である死んだ兄にちなんで。

「名前のリストの一番上にあったものを選んだだけだよ」

「もちろん。偶然だな」

顔は彼のものだった。いつ見ても、彼の外見はどこか甘やかされた少年のようだったが、その甘い部分はひげで隠されて、フロイトかヘミングウェイに少し似ているはずだ、と彼は信じていた。服を着れば太って見えるかもしれないが、自分ではがっしりしていると感じていた。合衆国でさえ講習を受けさせられてきたし、そこには肉体的に厳しい作戦訓練も含まれていた。しかし、もう三十六歳と二ヶ月だった。この調子では続けていけない。実際、アメリカ側からの指令を受けることはもうなくなったと思っていた。

「君は自分のパスポートで入国するんだ。今どのパスポートで移動しているのかは知らないが」

「もちろんだ」

男は二人分のロールパンとコーヒーの代金を支払って立ち上がり、それとなく打ち解けた雰囲気を装って、ふと思い出したように、サイゴンでのフェストとの顔合わせが予定されている日時と場所を口にした。

フェストはもう香港の運転手を信用していなかった。昼食は取らないことにして、二時間早く空港に向かい、トラブルもなく到着して、故郷に戻る旅に集まっている同乗の客たちを眺めていた。淡い色の買物袋を持って笑みを浮かべ、笑い声を上げて、香港かバンコク、マニラでの休日から帰路につく、元気そうで裕福なアジア人たち。自分が何を期待していたのかは分からなかった——破壊され、困り果てた人々、うなだれた肩、硬い表情か——この戦争についてあまり考えてはこなかったし、来ることになるとも思っていなかった。他の皆と同じように、さしたる思慮もなく派遣されたことは確かだった。彼はスチュワーデスからベトナム航空の旅行用バッグをもらい、何も入れずに膝に抱えて、雲を見下ろしながらうたた寝をした。午後遅くに同じスチュワーデスが彼の肩に触れ、タンソンニュット空港に向けて降下しているところです、と告げた。

アメリカ人とアジア人の兵士で混み合い、床には箱や荷物が積み上げられた、老朽化したターミナルで、彼は迎えに来た男を見つけた。黒人の男が、「ミーカー輸入会社」と書いた小さな札を掲げていた。「ミスター・ラインハルト、私はケネス・ジョンソン。お一人かな?」

「それは分からないな」

「私もだよ。誰でも歓迎だけどね」陽気な男だった。彼一人で来ていた。

「空の旅はどうだったかな?」

「どんな飛行も最後は地面に降りるものだからね」

「アヒルはそう言うけどね。まったく、誰がこんな標識を思いついたんだか」

「分からないな」とフェストは言い、ジョークを言うべきタイミングだとは分かっていたが、それ以上は何も言わなかった。

正面の入り口から、ずらりと並んだタクシーの列に出ると、運転手たちは飛び上がって手を振った。「ラインハルトの名前で、カンフォサというホテルに全て準備が整っている。ラインハルト名義の書類はもらっているんだろう?」とジョンソンは言った。

「その通り」

「よし。じゃあ行ってらっしゃい、ミスター・ラインハルト」

「どういうことか分からないんだが」

「私が同行するのはここまでだ。到着を確認するだけだよ」

「そうか」

「明日少しだけ会うことになる。本当に少しだけね」

「顔合わせのときに?」

「そう。ちらっとだけだ」

「同じ通過サインを使うことになるのか?」

「いや。私があなたを紹介するんだよ」

二人は握手して、ケネス・ジョンソンは彼をタクシーに乗せ、運転手に手短に話をし、いなくなった。

「英語は話せるか？」

「イエス、サー。少しだけ」

「私のホテルがどこかは知っているか？」

「イエス、サー、カンフォサ・ホテルです」

「名前はどういう意味なんだ？」

答えはなかった。タクシーは市街に入り、ピンクや青や黄色に塗られた建物が立ち並ぶ通りを走っていき、速度を緩め、止まり、車二台分ほど動き、また止まった。今は新年なんですよ、と運転手は言った。誰もがどこかに行こうとしているのだ。「今年は何の年なんだ？」とフェストは訊いた。「戌年か？　未年か？」知らない、と運転手は答えた。バイクがブンブンと音を立て、車の間を縫って進んでいった。そのうちの一台には女性が横向きに座っていて、足首を交差させて雑誌を読んでいた。咳をするように、エンジンが排気ガスを吐き出していく。ヤシの木は元気そうには見えなかった。通りの少年たちが四人集まり、タバコを賭けて歩道でトランプをしているのが見えた。

サイゴンで用意した書類をもらうために、どうして香港で降ろされたのだろう？

車はまた動き出した。小さな墓地にある墓石に鉤十字の紋章があるのが見え、その小さな寺院の扉にも鉤十字が彫られていた。その光景は衝撃だった。彼の父が撮った二一三枚を含めた写真以外では、もう長い間鉤十字を見ていなかった。フェストは通りの標識や目印を目で追い、それら全てを心に刻んで、自分の居場所を把握しようとした。腕時計をチェックした。十九時間後には、任務の予定と方法についての指令を受けることになる。ケネス・ジョンソンの無愛想な扱いで、いろいろと分かってきた。彼の仕事仲間たちは距離を置いて事を進めたいのだ。アメリカ人を標的として、ここに派遣されたのかもしれない――ケネス・ジョンソン自身かもしれない。

小雨が降っていたが、ホテルに着いてタクシーから出ても、涼しくは感じなかった。エントランスの外では、女が自分のサンダルの上に座っていた。護衛といえば彼女しかいなかった。ここにはアメリカ人は泊まらないのだろう。

チェックインを済ませる間、一階ロビーにいる受付係と、その助手か友人の二人の女の子は、ラジオに合わせて理解できない歌を口ずさんでいた。

「君の名前は？」彼は受付嬢に訊いた。

「トゥエット」

「トゥエット、ここから国際電話はかけられるかな？」

「いえ。電信だけ。電報だけ」

彼女は青いスカートとぱりっとした白いブラウスを着ていた。興味をそそられた。風変わりで、繊細な顔。宝石も化粧もしていないが、彼女たちは全員売春婦なのだろう。

彼はシャワーを浴びて着替え、母に電話できる海外用電話を探して通りに出た。もう夜だった。街のはるか上空で、ヘリコプターの回転翼が夜を切り裂き、打ち上げられた曳光弾が暗い地区へと筋を引いていた。地平線の向こうから、雷のような爆弾の音が轟いていた。この通りでは、無数のクラクションとエンジンの小さな音。ラジオはくだらない地元の音楽をかけている。

砂嚢が縁石に並んでいた。彼は破損した歩道を歩き、道路の穴や伸びてくる人の足、停車中のバイクの間を縫って、物乞いやポン引き、詐欺師、それに「タバコ、モク、ハメハメ、Uグローブ、アヘン」を勧めてくる活発な子供たちに追い回された。

「パンを」と彼は言った。

「パンはないよ。謹賀新年だからね」と売り子は説明した。

彼は電話探しを諦め、ホステスがふさ飾りの付いた赤いミニスカートと赤いカウボーイハット姿で、それに加えて風変わりな空のプラスチックの拳銃ベルトのホルスターを付けている店で夕食にした。新年なので今日はパンはありません、とウェイトレスは言った。

フェストは〝Chuc Mung Nam Moy〟と書かれた札や垂れ幕を目にしていて、「謹賀新年」と言ってくれているのだろうと思っていた。もっとも、「疫病最悪」という意味でもまったく不思議ではないが。

前の晩と同じく、夜中に目が覚めた。外で銃声が聞こえた。彼はベッドの網を探り、低い姿勢のまま部屋を横切って、窓枠越しに様子を窺ってみた。女が紙のランタンの光を頼りに歩いていた。針金の柄で明かりを揺らす彼女の手はかぎ爪のように見えた。通りで子供たちが彼女を追い越していき、爆竹に火をつけていた。音楽と歌声が聞こえた。彼はベッドに戻った。昼夜のリズムはまだ変わっておらず、今夜も眠れそうになかった。本は二冊持っていたが、もう両方とも読んでしまった。天井のファンは全速で回っていたが、涼しくはならなかった。窓の外では狂気の沙汰が続いていた。戦争に包囲された人々が爆発物に火をつけて楽しむなんて、馬鹿馬鹿しく思えた。

彼は横になったまま、ジョルジュ・シムノンをもう一度読んで、夜明けごろ眠りに落ち、朝の十時ごろ目を覚ました。

約束の昼食の時間に近くなったころ、彼はタクシーを拾ってスンフー地図製図店に行った。運転手が請け合ったところでは、ホテルからはほんの二、三ブロックのところにある店だが見つけづらい、ということだった。中に入ると、元気のいい若者が英語で挨拶してきた。この地域の最新の地図を欲しいのだ、とフェストが説明すると、若者は彼を狭い階段から上に案内して、円環状の白い蛍光灯の下で、ずらりと並んだ製図机に女たちが座って作業をしている部屋に連れていき、ほどなく彼は茶色い紙と撚り糸で包装した三枚の巻き紙を手にサイゴンの通りに戻った――手作業で色が付けられた、北ベトナム、南ベトナム、サイゴンのフランス語地図。

晴れて、澄んだ、暑く明るい日。歩道の木の下は黒い影になっていた。彼は一ブロック歩いたところでタクシーを呼び止めた。新年だからメーターを動かすわけにはいかない、お代はたっぷりもらわなくちゃ、と運転手は言った。気分が悪くなったフェストは降りて、約束の場所へは輪タクに乗って行き、彼の腕時計では四分前にグリーンパロット・レストランに着いた。とても狭い建物で、蒸気機関車の食堂車に似ていて、二人用のテーブルが――それ以上は座れない――通路を挟んで両側の壁沿いに並んでいる。ボーイ長の挨拶はなく、レジの後ろにいる若い男が眉毛を軽く上げただけだった。

「英語は話せるか？」と彼はレジ係に訊ねた。

「ええ。どうぞ」

「君のところのお手洗は水洗式かな？」

「すみません、分かりません」

「水道の配管だよ」

「おっしゃることが分かりませんが」

「トイレはどこだ？」

「イエス、サー、後ろです」

彼は席についた。レストランにいるのはほとんどがベトナム人だった。

ほんの二つテーブルを隔てたところに、フィリピンでの任務で見覚えのあるアメリカ人が座っていた。フィリピン人相手に冗談を言うのが大好きな雄牛のような大佐の甥に違いない。接触相手だろうか？　足下になじみのある地面を感じ、一瞬温かい気持ちになった。友人というか、少なくとも知り合いと仕事ができる。

暗号のサインなしにはお互いに挨拶をしないのが基本の手順だ。フェストはトイレに向かい、アメリカ人が座るテーブルの横を通っていった。じめっとした壁に管状の包みをもたせかけて手を洗い、三分間、ちょうど十二時三十分になるまで待った。トイレを出て席に戻ると、アメリカ人はいなくなっており、別のアメリカ人が別のテーブルから手を振ってきた――昨日飛行場で彼を出迎えて、すぐに消えたジョンソンだ。その黒人の向かいには、ベトナム人将校が飛行士のサングラスをかけて座っている。彼の前のテーブルにはタバコの箱だけが置いてあった。

フェストが歩み寄っていくと、ジョンソンは立ち上がった。「ミスター・ラインハルト、こちらはケン少佐だ」

「お目にかかれてうれしいよ」と少佐は言って手を差し出し、握手した。

「どこに座れば?」

「私の席に」とジョンソンは言った。「私は急がなくてはならないからね。腕利きの人がここにいるしな」

「地元の任務ということかな?」

「そこにあるのは何だ?」

「この地域の地図だ。数分前に買ったところだよ」

「ドアのところまで送っていってくれ」

入口のところで、ジョンソンは彼に名刺を渡した。名前はケネス・ジョンソン、ミーカー輸入会社所属となっていた。「何か予期しない事態になったら、軍言語学校の地下に行け。この裏に住所を書いておいた。いいか、地下だぞ。アメリカ海兵隊の男がいるから、この名刺を渡せばいい」

「それはどうも」

「最後の手段としてだ。本当に追いつめられたときに」

「ええ、分かりましたよ。最後の頼みの綱だね」

またしても、黒人の男は逃亡者のように消えた。

フェストは名刺を紙幣用のクリップに挟み、少し時間をかけて気分を落ち着けた。また地元の指令者か。つまり、フィリピンのときと同じ類いの任務ということだ。テーブル席では、ベトナム人の将校がサングラスを外し、メニューの料金表を眺めていた。カーキ色の軍服は着古して見えたが、ブーツは黒光りしていた。地元の任務。フェストは気に食わなかった。

彼は接触相手の向かいに座った。

「ミスター・ラインハルト、何を食べる?」

「何も」

「何も? お茶は?」

「お茶ね、いいでしょう。できればパンも」

「もちろん大丈夫だ。私はフォーバンにしよう。麵入りの牛肉スープだよ。ここはとても高いな」

サングラスを外すと、ケン少佐の目は小さく、黒く、光沢があった。フェストがあたりの人々の顔を見回すと、どの顔もそれぞれ違うのだが、この男も含めてどの顔も、記憶にある受付嬢のトゥエットや、この街で見かけた顔と同じだった。彼らの言葉はまったく理解できなかった。自分がこの店にいる唯一の白人になってしまったということにフェストは気づいた。

彼は頑なにパンと薄いお茶だけにした。街をどれくらい見て回ったのか、と少佐は訊ね、スープ麺に緑野菜のサラダと白いもやしを放り込み、荒々しいくらい音を立てて啜り始めた。エナメル塗料をした箸を駆使し、スープまで掬い取り、ここサイゴンでの大学時代のことを話していた。

「バゲットはお気に召したかな?」

「ええ」とフェストは心から言った。「素晴らしいです」

「フランス時代のものが生き残っていてね」

「そうでしょうね」

ケンは空になったお椀を脇によけ、箱からタバコを一本取り、上着からライターを取り出した。「タバコと火はいかがだろう?」

「いえ、結構です」

フェストが解釈するに、軽い軽蔑か失望を顔に浮かべ、少佐は火をつけた。「ロンドンのコリブリ社のライターだよ。ブタンガスだ」

「ここで用件を話し合っても大丈夫ですか?」

「もちろん。だからここに来ている。君に渡すものがいくつかある」彼は足の間に手を伸ばし、もう少しであごがテーブルにつきそうだった。膝の上に茶色いブリーフケースを置いて座り直した。「道具はある」茶色い紙ひもで包まれた包みだった。「君には二つ荷物ができたわけだ。そこにあるのは地図だと言っていたかな?」

「ええ」

「ライフルかと思って心配したよ」

「違いますよ。これがピストルですか?」

「そうだ。サイレンサーを使え」

「私が要望した通りになっていますか?」

「38口径オートマティックだ」

「私は22口径カリバーを欲しいと言ったはずです」

「そんなに小さいものはこちらにはないんだよ」

「監視の写真はありますか?」

「今のところ監視は行っていない」

「標的について分かっていることは?」

「それが誰なのか、私はまだ知らされていない。君には連絡が行く」

「サイゴンにはどれくらいいることになります？」

「現時点ではスケジュールは未定だ」

「この会合で予定を知らされると聞いていましたよ」

ケンはゆっくりと時間をかけてタバコを吸い終え、小さく汚い灰皿でもみ消した。彼は膝の間に両手を挟んだ。

「標的を見失った」

この男は楽しんでいるに違いない、とフェストは思った。じゃあどうなる？　こんな無能さには、コメントすることすら無意味に思えた。「私はただ形式上ここにいるんですね」

「見つけてみせるよ」

「私の言っていることが分かりますか？　留まるも去るも、完全に私が決めることです。私が決定する。それが私からの報告です」

「私から言えるのは事実だけだ。それから君は自分のことを決めるんだ」フェストが今言ったことなど耳に入らなかったように、少佐は言い切った。

「いいでしょう、事実を教えてください。標的は誰です？」

「ベトコンの男だ」

フェストは黙っていた。

「信じていないな」

「ベトコンを殺したいなら、ここには二カ国の軍隊がいるはずでしょう」

ケンは自慢の銀ライターでもう一本のタバコに火をつけた。「そう、二カ国軍だ。そして今日はまた別の男が私と昼食を食べている。援軍だな」

今、フェストは彼を信じた。この男は怒っている。おそらく、この作戦が暴走したので気分を害し、娯楽として眺めることにしたのだろう。

「奴を見つけるのは簡単だと言える。アメリカ人たちが取り組んでいるところだ」

「ということは標的を知っているんですね」

「もう少し具体的に言うことはできる。正直に言うと、彼の居場所が分からない。現在、我々は情報源を阻害せずに、より具体的な情報を得ようと努めているところだ」

「情報源はあるが、危険にはさらしたくないと」

「その通り。慎重になる必要がある。この件で誰かの頭に銃を突きつけるような真似はできない。意味は分かるだろう？」

「それは私の専門ではありませんよ、少佐」

「今後も情報源を活用する必要があってね」

「分かりますよ」

「今のところ、君のホテルの近くに確実な交信ポイントがある」

「別のポイントが欲しいですね」

「二つか?」

「いえ。一つだけです。このレストランのトイレです。流しの下側に」

「それを君が毎日チェックするのか? ここまで来るのは大変だぞ」

「いえ。あなたが三日後にチェックするんですよ。そのとき、新しいポイントの位置を指示しておきます」

丸一分間、少佐は答えなかった。「君と言い合うのはよそう」とようやく言った。「ただし、ここから遠すぎるところには新しいポイントを作るな」

「では合意したということですね?」

「我々は合意したよ、ミスター・ラインハルト」

二人は別れ、フェストは地図と銃の入った茶色い包みを抱え、通りを突進してタクシーを探した。だらだらと汗をかいていたが、足取りを緩めることはなく、誰にも邪魔はさせまいとしていた。物乞いたちは駆け寄ってきては義足や潰れた頭、潰瘍性のしみだらけの棒のような幼児を見せようとしてくる、そしてこいつは何が欲しいのか――俺の脇を突っついて、アヘンやUグローブ、モクを売りつけようとしてくる、そもそもUグローブとは何だ? 彼がカンフォサに戻ったときには、午後三時を過ぎていた。

次の朝、彼はホテルを変えた。小柄なフロント係のトゥエットは一階で勤務中だった。彼の手提げ鞄を見た彼女は「チェックアウトですか?」と言い、そうだと彼は答えた。移動の車を待つ間に、彼はホテルの名前の由来を訊いた。

「『街のあちこち』という意味です」と彼女は言った。

「なるほど」

「ヨーロッパに発たれるんですか?」

「いろいろ旅行をしなくちゃならない」

「オーケー。あなたの仕事にはいいことですね」

「今は新年なんだろ」

「テトといいます」

「新年おめでとう」

鋭い機転にびっくりしたように彼女は笑った。「新年おめでとう!」

「戌年かい? 山羊? 申年?」

「今は違います。申年は終わったのです。今は酉年になります」

一時間後、彼はコンチネンタルホテルの二一四号室にチェックインした。このホテルは有名で、値段は高めで、エアコンが付いていた。一階にある、アメリカ人とヨーロッパ人で一杯のレストランで昼食にした。後になって、彼が表にある広場に行くと、七カ所か八ヶ所で、どれも他のお祝いには見向きもせずに新年を祝っているようで、さまざまな制服とヘルメットで武装した人間に監視されていた——アメリカ人憲兵、アメリカ軍とベトナム軍の歩兵隊。

フェストが輪タクの運転手と話をすると、横丁に連れて行かれ、カフェで女の子に紹介されて、聞いたこともない名前のホテルに二人を連れて行ってやるよ、と持ちかけられた。

「俺の部屋に行こう」

女の子に運転手がそう説明すると、彼女は頷いて微笑み、フェストの上腕に抱きつき、頭を彼の肩に預けてきた。彼女の深く黒い髪はバニラエッセンスのような匂いがした。まさにそれを香水に使っているのかもしれない。彼女を抱きたかったわけではないが、その手のことをする必要があった。自分が奪う側の人間としてやって来た、こうした作戦で、彼は学んできた——その土地を汚し、その人々を食い物にしなければならない、闇の神々の機嫌を取るためにささやかな罪を犯さねばならないのだ。そうすることで入れてもらえる。

リック・ヴォスは午前中は大使館にいて、「極秘」と指定された電報、つまりはほとんどすべての電報を読んで分類していた。重要なものはすでに処理されていたが、規則では内部作戦の誰かが一つ残らず目を通すことになっていた。「マル秘扱いで送れ。じゃないと読んでもらえない」とラングレーでの最初の上司に言われたことがあった。ここに閉じ込められるのは気にならなかった。外国の外交官やベトナムの準高官レベルの人間と一杯飲むより性に合っていたし、クロデルがスキップ・サンズとの昼食を午後遅くまで引き延ばしてくれたら、ここに戻ってきて、新しい電報に目を通し、カクテルアワーの間ここで過ごす言い訳になる。

正午に彼は大使館を出て、そのブロックからトゥドー通りを横切り、ごったがえす売り子と祝う人々の間を抜けていった。丸一週間、彼らのせいで車は大通りを通れなくなっていた。脇道でタクシーを拾った。この短い移動に三十分を見込んでいたが、グリーンパロットが見えてきたときには十分遅れだった。

スキップ・サンズは表で真昼の太陽を浴び、眼窩から汗を拭い、混乱しているようだった——ここんとこ、俺たちみんな混乱してるよな、とヴォスは思った。スキップは太っていた。俺たちみんなそうじゃないか。俺たちみんな太って、汗だくで、混乱してるじゃないか。

ヴォスはタクシーのドアを開け、彼を手招きした。「お待たせ！ 乗れよ。もっといい所を思いついたんだ」

「よかった。さっさと行こう」サンズは彼の隣に乗り込んだ。「気に食わない男に会ったよ」

「誰だ？」

「マニラから来た奴だ。いいから行こうぜ。風を浴びたいな」

「河を越えてくれ」とヴォスは運転手に言った。

「レックスなんてどうだ？」

「ダウンタウンに行くのは無理だ」とヴォスは言った。「そこらじゅうで検問してる。ホーおじさんに寝込みを襲われないようにってな！ 今になって、完璧かつ徹底的に一年前に備えてるってわけだ」

「河の向こうはどうなってる？」

「何もなしさ、兄弟。日常生活みたいなもんだ。どこぞの尼さんたちが先月フランス料理の店を開いてさ」

「尼さん？ 料理できるのか？」

「信じられないくらいうまいぜ。まだ誰も行かないけどさ、そのうちみんな通うようになるな」

「橋一つ良くない。別の橋行く」と運転手は言った。

「いいよ、一ドル稼げよ」とヴォスは言った。

「家族はどうだい？」とサンズは訊いた。

「元気さ。四月から会ってない。セレステの誕生日にはいられなかった」

「何歳なんだ？」

「ちくしょう……いや待てよ——四歳だ。お前はどうだ？まだ独り身か？」

「残念ながら」

「まったく？ 国に婚約した女がいるとかじゃなく？」

「まだだよ。まったくの独身だ」

彼らは橋を東側に渡った。東の河岸にはガラクタや沈まない雑多な船の残骸が積み上げられていた。

「ひでえな、河の臭いがひどくなってる」

「お帰り」

「どうもってとこかな」

「いや、マジだよ。会えて嬉しいね」ヴォスは心からそう思っていた。「どれくらい行ってた？」

「行ったり来たりしてる」

「じゃあ今回はずっと離れてたのか？」

「一、二週間戻ってるだけだ。物語収集しててさ。喧嘩騒ぎはどんな具合だ？」

「ああ――俺たちが勝ってる」

「知ってる奴がいたとはね」

「お前物語の収集してるって？」

「そう、物語ね――民話だよ。おとぎ話とか」

「そうか。その手のものにはうってつけの場所に来たな」

二人とも笑わなかった。「民話ね」

「そう――ランズデール覚えてるだろ」

「ランズデールなんて知らねえよ」

「『人々を知れ』――歌や物語だな」

ヴォスは思わずため息をついた。「心やら精神かよ」

「そう。海軍大学院のプロジェクトさ」

「あっちの――どこだっけ」

「カーメル」

「行ったことないんだよな」

「きれいなとこだぜ」

無駄話を「末期病棟」でやってるのかよ、とヴォスは思った。運転手に指示を出さねばならなくなり、助かった。

河を渡ってほんの数ブロック、かつてＣＩＡの心理作戦が置かれていて、ヴォスとスキップが何週間か暮らしていたヴィラからそう遠くないところで、二人はシェ・オルレアンを見つけた。建物の正面を完全に覆わんばかりの蔓を見て、「この蔓がいいんだよ」とヴォスは言った。「ほとんど窓の向こうが見えないだろ。プライバシーだよ」馬鹿みたいに聞こえた。

「まだ昔のところにいるのか？」

「昔のところはもうなくなった。陸軍に取られたんだと思う。今はメイヤーコードにいる」

蔓は建物を回って格子造りの上に生い茂り、敷石の中庭に比較的涼しい日陰を作っていた。蔓棚の一番涼しい角にある、麻布で覆われたスピーカーから音楽が流れていた――フラメンコ、クラシックギターだ――そして、その下にある小さな噴水の近くで、第五騎兵隊の大きく黄色いパッチを袖に付けた三人の士官が黙々と食べていた。それ以外は無人だった。二人は腰を下ろし、サンズはセブンアップとグレナディンを注文した。「俺はマティーニにするよ」とヴォスは言った。

「オリーブは好きじゃないんだよな」とサンズは言った。こんな一言にはどう答えたものか、とヴォスが思案していると、サンズは言葉を継いだ。「さっきはシニカルに言おうとしてたわけじゃないぜ」

「シニカルなことを言ったのは俺のほうだよ。それに半分本気だったかな」

「いや、分かるよ。俺たちみんな疑問を持ってる」

「そうだろ、そして左翼連中に言わせりゃさ、俺たちは全員何の疑問も持ってない洗脳された間抜けで、誰かがケツに叫んでやらなきゃならないわけだ――自分たちが知識人だとでも思ってんのか？　知識人になんか誰がなりたがる？　安全に扱えもしないんなら、装備がどれくらい強力かなんて誰が気にすんだ？　連中は何やってんだよ？」

「チェスだな」

「酔っぱらいの共産主義だな。不健全で不満鬱積のヘンタイセックス人生だ」

サンズは何も言わなかった。いつものように冴えた目をしていて、いつものように盲目に見えた。これのどこが楽しいんだ？　とヴォスは思った。クロデル、あんたクソだよ。

「スキップ。スキッパー。どうしたんだ？」

「ママが死んだ」

「ちくしょうめ」

「昨日知らせを受けたとこだ」

「お気の毒に」

「ま、なんとか対処してる」

「そうしなきゃな」

「そうだろ。何か言うことあるか？　食おうぜ」

昼食のメニューは軽めで、サラダ、クレープ、それにサンドイッチだった。ニース風サラダは本物のツナを使っているからお勧めだ、とヴォスは請け合い、オリーブが入っているのでスキップは遠慮した。代わりに、スキップはホウレンソウと小エビのサラダを頼み、待っている間、二人はディナーメニューを見て感心していた。豚ヒレ肉のロースト、子羊の背肉ピスタチオ添え、マグロの松の実添え。さらにはプライバシー。何でもござれの尼さんたちだ。本当に尼さんがこの店を経営しているとすればの話だが。ここで尼僧を見かけたことはなかった。「ヨットクラブよりいいぜ。それに安いしな」と彼はサンズに言った。ヴォスは空腹で、とりあえずはサラダでしのいだ。しかしスキップは、エビとホウレンソウを何口か食べた後は、明らかに心ここにあらずといった風情で、フォークでオレンジとケイパーのソースをつついて渦を作っていて、ヴォスはスキップがかわいそうになってきた。「国の人間が逝くことがあるなんて信じられないよな。人が死ぬのはここしかねえって思っちまう。世界のすべての死がさ」

スキップは驚いて顔を上げて言った。「その通りだよな。俺も今ちょうどそう思ってた」

「みんなそう思ってるさ。去年のテトを覚えてるか？」

「ああ」

「ここにいたのか？」

「この辺にいたよ」

「カオフックか？」

「出たり入ったりね」

「大使館にはお前宛ての郵便がかなり定期的に来てる」

「おや。お前がそういうのをチェックしてるのか？」

「どんな些細なことでも、誰かがチェックしてる。だけどそのチェックしてる奴を誰かがチェックしてるか？　そう、カオフックの話だ。お前らは『迷宮』でいい仕事をしたよ」

「そりゃどうも――それは本心か？」

表でタクシーが停まり、蔓の茂った格子窓からでも、誰が来たのかヴォスには分かった。

「なあ、スキップ」彼は唐突にいらいらして白状した。「本心じゃねえよ。『迷宮』のことなんか俺が知るかよ？　俺はただ、その、大まかで曖昧な賛辞を送ってるだけだよ」

「オーケー。大まかで曖昧なお礼を言うよ。いいか、リック。お互いずばっと話したほうがいいんじゃないか」

「いつもな。いつもだ」

その時、クロデルが姿を現し、地図を見て順路を考えてきたようにまっすぐ二人のテーブルに向かってきた。背が高くて骨張った体――大学でバスケットボールができるほど高くはないが、高校でなら間違いなくやらされるだろう。肉体的には動きの鈍い、前かがみの知識人のように見えた。それは思い違いだ。彼には赤毛の人間特有の炎があった。赤毛の人間は子供のうちにそばかすを卒業するものだ、とヴォスは思い込んでいたが、クロデルの頬にはまだいくつかそばかすが残っていた。クロデルの身長と性格、彼の知性、果てはそばかす――こうしたことを自分が考えすぎること、考えるといらいらしてくることにヴォスは気づいていた。クロデルに怯えていたからだ。

「スープにしてくれ！」

「ここがスープを出すかどうかは知りませんね」とサンズは言った。

「妙だな。スープはないのか？」

「昼はありません」

「テリー・クロデルだ」

二人は握手した。「スキップ・サンズですよ」とヴォスは言った。

クロデルは腰を下ろし、「まさしく」と言い、部屋の向こうに声を張り上げた。「マティーニを！　それからサラダ」——彼は骨張った指でヴォスの皿を指した。「こんな感じで（コム・サ）」

「それにお茶を」とサンズは言った。

「それからお茶を頼むよ」

「あなたに会うことになっていたんですか、テリー？」

とサンズは言った。

「河のこっち側が気に入っていてね。あっち側にあるものといえば、垂れ幕と旗と爆竹だけだ。さてと——君はカオフックに戻っているのか？　それとも離れたことなどなかったのかな」

サンズはうまく自分の仕草をコントロールしていたが、驚きは隠せなかった。「あなたは僕たちと一緒に働いてるってことですね」

「僕たちって誰だ？」

「我々ですよ。僕たち。組織です」

「私は地域公安センターの人間だ」

「ここに駐在してるんですか？」

「訪問中だよ。君たちのチャーミングな星を訪問中さ」

「この国は初めて？」

クロデルはまばたきして、彼を見つめた。「この地域には五九年から出入りしている。私はケネディ以前の人間だ」

「すごいな。若く見えますよ」

「カオフックは一回か二回視察した。最近のあそこの状況はどうなっている？」

「相当静かですね。おとなしいもんです」

「もうあの移住施設は取り壊されたのか？」

「あの取り組みが公式にはどういう状況なのかは知りません」

「だが君の見るところでは？」

「どういう段階まで来ているのかを言うのは難しいですが」サンズは顔を上げて、ウェイターを探すように見回した——「取り壊しているところなのか、単に放棄されているのか。でも仏教寺院がまた中心になっていることは確かです」

「ベトコンは入ってきているのか？」

「悩まされてはいませんでしたね」

「そこで何の任務をやらされていた？」

「物語の収集ですよ。民話とか」

「ちょっと待てよ！　ここにいるリックは君が国を出ていたと思っていたぞ」

「出たり入ったりしてますよ」

「ということは基地は解体されたのか？」

「基地とは呼んでませんでしたね。着陸ゾーンです」サンズはなぜか満足げだった。

「パープルバーにはちょくちょく行っていたのか？」

スキップは笑った。「正規のカクテルアワーのときだけですよ」

「なあ、スキップ。ようやく会えてうれしいよ」

「ちょいと失礼」とヴォスは言い、席を外した。

彼はトイレに行き、小便器に角氷が詰まっているのを発見した。うっとりするような贅沢だ。

クロデルがもう少し遅れて昼食に来たらよかったのに、とヴォスは思った。ついに、サンズと率直な話ができたかもしれない——出ていく人間になら話はできるものだ。彼は情報機関に六年勤めていただけだったが、その水から出ていって洞窟に入り、巨大な軟体動物にでも懺悔したい気分だった。そう、馬鹿げている。しかし正しい要素もあった。空気、溺れること。暗闇、じめじめとした。

化け物じみていて、愚かでひでえ有様だよな。

陸軍士官の一人がトイレに入ってきた。鷲顔で角刈り、肩には少佐の線章と第五騎兵隊の袖パッチ——秘密のない男、他人の目の前で用を足せる男。物思いにふけるように少佐が積んだ氷に小便をする間、ヴォスは手を洗い、流しの横に束になった布ナプキンを一枚取って両手を拭き、枝編みのバスケットに捨てた。この場所には品がある。黄色っぽい曇った鏡は、蔓のように侵入する肝炎にかかってしまったような彼の顔を映し返しており、その上には、正確で、女性っぽく、尼さんらしい筆跡の文字が塗られていた——

召し上がれ（ボナペティ）！

ヴォスがテーブルに戻ってみると、二人はクロデルが持ち出したがっていた話題、少なくとも話のとっかかりにしようと目論んでいた話題に移っていて——大佐の狂った論文についてだ——そしてクロデルが自分の博識を披露していた。クロデルは会話に登場するあらゆる分野について、快活な知識の持ち主のようだった。ヴォスはそのこと自体はさして気にしなかったが、今回はクロデルがサンズ相手に威張っていたので気になった。「司令の影響」をたどるという今回の話についてクロデルは知りたがっていた——大佐はそのアイデア自体がどれくらい危なっかしいことか考えていたのかな？　メイヨー兄弟はゴーガス医師について、「偉大なことを成し遂げる人間は、凡人より複雑に働くのではなく、よりシンプルに行うのだ」と書いてはいなかったかな？　実験によって「司令の影響」の存在を立証しようとすることの問題とは、そうした実験のほとんどすべて、でなくとも私クロデルが知っている実験は、原因となるファクターの存在あるいは不在を証明するものではなく、治療ないし新薬といった介入のインパクトを決定するために行われてきたということではないかな？——例えば、十八世紀のリンドによる壊血病の治療テスト、もっと最近で言えば、ソークのワクチン試験だよ。ところで……サンズ君は十九世紀における黄熱病委員会と、当時はまだ駆け出しの学問だった細菌学のことには詳しいかな？——ウォルター・リードとジェームズ・キャロルの尽力のことは？　試験は実施できるかもしれないな、しかし「司令の影響」の「指標」となるものは何だろう？　それに、マラリアやチフス、黄熱病との闘いも、ここと同等に戦争だったのでは？　ジェス・ラゼアルはハバナの病棟で、撲滅の手助けをしようとしていた当の病に倒れて殉職したのでは？　戦争は新しい観念を要求するものだよ。大佐は一つ観念を発見したのかもしれないな。仮定の上でだが、ひょっとすると我々は、「司令の影響」を引き起こすと思われる要素を、前もって選んでおいた情報経路に注入できるのでは？……クロデルの好奇心に彼は圧倒された。話を分かってもらおうという真剣な思いが顔に満ちていて、指を広げた両手を顔の前に上げ、身を乗り出していて、慎重かつ情熱的に狙いを定め、どの概念もバスケットボールのように扱っていた——だが、そもそも大佐は何者なのかな？　慎重なる調査官ウォルター・リードなのか、それとも誤った問いにさっと答えてみせた男、ジュゼッペ・サナレリなのか？　大佐がそこに入って死体を掘るには、アリスティデス・アグラモンテが必要だよ。スキップ君はアグラモンテの業績を知っているかな？　考えてみれば、その口ひげと高い額はアグラモンテに似ているが、それはご存知かな？

この最後の質問には、レトリック以上の何かがあるようだった。クロデルは言葉を切った。待っていた。

サンズが馬鹿なのか、仏陀その人なのか、ヴォスには分からなかった。どうやったらこんなに落ち着き払って、目を輝かせて楽しめるんだ？

「すごいな」とサンズは言った。

「まあね。なかなかワイルドだよ」

「これだけのものに何の興味があるんです、テリー？」

「純粋な学問的興味だよ。大学にいたときに情熱を傾けていたのは病気の抑制だった。医進課程のころのね。それからドロップアウトして、この世界に迷い込んできたわけだが、あの分野の何かが我々の分野たる情報活動に適用できるなどと考えたことはなかったな」

「ただの原稿ですよ。完成することはないでしょう」

「まずは『司令の影響』の存在を証明する必要がある。司令の連鎖を走っているそれらの経路を隔離して、その経路に無作為に情報を注入し、それがどの程度歪められるのかを確かめるんだ。どうやって経路を『洗浄』するか？　感染させる経路とさせない経路の両方が必要だ。目新しいことじゃない。黄熱病しかり、ポリオしかり。本当に必要になるのは、二つかそれ以上の、お互いに関わりのない情報機関だ——我々の同盟国から参加させることだな。面白いだろうな。何か発見があるかもしれない。革新的な結果が出るかもしれないな。しかしその必要が出てくるまで、本当にやる必要があるのか？」

「どういう意味か分かりませんが」

「彼がこの問いを提起したというだけでも驚くべきことだ。大佐だよ。つまり、情報の指標を作り、そしてそれが司令の連鎖を上下して、伝達ラインを通っていくのを追跡し、我々のやり方についての結論を出すというのは可能だろうか？　相当ワイルドだな。君の叔父さんはワイルドな革命家だよ」

「会ったことはあるんですか？」

「一回か二回。愉快な人だった。器の大きな人だね。つまり、例えばカオフックの件だ。我々が突き止めた限りでは、彼はどこかのヘリ攻撃部隊の酔っぱらい司令官と話をつけ、六四年にあの山に着陸ゾーンを確保した。次いで、第二十五歩兵旅団が到着すると、小隊を一つ拝借し、あれやこれやと口実を作ってそこに二十四ヶ月駐屯させ、歩兵旅団には着陸ゾーンを基地同様に警備させていた。次に、再移住キャンプのための世界最高の場所として村を売り出した。ピーク時には六つの小隊にあの山を上り下りさせていたし、専用のヘリまで使っていた。何とも器の大きな人じゃないか。残念ながら、例のテトのあいだに死傷者を出し、小隊を丸ごと一つ失った――我々としては捕虜になっていてくれというくらいの望みしかないわけだが、そうなって初めて、カオフックでは一体全体何が行われているんだ、という話が持ち上がったわけだ。去年のテトがなかったら、今頃は師団を動かしていただろうな。しかも、彼は軍とは何の関係もないんだぞ！　心理作戦との連絡係を務めていた以外、ほとんど誰も実際に彼と会ったことはない。全部自分の個人的権限でやってのけた。口八丁手八丁ってやつだけで。信じられるか?」

「僕より大佐のことに詳しいようですね」

「賞賛すべき点は山ほどある。彼は戦士だし――」

「本物の戦争の英雄ですよ、テリー」

「もちろんだよ。英雄と呼ぶことにしようか、確かに、勲章を山ほどケツにつけてるさ、オーケー――だがスパイじゃない、そんなタイプじゃない。皆が自分に敵対していると疑ってはいるが、世界に敵などいないかのように行動する。『奴の敵というのはまだ打ち負かしていない友のことだ』と、昔ある男が大佐を評して言っていたよ」

「ジョン・ブリュースターでしょう?」

「誰だ?」

「聞こえたでしょう」

「実際のところ、ジョンだったかもしれない。覚えていないな。いいか……君の叔父さんが我々に教えてくれることがある。地元の人間を信用しろ、ということだ。大佐は地元の人間から離れたことはない。一緒に働き、彼らの中に入っていった。しかし、そうすることで、自分の仲間たち、我々からは離れてしまうんだ」

「あなたは事実を誤解していて、さらにその誤解を誇張していると思いますね。少なくとも、自分の解釈の一つを膨らませてるだけだ」

「『おとなしいアメリカ人』を読んだことは?」

「大いにファックユー」とスキップは言った。

ヴォスが口を挟んだ。「あれ、随分早いな。もうしばらくだべってるもんだと思ってましたよ」

「そう、そうだな」クロデルはまばたきした。それだけだった。「あれを書いたとき、彼はコンチネンタルで暮らしていた」

「グレアム・グリーン。大佐の隣の部屋ですね」

「スキップ……男は助言者を追い越すものだ。避けられないことなんだ」

「いいですか」とスキップは言った。「そんなことは分かってますよ」

「じゃあ説明してくれ」

「あなたが説明してください」

「私はずっと説明してきたぞ。大佐が自分の理論に経験的な裏付けを与えたいのなら、二つの組織を使った無作為な任務の研究を提案させることだよ――統制と、システムが一つ、そこにスパイなり触媒となる者なりを導き入れて、その結果をスパイ無しの統制システムと比較すればいい。かつて、ポリオの原因としてどういう提案がされていたか思い返してもみたまえ、思いついたどんなアイデアでもせっせと試していた時代だ――犬の糞だよ、まったく。ポリオ患者に自分の尿を注射していたんだ。それが大佐なんだよ、君。情報機関に小便を打ち込もうとしているんだ。つまり、ワシントンですら彼は三時間に及ぶ『手洗い直行ランチ』で伝説の存在になっている」

サンズはヴォスのほうを向いた。「お前もくたばれ、ヴォス」彼は立ち上がった。「手洗いと言えば、僕もちょっとやってこなくちゃな」

「氷を溶かしてこいよ」とヴォスは言った。

「何だって？」

「すぐに分かるさ」

彼が去り、クロデルは彼がレストランの中に消えるまで見つめていた。

「まったく、テリー、どうしてあんなに長くかかったんです？」

「リック。自分の役割をわきまえているか？」

ヴォスは答えなかった。クロデルがマティーニをちびちび飲むのを眺めていた。

「中には窓がないのか？」

「あいつは窓から出て行きはしないでしょう」

「どうして分かる？」

「すごく楽しんでいるからですよ」

「お前は？」

もう一杯注文しようかとヴォスは思ったが、「手洗い直行ランチ」の話が出たので、ふさわしい行動とは言えなくなっていた。

「もしあいつが押してきたら、私も押し返すぞ。こっちが有利な状況を保つんだ。いいか？　これから慌ただしくなる」

「そうでしょうね」

「私は平気だ。それにお前にはちゃんと役割があるんだぞ。バランスが偏り過ぎたら、シーソーに飛び乗ってこい――ちなみに私の側にだぞ」

「ちゃんと心得てますよ」

「ここに来る途中、店で仕入れてきたものがある」

「何の店です？」

クロデルはまたガサガサと動き始めた。「見てみるか？」彼は胸ポケットから大きめのライターのようなものを取り出した。片手でつかんで、側面を親指で押した。「こうして開けると――ほらな」中には小さなリールが二つ。「このテープは――この小さなワイヤーが見えるか？　直径二千五百分の一センチだぞ」

マニラの地域公安センターからの人間が街にちょくちょく顔を見せていて、全員知った顔だとヴォスは思っていたが、クロデルはその一人ではなかった。彼は軍言語学校の地下にオフィスを構えていて、内部作戦部は彼が必要なものはすべて与えるようにと言い渡されていて、今日必要だったのは二十一世紀版録音機だった。


「君らは気の利いたものを揃えているよ」

「その手のものはもう十年くらい出回ってますよ」

サンズが戻ってきた。彼は腰を下ろし、クロデルはまだ蓋が開いた録音機を差し出した。「ご注目あれ」

「テープはどこです？」

「ちゃんと光が当たってないとだめだな。見えるか？」

「二千五百分の一センチだ」とヴォスは言った。

「電源は入ってるんですか？」

「やってみるか？」とクロデルは言い、蓋を閉め、二人の間にある緑のテーブルクロスの上に置いた。「ちょっと回してみよう。我々は今、アラゴン・ダンスホールに来ている、ずば抜けたバンドリーダー、スキッパー・サンズが一緒だ……。サンズか。ドイツ系か？　イギリス系だな」

「いえ。アイルランド系ですよ」

「アイルランド系？」

「僕の曾祖父はショーネシー家の出です。どうやら、渡ってくるときの船でサンズと名乗りだしたらしくて」

「ちょっとした裏切り者だな」

「会ったことはありませんから分かりませんね」

「何かトラブルでもあったのかな？」

「いえ。ちょっと訊いても？」

「いいとも」

「僕はトラブルに巻き込まれてるんですか？」

「アラゴン・ダンスホールは音楽と宴の場だ。ここでは誰もトラブルに陥ることはない」

「ちぇっ。僕を嘘発見器にかけたらどうです？」

「それもありうる話だ」

「今すぐにってことですよ、クロデル」

「いや、スキップ。今すぐはない。最終的に嘘発見器をやるとなったら、君に準備してもらわないとな」

「いつだっていいですよ」

「覚えておこう」

「クロデルって名前はどうなんです？　フランス系かな？」

「分からんね。フランス系かな。『コルデール』の綴り違いかもしれんな。——スキップ、フランシス叔父さんはどこだ？」

「知りませんよ。この街にいるんじゃないですか」

「彼がラングレーに呼び戻されたということを知っているか？　七週間か、八週間前か——とにかく去年の十一月の話だ」

「知りませんでしたね」

「そうだろう。彼は戻らなかったからな」

「自分が行きたいところに行く人ですよ」

「そうだな。望んだ時にはピストルをさっと抜いて、縛られた捕虜を撃つ男だ」

「またまた」

「テト攻勢のとき、カオフックで彼は捕虜を処刑したろう？」

「何も知りませんよ」

「有名な話だし、君もよく知っているはずだ。そのことは分かっている」

「あなたは第二次世界大戦中の話と混同してるんですよ」

「じゃあそのときも捕虜を処刑していたのか？　それは調べてみないとな。だが君は現在カオフックに配属されているんだろう？　そして去年のテトのときも？　カオフックが君のおおよその部署なんだろう？」

「国内のね。僕は出たり入ったりしてます。もっぱら出てる。あそこに置いてる物はありますよ」

「ま、君はかなりの時間をあそこで過ごしている。そこにあれこれ置いておくことになる。大佐のものも含めての話だ。彼の小型トランク？」

「小型トランクとかな」

「さて、話の核心に入ったぞ。我々はこの男たちにとても感心しているわけだが、私が思うに全員がそれぞれの流儀で堕落してしまっているんだな。我々は共産主義と戦っているが、我々自身がコミューンになっている。巣箱の中にいるんだよ」

「彼らはもう自由なんか信じてないと思うんですか？」

「単に感覚が麻痺してしまったんだと思うね」

――沈黙。

クロデルが口を開いた。「スキップ、君はどう思う？」

「話し合うには複雑すぎると思いますね」

「小型トランクには何が入っているんだ？」

サンズは沈黙を守っていた。

「どうして黙る？」

「あなたが唐突に質問してきたからって、僕も唐突に答えなくちゃいけないですか？」

「三つだ、三つの小型トランクだよ。君は一九六六年十二月三十一日にクラーク基地で小型トランクを持っていた、そして新年にちょうどこのチラン通りにあるＣＩＡのヴィラに到着した」

サンズはティーカップに一度も手を付けていなかった。驚くべき集中力だった。

「君がカオフックで何をしているのか聞きたいね」とクロデルは言った。

「ま、あなたは知りたがるべきじゃないと思いますよ」

クロデルは睨んだ。「こんちくしょう」

サンズも睨み返した。

「任務をしているな。何かを動かしている。何かか、誰かか」

「正確には、あなたは何なんです？」

「いいだろう。お互い身分を明かそうじゃないか。私はテリー・クロデル、地域公安の将校だ」

「昇進おめでとう」

「君の番だ。サイゴン本部には二つの支部があって、連絡作戦部と内部作戦部と呼ばれている。君はどっちなんだ？」

「内部のほうですよ。もっぱら軍の心理作戦部と働いてます」

クロデルは後ろにもたれ、ため息をついた。「内部と心理作戦か」あんたも追いつめられたな、とヴォスは思った。

本物の吐き気がこみ上げてくるのを感じながら、ヴォスは無理矢理汚物に顔を突っ込んでいった。「あの小型トランクを覚えてるか？　覚えてるよな、三つの小型トランクだ。忘れたとは思えねえ。あのトランクに書いてあった名前を覚えてるか？」

「いや、覚えてないな」

「お前がどの名前でここにいるか訊いても？」

「名前はウィリアム・マイケル・サンズだよ」

「それがパスポート上の名前は？」

「それがパスポートの名前だ」

「大佐の隠れ場所はどこだ？」とクロデルが言った。

「僕が知ってる最後の情報は、コンチネンタルに部屋があるってことですよ」

「私が理解するところでは、メコンデルタに協力者がいる。特に一人。女だ」

「それは初耳だな」

「ビンダイの近くだ」

「それまた初耳だ」

表で車が停まった。スキップは立ち上がって庭の端まで行き、蔓越しに話しかけた。「そのタクシーを待たしといてくれ。頼んだよ」

まだベルトにナプキンをたくし込んだままだった。ヴォスが今日一日で見た、唯一のうっかりとした行動だった。


彼は戻ってきて、テーブルにナプキンを置いた。「昼食はおごってもらいますよ」と言って立ち去った。

自分は金を使い過ぎている、アメリカ兵や地元のビジネスマンたちはもっと安くしてもらっている、そう確信しながら、フェストは髪にバニラの匂いがする若い女と午後を過ごし、エアコンの効いた彼の部屋での四時間に、三十ドルを請求された。彼女は毛布をかぶって丸くなり、電話を使わせて、と何度も言い張っていたが、電話をかける相手などおらず、会話しているふりをしているだけのようだった。彼の髭と胸毛をつまみ、彼の鼻にできたニキビを潰そうとし、鼻のヨーロッパ的な作りに大喜びして、絶えずそれで遊んでいた。だいたいのところ頭の悪い売春婦のように振る舞っていたし、フェストのほうも間抜けな客の振りをしていた。彼は部屋にシャンパンを注文し、彼女はぺらぺら喋り、くすくす笑い、恐れ、断った――格別淫らな寝室の遊びをしようという誘いを断っているような様子だった。フェストは一人で全部飲んだ。彼女は食べようともしなかった。彼女が嘘くさい電話をかけている間、彼はシャワーを浴びた。ベルリンに電話をかけ、父親の知らせを受け取るという、このホテルに託していた最大の望みは絶たれてしまった。居場所を人に伝えるわけにはいかないので、電報を使うのはまずい。どうやら、ベルリンに電話することは可能なようだが、このホテルからはできなかった。個人的に手配をして、彼をどこかに連れて行ってくれる、と接客係は約束していた。そうこうしているうちに親父は死んでしまうだろう。もう死んでいるかもしれない。昨日俺が地図を買っているときにも。今、俺は生温くて病原菌だらけの水を浴びていて、売春婦が俺のベッドで悪臭を放っていて、親父は死んでいる。別のことを考えているときに、人は死んでしまう。それが現実だ。クロードもそうだった。フランス人レジスタンスの狙撃手に喉を撃たれたのだ。父親は強い男で、愛国的ドイツ人で、ハインリッヒ・ヒムラーと知り合いだった。彼の兄はナチ武装親衛隊の士官だった。それが事実だ。反論したり、隠したり、軽蔑するものじゃない。そしてクロードはナチに命を捧げた——それも事実だ。だがクロードは単なる事実ではなかった、家族の伝説として、絶えず父の口にのぼったのだ。死んではいたが、フェストの青春時代を通じて、父にとってはフェストよりも生き生きしていた。彼はもう金額は気にせず、女にベトナム通貨で支払い、追い払った。

外の広場に祝賀者たちが集まり、戦闘と敗北と勝利がないまぜになった音楽と爆発音を奏でているのをよそに、彼は部屋で夕食を取り、早めに寝る準備をした。連絡ポイントとランデブーポイント、そして最後の頼みの綱はある。今のところは誰も、特に地元の指令者たちは彼を見つけることはできない。シャンパンのせいで頭痛がして、眠れなかった。彼は二一四号室の書き物机のところに座り、自分の装備を分解して確かめてみた。銃の装塡は傾斜をつけられて、溝もつけられている。弾詰まりは起こさないだろう。彼は銃を組み立て直した。挿弾子は二つともすんなりと入り、彼がスライドを前後に動かすと、弾はほとんど音を立てずに銃身の中を回った。サイレンサーもそれを取り付ける銃身も、工場で作られたものだ。誰かがしっかりと目を配っている。しかし香港での無意味な会合といい、ケネス・ジョンソンから受けたあっさりとした扱いといい、従兄弟から従兄弟に回されて、どんどん大元から遠くなっていくような感覚……。それに、そもそも彼が雇われているという事実。他の組織の仕事を請け負った前例がないわけではない。九年前か十年前には、マドリッドにいたアルジェリア人、それにイタリアのコモでは、ヨットに乗ったマフィアと思われる男。それにフィリピンでは、アメリカ人司祭。彼の祖国の敵は一人もいなかった。今回も含めて、全部で十一の作戦。ショーウォルターは「急ぎだ」と言っていたが、彼らを二週間もてなしてから、ようやく任務のことを口にしていたし、その後、一ヶ月前までは一言もなく、それからも段取りの打ち合わせすらなく、そして今、銃が彼の手元にある……。もし、俺が夏の休暇に家族をベルリンに連れて行っていたなら、彼らはそもそも俺を選んだだろうか。死の床にある父にもう一度会いに行くことから尻込みなどせず、小さな窓のついたトレーラーハウスなど借りず、小さなクロードと妻のドラにニューイングランドを見せて回って休暇を過ごしていなかったとしたら？　ケープ・コッドで、彼らはショーウォルターのサマーハウスの裏に停まった。お互い家族付き合いで、実のところ友達だと思っていたが、すべての作戦でチャールズ・ショーウォルターと一緒だったわけではなかった。彼はただの上司だった。ショーウォルターは余計な幻想など表に出さなかったし、それに染まってもいなかったから、フェストは彼を信頼していたし、お互い好きになったのだ。もう一週間泊まっていけよ、もう一日くらいいいだろう——彼は上司なのだから、そう言われれば断れない。それにメグも、もう少し泊まっていって、と言っていた。メグのキッチンのコンセントからコードを外に引いて電気を使わせてもらい、三人の客がお風呂を使って彼女のタオルを濡らし、ドラはラングレーのことで文句を言い、愚かなアメリカ人たちについて流暢な英語でまくしたてていて、小さなクロードは彼女の冷蔵庫からあれこれつまみ食いし、メグがきれいで話を聞いてくれるから、学校やスポーツのことを話している、そうして二週間が経った後でさえ——メグも、あなたたちは大歓迎よ、ここは砂っぽい森でなんだか寂しいもの、と言ったのだ。二週間経つうちに、メグの笑みは脆くなって、目には見えない汗が混じっていた。ストレスで彼女の強さと優雅さが引き出され、彼女の知性を引き立たせているようだった。ショーウォルターはフェストを連れ、二人だけで大西洋岸の岬に出て、購入を考えているビーチハウスに彼を案内した。フェストはその家を褒めたが、そこに住みたいとは思わなかった。容赦ない風で窓ガラスはガタガタ音を立てていたし、波は支柱からほんの数メートルのところにある岸を浸食していた。ショーウォルターは未来の我が家のバルコニーに立ち、将来自分のものになる大西洋の景色を前にしていて、灰色の巻き毛があらゆる方向にはためいている様は詩人のようだった。「サイゴンで任務がある。君を派遣したい。急ぎの仕事だ」

「サイゴンで?」

「サイゴンか、その付近で」

フィリピンの任務、そしてこれだ。あれだけの軍隊がひしめいているところに、たった一つの作戦のために、なぜ彼が地球の反対側まで派遣されるのか?

「ここからは一万五千キロ離れてますよ」とフェストは言った。

「だいたいそんなところだろうな」

「私をフェニックス・プログラムに任命するということですか?」

「フェニックスではないし、ICE−Xでもない。我々の仲間には知られたくない」

「微妙な標的だということでしょうか」

「だろうな」ショーウォルターの口調には、微妙な標的というよりは、無謀な作戦だと考えている節があった。

「我々が保護すると約束してきた男だ」

「なるほど。他に言えることは?」

「何もない。ラングレーでもっと話すよ。予定通り戻ったときに」

「先に私のほうの人間に確かめても?」

「君の組織からの話だと思ってくれ」

「つまり確認する必要はないと」

「必要ない。それからな……ダーク」

「何です、チャールズ」

「戦争なんだ。行って銃を使うんだぞ」

今、彼は380オートマティックを手にしている。いかにもアメリカ的で、戦争、という感じがする銃だ。これなら、十二メートル離れていても八センチの範囲に銃痕を集められるだろう。その距離を越えると予想はつかなくなる、ということは知っていた。サンピット、吹き矢のほうがいい。だが、狙いをつけて実際に撃ってみないことには何とも言えない。

チームなし、段取りの打ち合わせなし、銃の練習なし。どうしてここサイゴンで、合衆国の書類、つまり本物のベトナムのビザつきの公式なパスポートをもらわなかったのだろう? どうして香港に立ち寄って、ドイツのパスポートを渡されたのだろう?

書類が偽造だからだ。連邦情報局はこの件に関与していない。だが、ショーウォルターは連邦情報局からの承認以上のことを仄めかしていた。連邦情報局が見えない印鑑を押しているのでなければ、彼はただの犯罪者にすぎない。一線があった。彼はそれを越えていた。だが共産主義者たちもそれを越えたのだ。犯罪者たち？　中国で、ウクライナで、彼らは犯罪者アドルフ・ヒトラーですら考えもしなかった数の人間を殺していた。声を大にしてそれを言うことはできないが、忘れてはならない。時には、そんな敵を相手にするためには、彼の側に一線を越えてくる人間もいるだろう。

　自分の臆病さに腹が立った。本当に腹が痛くなった。もし、この夏、ニューイングランドではなくベルリンに行っていれば……。自分を愛してくれない父に、最後に一日会うことを避けていなければ……。父さん、変わらず、あなたのそばにいるよ。あなたは共産主義者と戦った、俺も戦うよ。

　スキップ・サンズは商業用トラックに乗り、1号道路からサイゴンを出て、次いで、二・四メートルの板をどっさりと積み込んだ小さなトレーラーを引くバイクに乗せてもらい、カオクエンに向かった。バイクには二時間近く乗ることになった。

　思いもかけないことに、道の半ばで大佐の黒いシボレーが反対方向から来るのが見え、バイクの若い運転手の後ろに座ったまま両腕を振り、台からあやうく落ちそうになった。間に合わなかった。シボレーはそのまま行ってしまった。ハオが乗っているのは分かったが、誰が乗り込んでいるのか、サンズには見えなかった。

　ヴィラに着いてみると、白いフォードのセダンが表に停まっていた。居間では大佐が長椅子に座り、コーヒーカップを啜りながら本を読んで待っていた。

「チュンはどこです？」

「もうおらん」と大佐は言った。「ここから出てもらう必要があってな」

　失望感で打ちのめされている自分の気持ちが理解できなかった。二重スパイを数日自分で操るのだ、と考えていたのだろう。

「どこへ行ったんです？」

「言うことはできないだろうな」

「分かりました。一時的な措置としてなら問題なく――」

「一時的なものじゃない。終わりだ」

「中止するんですか？」

「お前の出番は終わりだ。お前が参加するのはここまでだ」

「でも、どうしてです？」

「馬鹿のふりはよせ」

スキップには答えようもなかった。

「スキップ、座れ。お前に言うことがある」

コーヒーテーブルの上に封筒が二つ。大佐が郵便を持ってきたようだ。「それは僕の郵便ですか？」

「頼むよ、座ってくれ」

彼は向かい合う椅子に座った。「何の本です？」

叔父は表紙を見せた。『全体主義の起原』。「ハンナ・アーレントだ」

「アイヒマンの裁判のルポを書いた女性ですね」

「眠れないときには本を読むようにしてる。もう相当な時間寝てないんだ。一瞬もな。両手にこの本を持って、言葉が通り過ぎるのを見つめてる」彼は本を開いたところを声を出して読んだ。「『……全体主義の最終段階においては究極の悪が出現する、究極であるのは、人間に理解できる動機からは演繹できるものではないからだ』」彼は本をテーブルに投げ出した。「どのページにも、タマが縮んでしまうものがある。このユダヤ人たちは取り憑かれてる。当然だがな。自分たちの宿命に取り憑かれてる。だが……我々が何に立ち向かってるのかについては、真実を言い当ててる。究極の悪だ」

大佐のカップには、コーヒーがブラックで入っているのが見えた。酒臭くはなく、素面なのかもしれないが、かなり酔っているように見えた。

「お前のブライディー叔母さんが俺と離婚したいとさ」

「でもカトリックでしょう」

「もう誰もカトリックなんぞじゃない。実際のところはな。俺も、もう何年もミサに行ってない」

「それで――神への信仰をなくしたんですか？」

「そうだ、なくした。お前もそうだろ？」

「そうですよ」

大佐は深く息を吸い込み、ため息をつくかに見えたが、スキップを睨んだだけだった。「ミスター・チュン、まったく感心するよ」と彼は言った。

スキップは振り返って後ろを見た。二人の他は誰もいなかった。

「叔母さんが離婚したいって言ったんですか？」

「俺がマクリーンを出たときにあいつも出た。一昨年のことだ。テトの前の年だな。我々はケネディ暗殺から年を数えるようになってて、今じゃテトを基準にしてる。知ってたか?」

「それで、そのときに言われたんですか?」

「言われたさ、だが俺は信じなかった。今は信じてる。あいつは弁護士を雇って、離婚の訴訟を始めた。あいつにはいいことだ。俺は争わんよ」

「何か理由を言ってました?」

「理由はいくらでもあるんだろうさ」

「でも具体的には――それとも僕が訊くことじゃないかな」

「俺は人生の失敗から逃避するためにこの戦争に加わってるんだとさ。逃げてる、というのは正しい。ここにいるのは国に戻りたくないからだ。戻ったところで何がある? 左傾化した女々しい変人どもでいっぱいで、どうしていいのか分からん場所だ。戻ってどうなる? 何が待ってる? ノースカロライナにでも隠居して、死んで、川に渡してある十メートルくらいの橋に俺の名前を付けてもらえるんだろうさ。ともかく、あいつは正しい。究極の悪との戦争というのは、その他すべてに背を向けるには絶好の言い訳だ。ということで、離婚するとさ」

「それで落ち込んでるんですね」とスキップは言った。

「本当に落ち込んでる」

ついに、大佐は深いため息をついた。「ここのところトラブル続きだ。俺のゴタゴタ、今回のチュンの件……お前の母さんとかもろもろだ。すまん……スキップ、すまんな」

「母のことで? それともトラブル全般のことですか?」

「全部だ。確かに母さんのこともな……。俺に責任があるかもしれないことすべてについてだ。要するにほとんどだな。だが我々の中で、ここからうきうきと出られる奴などおらん。この戦争に負けた。我々はもうやる気を失ってる」

それはあんたが思ってるだけだ、とスキップはとっさに言いたくなったが、それは反射的な楽観主義だと気づいた。「一杯飲みますか?」と彼は言った。

「いや、酒は飲みたくない」

「分かりました」

「お前は飲めよ」

彼はトーを呼んだ。「ミスター・トーがコーヒーを入れてくれて、俺が家に帰した」と大佐は言った。

スキップはキッチンに入り、自分で一杯作り、一気に飲み干した。もう一杯入れて、大佐の向かいの席に戻った。

恐れで、体の動きが弱々しくなっていた。グラスを上げて、二杯目を飲むと涙が込み上げてきた。「それでしゃんとするぞ！」と大佐は言って、自分の言葉があまりに嘘臭いせいで、話を続けられなくなってしまったようだった。大佐はコーヒーカップを手にして座り、目を細めていたが、何の光が差しているせいでそうしているのか、スキップには分からなかった。日はもう暮れかかっているというのに……。「天使が来ても心安らかにはならんな」と彼は言った。

スキップは大人を前にしたような、例えば、寂しさに襲われている母を前にした子供のような気分を味わっていた――ただその瞬間をやり過ごして、もういいから行きなさい、という言葉を待ち、この厚かましくも親密な瞬間が終わるのを待っていた。

長い間、叔父は初対面のように彼を見つめていた。「ニクソンの就任演説を聞いたか？」

「いえ。一部だけです」

「奴はコミットを続けて、我々の名誉を保つことを話していた。勝つことについてじゃない。ベトナムの将来のことでも、このあたりにいるガキどもの将来についてでもない。ニクソンか。あいつの言うことなどどうでもいい。目を見れば分かる。あいつはプレーごとにゲームを全部頭の中で展開して、我々の負けだと見てる。お前は誰に投票した？　民主党か？」

「しませんでしたよ。投票用紙をもらうのを忘れてました」

「俺はいつも民主党に入れるが、今回は気が進まなかった。ハンフリーならもっとさっさと我々を撤退させてしまうだろう。大物たちは先を見越してる。ということで負けだ。大きな視野に立てば大したことじゃない。地政学的なバランスで言えば、我々が戦争をやったという事実だけで十分だ。合衆国にとっては何の問題もない。だが、俺は合衆国のために戦ってるわけじゃない。俺はラッキーやハオや、お前の料理人や家政婦のために戦ってる。このベトナムの地に存在する一人一人の自由のために戦ってる。負けるのはごめんだよ。つらいよ、スキップ」

「我々が本当に負けると思ってるんですか？　最終的にはそう思うんですか？」

「最終的に？」叔父はその言葉に虚を突かれたようだった。「最終的には……我々は赦されるだろう。かなり長いあいだ闇に迷い込むことになるだろうし、我々のここでの行いには正すことができんものもあるだろう。だが、我々は赦される。お前はどうだ？　スキップ、どう思う？」

「叔父さん。僕らはめちゃくちゃだ。ひどい有様ですよ」

「情報局の半分はこの戦争には関与していない。タイペイ行きくらいなら、話はつけられるぞ。それなら何とかできる」

「ここでのアメリカの努力のことじゃないんです。僕が言ってるのは、僕ら、我々、僕、あなた、その他の連中のことです。僕らは自分たちの組織と問題を起こしてしまってる」

「そうか？　別にいいじゃないか。スキップ、俺は組織ってものに忠誠心を持ったことは一度もない。戦友に対してだけだ。自分の右隣にいる男と、左にいる男のために戦うんだ。お決まりのセリフだが、お決まりのセリフはたいてい真実だ」

「僕もそう感じてます」

「そうか？」

「誰のために戦うのかということです。本当ですよ」

「ウィル……。サイゴンで何をしてたんだ？」

「それです」とスキップは言った。「それを言おうとしてた」

「いや、そうじゃなかったろ」

「言いかけてたってことですよ」

「いいから言っちまえ」

「ええ。リック・ヴォスが郵便にメモを付けてよこしてきました。会いたいと言うんです。行ったほうがいいだろうと思って。だから……」学校の生徒のように最後の宙ぶらりんの言葉を付け加えるんじゃなかった、と思った。

大佐は立ち上がるような動きをしたが、結局座ったまま、指で顔をこすっていた。「こないだの晩、ピッチフォークと飯を食った。会話は二言もしなかったかな。ただヨットクラブのテラスに座って、川が流れるのを見てた。喋る必要などなかった……

「ビルマのフォーティーキロのキャンプで、ビルマで、俺が熱病にやられてもう助からないと思われてたとき、あいつは卵をくれた。茹でて、殻をむいて、少しずつ俺に食わしてくれた。あんなに素晴らしいことは人生でそうあることじゃない。奥深く寛大な行為だ。だがあいつは覚えていない。誰か別の奴だろうと思ってる。けどあいつだった。俺はちゃんと覚えてる。アンダース・ピッチフォークが卵をくれた。

「ああした恐怖を共に生き延びて、それからヨットクラブみたいなところで、ただ座って食事を共にして、ちょっとした心地良さを分かち合う――お前には分からんだろうな。俺の小さな娘、四歳のアニーが小さな手を伸ばしてきて、小さな娘の手を握って歩いていて、そして下を見ると娘が俺を見上げてる、それよりも凄いことだ。戦友同士の愛はそれくらい強烈なんだ。

「俺に言えるのは、リック・ヴォスなどくたばれ、ということだ。ヴォスのやったことなど糞飯ものだ。他には何も言うことなどない。あいつが手にできなかったことなど、かけらほども見せてはやれん。あいつには絶対分からん。ヴォスなんぞくたばっちまえ、としか言えん」

サンズは彼が言い終えたことを確かめたかった。

「大佐、あなたと僕は友だちですよ」

「そうだ、スキップ、お前と俺は友だちだ」

「僕らは一蓮托生です」

大佐はコーヒーカップを持ち上げて両手で持った。「ヴォスにすべて話したんだな、違うか？」

「僕が？」

「違うか？」

「昼食を食べました」

「何を訊かれた？」

「僕がどこにいたのか知りたがってたんでしょうけど、隙は見せませんでしたよ。本当のことを言うと、僕は混乱してるんです」

「同じくらい奴も混乱させてやったか？」

「イエス、サー。確実に。もう一人、クロデルという男がいました」

「知らんな。クロデル？」

「地域公安センターです」

「他には？」

「その二人だけです。昼食を食べました。でも、あのドイツ人を見かけましたよ」

「どのドイツ人だ？」

「サンマルコスにいた男です。ミンダナオにもいました」

「いわゆる随行員か？　連邦情報局の？」

「どこの人間かはともかく、今はサイゴンにいますよ」

「じゃあ何かがあるんだな。チュンをここから出しておいて正解だったわけだ。ドイツ人はヴォスと一緒だったか？」

「いえ。昼食の前に見かけました」

「ドイツ人だぞ」

「そうですよ。一人でした。我々とは関係ないかも」

「もし我々と一緒でないなら、敵だな」彼はスキップをきつく見据えた。「誰の場合でもそう思っておこうじゃないか」

「僕は何も漏らしませんでしたよ」

「ヴォスと何をしてたんだ?」

「昼食ですよ、昼食を食べただけです」

「クロデルという男だが、何を欲しがってた?」

「あなたの首を狙ってますね。我々全員の首です」

「で、解放されたのか?」

「イエス、サー」

大佐は何かを取りに行くようにすくっと立ち上がったが、ただ窓際に立ち、庭を見ていた——脚を交差させていたので、筋骨たくましいふくらはぎがスラックスの後ろ側に浮き出ていて、大きな腹は突き出し、両手は背筋に近い腰の後ろに回していた。老人の姿勢だ。強く、鋭い呼吸。強い感情で、息が詰まっている。

「僕はヴォスのほうにもちょっと同情したんです」とスキップは言った。

「いや、そうじゃない。騙されるな。リック・ヴォスの母親への敬意も、彼の魂の行く末への希望も失ってるわけじゃないが、あの男はとんでもないゲス野郎だ」

彼はまた長椅子に腰を下ろし、スラックスの裾を持ち上げた。太腿の布地についた見えない糸くずを払いのけた。

「スキップ、聞いてくれ。狭いところでは並んで旅することはできん。狭い場所では一人で上っていくことになるんだ。後ろに誰かがいてくれると信じるだけで十分でなくちゃいかん」

「僕はあなたのすぐ後ろにいますよ」

「違う。お前はもう自分のケツを自分で守るプロセスを始めたんだろうな。それをやり遂げるんだ。自分を守れ」

「叔父さん……」

「俺は合衆国に戻ることになるだろう。何週間も前に呼び戻されてる」

「知ってます。クロデルが言ってました」

「お前が巻き込まれないように努力する」

「叔父さん、ここに残ってください」

「もう始めてしまったことだ。後戻りはできん」

「ここですよ、この場所、このヴィラです。この場所のことは知られてない」

「奴らが何か知ってるのなら、この場所のことも知ってる——お前が喋ったからだ」

「訊かれなかったんですよ。カオフックのことしか話題にならなかった。僕がそこを根城にしてると思ってるみたいだった」

「お前がそう思っているだけだ」

「奴らはカオクエンのことなんか何も知りません。何も。誰が我々のことを密告したのか知らないけど、そのことは言ってない」

「スキップ、お前がやったと俺は思ってる」

「違う、叔父さん、違います」

「じゃあ誰だ？　ストームじゃない」

「僕も違うとは思います。でも分からない」

「いや。あいつはプレッシャーなど感じない。猿だよ。我々はそこが好きなんだ」

「ハオは？」

「ハオはいい奴だ。それにチュンは奴の友だちだ。ありえない」

「ミンはどうです？」

「ラッキーか？　あいつもプレッシャーを受けるような立場にいるとは思えない。それに、青二才だったころからあいつのことは知ってる」

「じゃあどうして僕を責めるんです？　僕のことは生まれたときから知ってるでしょう。父はあなたの兄だった」

「説明はできんよ、スキップ。お前には何かがあるんだ。お前は何の忠誠心も持ち合わせていない」

「叔父さん。大佐……僕はあなたを裏切ってません」

「俺はただの馬鹿か？」

「叔父さん」とスキップは言った、「あなたを愛してる。決してそんなことはしない。本当に愛してるんだ、叔父さん」

「そうかもしれん。本当にそうかもしれん。だが愛と忠誠は違うものだ」彼は恐ろしくなるような渇望を目に浮かべ、スキップを見つめた。「最終的に、つまるところ俺はどう思ってるか？　若者は戦争で運命を見つけるんだと思う。そしてお前がそれをやり遂げて、とんでもなくうれしいよ、ウィル」彼は心地良さそうに背中を後ろに預けて、ため息をついた。「話なら俺のケツにしてくれ。頭が痛いんだ」

サンズは任務のため――任務などなかったが――大佐の葬儀には二つとも出ることができなかった。二週間後にボストンで行われた家族の葬儀にも、次の月にメリーランド州ベセズダで行われた軍の式典にも欠席した。大佐はダナンで売春婦に刺されて殺されたのだ、いや大佐はメコンデルタにいる愛人の兄に喉をかっ切られた、大佐は拷問されて死んだか、敵のスパイに暗殺された――彼の死にまつわる物語は、あれこれの報告から、それなりに立派なものに仕上がっていった。

その知らせを受け取ったとき、サンズはヴィラの裏手に出ていて、三人の少年が水牛をいじめて川の向かいにある泥穴の休憩場から追い出しているのを見ていた。一人が裸足のかかとで水牛の尻を蹴りつけ、他の二人は小さな小枝で背筋を突いていた。牛というよりはその仄めかし――鼻の穴と角、骨張った腰と脊髄が隆起していくつか突き出していた――は動かなかった。彼らの母親か、あるいは監督する立場の女性が、子供たちの上のブーゲンビレアの花のところから姿を現し、野菜のかけらを見せて牛をおびき寄せると、牛は地質学的な事実のように重々しく泥から出現した。サンズは車のエンジンの音と、ドアをバタンと閉める音を耳にした。その音を聞いたことは、後になって思い出した。家に向かっていくと、ハオとミンが彼を探しに来たところに出会った。ハオは郵便物をいくつか握りしめていた。ミンが遠慮している雰囲気には何かがあった。年長者と家の主人の間にはプライバシーが必要なのだ、と悼みつつ認めている雰囲気だ。「どうしたんだ?」とスキップは訊いた。

「ミスター・スキップ、これは大佐が死んだという知らせかもしれません」

「死んだ?」

「悪い知らせです。私たちはミスター・軍曹から聞きました。彼からあなたへの手紙を渡されました」

何も言葉にならず、スキップは二人をダイニングルームに連れて行き、三人はテーブルのところに座った。切手のない封筒が一つあった。彼はボーイスカウトのポケットナイフの刃で手紙を開けた。

スキップ――

「最上三階」からの連中に引きずり出されてあれこれ訊かれた。最悪のニュースみたいだ。大佐が死んだと言ってる。彼は任務をやり遂げられなかった。

誰かが彼を手にかけたが、それが誰かは知らない。そう言ってる。

分かるのはそれだけだ。もっと入手する。誰かと何かが分かり次第知らせるよ、そしてファック神に誓って思いっきり汚れてやる。その野郎の血を飲んでやる。

「信じないよ。信じられない」だが彼は信じた。

「ミスター・ジミーが言ったんです」

彼は言葉を探し、「ミセス・ディウが昼食を作ってる」と思いもかけず言った。

ハオもミンも答えなかった。

「チュンはどこなんだ?」

「彼はメコンにいます。私たちが連れていきました」とハオが答えた。

「このことを知ってるのか?」

「まだです。ミンが行きます」

「彼にいくらかお金を渡そうか」

「ほんのちょっとでいいでしょう」

「分かった」

「ミセス・ディウが――もうお昼は食べたのかい? 彼女に言っておくよ。スープとか。言ってみる」

ちょっとした用事があることで、こうした瞬間を乗り越えられることに驚きつつ、彼はスープと米をテーブルに持ってきてくれるよう頼んだ。二人の客はゆっくりと、できるだけ静かに食べていて、スキップが自分の食事を無視してもう二つの封筒を開けると、中には三通の手紙と詩が入っていた。

親愛なるスキップ
ここクレメンツの第一ルター教会、ポール司祭から手紙をしたためている。君のことを「スキップ」と呼ばせてもらって、君の素晴らしいママについて少し書かせてもらえるだろうか。ちょうど今、私はデスクの前に座っているが、彼女はよく私を訪ねてきて、すぐ隣にある椅子に座っていた。少なくとも彼女の魂は今ここにある、と言ってもいいくらいだ。彼女の葬儀から戻ってきたところなんだ。あくまで静かで控えめに、彼女がどれほど多くの人々の心に触れてきたのか、どれほど多くの人生を彼女が豊かにしてきたのかを目にして、本当に感動したよ。
君に会ったことはないけれど、君の母さんは教会の私たちにとって大事な人だった。毎日曜日に来る人ではなかったけれど、週に一回か二回、私のオフィスを訪ねてきてくれた。午後に顔を見せてくれて、お喋りをして、次の礼拝のために私が準備している説教のことをよく訊いてきた。私が話そうと考えていることに話が及ぶと、たいてい次の日曜日の礼拝では、人々の心により深く触れるような説教をすることができた。彼女はそんな風にさりげなく助けてくれた。だから、日曜に来る人というわけではなかったけれど、多くの日曜に、彼女の魂は私たちと共にあった。そして彼女の魂は留まっている。

最後の三ヶ月ほど、君の母さんはとても霊的だった。霊的な転向をしたようだったよ。何かを感じているようで、故郷への旅を彼女の魂が感じ取っているようだった。こんなことを言って厚かましくないといいのだが。子供たちに言わせれば「ずれて」ないといいのだけどね。

彼女が君に送ろうとしていたものを手紙に同封するよ。折り畳んで、投函しようとしてあるのを見つけたんだ。封はしていなかったけれど、君宛てだったたから、切手を貼って送るよ。私は読んでいない。

一九六九年一月三十日
ポール・コニフ司祭
クレメンツ第一ルター教会
（「ポール司祭」）

親愛なる息子スキッパーへ

今日は日曜日よ。カンザスシティ版『タイムス』の日曜版に、六年前に死んだ、聞いたことのない詩人の詩が載ってたわ。切り取って送ろうと思ったけど、印刷されたほうは持っておきたいから、書き写すわね。あなたにはその手書きのほうを読んでもらうわ。

三回か四回あなたに手紙を書いたけれど、読んでもいい気分にならなさそうだから、捨ててしまったわ。あなたが国のためによかれと思って行動しているのは分かるわ。とにかくそう願ってるの。ただ行き詰まっているだけじゃないことを願ってるわ。物事に行き詰まってしまって、正しい出口を見つけられないことはあるものよ。またこんな調子になっちゃったわね。もうやめておくわ。

来週は月曜と木曜に医者に行くの。検査好きな人たちよ。深刻なものじゃないのよ。でも更年期からちょこちょこおかしくなってきて。あなたのところではちゃんとした医療の体制ができているんでしょう？最高の医療が提供されているはずよね。

オーケー。これが詩よ。韻は踏んでいないし、詩の感じをつかむには何回も読み返さなくちゃいけないわ。ちょっと悲しい詩だと先に言っておくわよ。

「未亡人の春の嘆き」
ウィリアム・カーロス・ウィリアムズ（一八八三～一九六三）

悲しみはわたしの庭
そこに新しい草が
前と同じように
炎のように燃え上がるけれど
今年、わたしを捕えて
離さないのは冷たい火。
三十五年
主人と暮らしてきた。
今日、プラムの木は
たくさんの白い花。
たくさんの花で
桜の枝がたわむ
そして庭の茂みは
黄色や赤に色をかえる
でも、わたしのこころの悲しみは
花の色よりも濃い
まえは花がわたしの喜びだったのに、
今日はそれに目がいっても
忘れようと顔をそむける。
今日、息子が
牧草地の
はるか遠くの
深い森のはずれに
白い花をつける木を見たという。
わたしはそこに
出かけてゆき
その花に身を投げて
近くの沼に沈んでしまいたい。

とても悲しい詩だって言ったでしょ！　だから送るのはやめておくわ。わたしは読んで、両手を膝で挟んで窓のそばに座っていたわ。本当に泣いたから手に、手にじかに涙が落ちちゃったのよ。
それで思ったの、まあ、詩ですものね。詩は韻を踏んでなくてもいいものよ。ただ人の心を動かして、いろんなことを絞り出せばいいものよ。

あなたを思って、

ママ

親愛なるスキップ

現実の人生のせいで、精神的な人生は堕落してしまうって話は聞いたことあるわよね。みんなそう言うわ。でも実はその逆で、精神的な人生が現実の人生を駄目にするってことはみんな気づいてないようね。そのせいで、どんなに気持ちのいいことにも嫌な後味が残るのよ。正しいと感じられることと言えば、神を求めることだけ、でもそれはいつも気持ちがいいわけでも自然なことにも思えないけど。

だからわたしはちょっとの間くらい普通の女でいたくて、そうなって、それらしいことをした十秒後には神のもとに逃げたくなるの。神のことをそんなに好きなわけじゃないのに。あなたのほうが好きよ。

でも神の意志を見つけ出さなくちゃならないの。わたしにとって神の意志とは目の前にある、やるべきことよ。ロマンスはそこには入ってないの。情事に走るなんて。カオクエンに走って行くなんて――

分かってもらえるかしら? たぶん分かるわよね。分からないかも。

言いたいことはまだあるけど、同じことの繰り返しになってしまうわ。

キャシー

追伸　コインを回した結果、この手紙はウィリアム・サンズ宛にするわ。届くかもしれないし、届かないかもしれないわね。

彼は封筒を確かめた。手紙はサンフランシスコにあるアメリカ郵便局経由で来ていた。人生で出会った女たちに、お別れだ。ほかのもろもろにも。

「大佐がもういないってのは確かなのかい? 死んだってのは?」彼はミンに訊いた。

「ええ、もしまだ生きているのなら、そう感じるはずです」ミンは箸を置いて、そっと自分の胸に触れて、どこで感じるのかを示した。

「言いたいことは分かるよ」

「大佐は死にました。心でそう感じます」

「そうだね。確かに。僕も感じる」

スキップの視線はさまよい、床のタイル、壁、蜘蛛の巣が張ったひさしの排気口の上を動き、これからの日々がどうなるのかを探っていた。

目を向けるものすべてが、唐突かつ不可解に、ある場違いな思い出で窒息してしまっているように思えた。何年も前に経験した瞬間だ――週末の休日の後、ルイビルからブルーミントンまで、学生仲間たちと一緒にドライブしていて、彼が運転して、午前三時、ヘッドライトは闇の中に五十メートルの琥珀色の沈黙を切り開いていた。ヒーターから風が出ていて、窓を閉めた車には若者の酒臭い匂いが立ちこめていた。友達は皆眠り込んでしまい、彼が運転していると、ラジオから音楽が流れてきて、星で飾られたアメリカの夜、絶対に無限の夜が世界を包み込んでいた。

三月十七日、叔母ジアンの誕生日前日の朝、ベトナム空軍大尉グエン・ミンは、サイゴンのチョロン地区付近にある大きなバス発着所にいて、日よけの下にずらりと並んだテーブルの一つに座り、麺を盛ったお椀を手に持っていた。腹が減っていて、麺はおいしかった。箸で口に持って行って吸い込み、一口ごとに白いハンカチで口を拭った。湯気を立てる米とエビの鍋、無数のバス、立ち上るディーゼルの煙、クラクション……彼はおかしくなりそうだった。家に帰るのが嫌で、ほんの少し神経質になっているのかもしれない。

アメリカ軍士官が二人いて、チョロンのバス発着所をパトロールするベトナム人歩兵を整理していた。去年の五月、テトの大攻勢の五ヶ月後にやってきたコミュニストの攻勢以来、警備は倍になっていた。二人の軍曹はパトロールの指揮官と集まり、尻をついて話し込んでいた。ミンの同胞の人々はしゃがみ込み、膝を抱えていた。

大佐が死んでから、もう一ヶ月以上が経っていた。去年はそれほど大佐に会ってはいなかったが、ミンにとって大佐は大きな存在のままだった。大佐という存在が自分とアメリカ人たちの間から消えてしまった今、アメリカ人たちは明らかに虚ろで、混乱し、真剣で、愚かに見えた――弾を込めた武器を持ち歩く、幼稚な怪物たち。彼らが誰かの側に立って戦うということ自体が馬鹿げていた。

バスでは窓側の席に座り、少し窓を開け、シャツのボタンを首まで留めた。バスは7号道路、アメリカが作ったたい道路から市街を出て、ロバの荷馬車や輪タク、小さな三輪バンを追い越していった。水牛が泥の中を刃一本の鋤で畝を引き、もう田植えが終わった区画の苗の間からサギやシラサギが姿を見せている水田を通り過ぎ、ガラスの瓶に入れたガソリンを売っている女たちを通り過ぎ、薪が燃えて炭になり、彼の叔母たちと従兄弟たちがジアン叔母さんの誕生日の準備にせっせと作っているであろうものと似た料理を作っている石釜を通り過ぎた。その家の所有権と賃料の問題を解決してきてほしい、とハオ叔父さんは言っていた――何年も燻っている話なのに、突然それに片をつけたがっていた。それに、ミンはチュンという男と話をして、彼をサイゴンまで送っていかねばならなかった。

それに、どうしてバスを使うのか？　叔父はまだ黒いアメリカ車のシボレーを使うことができたし、二人で一緒に乗って行くことくらいはできたはずだった。叔父は臆病だから、フイ叔父さんなら歯で切り刻んでしまうだろう。ハオは前回訪れたときも義兄を避けていた。チュンを降ろして、カフェの二階にある部屋に彼を落ち着け、チュンはもう一ヶ月もそこでよそ者として生活していた。まだ逃げ出していないとすれば。

ミンは道路脇に降り、店でロールパンとお茶を一杯買った。そこの女主人は彼のことを覚えていて、家族のことを訊ね、まだ多くはないけれど、このところ水上タクシーが運行を再開しているのよ、と言った。村は茶色い川を三キロ下ったところにあった。彼は歩いた。街を後にすると、ここではすべての匂いが違っていた。悪臭を放つ水。積み上げた倒木とゴミを燃やして上がる煙。鶏の糞までも伝説の香りがした。すべてが彼をさらっていく――どこへ？　ここへ。だが、この瞬間にではない。かつてここで、彼は水牛の背中に乗って釣りをして、その横では弟のトゥが凧に乗って上がっていく凧の糸を持っていた……そのときでさえ、二人の糸は正反対の方向にある深みを探っていた。一人は高校そして空軍へ、そしてもう一人は仏門へ。

水上にはほとんど行き来がなかった。いかにも老婆という皺だらけの顔の女が、浅瀬沿いに小型の舟で通り過ぎていったが、棹を押すたびに息絶えてしまいそうな様子だった。

弟が燃えている姿を思い浮かべた。しょっちゅう考えることだった――トゥの体が炎に包まれ、恐ろしい痛みが外から鼻を上って入ってくる。それから、猿が一瞬二つの枝をつかんでぶら下がり、先に摑んでいた枝を放して新しい枝に移るように、彼はもう体ではなく、火になる。

ラプヴングは村よりは大きい規模だった。大きな桟橋、市場、いくつかの店――すべて昔のままだ。

ミンが到着したとき、チュン・タンは軽食屋に一つだけあるテーブルで昼食を取っているところだった。店の主人の娘がその向かいに食事なしで座って、ぼんやりと彼を見つめていた。

「こんにちは」

「こんにちは」

「部屋はどうです？」

「見てみろよ」

二人は外に出て、壁に取り付けられた階段を上った。裏側を見渡す踊り場でチュンは言った。「部屋は小さいんだ。ここで話そう」

「いいですよ」

「もうこれ以上ここにいるわけにはいかない。ベトコンがここで活動している。もう幹部たちは、男が一人怪しげな農業の研究をしている、という報告を受けているはずだ」

「ハオがあなたに会いたがっています」

「ここにいるのか？」

「サイゴンにいます。明日サイゴンで会うことになっています」

「私は君と一緒に移動するのか？」

「いいえ。明日の朝ハイウェイに出て、チョロン行きの一番早いバスに乗ってください。ハオが発着所に迎えに来ます」

「ここから出れさえすればいい。あの娘は私と結婚したがっている。毎日昼食を持ってきて、田舎でどんな研究をしているのか訊いてくる。無茶な嘘だよ。曖昧すぎる。私は夜通し本を読んで、朝になったら服を着て、朝食を取って外に出て、昼まで畑で寝ているんだ」

「怖いんですか？」

「任務のことを考えている」

ミンは彼を信じた。

「タンさん、大佐が死にました」

「タバコを一本どうだ？」とチュンは言った。

「ありがとう」

二人がしばらく吸っている間、チュンはじっくり考えて、ようやく口を開いた。「彼は君の友だちだったね。悲しいことだ」

「僕には悲しいことですが、あなたの作戦は完了しないことになります」

「別のものになるだろう。新しい作戦だ」

「ハオがあなたの面倒を見ますよ」

「君たちが私に考えているプランは何だ？」

「叔父のハオが会合を手配しています。僕も指示を受けています」

「その指示はもう一人のアメリカ人から出ているのか？」

「スキップ・サンズですか？　いいえ」

チュンは黙っていた。

「どうしたんです？」

チュンはタバコを捨て、穏やかな表情になり、質問を無視していたが、ミンには何のことか分かった。心を決めて橋を渡ったのに、反対側に着いてみると、大佐が死んでいたのだ。

「タンさん、叔父にはアメリカ人の接触相手が何人もいるはずです。あなたたちの友情は強いでしょう。ハオがあなたの面倒を見ますよ。何とかしてくれる」こんな風に話すべきではないと分かっていたが、この男の強さには哀れみを誘うものがあった。

ミンは二重スパイを運命に委ね、古い運河沿いの道を歩いていた。ミンの前方では、老人が水牛の鼻輪を摑んでぐいぐいと引いていて、水牛はジャングルのリズムでよろめいていた。ミンはその痛みに心から共感しつつ、その後ろを歩いていった。ゴミの山からは、相変わらず煙がもうもうと上がり、代わり映えのしない茅葺きの家並みが続き、やがて、オレンジ色の粘土の屋根板が白カビで変色した叔父の家が目に入った。開いたままの低い門、ブロックには緑の鉄組みが乗っていて、いっそう錆び付いてしまった棒の先に尖ったユリの文様が付いている。腰の高さの金網が両隣との境界になっていて、正面の庭には、木造の小さな神殿と、飾り用のボンマイの木が十本ほど植わっていて、幸運をもたらしてくれると言われていたが、幸運が訪れたことはなかった。変わらずぴかぴかしている灰スミレ色のタイル張りの柱がある正面ポーチは、今でもとても気持ちが和らいだ。

門から入っていくと、銃を持った男から逃げるような勢いで、三人の子供が離れていった。彼は靴を脱ぎ、靴下も脱いで玄関脇に置いてから、家の中に入っていった。

誰か分からない女の子の従兄弟が二人、家の裏手で火にかけた大釜で洗濯をしていた。ジアン叔母さんは台所用の小屋で料理をしていた。子供たちの叫び声で、彼女は何事かと様子を見に出てきて、スリップで両手を拭きながら庭を横切ってやって来て、彼の両手首を強く握った。

「来るって言ってたでしょう」

「やだ、言ってないわよ！」

「手紙を書いたじゃないですか」

「あんな昔の話！　今は信じるけど」

「約束は守りましたよ」

「叔父さんを起こしてくるわね」

叔母は居間に彼を案内して、一人にした。彼の六十センチほど上のところには、昔と変わらない神棚が、空のような青色の箱に入り、昔と同じ黒い漆器の飾り棚の上に乗っていた。幾何学模様のついた鏡の数々で神棚の内側が光を放っていた。その横にあるのも、昔からの巨大な燭台、果物を載せたお椀、ライオンのような形をした銅の壷に入った長いお香、願掛けのロウソクがずらりと並び、小さなボンマイの木の盆栽もあり、彼が子供だったころと同じ木なのかもしれないが、確かではなかった。

家の中にある一番いい寝室から、眠そうで、悪意のなさそうな顔の叔父が出てきた。相変わらず痩せていて、肌は茶色く、長ズボンのベルトを締め、ドレスシャツのボタンを留めながら、無言でやってきた。後ろから、ジアン叔母さんが夫の頭を心配そうに撫でながらついてきた。小さな、丸い顔の中央に目鼻立ちが集まっている。いつものように、叔父は無表情なままだった。

三人ともタイルの床に裸足で座り、お茶を飲んで、おとぎ話に出てくる王様の王冠をかたどった大きな金色のプラスチックのボウルからキャンディーをつまんでいた。ジアン叔母さんは彼の恋愛事情や結婚できる見込み、空軍のこと、偉大なるファン将軍のことを訊いてきたが、自分の義弟ハオのことには一言も触れなかった。フイ叔父さんはほとんど口を開かなかった。家のこと、滞納している家賃の話をする必要はないだろう、とミンは感じた。こんなに長年来ずにいて、今になってこの家にやって来たということは、どう見てもハオに用事を言いつけられたからだ。

半時間ほどして、「ご飯はどうなってる？」とフイ叔父さんは言った。

「行ってくるわ」と彼の妻は言い、三人とも床から立ち上がった。

叔父さんは彼を近所に連れて行き、ミンが子供のころから知っている人たちに甥を自慢げに紹介した。今日は叔母の誕生日という記念日なのに、どうして軍服姿ではないのか、と誰もが訊いてきた。フイの一番下の弟の家では、帰省してきたパイロットに挨拶しようと男の親類たちが集まってきたが、女たちは出てこなかった。この弟、トゥアンはミンの叔父と呼ばれてはいたが、血縁ではなかった。トゥアンは様子がおかしく、至るところ具合が悪いように見えた。発作でも起こしたのだろうか。体の右側は溶けてしまったようだった——瞼、肩、膝のところでくぼんでしまっている右脚。左目は開いたままだ。負傷したのかもしれない。ミンにははっきりとは分からないが、テト攻勢以来、ベトコンはメコン全域で活動している、とアメリカ人たちは言っていた。トゥアン叔父さんはベトコンなのかもしれない。ミンは彼の不自由な体のことは何も言わなかったし、誰も触れようとはしなかった。男たちはタバコを吸って、小さなコーヒーカップでお茶を飲んだ。一人がサイゴンにいるミンの叔母と叔父のことを訊ねて、ミンが丁寧に二人の幸せな生活を伝えようとすると、フイ叔父さんが話を遮った。「あいつは俺に土地無しの家を貸してる。俺はサンのじじいから土地を借りなくちゃいけない。サンが俺の収穫の四〇パーセントを持って行く。そのくせ、ハオは自分が苦しんでると思ってる」

二人は家に戻り、ミンは子供のころ使っていたベッドで昼寝した。

目が覚めると、混乱してしまった。彼が子供だったころの雄鶏の子孫が、首を絞められた乳児のようなヨーデル調の声をどこかで上げていて、一瞬、夜明けかと勘違いした。子供たちが笑い、呼ぶ声。一族がもう集まっている——午後遅くに違いない。ブリキ屋根に荒い板で作られたこの部屋は、壁より窓が大きく、彼は寝床の網を払って起き上がり、数メートル先にある大叔父たちの位牌を見た。彼はこの寝床を弟と一緒に使っていた。シーツは新しく清潔な匂いがしたが、上にかかっている寝具、それについた古い汗と羽毛のカビ臭い匂いは昔のままで、頭上にある亜鉛メッキの板は、トゥと彼の母親が死んで、自分の家族ではない一家のところにやってきて暮らし始めたときから変わっていなかった。よそ者だったことで、兄弟は子供以外には不可能なくらい親密になり、時が経てば離れればなれにされてしまうなどとは思いもよらなかった。

午後五時、フイ叔父さんが居間に家族を呼び集めた。家族が待っている間、叔父は家の表にある神殿のロウソクに火を灯し、アボカドやキンカンの木の間を歩き回り、プラスチックのコートハンガーにかけて金網フェンスに干してある隣人のズボンやブラウス、Tシャツの前を通っていた。彼はお辞儀して、誰にも挨拶せずに居間に入り、家を通り抜けて、裏にある墓碑の前に立ち、そしてまた家に戻り、居間の上座に二つ枕を置いた。脚を組み、全員に向かって背筋を伸ばして腰を下ろした。子供たち、叔母たち、従兄弟たち、彼を家長とする一族は壁にもたれて座り、小さな子供たちは部屋を出たところのポーチにある二つの柱に輪になってもたれていて、木に縛られた捕虜のようだった。一族は一言も発さずに聞いていた。彼が話しかけているのはミンだった。「俺の妹と妹の夫は、この一家に対していつも不公平だった」と彼は言った。「お前もこの一家に不公平だった。俺が田んぼで働いているのを横目に、お前の父は高校に行った。お前の父が死んだ時、山々を訪れたときにもらった病気だと皆は言ったが、あれは俺たちの父の霊からの一撃だったに違いない。俺たちの父は、息子、つまりお前の父が高校など行かずに働いているはずだった田んぼを手放さず、働いて、そのせいで死んだ。俺の妹はお前の叔父の商人ハオと結婚し、自分の息子たちには街での生活と学校教育を与えて裕福な暮らしをさせようとした。妹の夫のハオにこの家は必要ない。奴の父が遺していったものだ。妹の夫ハオはここで暮らしたことなどない。子供のころはやって来たが、祖父母が死んでからは来なくなった。それからは空き家だった。それからハオの父が死んだ。妹の夫ハオはその一族の最後の人間だった。跡を継ぐ息子もいない。奴にはもう家族などない。奴は俺たちを家族と呼んでおきながら、馬か水牛のように扱う。この部屋でお前の周りにいる人間が、妹の夫ハオの代わりにこの家の世話をしてきた。俺たちの毎日の苦労がなければ、この家はモンスーンで崩れて流され、蔓で壁は崩れ、今ごろ何も残っていないだろう。俺の両手のマメが見えるか？　俺の妻の曲がった背中は？　俺の妻が田んぼに歩いて行って、戻ってきてから壁の埃を払っているのを見たか？　俺たちの一家とお前が一緒に食べるために素晴らしい食事を作っているのを見たか？　きちんと並んだ食卓が見えるか？　おいしいスープの匂いが分かるか？　見てみろ、鶏肉、犬、果物、米から出ている湯気を──湯気で妻の顔から汗が出ているのが見えるか？　この部屋にいる全員が毎日そうやって働いているから、他のお前たちは街で暮らしていけるんだ。俺たちは家賃なんか払っていない。それが妹の夫ハオとの取り決めだ。家の世話をしてくれたら家賃の代わりになる、妹の夫はそう言っていた。俺たちは十分すぎるくらい働いてきた。馬や水牛のように働くのをやめて、家賃を払って、建物が崩れていくままにしておけばよかった。この建物に火をつけようかと考えている。こんな家、燃やしてやる。ハオという男は、自分の家を買えと俺に言うためにお前をよこして、お前ときたら自分の家族への誇りも愛もなく奴の言づてをしている。今は戦争の時だ。家族以外に頼れるものなどない。お前は誇りも愛もない男で、俺から教育の機会を奪ったこそ泥の息子で、この家族から家庭を奪うこそ泥の使い走りだ。奴に盗まれたこの家はただの建物だ。この建物を燃やせば、みんな死ぬだろう。お前の叔母は素晴らしい食事を作った。この屋根の下でそれを食べて街に帰って、俺の妹が結婚した男に、妹以外の家族はもういないと言え。この建物は灰になって、俺たちはみんな死んだからだ」

叔父は脚をほどいて立ち上がり、胸のところで腕を組んだ。

「ありがとう、叔父さん」とミンは言った。

フイ叔父は両手を叩いて食卓に向かい、棚から瀬戸物の皿を出した。他の者も黙って彼にならい、積んである果物、湯気を立てる米やスープ、切り分けてある犬肉と鶏肉を皿に取った。

子供たちの中には、何の話なのか理解できないくらいの歳の子もいた。その子供たちはさっさと食べ、お椀を床に置き、笑いながら走って出ては戻ってきて、お代わりをしていた。年長の子たちも遊び始めた。大人たちは別の話を始めた。最初は恥ずかしさと気遣いから話をしていたが、そのうち本当に興味が出てきて、そのうち相当熱のこもった話になった。若い女たちは歌った。叔父はミンに、家とその住人はアメリカの爆弾でやられたと言ってもいいんじゃないか、と持ちかけていた。ミンは改めて彼に感謝した。

翌朝、目が覚めると、叔父はもう水田に行っていた。ミンは叔母と何人かの従兄弟とコーヒーを飲んで、一人ずつ抱きしめ、運河沿いの道から街に向かう道路に出た。街に帰ったら、フイ叔父さんから金を取ろうとするのは金額以上に面倒なだけだ、とハオ叔父さんに説明せねばならない。

スキップは開いたトランクの前にひざまずき、カードファイルの引き出しを持ち上げた。紙と糊から来る麝香の匂い、ちょっとした吐き気、怒り、こうした匂いを口に覚えながら過ごした数ヶ月、すべてが無駄だった。彼は「T」の項目を見つけ、カードの端を見ながらぱらぱらとめくり、叔父の手書きのブロック体で書き込まれた三つの項目を抜き出した。

「煙の樹」

煙の柱がレバノン杉のように契約の箱の上に聳えていた。世界に甘美な香りをもたらし、国々は叫んだ――「没薬や乳香、貿易商人のあらゆる香料の粉末をくゆらして、煙の柱のように荒野から上って来るひとはだれ」

ソロモンの雅歌三・六

「煙の樹」

わたしはまた、天と地とにしるしを示す。すなわち血と、火と、煙の柱があるであろう。主の大いなる恐るべき日が来る前に、日は暗く、月は血に変わる。

ヨエル書二・三十〜三十一

「煙の樹」

「雲の柱」――出エジプト記三十三―九、十。文字通りには――「煙の樹」。

大佐の死から六週間が過ぎたブーケ邸での混乱と、無意味な余波――彼の囚われの身には新しい趣き。雑誌類と、ベアトリス・サンズの死を悼む葉書を持ったハオが、週に一回来ていた。疑惑の計画にスキップが関与していたことについては、地域公安センターからもクロデルの上官からも動きはなかった。中心となる立案者が死んだ今、間違いなく何らかの赦免が検討されているのだろう。ハオが呼び出しの言づてを持ってくるのを彼は待っていた。権限のある者からは一言もなかった。

目下のところ、情報局の『情報研究』誌に載る小伝のため、メモを編集しておくのがいいだろう、とサンズは思った。十日前に『ニューズウィーク』の名士死亡欄に載った、一段落だけの死亡記事より幅広く、深く、フランシス・ゼイビアー・サンズ大佐の生涯に光を当てるためだ。最近二重スパイのチュンが泊まっていた二階の部屋の机に陣取り、ノートを開き、罫線が入った空白のページに向かい合った。『ニューズウィーク』が知らず、彼が知っていることとは何か？　あちこちから見聞きしたことだ。結婚して家族入りしたグレース叔母さんは、一家はもともとリメリック県のショーネシー家だった、と言っていたが、彼の曾祖父チャールズ・ショーネシーがサンズと名乗ることにした理由も、そもそも彼がチャールズという名前だったのかどうかも、はっきりしなかった。チャールズはアメリカの船でボストンにやって来たの、そのころ飛行機はまだ発明されていなかったから、みんな船で来たのよ、とグレース叔母さんは小さなスキップに語ったことがあった。新しく移民してきたチャールズは、乗組員と一緒に陸に上がって、船長の名前を拝借してアメリカ市民だって言ったのかもね。彼は埠頭で働き、できるだけ早くに結婚して、息子と娘をもうけ、ボストン港以外のアメリカを見ることなく、三十代半ばで死んだ。息子のファーガス、スキップの祖父はチャールズ以上に働き、もっと多くの子供を作った——レイモンド、フランシス、そしてウィリアム、それから二人の娘、モリーとルイーズ——そして五十代まで生きた。三人の息子は全員セントメアリー小学校に通い、グレースの受け売りによれば、ここからの一家の物語は、もっぱら真ん中の息子フランシスのものだった。フランシスは悪ふざけのために放校されて(どういうものかは不明)、パブリック・スクールに二年間行かされ(どの学校だったのか、これも不明)、その後セントメアリー高校に戻り、フットボール部のラインのポジションをこなし、真面目になって勉強し、ノートルダム大の入学許可を得た。この堕落と救いで、フランシスは目立つ人間になった——注目すべき男、無様に転落したが這い上がり、ノートルダムに行った男。

大佐自身の思い出話は、過去の歴史というよりはエピソードの寄せ集めで、小伝になるようなものではなかった。スキップの記憶が正しければ、大佐がノートルダムに入学したのは三〇年か三一年だった。ここでも好成績で、ヌート・ロックニーがフットボールチームのコーチを勤めた最後の年の新入生チームのタックルだった。ロックニーのことはあまり話さなかったので、コーチは新入生チームにあまり興味がなかったのだろう、とスキップは思っていた。二年目の途中、フランシスはレギュラーチームに昇格した。彼は学年の上位で卒業し、ここまでのところは、屈強で真面目な他の学生と比べて変わったところはなく、高等教育を受けたという点では、ボストン出身の下層中流階級に典型的な職業——埠頭や警官——よりは幅広い選択肢を手に入れたという程度だったが、冒険を求めて、その選択肢も卒業式のガウンと一緒に脱ぎ捨ててしまったようだった。

どういう出会いによって、フランシスが狂人かつ英雄になったにせよ、それは一九三五年と三七年の間、伝記的には闇の時期のどこかで起こった、とスキップは結論付けた。彼は西に向かったようだった。貨物列車や移動労働者のキャンプの話、ロデオの話、デンバーの売春宿、刑務所での刑期、短命に終わった謎の結婚の話を耳にしたことがあった。ほとんどはスキップの母ベアトリスから聞いたものので、大佐自身から聞いたことはなかった。ただし、航空機関係の経験をしたことを大佐は一度ならず口にしたことがあった。曲芸飛行士や農薬散布のためのエンジン整備、飛行場や格納庫での仕事などだが、それ以上詳しく話をするようなことではない、と思っていたようだ。そして、同じ時期に、サンフランシスコの中国系労働者たちと何らかの関わりを持っていたことも口にした——彼らの祖国に日本が戦争を仕掛けていた時期だ。彼を捕えて、残りの人生の方向を決めたのが、飛行士の誰かか、中国人をめぐる何らかの出来事なのかどうか、スキップにはもう知る術はない。一九三七年の終わり、当時二十六歳の若きフランシスはボストンに戻り、埠頭で仕事を見つける傍ら、陸軍航空隊の飛行士試験のために用意されたシティ・カレッジの夜間クラスを受講していた。彼は陸軍に入り、テネシー州ではスティアマン複葉機の訓練、ミシシッピ州とその後フロリダ州では低翼のヴァルティー・ヴァリアンツの訓練を受け、一九三九年には、大尉としてP−40ウォーホーク戦闘機を操縦していて、寝ていてもいい時間帯に、爆撃機も含めた大型機の訓練を受けていた。

一九三八年、幼なじみのブリジッド・マッカーシーと結婚した。一九四〇年には娘のアンが生まれ、息子もブリジットのお腹にいた——フランシス・ジュニアは一九五三年の夏、ボストン湾からナンタケットへのヨットレース中に溺死した。叔父の口からその悲劇について聞いたことは一度もなかった。

一九四一年の始め、サンズ大尉は軍を辞した。中国と合衆国政府、それに軍事補助会社のセントラル航空機製造会社の合意により、他の百人近いアメリカ人パイロットと共に中華民国空軍の傭兵となって、「フライング・タイガース」として知られる、クレア・シェンノート率いるアメリカ軍義勇軍に入り、中国軍の補給路であるビルマロードを護衛する任務に当たった。どのアメリカ人義勇兵にも、以前の階級で再入隊できることが約束され、給料として月六百ドル、日本軍機を撃墜するごとに五百ドルが支払われた。大尉は自分のP−40で百回以上出撃し、報奨金の分け前にあずかった。ところが、一九四一年十二月、彼の兄が真珠湾で死んでから何日も経たないうちに、マラリアで倒れた同僚に代わって、改造DC−3型機のパイロットとして出撃し、アンダース・ピッチフォークが加わっていたイギリス軍特殊部隊のパラシュート降下を行った帰りに、思わぬ日本軍の高射砲の砲撃に遭い、水田に墜落した。二つ目の翼が吹き飛ばされるまでは持ちこたえていた、と大佐は主張していた。地元住民に助けてもらったものの、彼は日本軍の捕虜となり、やはり捕虜となったピッチフォーク、および六万一千人の捕虜たちと共に、シャム―ビルマ鉄道の強制労働を強いられた――病、殴打、拷問、飢餓。卵をもらったこともある。不可解にも、バンコクからの移送船に乗せられ、おそらくルソンか日本本国に向かう途中、サンズ大尉は恐るべき策略を働かせ、ミンダナオ沖で海に飛び込んで脱走した。ほとんど息も出来ない船室に閉じ込められていたため、捕虜仲間の一人が発狂してしまい、彼が叫ぶのを止めないならハッチを閉めて全員窒息させる、と日本兵たちが言ってきたのだ。くじ引きの結果、サンズ大尉が選ばれ、彼を絞め殺した。残った者が罰せられることになるために脱走は禁じられていたが、皆を助けるために魂を汚したのだから脱走を試みる権利がある、と大尉は主張した――彼が手にかけた男の死体と一緒にハッチから出してくれ、というのだ。彼の狙い通りに、日本兵が彼を死んだものと思って海中に放り出せば、脱走だとは気づかれずに済む。この計略は吉と出た。一年間虐待され酷使されて、弱ってはいたが、彼は何キロもの距離を泳ぎきり、ジャングルで何週間も持ちこたえ、スル海の島の村々を転々としながら二年間暮らして、ようやく貨物船に乗せてもらってオーストラリアに着いた。ただちに彼は合衆国陸軍航空兵団に再入隊し、機密の航空任務でビルマに戻り、しばしばイギリス軍特殊部隊と行動を共にした。目覚ましい戦功を挙げ、どんどん昇級し、戦争が終わるころには大佐、つまりあの大佐、ハンマーも砕けるほどの鋼の男になっていた。

大佐にとって、暴力とはつまるところ人間の本性であって、戦士とは祝福を受けた者に他ならなかった。平和時の軍隊を苦々しい思いで見ていたに違いない。戦争が終わってほどなくして、昇級は止まった。ここも闇の区域だ。出世街道を突き進んでいた将校にとって、昇進が終わるというのは悪いしるしで、クビにも等しかった。軍とのトラブルの具体的な原因――逸脱行為あるいは違反行為、過失か――は彼の軍歴には残らなかったが、そもそもの原因は明白だった。大佐は人を率いる術は心得ていたが、人に従うことなどできなかったのだ。

スキップが理解するところでは、トルーマンが一九四七年にCIAを創設すると、大佐はすぐに応募していたが、数年間は考慮されず、その間は南部のあちこちの空軍基地で勤務しており、ボストン訛りが独特のものに変わり、酒癖がひどくなっていた。情報局は五〇年代初めに彼を迎え入れた。最初の世代では新顔で、戦略情報局の経歴のないよそ者だったが、東南アジアでの経験は唸るほどあり、ちょうど共産中国が台頭してきているところでもあった。フィリピン、ラオス、そしてベトナムへ——最初のころは、ただ楽しみたいために マレー半島に行き、アンダース・ピッチフォークとマレー・スカウトと行動を共にすることもあった。いつも軍事補佐的な役割で、そのころは東欧とソヴィエトにかかりきりだったラングレーの監視はたいていい免れていた。

ルソン島での彼は、現地の共産主義であるフクバラップ・ゲリラと戦うエドワード・G・ランズデールに全面的に協力していた。彼の特性は捕虜収容所で形作られていた——自分を信じること、実戦で学ぶこと、降伏することなど考慮に入れずに戦うこと。つまりは英雄の資質だ。彼の手法はランズデールによって形成された——地元民を信用すること、彼らの歌や物語を学ぶこと、彼らの心と精神のために戦うこと。興味深く、謎めいてさえいるかもしれないが、ベトナムにいる間、大佐はランズデール長官と接触していないようだった。

ベトナムは大佐の頂点であり、転落でもあった。単独で任されていれば、独力で作戦を成功させていたかもしれないが、アジアの脅威は深刻に受け止められるようになり、ラングレーも注視していたし、議会も関与してきた。約束された選挙が取り消され、約束された再統一が延期になったことで、彼は明らかに憤慨していた。増強されたアメリカ軍が到着すると、大佐が待ち構えていた。グリーン・ベレーは彼の思うままには動かなかった——彼の狙いはあまりに広範囲だったのかもしれないし、権限の出所もはっきりしなかったからだ。彼はとあるヘリコプター急襲部隊にとってなくてはならない存在になり、そして一九六五年には、第二十五歩兵旅団にとっても不可欠な男になった。カオフックの王。心理作戦。「迷宮」。そして、「煙の樹」。

何にも増して、フィリピンでランズデールと過ごした期間で、彼のビジョンは決定されていた。神話の力の虜になり、彼自身もまた、生きているうちから半分そうだったが、特にその死において神話となった。大佐がラッキーと呼んでいた若きパイロット、グエン・ミンによれば、大佐はメコンデルタにあるビンダイという村か、その付近に妻を囲っていた。大佐がベトコンの手によって捕らえられて殺された後、彼の亡骸は村の未亡人のところに戻された。他の者への見せしめか、彼が最期まで耐え抜いたことに敬意を表してか、手足の指と目、舌を引き抜かれ、骨はすべて砕かれていた。かつてはカトリックの教区だった村の住民たちは、分厚く、荒っぽく切られ、タールで封をした棺にその亡骸を入れ、教会の墓地に葬った。教会自体はもっぱら竹で作られていたため、そのころには建物は残っていなかった。その直後、コンクリートを注ぎ入れて棺を固定する前に、雨が何日も降り続いた。この季節には滅多にないことだった。埋葬地の土は掘り返されたばかりで、土を固定する根などなく、土砂降りの雨を浴びて泥になり、埋葬されてから三週間後に棺が地上に上がってきた。サンズ大佐が黄泉の国から戻ってきたのだ。村人たちが棺の蓋をこじ開けてみると、美しい黒髪のアメリカ人パイロット、若く裸のフランシス大佐が、指から爪先まで傷一つなく横たわっていた。村人たちは彼の周りに石を敷き詰め、棺に穴を開けて水が入るようにし、もう一度彼を墓に沈めた。それでも彼を止めることはできなかった。さらに雨が降り、近くの運河の水が土手を越えて溢れ出し、何も生えていない教会の庭を蹂躙し、棺に入った大佐をさらっていった。ハウ川を下っていく棺が目撃されている。アンハオ、カオクアン、カゴイでも目撃情報があり、棺はディンアン河口から南シナ海に出て行こうとしていた。

その噂を聞きつけるとすぐ、ジミー・ストームはその村に向かった。とあるアメリカ人の妻だったとおぼしき女性を見つけ、村人たちにそのアメリカ人の墓地へと連れていってもらった。見たところ、何事もなかったようだった。しかし誰が葬られていて、いつ葬られたのか、その他すべては何も分からないまま村を離れた。ストームは一人で行ったし、村人は誰も英語を解さず、フランス語は下手で、彼のフランス語と言えばさらにひどかった。そして、スキップはハオからこの話を聞き、ハオは墓のある村の場所をストームに教えたミンから聞いていたので、又聞きもいいところだった。

しかし、大佐はマサチューセッツに埋葬された、とスキップはグレース叔母さんから聞いていたし、『ニューズウィーク』にもそう書いてあった。妻の希望により、軍からの勲章はなかった。スキップは神話のほうが気に入っていた。真実味があったのだ。この世界で大佐は堂々たる存在だったのだし、彼自身の想像の産物を背景にすると、なおさら際立っていた。反乱に対する裏切り者という役回りが大佐から最後に与えられたことが、スキップには残念だった。最後に会ったとき、大佐は作戦がうまく行かなくなった原因だけでなく、自分の悲しみの原因も探し求めていて、現実の核心に裏切りを、古典的とも言える罪を見出そうとしていた。そして自分の一家、自分の甥、自分の血によって裏切られることほど法外で、暗くローマ的なことがあるだろうか？　世界には大きすぎた魂。彼は自分の転落を典型的なものと見なすことを拒み、ローマ皇帝マルクス・アウレリウスのような人間と同調することを拒否していた。老皇帝はこう書いている――「君が怒って破裂したところで、彼らは少しも遠慮せずに同じことをやりつづけるであろう」。彼は自分自身を大掛かりに脚色して、自分の旅のサーガを夢中で追い、自分の神話を追い求めてトンネルへと下りていき、子供のおとぎ話の国に入り、煙の樹に消えたのだ。

心理作戦方の彼宛てに出された、部局間再利用封筒で呼び出しは届けられた。大佐の死の八週間後だった。またも昼食、またもヴォス。クロデルも来るのだろう。

彼はハオに頼み、河の近くのロータリーで降ろしてもらい、コンチネンタルまで数ブロックを歩き、汗をぐっしょりかきながら入った。ロビーにある、精巧に彫られて漆を塗った椅子に、リック・ヴォスが座っていた。独りだった。

ヴォスは立ち上がり、サンズと握手したが、ここに来るまで山や川をいくつも越えてきたような、ぐったりとした様子だった。「大佐のことは気の毒にな」

「凄い人だったよ」

「そりゃそうさ。だから俺は悲しいよ」

「俺もだ」

「俺たちみんなそうさ。このところみんな悲しんでる」

まだ午前十一時だった。「もう腹減ってるのか？」とサンズは言った。

「プレ昼食ってことにしよう。ここで先にあれこれ片付けておきたくてさ」

「先にあれこれ？　なんだか気に食わない響きだな」

「そりゃちょっと俺の間違いだ」

「そんなことないよ。座ろうか？」

「まあ待てよ。五分くらいしかない」

「どこに行くんだ？」

「俺に話をさせてくれよ、いいか？」

「いいとも。もちろん」

「どうも。ありがたい」とヴォスは言った。「つまりこういうことだ。大佐が死んだって聞かされた瞬間から、俺はとってもおきに臭いクソみたいな気分だった。あんな奴は空威張り野郎だとか、ネアンデルタール人だって言う奴もいる。みんながそう思ってるわけじゃない。彼は凄い人物だったって思ってる奴も中にはいるんだ。俺はもともとはその仲間じゃなかったが、しまいにはそう思うようになった。だから謝りたいんだよ、大した役には立たないだろうけどさ。大佐の論文原稿をよそへ回しちまったのは、俺が間違ってた。そもそも彼の原稿じゃなかったんだ。九〇パーセントは俺が書いたし、俺は大佐の印象を悪くしても平気だった。それに、原稿を回して大佐を嫌ってる連中に取り入りたかったんだろうな。でも今じゃ、そんな連中はどうしようもねえクソだって信じてる。てことで、もう本当に済まねえ、スキップ」

「謝罪は受け入れたよ」

「じゃさ」とヴォスは言った。「問題があるんだ。あの論文で組織が動き出した。で、もう大佐はいねえから——もう終わりだって願っとこう、いいか？　だが組織のほうでは何かをちょいと砕かないことには止まらねえ。動き出したら最後までやんなくちゃいけないんだ。途中で打ち切りってわけにはいかない。ということで、お前がラングレーに呼び戻されてる」

「それは命令ってことなのか？」

「そうだ。お前を本国に送還する」

「そうか。局は先に俺と話をしたいのか？」

「ちょっとした取り調べを受けることになるんじゃないかと思う」

「実際、俺は局付きの人間じゃないんだ。心理作戦だから」

「お前は国内にいるってだけだ。この作戦の戦域にいるんだ。連中はお前がラングレーに喋ってしまう前に洗いざらい聞きたがってる」

「連中って？」

「テリー・クロデルだよ」

「勢揃いだな」

「嘘発見器をやりたがってる」

「そうだろうよ。使えるんなら何だって試すだろうな」

会議用サイズのテーブルに置かれた器具、そのほとんどが嘘発見器の部位なんだろう、とスキップは思った。目の前には、スタンドに取り付けられたマイクがあり、その横には大きな録音機。スキップはその回転するテープを見つめた――片方は速く、片方は遅い。録音機のそばには、クロデルの緑のベレー帽が置かれていた。クロデルは特殊部隊の戦闘用正装で、襟には大尉の線章があった。

「まあ、僕が思うにこいつは……何なのか分からないな」

「何だって？」

「分からないと言ったでしょう」

「思うところがあるとは言っていただろう」

「思うところ？」

「これが何なのかは分かっていると思うと」

「いつそんなことを言いました？」

クロデルはテープレコーダーのレバーをいじり、その場所を見つけた。僕が思うにこいつは、とスキップの声が言っている――「ここだよ」

「それはただ――どもってるんですよ」

クロデル大尉は動きを止め、数秒間睨んでから言った。

「いいだろう。よし。チェックしているだけだ」

彼がレバーを押さえながらボタンを押すと、テープはまた回り始めた。

「本当にあなたは特殊部隊なんですか？　それとも格好だけ？」

「制服だ」

「誰の管轄で？」

「我々は地域公安センターと協力している、だいたいそんなところだ」

「地域公安センターはマニラだと思ってましたよ」

「それは一時的な管轄だ」

「そしてあなたは正真正銘の兵士なんですか」

「おいおい」

「それはこっちのセリフですよ。僕は来ましたよ。ここに来てる。問題はあなたの持ち場はどこなのかでしょう」

「君は机の後ろにいることもあれば、現場に出ていることもある――だがこの件、この『煙の樹』とやらはデスクにも現場にも存在しない。妄想と精神病が絡まり合うジャングルのどこかにあるものだ」クロデルはレコーダーを止めた。「君らのクソときたらひどいもんだ」と言い、再開した。

「あれはただの仮定上の訓練です。シナリオです。心理上の戦闘だ」

「言葉を弄んでいるな。それでは自分のためにはならんよ」

「大尉、僕は自分のためにここに来てるんじゃない。あなたを手伝いに来てるんですよ」

「ここの五兵団ではどういう身元を使っている？　名前は何だ？」

「自分の書類を使ってます」

「偽造はなしか」

「飾り気なしの僕ですよ、皆さん」

「私のためにいくつかはっきりさせてほしいことがある、何とかいう例の論文についてだ――そうか、タイトルはなかったのか。だが、いくつかはっきりさせてくれ」

「そりゃもちろん、僕にできる範囲のことなら。お役に立つならね」

「『遮断』――これは誰かが命令を出しているときに、耳に指を突っ込んでおけということだな」

「単純化してますが、だいたいそういうことですね」

「基本的には、司令の連鎖から自分を切断するということだな」

「もう一度言いますが、それは単純化です」

「司令の連鎖なしでは封建制度になってしまうぞ。もちろん、我々が官僚的な『領地』の話をするのは物のたとえだ。しかしこのケースでは、領地は実在した、と我々は信じている。君の叔父、大佐が君主だったということだ」

「僕が思うに、我々は言葉の袋小路に行き当たってますね」

「私は反逆行為のことを言っているんだよ」

「我々は言語の虚無を覗き込んでますよ」

「次は『動員―損失の二元論』だ」

「何ですって？」

「動員―損失だ」

「ああ、もういい加減にしてくださいよ。『やってみるか、失うか』ってやつです。大佐は口癖のように言ってますよ。言ってました、か」

「司令の連鎖がないと軍閥になるだけだ。彼は自分のささやかな情報局を動かしていた」

「『やってみるか、失うか』ってフレーズがそれを証明していると？」

「それを自分の義務だと考えていたことは、この論文が証明している。大佐は自分で作戦本部を動かしていた――例えばミンダナオでの暗殺だ。そしてまさにここでは、単独で個人的に二重スパイを動かしていた」

「どこで？」

「ここだよ。分かるよな――南ベトナムというこの小さな土地だよ」

「何の二重スパイです？」

「スキップ——君のことを言っているんじゃないぞ！」

「あなたのせいで気分が悪くなってきましたよ。文字通り具合が悪い」

「君を裏切り行為で責めているわけではないぞ」

「じゃあ何です？　告発があるのなら、何なのかはっきり言ってくださいよ。これこれではない、なんて聞きたくないな」

「我々は名前が一つ欲しいんだ。もしそれが我々が入手している名前と同じものなら、君がそれを立証したということになる」

「じゃあその名前を言ってください。僕にできるなら立証してさし上げます」

「スキップ。君が働いているのは——我々のためだぞ」

「そうですよ。誇りを持ってます。でも——」

「じゃあ、スキップ」

「気乗りがしないのは分かってもらえるでしょう」

「いや、スキップ、分からないよ」

「僕が座っているところから見れば、あなたが調査しようとしている領域や、あれこれの要素、もしそれがあるならですけど——全部が少し不確定に見えます。あなたに保証してもらわなくちゃ、という気がするんですよ、我々はもろもろのことを……適切な範囲に留めておくということを」

「保証だって？　何だ？　チンプンカンプンだ」

「利害が重なっているところを僕は危険にさらしたくないってことにしておきましょうか」

クロデルはまたテープを止めた。「何の利害だ？」

「そういうものがあるなら」

「でまかせの山もいいところだ」

「僕もそう考えてるところですよ」

「いいだろう。ちくしょうめ」クロデルは顔をしかめ、丸三十秒ほど床を睨んでから顔を上げた。「この線はやめておこうか。ただ保証してくれ、君が私に保証するんだぞ、権限のない作戦は進行していないと」

「仮定上の話でした。もし実在しているなら、事実上終わりでしょう。それは保証しますよ」

「すべて終わりだ」

「そもそも存在しなかったも同然です」

「いいだろう。お互い頭痛の種になるのはよそう」クロデルは録音を再開した。「コードネーム『煙の樹』という、この心理上の戦闘における仮定上の演習に関してだ。最後に話をしたとき、君と私はファイルのことを話したな」

「ファイル?」

「大佐のファイル類はどこだ?」

「ファイル類ですか」

「『煙の樹』のデータ資料だ」

「どこでこういう話を仕入れてくるんです?」

「愚問だな」

「ファイルなんて知りませんよ」

「答えも愚かすぎる」

「何の話なのか説明してください。お手伝いしますよ」

「ひどいデタラメだ」

「デタラメなのはあなたのほうだと言いたいな」

「大佐の七・五×十二・五センチカードのコレクションだ」

「ああ、あれね。あれは記録文書ですよ。どこに行ったのかは知りません」

「最後に資料を見たのはいつだ?」

「フィリピンですね。僕がその一部を目録にしていて、大佐が持っていきました。そこの地域公安センターに確かめたらいいでしょう。誰かが知ってるかも。クラーク飛行場をチェックしてみてください。僕が最後に見かけたのはそこです」

「ヴォスはここでその小型トランクを見ている。サイゴンで。君が到着した直後の、CIA用の建物でだよ」

「そんなはずはありません。非常に怪しいですね。クラークで僕の手元を離れたんですよ」

「ここにあった」

「じゃあ、僕の手元を離れた後に運ばれてきたんでしょう」

「スキップ。君はどういうキャリア街道を目指しているつもりなんだ?」

「螺旋状のやつですよ。下向きのね。ファイルのことを教えましょうか? あのファイルは記録文書の類いで、時代遅れもいいところで、今使えるようなものじゃない。僕が持っていたとしても、隠すような理由も動機もありませんね。持っていたらすぐにあなたに差し出しますよ」

「君のスタイルのどこが気に入っているか教えてやろう。嘘をついているところを突いたら、君はさらに突き進むんだよ」

「僕を嘘発見器にかけてみてくださいよ。パスしてみせます」

「ほう、かけてみせるとも」

「パスしますよ。やってみたらいいでしょう」

「それからUAだ」

　スキップは何も言わなかった。

「検尿（UA）だぞ？」

「ああそうか。結構ですよ」

「五兵団では麻薬の使用はざらだ。誰が罠にかかってるかなんて分からない」

「水入れを持ってきてくれたら小便しますよ」

　クロデルはレコーダーを止め、立ち上がって録音機にかがみ込んでコードをつかみ、壁から引き抜いた。プラグが顔目がけて飛んできたので、彼はそれをよけ、躊躇い、まばたきして、腰を下ろした。「信じられないよ、スキップ。ここまで徹底して自分をめちゃめちゃにする人間は初めてだ。しかも大した理由もなく。何がしたいんだ？」

「僕にも分かりませんよ。ただ、あなたの何かがいちいち癪に触るんだ」

「君はカッカするのが非常に得意だな。我々の側についていてくれたらよかったのに」

「その戯言には乗りませんよ」

「よろしい。じゃあ機械とご対面ということにしようか。待っていてくれ」彼はサンズを一人残して出ていった。

　すぐに、廊下で人が動く物音が聞こえた。グエン・ハオが、黒人の民間人に付き添われ、開いたドアの前を通っていった。

　十分ほど、サンズは会議用テーブルのところに一人で座り、ただぼんやりと考え事をしていた。

　クロデルは民間人とおぼしき中年の男と一緒に戻り、技師のチェンバーズだ、と紹介した。「チェンバーズの経験は我々のどの嘘つき歴より長い」

「本当に？」

「二十年以上だよ」とチェンバーズは言った。

「何かあったら、私は廊下にいるから」とクロデルは言って出ていき、チェンバーズはサンズの隣に座ってテーブルの下を覗き込んでいた。

　彼は座り直した。「前にも嘘発見器はやったんだよね」

「ええ、一度。テーブルの下には何があるんです？」

「コンセントが抜いてあることを確かめただけだよ」

「そうか」

「これはリハーサルだから」

「そうですか」

「じゃあ嘘発見器は経験済みだ。その一回だけ？」

「ええ。機密委任のときに」

「わかった。じゃあこのテストについてだ。おそらく、我々が君にしてもらう手順は、君が最初に機密委任のためにやったときと同じになる。我々が求めているのはテストによる最小限のストレスだ。要は、ハハ、リラックスしとけよってことだな」

「僕はリラックスしてますよ」

「そうだな。じゃ行こうか。二つほど質問だ」

「ええ」

「嘘発見器にかけられている時に真実をごまかす方法については教わってきたかな?」

「話は聞きました。習ってはいないな。単に——話に出ただけで」

「実際に機械を使って訓練はしてこなかったわけだ」

「いえ。一度も」

「セッションが終わったら、君は身体検査を受けることになる。君が舌を噛んでいなかったかどうか、手のひらに爪の跡がないか、等々の形跡をチェックする」

「そういう話は聞いたことがありますけど、でもいつそういうテクニックを使うことになってるかは覚えてないな。嘘をついてるときにやればいいのか、本当のことを言ってるときか、それとも——」

「息をゆっくりとすること、ストレス下で落ち着いていることとか、そういったテクニックについては教わってきたかな?」

「この手のことのためにじゃないですね。教わってはいないですよ。ただ——『銃をぶっ放すときにはケツの穴をギュッと締めとけ。心臓がバクバクいってたら浅く息をしろ』とか、そういったことですよ」

「じゃあ、最初のステップだ。このテストは全部で二十問ある。私がここに質問を持ってきているから、声に出さずに自分で読んでくれ。これは驚きによる反応をグラフから取り除くための作業だ。テストの前に質問に目を通すことの目的はわかるかな?」

「ええ。驚きによる反応を取り除くんですね」

チェンバーズはマニラ封筒を開けて手渡した。質問は一枚の紙にタイプされ、内側のカバーにクリップで留められていた。サンズはざっと目を通した。

「この時点で、訊いておきたいことはあるかな?」

「この先またテストがあるんですか? これのあとに?」

「ああ、そうだった。試験そのものは四回のテストで構成されていて、それぞれ質問は異なっている。ただ、質問の中には、後のテストで繰り返されたり、四つ全部に出てくるものもある。ごめん。言うのを忘れてたよ。この時点で他に知っておきたいことは?」

「ないと思うな」

「確かめておきたいと思うことがあったら、どの時点でもいいから訊いてくれ。さて。前もって君が手順に慣れておけるように、機械は切ったままで君に質問するよ。機械は作動しない。機械が作動しない、ということは分かるかな?」

「分かりますよ」

「シャツを脱いでもらってもいいかな」

サンズは言われた通りにして、シャツを椅子の肘掛けに掛けた。

「それから腕時計も。テーブルに置いてくれたらいい。君の利き腕は?」

「右です」

「右腕をテーブルのここに置いてくれるかな? 平らになるように」チェンバーズはサンズの二の腕に血圧の加圧帯を巻いた。「我々は血圧と呼吸、皮膚の電気反応を測定する。ちょっと前にかがんでくれるかな」サンズは前にかがみ、チェンバーズはベージュ色のゴムチューブを彼の胴回りに巻き、両端を小さな金属の留め金で留めた。「きついかな?」

「いや。どうかな。技師は君だから」

「このクリップが君の指先に留められる。これで皮膚の温度が分かる」指にクリップを付けたあと、チェンバーズは取り付けた加圧帯、チューブ、クリップをそっと触り、細かい調整を加え、また椅子に座った。「快適かな?」

「間違いなく違うな」

「まあ、快適だなんて人間はいないよ。質問は読んだよね?」

「ええ」

「おそらく君には馬鹿馬鹿しいと思えるものもあれば、何の関係があるんだと思うものもあるだろう。明らかに正しいものも、明らかに誤りのようなものもある。そうやって、我々は異なるカテゴリーに対する君の反応の度合いを測定するわけだ。すべて理にかなっていることは保証するよ」

「分かりました」

「よし。リハーサルのこの時点で、私が君に質問を読み上げるから、君は私の声でそれを聞いて、驚きによるランダムなストレスを除去しよう。質問には答えないで。私が読むだけだ。いつでも私を止めて、質問について訊いてくれていい」チェンバーズはマニラ封筒を拾い上げ、膝の上で開いた。「いいかな?」

「どうぞ」

「君の名前はウィリアム・サンズか?……君はフロリダ州マイアミ生まれか?……フランシス・ゼイビアー・サンズ大佐のファイル類の入った小型トランクの行方を知っているか?……君はインディアナ大学の卒業生か?」

「ちょっと待って」

「何だい」

「僕は学位を二つ持っています。学士はインディアナで、修士をジョージ・ワシントン大で取ってる。だから正確なところはどうなるのか——」

「オーケー。学士号をインディアナ大学で、これでいいかい?」

「ええ」

「よし。この質問は以下の通りになる。君はインディアナ大学の学士号を持っているか?」

「オーケー」

「オーケー。質問は次のように続く、君はチュン・タンを知っているか?……君はフランシス・ゼイビアー・サンズ大佐の甥か?……私は半袖のシャツを着ているか?……君は嘘をつくのが好きか?」

「待って」

「いいよ」

「僕が甥かどうかというやつですが——思うに僕は誰かの甥ですよ、その人が生きていようが死んでいようが」

「ふむ。じゃあこうしようか。これについては訊いてみなきゃ。失礼するよ」

チェンバーズは立ち上がり、封筒を持って部屋を出ていった。

サンズは開いたままのドアを眺めて待っていた。知り合いの誰かが、そこを通っていくはずだ——ミン、ストーム、チュン、母親、叔父、父親、亡霊たちの行列。

チェンバーズが戻ってきた。「二つ質問を変更したよ。私はささやかなリサイタルをこのまま続けるから、その後でまた君が自分で読んでくれ、いいかな?」

「ええ。分かりました」

「君はチュン・タンの居場所を知っているか?……君は十二月生まれか?……君は南ベトナムのカオフックに駐在しているか?……君はフランシス・ゼイビアー・サンズ大佐によって収集されたファイルのありかを知っているか?……君はチュン・タンという名の男に会ったことがあるか?……君にはジョンという名の息子がいるか?……この

部屋の照明はついているか？……チュン・タンはベトコンの工作員だったか？……チュン・タンがフランシス・ゼイビアー・サンズ大佐と直接接触しているところを目撃したか？……現時点で大佐のファイルがどこにあるか知っているか？……君はジョージ・ワシントン大学の修士号を持っているか？……君は大佐のファイルがありそうな場所を知っているか？……

「以上だ。じゃあ器具を外そうか」チェンバーズが加圧帯と胸チューブと指のクリップを外し、サンズがシャツの袖を伸ばすと、チェンバーズは言った。「質問用紙をしばらく君に預けるよ。私がまた席を外している間に見ておいてくれ」

サンズは座って、質問に目を通しているふりをした。

「ボタンを留めたら昼食に行こうか」と誰かが声をかけてきた。

クロデルとヴォスがドアのところに立っていた。どこかの売春宿で料金をおごったばかりの年長の兄たちのような雰囲気だった。

「何だって？」

「昼食の時間だ」

「昼食？」

「二時十五分だよ」とクロデルは言った。「腹は減っているかな？」

「外に出るってことですか？」

「そうだ。レックスか、他のところか。レックスに行こうか」

「いいでしょう」

「いいって？」

「僕は構いませんよ」

「小休憩だ。質問を聞いてから、しばらくそのことを忘れていたほうが、いい結果が出る」

「忘れておく。そりゃそうだ」

彼は廊下で二人の後ろを歩き、海兵隊軍曹と番号パッド、電気錠を通過し、階段を上った。

建物の正面の段を降りる前に、クロデルは立ち止まって緑のベレー帽をかぶり、きっちりと合わせた。ベレー帽の記章は黒、白、灰色で、黄色の縁取りが付いていた。サンズが見たことのないものだった。三人はコンクリートの車止めブロックに向かって歩いていった。「あなたの髪は制服には少し長いんじゃないですか？」とスキップは言った。

「制服をしょっちゅう着るわけではないからね」

「あなたの記章は何なんです」スキップは彼のベレー帽記章を指して言った。

「JFK特殊戦センターだ」

「それはどこにあるんです?」とスキップは訊き、三人がバリケードを越えた瞬間、一気に走り出した。全力で疾走し、交差点にたどり着き、右に曲がり、一番障害の少ない道を走っていった。女が子供を二人連れて車道を渡ろうとしているところで、彼は速度を緩めて歩き、子連れの女に合流し、小さな車が狂ったように流れる道路を縫うように横断して反対側に渡ると、また走り出し、直角にジグザグ進む動きを繰り返して街を一キロほど進み、一度も振り返らなかった。ルイ・パストゥール通りで、巨大な木々が茂る公園に逃げ込み、五十歩歩いて五十歩小走りという、アメリカンボーイスカウトで学んだペースに切り換えた。

木々の向こうに見える通り側の様子を窺ったが、生き残りへの欲望に突き動かされて一瞬一瞬を過ごしているサイゴン市民しかいなかった。ここにたどり着くまでに、砂嚢を飛び越え、通りから出たり入ったりしてきたはずで、立ち止まったり引き返したり、ラインバッカーのように右へ左へ逃げまどい、この素晴らしき人々の何人かを歩道で突き飛ばしてきたはずだが、何一つ覚えてはいなかった。

公園から出て、彼はタクシーを呼び止め、汗ぐっしょりで後部座席に倒れ込んで、チョロンのバスターミナルに向かわせた。もう午後のこの時間では、バスは動いていないだろう。朝にバスが動き出すまで、バーに隠れているつもりだった。それとも寺院か教会か。売春宿か、アヘン窟か。逃亡者、裏切り者だ。

彼のコードバンの靴は、走り抜けてきた排水路の臭いがしていた。ウィンドウを下ろした。

試験をすっぽかすことになって残念だった。彼らが用意してきた質問の中で、一つ自分にぴったりなものがあったのだ――

「君は嘘をつくのが好きか?」

「ええ」と彼は誠実に答えただろう。

ディートリッヒ・フェストの昼食の行きつけといえば、コンチネンタルから二ブロック離れたトゥドー大通りの反対側にあるスープの店だった。夕食にはもっといい店をいくつか見つけていて、ドイツ風の料理はなかったが、体重が気になるくらいおいしかった。歩いていける距離にあるレストランは、もうすべて知っていた。タクシーは嫌いだった。輪タクの少年たちのほうが気楽にやり取りできた。

グリーンパロットの化粧室にあるメッセージポストは、一回使ったきりだった——次回のポイントを変更したときだ。人の出入りを見ることができる場所、コンチネンタル広場の向かいにあるレストランを選んだ。そのスポットを使っているのはケン少佐だけだった。

部屋が小さすぎる、とマネージャーに言ったところ、午後の日光が容赦なく入る西側の部屋に移されてしまった。その晩、エアコンを一番低い温度に設定したところ、朝までにはエアコンの動きが弱くなり、通風口が霜でふさがってしまった。彼はフロントに電話して苦情を言った。二人の作業員がやってきて、エアコンのコントロールダイヤルを中間に設定しておけば、霜は融け、機械の動きはよくなる、と言った。二人は互いに話をしながら去っていったが、彼の耳には、彼らの言語は鼻にかかって甲高く、耳障りで、ざわついてヒーヒー泣く声に聞こえた。

サイゴンには二週間ほどいるつもりで来た。もう二ヶ月近くが経っていた。

二、三日ごとに彼はマネージャーのところに行き、何かしら口実をこしらえては部屋を変えていた。

彼の標的が部屋を取っていたホテルは、チョロン地区の端にある、中国系とベトナム系が入り混じった界隈だった。

任務が完了する予定の場所には、通りを挟んだ側に一軒だけ、布地を売る店があり、女物のドレスを作っているようだった。ブロックにあるその他の建物は閉まっていて、二つある路地には騒々しい女と子供たちがやってきて、日常生活のほとんどをそこで過ごしていた——木枠と箱がテーブルと椅子代わりになり、煙を上げる火鉢と水が漏れる木のたらい、洗濯物を干すひも。フェストはちらりと見ることはできたが、通りにはカフェもなく、そこに長居する理由はなかった。彼は誰かを待っている風を装い、布地店の横に立っていた。

ホテルの入り口は、そのブロックの他の木の扉と同じだった。一階の隣の戸口では、ホテルのオーナーがガラス窓張りのオフィスでビジネスを営み、上の階の部屋の管理をしていた。ケン少佐はオーナーのことを「トラブル・エージェント」と言っていた。トラブル・エージェントは独り、もの柔らかに内省に耽るような風情でタバコをくゆらせ、書類が飛ばないように巧みにカウンターに配置された二つの電動扇風機の間に座っていた。窓には漢字しか書いておらず、フェストは彼の職業については推測するしかなかった——ブローカー、弁護士、はたまた金貸しか。通りの向かいに立って見ていると、ボール紙の折りカバンを脇にしっかり抱えた男が入って、カウンターの前に膝をつけ、荷物を膝の上に置いて座り、書類を一つ一つ渡していた。

十分経ったところで、フェストはもう人目についてしまうと感じ、その界隈を離れた。

四回目の会合までに、フェストは結論に達していた——アメリカ人たちとのやり取りは一方通行になったに違いない。おそらく、すべてのやり取りが止まってしまったのだろう。どちらにせよ、フェストの心配事をケン少佐がアメリカ側に伝える手段はなかった。あるいは、少佐は作戦などどうでもよくなっているだけなのか。

「作戦の段取りは気に入りませんね。予期しない事態が多すぎる」

「問題はつきものだよ」

「例の場所を見てきましたよ。難しい。見張ることはできません。通りにカフェはないし、見張り用に借りておける部屋もない。足場が確かじゃない」

少佐は顔をしかめた。「ミスター・ラインハルト。フランス語は話せるかな?」

「いえ」

「君の英語は私には分かりづらくてね」

「私が部屋に入るときは、彼一人しかいないと確信していなければなりません」

「彼は一人だ」少佐は微笑んでいた。「武器も持っていない。彼が信用している接触相手にあの場所に連れてこられている。言われるまではそこから出ない。その接触相手が我々に鍵を二つくれた。一つは通りに出るドア、もう一つは部屋のものだ」

「じゃあ、その鍵をもらえませんか」

「今から四日待ったほうがいいだろう」

「鍵は持っているんですか?」

「今から四日後に鍵は手に入る」

「任務が完了するのはいつなんです?」

「今から一週間後だ」

「誰かを配置して、あの場所を見張らせることはできます? 足場をしっかりとしておかなければ」

「どういうことかな？　彼は出られない。彼にとって安全な場所はあそこだけだ。そう信じている。自信を持っていいよ」

ちっちゃな茶色の道化め。鍵のかかった部屋に銃を持って入るのに、自信を持てって言うのかよ。

「一つ提案しても？」

「もちろん、ミスター・ラインハルト」

「彼を外に連れ出しましょう、部屋の外へ」

「連れていく？　誘拐する気か？」

「我々が監視できる場所に呼び出せばいいでしょう。彼の接触相手がそれを手配できるかもしれない。我々は会合の前から監視するんですよ。そうすれば足場は我々のものだ」

少佐は様々な側面を考えるように唇を噛んだ。「それだと後始末が大変になりはしないかな」

「その場所を掃除しなくちゃならないと？」

「君がするわけじゃないよ！　それはちゃんと手配してある。すべて手配済みなんだよ、ミスター・ラインハルト」

「つまり計画を変更するには遅すぎるということですね」

「自信を持って行こうじゃないか」

部屋に戻る途中、彼は広場の露店に立ち寄り、値引きの交渉もせず、二千ページほどある英語の辞書を買った。コンチネンタルのフロントで、貴重品を金庫から出してくれるよう頼むと、フロント係が彼のベトナム航空のフライトバッグを持ってきた。部屋に上がり、彼は装備をバッグから取り出し、部屋のラジオの音量を上げた。午後二時だった。アメリカ軍ラジオ局が、間近に迫った月旅行のニュースを伝えていた。彼はサイレンサーをピストルに取り付け、バスタブに辞書を置き、一メートル離れたところから四発撃ち込んだ。

傷の入っていない最初のページは一八三三ページ目だった。予想していた通り、この銃で至近距離から撃つと、弾は貫通してしまう。さらなるナンセンスだ。俺は22型を頼んだのに、バズーカみたいなのを持ってきやがった。宇宙飛行士が月を目指してるっていうのに、俺はベルリンに電話もできない。

電話がかかり、通じた。彼の父は死んでいた。

二年間待っていた知らせなのに、それを耳にしたとき、彼は心底驚いた。父はあれほどの数の苦しみの中を一息ごとに進んできていたから、それが止まることがあるとは思えなかった。特に何かに息の根を止められたわけではなかった。病院で朝食を食べた後、うたた寝をしていて、そのまま息を引き取ったのだ。電話口での母は疲れた声だったが、それ以外では悲しんではいないようだった。

彼はドラにも電話をし、父の死を伝えながら、泣き崩れた。「また電話するよ。電話はつながっているから」電話についてのいい知らせで、心が引き裂かれてしまったように聞こえたに違いない。

この四部屋のホテルを経営しているのは中国系の旅行業者(トラベル・ブローカー)だったので、中国系のビジネスマンがここを使うのだろう、とチュンは思った。

日中、外の通りは騒々しく、夜の九時か十時を過ぎればいくぶん静かだった——遠くの車、遠くのジェット戦闘機、ずっと近くの市街上空にいるヘリコプター。街で部屋を借りて泊まったことなどなかった。通りに出る鍵と、自分の部屋の鍵の両方とも、「1」という数字が刻まれた木切れについたひもにつけて持っていた。

通りに面した扉を開けると、狭い階段に入り、上がった廊下もやはり狭く、天井が高く漆喰の壁で、両側に二つずつ部屋があって、突き当たりには流し、浴槽、そしてチェーンを引くと水が流れるトイレがあるバスルーム。午前中には、廊下をどすどす歩く足音や、隣人たちがバスルームで水を流し、喉を鳴らして痰を吐く音がし、夜には隣の部屋の男が咳き込み、ベッドから窓に歩いていって路地に痰を吐く音が聞こえた。

建物には電線から電気が通っていた。階段の上の天井とバスルームの上にかかった蛍光灯は一晩中ついていたが、部屋には明かりがなかった。あるのはブタンガスのランプ、竹の枠に載せてある薄いマットレス、円形でドーム状になった網、小さな四角のテーブルだけで、テーブルにはランプと木のマッチ箱、そして灰皿代わりの大きな貝殻が置いてあった。

一つ向こうの通りで毎晩食事し、次の日の夜までの食事を買い込んでいた。ハオからはお金を渡され、アメリカ人たちが、おそらく一週間後に予定を決めるまで、できるだけ外に出ないように言われていた。だが、毎日外出はしなければならない。自制はしないつもりだった。サイゴンに来てから四日が経っていた。

人目につかないように、と言われるまでもなかった。誰かに見つかったらおしまいだ。彼はテトのお祝いでベンチェーにいる家族をほんの二、三日訪ねている、幹部たちはそう了解していた。もう二ヶ月近くも連絡を絶っていた。かくも長き不在に言い訳のしようがあるはずもなく、どんな嘘をついても、「総括」を逃れることはできない——何時間も集団討論をして、ついには他の誰にも増して自分自身で、自分は一線を越えてしまった、と信じ込むようになり、自ら罰を求めるようになる。この問題をアメリカ人たちがきちんと理解してくれるようにしておかねば。うまく言い逃れすることができた、他の裏切り者のベトコンの話を彼らが知っているかもしれないし——どんな言い訳なのかは想像もつかない、病気の発作か、怪我か——彼が不在の間のアリバイを証明してくれるかもしれない。

今日も米はやめておこう。海鮮醤がまだあるなら、麺だな。昨日はあったが、俺が使い切ってしまった。

この何週間か、最初はメコンデルタにある軽食屋の二階の部屋にいて、次いで旅行業者の上の部屋で、しじゅう閉じ込められていたことになるが、牢獄とはこういうものだ、と彼が思うようになったものとは幸いにも違う状況だった。コンダオ島の収容所では、十二人の男たちと一緒に石の床で寝て、コンクリートの板に足首をつながれたまま寝ることもあった。看守たちは頭上で交差する狭い通路をパトロールしていた——時には囚人たちに小便をし、バケツから屑肉をぶちまけてくることもあった。部屋は差し渡し二人分ほどの奥行きもなく、幅はその半分ほどだった。囚人たちは互いを気遣っていて、大義と彼らを隔てているものは死だけだった。そしてフランス時代の終わり、解放、北への船旅、そしてコルホーズ、集団農場——「集団未来」の市民たち、たいていいつもピリピリしていて、時に暴発し、いつも必死で、愚かさと怒りと服従の中で生きていた。未来の市民たちが彼に言うことなど、ほとんどなかった。彼は年長で、「三つの門」のすべてをくぐってきていた——牢獄、血、自己否定——一つのステージを通るごとに、彼らすべてをとらえている嘘にはまり込んでいく。そして最後の門、番号などない門。友人や親戚を捨て去ること、真の投獄。自分の血を、力を、そして日々を混ぜ込んでしまったら、もう大義に属している。だが、重要なのは裏切りだ。

彼の人生で最も幸せだった日々は、チュオンソン山脈から下っていった日々だった。雨の中、何週間も北側を上ったあと、いい天気に恵まれ、故郷を目指してのんびりと歩いていった。あやうく命を落とすところだった病気、全員が熱で震えていた脱走兵たちのキャンプ、岩を積んでお香が乱立していたり、腹を空かせた虎たちに掘り返されて噛まれてばらばらになった死体を目にした後、ベンチェーに向かう楽な下りの旅、肺には南部の空気が満ち、ジャングルの樹冠を通って陽光の筋が差し込み、花には母の名前がついていた。だが俺が入った土地では母は死んでいて、他の人間は死んでなどいないふりをしていた。俺の脚は山を越えたが、故郷に帰ることはなかった。

出ていく旅をかき立てたのは、裏切りだった。裏切りが、彼を取り戻すだろう。

オリーブ色の海水パンツを履いて、胸はむき出しで、サンズは裏手にある小さなポーチで枝編みの椅子に座り、川からの涼風を浴び、砂糖とココナツミルク、それに、知りたいとも思わないであろうもので作ったドリンクを飲んでいた。ゴミの煙と川の悪臭で腹がよじれ、虫のせいで頭がおかしくなりそうだった。金切り声を上げる蟬。顔にぶつかってくる小さな羽虫。

小道を車がやってくる音が聞こえた。軍用ジープの音だ。

逃げてから四日、まだ誰も来ていなかった。神々はのんびりと臼を回している。それとも、彼が計画も金もなく逃げたことに気づいたのか。窓から野生の夜に飛び出し、そして今は——暗闇をうろつき、捕まるのを待っている。

表でジープのブレーキ音がしたところで、彼は立ち上がり、家に入った。

暑くなる日中のこの時間、スキップは蚊よけの網を正面の入り口に掛け、ドアは開け放しにしていた。開いた戸口から外を見ると、野戦服と茶色いTシャツを着たジミー・ストームが低い門から入り、段を上がってきた。

サンズは網を脇に引っぱり、客の後ろで落として閉めた。

ストームは郵便の束を胸のところに抱えていた。挨拶はしなかった。「ヴォスはもう貢献してねえよ」

「何だって?」

「あいつは任務をやり遂げられなかった」

「つまりあいつはどうしたんだ、あいつは——」

「墓場行きだ。ヘマをやらかしたのさ」

空いたほうの手で、ストームはサンズのみぞおちに抉るようなアッパーを見舞った。肺から空気がなくなり、横隔膜は動かず、吐き気で目が見えなくなった。サンズは前のめりに膝をつき、頭を横にしてタイルの床に倒れ込んだ。

ストームがカンバス地のブーツのつま先で彼の耳を小突いて、サンズはいくぶん意識を取り戻し、呼吸を取り戻した。

「今お前の頭を蹴ってぶち抜くことだってできるぜ」

「そうだな」とサンズはどうにか言った。

彼は郵便を一つ一つ読み上げながらスキップの頭の上に落としていった。「これはお前の『ニューズウィーク』。これはお前の『タイムズ』。こりゃ何だ？――『スポーツ・イラストレイテッド』かよ」

「ストーム――」

「お前のせいでニッチもサッチもいかなくなっちまった。お前のせいで俺たちはマジでちょっとヤバいことになってんだ」

「ストーム――話し合おう」

「何だって俺がお前と話をするなんて思ってんだ？ 腰抜けの後方予備隊が胎児みたいに丸まって床に転がってるってのに、俺がこのゲームについて話し合うと思ってんのか？――非武装戦闘学校でそんなこと教わってきたのかよ？」

実のところ、集団に襲われたときには体を丸めて大事な部分を守り、「騎兵隊が来ることを祈れ」と生徒たちは言われていた。しかし、襲撃者が一人のときは違う。しっかりと地面にいる男は、片脚でバランスを取りつつ蹴っている男よりも有利だ――それが物の道理だ。試してみようという気にはならなかった。

「仕方なかったなんて言うなよ。デマカセもいいとこだ。やっちまいましたとだけ言え。やっちまったってな」

「俺は何も言わなかった」とスキップは言った。「何をやったかってことについては」

「お前と俺は別の次元で話をしなくちゃなんねえよ、なんたってお前はこっちに降りてこねえからよ。お前は降りてこねえ。今起こってることはそういうことだ。じゃあ、いいたばっ、ちっまえ、」喋りながら彼はサンズの頭を蹴っていた。

「もう気が済んだか？ だといいけど」

「ああ。せいせいしたさ。いや、まだだな」彼はサンズの脇腹を二度蹴った。

彼はさっさと出ていこうとして、ドアまで行き、戻ってきた。

「俺がマジで気にしてるとでも思ってんのか？ 俺たち

はこの戦争で負けるさ、だから何だ？　アメリカの小さなガキ共がホー・チ・ミン高校に通って、ファッキン・レーニンのゲティスバーグ演説を暗記することになるか？　ベトコンが通りで俺たちの女をレイプするか？　違うだろ。何から何までデタラメだぜ。勝とうが負けようが、俺たちは平気なんだ。でも俺たちはここにいる。俺とお前、他のクソ野郎たちだ。自分たちのクソと付き合わなくちゃなんねえ。じゃ、やってやろうじゃねえか。大元にある一番大事な理由は、『知ったことかよ、やっちまおうぜ』ってこった。お前が分かってるかは別にしてな」

「そうさ。だいたいそれが叔父さんの理論だった」

「大佐は生きてる」

「生きてるって？」

「生きてないのかよ？」

「違うな」

「生きてるさ、こん畜生」

「そりゃただのでまかせだ」

「そりゃそうだ。でもお前は分かってない。それがまさに反応器を動かすんだ。デタラメの芳香ってやつが」

「起き上がってもいいか？」

ストームは長椅子に座り、荒い息づかいだった。

「まあいいか、俺はこのまま横になるよ。疲れてるんだ」

「俺たちがやってることをお前はコケにしたんだ。お前にとっちゃ心理作戦なんてベビーフードなんだ。いいか、よく聞けよ、勝つか負けるかはここで決まるんだ。デマカセの領域でだ。俺たちが戦場で奴らのケツをどれくらい思いっきり蹴っ飛ばすか、あるいはそのファッキン逆かなんてなあ関係ねえんだ」

「大佐は死んだよ」

「そうさ。お前はガキさ。お前はここにいて、自分の小さな子宮の中でポップコーンの粒みたいに丸くなってんのさ。お前の裏切り者用保育器だ」

痛みをこらえ、少しずつサンズは立ち上がり、椅子に歩いていって、また倒れ込んだ。

「どんな気分だよ、スキッパー？　クソみたいな気分だといいけどな」

「ジミー」

「おう」

「リック・ヴォスは死んだのか？」

「まさにその通り」

「お前は……お前がリック・ヴォスを殺ったのか？」

「違うぜ、このバカ。ベトコンが殺ったんだ。誰かが奴のヘリコプターを撃ち落としたんだ。連中はそう思ってる。とにかく、落ちたんだ」

「リック・ヴォスが死んだ？」

「乗ってた全員だ。ヒューってな」

「ヘリで何をやってたんだ？」

「例のごとくチンポコみたいに遊び回ってたのさ」

「何てこった。あいつには妻子がいたんだ」

「ま、もう家族なんていねえってこった。すぐに他の男のものになるだろうさ。世の中のクソはそうなってんだ」

ヴォスには小さな娘がいたんだった、とスキップは思い出した。彼は前にかがんでココナツドリンクをテーブルから取り、ずきずきする頬骨に冷たいグラスを当てた。

「で、スキッピー君よ。先週の木曜はどこにいた？」

「サイゴンだ」

「嘘発見器を受けていた、と」

「そうだ。その通り」

サンズは椅子に座ったまま前にかがんだ。二階の鏡台の引き出しには25口径のベレッタピストルがしまってあり、一瞬だがほとんど抗い難いくらい、上がっていってピストルを取り、ジミー・ストームの顔面に撃ち込んでやりたい衝動にかられた。その波が引くと、体は弱々しくなり、ほとんど麻痺したのかと思うくらいだった。彼は両手で顔を覆った。「なあ。出ていくのか、どうなんだ？」

「ああ、行くぜ。カルマのせいでお前の友だちがスープになっちまったよって言いに来ただけさ」

「何てこった。ヴォスもかわいそうに」

「ああ、ヴォスもかわいそうにな。奥さんに伝える役目を俺が引き受けたいよ。ちっちゃくてかわいいガキたちだといいよな。落ちてく間にガキたちのことを考えてたんならいいけどな」

いきなり、サンズは自分のグラスから氷を摑み、彼の顔に投げつけた。「ああ、畜生」とジミーは言った。「すまねえ。さあ、もっと投げてこいよ」彼の目はそれを求めて、罰を求めて叫んでいた。「初めてお前に会ったとき、何て大雑把な顔の野郎なんだって俺は思ったね。灰皿を探って吸い差しを探してる。どうやってあんたの財布をかっぱらったもんかって外見だ。ちびっ子クルーズでここに来てやがる。アジア人とスパイごっこをやりに来ましたってわけだ。お前はここでちょいと女を引っかけて、いかした車を見せびらかしに来たんだよ」

「俺を足蹴にするのが終わったんなら、出てってほしいな」

「足蹴にする？　馬鹿言ってんじゃねえ。たった今でも大佐は拷問されてんだ。奴らは大佐の骨を一本残らず折ってんだぞ」

「ジミー。ちくしょう。頼むよ」

「大佐が第二次大戦中どうやってジャップ共から逃げおおせたか覚えてるか、おい。死んだふりをやってのけたんだぜ」

「そりゃよかったな。伝説にしがみついてろよ」

「俺は理性のマンコ臭い声なんかじゃないね。俺はクソに浸かって、処理して、事実を感じ取るんだ。直感てやつさ。ここじゃそいつが不足してる」

「ジミー、大佐は死んだんだ。全部おしまいなんだ」

「彼は何て言ってた？　何千回となく言ってたろ？『どうやって偽りの情報を敵の手に渡すか？　具体的にはホーおじさんの手に？』ってな。シナリオその一、偽の文書を盗んだとかいう二重スパイを通じてだ。その二、本物の生きてるアメリカ人、わざと捕まるスパイを使う。両方使うってのが大佐のお気に入りのアイデアだった。複数のバラバラの情報源から入れば、信頼性は増す」

「ジミー。しっかりしろ」

「いや、これはあまりに筋が通ってるじゃねえか。あまりに準備周到で、きっちり計画されてんだ。大佐はこのクソをでっち上げて、俺たちには言わなかった。彼は任務をやってて、俺たちは出し抜かれてる。助けてやることもできねえ。つまんねえ、興ざめもいいとこって状況さ。んで俺たちはニガー扱いだ」

「どうして大佐が俺たちに知らせもせずにそんな手を仕掛けるんだ？」

「どうして？　お前がチクリ屋だからだ。おまけにガキだ。ヘンタイだ。お前のケツに一発ぶち込んどきゃよかった」

「いいいか、よく考えてくれ。俺が捕まったって誰に聞いた？」

「俺は物知りなんだ」

「ハオから聞いたんだな」

「知るかよ」

「ストーム――ハオだよ。ハオだ」

「奴が何だって？」

「密告者（ネズミ）だ。チクリ屋だよ。ハオだ」

「アホかよ。よくがんばりました」

「ジミー、ハオなんだよ」

「自分のカルマに気をつけとけ。自分のカルマをよーく見るんだ。そいつがお前を爪先からゆっくり食い尽くしてくのを観察しとくんだな、このボケ」

「連中は言語学校で俺を嘘発見器にかけたんだ。ハオもいた」

「デマッカセだ」ストームはその主張を少し考えた。「連中に混じってたのか？」

「いや。でも廊下で奴を見かけた」

「授業でも受けてるんじゃねえのか」

「地下に支局があるんだ。地域公安か何かだ。俺がそこに座ってたら、ハオがドアの前を通って行った。連中は俺が奴の姿を見るように仕向けたんだ」

ストームは彼をまじまじと見た。人間嘘発見器だ。「俺はお前に何て言った？　こいつはロックンロール戦争なんだ。連中はクソほども分かってねえ」彼は立ち上がり、シャツの裾で顔を拭い、両脚と胸に刺青されたフラダンサーの赤っぽい脚と緑のスカートが見えた。「ちくしょう、ちくしょうめ」

「ハオは放っておけよ。ただ生き延びようとしてるだけだ」

「そうだな。畜生。ここはLSD(アシッド)でハイになったディズニーランドだな。そのクソはもう吸ってみたか？　LSDは？」

「まだ味わってない」

「近寄らないようにしとけ、スキッパー。お前はフラフラし過ぎてんだ」


場所は分かっていた。二つの鍵を使えば行くことができる。武器も、予定表も、最後の頼みの綱のポイントもあった。一番必要なものが、彼にはなかった。

彼にはチームがなかった。あまりに多くを一人でやらねばならなかった。指示者が信用できないせいで、連絡ポイントを見張らねばならないし、任務の場所を監視しておくために手を尽くさねばならない。体が三つあっても、大雑把に監視しているだけでは役に立つまい。アメリカ式に率直に言えば、彼は「殺し屋」に過ぎなかった。ただの武器担当だ。

標的はもう一週間近くをこの場所で過ごしていた。フェストが推測するに、食事を配達してもらわない限り、標的はそのうち外に食べに出ねばならなくなる、おそらくは夜の闇に紛れて。いずれにせよ、監視が可能なのは夕暮れ時だけだった。影に紛れた影。昨夜は、少なくともフェストが十時ごろに持ち場から離れるまでは、何も起きなかった。今晩は少し早め、日没時に到着してそのブロックを歩き回り、じっとしている姿が隠れるくらい暗くなるのを待った。

夕暮れになっても、路地での生活にほとんど変わりはなかった。子供たちはさらにけたたましく叫び、日中を別のところで過ごして戻ってきた、むっつりして無関心な男たちがいるせいで、女たちの声も余計に甲高くなるようだった。フェストはこれに比べれば物静かな自分の家族が恋しかった。ドラは口数が多すぎるし、クロードは馬鹿なことばかり言っているかもしれないが、街の交通の騒音に太刀打ちできるような口調では喋らない。まったくもってフェストは家族が恋しかった。無理もない。父の死で彼は涙もろく、哲学的になっていた。その知らせに最初は動揺したが、父を失うことはずっと前から覚悟していたので、すぐに慣れた。何日か経って、父がまだ死んだままだと悟ったとき、また悲しみに襲われた。心のどこかで、父が死んでもまた訪ねていって、そのことを話せる、と思っていたようだった。

この作戦を父の反共産主義への感傷的なはなむけだとは考えないように、と決心していた。自分の義務をはっきりと自覚し、その通りに生きた男の追悼には、かくも素人臭く計画された、無用に危険な作戦は滑稽なだけだ。

彼がブロックを四周し、角のところに来ると、通りのドアから下宿屋を出る人影が目に入った。

こいつに違いない。今までそこから出てきた人間といえば、着古した礼装のスラックスにTシャツを着ていたし、二人の老人の場合は漫画に出てくる中国人のような長いシフトドレスとぶかぶかのズボンという格好だった。そしてもっと重要なことに、彼らは出てくるとすぐに通りを横切っていた。堂々と自分たちの行きたいところに行っていたということだ。今回の男は、ジーンズとTシャツを着て、壁に近いところの影に隠れたまま、ブロックの端まで動いていた。彼が角で通りを横切ると、フェストは歩き始めた。標的は直角のブロックを進んでいき、フェストが角を曲がると、ちょうど彼がその端で右に曲がるのが見えた。フェストは自分も壁の近くから離れずに小走りになった。同じところで右に曲がると、歩調を緩めて歩いた。男ははんの二十メートルほど先にいた。二人は男が泊まっている通りと平行に進んでいた。男は明かりのついた入り口に入った。フェストはその前を通り過ぎ、男が軽食屋のテーブル席に座って店の主人と話しているのを見た。次の交差点に差し掛かると引き返し、もう一度店の前を通った。男はお椀と箸と急須を前に座っていた。

フェストはきびきびと角まで歩き、左に曲がり、また小走りになった。ポケットに鍵があった。

ブロックの端で通りを渡り、影の中に立ち、下宿屋の二階の窓を観察した。通り側の窓はどれも明かりがついていなかった。そのはるか上空では、オレンジ色の曳光弾が上に向かって筋を描いていた。毎晩繰り広げられるこのショーは、オーロラのパロディのようなものだ。ヘリコプターとジェットエンジンの音が近づき、去っていった。混雑した通りのほうからは、街の雑多な騒音が漂ってきていた。輪タクが二台ほど、そして通行人も通り過ぎていったが、胸が悪くなるあの路地を別にすれば、夜のこの時間帯のこのブロックは、サイゴンの大部分より静かだった。

彼はシャツの下の腹当てホルスターから銃を、ズボンのポケットからサイレンサーを取り出し、装着した。今は武器など必要ないが、明日の夜は、この時点から手に持って動くことになる。ひどく汗をかいていた。明日の夜にはハンカチを二枚持ってきて、銃を扱う前にしっかりと手のひらを拭っておこう。

通りに面したドアのところで、彼は左手に鍵、右手に銃を持って、鍵を一つ試してみた。選んだほうの鍵で合っていた。左の後ろ側にあるポケットに鍵をしまい、中に入った。ドアは開けたままにしておいた。虫が点々とついた、むき出しの蛍光灯の明かりの下、狭い階段が上に続いていた。彼は左にあるスイッチを試してみて、二秒ほど真っ暗闇にして、またスイッチをつけた。ちかちかと明かりが戻った。前のポケットから二つ目の鍵を取り出して、どの客でもそうするように足音はしっかりと立てて階段を上り、右側にある最初のドアに鍵を差し込んだ。ドアは内側に、右に向かって開いた。彼はドアを押して大きく開け、脇に下がり、銃を構えた。予想通り、中は暗かった。部屋からは何の音もしなかった。部屋の反対側にある窓は隣の建物の壁に面していた。

ドアを開閉してみた。弧が六十度を越えると、上の蝶番が軋んだ。ドアの鍵にも油を差せばいいが、油を持ってくることまでは考えていなかった――殺し屋は彼一人しかいないということを、連中は分かっていないのか？

ドアは開けたままにして、彼は中に入った。廊下からの明かりがないために、中は信じられないくらい暗かったが、任務を完了するためには、部屋に入る前に廊下の明かりは消しておかねばならない。ドアの両側にある壁を探ってみたが、スイッチはなかった。銃をホルスターに戻し、シャツのポケットからペンライトを取り出し、小さな光の輪を部屋中に動かした――壁にスイッチはなく、天井にランプもない。

狭いベッド、その上には蚊よけ網が結んであり、ランプと大きな貝殻が置かれたテーブル。そばの床には、畳んだズボンとTシャツ、そしてナップサックもあり、彼は手早くその中を探ってみた――本が二冊、ボクサーパンツが一つ。彼は薄いマットレスを持ち上げ、大きな間隔で並んでいる支え木越しに、ベッドの下の床には何もないことを確かめた。横になってみて、木の板と小さなテーブルの裏側に明かりを当てた――どちらにも何も留められていない。彼は立ち上がった。

彼はペンライトを持って部屋を歩き回り、漆喰の壁を探りつつ、特に床板に注意して、緩くなっていて軋むところがないか確かめた。

一つだけある窓のガラスは上がっていて、隣の建物は手が届くくらい近かった。間の狭い空間に何が住んでいるか、分かったものではない。彼は片手を外に出し、敷居の下を探ってみた。外の壁には何も取り付けられておらず、隠し場の類いはなかった。

他に武器を置いておける場所はまったくなかった。男は武器を持ち歩いているか、ケン少佐が誓ったように、持っていないのかのどちらかだ。とっさに使えるものとしてはテーブルか、灰皿代わりらしき貝殻――男が目を覚ましたとすれば――男が目を覚ましたとすればテーブルか、灰皿代わりらしき貝殻を使うかもしれない。

男は武器を持っていない、と強く保証されていた。しかし、ナイフくらい誰でも買える。あるいは首絞め用の縄だって手に入る。

ペンライトの明かりで、彼はマットレスを丁寧に調べた。片側の端が色褪せている。おそらく、こちらに頭を置くのだろう。

フェストが見るところ、問題は、用心深い男、おまけにストレスと緊張で過敏になっている男は、ちょっとした物音でもベッドから起き上がり、何に対しても身構えてしまうだろうということだ。

ドアからノコノコ入っていくなんて、気違い沙汰だ。音を立てずに階段を上がれるとしても、フェストが鍵を回しても男が眠ったままだ、という見込みに頼るしかない。

いっそのこと、今殺ってしまったらどうだ？

十分後か、十五分後には男は夕食を終え、このドアから入ってくるだろう。殺してしまって、軍言語学校に直接行き、その場で対応するしかなかった、と釈明することもできる。臨機応変に対処せよ、というのがこの職業の金句だった。

しかし、変更を強いられるまでは、作戦の計画、それらしきもの、そのかけらにしがみつくものだ。彼は常に計画通りに行動してきた。そして、作戦が失敗したことはなかった。

明日の夜、午前二時ちょうどでなければならない、とケン少佐は念を押していた。一時間後にその場所は清掃され、死体は処理される。計画のその部分はもう固まっているようだった。それに合わせてやらねばならない。段取りが実際の殺しではなく清掃作戦中心になっているらしいことが、フェストには腹立たしかった。

しかし、もし今夜、男がさっさと食事を済ませていたら——彼がもう食べ終わっていて、階段を上がっていて、たった今ドアの前に立っていたら、と考えてみよう——俺は殺るだろう。そして、もし俺がここで十五分待つことにして、本当にそうなったら？　用意周到にその瞬間を選んだか、やむを得ない事情でそうなったかなんて、どう違うだろう？

もう一度、彼は壁と床板を調べ、わざと必要以上に時間をかけ、計画の変更を狙って、運命を、標的の運命を挑発していた。しかし男はのんびりしていて、どうやら遠出を味わっているようで——誰だってそうするだろう——五分後にフェストは部屋を出て、後ろ手にドアを閉めて鍵をかけ、明日そうするであろうように銃を右脚に押し当てて階段を下り、通りに出た。彼は銃をしまい、辺りを窺うことなく後ろ手に扉を閉め、まっすぐ通りを横切って、布地店の入り口の影で待ち構えた。

さらに十五分待ったところで、標的が通りの反対側から戻ってきて、建物の通り側の扉を入った。

フェストはもう一度通りを渡り、建物の間の狭いスペースに入って、上の窓を見た。小柄な男が入ってから一分もしないうちに、窓がぐっと明るくなった。彼がランプをつけたのだ。

右側の窓だった。この男だ。

明日の夜、この男が食事に出て、午前二時にではなく、戻ってきてすぐ死んだとしたら？　死体が六十分間ではなく、数時間横たわっていたとしたら？　死後硬直で処理班には厄介なことになるかもしれないが、大丈夫だろう、とフェストは思った。任務が完了するという保証のもとでの交換条件なら、十分変更する価値がある。何が起こるか分からない真っ暗闇の部屋に入るか、真っ暗な部屋で、そこに誰もいないと思っている男を待ち構えるか。

明日のこの時間に、彼はまた来ることになる。もし男が外出したら、フェストはその帰りを待ち構えるつもりでいた。


チュン・タンはベッドに腰掛け、生温いコカコーラを飲み終えようとしていた。時計も腕時計もないので、今は午後三時以降で、それほど遅くはない、ということくらいしか分からなかった。夕暮れになって解放されるまで、たっぷり二時間はある。

彼はベッドで背筋を伸ばして座り、息、自分の呼吸だけに集中しようとした。

行動したい時にじっとして、苛立ちを押しつぶすというのは、それに伴う軽い吐き気も相まって、法外に感じられるほどの身震いがする。くすねてきたブランデーのように。ハオがあの老人の小屋から瓶を盗んできたとき。老人の妻は死んでいて、老人は自分では料理などしなかったから、かまどの灰の中に隠していたのだ。瓶には酒が半分近く残っていて、俺たちは煤を洗いもせずに全部飲み干し、手も顔も黒くなって、すっかり上機嫌で歩いて、二人で気持ちよく歌っていた。住職は笑っていたな。俺はいつも坊主と呼ばれていたっけ。俺が寺に残ると思っていたんだ。

あのころの彼は、じっと座っている術を心得ていた。一日の大半を、俗世の下にある沈黙の中で過ごす術を学んでいた。今では、俗世が彼の心の中に居座り、ウイルスのように彼の孤独を蝕み、瞑想していると様々な考えが這い回り、飛び交い、降り注いできて、そのどれもが彼を苛んだ。

床で両膝をついて瞑想しようとしたが、逆に時間の流れが緩慢になっただけだった。まだ明るく、午後五時にもなっていないとき、階段を上ってくる足音がして、ドアがノックされたので開けると、猫のような尖った顔つきのアメリカ人軍曹が彼の前に立っていた。

「００７！　俺を覚えてるかな？」

彼は喋りながら前に歩いてきて、チュンは脇によけたが、ドアは開けたままにしていたので、閉めるようにアメリカ人が合図した。

「どんな調子だい兄弟？　まだ笑ってるか？」

彼の名前はミスター・ジミーだ、とチュンは思い出した。

「おうとも」とミスター・ジミーは言った。「病気にかかったクモどものクソの山に飛び込むって感じだな。最高だよ」

気まずくて、チュンは微笑んだ。

「ハオはどこだ？」アメリカ人は腕時計を見た。「あの野郎はおりませんってのが本日のメッセージか？」ミスター・ジミーは大股で四歩歩いて窓のところに行き、敷居に両手を置いて頭を突き出し、狭いスペースからのぞく通りの一部を見下ろした。彼はチュンのほうに向き直った。「ま、ネガティブな重圧ってやつをかけるのは嫌だしな。まだ言わないでおこう。いや言ってしまうぜ、あのチビは来ない。つまり俺たちはちょいと一杯食わされたか、完全に一杯食わされたってことだ。コーラもう一本あるか？」

「いや、結構だ」

ミスター・ジミーはまた部屋を横切り、壁にもたれて座り、脚を片方伸ばしてもう片方の膝を上げた。しばらくいるつもりらしい。「一本吸うか？」

「タバコは好きだよ」

彼はシャツのポケットを探ってタバコに火をつけ、箱とライターをチュンに投げてよこした。

「マルボロね」

「ああ。俺は考えようとしてんだ。だから黙ろうぜ」

チュンは立ち上がってドアの鍵をかけ、ベッドの上に座ってタバコを吸い、空になったコーラの瓶の口に灰を落としていった。

「こいつの最後の一服を吸ったら、そこまでだ。さっさと出てくか、しばらくここにいるか」軍曹は深々とタバコを吸った。「いいさ。ここにしばらくいるとするか」

二人は黙ってタバコを吸い終え、チュンはタバコを瓶の中に落とし、軍曹は床に捨てて踵でもみ消した。そのときになって、彼に灰皿を渡しておらず、自分でも使っていなかったことにチュンは気づいた。

「いいか、あんた。ハオはあんたの友だちか？」

「ハオは私の友だちだ」

「いい友だちか？」

「いい友だちだ」

「本物の？」ミスター・ジミーは両手をしっかりと握り合わせた。「最後の最後、地獄まで一蓮托生ってくらい本物か？」

チュンはその質問が理解できたような気がした。彼は唇を突き出し、両手のひらを上に向けて肩をすくめた——フランス人たちがそうするのを見たことがあった。

軍曹は急に立ち上がったが、出ていくわけではなかった。彼は腕を伸ばしてタバコの箱を差し出し、目には恐怖の色が浮かんでいた。「二重スパイだって？　まったく笑わせてくれるぜ。南ベトナムのクソバケツの中じゃ、生きとし生ける者はみんな二重スパイだろうがよ」

チュンはもう一本タバコを受け取ったが、軍曹のライターには片手を上げて首を振った。彼はテーブルにタバコを置いた。

「俺の頭がポッキリ逝っちまったとあんたは思ってるだろうな。それは分かる。認めなきゃな。でも俺はまだ自分のクソに耳澄ませてんだよ、同志。なぜって、今起こってるのはそれしかねえからだ」

「ミスター・ジミー。ゆっくり話してくれ」

「英語は話せるか？」

「少しだけ。良くない」

「お互い話が通じてないな。交信ナシだ、分かるか？　あんたの言葉ではちゃんと名前があって実在してても、俺には分からねえ。あんたにはすべての名前がある。基本的な自分の居場所に関しては分かってる。あんたが分かってないのは、自然の法則から完全に外れちまった地域では、それが全部フラフラ動いちまうってことだ。つまり、ベトナムの中で適用される法則すべてだ。だが地球って星の別のところから見れば、そうした法則はベトナムには当てはまらねえ。俺たちはたかが外れたゾーンっていうか状況に囲まれてて、あんたはこのあたりの名前を知ってるっていう状態から卒業したようなもんで、そのゾーンからすぐに吸い取ることができるようになったんだ。あんたは俺たちの周りのそのゾーンから吸収してて、連中はあんたに触れない」

チュンは耳をそばだてて、この男を感じ取ろうとした。パニックと、怒りが伝わってきた。「どういうことかな？」

「あんたに触れられないのは誰だ？」

「何だって？」

「俺に見える限りのクソまみれの指紋を持ったものすべてが、あんたの体中に塗りたくられてるね、そしてどうしようもねえドジな道化のバカ標的って感じで光ってる。胸クソ悪いものすべてだ。だからゾーンから吸い取れよ、エージェント99。クソが降り注ごうとしてんだ」

チュンは恐怖と虚勢を肌で感じた。

「それにな、大佐だろ——というかプロセスだよな、そうだ——あんたもその当事者なんだ。あんたも一部だ。こいつは全部一つなんだ。俺たちがその一部さ。大佐もだぜ。大佐だ」

「サンド大佐か」

「そりゃもうそれこそ大佐サンだよ。彼が弦をかき鳴らしてて、俺たちゃ片脚の女みたいに踊ってんだ」

「オーケー」チュンはどうしようもなく言った。

軍曹はせわしなく開いては閉じる口のような形を片手で作った。それを自分の耳に当てた。「ハオから聞いたよ。ハオだ。チュンを殺しに来る男がいる。男だ。殺し屋だ」

ハオがそう言ったのなら、信頼できる。「今夜か？」

軍曹は立ち上がり、手首をチュンの顔の前に突き出し、腕時計のダイヤルを指差した。「午前二時」

「二時か」

「〇二〇〇だ」

「朝二時」

「あの二重イカサマ野郎が俺たち二人ともペテンにかけて、チーム全体か何かで殺しにかかってるんじゃなければな。だけど俺はこの件では車輪に乗ったリスみたいにカリカリ走り回るつもりはないぜ。それとも——畜生、そうだよな、そうするさ、お互いデタラメを言うのはよそう。けど俺は出て行かねえ。ズラかるつもりはねえよ。来るべきものが来るんだ。どんな気違い沙汰が俺にゴミをぶちまけてくるのか見届けてやんだ、いい勉強になるだろ、な、どっかのデタラメなケツしたサドのヒトラー神が俺に学ばせたがってんだ。だから気に食わねえ。なぜって俺は勉強が嫌いだ、学校が嫌い、授業も嫌いだ。規律って考えただけで怖くてガタガタ震えて頭に来るね。でもハオが午後四時に金を持って来るからここで会おうとぬかしてて、ハオはぬけぬけと大嘘つきやがった。あいつは欠席常習犯だよ。ハオに友だちなんかいねえ。あのチンケなアジア野郎は完ペキな悪魔だ。あいつの妻が家にいなかったら首をへし折って死体をファックしてやったね。あいつもそれを分かってた。でも準公的な場だったしな。畜生、あの女もやってやりゃよかった……。そうだ。で、これが武器だ」

彼はシャツの縁を持ち上げて、オートマティックのピストルをベルトから取り出した。「セニョール・ミスター・チュンへの特別配達であります」

チュンは後ずさり、両手をかすかに上げた。

「違うよ、違うって。チクショー！ ちったあ英語勉強してくれよな」彼はピストルを横向きにして、あれこれ回転させながら差し出していた。ＶＺ50、東ヨーロッパ製。

彼はもう一度窓のところに行き、顔を出した。ベルトに銃を押し込んで、またタバコに火をつけ、マッチを敷居の向こうに投げ捨てた。「分かったよ、クソ、いいだろ、オーケー」と軍曹は言った。「いいか。俺はそのボケナス野郎に通りで待ち伏せを食らわせてやりてえんだが、その殺し屋が一体誰なんだか分からねえ。そいつがドアをノックしてくるまではクソほども分からねえ。手探り状態だ。例のごとくって状況だよ」彼はタバコを吸って、特に何を見るでもなく部屋を見回した。「枕の一つもねえのかよ。枕があるもんだと思ってた。チクショー！　枕持ってねえのか？」

「ミスター・ジミー。ゆっくりしゃべってくれ」

「こいつを静かにやらないといけねえんだ。枕だ。静かに」彼は銃が反動する真似を両手でしながら、唇に指を一本当てて「シーッ」という音を出した。

じゃあ、ナイフだろう。チュンは拳を握りしめ、彼を刺すふりをした。

「あんたの短剣てどこにあんだ？　そいつを見せてくれよ」

チュンは肩をすくめた。

軍曹はポケットを探り、折り畳みナイフを取り出した。「たぶん刃渡り七・五センチてとこだ」彼はナイフを開いた。「スプーンとフォークだってあるぜ。後で奴を食うことだってできるな」

ナイフを受け取ろうと、チュンは手を差し出した。

チュンは開いたナイフをマットレスの自分のそばに置いた。彼は片手を差し出した。「武器を」

軍曹はベルトからピストルを抜いて、ほっとしたような様子で手渡した。チュンは挿弾子を取り出し、薬室を空にして、指で弾丸をマットレスの上に出していった、薬室に入っていたものも数えれば、七・六五ミリメートルの弾が九発。

「そいつは信頼できるコミュニストの銃だ。ベトコンタイプの武器だよ。お金たくさん（ブークー）」

その代金が欲しい、と彼は言いたいのだろうか？　少しでも曖昧な言葉は無視するに限る、とチュンは決心した。ベッドに腰掛け、彼はマガジンに弾を詰め直して銃に差し込み、撃鉄を起こして薬室に一発入れ、安全装置を押し下げた。撃鉄が下りると、小柄な軍曹は飛び上がって「マジかよ！」と叫んだ――どうやら彼はデコッカー安全装置のことを知らなかったようだ。つまり、銃は彼の持ち物ではない。

チュンはマガジンを取り外して、ピストル、挿弾子、そして薬室の弾をテーブルに置いた。

「すげえな。機械の秘密ってか」

「静かに」とチュンは言い、フランス語を試してみた。

「静か」

「なるほど。俺たちゃここでバイリンガルをやるのかよ」

彼は軍曹に空のコーラの瓶を渡した。

「そりゃ俺の好みの取引じゃないな。あまりに不公平だ」

チュンは銃をマットレスの上に置き、ナイフを取り上げ、マットレスに半メートルほどの切り目を入れた。ナイフを脇に置き、彼は裂け目から綿毛の塊を引き出し、軍曹に持たせたコーラの瓶に指で押し込んだ。「静か」

二人は寝台の枠組みから竹の細板を取り、蚊よけの網から糸を取って、綿を詰めた瓶を銃口につけ、四十五分かけてピストル用の消音装置を作った。若い軍曹は相当汗をかいていた。彼は花柄のプリントが入ったシャツを脱いだ。草のスカートを履いた、信じられない絵柄の女の刺青が彼の胸を覆っていた。

二人は消音装置のついたピストルをマットレスに置いた。大きな繭に似ていたが、そこから後ろ向きに出ているのは蛾ではなく、小さなピストルだった。

チュンはどうにかして自分の考えを伝えようとした。

「静けさ一つ。一つ。ただの。一つだけ」

「分かるよ」

どうやってその武器を使うか、チュンは決めた――自分のTシャツで手袋を作り、片手で消音器を支えるのだ。

これは左手でやらねばならない。彼は背中を壁に当ててドアの左側に陣取り、動きを練習した。

「あんたはいやなゲス野郎だよ。まったくさ」ミスター・ジミーは興奮して、嬉しそうだった。チュンにはその感覚が分かった。最初の頃は、彼も作戦の前にそうした気持ちを強く抱いていた。この瞬間でさえ、その火花の名残りが彼の中で散っていた。

チュンはドアの左で壁を背にして立ち、左手を上げて人差し指で指した。「私。俺」彼は前に踏み出し、男の頭が来るであろう場所まで指を下ろし、それから三歩下がった。彼はその動きを繰り返して、自分の足を指差し、自分の動きがどうなるのかを軍曹にしっかりと把握させた。

「君。ミスター・ジミー」チュンはドアの右側に行って壁を背に立ち、左手を伸ばしてドアを引いて開け、その動きの中で右に一歩動き、それからぴたりと静止した。「止まる。ストップ」

彼は軍曹を壁際の同じ位置に立たせ、大きくドアを開いて銃弾をよけ、そしてぴたりと止まる動きを繰り返させた。

「ちっくしょう」と軍曹は言った。「このクソが終わったらがっつり飲まなきゃな」

チュンは肩をすくめた。

「俺は考えるタイプなんだ。暗殺者じゃないんだよ」

二人揃って練習を始める前に、チュンはもう一度念を押した——

「私……」彼はこめかみに指先を当てた。「あたま（ラ・テテ）。一つ」

「ああ。あたま（ラ・テテ）ね。一発だろ」

「君……」彼はドアを開いた。

「最高（セ・シ・ボン）だよ」

もし弾丸の頭のところを横に切り取っておけば、頭蓋骨から外に出ることはなく、あたりを汚さずに済むかもしれない、とチュンは思った。軍曹は何の痕跡も残したくないのだろうか？　ブツブツ言って身振りで訊くには複雑すぎる。もし運が良ければ、時が来てひどい状態になったら対処すればいい。

この男に頼ってもいいのか？

心の底で、チュンは軍曹を疑っていた。もし彼がうまく動けなければ、チュンを救うべくやってくる男に弾丸を撃ち込めるチャンスはなくなる。軍曹にはドアを開けるときに一歩動き、それ以上は動かないことをしっかりと確認させた。

二人は一緒に練習した。ストームがドアを開け、その場からよけて、まったく動かずに立つ。チュンが前に出て、引き金を引き、三歩下がる。

下の階で、通り側のドアが開く音が二人の耳に届いた。ミスター・ジミーの口も開いた。チュンは安心させようと微笑んで、廊下に出た。

階段の下で、建物の持ち主の旅行業者が壁のスイッチに手を伸ばしていた。廊下の明かりが発作のようについた。「こんばんは」とチュンが声をかけると、男は片手を上げて挨拶と別れの両方の仕草をして、外に出てドアを閉めた。

夕暮れになっていた。チュンはかさばる銃をマットレスの残骸の上に置き、ランプに火をつけ、シューシューと音を立てるガスを強めると、芯が白熱した光を発した。

「ミスター・ジミー。私は行くよ」

軍曹はその言葉でひどく混乱してしまったようだった。

「外に出るよ」

「外に出るって？」

「そうだ。私は行くよ」

「その、今晩何があるってんだよ？　逃すわけにはいかないマージャン大会でもあるのか？　さあ外出だってタイミングじゃないだろ」

「ミスター・ジミー。私食べ物。空腹」

「ここにいろよ。俺が行ってきてやる」

「ここにいればいい。私が行く」

「信じられねえ」

「戻ってくるよ」チュンは軍曹の腕時計をそっと指差した。彼は指先を文字盤の上で動かし、三十分を指した。

「戻るよ」

「デタラメもいいとこだ」

「いや、ジミー」嵐のような苛立ちが湧いてきた。彼はベトナム語で言った。「出なくちゃいけないんだ。考えなきゃいけない。外の空気を吸うんだよ。行かないと。動かなくちゃならない」彼はかさばるピストルを摑んでマガジンをまた出し、予備の弾も詰めて、また差し込んだ。両手でその銃を大事に持ち、ミスター・ジミーに渡すと、彼はズタズタにしたベッドの上にそれを置いてから自分の腕時計を指差した。

「三十分か？」

「君は待つ」

アメリカ人は尻ポケットから札入れを取り出して、お札を何枚か渡した。「タバコ仕入れてきてくれ。マルボロだ。本物のマルボロだぞ」

「待ってて」

「本物のマルボロだ。偽物のマルボロを持ってこないでくれよ」

「マルボロね」とチュンは確認した。


通りでは、チュンは建物に近いところを進んだが、角で道を渡ってからは堂々と歩いた。用心なんて何の意味があるだろうか？

ハオに裏切られていた。

あるいは、ハオが彼を救ってくれたのか。もしくは両方か。今のところ、それ以上はっきりとはしなかった。

アンドゥン通りにやってきて、彼は売り子を呼び止め、マルボロ、いいマルボロを一箱買った。アメリカ人はいいマルボロを欲しがっている、そのことは分かっていた。

軽食屋ではいつものテーブルについた。今夜は、いつもの中国人の老人ではなかった。その代わり、同じくらいの歳の女がいた。奥さんだろうか。「麺をお願いするよ」と彼は言ったが、彼女は首を振った。ベトナム語を話せないのだ。

まあいいだろう――麺は見当たらなかった。それなら、今日も米にすればいい。彼はカウンターに行き、コンロの上に乗った釜一杯の米と、その上の急須を指した。分かった、というように彼女は頷き、彼は席に戻った。

彼は通りを行き交う人々を眺めた。人に囲まれていると、自分は壁に面した窓がある部屋にいるのではなく、全世界、本当の大きさの世界に目覚めたこと、自分がそこで迷子になってしまったことが分からなくなった。今の状況がどうなっていようと、何が問題であろうと、誰に裏切られたにせよ、彼は迷子だった。

考えてみれば、今まで本当に慎重に行動してきたが、何という無駄。その過ちを後悔しているわけではなかった。躊躇ったことを悔やんでいた。懐疑と躊躇は別のものだ。俺は三年かかって心を決めた。一気に飛び込めばよかった。疑いは真理だが、躊躇いは嘘だ。

老人が店に入ってきた。「コカコーラはいるかな？　パンは？」――彼のいつもの日中の食料だ。すぐに逃げることになるのなら必要ないだろう、と彼は思った。どこに逃げる？　行くあては？　行ったとして、何ができる？　それに、どうして暗殺者を待ち伏せするのか？　さっさと姿を消して、また別の日に戦ったらどうか？　ミスター・ジミーは今すぐ戦うことを勧めている――それにこだわっている。そもそもミスター・ジミーとは何者だ？　見たところ、味方だ。しかし今は、見たところ以外の何にもとづいて行動できる？

だが、ハオは――敵なのか味方なのか？　それがはっきり分かるとは思えなかった。

軍曹は知っているのかもしれないが、二人は話が通じなかった。そのことで、彼はスキップ・サンズのことを思い出した。ひどい発音で、語句集に辞書を抱えた、話ができるアメリカ人。しかし彼の知る限り、スキップ・サンズがこれを手配していたはずだ。大佐は死んだ。ひょっとすると、大佐の接触相手が足手まといになってしまい、消されようとしているのかもしれない。スキップ・サンズを探し出すのは賢明ではない。この世の誰かを信頼するなど、愚行もいいところだ。

彼は無数の悲しみがのしかかってくるのを感じていた。しかし、同じくらいの悲しみか、それ以上のものを、これほどの人々が抱えている。しかしこの男は。この男は、本当に孤独だった。

老婆が丼と急須を持ってきて、湯呑みとソースを二つ持ってまた戻ってきた。彼は二つのガラス瓶を嗅いだ。一つは海鮮醬。彼はそれを米の上にかけた。箸がない。彼女に向かって手を振って、指を二本こすり合わせた。彼女は派手に飾られた漆塗りの箸を持ってきた。運が良かろうと悪かろうと、空腹は毎日やってくる。彼は頭を垂れ、丼を顔の前に持ち上げ、食べ始めた。

日の最後の光で自分の姿は丸見えだったが、フェストは何の見せかけもせずに布地店の表で立っていた。連中には何事かと思わせておけばいい。何があったとしても、彼がここにいるのは今晩で最後だ。

十時くらいになって、通りのカフェが全部閉店してしまった後でも標的が外出しなければ、もう出ることはない、と俺が確信すれば、もし中に入って奴を待ち構えることができなければ——それまでだ。入ってはいかない。

その代わり、彼は軍言語学校に直接行き、失敗を報告して撤収を要請するつもりだった。もし学校が夜間に閉鎖されていれば——もし、例のごとく、そうした不測の事態が見落とされていたら——アメリカ大使館に行って、警備の海兵隊員にケネス・ジョンソンの名刺を差し出せばいい。もし追い返されたら、タクシーを拾ってタンソンニュット空港に行き、どこ行きでもいいから朝一番に出る飛行機を待てばいい。

夜の帳が下り、店を経営している女が中から鍵をかけ、明かりを消した。建物の奥にあるむさ苦しい一角で夜を過ごしているに違いない。彼は戸口のところに一歩入り、姿を隠した。

夜になって十五分後、下宿屋の通り側の扉が開き、標的が影には入らずに斜めに通りを進んでいった。フェストは男が角を曲がるまで待ち、前日の夜と同じように小走りで後を追い、次の角で男が右に曲がったときにも同じようにした。おそらく、同じ軽食屋に向かっている。そのブロックの終わりでは、フェストは角を曲がって追っていくことはできなかった——男が立ち止まって、通りの少年に話しかけていた。フェストはそのまま通りを渡り、クラクションを鳴らすバイクの波に止まりもせずに入っていった。バイクが歩行者をはねずに進む術を心得ていることは分かっていた。

通りの反対側から振り返った。男はタバコかガムを買っていた。そして、そのまま軽食屋に入った。

フェストは下宿屋のある通りへと戻った。最初に着いた暗がりで立ち止まり、一息ついた。ハンカチを取り出して両手を拭い、後ろのポケットに戻し、もう一枚のハンカチで同じ動作を繰り返した。シャツの前を上げ、腹のホルスターからピストル、前のポケットからサイレンサーを取り出して装着し、左のポケットから鍵を出して、すぐさま建物正面の扉に歩いていって開けた。後ろ手に扉を閉め、鍵はポケットにしまい、右手のポケットからもう一つの鍵を出して階段を上がった。

熱のせいで湿気のこもった手で、鍵を差し込む。彼がドアを開けると、残されていた唯一の前提が消え失せる――三十数年の人生で、大人はおしなべて死者であるこの地域で何かしら役に立つことを学んできたはずだ、という前提が。

部屋の中で、ランプが燃えていた。シャツを着ていない男、白人の男、間違いなくアメリカ人の男がベッドの前に立って、丸みのある包みを差し出していた。

彼はもう指令から逸脱してしまっていた。何をしてしまったのか？

「失礼」英語でフェストは言った。

それと同時に、建物全体がひっくり返った。廊下の天井が頭上を駆け抜け、階段が彼の後ろに一気にせり上がってきて背中を打ち、通り側の扉が逆さまになって停止し、頭上にそびえていた。

胸が殴られていた。訊きたいことがあったが、息が詰まって口に出せなかった。彼の上にある通り側の扉が一気に開き、人影が一つ、彼方の闇に吸い込まれていった。信じられないものが姿を現そうとしていた。


チュンが自分の通りの角に差し掛かると、バイクに乗った男がそこで止まって片脚を歩道に下ろし、エンジンをアイドリングにして、彼が向かおうとしている方向を肩越しに振り返っているのに気づいた。チュンは用心深く角を曲がった。

彼の建物の前に、何人かの男が立っていて、全員が同時に中国語で叫んでいた。彼は通りの反対側にいた。通りかかった最初の路地では、何人かの住民がこまごました仕事に没頭していた。子供たちは混じっていなかった。歩いていくと、さらに多くのバイクが止まっていて、人々が開いたままの建物の正面扉のほうを振り返っていた。その周りに集まっている男たちの中には、建物の持ち主の姿もあった。

彼が急いで歩いて通り過ぎ、一度だけ通りの向こう側に目をやると、ある男の体が、階段から後ろ向きに倒れたように投げ出されているのが見えた、片腕が体の下でよじれていて、もう一本の腕は後ろに伸ばしていた。チュンは数々の死体を見てきた。この男は死んでいる。

男が着ているシャツは白か、青かもしれないが、もう血に染まっていた。

彼が覚えているかぎり、ミスター・ジミーは明るい花柄のシャツを着ていて、とにかくチュンが出たときには上半身裸だった。

歩みを緩めて、じっくり眺めるなどという危険を犯すわけにはいかなかった。彼は歩き続けた。行くあてはどこにもなかった。

サンズはほぼ間違いなく家賃の支払いが滞っているヴィラのダイニングテーブルにつき、使用人が用意した、自分では払えない素晴らしい昼食を食べ終えた。まだクビになっていないとしても、給料を受け取ることは不可能だな、でもそんなことはまったく大した問題じゃない、と考えていた。

道で車の音が聞こえ、彼は素早く立ち上がった。白のシボレーのインパラが表に停まった。運転していたのはテリー・クロデルだった。

おそらくは風を入れるために、クロデルは前側のウィンドウを十五センチほど下げ、車から出た。今日は民間人の服装で、黄色のカーディガンを着ていて、ブリーフケースを持ち替えながらそれを脱ぎ、前の座席に投げ捨て、足で運転席のドアを蹴って閉めた。彼が一人で門をくぐって来るのを見つめながら、サンズはふと思った――地球で一番孤独な前哨地から見れば、カオクエンは極東の交差路になってるよな。クロデルが御影石の段を上がり、ポーチにやってきて、ブリーフケースを摑み、家を覗き込む様子は、疑いと希望が入り混じった、保険のセールスマンの仕草だった。

サンズが彼のために網を払うと、クロデルの顔から不確かさがすっかり消えた。すぐに中に入った。「ねぐらに入った餌食ってとこだな」

「何か飲み物でも?」

「風が入るところに座らせてくれ」

「ベランダが裏にあるけど、今はまだ陽が当たってると思いますよ」

「ここでいい」

クロデルは居間のコーヒーテーブルの上にブリーフケースを置き、大きな籐の椅子の一つに座った。「冷えた水を、大きめのグラスでお願いしようか。せっかく涼しく感じてるからな」

「そりゃ心強いニュースだ」

サンズがキッチンに入ると、ミセス・ディウが高い椅子に座って両足を横木に載せ、サヤエンドウの皮を剝いてスカートの膝元に出し、皮を亜鉛メッキの桶に捨てていた。彼がやりたかったのは、その手の仕事だった。「僕らにお茶とサンドイッチを頼んでもいいかな?」彼女は膝からエンドウをすくってカウンターに載せ、サンズは冷蔵庫にあるピッチャーから大きなグラスに水を注いだ。恐怖で、手に力が入らなかった。タイルに水が飛び散った。

サンズが彼の向かいに座ろうと居間に戻ってきても、クロデルは振り返らなかった。

「テリー、ブリーフケースには何が入ってるんです?テープレコーダーかな?」

「もっとましなものだよ」

「超小型嘘発見器?」

クロデルは彼に中指を立てた。

「僕を見つけたわけだ。大したもんですよ」

「君には口の軽い友だちがいるな」

「僕に言わなくてもいいですよ」

「いいところじゃないか」

「幽霊が出るんです」

「そんな感じだな。そう。少しな――おいおい、スキップ、耳をどうしたんだ?」

「殴られたんですよ」

クロデルは椅子に座り直して、足を組んだ。「君は興味深い人物だよ。もっとちょくちょく訪ねておくんだったな。それに、ここには静かな雰囲気がある」

「僕は動き回って汗をかかないようにしてます。エアコンがないので」

「リック・ヴォスはヘリごと墜落した。死んだよ」

「知ってます。可哀想に」

「同情をどうも」

自分の意志にまったく反して、サンズは震えるため息をついた。「ハオはどうなりました？　彼も死んだんですか？」

「グエン・ハオか？　そうでもない」

「聞いてください。もし彼があなたの手先なら、行方を探したほうがいい」

「ハオは自分の面倒を見るというとんでもない仕事をしてる。どえらい仕事だ」

「彼の身が危ないんだ、テリー。本当です」

「ハオと妻は出国するところだ」

「まさか。真剣な話ですか？」

「真剣な話とは、リック・ヴォスが死んだことだ。君に会いにカオフックに行くところだった。もう死んでしまったが」

何と言えばいいのか、サンズは分からなかった。潰された耳の脈動に苦しめられていた。キッチンではやかんがヒューと音を立て始めていた。「じゃあ僕が荷造りして、一緒に行こうってことですか？」

「そんなところだ」

「どうして大使館の海兵隊員があなたの両脇を固めてないんです？」

「送迎じゃないんだよ。ここに電話があれば、電話して招待すればいいだけだった。いいかスキップ、使用人たちを家に帰してもらいたい」

「彼らの家は二十メートルも離れてませんよ」

「それでもプライバシーにはなるだろう」

「家は裏口を出てすぐのところにある小さな建物なんですよ」

クロデルはただ彼を睨んでいた。

「先にお茶とサンドイッチにしませんか？　彼女が今作ってくれてるところです。お腹は空いてます？」

「ああ」

「おいしいサンドイッチですよ。彼女はパンの耳をちゃんと切り取ってくれます」

「コンチネンタルみたいだな」

「その通り。もしお望みなら耳はつけたままでも――」

「いや、遠慮しておく」

すでに、ミセス・ディウが皿にサンドイッチを載せて持ってきていた。スキップは立ち上がってお茶を取りに行った。キッチンにミセス・ディウが入ってくると、「今日の午後はもう休みにしてくれ」と彼は言った。

「休み？」

「そうだ、頼むよ。家を僕たちだけにしたいんだ」

「出てほしいんですか？」

「そうだ、単に――家にね。悪いけど、家に戻ってくれ」

「昼食の片付けはいらないんですか？」

「たぶん後で頼むよ」

「イエス、サー」

「僕が片付けておく」

「オーケー」

「とてもおいしかったよ」

彼女は裏口から出ていった。砂糖入れ、スプーン、ティーカップを二つ、それにティーポットを、自分の指には取っ手が小さすぎるトレーに載せて、サンズが居間に持っていくと、クロデルは耳なしサンドイッチの皿を見つめていた。まだ手をつけていなかった。「地元の紅茶ですけどね」とスキップは言った。「今日はミルクなしです」

「ミルクがないのか？」

「つまり、薄いお茶だってことですよ――分かるでしょう、水っぽいんです。それがここのやり方です」

彼は紅茶を注ぎ、クロデルがサンドイッチを二口で食べて、次々に味わっていくのを見守った。自分が身を乗り出してこわばっていることに気がついて、後ろにもたれ、リラックスしている風を装った。客にもっとサンドイッチを勧めて、さらに――チキン、ポーク、バターを少し――勧めようとする中西部出身ならではの衝動を抑えた。「いいパンだ」と彼の客は言った。クロデルがブルーの布ナプキンで両手を拭うまで、二人とも何も言わなかった。

「確か」とクロデルは口を開いた。「君は最後にＪＦＫ特殊戦センターの場所のことを私に訊いていたな」

「フォート・ブラッグでしょう。思い出しましたよ」

「私は第四大隊所属だ。特技区分訓練だよ」

「特技区分ってのは何です？」

「軍の特殊技能だ」

「そうですか。誰を訓練するんです？」

「連中だよ。仲間だ」

「そういうことか。あなたの専門は何です？」

「心理的作戦だ」

「テリー大尉、あなたは僕にちょっとむっと来てるみたいですね」

クロデルは笑みを浮かべたが、ほんのかすかな笑みだった。「君を嘘発見器に参加させられなかったわけだな」

「そうですね。どっちにしても対照質問には嘘をつきましたよ」

「どうしてそんなことを？」

「第一回目の結果をごちゃごちゃにしたいだけです」

「スキップ、我々が君に質問するときには、敵に尋問されているときのように振る舞うべきじゃない。我々は敵じゃないんだ」

スキップは言った。「『敵』という言葉はもうどんな場合でも使いませんよ。二度とね」

「なぜだ？」

「馬鹿馬鹿しいじゃないですか。最近自分の周りを見回してみました？　こいつは戦争なんかじゃない。病気ですよ。疫病です。先日の嘘発見器が僕の予備段階だった。今日が第二ラウンドだ。そうでしょう？」

「いや。違うな。これはただの出迎えだ。言ってみれば。つまり君はそろそろここから引き上げる潮時だというだけだ、だから私が迎えに来ている」

「じゃあどうしてぼんやり座ってるんです？」

「知的好奇心というやつだよ。それでいつも私は失敗するんだが。大佐とは何者だったのか？　何をしていたのか？　つまり、彼のささやかな論文は職業的には自殺行為だが、主張そのものには反論し難い」

「ヴォスはほとんど自分が書いたと言ってましたよ」

「アイデアは大佐が出したものだ。どちらにせよ、ほとんど背信的なアイデアだが」

「大佐は偉大な男だった」とスキップは言った。「それに、どこを取っても背信的ではありませんでしたよ」

「我々みんなそう信じたいんだよ、スキップ」

「彼はとてつもない力の持ち主だったんですよ、テリー、それが死んでしまった。僕は混乱してるし、あなただってそうだ。突然いなくなってしまった。本当にまごついてしまう」

「じゃあ我々の立ち位置をはっきりさせようじゃないか、スキップ、そして大佐が残した混乱と向き合おう」

「あなたは彼を完全に誤解してた」

「おいおい、勘弁してくれよ！　この件をウォルト・ホイットマンだか誰だかについてのストーリーに脚色しないでくれ――先見の明のない、視野の狭い愚か者たちが、人気者の予見者をリンチするというやつはごめんだよ。受難の物語にはしないでくれ。この男は何者だったのか、と君に訊いているのに、君ときたらどうしようもない映画のテーマソングを歌っている」

「ちょっと待った。僕はあなたが分かってないことを言おうとしてるだけですよ。僕は生まれたときから彼を知ってる、そしてクロデル、誓ってもいいですが、大佐は本当に裏のない人間だった。大佐は片方の翼が吹き飛ばされた飛行機を操縦して、葉巻を吸いながら死を笑い飛ばしてるような狂った人間だった。それは確かだ。でも知的になりたがってたという一つの面もあったんです。博学になりたかったし、上品な官僚になりたかったんだ。大佐がパイプを吸うようにならなかったのは驚きですよ。実は知的になりたかったし、情報システムを監視したかったんだ。彼のどこかには隠れた図書館員がいたんですよ」

「そしてその部分が我々をこんがらがせてるんだよ、スキップ。それに対処しよう」

「対処するですって？」

「頼むよ、スキップ。協力してくれ。もう一度、すべてをはっきりさせなければならないんだ。大佐は分かち合ってはくれなかった。自分の試みを広く共有することはしなかった」

「だから？」

クロデルはティーポットの最後の一口を自分のカップに注いだ。

「いいですか、テリー、僕に今すぐ何かを正せと？　それは無理ですよ」

「彼のファイルについて訊きたいんだよ」

「二階にありますよ。持ってけばいいでしょう」

「本当か？」

「ああ、持ってってください。ガラクタですよ」

「この時点では嘘をつく必要はないと分かっているだろうな」

「分かってます。ファイルは二階ですよ。あのファイルは無価値だ。それが絶対的真実です」

クロデルの緊張が和らいだ——信じたのかもしれない。

「本当に凄い男だった。本当に凄かったよ」

「ええ。大した人でしたよ」

「ジョン・ブリュースターとの関係については何か言っていたか？」

「ブリュースター？」

「そうだ。知りたくてね。二人はどんな間柄だった？」

「ピリピリしてましたよ。ブリュースターはいくつか心配事があって、大佐をあれこれ取り調べてたんです」

「ハ！　心配事だと？」

「彼の健康について」

「健康ね。つまり彼の心臓と、酒癖、それに突然人のあごに一発食らわせる性癖についてだろう」

「心臓?」とスキップは訊き返した。

「それで死んだんだろう?」

「死因については何も知りません。暗殺されたと聞きましたよ」

「その手のナンセンスは私も散々聞いた。大佐はレックスの二階で心臓発作を起こしたんだ。水泳プールでね。あるいはレストランかどこかだ。とにかく、アラモを守っていて命を落としたわけじゃない」

「そうか——そうか、分かったぞ」

「何だ」

「あなたはブリュースターの部下なんだ」

「それは憤慨ものだな」

「ええ、でももう一回言いますよ、あなたはブリュースターの手下だ。他の誰かが勘づく前に、ブリュースターはファイルを見ておきたいんだ、そうでしょう?」

クロデルは微笑んだ。

「テリー、僕を間抜けみたいな目で見ないでくれ」

「仕方ないだろう」

「これは非公認の作戦に関する調査じゃない。誰かの体面が悪くなるかもしれないメモカードの束についてなんだ。心配するようなことは何もしていないはずの誰かさんのね」

「ナンセンスだな」

「ああそうですよ。確かにそうだ。つまり、ファイルがどれくらい役立たずなのかってことを考えればね。でも今の状況はそういうことでしょう? まったく。じゃあ見てみましょう」

「そうか?」

「行きましょう」

クロデルは彼について狭い階段を上がった。この時間帯の家の二階には、屋根裏のように熱がこもっていた。サンズは予備の部屋を指差し、風が入るかもしれないと思って自分の寝室のドアを開けた。クロデルは予備の部屋を覗き込んでいた。「どこだ?」

サンズは彼の横を通って、小型トランクの蓋を一つ開けた。「うまく隠してあるでしょう」

「これなのか?」

「全部アルファベット順になってます。相互参照もついてる。どうぞ『ブリュースター』の項目を見てみればいい」

「おいおい。もし大佐が真剣だったのなら、暗号化されているだろう」

「暗号じゃありません。ブリュースターに言及がされていそうなものを何でも見てみたらいいでしょう。場所の名前とか、その手のものを」

クロデルは別のトランクの蓋を上げて覗き込んだ。「君はこいつを喜んで我々に引き渡すつもりか?」

「他に何ができます?」

「このベイビーたちを車に積み込もうじゃないか。きちんと詰めれば、一回で全部持って行けるな」

「言語学校へですか、それともどこか?」

「軍事援助司令部の敷地だ。タンソンニュットだよ」

「軍事援助司令部はもうあそこにはないでしょう」

「小さな施設があるんだよ」

「そうか、ちくしょう」とスキップは言った。

「どうした?」

「僕はあなたとはどこにも行きません」

クロデルは眉毛をつり上げて彼を見て、サンズのほうはこの赤毛の男の体格を計算し、ジミー・ストームの教えを一つ拝借して、この男の腹、胸骨のすぐ下あたりにアッパーカットを一発食らわせてやろうか、と思ったが、思い直した。最近喧嘩に負けたばかりだったので、また喧嘩する気にはならなかった。

「ちょっと待って」とスキップは言った。「着替えてきます」

彼は廊下を横切って自分の部屋に入り、クロデルもついてきて、彼が短パンから長いスラックスに替え、靴下と靴を履いてシャツを羽織るのを見ていた。他には? もうこの家に戻ることはない。鏡台には、フィリピンで撮った写真が積み重ねてあった。彼はポケットに五、六枚を入れた。鏡台の引き出しから腕時計とパスポート、25口径のベレッタ製ピストルを取り出した。「クソ」とクロデルは言った。「そいつは絶対だめだ」

サンズはパスポートをポケットに入れ、腕時計をつけて、前に一歩出て銃をクロデルの額に突きつけた。

「オーケー、オーケー、分かったよ。安全装置は入っているか?」

「いや」サンズは考えようとした。「ここから話はややこしくなるんだ」

「安全装置を入れて、下がるんだ、それから話をしよう」

「話は全部僕がする。あなたは僕の言う通りにするだけだ。ちゃんとするなら撃たずに済む」

「分かったよ」

「そこに立て」

「立っているじゃないか」クロデルは両手を胸の高さまで上げて、指を広げてじっと立っていた。「安全装置を入れてくれ、それだけは頼むよ」

「もう一言も喋るな」

「結構」

「本当だよ。その椅子に座れ」

クロデルはティーテーブルから椅子を引いて座った。サンズは鏡台の一番上の引き出しを開け、片手で靴下とパンツ類を引っ張り出し、応急手当の道具を探った。ガーゼを何ロールか鏡台の上に置いた。「立て。話はなしだ」

クロデルは立ち上がった。彼の背筋に銃を押し当て、サンズは椅子を引き寄せた。「座れ」クロデルは座った。「椅子の後ろ側で腕を交差させろ。口を開けるんだ。もっと大きく」彼はクロデルの口に靴下を詰め込んだ。包帯の留め金を歯で引っ張って、片手でできるかぎりうまく扱いながら、クロデルの顔と首を包帯で巻き、胸の周りを締めて、ロールがなくなるまで何周も巻きつけ、両腕を椅子の後ろ側に縛りつけた。片手では、不完全な結び方しかできなかった。自分の道具が情けなかった。ランプの電源コードがちょうどいいはずだった。電力線の果てにある家では、そんなものは望むべくもなかった。

その荒い息づかいから察するに、クロデルは一連のプロセスに何か口を挟みたいようだったが、サンズはさらに二ロールを使い、彼の両脚を椅子の脚にそれぞれ縛りつけ、自分にコメントしていた——お前は何をやってる？　次は何だ？　テープもなしで、どうやってグリーン・ベレーをガーゼで椅子に縛りつける？　結ばなくちゃいけないぞ。結び目を作るには両手がいるんじゃないのか？

「あなたをしっかり縛る間、銃を鏡台に置く」と彼は言った。「何か試してみてもいいし、じっと座っててもいい」クロデルは身動き一つせず、サンズは二ロールを使って彼の両手首を縛り、トラック運転手が使う引っ掛け結びをきっちりと作り、彼の両腕を椅子の後ろに固定した。残った四ロールを持ってサンズは彼の前にひざまずき、囚人の血行など気にせず、それぞれの脚をできるだけきつく縛った。

クロデルには何も言わずに部屋を出て、廊下の反対側の部屋で荷造り用のテープを見つけた。戻ったとき、見たところではクロデルは脱走するための動きは何一つしていなかった。サンズは彼の口、胸、両脚に何メートルとテープを巻き、作った結び目を覆った。「これからファイルを下に持って行くよ。階段を上り下りして、あなたを見張っているからな。もしあなたがここでジタバタして逃れようとしてたと思ったら――神かけてそこまでだ、あなたを殺す」

最後に階段を上ったとき、彼はクロデルの耳元にかがみ込み、消耗で激しく息をつきながら言った。「大佐のファイルを燃やすよ。どうしてか分かるか？」赤毛の男が喉に詰めた二・五センチのガーゼ越しに返事してくるのを待つかのように、彼は言葉を切った。クロデルは目を閉じて、ただ鼻から息をすることに集中していた。「分からない？まあ、考えといてくれよ」自分の言葉にがっかりした。情けない気分で部屋を出て、家の裏手にトーが積み重ねた薪のところに行き、おそらく直径一・五メートル、一番高いところで六十センチくらいのカードや紙の山を作った――彼が二年間かけ、フランシス・ゼイビアー・サンズ大佐の人生がどれくらい費やされたかは知るよしもない仕事にしては、つまらないモニュメントだな、と彼は思った。風は強く吹いていて、メモカードの何枚かは川まで飛ばされて落ちていた。

薪に火がつく前に、マッチを切らしてしまった。もっと火がつきやすいものを探そうとキッチンに入ると、二階のクロデルが床の上でドシドシ動いている音が聞こえてきた、尻をついたままピョンピョン跳びはねる猿のように、床の上を進んでいるのかもしれない。どうでもよかった。

マッチが詰まった箱を持って外に出て、薪の山を通り過ぎ、大声でトーを呼ぶと、長ズボンとTシャツ姿のトーが家から裸足で出てきた。「ミスター・トー、灯油はどこだい？」

「灯油？　ええ、持っています」

「灯油を持ってきてくれ、そしてこの紙を燃やしてくれ」

「今？」

「そうだ、今だ。頼むよ」

トーは家の脇に行って、二ガロンの灯油が入ったでこぼこの箱を持って戻ってきて、紙に浴びせかけ、スキップはひざまずき、土台のところでマッチを擦った。炎が燃え上がり、彼は後ずさった。トーと並んで立ち、しばらく見守った。川の向こう側の遠くの下流のほう、ココナツヤシやパパイヤの木の上にも、近所のゴミの山からの灰色と茶色の煙が上がっていた。

まったく、あの年寄りはどこまで馬鹿だったんだ、と彼は思った。

トーは熊手を取りに行った。スキップは家に戻った。

キッチンにクロデルがいたのでびっくりした。まだ椅子に座っていて、前にかがみ、両手は自由になっていて、まだ彼の左脚を縛っているテープをパンナイフで切ろうとしていた。

サンズはポケットからベレッタ製ピストルを取り出し、立ち上がったクロデルに突きつけた。

すぐに彼は座った。「私を撃つ必要はない！　撃つことはない！」

「僕が何をしていると思う？　煙の臭いがわかるか？　ファイルを燃やしてるんだよ」

「ファイルなんか重要じゃない！　こんちくしょうめ。誰も撃つ必要はないんだよ」

「そうしなかったらどうなる？」

「それでおしまいだとばっちり保証できるとも。両手を動かしたいんだ。脚をさすりたいんだよ。脚が死んでる、君が血を止めてしまった。まったく。どうしようもないカス野郎だよ君は。さっさと私を撃てばいいだろう。君に六千ドル持ってきたというのに。このくそったれ」

「何を持ってきたって？」

クロデルは前にかがみ、血の混じった唾を床に吐いた。「本当にクソろくでもないことになったんだよ、スキップ。連邦情報局の工作員が先日サイゴンで殺られてしまった。フェストという男だ」

「どうなってるんだ」とサンズは言った。「知ってる男だ」

「ディートリッヒ・フェストだぞ？」

「名前は知らないけど、フィリピンで会ってる。それにグリーン・パロットでも会ってるはずだ――あなたに会った日に」

「まあ、とんでもない事態だよ。台無しになってしまった。止めるべきだったが、もう勢いがついていて収拾がつかない。それに、正式なベトコンの標的だったしな」

「クソ、そうか。チュン・タンのことか？」

答えはなかった。

「チュンがドイツ人を殺したのか？」

「君たちの非公認の二重スパイだ」

「それで、彼は今どこにいるんだ？」

「誰のことだ」

「チュン・タンだよ、ちくしょう」

「大地を彷徨ってるさ」

「生きてるのか」

「そう想定されている」

「信じられない。国のない男だ。どんな気分だろう？」

「君が教えてくれよ。君のような気分だろうさ」

「それでチュンを追うのがあなたの仕事だったのか？　あなたの責任？　誰の作戦だったんだ？」

「それは誰にも分からないだろうな。分かるであろうことは、君らが事の起こりだったということだ」

「どこからお墨付きが出たんだ？」

「お墨付きなんて概念にすぎんよ。いつも具体的にあるわけじゃない」

「じゃあ結局、反逆的作戦なんだ。あなたたちのと、僕のと、全員の」

「我々はよってたかってこの件をめちゃめちゃにしたんだよ。だが君ときたら牢獄一直線だ。監獄と汚名だ。それは疑いようがないぞ、スキップ。誰かが調査を始めたら、全員が喜んで君を指すだろうさ。だからこの案はどうかな——高飛びするというのは？」

家の裏から、犬がキャンキャンと鳴く声がしていた。サンズはそれを無視して、クロデルに向かって銃を突き出して事態を掌握しようとしたが、無力感に襲われた。「あんたらが僕を出国させるって？」

「違う。パスポートはあるだろう。現金をやる。飛行機に飛び乗れ」

「なんてこった！　どこ行きの飛行機のことだよ？」

「金は私のブリーフケースに入ってる」

裏手の鳴き声は甲高くなり、近づいてきた。網戸の枠越しにパトリス神父が見えた——犬となったブーケ医師の耳をつかんで引きずってきて、犬の抗議の声に負けじと声を張り上げていた。「スキップ！　あなたの犬だ！　あなたの犬！　頼むよ！」彼はドアを開け、犬を引きずって入った。

「トーにやってくれ」

「トーが家の中に入れろと言っているんだよ」白いガーゼの吹き流しと、片方が銃を持っている二人のアメリカ人に彩られたキッチンに入り、司祭は大きく息を吸った。「家の中に入れろとトーが言っているんだよ」彼は犬を放し、犬は階段をよじ上っていった。小柄な司祭はまだ息をついていなかった。彼は網戸を押して開けようとするように後ろに手を伸ばしたが、手は扉には当たらず、彼は手を差し出したまま、バランスを取っているような格好で立っていた。「犬はいいんだが、私の鶏を襲うかもしれないから。家の中に入れておいたほうがいい」自分の声で悲劇の進行を止めているせいか、彼は言葉を継いだ。「あなたたちの夢を見たよ、スキップ。あなたが夢に出てきたわけじゃないが、合衆国大統領の夢だった。たいてい、フランス人やアメリカ人や共産主義者といった人たちは夢の世界には現れないんだ。彼らは夢の世界には行くけれど、信じてはいないから、亡霊にすぎないんだ」話すにつれて、ある種のヒステリーが高じてきているようだった。「私の故郷の村にいた、チンという男の身に起きたことを話そうか。彼の父が死んで、貸し主たちに土地を取られたので、彼は村を出た。チンは貧しくなって、極貧だった。彼は海岸沿いに旅をして、できることなら漁を覚えなければならなかった。金がなかったから、切羽詰まった旅だった。旅をしながら茂みで寝た。ある晩、とある町のカトリック墓地で眠るように、と夢が告げた。フランス人たちがそこにいたんだ。出先の司令官が彼を見つけて追い出した。でも、ここに来るように夢で言われたから寝てるんだ、とチンは言った。夢を信じるなんてお前は馬鹿だ、フランス人司令官は彼にそう言った、我々みんな毎晩夢を見てるのを知らんのか？　実は昨日の晩、川沿いの一番大きな菩提樹の下に七つの黄金が埋まっているという夢を見たよ——俺が掘りに行ったと思うか？　笑わせるなよ。こう言って、彼はチンを町から追い出した。下流に向かう途中で、チンは一番大きな菩提樹の樹を見つけ、一日かけてその根元を掘って、金貨をちょうど七枚見つけた。彼は私の村に戻ってきて裕福に暮らしたよ。これは本当の話だよ。フランス人の司祭にも話してみたけど、嘘だと言われたよ。チンは金を盗んで、夢のお告げだと言ってるだけだってね。それでもチンは長生きしたし、成功したんですよ、と私は言ったよ。嘘をついて盗みをする泥棒は、盗んだ金でいい暮らしをすることはできない。間違いなく本当の話なんだ。何年か前に、チンは死んだよ。病気の人、特にマラリア患者は彼の墓に行って、治してもらおうとしているよ」

「トン・ニャット」

「何だい」

「もういい」

沈黙が訪れた。司祭が入ってきてから初めてのことだった。

「スキップ」司祭は一触即発の事柄に触れるような口調で言った。「何か変だよ」

「おいおい、参ったな」とクロデルは言い、笑い出した。「興奮してしまってすまないな、ニャット。頼みたいことがあるんだ」

司祭は返事をしたくないようだった。

「そこのコーヒーテーブルの上にブリーフケースがある。

それを僕のところに持ってきてくれないか」

「もちろんいいとも、でも今日の君が心配だ」

「私のことは？」とクロデルは言った。「私は勘定に入らないのか？」

「ニャット、ブリーフケースを持ってきてくれるか」

スキップが見守っていると、司祭は注意深く居間に入ってコーヒーテーブルの前に立ち、両手を胸の前で合わせていた。祈っているんだろうか、とスキップは思った。

クロデルはまだ笑っていて、また床に唾を吐いた。

「大丈夫か？」

「最小限のダメージを食らっている、最小限だよ」

「教えてくれ。その気があるならだけど。どうやって首を折らずに階段を下りたんだ？」

「階段までは跳びはねてフラダンスをして、そこからは横向きに倒れて滑り落ちてきたってとこだな」

「それでかすり傷もなしか。名誉負傷章なしだ」

「右肩は一時的に脱臼したはずだ」

「それはよかった」

「連邦情報局の男が殺された件を君が了解している、ということは確かめておきたい。分かっているな？」

「そりゃもう。僕が罪を背負い込むんでしょう」

「君がリー・ハーヴェイ・オズワルトになるんだよ、ベイビー」

パトリス神父はひと頑張りしてくれた。彼はスキップのそばに立って、両手でブリーフケースを差し出していた。

スキップがブリーフケースをカウンターに置き、ボタンを指で押すと、真鍮の留め金がぱちりと開いて、震えた。

「これは誰のブリーフケースなんだ？」

「全部君のだ。ただにしておくよ」

ブリーフケースには空のマニラ紙フォルダーと、赤のゴムひもで留められた米ドル紙幣の束だけが入っていた。

突然、懐疑と恐怖に襲われた。

「それで——ポケットに手を突っ込んだら、高飛び用の札束がこんな風にお出ましってわけか？」

「ああ、本当だよ。ささっとな。我々は非常に能率的なんだよ」

「いつもそうじゃないだろ、クロデル。たいていあんたたちは信じられないくらい不器用だよ。それに無能だ。どうしてただ入ってきて、これこれの状況になってると言って、僕に金を渡さないんだ？」

「まあ、君はくだらないファイルにみんながこぞって飛びついてきているというアイデアに完全に惚れ込んでいたようだったしな。じゃあそういうことにしておこうか、と思ったわけだよ」

サンズは片手を差し出した。「車のキーをよこせ」

「そいつはだめだ。車は渡せない。私が君を連れていく」

スキップは顔に息がかかるくらいクロデルの近くにかがみ込み、銃口をクロデルの片膝に当てた。「三――二――一――」

「ここだよ」クロデルはズボンを叩いた。

「もらおうか」

クロデルは大使館駐車場の付け札に針金で一本だけ結えてあるエンジンキーを渡した。

サンズは空いているほうの手でブリーフケースの二十ドル札を五、六枚つまみ、揺さぶって札束から抜き取り、カウンターに置いた。「これはトーとミセス・ディウに」と司祭に言った。彼はクロデルのほうを向いた。「僕はドアから出る。僕が道路に出る前にあんたが動き回ってるようだったら、戻ってきて撃つからな。喜んでやるさ。本気だよ、クロデル。気分がすかっとするだろうな」

彼が裏口から出ようとすると、後ろからクロデルが声をかけてきた。「君の気分なんてどうでもいいね」

エンジンをかけると、パトリス神父が門から出てきた。サンズは左手を窓から差し出し、司祭はその手を握って言った。「移動するにはもう遅いよ。22号道路の近くは危険地帯だ。それは知ってるだろう」

「トン・ニャット、君と知り合えてよかったよ」

「戻ってくるかい?」

「いや」

「戻るだろう。そうかもしれない。誰にも分からないよ」

「そうだな、分からないな」

「ミスター・スキップ、またあなたに会うまで、毎日あなたのために祈ってるよ」

「感謝するよ。君は素晴らしい友人だった」

彼はクラッチを入れ、轍のついた道をゴトゴトと進み始めた。後方ミラーに、クロデルがヴィラの正面の門の前に出てきて、司祭と並んでいるのが見えた。腕組みして、脚は休めの体勢になって、反抗と無頓着な雰囲気を醸し出していた。

運転席の横にはクロデルの黄色いカーディガンセーターがあった。彼はそれを車の外に投げ捨て、窓を閉めて、エアコンを入れた。

世界児童事業には規則と手続き、義務というものがあり、二ヶ月に一回、サイゴンに行って「報告及び勧告」を行うこともその一つだった。ドンドゥ通りのホステルで、夜遅くの騒がしい音で彼女が目を覚まさなかったとしても、夜明けのモスクから流れる祈りの呻き声で起こされるだろう。今夜は、クラクションとゴーゴー・ダンスミュージックの音で寝ていられなくなった。

人間の息くらいの気温の、じめじめした夜には、朽ちていく眠い悲しみを感じた。自分に酔っているからそんな気分になるのだ、と彼女は自分に言い聞かせた――ゆったりとして、暑い、熱帯版の自己憐憫。外に出ていって、人と触れ合い、田舎で仕事をする必要があった。そうでもしなければ、沈み込んでしまう。底で腐ってしまう。この土地に貪られて。新しい暴力と絶望として咲き誇ってしまう。

この街では、虚しい奮闘が圧縮され、確固たるものになっていて、彼女は怪物的な苦しみに身を委ねることを待ち焦がれた。あらゆる痛みに引き裂かれたかった。

通りを横切ろうとしたところに、元気一杯の生まれたてのヒヨコを満載した二・五メートルのトレーラーを引いた小さなホンダのバイクがやってきたので、彼女は後ずさった。街ではヘッドライトをつけていないバイクが多すぎる。後ろの戸口からはゴーゴーミュージックが轟いていた。冷たい飲み物が欲しかったが、建物の中は十度暑いうえに、魂に火がついた二十歳の若者で一杯だった。それでも、中に入った。酒場にはビールと汗と竹の臭いが立ちこめていた。ハンドバッグを握りしめ、男たちの群れの中をかき分けてバーカウンターに向かった。

せいぜい石鹸の箱二つ分くらいのステージで、女が二人踊っていた。「あんたのは何だっけ?」とバーでアメリカ兵が彼女に言った。後ろのステージからの赤い光で、顔は見えなかった。「そこのあんただよ――かわいいレディー」若者の声、だが頭のてっぺんは禿げていた。

「何ですって?」

「あんたは何にする? 俺がおごるからさ」

「ビールがいいかしら。タイガーなんてどう?」

「持ってくるよ。そこにいて」彼はバーにいる男たちの後ろを横向きに動き、タイガービールを探しに行った。キャシーが左に目をやると、売春婦が一人、竹のバーに片肘をつき、腰を曲げていて、唇の間からは銀色の煙が勢いよく出ていた。でも――あれはランじゃないかしら? でもそんなはずはない。でもランだった。「ラン」とキャシーは声をかけたが、ランには聞こえていなかった。

キャシーは歩いていった。「ねえ、ラン」

タバコを顔のところに上げ、ランはちょうど空いたバーのスツール椅子に座った。この国での最初の一年ほど、彼女はサデックでキャシーを手伝ってくれた。それから故郷で問題が起きて——村が移住させられたのだ——彼女は呼び戻された。そして今、彼女は目を見開き、赤い口で、パンティーのところまで脚を見せて座っている。「こんにちは、ラン？　わたしを覚えてるかしら？」

　女の子は向きを変え、バーテンダーにそっと話しかけた。

「何にする？」とバーテンダーが訊いてきた。どう答えたらいいのか、キャシーには分からなかった。ランじゃなくて、別人なのかしら？　女の子は体を回転させて、カウンターに両肘を載せ、濃赤色の光の中で華奢な女たちをしっかりと抱き寄せてほとんど動かずに踊っているアメリカ兵たちを見つめていた。

　キャシーに声をかけたアメリカ兵が戻ってきた。「ハニー、ビールを持ってくるからな」と彼は言った。「俺を信じないのか？」

「ちょっと待ってて」両手でハンドバッグを摑み、彼女は踊っている人々をよけて外に出た。通りのじめっとした悪臭が、さわやかに感じられた。彼女は少し歩いて軽食屋に入り、腰を下ろした。ビールを二本立て続けに飲み、椅子の向きを変え、壁を背にして、三本目を頼んだ。ハンドバッグからノートを取り出し、染みや油汚れの中に投げ出して、ペンを見つけた。テーブルに横向きに座り、片手でページを押さえて、彼女は書いた——

　親愛なるスキップ
　イヤッホーイ。わたしのパパは酔っ払ってるか、ほろ酔いのときによくそう言ってたわ。酔っ払うってことはなかったわね。ほろ酔いでもなかったわ、ただ

店の女主人がゴム草履を履いてすっとやって来て、「バスを待ってる？」と訊いてきた。

「夜のこの時間にバスはないでしょ」

「今晩今バスないわ。タクシーを使うね」

「ここにいちゃいけない？　お茶でももらえないかしら？」

「もちろん！　もちろん！　あとでタクシー使ってね、オーケー？」

「どうも」

楽しかったのよ。愛嬌ってやつよね。家族の昔話はそれくらいにするとして。あなたにいくつか言っておきたいことがあるの。

アメリカの肥大した腎皮質と、神聖なる嘘について一言。親愛なるスキップ、あなたの人間臭い心に気をつけたほうがいいわ、でないと永遠に引き裂かれてしまうかも。自分の努力を、ここでの残酷で狂った荒廃に引き渡してしまうのよ。

涙を流して求めても、事態を変えてもらうことはできないかもしれないわ。これはどこにあった言葉かしら？　聖書のどこかね。涙を流して求めて、ね。また例の調子になっちゃったわ！

ティモシーの骨を持ってダムログから出た日、あなたが泉で水浴びをしてるのを見たわ。

——ダバオ市に出て、さらにはマニラに向かおうというとき、彼にさよならを言いに行ったのだ。泥道の向こうに、彼がフレディ・カストロの三階建てのホテルから出て、庭を抜けていくのが見えた。サンダルにチェックのボクサーパンツ、肩に白いタオルを引っ掛け、手には深鍋を持っていた。水を浴びに行く彼はそのままにして、カストロの建物に入って一家に別れを告げようとしたのだが、小さな子供たちがワイワイ言う声を耳にして、結局は小さな谷間に行き、悪ガキたちを前にしたスキップ・サンズが水浴びする姿を見に行った。岩から出たパイプが、自然にできた窪地に水を注いでいて、三十人はいようかという子供たちがその周りに陣取ると、小さなスタジアムのようで、そのアリーナでは、若いアメリカ人が体に石鹸を塗り、深鍋で頭から水をかぶり、騒々しい観客たちと大声でやり取りしていた——

「お気に入りのショーは何だ！」
「ザ・スキープ・サンズ・ショーー！」
「お気に入りのショーは何だ！」
「ザ・スキープ・サンズ・ショーー！」

あなたの周りは子供だらけで、みんなを笑わせてたわね。黄金時代ってとこね。

彼女はペンと紙をしまい、瓶を飲み干し、クラブに戻った。

ビール三本が頭に回ると、喧噪はさらにおしなべて理解し難く、的外れに思えた。ランかもしれない女はおらず、再生速度が落ちて歪んだナンシー・シナトラの声と、甲高い声の売春婦たちと、戯言だらけの歩兵隊の男たちだけ、誰もが、少なくとも彼女と同じくらいほろ酔いで、ぼうっとした頭で、幸せで。

「ずいぶん長いこといなかったじゃないか！」あの禿げのアメリカ兵だった。

「わたしはずっとここにいたわよ」

「マジかよ？　ありえねえ！」

彼女が彼の周りをぐるりと回ると、彼の顔に光が当たった。彼は間抜けで、根のいい人間に見えた。下士官なのかもしれないが、民間人の格好をしていたので、推測にすぎない。彼女から何かを求めていたわけではなかった。女が欲しいのなら、周りにいくらでもいた。そう彼は言った。プレイクに彼女がいて、小遣いをやっているのだと。売春婦ではない。恋人だ。彼女の家族は殺されてしまい、生き残ったのは顔が半分しかない甥だけだ。甥は脳に損傷を負っている。家の裏手には、雨水を貯めるコンクリートの水槽がある。ときどき甥はその水槽に上り、そこから落ちては怪我をする。なぜそんなことをするのか、誰にも分からない。数世帯が住んでいるその建物は、小屋を大きくした程度のものだが、二階建てで、外には階段があるが、手すりのないざらざらした材木の段で、せいぜい大きなはしごといったところだ。夜になると、その子の脚を床に打った釘に縛りつけておかねばならない、眠ったままうろうろするので、横から落ちて首を折ってしまいかねないのだ。ま、ガキたちのことはしばらく悲しくなるよ、一ヶ月か二ヶ月、三ヶ月くらいかな。ガキたちのことで悲しくなるし、動物のこともそうだ、女は犯らない、動物も殺さないって誓うさ。でもその後、ここは戦闘地域で、みんなそこに住んでるんだって気づくんだ。この連中が明日生きてるか死んでるかなんて気にしてられない。自分が明日生きているか死んでるかだって気にしてられない。子供を脇に蹴飛ばして、女を犯って、動物を撃つのさ。

一九七〇年

彼は窓際でうずくまり、震え、引き裂かれた高圧鉄条網が闇を撫でる音を聴いていた、唸りながら近くなり、遠くなり、闇を伝って恐怖を追ってくる。電圧は恐怖のシャフトを啜るように伝い、恐怖を発する心に迫り、まさにその中にある魂を焦がす。それが「真の死」だ。その後では、誰もその心に生きることはなく、誰もその眼から見ることはない。そんな焼けつく悪臭が、一晩中部屋に流れ込んでは去っていった。

わずかな日の光が上がるとすぐ、蠅が部屋のあちこちで飛び回り始めた。窓の敷居に置いたラジオからの声――

「今日はキッチン・シンクの皆さんに来てもらっています。『ハッピーサウンド』で知られるキッチン・シンクの音楽はもうおなじみでしょう。皆さん、バンド名は何なんだい？　どこから取った名前なんだい？」

「ケニー、それはね、僕らのマネージャーのトラヴィス・ネルソンがこしらえた名前なんだ。僕らもちょっと気に入ってさ、それで――」

「どうしてこういう綴りになってるのかな？　ＣＩＮＱ、ちょっと変わった名前だよね」

「フランス語で数字の五っている意味なんだ。僕たち五人だろ、それにフランス語の発音だと『サンク』なんだよ。僕たち全員テキサス出身だから、似た感じの発音になるわけさ――『キッチン・サンク』ってね」

「君たちは『ハッピーサウンド』って言われているよね」

「それはいろんな個性が集まった結果じゃないかな、ケニー、僕たちの共通点といえば、ハッピーな連中だってことだから」

「私も君たちと一日中話していられたらハッピーなんだけど、このあたりでお別れだ。ハッピーでいてくれよ、どうも――キッチン・サンクでした。ハッピーな五人組。ケニー・ホールが軍ラジオネットワークでお送りする『イン・サウンド』です」

「じゃあね、ケニー、こちらこそありがとう」

「音楽に戻りましょう」

彼は音楽をかけておいた。

「何が焦げてるんだ？」分かってはいたが、彼は訊いた。

「焦げてるって話はもううんざりだ。二十四時間その話ばっかりじゃねえか、お前」

「よろしい」

「例の朽ち木だよ、『ムスティーク』だ、それだけだって分かってるだろ」

「了解。『ムスティーク』ね」

「連中が蚊（モスキート）よけ用に置いてるあの緑色の渦巻きだって知ってるだろ？　誰かが下で燃やしてんだ、分かったか？」

「オーケー」

「いいか、ジェームズ？」

「あんた恐怖をやってるぜ」とジェームズは彼に警告した。「唸る音が聞こえるか？」

「いい加減にしてくれ」

「恐怖に打ち勝てよ」

ジョーカーはベッドの彼の横に座った。

「はっきり言わなくちゃな。どうしようもねえやられっぷりだぜ、お前」

「偉大な発見だ」

「ま、要するにさ——落ち着けねえのか？」

ジェームズは肩をすくめた。このくだらない会話を続けていても無意味だ。

おなじみの女、ミンが別の宇宙から入ってきた。「ヌードゥーいらない？」

「いや、ヌードルなんかいらねえ」

「ヌードゥー屋行かない？」

「いらねえって言ったろ。アジア野郎どもが揃いも揃って顔で麺を食ってるのを俺が見たいと思うのかよ？」

「ちょっと金が要るのよ、カウボーイ」

「あのこんちくしょうのつるつるいまいましいゆらゆらファッキンヌードルかよ」とジェームズは言った。

彼女はトカゲのような目で睨んでいた。「お金ちょうだいよ、カウボーイ」彼女はジョーカーに言った。「お金ちょーだいって言ってやってよ。妹は本当にお腹が空いてて、胃が痛いくらいなんだから」

ジョーカーは小柄な彼女を膝に座らせて言った。「ポーカーで二枚立て続けに来たエースくらいかわいいぜ、お前」

子供がアジア言葉で何か言い、ミンは英語で「彼は人を殺すの」と答えた。

子供を静かにさせろ、とジェームズは彼女に言った。

ミンは「ファックユーもいいとこ（ブークー）よ」と言い、子供を外のどこかに連れていった。

「ありゃあいつの妹じゃねえな」とジョーカーは言った。「ヌー

「妹だって言ってるぜ」

「たぶん自分のガキだよ」

「どっちにしたってどうってことねえよ」彼は立ち上がって歩いていき、部屋の隅でチャックを下ろし、赤い花が描かれた青い溲瓶に用を足した。屋内に配管はなかった。どこで彼女が用を足したのかは分からなかった。小便したくなると、彼女は下のどこかに行っていた。

ジョーカーが声をかけた。「行こうぜ。おい、よく聞けよ――カウボーイ？　カウボーイ？――このクソがどうなるか、俺は知ってんだ」

「お前を信じなきゃな」

「ダウンタウンとジャングルにゃ違いが一つだけある」

「どっちにしたって、本モノの人生じゃねえよ」

「そんなこと言ってねえ。俺の話を聞いてくれるか？　お前はもうダウンタウンには行けねえ」

ジェームズはドアに向かった。「運転はまかせたぜ、ベイビー！　俺は手がねえんだ！」

暗くなっていたが、それほど遅くはなかった。二人が延々と赤十字まで歩いていき、列にずっと並んでいる間、ジョーカーは彼を監視していた。ジェームズが電話する番になると、ジョーカーは離れた。彼は母親と話をした。もしもし、と言った途端、電話をかけたことを後悔した。母は苦悩で啜り泣いていた。

「もうどれくらいか分からないくらい連絡なかったじゃない。生きてるのかどうなのかも分からなかったのよ！」

「俺も分かんなかった。誰にも分かんないよ」

「ビル・ジュニアは刑務所に行ったのよ！」

「何やらかしたんだ？」

「わ、わたしは知らないわ。こまごましたことでしょ。もう一年近く入ってるわ、去年の二月二十日からよ」

「今は何月だっけ？」

「何月なのかも知らないの？　一月よ」怒った声になっていた。「何笑ってるの？」

「俺笑ってねえよ」

「じゃあたった今、わたしの耳に笑い声を立ててるのは誰なの？」

「デタラメなクソだよ。俺は笑ってねえ」

「わたしの電話でそのトイレ用語を使うのはやめてちょうだい」

「聖書のどこかに『クソ』って書いてなかったっけ？」

「トイレ言葉はやめなさい。あなたの母親なんですからね。母親なのに、あなたがどこにいるのかも知らないのよ！」

「ニャチャンだよ」

「まあ、主に感謝なさい」と彼女は言った。「あなたをベトナムから救い出してくださったんだから」

今度は、誰かが笑った。彼自身なのかもしれないが、何もおかしくはなかった。


一九七〇年二月二十日の早朝、ビル・ヒューストンは二人の看守と三人の悪党と一緒に、州所有のバンに乗り込み、89号線をフェニックスに向かっていた。フローレンス刑務所での一年ないし三年の禁固刑を十二ヶ月務め終えたのだが、正確にはどうして投獄されることになったのか、そしてどうして釈放されたのかもまったく理解できなかった。海軍から帰郷して以来の罪状が積み重なっていたようだ――車を盗んだかどでの保護観察、警官がいるところで喧嘩をしたために逮捕されて暴行容疑で執行猶予判決、そして万引きの罪で出頭しなかったために令状、それからビールたった一ケース、二十四缶の窃盗、これらが全部一気に頭上に落ちてきたのだ。飲みながら、四番街にある路地をぶらぶらしていて、とある酒場の裏口がラッキーラガーの配達のために開いているのを見かけ、一番上にある一ケースを頂戴した。彼にはラッキーなビールになるはずのものが、とんでもない不運をもたらすことになった。二ブロック離れたところにいて、高潔な市民よろしく赤の歩行者信号で待っていて、ビールケースを左肩から右肩に持ち替え、どこで冷やしておこうか、と考えていたところに、パトロールカーが追いついてきた。二回の事情聴取、郡刑務所での一ヶ月、そして高さ四・五メートルの塀の中での生活。

一年前、ひょっとするとまさにこのバンに、同じ看守たちと乗り込み、母親や教師たちに予告されていた場所へと向かいながら、彼はわくわくし、大人になったような気分だった。連中が便所で刺そうとしてきたり、レイプしようとしてくる、という話は本当なのか？　本当なら、マリコパ郡刑務所でその手のものを見かけなかったのはなぜだ？　心配だったわけではない。人生で喧嘩に負けたことはなかったし、アナルセックスを強要してくる奴らは一人残らずぶちのめしてやる、と楽しみにしていた。とはいえ、その連中は殺人犯かその類なわけで、望むと望まないにかかわらず、塀の中では運動や鍛錬以外することなどないはずだった。目立たないようにするのが一番だ。通用する技術を学ぼう。革細工をやってみるのもいいかもしれない。ベルトやモカシン靴、タバコケース作りなどだ。そもそも、通りではレザー・ビルという名で通っていた。ナイフケースも作らせてもらえるだろうか？　それは怪しい。

　中度警備棟に割り振られ、入所者仲間は保安官の拘置所で一緒だった連中より悪いわけではなく、食事は少しましだった。ランニング用の四百メートルトラックがあり、本格的なウェイトトレーニング器具もあった。着いてから二日目、彼は野球の試合でレフトを守り、二打点を挙げ、ホームランも放った。九回フル出場。一チームは八人だけだったが、用具は揃っていて、バッター用のヘルメットにキャッチャーのレガース類も全部あった。

　入ってから三ヶ月が経ったころには、もうくつろいでいた。離れてみて、ここから眺めてみると、きっと恋しくなると思っていたものはちっぽけに見えた。仕事は魂を要求してきたが、結局は貧乏になっただけだった。関わった女たちはすぐ頭痛の種になってしまった。酒でハイな時間は過ごせたが、しょっちゅう警察に厄介になる羽目になった。自由な市民の中にいると、いつも腹が痛かった。酒以外は口に入れる気にならなかった。だが、ここに到着した日から、彼は食事のたびに腹ぺこで、集中していた。七キロ近く体重は増えたが、全部筋肉だった。毎朝五十回の腕立て伏せと腹筋、週四日はウェイトトレーニングをしていた。土曜日の午後にはボクシングをして、かつてプロだった二人から、喧嘩というアートを教わった。彼はいいみぞおちをしていて、パンチに耐えられた。海軍を除隊になってからベストの状態のビル・ヒューストンだった。

　今は、フェニックスへの帰還、やって来た道を西方向に戻っている。日の出を背に受け、想像もつかない人生に向かっていた。仮出所官の電話番号と、二十ドル分の小切手、十三ヶ月前に逮捕されたときに着ていた服を渡された。彼は前方の道を窺った——朝の光の中、砂漠は凍りついていて、冬の雨の後で平たく緑色で、バンのフロントガラス越しには黒いハイウェイが完全にまっすぐ伸びていて、冒険心が疼くのが分かった。十七歳のときに初めて乗った船の手すりから、南カリフォルニアの海岸が小さく無意味になっていくのを見ていたときと同じ感覚。

　フェニックスで最初に目にしたバーに入り、それなりに親切な女と一緒になった。てんかん持ちなのよ、と彼女は言い、確かにそんな様子だった。二時間おきに鎮静剤のセコナールを飲んでいた。何本もボトルを独り占めして、ビールを処方されてるの、と言っていた。ビールを二本飲んだだけでほろ酔いになっていた。彼女と長い間話し込む羽目になった。

二人は通りをあちこちぶらついた。彼女は彼に道路に近い側を歩いてもらいたがり、女を外側にするなんてポン引きのやることよ、と言い張った。その手のことはすべて知っているようだったが、金をせびってはこなかった。二番通り近辺のデュース地区を見下ろすホテルにある彼女の部屋に上がると、彼女のセコナール鎮静剤は当てにならないことが判明した。夜にベッドが震え始めた。「何なんだ?」と彼は言った。「発作が来たの」と彼女は言った。彼が誰なのか、よく分かっていないようだった。「ビール残ってるか?」と彼は訊いた。二人は六缶ケースしか買っておらず、その段ボール箱が裸の尻の下でぺしゃんこになっているのが分かった。「家族に会いに行くよ。刑務所から出たばっかだし」と彼は言った。

夜は涼しくなっていた。彼はデュース地区を歩いていった。座って少し眠ろうか、とも思ったが、もう夜明けが近く、歩道は冷たくなっていて、両腕を枕にして歩道で眠っていた浮浪者たちはすでに起きていて、人気のない通りを行く当てもなく歩き始めていた。ビル・ヒューストンは太陽を待つ人々に合流した。

彼は素面のまま歩き、ダウンタウンのジェファソン通りにあるオフィスで仮出所官に初めて会った後までは素面だった。アルコール類を断つ、というのが早期出所の条件だった。だが、誰もチェックなどしておらず、じきに彼は元の生活に戻ってしまい、火曜日にはどうにか自制して、電話一本で彼を刑務所に逆戻りにできる男との毎週の面会をこなしていた。彼の担当のサム・ウェッブ、都会に馴染んだ牧場労働者タイプの太った若い男は、ヒューストンを「ダウンタウン・カウボーイ」と呼び、見習いの仕事を用意していた。自由の身になって二ヶ月目、ヒューストンはウィスキー臭い息で現れたが、ウェッブはこの違反をあざ笑っただけだった。「週末のあいだムショに放り込むことはできるさ」と彼は言った。「でもまた釈放されるだけだ。連中はフローレンスの独房をもっとひどい坊やたちに取っておきたいのさ」

ヒューストンは研修を終え、給料を全額もらい始めた。カリフォルニアを除けば南西部最大の材木業と言われる材木置き場で、フォークリフトを運転した。一日中、巨大なトラックから巨大な倉庫へと、ゲロの臭いがする何トンもの切りたての板を運び、ただ直線に積み上げていっては、少しずつ解体していった。材木を利用するのは別の人間の仕事。彼はただ、木が行き来するのを見ているだけだった。ほとんど人付き合いはしなかったが、大量に飲み、トラブルは避け、世捨て人に近い生活をして、なぜか昔の自分に戻ろうという気にはならず、春の終わりまでは材木置き場で働いたが、そのうち欠勤がどんどん長くなり、もう役に立たなくなり、クビになった。

完了するまでは、筋の通った任務のように思えた。結局、何も見つからずじまいだった。彼らは安全な夜営の場所を探していた。特殊部隊の設営地があったため、彼らはその場所から離れることになった。特殊部隊がいるということは、その活動地域から敵は排除されているはずだったが、彼らがいる、という報告は誰も受けていなかった。もう古くなった情報をもとにして、六人の長距離パトロール隊員は、ニャチャンで眠っていていいはずのときに薬をやりつつ進んでいった。まったく無意味な任務だった。

その事件は、待ち伏せというよりは暗殺に近かった。最後の半キロはジェームズが先導を務めた。星のない夜だったが、闇はすべてをしっかり心得ていた。彼はそれをたどった。さらに数百歩ほど進んだところで、闇が広がっている場所があった。ここで休息して夜明けまで待ち、撤収要請をできるかもしれない。

彼の後方で、三発の銃弾が立て続けに放たれた。彼は倒れ込み、来た道を這って引き返したが、数メートル進んだところで止まった——まさにそこで、彼の人生は鋭く左側に分岐していたからだ。他の隊員たちが応戦すると、葉が彼に振りかかってきた。道をどすどすと進む足音がした。手榴弾が木々に放り込まれてぶつかる音がし、それが爆発するときに彼は泥の中に顔を伏せた。彼は生命の線にしたがって左側に転がって薮の中に入り、道の向かい側の閃光を見ようとした。何も見えない。銃撃は終了していた。虫の甲高い鳴き声も止んでいた。その瞬間は力強く、平和だった。空気には断固とした深みがあった。デマカセの最後のひとかけらに至るまでが燃やし尽くされていた。

陽気な茂みの切り口をずるずると進んでいくと、道を這っていく自分の音がようやく聞こえ、彼は舌打ちした。呻き声が聞こえた。クソの臭いがした。呻き声は甲高く、歌になったが、銃撃は来なかった。

「負傷者だ、一人やられてる！」

「道だ！　道の上だ！」ダーティーの声だった。ジェームズは道を進むブーツの音を聞き、三回援護射撃をして止めた。誰かが負傷者にかがみ込んでいた。

「足首を片方つかめ。行くぞ」

「冗談じゃねえよ。援護がねえ」

ジェームズは公園を歩くように道をのんびり進んでいった。「終わったぜ」彼は道の脇に立って銃を構えた。「クソ野郎が一人いただけだ」

「嘘こけ」

「俺は銃火を全部見たぜ。一回も下を向かなかった」

ダーティーは負傷した隊員に声をかけた。「こっちだ、俺を見ろ！」

「デタラメなもの以外見えねえ」

「ベイカーズ！」

「誰だ？」

「ダーティーだ。俺だよ。目を閉じるな！」

「ちくしょう、俺はこの世にいねえんだ。いねえんだよ」

「お前はちゃんとここにいる。大丈夫だ」

「何も感じねえ。嘘デタラメだ」

「ここにいるんだって」

「世界が感じられねえんだぜ、おい」

「手榴弾を投げたのは誰だ？」

「俺だ」とジョーカーが答えた。「あの野郎、三発撃ってズラかりやがった」

「目が虚ろになってる」ダーティーはさらにかがんで息を嗅ごうとした。「やられてる」と彼は言った。「完ぺキにやられちまった」

五人全員が集まっていた。ジェームズがまた先頭に立ち、残りが一人ずつベイカーズの死体の腕か脚を持ち、道を三百メートル進んだところにあるはずの、開けた場所に引きずっていった。

「ケツに認識票つけとけよ」

「悪党のまま死んじまったな。あいつそのままの死にっぷりだった」

「こいつの死に様気に入ったぜ、おい。最後までこいつらしかった」

「そうかよ？」

「ギャーギャーわめいて、ちっこいガキみてえにならなかったじゃねえか」とダーティーは言った。ダーティーは涙を流していた。

ジェームズはベイカーズを良くは知らなかった。他の誰でもなく、ベイカーズがやられたことで、感謝と愛が湧き上がってきた。とりわけ、自分ではなかったことに。

「この辺の村で誰かつかまえて、メッセージを伝えさせようぜ」

「ベト公なんか知るかよ。問題はグリーンベレーの連中だろ。あんなクソ信じられるか?」

「いや、信じられないね」

「もしあいつらが俺たちを防御地帯に入れてたら、こいつは今ごろピンピンしてる。笑ってるだろうさ」

「連絡してこいつを出そうぜ」

「まだだ」

「おい、ダーティー、もう終わったんだぜ」

「無線は放っとけ」ダーティーは自分の銃のセレクターを大きな音で動かしていた。

「シー、セニョール! あんなゴミ触りませんとも」

「俺についてくるのは誰だ?」

ダーティーとコンラッドが狩りに出かけ、残りの三人は死体のそばに残った。

「あのカス共が俺たちを防御地帯に入れようとしなかったから、こいつは死んじまったんだ」

「今度街でチンケなベレー野郎見かけたら付け回して、そいつの背中刺してやるぜ」

「奴らのビビリケツに爆撃を要請しようぜ」

ジェームズは木の幹に背中を預けてしゃがみ、マリファナを混ぜたタバコを巻いた。紙を舐めると、指についた金属の味がした。

彼は立ち上がって火をつけ、仲間は彼の周りに集まって火を隠した。

「デタラメについて奴が何て言ってたか聞いたか? あいつは分かってた。分かってたんだよ」

「どっちにしろ、あいつの背中は吹っ飛ばされてた」

「あいつにゃいいこった。でなきゃ一生電動椅子だ。それが判決だぜ。チューブに息吹き込んでモニター動かすのさ」

「それよりは低かったぜ。両脚は使えたろうよ」

「俺は車椅子なんか使わねえ。天井に吊るした革帯でぶら下がって動き回るね」

ジェームズは彼らから離れ、また木にもたれて座った。パンパンになった頭がようやく落ち着いてきたところに、そんな話はしたくなかった。頭を後ろに預け、空を見た。闇、無、純粋な無。ただ、静かな電流。すべてのものの魂。「あんなクソ信じられねえ」と彼は言った。

「あのチンケなベレー帽どもは自分たちのプログラムの隅から隅までがっちり固めてやがる」

「連中はクソなんかやんねえよ。戦果ゼロだ」

「あいつらのビビリ・ファッキン・ケツに爆撃を要請しようぜ」

「こっちに来い」とジェームズは言い、他の仲間たちは近くに来て彼の周りにしゃがんだ。「中国製の手榴弾が要る。中国製の手榴弾を手に入れたら、あのマンコ野郎どもをすぐに赤い肉に変えてやる」

「今夜?」

「手に入り次第だ」

「コンラッドが一個持ってるぜ」

「そうだな」

「連中の夜に煙を上げてやろうぜ。あのマンコ野郎を二十人くらい外に出すんだ」

コンラッドが思考のように音もなく彼らの間に現れた。

「お前ら戻ったのか?」

「俺だけ」

「ダーティーはどこだ?」

「あいつは女を捕まえた」

ジェームズは立ち上がった。「その手榴弾をくれ」

「何だって?」

「何の話か分かるだろ。中国のやつだ」

「あれは家に持って帰る」

「家ってどこだよ?」

「家は家だろ」

「家なんかクソ食らえ」

「土産にすんだ」

「シャバに手榴弾は持ってけねえよ」

「そんなの知るかよ。とにかく」

「別のをやるよ」

コンラッドは手榴弾を胸ポケットに入れていた。ジェームズは手を差し込んでもぎ取った。「俺についてくるか?」

「どこへ?」

「あのベレー帽どもが居眠りしてるとこに戻るのさ」

「ハッタリじゃなく?」

「ハッタリじゃねえ」

「尋問までお前が待ってればついてくよ」

火の光の環に入ってくるように、小さな裸の生き物を連れたダーティーが、夜目の視界に戻ってきた。誰かに悪態をつかれでもしたように、彼女は艶のある下唇を突き出していた。もし手元に武器があれば誰かを殺すくらい、怒っているようだった。女を押さえつけ、順番に犯したが、ダーティーはもう済ませていて、ジェームズはグリーンベレー相手の個人的なカウントダウンの時のために邪悪な気分のままでいたかった。他の全員が終わったとき、もう彼女を押さえておく必要はなかった。ジェームズは両膝をついてボウイナイフの切っ先を女の腹に突きつけて言った。「あんたの階級は何だ、ヘータイさんよ？　こういうので何をするか見せてもらったことはあるか？　見たことあるか？　あんたの階級は何だ、ヘータイさん？　何見てやがる？　自分が俺のお袋だとでも思ってんのか？　あんた俺のお袋さ、でも親父は誰だ？」手が疲れて柄が持てなくなるまで、彼は彼女を尋問した。

ビル・ヒューストンの目には、フェニックスはこのところどんどん大きくなっているように映った。郊外は開発され、砂漠に広がっていた。とんでもない交通量だった。朝の地平線はしょっちゅう茶色いスモッグに覆われていた。そうしたことで気が滅入ってしまうと、釣り糸と針二本を手に、二十世紀のことなど知らないナマズが安穏としている灌漑用運河の土手に腰を下ろすことにしていた。ナマズはコロラド川からやってくるのだ、と聞いていて、餌にはフランクフルトの塊を使い、針がちょうど底に届いたところで保てるようにプラスチックの浮きを使うように教えられたが、彼は浮きどころか釣り竿もリールも持っておらず、さらには運もなかった。嫌な気分はしなかった。期待しつつ待つこと、それが重要だった、水が太古からの砂漠を通っていくのを眺め、その行き先に思いを馳せること。ヒューストンは遅くまで残っては、人がこの人気のない場所にやって来る様子を窺っていて、ついにある晩、三人のヒッピーが麻薬を交換しているところを捕まえ、現金三百五十ドルと、赤色のセロファンで包まれたメキシコ製のマリファナ入りタバコ一塊を奪った。若者たちは震える彼の山刀を凝視し、こいつはどうってことないメキシコのマリファナで、平凡で何も特別なものじゃないが、持って行ってもらってまったく差し支えない、と彼に言った。自分で売る方法が見つかるかもしれなかったが、マリファナは彼らに残しておいた。一線というものがある。若いガキどもをいたぶって盗みをやるくらいはいいし、必要なら一人くらいは刺すこともあるかもしれない。だが、ドラッグの取引はやらない。

閉店に近い時刻に、バーの開いた戸口の前の歩道に立ち、生温く酒臭い空気を浴び、中から流れてくるカントリーミュージックが彼に届き、切りつけてくる。小柄な男が悪態をつきながら出てきて、誰かに引き裂かれたTシャツの裂け目を綴じようとしていた。喧嘩をするには歳を食い過ぎていて、片目は塞がって口から血を流している、痩せた常連。罰を受けた子供のように微笑んでいた。「これで治るぜ。これで最後だ」もう幾度となく、ビル・ヒューストンも同じことを心に誓っていた。

ガラシ大尉はジェームズの自尊心(セルフ・エスティーム)に懸念を表明していたが、彼の発音では自ポン心(セルフ・スチーム)と聞こえた。彼は坊ちゃん大尉ではなく、六三年から戦場での任務についている等々の本物で、ジェームズの自ポン心(セルフ・スチーム)への懸念が募ってしまい、それを表明するに至ったが、ロリン軍曹は近くで太腿に両拳をついて座ったまま、何も表明しなかった。

「お前の名前は何だ、伍長?」

「ジェームズ」

「今から、お前のことは伍長ではなくジェームズと呼ぶ、なぜならお前はすぐに民間人になるからだ。それにそもそも、俺から見てお前は兵士じゃない。それについて言いたいことはあるか?」

「いや」

「連中に相当やられたな、違うか? 連中にこっぴどくやられちまったな。それで名誉負傷章をもらえると思うか?」

「もう一つもらったよ。あれもデタラメもいいとこだった」

「いいかジェームズ、あいつらこそ兵士なんだ。立派な男たちだ。実を言うと、俺の妹はグリーンベレーと結婚した。何をしにここに来たのか、あいつらは分かってるし、それを実行してる。誰が敵なのかはちゃんと心得てるし、自分たちの仲間は殺さない。仲間が自分たちを痛めつけようとしてきたら、つまりアメリカ人が自分たちをとっちめようと膝元に手榴弾を投げつけてきたって、そのアメリカ人は敵ではないからだ。ただ、そのアメリカ人を軽く懲らしめてやるだけだ。なぜなら、そのアメリカ人はどうしようもないボケナス野郎だからだ」

ジェームズは何も言わなかった。

「しかるべくしてやられたわけだ。まだ血尿が出るか？」

「いや、サー」

「固形食は食えるか？」

「飯は必要ないです」

「あのブツを投げてはいないと言うつもりか？」

「手榴弾なんか投げてません」

「ロクでもないものが空からポトリと落ちてきたってわけか」

「手榴弾のことなんかこれっぽっちも知りません。グリーンベレーについて教えてあげますよ。防御地帯にいてもいいですかって聞いたとたん、連中は自分たちのお仲間を外のジャングルにおっ放り出して殺させちまうんだ。それで俺の仲間は一人殺られちまった。そいつと離婚しましたか？」

「誰がだ？」

「妹さん」

「お前には関係ないことだ」

「あんたの名前は？」

「それもお前には関係ない」

「オーケー、ジャック。俺にとっちゃあんたも兵士なんかじゃない。あんたが自分の長距離パトロール隊員じゃなくて、特殊部隊のクソ連中のほうに付くんならね。クソ食らえってんだ、ジャック」

「俺の考えてることが分かるか？　軍曹と俺でお前を裏に連れて行って、グリーンベレーばりに痛めつけてやろうかと思ってる」

「グリーンベレースタイルのちょっとしたクソだな」とロリン軍曹は言った。

「上等じゃねえか。行こうぜ」

「大尉に謝罪しろ」

「謝ります、サー」

「謝罪は受け入れておこう。ジェームズ、俺が思うに、戦闘のプレッシャーというこの困難な状況で、お前は自制心と理性を失っていた。違うか？」

「そりゃマジでありえる話だと思います」

ガラシ大尉はタバコに火をつけた。クオンセット兵舎のエアコンは、外からの匂いをまったく除去してはくれなかった――油、ポテトを揚げる匂い、肉を揚げる匂い、頭が傾いたベトナムのアジア人連中のクソとは違う、それなりの便所の匂い、つまりは良きアメリカの匂い。ガラシ大尉は煙の雲を吐き出し、そうした匂いを消した。

イカレ中尉なら、タバコを一本分けてくれただろう。

ジェームズはイカレ中尉がいた日々、狂っていたのは士官だけだった日々が懐かしかった。

「サー、吸っても？」

「いいだろう」

「俺はすっからかんですよ」

「じゃあ無理だろうな」

「じゃ、やめときます」

「どうしてひねくれてしまったんだ？　L・S・Dでもたっぷりやったのか、坊や？」

「ドラッグなんかやりません。指示されなきゃね」

「誰に指示されるんだ？　お前の売人か？」

「任務の必要性にですよ、サー」

「つまりスピードか」

「言った通りです、それだけですよ」

「お前は自分がちっちゃなスピーディー・ゴンザレスだって言いたいんだろう。自分がメチャクチャだって分かってるか？　お前は長距離パトロールに出て、そのまま理性の境界線を突き抜けたんだ。家に帰れ」

「もう一回の兵役にサインしたばかりですよ」

「お前はここには残らない。俺の戦争にお前は用無しだ」

ジェームズは何も言わなかった。

「お前のズボンの両膝はどうした」

「掘ってたんですよ、サー」

「それとも四日前の夜、酔っ払ってチャンケー通りを膝歩きしていたってとこか」

「四日前の晩？　何のことですか」

「仲間とミッドナイト・マッサージに行かなくなったのはなぜだ？」

答えはなかった。

「決まった相手がいるんだろう。チャンケー通りにちっこい、決まった女が。お前、四日前の晩にチャンケー通りにいたか？」

「だと思います。分かりません」

「いたか？」

「だと思います」

「それともパトロールに出てたか」

「分かりませんね」

「何があった？」

「いつです？　チャンケーでですか？」

「女が殺されたパトロールのときだ、この殺人鬼が」

ジェームズは突如、この二人のカス連中に憎しみを覚えた、もしこのままの調子で続けるのなら、彼は椅子に座ってタバコをもらってしかるべきなのだ。

「あの地元民に何があったんだ、ジェームズ?」

「消された奴は誰でも敵ってだけです」

「お前はそのパトロールにいたか?」

「いや」

「四日前の夜だぞ?」

「いや」

「いや? 俺にはサーと言え」

「チクッたのは誰です?」

「お前には関係ない」とロリン軍曹が言った。

「誰かが嘘ついてやがる」

「誰かさんは何について嘘をついてるんだ?」と軍曹は言った。

ジェームズは大尉が口を開くのを待った。

「お前がやったのか?」

「分かりません」

「分からない? こんちくしょう、なあ、俺にはサーを使え」

「分かりません、サー」

「お前がやったのか、やってないのか?」

「それがどの晩だったのか思い出せません、サー。先週はビールを飲み過ぎてたようで」

「悪酔いしちまったってとこか」と軍曹は言った。

「ビールは好きか、ジェームズ? ま、軍刑務所にはビールなんかないよな」

「いたことがあるんで?」

「生意気な口をきくな」

「俺の友だちがいますよ」

「口答えするな」

「大尉に謝罪しろ」

「謝ります、サー」

「あの女に何をした?」

「あれはベトコンでした」

「嘘こけ」

「ベトコンの売女でした」

「たいがいにしろよ」

「あの女は売女で、こいつは戦争なんだ。サー」

「こいつが何なのかはお前に教えてもらわんでも分かる。こいつが何なのかはちゃんと分かってる。と思う」

「俺もそうです」

「四回目の兵役をやるつもりか?」

「イエス、サー」

「ノー、サー。お前はここまでだ」

「サー、俺は十七〇〇時にパトロールしなくちゃなりません」

「パトロールだと？　聞いて呆れる。まず第一に、我々は肋骨に包帯を巻いて腕にギプスをつけた男をパトロールには出さん」

「吊り帯ですよ。ギプスじゃない。外せます」

「第二に、我々は民間人をパトロールには出さん」

「俺は民間人じゃねえ」

「そうか」と大尉は言い、怒りのあまり言葉が不明瞭になった。「じゃあこう言ってもいいか、もしお前が民間人じゃないなら最後のこの部分は聞いていないと？　こいつは俺が吟味して後でお前に返事するよ、お前はこの最後の部分を聞いていなかった。後で連絡するよ。大勢の人間の前でお前に連絡することになるかもな、軍全体がお前に連絡するかもな」

「そうは思えないな」

「そうは思わないって？　命令に逆らうのか？」

「俺はただ喋ってるだけです」

「何を喋ってるんだ？」

「分かりません」

「何喋ってる？」

「つまり、あんたは俺に後で返事するって言ってるけど、後で連絡してくるとは思えない、なぜってあいつは売女だったし、これは戦争なんだ。そういうことは起こるんだ、こいつは戦争だし、ただの戦争じゃねえ」

「どっちなんだ、ええ？　戦争なのか、単に戦争じゃないのか？」

「それを今言おうとしてるんだ」

「このくだらん若造が。俺はお前が肉棒しごくのを覚える前からこの戦争にいるんだ。分かったか？」

「分かったよ」

「いいだろう」と大尉は言った。三十秒の間、二人は黙って立っていた。

ジェームズは言った。「サー、大尉、俺行かなくちゃ。ズラかんなきゃ」

「やめとけ、ジェームズ。いい加減にしろ。パ、ト、ロ、ー、ル、だと？」

「イエス、サー」

ガラシ大尉は立ち上がった。彼は兵舎のドアにさっと歩いてノブをつかみ、大きく開けた。外、埃、トラックの騒音、ヘリコプター——重苦しく、どんよりした日。「軍曹、この男と話をしろ」と彼は言った。彼は外に出て後ろ手にドアを閉め、部屋の中はエアコンの唸る音で比較的静かになった。

軍曹は大尉のデスクに座り、ジェームズにも座るよう言った。しかしタバコはなしだった。

「お前はあの野郎どもを四人も殺っちまってたかもしれない。——ま、結局怪我したのはお前一人だけどな」しばらく間を置いて、ロリンは言った。「だがこの女の件ときた日にはな」

「クソな件が起きるのはいつものことじゃないですか」

ロリンはただ彼を見ていた。睨んでいた。「ジェームズ」

「何です」

「違う。お前が俺に何なのかを言うんだ」

「つまり、女の件のこのクソな話はどっから出てきたんです？　このガセネタは俺の映画で何の役をやってるんです？」

「お前、自分の映画が好きか？」

「ここなら、俺にその手のセンサーがあるんだって感じです、そしてクソが始まると、俺の精神はパチッとテクニカラーでオンになるんだ。俺がその手のセンサー持ってるみたいに」

「それでお前はずっとオンの状態でいたいと」

「そう」

「お前のテクニカラー映画を見ていたいと？」

「そう」

「クソ食らって死ぬまでか？」

「その通り」

「まさにそこんとこではちょっとお前に賛成するな、ジェームズ。お前を合衆国で野放しにするのが賢い判断だとは思えない。お前が戦死するまでここにいさせろ、と俺なら言うね。だが合衆国陸軍たるもの、どこかで不手際をやらかすもんだ、そうだろ？」

「みんな見えないとこで不手際やらかしてますよ、軍曹。ミスはやっちまうんです」

「おう、確かにな。だが、今回の女についてのちょっとした手違いは大尉のケツに直行してる。それに手榴弾でバラそうとした件だろ、お前はあちこちで目についてるんだよ」

「モクもらえますか？」

「ちょっと待て。俺の話を聞け」

「オーケー」

「だから今回はマジだと思うぞ、カウボーイ。お前は家に帰ることになるだろうな」

「家？」

「お前の故郷だよ」

「何て言えばいいんです」

「もうめちゃくちゃだと言え」

「俺はもうメチャクチャだ」

「地獄から出るチケットを欲しくないってんなら、もう気が触れてるってことだ、そうだろ？」

「あんたが喋ってるんなら聞かなくちゃ。あんたはいつも物事をバッチリ分かってるからね」

「なあ、ホーおじさんは死んじまったんだ。戦争はお前の勝ちだよ。終わりだ」

「そう？」

「荷物をまとめろ。家に帰れ。今すぐだ」

「今？」

「その通り。タンソンニュットに出て、軍事援助司令部のフライトに乗って帰れ。いいから帰るんだ。俺が休暇の許可を出す。お前が着いたら書類を全部揃えて無期限にしてやる」

軍曹はタバコを取り出した。ジェームズにも一本勧めて、ミッドナイト・マッサージのマッチブックで両方に火をつけた。「名誉になるぞ」

「何が？」

「除隊だよ」

「ああ……そうか。名誉？」

「名誉除隊だ」

「あんたがそう言うなら」

「名誉扱いだと俺が言うんだ、ずっとそう言っとく」


六月の半ば、ビル・ヒューストンは弟のジェームズの保釈金を支払った。ジェームズは二週間前にフェニックスに着いていたが、誰にも連絡せず、暴行罪で逮捕されてから母親に電話した。執行官のデスクの横を通って出てきたジェームズは、笑みを浮かべていた。それ以外は、後ろからやられるかもしれないというような、変な様子だった。

「最初に言っとくけど、誇らしいから笑ってるわけじゃないぜ。出れてマジでうれしいんだ」

「俺がちょいと金持っててお前ラッキーだよ」

「こんなのに使わせて悪いな」

「いつもは酔っ払ってんだが、ここんとこ、ちょっと事情が変わってな」

「ちょっと太ったんじゃないか」

「まあな――俺はフローレンスにいたんだ」

通りに出ると、ジェームズは頭を引っ込め、眩しそうに目を細めた。

「感謝するよ、ビル・ジュニア。ウソじゃなくてさ」

「家族は大事なもんだろ。他に大事なものなんてねえしな」

「そりゃその通りだ」

「ハンバーガーでも食うか?」

「あたりきよ」ジェームズが口からタバコの屑を吐き出すと、歩道で糞のように跳ねた。「保釈保証人にいくら払った?」

「百。もしお前がちゃんと法廷に来なかったら、そいつに千払うことになる」

「ちゃんとやるさ」

「まあそう願うよ」

「その百も返すよ」

「焦るなって。金ができたらでいい」

ビル・ヒューストンは右手をジーンズの左のポケットに斜めに突っ込み、鍵を取り出した。

「車持ってるのかよ」

「おう。ロールスだ」

「マジで?」

空母の甲板のようなフードのついた、古いリンカーンだった。「おう、ロールスじゃねえさ。でもアクセル踏めばロールするぜ」

彼はジェームズをマクドナルドに連れていき、店で一番大きいバーガーを三つと、チョコレートシェイクを二つ買ってやった。ジェームズはさっさと食べ、腕組みして座り、皆を睨みつけていた。

「おい」

ジェームズは大きくげっぷした。

二人は母親の話をした。「とりあえず、今何歳なんだっけ?」とジェームズは言った。

「五十八はいってるだろ」とビルは言った。「五十九かもな。でも百歳は越えてるみたいに見える」

「そうだよな。そう見えるよ。ずっと前からそうだった」

ビルは言った。「それでだ――俺はビル・ジュニアって呼ばれてる。だが何か思い当たらなかったか? 俺は大昔に思い当たったね」

「何だよ」

「ビル・シニアなんていねえんだ」

隣りのテーブルの老人が訊いてきた。「あんたら何歳かな?」

二人は目を見合わせた。老人は言った。「わしは六十六だ。知ってるか——『ルート66』だよ? そんなとこだ。六十六」

「くたばっちまえよ」とジェームズは言った。

ビル・ヒューストンはジェームズが嗅ぎタバコを歯ぐきとにこすりつけるのを見守った。彼は缶から塊を取り出し、頬の中に押し込み、缶を閉じ、ズボンの足の裏側で指を拭いた。

「お前が喧嘩で捕まったのは二週間で四回目で、ついに起訴することになったと保釈保証人が言ってた」

「そんなこと言ってた?」

ジェームズが古参の兵士のような素振りで、どこかの謎めいた地域を巡ってきて、そこで拷問されてきたような風情なので、ビルはうんざりして、訳もなくいらいらした。

「バーガーもう一個いるか?」

「もう大丈夫」

「本当か? 大丈夫か?」

「ああ」

「俺には逆に思えるぜ」

刑務所から出た翌日、ジェームズは小さなオフィスに出向き、太って悲しそうな男に書類の記入を手伝ってもらった。何事もなければ四週間ほどで小切手をもらえるようになる、と男は言った。ダウンタウンにある場所に行けば、さらに助けになるかもしれない、と言われたので、ジェームズは行ってみたが、列に並ばされて、さらにバカバカしい書類に記入させられただけだった。

彼は東側にあるホステルに数日間泊まることを許可された。ヴァンビュレン通り、彼が東南アジアに出向く前に母親が住んでいたところ——今でもそこに住んでいるかもしれない——から三十ブロック離れた、無法者と売春婦の通り。

朝方には散歩に出て、ほとんど立ち止まらず歩いていった。西には工場と倉庫が広がっていた。他の方角は郊外の広がり、何もない砂漠、灌漑された農地になっていた。暑く、しかし乾燥した、砂漠の初夏だった。彼は麦藁のカウボーイハットをかぶり、一日中太陽を背にして歩き、レストランに立ち寄っては水を頼んだ。太陽が彼の前方にかかると向きを変えて、反対方向に歩いた。彼は半分だけ電源が入っている状態だった。残りの半分は闇だった。自分のセンサーが死にかかっているのが分かった。

スティーヴィーには連絡しなかった。彼がホステルからきれいさっぱり出ていこうとしていたとき、彼女が会いにきて、二人で飲みに出かけたが、「エース・パブ」で彼が彼女を絶え間なく罵ったので、バーテンダーがジェームズに出ていけと叫び、スティーヴィーは残り、あなたが見せたかったものはもう見たわ、メッセージは受け取ったわよ、あたしの優しさを悪態と悪口で返すような男とはもうどこにも行かない、と言い張った。バーテンダーに外の夜に放り出され、ジェームズが振り向くと、彼女が泣いていて、ジュークボックスの光の中で体を揺らしているのが見えた。三十分後、スティーヴィーはジェームズを見つけた──彼は二十四番通りにある精神病院の前に立ち、錠のかかった門越しに広い芝生を窺っていた。芝生はアーク灯の光に照らされて一様に銀色で、魔法がかって見えた。彼女はもう泣き止んでいた。あなたを愛さずにはいられないのよ、と彼女は言った。仕事を見つけるよ、と彼は誓った。

彼は四百ドル弱の現金を持って戦争から戻ってきた。ロブ・ロイ・スイートという、ベニヤ板でできているような建物にアパートを借り、ハーレーの部品をあれこれ買い、リビングルームで組み立て始めたが、完成することはないと分かっていた。中庭の向かいの住人、口汚いレズの男役は嫌いだった。昔はセクシーだったが、男を好きになったことはないことが分かる。ジェームズは何をすればいいのか分からなかった。この善良なる人々は何をしてほしいのだろう？　たいていの夜は、通りを数ブロック行って、ほとんどいつも喧嘩になるようなバーに入るか、酔っ払ったアル中の老人たちがうじゃうじゃしている店で、プラスチックカップのポートワインを飲んだ。彼は小切手がもらえるのを待った。支払いが始まると、コルト45口径のリボルバー、本物の拳銃を買った。向かいに住んでいる女を撃つことになるだろう、と確信していたが、それは人間の力でどうこうできるものではない、と感じていた。

ロブ・ロイ・スイートで一ヶ月過ごした後、彼はヴァンビュレンを半ブロック上がった三十二番通りにあるマジェスティック・パーム・アパートに移った。毎朝裸で、日陰のない窓際に座り、貧乏揺すりしながら外を見た。サーカステントのTシャツを着た、とてつもなく太った黒人の男が、どこかの部屋から通りを渡っていき、角にあるサークルKの店を開けていた。

ジェームズは近所を散歩して、バス停のベンチに座ったやる気のない売春婦たちを通り過ぎ、小さな歩幅で交差点を渡っていく老婆たちを肩で押しのけて進み、尖ったハイヒールとぴっちりしたピンクのズボンをはいたメキシコ人の女たちを観察した。金で買えそうに見えたが、実際は違った。

彼はバス停に座った。タバコを一服した。足の間に唾を吐いた。指でポポフウォッカの小瓶の首を持ち、頭はうなだれ、この何百万という怪物たちと彼らのゲームの無意味さに打ちひしがれていた。

年上の男が隣で膝元に新聞を広げ、焼けつくような日差しの中で読んでいて、目を細め、ベトナムでの軍事的努力を無駄にしようとする人々を罵り始めた。「この若者たちは正しいことをしている。我々の若者だ。正しいことをしているんだ」と彼は言った。タバコでも勧めようか、という気になり、ジェームは声をかけた。「俺は吸わないんだ」と男は言った。「コーヒーも飲まない。モルモン教徒として育ったんだ。おうよ。モルモン教さ。でももう信じていない。どうしてかって？　嘘くさいからさ」タバコを一本吸いたい、とジェームズが繰り返すと、男は立ち去った。そして犬が一匹やってきて、立ち止まって彼のほうを見た。ジェームズは「お前決まってんな」と言った。犬が耳をひっかくと、彼は言った。「おう、お前決まってんぜ」

ある晩、エース・パブで、彼は兄のビルとその古い友達のパット・パターソンに出くわした。パターソンはフローレンスのアリゾナ州刑務所から出てきたばかりで、二人はそこで知り合ったのだ。すらっとして、背筋はぴんとした、ロカビリーの五〇年代からそのまま着陸してきたような若い男で、髪をダックテールに撫で付けていて、半袖は三頭筋の上までたくし上げ、襟も立てていた。

ビルは刑務所の話を少しばかり弟に披露した。「自分には自分の仲間連中がいてさ、連中は連中で固まってる、肌の色で決まるんだ。正しいとか間違ってるって問題じゃない。誰が頼りになるかってことだ――隣りにいるのは誰かってことだな。それで借りができる」

「そいつは知ってるよ」

「お前が知ってるってことは分かってる。そりゃ分かってるだろ。どっちの側も経験済みなんだからな」

「そんなことはなかったぜ」

「俺が言ってるのはさ――お前ホントにいろいろ経験し

てきたろ」

「そんなこと起きなかったぜ。一度もなかった」

ビル・ジュニアは両手の中でグラスを回して顔をしかめた。「お前の行動見てるとちょっと神経逆撫でされるぜ、ジェームズ」彼は咳払いして、バーテンダーが見ていないことを確かめ、床に唾を吐いた。「『さてジェームズは社会に戻ってきました。社会はでかくて古いニキビだったので、ジェームズはその顔に小便してやりたいです』って感じだ。あとどれくらいカス野郎のままでいるつもりなんだ?」

「違う気分になるまでさ」

ビルはグラスを飲み干して立ち上がり、ドアの外にふらふらと出ていった。

パターソンはジェームズに言った。「お前に問題を出そう。このエース・パブは、言ってみればだ、俺にエースが四枚来たぜってとこなのか? それともこのエース・パブは、このパブはエースって名前の猫の持ち物ですってとこなのか?」彼は女のバーテンダーを指差して、「あの女は若くて小さなセクシーマシンだよな」と言った。彼女が小柄だという点にはジェームズも賛成だったが、とっくに若くはなくなっていた。ビールジョッキを流しに沈め、水滴を振り切ってタオルに置く彼女の腕の肉はぷるぷるしていた。ジェームズはそう指摘した。「俺は腕なんか見てねえ」とパターソンは言った。「あの女のケツがピクピクしてんのを見てんだ」

「ビル・ジュニアが何やってるのか見てきたほうがいいな」

「あんなガキほっとけ。一人で平気だろ」

ジェームズは歩道に出たが、ビルはいなかった。表には若者が一人いて、背中に担いだシャツを通行人に売りつけようとしていた。ジェームズはエースに戻ってパターソンに合流し、銃はあるか、とパターソンが訊いてきて、一丁持ってる、とジェームズは答えた。

「お前ベトナムで長距離パトロールだったんじゃねえか?」

そうだ、とジェームズは言った。

パターソンはジラ・ベンドの近くにある離れた一軒家で誰かが経営しているカジノを襲うつもりで、金儲けしたくないか、とジェームズに訊いてきた。砂漠にあるカジノを夜に襲撃するのは戦闘に近い雰囲気があるはずだ、とパターソンは言った。「いいよ」とジェームズは言った。

患者は子供だと聞かされていたが、実際は三十代の男で、おそらくはベトコンだった。それが判明した時点で、その男は農夫で、不発弾を掘り当ててしまったのだ、と二人を連れてきた男たちは言い出した。片腕が切断され、それ以外の体はどうやら無事だ。その怪我の具合から見て、彼はその砲弾を取り出し、製造元のアメリカ人たちに対して使おうとしていたようだ。負傷の原因はマイニチコー医師には重要ではなく、むろんキャシーにもどうでもよかった。医師のチームに同行できる機会を待つよりも自由に村落を巡回していたし、看護婦として手伝いをすることで、足代の代わりにしていた。村々では、マイニチコー医師は「ドクター・マイ」として知られていて、尻上がりの抑揚をつけて発音すれば、「ドクター・アメリカン」と同じ意味になり、今日はそれが混乱を招いていた——どう見ても白人のキャシーが医者だと思われていて、彼女と一緒にいる小柄な日本人の男が付き添いの看護師だ、と村人たちは思っていた。マイは彼らの誤解を解こうとはせず、ただ状況を把握し、指示を出していた。彼と働くのは好きだった。彼は資金力があったし——資金の乏しさを考えればこれは必須だった——残酷な現状に無感覚なのかと思えるくらいのユーモアがあった。彼は裕福で、東京の貿易会社の一家からやって来たのだ、と彼女は理解していた。その会社がベトナムとの取引があるのかどうかは知らなかった。

二人をここに案内してきた二人の男は、カンバス地の防水シートで日陰を作った設備のようなものを整えていた。板と円い材木でテーブルを作って、出血する負傷者を横たえていて、すぐに用具を殺菌できる準備ができている、とキャシーに言った。ドクター・マイが診察を始めるとすぐ、彼らは本当の医師はどちらなのかを飲み込んで、火を起こすべきか、と彼に訊いた。そうだ、今すぐだ、と医師は言った。

負傷そのものがかなりうまく切断されたものだったが、肘から先の前腕は、わずかな骨と筋肉と肉でつながっていた。暑い日で、どの場所から動脈の損傷が始まっているのかを調べる器具もなく、何を残して何を切り取るかの判断は当てずっぽうだったが、ドクター・マイは壊死した組織の程度を見極める自分の能力に絶大な自信を持っていた。「肘はそのまま残せる」と彼は言った。「小さな爆弾だね。もし地雷だったら、まあ腕全体を取ったほうがいいだろうけどね。腕は死んでしまうだろうからね」患者が手術を受けるチャンスは今回だけなのだから、もっと上のほうがいいし、腕全体を切除するべきかもしれないわ、と反論してもよかったのだが、彼女に話しかけているわけではなかった。彼はいつも英語で独り言を言うのだ。「相当強い男だ。しっかりしている。ショック状態ですらない」怪我人は彼らを日光から守っているカンバスシートをじっと見上げていて、意識を失うまい、と心に誓っているようだった。破片によって顔と胸についた十個ほどの裂傷はすでに切除され、仕立て用の糸で縫合されていた。頬骨にある傷の一つは、わずかに左目を外れていた。

キシロカインしかなかったが、医師は快活に上腕の血管神経の腋窩閉塞を行って取りかかり、キャシーは肌に塗るアルコールで殺菌したバンダナを医師の顔に軽く当て、汗を拭き取った。

怪我人の二人の同志は、そう遠くない木のそばにしゃがみ込み、必要な物があれば何でも持って来よう、持って来るものはある、と言わんばかりの体勢だった。男の家族は小屋の一つにいて、邪魔をしないようにしていたが、歯のない女だけは数メートルしか離れていないところで個人的に重要な儀式を執り行っていた。容赦ない日光の中、炭の煙と器具を煮沸している鍋からの湯気の中で、不気味な躊躇いと突然の跳躍、そしてアラベスク体勢の踊り。ドクター・マイはこの誇示行動を黙認していて、キャシーとしては怪我人に縁起がいいので歓迎だった。疲れ切った、狂った人々、目をぐるぐる回し、口に泡を溜めた人々の間に、遠回しな人々、ぶつぶつ呟き、ごまかし、笑う人々の間に、ちょっとした愛情を込めた詮索が、祝福された貧しき人々を、焼かれた予見者や聖なる浮浪者を浮き立たせる——彼女はいつもそのロマンスを楽しんでいた。

ドクター・マイは鍋から山刀を取り出し、アルコールを半リットルほどかけ、「バンザイ」と言った。キャシーは笑って、肘のほうに皮膚を引っ張った。最初の切れ目を入れ、肉の最初の層から下の筋膜へと円周を描くように取りかかりながら、ドクター・マイは言った。「君の南北戦争の時代には、切断を行うのは本当に陰惨な仕事だった。今じゃ我々は楽観的でいられる」

「わたしの南北戦争ですって?」とキャシーは言った。「アメリカ南北戦争のことかしら?」

「そうだよ」

「わたしはカナダ出身よ」と彼女は言った。「わたしはカナダ人です」

「そうか。北部と南部のやつだよ」

「カナダ人は戦争に参加していないわ」

「そうか。カナダね」

「わたしがカナダ出身だってことは知ってるでしょ」

「そうだね。でもカナダは合衆国出身なんだと思ってた」

「わたしたちは北のほうよ」

「北と南ばっかりだな。東と西の内戦はあまり聞かないね」

彼女が摑んでいた皮膚を放し、それが収縮すると、ドクター・マイは手のひらで刃の背を押さえながら柄を上下に揺らし、筋膜と最初の筋肉の層を切り進み、それぞれの層が収縮するごとに次に進んでいった。彼が血管に行き当たるたびに、キャシーが糸で止血した。彼女は両手で中央の筋肉の基部に上向きの圧力を加えた。深部の筋肉が収縮した後、医師は鍋からノコギリを取り出して骨に取りかかり、キャシーは大きな注射器で塩水を出してその場所を洗浄した。

医師は切断した腕をテーブルから払いのけ、自分の両脚の間に落とし、バンダナを拾って顔を拭い、その間にキャシーは主な神経の端を引っ張り出し、できるだけ奥の箇所で切り取った。動脈の一つがまだ出血していたので、もう一度結わえ直した。

彼女が器具を洗って片付けている間、ドクター・マイは狂った女の手を取り、軽くジグを踊った。彼は良い凹型の基部を作っていた——優れた技術の持ち主で、医療についての第六感は本物だった——だが、腕をここまで残すべきだったのだろうか、とキャシーは自問していた。医師は連れの男たちに流暢なベトナム語で話しかけ、基部の手当てと、粘着テープと包帯で皮膚の収縮を防ぐ術を指導していた。腕の残りをギプスに当てる装備も、はしご状の添え木を作る道具も、メリヤス地も、針金のレトラクターも何もなかったが、それは大したことではなかった。一目見れば、彼が生き延びることが分かった。キャシーは十六ミリグラム入りの応急用モルヒネ注射器を自分のキットに七本持っていたが、全部彼のところに置いていった——この男は生き延びるだろうからだ。

ドクター・マイはランドローヴァーに歩いていき、前の席から水筒を取り出し、長い一口を楽しみ、キャシーに戻した。彼女は断った。

「君は水を十分に飲んでいないだろ、キャシー」

「たっぷりあるわ」

「君は熱帯によく適応しているね。どれくらいで慣れたんだ?」

「わたしはここに来る前フィリピンに二年住んでたの」

「君はここに五年いるんだったよな?」

「五年ね。もう少しで」

「そうだな。どれくらいいるつもりだ?」

「終わるまでよ」

晴れた十一月の朝、刑務所に入るちょうど二週間前、ジェームズは裁判所でスティーヴィーと結婚した。

彼の家族が参列していた。肩がふくらんだ教会用のドレスを着た母親は、いかにもオクラホマの人間といういでたちだった。兄のビルは白いTシャツの上に白のスポーツコートを羽織り、家族が全員判事の前に立つときには、自分が裁判にかけられているように汗をかいていた。バリスは女の子のようににやにやし、クスクス笑い、ほとんど肩まで伸びた髪で、本当に女の子のように見えた。

娘は犯罪者と結婚するのだ、とスティーヴィーの両親は信じていた。最初は参列の約束をしていたが、結局来なかった。

新婚夫婦が裁判所から出てくると、花婿の目には、浮浪者たちが水路で寝返りを打っている二番街のデュース地区が飛び込んできて、その向こうには、彼が住んでいる界隈が見えた。

その後、彼らはサウスマウンテン・パークでサーロインステーキのささやかなバーベキューをした。ビル・ジュニアは酔って赤い目になっていて、十四歳くらいだが、せいぜい十一歳にしか見えないバリスは、堂々とタバコを吸っていた。母親は隅のほうに離れていて、聞いてくれる人全員に説教をするか、家族の悲劇の数々を事細かに語る準備をしていた。

結婚で、何かが大きく変わったわけではなかった。ジェームズは自分のアパートで、スティーヴィーは両親の家でそれぞれ暮らし、ジェームズは加重暴行および武装強盗の罪状に対処していた。彼は無罪を申し立て、保釈されたが、早いうちに判事の前に出頭して申し立てを変更し、判決を受けるつもりだった。彼の今後にはさして疑問の余地はなかった。それでも、検察官から最善の扱いを受けるためにも一つ一つの手順をきっちりと踏んでいくべきだ、と彼の公選弁護人は主張していた。ジェームズとロカビリー男のパット・パターソンは最初はうまくやったが、運が尽き、四回目の盗みの約一時間後、酒場の表であっさりと逮捕された。保釈中だったパターソンはフローレンスに逆戻りした。

重罪で起訴されるのは今回が初めてで、兵歴のおかげもあり、せいぜい三年、おそらく二年の懲役で済むだろう。スティーヴィーは待つことを誓っていた。ジェームズはメキシコに逃亡することもできたが、彼はもう疲れて、疲れ切っていた。

判決まで四日、臭い飯まであと四日、結婚して十日、まだ一度も妻の手料理は食べないまま、ジェームズはサウスセントラル・アベニューに朝食を食べに出た。彼は食堂に入り、一握りの狂った客の中で腰を下ろし――男が一人顔をしかめていて、もう一人は悪態をついている――卵焼きを注文した。丸々とした、おそらく中国系の女店長がレジのそばに立ち、コーヒーマグに入ったオートミールの朝食を食べていた。彼女はパンを歯で半分に噛み切り、かぶりついて飲み込み、口一杯に頬張りながら、泣くような、鼻にかかった声で話していて、自分では英語で喋っているつもりのようだったが、ジェームズには一言も理解できなかった。唐突に、彼はニャチャンの匂いと味を鮮明に感じた。

テーブルの隣のブースにいる男、横向きに座って両脚を通路に投げ出している男が気になった。「俺ぁスピードでばっちり性能アップしてるね、そうさ」と男はとても静かに言った。「俺ぁスピードたっぷりの男さ」

「俺はそれを楽しめるような気分じゃないんだよ」とジェームズは言った。

「俺が七時間二十分前にどこにいたと思う？　家にいた。家はどこだと思う？　サンディエゴだ。俺ぁ何をしてたか？　鏡の前に立ってた。フルサイズの鏡だぜ、いいか？素っ裸で、357ピストルをこの手に持って、ちょうどこんな具合に頭に当ててた。自分を撃とうってな。信じられるか？」

ジェームズはフォークを下に置いた。

「そうよ。ギャンブルでちょっとトラブっちまってな。ちょっと？　ちくしょうめ。俺の持ってたもんは全部持ってかれちまった。女房にガキども。家。俺ぁ文無しさ。家はあの女のもんだ。それにローンの支払いが百万年くっついてる。やってられねえ。で俺ぁ姉貴のベッドルームに脳ミソぶちまける気だった。まったくそうさ。ああそうとも。でも姉貴にはそんなひでえとこに帰ってきてほしくなかった――いや、俺ぁ撃つだけのタマがなかったんだ。認めよう。ということで俺ぁ考えるわけだ、このホラーショーをさっさと痛みなしで終わらせて、それをやらかしたのがこの俺だと連中には気づかれない方法を見つけなきゃってな。で俺ぁ服を着て、さあ出ていくぜって決めた、そのちっちゃなよく分かんねえ車に乗り込もう、小型ワーゲンだ、姉貴の車で俺のじゃない。で俺ぁそいつに乗ってエンジン吹かして州間8号を東に向かったってわけよ、サンディエゴから出て、ハイビームでヘッドライトをつけて、俺にライト向けてきた最初のセミトラックに頭から突っ込んでくぜ、カミカゼスタイルで死んでやるって自分に言い聞かせてた。んで俺ぁずっと両手でハンドル握ってたんだぜ、タマタマを引っ掻くときとアンフェタミンのボトルの蓋を親指で外してあと二錠くらい飲み込むってとき以外は手を放さなかった。で、どうなったか。乗ってるあいだ、少なくとも五百六十キロ、誰も俺にライトを向けてこなかったんだ、サー、一人もだぜ、誰かが俺にライトを向けてくるなんてことはただの一度もなかった。そりゃ奇跡だ。俺がここに生きて座ってるなんて奇跡だ。どういうことか分からねえ。でも俺ぁピンピンしてる。それだけは分かる。それ以外は何一つ分かりゃしねえ。俺ぁ生きてんだ」

アンフェタミンの類いをやっているようには見えなかった。とても落ち着いて見えて、体を動かしてはおらず、右脚を上にして足を組み、両手は太腿の上でそっと握りしめていた。赤い目をしていたが、愛の光が溢れ出ていた。彼はトーストをバターなしで注文し、細かくちぎって口に入れていた。マッチを擦ってタバコに火をつけ、マッチブックを皿の上に投げた。

「自爆攻撃に出たわけだ」とジェームズは言った。

「おう。確かにそうだ」

「俺もそんな出撃を二回くらいやったよ」

「そうか」

「おい。まだ銃持ってるか？　俺が撃ってやろうか？」

男は薄いベージュのセーターの上にツイードのようなスポーツジャケットを着て、淡い青色のパジャマのズボンに軽い布のスリッパを履いていて、こざっぱりして見えた。彼は物思いに耽るようにタバコを一服した。「銃は家に置いてきた」と言った。

ジェームズが最後に法廷に出頭する前日、ビル・ヒューストンは弟を連れ出して話をした。酒場ではなく、コーヒーショップへの招待だった——真剣な話だということをジェームズに理解させたほうがいい。「いいか、どうなるかは全然分からねえ。俺に分かるのは、最重警備棟は避けろってことだ。そこじゃ誰かがいつもふざけてやがるし、いつもがっちり閉じ込められちまう。だから振り分けを待ってるときは、いつでも自分の学歴の話をしとけ。相手がどのカウンセラーでも、連中でも、その手の奴らが話しかけてきたら、『教育、教育』って言うんだ。高校を卒業したい、技術を身につけたいってな。そういう話だけするんだ、そうすりゃ中度警備棟に入れてもらえる。中度に入るほうがいい。もっとのんびりしてる。連中もそんなにおかしくねえ。だいたい好きなときに庭に出れる。あそこはいい。俺を信じろ、最重警備棟はやめとけ」

「みんなって誰が入ってる?」

「どこだ? 中度か?」

「フローレンスだよ。どこでもいい、中度でも最重でも」

「そりゃ——いろんな連中だよ」

「親父はいるのかよ? あんたの親父は?」

「ありゃ俺の親父じゃねえ。お前の父親だ」

「誰の父親でもいいさ。いるのか?」

「おう。最重警備棟に入ってる。違うな。もう出たと思う」

「そいつは確かかい?」

「ああ。出たと思う。とにかくお袋はもう行ってない」

「もう行ってないって?」

「俺が出てきてからな。俺の知るかぎり。だから旦那はどこかにいるんだろ」

「どこだよ?」

「知るかよ。他のとこだろ」

ビルは最後に握手して、言いたいことが弟にきちんと伝わったのかははっきりしないまま別れ、日雇い仕事のオフィスに行って仕事をチェックするか、公園をぶらつきにダウンタウンに行った。砂漠の秋、果樹の摘み取りの季節がやって来ていた。彼は男たちがチェーンソーを唸らせて街路沿いのオリーブの木の枝を切り落としているのを見て、それがすべて自分の中で起こっていることだ、と感じていた。

バイクがあればいいのに、と思った。一台盗むのは難しいことだろうか。酒場の表を回って探してみて、それから中に入って、サービスタイムとポートワインの割引にあずかった。その年のワインなので、ポートがお気に入りという人間はいないが、彼のような人間は、一セントあたりで一番品質がまともなのは何かを計算することを強いられる。「濃くておえっとするくらい甘いわ」と中年の女が彼に乾杯しながら悲しげに言った。「あんたじゃないわよ！　ポートのことなんだから。甘いわよね。あんたはすえた感じね。わたしもよ」彼女の問題は義理の息子がベトナムで死んでしまったことだ、と彼女は言った。弟がちょうどそこから戻ってきたところだ、とヒューストンは言った。「あらやだ。本当に？　こっち来てよ。紹介しなくちゃ」と彼女は言い、彼の手を引き、ブースにいる娘に会わせた――出征するほんの一週間前に結婚した少年と長い間離れていた後、未亡人になってしまった娘。兵役が終わろうかというころに戦死してしまったのだ。ヒューストンは結婚式の写真を見た。彼が思うようなパーティーではなかった。女たちは彼の分の酒をおごってくれた。若い未亡人はビールを飲み過ぎていたが、泣き崩れることはなく、若い夫の葬式でどれだけ泣いたかを話し、泣けてよかったわ、泣けないいんじゃないかって思ってたもの、と言った。知らせが届いてからのこの十日間、ほっとした気持ちで過ごしていたのだ。夫を家に迎えて、また一から彼のことを知ろうとせずに済むのだ。夫がいない間に、彼女はかなり変わってしまった。葬式で彼女は三角に折り畳まれた旗を渡され、そのことでどうすればいいのか、分からなかった。「そうよ、旗持ってるの」

「マジかよ。旗だって？　そうか、アメリカ国旗のことか。オールド・グローリーだよな」

「でもオールド・グローリーとは呼ばないでしょ？　別の名前よ」

「別の名前だと思うな、そうだ」

「星と条とかそんな感じよね」

「俺の弟も行ってたよ。歩兵だ。名誉負傷章もらってる」

「本当に？　名誉負傷章？」

「おうよ」

「何があったの？」

「トンネルでブービー・トラップ踏んだのさ。とがった竹の杭の一種だ。それかそいつにぶつかったんだったか、そんなとこ」

「まあ。何てことかしら」

「そんなにひどくはなかったよ。ベトコンの連中はほんとにひでぇブービー・トラップ作るからさ。弟のはただの銀塗りの竹だった、ホント。それでも負傷だ。名誉負傷章に値する」

「すごいわね。トンネルねずみだったの？」

「あいつが何やってたのかは知らねえよ。最後は長距離パトロールだった。よくあいつをがっちり抑え込んで顔によだれ垂らしてたもんだ。垂らしてからさ、ジュルーって吸い戻すんだ」

「ウエー！」と女たちは同時に言った。

「俺たち水兵はそうやって長距離パトロール連中を扱うんだよ」

「ウエー！」

「そう。ひでえクソだろ？」

「わたしは夫に離婚されたのよ」と母親が言った。「死に別れたのと同じ気持ちよね。でも旗をもらえるわけじゃないし、殺してやるって毎日考えてる」

「君のパパの話をしてるのかよ？」とヒューストンは女の子に訊いた。

「医者はそう言うけどね」と彼女は言った。

母親がトイレに立つとすぐ、ヒューストンは言った。

「安モーテルにでも行ってテレビ見たいか？」

「あなたにお金があるんなら、あたしは時間あるわよ、ハニー」

「これ見ろよ。何だか分かるか？」

「ケネディ半ドルコインね」

「その通り、俺の一生分の貯金だ。あと五十セントくれるならケツ突き出したっていいね。頭でボトルかち割ったっていい」

「ハニー、あたしはお金あるわよ。戦争保険に入ってたもの」

女の子は彼に寄りかかり、軽く彼の胸毛に触れた。砂漠の夜は十度よりずっと冷えていたが、ビル・ヒューストンは黒のレザージャケットの下に何も着ていなかった。通りでの名前はレザー・ビルだった。残りの持ち服といえば、ジーンズと、人生ですり切れたブーツだった。

「ママが戻る前に出口探したほうがいいわ」と彼女は言った。

朝になって彼が目を開けると、彼女はそれより早くモーテルからの出口を見つけていたようだった。任務中の男なら、先にベッドから出て、彼女の財布を取り調べていたはずだ。その代わりに、もう覚えてもいない夢の中で気持ちよく横たわっていたのだった。

もう二十五年近く生きてきて、苦労も心の中では若き日の冒険として脚色されていて、いつか一気に自己改善が訪れ、そして達成感と安心感に浸れるはずだった。しかし、この朝に限っては、どの港からも遠く離れたところで甲板から放り出され、ただ漂っているだけで、体力が尽きるのを待っているような気分だった。

いつ岸を目指して泳ぎ始めよう？　いつになったら絶望という贈り物を授かるのか？　肌寒く、消毒薬の臭いがする部屋で、管理人がドアをノックするまで彼は布団をかぶっていた。十分待ってくれ、と彼は言って、シャワーを浴び、ベッドに戻って、今度こそ本気のノックが来るのを待った。

ジェームズはまた帰還兵のルームメイトと一緒になった。フレッドというバイク乗りで、フレッドのハーレーがリビングのほとんどを占拠していた。ある日、彼の姿をしばらく見ていないことにジェームズは気づいた。おそらく一ヶ月、いや二ヶ月かもしれない。もし生きているのなら友を呼び戻そうと、彼は神聖なるハーレーにまたがってエンジンキーを回すという暴挙に出た。三回踏み込むとエンジンは爆発するようにかかり、彼の下で唸り、震えていた。彼がクラッチを放すと、ハーレーは壁目がけて一直線に飛び出し、気がついたときにはリビングの床で下敷きになっていた。一人では車体を立てることも難しかった——飲み過ぎていたし、座ってばかりで体を動かしていなかった。彼はどうしようもない男だった。喧嘩をしては毎回負けるのも当然だ。だが、彼は負けるのが楽しかった。体を丸めて、誰かに背中や脚を蹴られているときの公正な無気力感が楽しかった。自分の血にまみれた顔で横になり、誰かの声が「やめろ！　もういいだろ！　殺す気かよ。死んじまうぞ！」と言っている——それが好きだった。彼らは間違っていたからだ。彼を殺すには程遠かった。

一九八三年

ハオは『ニュー・ストレイツ・タイムズ』紙をキッチンテーブルに持ってきて、小さな扇風機のスイッチを切って読み始めた。扇風機の音が嫌だったのではなく、紙をめくるのを邪魔されたくないのだ、とキムには分かっていた。毎晩、彼はブルゴワ医師が購読している『ニュー・ストレイツ・タイムズ』の朝刊を手に腰を下ろし、下着姿で英語のニュースの構文を分析し、木曜日か金曜日には、これも医師が取っている『アジアウィーク』を手に同じことをしていた。今はそこに住んでいるとしても、自分の故郷ではない土地で、新聞を毎日読んだところでどうなるのだろう？　夫があれこれ雑多な出来事を報告してきても、キムは構わなかったが、彼女はモスクの泣き声や十三歳の王子たちの公開割礼といった身の回りのイスラム的なものが気に食わなかったので、いかがわしいマレーシアの祝祭のニュースを口にすることは禁じていた。それでも、この土地は彼女に合っていた。十代のころのような活力が戻ってきていた。ブルゴワ医師は病院から無料で薬をもらってきて、彼女を治療してくれたし、クアラルンプールには彼女の健康を保ってくれる漢方医が大勢いた。何にでも免疫がつく、と保証してくる者もいた。それを求めてはいなかった。病気で死なないのなら、悪運で死んでしまうだろう。

夫は読むのを止めて、顔を上げた。空の湯呑みに手を伸ばし、湯呑みを調べるために突然読むのを中断したような様子でじっと見つめていた。

「どうしたの？」とキムは訊いた。

「何でもない」

「何かあるんでしょう。何でもないなんて言わないでよ」

「サイゴンからの誰かだ」

彼女は彼の後ろに立った。彼はページの一部を片手で覆っていて、彼女は肩越しに手を伸ばしてそれをのけた。

「カナダ人？」

「アメリカ人だよ」

「いえ。『カナダ人』って書いてあるわよ。『カナダ人』と『ベネー』は読めるもの」

「彼はカナダ人じゃない。それに名前も違う。でも覚えている。知っている男だよ」

「どこで？　ここクアラルンプールで？」

「故郷で」

「じゃあ、そのことは考えないで」

そのことは考えないで？　でも俺は考える。幸運……悲しみ……感謝……全部が混ざって、毒になる。そして俺たちはそれを飲む。

幸運と、他の人々の犠牲によって、二人はクアラルンプールで、マルセイユ出身の医師の家の裏手にある使用人宿舎で暮らすことができた。それまでずっとしてきたように、キムは洗濯をし、他の使用人の仕事ではあったが時おり医師の家に行って埃をはたいて回り、ハオは車の運転をしていた。医師の娘たちを学校に送り迎えし、ピアノとダンスのレッスンに送っていた。小さな女の子たちはアメリカンスクールに通っていて、英語をとても上手に話した。ハオはその両親とはフランス語で話していた。ブルゴワ医師は、管理者として勤務している病院との間の数ブロックを毎日歩いていた。ハオは医師の妻を乗せて、ショッピング、ブリッジクラブ、書店に送った。すべては幸運と、他の人々の犠牲のおかげだった。しかし、その人々の中には、自分から犠牲になることを選んだわけではない者もいた。彼らが犠牲となることを、彼が選んだのだ。悲しみが押し寄せてきた。チュン・タンに対して働いた策略――今までの人生で最も卑劣な行為。しかし、いたって簡単だった。アメリカ人たちが簡単にしてくれた。彼の最悪の罪、だが、それで結局どうなったのか？　アメリカ人たちはチュンを捕虜収容所に放り込み、彼は大義に尽くした英雄として出てきて、サイゴンに家を構え、党の一員となっている。歴史家たちはインタビューに訪れてくる。チュンにはいい巡り合わせになった。サイゴンはホー・チ・ミン市になっていた。

しかし、中には自分から進んで、心から犠牲となることを選んだ者もいて、ハオの心に感謝が湧き上がってきた。大佐に対して。手榴弾の上にヘルメットをかぶせ、その上に体を投げ出した歩兵に対して。そして、脱出を手助けしてくれた他のアメリカ人たちに対して。アメリカ人たちは彼との約束、彼の国に対しても約束を覚えていて、守ってくれた。約束を破ったのではない。単に戦争に負けたのだ。

そして明日か、明後日には、二人の甥のミンから言づてがある、とキムに言うつもりだった。何年もシンガポールでレストランを経営しているベトナム系移民の一家が、離散した家族の連絡を代行する国際ネットワークを動かしていて、それを通じて連絡が来ていた。ミンは生き延びていて——彼がどんな困難を切り抜けてきたのか、誰に分かるだろう？——マサチューセッツ州ボストンの近くで暮らしていた。テキサス州で生活してメキシコ湾で漁をしている親戚の居場所を、ミンは突き止めていて、彼らの従兄弟ハオとその妻がアメリカに来る手助けをするように説得できるかもしれない。ここでもまた、幸運。彼は正しい側を選んだのだ。幸運な人生だ！

　妻はコンロに火をつけていて、やかんが震えていた。気がつかなかった。彼女はまだ後ろにいて、ニュースの写真を見つめている、と思っていた。

　彼女は急須を持ってきた。「何て書いてあるの？」

「深刻なトラブルになっている」

「あなたに何かできることは？」

「いや。知っている男だというだけだよ」

八三年一月八日

親愛なるエドゥアルド・アギナルド

　僕からの手紙がもう届いてるかもしれない。でも届いてないと想定して——

　僕の名前はウィリアム・ベネー。「スキップ」と呼ばれてる。実は君も僕を「スキップ」と呼んでた。ひょっとして僕を覚えてるかな？　僕は昔とはもう違うと言っておこう。でも僕を覚えてるか？

　僕は長いことセブ市で暮らしてる。暮らしてた。もう二年くらい行ってない。あの辺では「カナダ人のウィリアム・ベネー」で通ってた。

　セブ市には家族がいる。妻と三人の子供だ。正式に結婚したわけじゃない。家族の様子を見てくれないだろうか？　妻の名前はコラ・ング。彼女の従兄弟が埠頭の近くでング・ファイン・ストアって店をやってる。従兄弟が妻を見つけてくれるはずだ。最後に僕が見てきたとき、僕は近所に建物を二つ持ってた。それがどれかはコラに訊けば分かるよ。不動産のことより、現金のほうがよく分かってるから、彼女の代わりにそれを売って、妻にお金が入るようにしてくれたほうがいいかもしれない。

　久しぶりだってことは分かってるよ、エディー。無理な頼み事だって分かってるけど、誰に頼めばいいのか分からない。知ってる人間といえば、僕と同じようなコソ泥ばかりなんだ。

　もしもう一通の手紙も君に届いていたら、二回も連絡してしまって済まない。でもどちらが届くのかはっきりしなくてね。一通余分に手紙を書くのは全然苦にならないんだ。誰に宛てたらいいのか分からない手紙を書いて、ここでの時間を過ごしてる。まあまあの環境だよ。共有バケツで顔と手を洗って、魚のかけらと米を食ってる、蛆虫もいないし、水もいい味だ。ビルマの日本軍の収容所とはちょっと違うよね。大佐を覚えてるかい？　彼が言ってた「フォーティー・キロ」に比べたら、この場所はポロクラブで午後を過ごしてるようなもんさ。

　もしあのころの仲間に会うことがあったら、大佐は絶対に死んでないと伝えてほしいんだ。彼の体は死んだけど、僕の中で生きてる。大佐は物理的にも死んでいないって言い張る連中もいる。歯に短剣をくわえて、血まみれの刃か何かを振り回して東南アジアを駆け回ってるというわけだ――それは間違ってるよ。彼は死んだ。僕の言葉を信じてほしいな。

　僕に対する容疑は立証されそうだ。絞首刑になるにしても、このまま刑務所にいるにしても、もう当分は東南アジアを自由に動き回ることはないだろう。だから僕の家族を見てやってくれ、頼めるかな、ね？

君の古い友人
スキップ
（ウィリアム・フレンチ・ベネー）

　ポロクラブのことを書いてくるとは！　ポロクラブでの昼食がてら、ゆっくり読もうとエディーが持ってきた束の中に手紙はあった。航空郵便で、とても小さな手書きの手紙で、マレーシアのクアラルンプールの消印が付いていた。容疑？　絞首刑？　何の罪で？　エディーは何も聞いていなかった。マニラの『タイムズ』にいる友人が、この件を全部調べてくれるかもしれない。それに大佐が――生きている？　その逆の報告、大佐が死んだなどということは、今まで一言も聞いていなかった。あのころの「仲間」とは誰とも連絡を取っていなかったが、大佐が死んだのなら、確実に知らせが届いているはずだ。

　スキップ・サンズのことは幾度となく考えた。何かをして、彼の居場所を突き止めようとしたことはほとんどなかった。スキップと関わったのは一九六五年、プランギ河沿いでの司祭殺しのときで、間違いなく人生で最悪の行為だったし、戦争だの義務だの善意といった事情を並べてみたところで何の変わりもない。

エディーは水泳プール脇の日よけの下にあるテーブルから離れ、レストランを抜け、ボウリングのレーンへとぶらぶら歩いていった。何も言わなくても、係は彼のシューズのサイズを知っていた。中央のレーンでは、ガキが二人ボールを投げていて、テンピンズの半分のサイズのダックピンズを狙い、手こずっていた。ボールには指を入れる穴がなく、片手でしっかり持って狙いをつけるのは難しく、標的にはほとんど当たっていなかった。順番が終わるたびに、少年が倒れたピンの上の暗がりから下りてきて、ピンを摑んで揃え直していた。ティーンエイジャーのころは、ボールを力一杯投げてピンを空中に跳ね飛ばし、あの少年の頭にぶつけてやれるんじゃないか、とエディーは思ったものだが、彼らはゲームを心得ていて、当たらないところに待機していた。

エディーのスコアは、ダックピンズにしては悪くない九十点代の前半で、少年だったころのようにセブンアップとグレナディンを飲んだ。六週間前、大晦日に散々酒をあおった後、彼は禁酒を誓っていた。

彼は階段を上ってロビーを抜け、インターコムを鳴らして運転手用の小屋にいるエルネストを呼び、表に立って待った。ポロクラブのグラウンドと車寄せは何十年も変わっておらず、グラウンドの向こう、フォーブス・パークの分譲地も閑静なままだったが、フォーブス・パークを越えると、混沌が待ち構えていた。美しい芝生と堂々とした家並みは、むせ返るような都市に囲まれ、隔離されていた。彼は引っ越しを考えていた。金はあったし、どこでも行けた。どこにすればいいのか思いつかないだけだった。

イモヘネは留守にしていた。今頃、子供たちはもう学校を終わって、遊びに行っているか、トラブルを求めて出ているのだろう。

二階にある執務室で、彼はデスクにつき、椅子を窓に向け、両手でコーヒーカップを持った。コーヒーは好きではなかった。ただ飲んでいるだけだった。

「手紙が来ています」

「何だ?」

下男のカルロス。かつては美しかったイモヘネは、彼が「使用人」という言葉を使うほうを好んでいた。

カルロスは彼のデスクに封筒を置いた。「ミスター・キングストンからです。彼の運転手が車で持ってきました」

アメリカ人のキングストンは近所に住んでいた。見たところ、手紙はプドゥ刑務所からのもので、マニラのカナダ総領事館付のエディー宛てのものだった。キングストンはクリップでメモを付けていて、「これはカナダ大使館のジョン・リースから受け取ったんだ。君宛てのものだろ――ハンク」と書いてあった。エディーが推察するに、キングストンがカナダのインペリアル・オイルとかなりの取引があり、サンズがカナダ人を装っているところにつながりがあるのだろう。

一九八三年十二月十八日
親愛なるエドゥアルド・アギナルド
ミスター・アギナルド、僕の名前はウィリアム・ベネー。僕は現在クアラルンプールの刑務所にいて、銃器密輸入の容疑で判決を待ってる。弁護士からは絞首刑を覚悟するようにって言われてる。

ミスター・アギナルド、僕は死ぬんだ。嬉しいよ。僕が想像するに、君はスモッグの上の高層ビルの大きな窓のそばにいて、マニラがガスや煙の中を夢のように漂ってるのを見下ろしてるところだろうな。間違いなく二重あごで腹の出た男だ、そして僕のことは覚えてないだろうな。

それでも僕が君に手紙を書いているのは、十八年前のエディー・アギナルドに僕のメッセージを届けてくれるのは君しかいないからだ。フク団と戦って、若くて裕福なメスチソの女たちとデートして、『マイ・フェア・レディ』ではヘンリー・ヒギンズを演じてた若い少佐のことだよ。他の誰かに言うことはない。――覚えてるかい？――劇の中で最高の演技をしていたこの時代の住人たち、僕たちの嘘の後継者たちに報告することは何もない。だからエディー・アギナルドに手紙を書いてる。心優しきエディー・アギナルドは、わざわざ危険を犯して、危ないことになってるって警告を送ってくれた、でも僕はベトナムのカオクエンでもうその中に飛び込んでいた。僕みたいに魂の溶けたアシッドな連中は、丁寧に自分の口をハンカチで覆って、DDTや枯葉剤の文句を言いながら、どっぷり浸かってて、僕たちの魂は毒なんかよりはるかに有害なものの中で溶けていたんだ。

僕が七三年から八一年までセブ市に住んでたって知ったら君は驚くだろうな。それからはどこにも長期滞在しなかったけど、ほんの二、三ヶ月前、タイ国境のマレーシア側にあるベラム峡谷で逮捕されたんだ。本当にまずい側で逮捕されてしまったよ。

僕は今、クアラルンプールのプドゥ刑務所にいる。もしこの先何ヶ月かの間に、こっちに旅行することがあったら、寄っていってくれよ。なじみの顔に会えたら嬉しいだろうな。僕の人生が汚名の中で終わるんだってことが分かるさ。情けない人生だったね。そう思うべきなんだろうな。でも僕は取り立てて恥ずかしく思ってないよ。

敬具
スキップ
ウィリアム・フレンチ・ベネー

彼はもう一度最初の手紙に目を通した――

……僕の名前はウィリアム・ベネー。「スキップ」と呼ばれている。実は君も僕を「スキップ」と呼んでいた。ひょっとして僕を覚えているかな？　僕は昔とはもう違うと言っておこう。でも僕を覚えてるか？

――その手紙はフィリピン、リサール州マカチ市、フォーブス・パークのエディー・アギナルド宛で届けられていた。家の番号も通りの名前もなかったが、それでも届いていた。それに、彼の名前はエドゥアルドではなく、エドワードだった。仲良し同士でふざけて、スキップは彼をエドゥアルドと呼んでいたのだ。スキップは自分でもふざけた真似をしていた。スペインの王にちなんで名付けられたこの島国で、ラテン文化の影響からか、彼は間抜けな口ひげを伸ばしていて、エディーは彼のことをゾロと呼んでいた。角刈りに口ひげの若いアメリカ人のことは、ちゃんと覚えていた。

彼は執務室の窓際に立ち、外のプール、脱衣所、くるくる回る花を芝生に落とすアカシアを見て、自分が一番幸せだったのは十代のころではなかったか、と自問した――バギオ軍事学校からの休暇で、ここマニラに来ていて、果てしない街を走り回っていたとき。そして二十代半ばのときには、ＣＩＡから来た男、スキップ・サンズとジャングルでパトロールをしていたとき。

スキップが想像して書いていたように、ガスに覆われていて、それほどどっしりとは見えない高層ビルに面した窓だった。かつて、もっと見晴らしのいい場所からは、背が高く雑多に茂るガマの野原や泥道、高い建物がいくつかあるだけの開けた場所を見渡すことができた。リサール劇場は三キロ離れたところからでも見えた。彼は生まれてからずっとフォーブス・パークに住んでいた。かつて、彼は焼ける野原の端で、死んでいる犬の乳頭に生まれたばかりの子犬たちが吸い付いているのを見つけ、ほんの小さな子犬たちを家に連れて帰り、点眼器で育てようとした。かつて、彼はそういう人間だった。

最近、彼は『マイ・フェア・レディ』の邪悪な風刺バージョンを思いついた。『リズ・ドゥーリトルとヘンリー・ヒギンズの婚礼の夜』と題した一幕劇で、耳慣れた「君住む街で」と「彼女のことで頭がいっぱい」のメロディーに、いかがわしい歌詞がかぶさるのだ。

問題は、こんな文化的環境では、リズ・ドゥーリトルと同じく——つまりこの出し物のために彼が思い描くようなリズということだが——そんなショーは上演不可能だろうということだった。順応、上品さ、女々しい臆病さという相変わらずの理由で。自分はこの時代に合っていない、と感じていた。彼にできることといえば、自分の階級、イギリスやアメリカ仕込みの高学歴の競争相手を、外側から笑うことくらいだった。彼の妻、良き上院議員である父親、そうした人々すべて。沼地に漂う、上品さの滓。

それだけでなく、彼の同胞フィリピン人すべて。迷信深いマニアに、奇跡を求める者。偶像を崇める者。聖痕から血を流す者。聖金曜日に自傷し、血を流しながら管区から管区を走り回り、自分を凶暴に鞭打つ者——他の皆は外に出て来て、彼を棒で打つか、古いスープ缶から水をかけ、深い傷を和らげる。コタバト県のある男は、毎年教会で、涙を流す隣人たちの目の前で自分を磔にする。

スキップ・サンズは絞首台へ。俺もだ。なかなか愉快じゃないか?

俺は愉快ないい奴で、不幸な男だ。

判決の日、クアラルンプールの高等裁判所の石段に向かいながら、ジミー・ストームが二階を見上げると、明るいドレスを着た女たちがずらりと——たぶん秘書だろう——バルコニーにいて、昼食がてらピクニックをしていた。膝に茶碗を置き、食べるときにはお椀を顔の近くに持っていき、お喋りし、笑い、互いに歌っているような声だった。

彼は段を上ったところで立ち止まった。どこに行けばいいのか分からなかった。タバコを落として靴でもみ消しながら、ガラスケースの中にある本日の予定表を眺め、高等裁判所の大きな木の扉を押して入った――ムーア風の建築に、広々とした内部の装飾は熱帯コロニアル風、音は響き、影が多く、ここを訪れる者の関心事をちっぽけにして鎮めてしまう。

彼は第七法廷の最後列に座った。午後一時にはラウという中国人の銃ディーラー、続いて午後二時には、ウィリアム・フレンチ・ベネーと自称する囚人が、判決を言い渡されることになっていた。

黄色い消火器が一つ。頭上には十二の蛍光灯。マレーシア語か、彼らの言葉の表示――DILARANG MEROKOK――「禁煙」という意味だろう。中央のクーラーが動かなくなったときのために、壁に固定された電気扇風機が十一個。そんなことは起こらないだろう、とストームは思った。クアラルンプールではすべてが完璧に機能していた。人々は有能で、愛想よく見えた。

法廷の前では、グレーのスーツを着た弁護士が被告席に座り、依頼人に不利な証拠、スミス&ウェッソン・ディテクティヴ・スペシャルとおぼしき銃のシリンダーを回して撃鉄を起こし、空虚で、瞑想的な一瞬、高いところにある裁判官席に狙いを定めて吟味していた。表に出ている予定表によれば、間もなくそこにミスター・シャイク・ダウド・ハジ・ポヌサミー裁判官が鎮座するはずだった。

ストームを除けば、弁護士は法廷を独り占めしていた。彼はピストルを法廷秘書の空のデスクに向け、机の上のDILARANG MEROKOKの札に狙いをつけていた。彼が引き金を引くと、ピンがカチッと音を立てた。

昼食時間が終了した。建物にこだまする足音が聞こえた。ストームが立ち上がり、車寄せを見下ろす窓に歩いていくと、プドゥ刑務所からの青いバンが到着するところだった。バンの側面には、POLIS RAJA DI MALAYSIAと書いてあった。六人ほどの中国系とマレー系の囚人に混じっている偽カナダ人、ベネーはすぐに見分けられた。バンの後部窓の中で、その顔は小さく白く見えた。

ストームはまた腰を下ろした。五、六人の記者たちと二人の傍聴者がもう来ていて、あちこちの席に座っていた。法廷秘書、それに警備員もやって来た。そしてベネーの弁護士のアフマド・イスマイルが法廷に入った。子供のように大きく潤んだ目をして、優しげで、好感を持たれそうな顔で、そびえ立つ判事席の影で書類を整えていた。法廷の後ろの壁を覆う豪華な紫のカーテンが、古い劇場めいた雰囲気を醸し出していて、一瞬イスマイルは、愚かにも黒のスリーピースのスーツに身を包んで映画を見に来た小学生のように見えた。

高等裁判所の中央にある被告人用の囲い席には、下の階から直接階段が通じていて、中国人の若者ラウはそこから上がり、周りを激しく見回しながら、突如として自分のジレンマのまっただ中に浮上してきた。

ポヌサミー判事が入廷すると、全員が立ち上がった。判事はデスクの上に置かれた大きな儀礼用の職杖の後ろに陣取った。被告人は囲い席の手すりにもたれ、縛られた両手で体を支えていた。

全員が着席した。

裁判は英語で行われた。依頼人は英語を話せないので通訳を要望している、と被告の弁護人は説明した。若者は銃器の取引および大量の弾薬を所持していたかどで有罪判決を受けていた。判事は求刑と先例、その他のあれこれを入念に読み上げた。被告人のために通訳をしている小柄な男は緊張しているようで、弁護士のそばの木の椅子に座って両膝を激しく揺すっていた。判事が彼に話しかけると、通訳は飛び上がり、誰に言われるでもなく被告人も立ち上がった。

彼が逮捕されたと聞くや、この若者の母親は殺虫剤を飲んで自殺していた。「彼はまだ知らされていません」と彼の弁護士は英語で判事に言った。中国人の若者は無関心に立っていた。「じきに知ることになるでしょう。それが最大の罰になります」通訳は訳さなかった。

ポヌサミー判事は一度も被告人を見なかった。六年と、籐の鞭での鞭打ち六回、弾薬保持のためにさらに三年を言い渡した。

休憩時間、ベネーの登場を待っている間、ストームは前に行き、弁護士のイスマイルに近づいた。「俺の名前はストームだ」

「ミスター・ストームですね」

「あんたの依頼人。ベネーのことだ」

「ええ」

「上がってくるのか?」

「ええ、五分後には」

「俺からのメッセージを伝えてもらえるか? ストームからのメッセージを?」

「できると思いますよ、ええ」

「あいつが恐れてることを、俺は何でも完全にやれると伝えてくれ」

「何てことを言うんですか！」

「俺の言ったことが聞こえたか？」

「ええ、ミスター・ストーム。彼が恐れていることを、あなたは何でもできるということですね」

「俺が明日刑務所に行くと伝えろ。ミスター・ストームだと」

「それは何かのたとえですか？」

「伝えろ」

ストームが後列の席に戻ると、弁護士はまだ彼を見つめていた。

彼の依頼人ベネーが体の前で手錠をかけられ、重い足取りで下から上がってくると、イスマイルは目を背けた。ストームが信じていたように、ウィリアム・サンズだった。

判事が入廷して皆が起立すると、前の被告人と同じようにサンズは被告席の手すりにもたれた。

サンズはまだ短い髪で、口ひげを生やしていた――もう馬鹿らしくも、気取ってもおらず、放ったらかしに伸びて大仰になり、彼の悲しみを際立たせていた。中央冷房の冷気に備えるため、みすぼらしい青いセーターを着ていて、不機嫌と無気力の間くらいの気分のようだった。痩せて、目は虚ろで、救われるべき魂さえありそうに見えた。

皆が着席するとすぐ、被告人はまた虚ろに下を見つめた。頭をうなだれ。まったく動くことなく。前かがみで。苦いカルマの器に映る自分の顔を見つめて。

四十五分間、判事は山のような文書を読み上げ、微に入り細に入り検討し、あれこれ声に出してはその響きを確かめていた。先に判決を受けた中国人の若者は、ウィリアム・フレンチ・ベネーのために銃を密輸していた。他にも多くの者が関わっていた。ここで判事は、ベネーの有罪が判明している項目を読み上げていった。彼は被告を「違法銃器の主要業者、われわれの生活を脅かす疫病神、われわれの生き血を吸う商人」と呼んだ。

後ろの列にいるのは間違いだ、とストームは悟った。何にも邪魔されることなく彼は立ち上がって列をそっと移動し、被告人の真後ろに立った。

サンズは人の動きがあったあたりを振り返った。ストームを見た。彼を認めた。顔を背けた。

巨大なデスクの後ろで、判事は小さく見えた。彼は被告のことを「詐欺師にして変質者」と言った。立ち上がるよう被告に命じ、縄で縛って籐で鞭打ち、死ぬまで首吊りにせよ、と判決を下した。

高等裁判所は州議事堂のように飾り立てられていた。しかし、二ブロックも離れたところはリトル・インディアになっており、ストームはそこに部屋を取っていた。拡声装置からイスラムの午後の祈りが甲高く流れ、足元で頭を下げている人混みの中、彼は背筋を伸ばして通りを歩いていった。道路脇での商いの狂乱——占い師がアスファルトに仰向けに横たわり、黒いハンカチで顔を覆い、ぶつぶつと予言を呟いていた。彼の相棒は、頭蓋骨まである錆びついた色の人骨を、赤いスカーフの上で白い雌鳥の卵の周りに並べ、歌っていた。二人は「５５５」タバコの箱の金色の包み紙と汚いひもで作った小さな魔除けを売っていた。相棒が箱の蓋を持ち上げると、二メートルはあろうかというコブラが立ち上がり、頸部をゆらゆらさせた。彼は強力な魔除けの一つを、シューシューと音を立てるヘビの目の前にぶら下げ、コブラを退けた。近くにいる男は、彼がこれまで無事に引き抜いてきた、二キロはあろうかという歯の山を積み上げて誇示していた。彼らは皆、極東の狂った各地から、藁のマットと不死の薬を持ってここに来ているのだ。人間のペニスを大きくするという霊薬の数々。同じ目的に使う、見た目は怖いベルトと輪の道具。効果があった例を見せる写真アルバム。漢方薬、軟膏。あらゆる種類の調合薬。ガラスの瓶に保存され、切断された手足のように漂う薬用の根。

彼は小さな衣服店に入った。お香で、ほとんど息もできない空気。シルクや敷物にぶつからずには、中を動くことはできない。外では、まだ叫んでいるモスク。ヒンドゥーの女たちがじっと立って彼を見ている。美人だ。三人とも。きつく彼を睨んでいる一人が、母親に違いない。

「ラジクに会いにきた」

「ミスターは待ってます」

「ここを通って？」

「そう。もう一度、昨日みたいに」昨日だって？　彼女のとてつもなく美しい顔、そしてその裏にある深い冷たさ。昨日は彼女を見かけていなかった。

彼は色のついたビーズのカーテンを抜け、滝で水浴びする乙女たちに囲まれたクリシュナ神の絵柄を通り抜け、暗闇に入った。

「ここに来て……大丈夫だ……ここだよ」

「何も見えない」

「目が慣れるまで待つといい」

ストームは慎重にミスター・ラジクの声のほうに動いていき、スツールのクッションに座った。

ミスター・ラジクは片手を上げてひもを引き、後ろにあるおぼろげなクリスマスの照明に点灯した。ティーセットのあるテーブルのそばに座っている、平凡な外見のヒンドゥーの男で、顔は無表情だった。「私は二、三質問するだけだ。答えてくれるか？」

「とりあえず訊いてみてくれ」

「先週の間、あるいはもう少し長い間に……お前は自分の影があるはずのところに目をやって、影が見えなかったことがあったか？」

「いや」

「黒い鳥を見たことは？」

「何千と見たさ。世界中黒い鳥だらけだ」

「その中で特に目についたものは？　なぜなら、その一羽はそこにいるべきではなかったからだ――例えば家の中の鳥であるとか、お前の窓の敷居にとまっている黒い鳥でもいい。その手のものだ」

「いや。そういうのはない」

「何か目にしたか？　どういう物でもいい、何でも……。もう一度例を出そうか。紙を丸めたら、誰かの頭に似ていたとか、床に何か変色した染みがあるとか――誰かの顔に似ているもの、昔親しかった誰かの顔。この二週間で、そうしたものを見たか？　親しい誰かの顔をふと見せるものを？」

「いや」

「お前のために祈りを唱えよう。何の祈りになる？」

「あんたが教えてくれよ」

「いや、教えるのは私ではない。私の場所ではない。もしお前が神と話すのなら何と言うのか、君が私に言う場所だ」

「『突き抜けろ（ブレーク・オン・スルー）』」

ミスターは沈黙の行いをしようとしていた。英語を話せないかのように。

「紙に書いたっていいぜ」

ミスターは手を上に伸ばし、明かりを切った。両手がポケットを探り、マッチを擦ってお香を一本つけた。二人の周りの暗闇は固いトンネルの壁のような曲線を描いた。かなり汗にまみれた、吐き気のするような密会になっていた。「あんたがこんな調子で俺をコケにする気なら、もう行くぜ」

ミスターはマッチを吹き消した。無。「お前の目だ」

二十秒の間、お香の小さな燃えさしが見えていて、そして声のあたりに小さな目か、それとも鼻か――それが顔だ、とかろうじて分かった。それが話していた。「突き抜ける――境界を抜けるような言い方だ」

「『突き抜けろ』、歌のタイトルだ。俺の哲学、俺のモットーだ。何か言えとあんたが言うから、俺の答えはその言葉だ。突き抜けろ」

「明日また来い」

「前回もあんたはそう言ったぜ」

ミスターは押し付けがましくなく、非常に穏やかに話した。「私がお前に金を要求したか？　私が信頼できないと思うのか？　だから明日戻ってこいとお前に言っている。今日持っていないものを、今日お前に与えることはできない」

「ああそうかい。やりたいようにしなよ。結構だぜ」

プドゥ刑務所の巨大な鉄板ゲートの二メートルほど手前にストームが来ると、朝の太陽が鉄板に反射して顔にぶつかってくる熱が感じられた。入口の守衛はパネルを横にスライドさせ、薄暗い小部屋からストームをじっと見て、英語で書かれた彼の紹介状を睨み、電話をかけた。ストームが外でしばらく待っていると、守衛はコンクリートの壁にある人間サイズの金属の扉を開けた。

民間人の服装をした背の高い若者がストームを案内して、緑と紫の制服を着た二十人ほどの守衛がパレードの訓練をしている中庭を抜けていった。醜い野郎どもめ。しかし、じきにこいつらはスキップ・サンズを首吊りにする。こいつらに乾杯だな。

ストームは刑務所長のオフィスの外に立ち、ホリスという名のジャーナリストだと自己紹介する手紙を手に持っていた。オーストラリアのパスポート上の名前だった。ジャーナリストだ、という手紙は役に立ちそうにない。そのことは分かっていた。彼は自分でメモを付け、自分は慈善団体の代表でもあり、囚人には記者としてではなく人道主義者としてのみ訪問したい旨、所長に説明していた。

プドゥ刑務所の所長にして監視人、マニュアル・シャフィーはストームを慇懃に出迎えた。「規則上あなたを刑務所内に立ち入らせることができないんです、改めて心からお詫びしますよ」と彼は言った。だが、彼はもう刑務所の中、シャフィーのオフィスにいた。壁の一つが九人のスルタンの写真に覆われ、頭上にあるネオンチューブの光で部屋全体は緑色に光っていた。

シャフィーは小柄で太ったインド系の男で、漫画に出てくるネズミのような、パイ形の曲がった口ひげをして、金の編みひものついたジャケットを羽織り、それぞれの角帽の肩章には五つの異なった円形飾りがついていた。さらに、胸にはリボンがついていた。間抜けで、優しそうな印象を与える男だった。

「あなたはムスリムですか？」とストームは訊いた。

「いいえ」

「私自身はクリスチャンなんですよ、サー」とストームは言った。

「私もだよ！」と所長は言った。「改宗しましてね。信じてほしいが、人を首吊りにするのは好きじゃないんだ」

「このメモをミスター・ベネーに渡してください、いいですか？　すでに彼の弁護士とは話をしていて、判決のとき囚人は私のほうを見て、頷いたと思うんです」

「どう考えても、それはあらゆる規則に反している」

「私は人道的な目的でここに来ています。クリスチャン同士で頼み事をしているんですよ」

どちらにしてもベネーは彼を拒絶するだろう、というのが所長の言い分だった。彼は囚人の名前をベニーと発音した。「ベニーは誰とも会いたがっていないんだ」と彼はストームに言った。「カナダ領事に対しても無礼そのものだった」

「家族はどうなんです？」

「誰も来ないよ。カナダは遠すぎる」

「彼の弁護士と話をしたのが私だと分かってもらえるようにしてください。私と会う気になると思う」

「でもベニーはあなたには会わないよ。私としてはそう言い続けるしかない。ベニーはカナダ領事の顔に唾を吐いたんだ。ベニーについてはそれがすべてを物語っていないかな？」

「彼は私に会うはずです」

「彼はあらゆる面会を拒絶しているんだ。そうでなければ、あなたの助けになれるんだが」

しかし、この論法にこだわるあまり、所長はベネーの拒絶を代弁してしまっていて、それをベネー自身に証明させる必要を感じていた。

「お待ち頂けるかな」と所長は言い、囚人と話をさせるために守衛を一人派遣した。所長はタバコに火をつけ、その間、外の中庭で訓練している守衛たちの音がストームの耳に聞こえていた――一斉に、ライフルの銃尻をひび割れたコンクリートに打ちつけている。

サンズと守衛がドアの外に並んで立っていた。シャフィーは苦々しい顔で二人を入れた。

ベネーことサンズは裸足で、ズボンにTシャツ姿で入ってきた。彼のひどい有様を目にするのは、いい気分だった。朦朧とした目で痩せていて、囚人らしい姿の彼に会えてよかった。

「彼と二人きりで話をしても?」

「だめだ」

「五分だけ」

所長の顔は動かず、ストームは諦めた。

「暮らしはどうだい?」とストームは言った。

「だいたいのところ退屈だね」

「タバコは吸っているかな?」

「ここに来てから、また吸い出したよ」

「持っているかい? このマレーシア人たちは555を吸っていると思うな」

「ああ」とサンズは言った。

「弁護士に二カートンくらい渡しておくよ」

「どうも」

「有能な男か?」

「俺がぶらぶら吊るされる間に給料をもらうくらい有能さ」

「ここでの事情は分かっているね。私はただの人道主義者、英語を話す同胞だ」

「分かってるさ」

「ベニーの領事が面会に来た」と所長が口を挟んだ。「彼は唾を吐きかけたんだ」

「あんたが俺の最初の面会者だよ」

「私に唾を吐いてみるか」

サンズは自分の裸足の足を見つめていた。

「シャフィー所長はナイスガイだ」とストームは言った。「だから君と話をさせてくれた。君が快適にしていることを確かめたがっていてね」

「ここから出られるって考えたら快適になるだろうな」

「それは不可能ってもんだよ。有罪判決を受けたんだからね。その辺をぶらついているわけにはいかない。新しい銃器法のもとで八十三人が有罪判決を受けて、八十二人が絞首刑になっているんだよ」

「その数字は知ってる」

「じゃあ、絞首刑についてはどう感じているのかな?」

「ノーコメント!」誰も彼には訊いていないのにシャフィーが言った。

ベネーは肩をすくめた。「ま、この時点じゃどうってことないね」

「ノーコメント」とシャフィーはまた言った。「でも私はクリスチャンなのでね。私の答えは分かるだろう」

ストームはベネーに一歩近づいた。「君の魂について考えるときだ」

「馬鹿な真似はよせよ!」

「君の良心をすっきりさせる機会を与えているんだよ」

「良心なんてあったためしはないね」とサンズは言った。

「じゃあ首吊りになってもクソほどのこともないと?」

「もう長生きしすぎた」

「地獄はどうなんだ、このカス野郎?」

「それについちゃ後で話す時間があるだろ。あんたと俺でさ。いくらでも時間はあるさ」

「ベニーは本を持っている。どんな読み物でもある。聖書を持っている」と所長は言った。

サンズは自分の不格好な足を見つめ、とても静かに何かを口にした。

「何て言ったんだ? 何だ?」と所長は言った。

「誰に会うべきか言ってくれ」とストームは言った。

「何のために」

「あの叔父さんだよ」

「彼は死んだんだぜ、もう死んでる」

「そうかい? お前だってそう思われてたぜ」

「じゃあ、すぐにもういっぺん死ねるな」

シャフィーが落ち着かない様子なのは、もう明らかだった。彼は守衛のほうを指差した。「そこに目撃者がいる。あと二、三ヶ月で退職なんだ。トラブルになってしまうだが、彼は二人の会話を止めようとはしなかった。この瞬間に、少し強引な手段に訴えて、刑務所の規則を遵守させることができないようだった。

ストームはさらに近寄った。「祈ってくれるか?」彼は頭を垂れた。「主よ」と大声で彼は言い、それからもっと静かに言った――「フィリピンに家族がいるのは知ってる。探し出せるぜ」

彼は後ろに下がって、囚人が小さなおもちゃのように震えるのを見つめた。愚かな所長ですら気づいた。「具合でも悪いのか? どうした?」

「彼の良心の力ですよ」とストームは言った。

「ここへ」と所長は言った。「座って。そうだ。苦しんでるんだな」

囚人のように立っているのはシャフィーとストームのほ

うで、所長の椅子にサンズが座っていた。

サンズはデスクの縁を両手で摑み、片手からもう片手に視線を動かしていた。「ジュ・シュアンとか、そんな名前だ。ゲリクで店をやってる男だ。ミスター・ジョンか、ジョニーと呼ばれてる」

「行く方法を教えろよ」

「行き方は必要ない。奴はバスから降りる白人に飛びついてくるさ」

「そいつに会えばいいんだな」

「もし会わなくちゃならないなら」

「何のために会うんだ?」と所長は言った。理解できていないわけではなかった。彼はすべてを理解していたが、自分が間違いを犯したとは認められないだけだった。

シャフィーはすでに二人のやり取りを始めさせてしまっていた。今望めることといえば、会話を支配することだった。「処刑された二人のオーストラリア人には、大使館から何の助けもなかった」と彼は思い出話を始めた。「ここには外国人の受刑者が大勢いる——麻薬の密輸業者や、その手の人々だ」と彼は言った。「大使館がこんなに関心を持っているのは初めて見たよ。カナダ人たちはベニーにとても親切だ。ベニーは本とか、そういうものを受け取っている」

「君は首吊りになるんだ」とストームは囚人に言った。「でも人生は続いていくし、すべては最後まで演じ切られる。どの環の中にも別の環があるんだ。分かるだろう?」

「聞こえてるぜ。でも何が言いたいのか分からないね」

ストームはサンズのほうにかがみこんだ。「力を抜けよ、こいつはただのマシンなんだ」

「あんたが俺の家族を放っておいてくれるならね」

シャフィーが割り込んだ。「我々は公務員なんだ。頼むよ。我々には自分のお椀があって、それを一杯にしておきたいんだ」

「君は自分で思っているような人間じゃない」とストームは言った。「君の魂は死んでいる」

サンズは答えた。「いいか、どんな復讐を望んでるのか知らないが——あんたはそれを得られない」

「何事にも結末が来るものさ」

サンズは立ち上がった。「まだ祈ってなかったな」と言い、ストームを手招きした。

所長は言った。「私もクリスチャンだ。アングリカンだ。ベニーのために祈るよ、彼はちょっと心を病んでる。落ち込んでる。でもこの何週間かは前より元気だ」

サンズはほとんどストームの眉毛に自分の眉をつけるくらい頭を垂れ、そして彼のみぞおちにアッパーカットを食らわせた。ストームの脚は萎え、目の前にオタマジャクシの群れが舞った。「やられたぜ」とストームは言った。

シャフィーが手を貸して、彼をまっすぐ立たせた。「具合が悪いのか？　どうしたんだ、サー？」

囚人も訪問者も、わざわざ答えようとはしなかった。

会話の空白は、シャフィーにはこたえたようだった。彼は話さなければならなかった。「赤十字はためになると言えるような報告書をくれたよ。そう、この刑務所には改善すべき点があってね。衛生面に食事だろ、彼らの提案はありがたいと思ってるよ。だけどアムネスティ・インターナショナルはお断りだ！　例えば、ここには中国系のギャングたちが入っている。連中を保釈なしで閉じ込めておかなかったら、証人に手をかけられるところに出てしまう。アムネスティのために報告書を作っている人間はそのことを理解していないんだ。彼らの報告書はひどかった。我々が報告書をほしがらない理由が分かるだろう。どうしてそんなことを認めなくちゃいけない？　君が人道主義者なら、我々は来てほしくないんだ」と彼は言った。「君がジャーナリストでもごめんだ。君はクリスチャンでもない。クリスチャンがどういう顔つきかは知ってる。私自身クリスチャンだからね」話すうちに勇気が出てきたようだった。「出ていけ！」と彼は叫んだ。彼は守衛のほうを向いた。「そうだ！　この男はここに立ち入ってはならない！」

三十分後、ストームはプランターズ・イン・パブという、名前はヨーロッパ風だが竹で装飾された店にいて、リブロースのステーキを食べながら、地元の笛で奏でられている心かきむしられるほど美しい哀歌に耳を傾けていた。その悲しみには聞き覚えがあり、聴いていると、ムーディー・ブルースの古い曲「サテンの夜」だと分かった。

タイの東にある低家賃の麻薬リゾート島、パンガンにはもう行ってみたが、そこはだめだった。どんよりとした目の、時代に逆行するヒッピーたち、ぼったくりのインドマリファナ中毒、燃え尽きたサイケデリックなヨーロッパ人のあれこれ。馬鹿ども。頭が空っぽだ。そんな連中とは付き合えない。

タイに行ったのは、マサチューセッツにあるバーンステイブル郡刑務所から脱獄した後のことだった。ある日、ひょっこり扉が開けっ放しになっていた――間違いなく情報局の手によるものだ、それか大佐か――彼は歩いて出た。

その前には、大掛かりな海での戦闘、人生で唯一の銃撃戦があった。彼のボートと、何トンというコロンビア産マリファナは、沿岸警備隊によって沈められ、三人のコロンビア人の乗組員のうち一人が撃たれ、一人は溺れ死んだ。

大佐がこの地域の生アヘンを買って加工しているかもしれない、とバンコクで聞きつけた。フレンドリーな売春婦たちが薬物に群がってくるバンコクから、女たちが自動靴磨き機のように冷血かつ効率的に仕事をするクアラルンプールに南下した。クアラルンプールという名には、弱々しさと暖かみのなさがどこか同居している。「冷たい間抜け（コールド・ランプ）」のように。カフェイン抜きの街であり、パンガン島とは正反対の、明晰なアクリルの頭脳。強烈といっても差し支えない冷房、誰もが呼吸器系の病気を抱えているようだ。非常に西洋的にして現代的、割引価格、熱帯のフルーツ、誰もが左側を運転している、アジア版のハイオ州アクロンといったところか……。『ニュー・ストレイツ・タイムズ』でウィリアム・ベネーの写真を見たとき、一種の精神的かつ霊的な力に一歩一歩導かれてきたことを、彼は悟った——自分が「暗殺者」に打ち勝ち、「密輸業者たち」を生き延び、「牢獄」を超越し、「愚者たち」の間を彷徨ってきたこと、そして今度は「吊り男」か、あるいは「裏切り者」か——サンズの本性は明らかになるだろう——に立ち向かうこと、そして今や、大佐が見えてきたこと。

ストームはクアラルンプールにさらに滞在して、刺青を入れ、サンズが本当に絞首刑になったことを確かめた。彼はリトル・インディアにある両替商の階上の、ボンベイという痰壷宿に泊まっていた。青く小さな電気扇風機と白いタオルはもらえたが、石鹸はなかった。厚さ五ミリ程度のベニヤ板の壁越しに、七台のラジオを同時に聞くことができた。

安ホテルは背が低かった。通りの喧噪から離れることはできず、ほとんど外に出ているも同然だった。口笛に叫び声、赤ん坊の声のような警笛。

ボンベイの廊下には、不快ではないカレーとナグ・チャンパのお香の匂いが立ちこめていた。夜明けの最初の祈りが流れた後、静かな空気の中でパンを焼く匂いがした。その後は、ディーゼルの煙がすべてを覆い、都会の喧噪とともに立ち上った。どの環にも別の環がある。マシンの外に脱出することはできない。

午前中は、どこかのムスリムがマジックマーカーで冒瀆していった聖書を読んで過ごした。あるいはラジオを聞いた。演説の中で、首相は感情的な平静を強調していた。あるいは、ノートに書いた。詩に取り組んでいた。彼はグレゴリー・コルソ、その詩才を何百枚という紙に吐き出した詩人を尊敬していた。彼自身はといえば、時おり一行書く程度。ミューズたちをゆするわけにはいかない。

あるいは、持っている『ゾーハル　光輝の書』を読んだ。何年も前、運命によってホー・チ・ミン市と名付け直される前のサイゴンで、英語書店で購入したものだ――

ラビ・イェサは言った、アダムはあらゆる者がこの生を去ろうとする際にその者の前に現れる、その者はアダムの罪のためではなく、彼自身の罪によって死ぬのだと告げるためである。

――集中力が切れて、文字が二重になってページの上を漂うまで読んでいた。

半ば目覚めた状態で、彼は自分がついに大佐のもとにたどり着く夢を見た。すると大佐は言う――いいか、想像と欲望、欲望と死、死と生、生と想像という円環がある。我々はその円環の口に誘惑されてきた。そして飲み込まれた。

彼は想像した、単なる好奇心から、ストームがその円環を突き抜けるところを目にしたときの大佐の目つきを。

彼は女たちへの欲望を自らに禁じ、街を移動した。女たちのシルクは窮屈な通路やバス、カフェで彼に触れた。

ラジクの元を四度目に訪れたとき、このヒンドゥー教徒は自分なりの答えを、今回もとてつもなく優しい口調でストームに与えた。「お前が癒されることはない。それを望むことすらできない。救われることはない」

絞首刑から四日後、ストームはエアコンにテレビまで付いたデラックスバスに乗り、路線の終点、ハイウェイ自体の終わり、ゲリクに行った。かなり大きく、木造の建物と泥の通りが入り組んだ街。彼がバスから降りたときには、夜になっていた。彼はバスが停まる広場にある売店のテーブルの間を縫って進んだ。

サンズが言った通り、すぐにジュ・シュアンが彼に声をかけてきた。ずんぐりした、重そうな男。短パンと大きなTシャツを着ていた。サンダルを履いて、がに股歩きだった。

「おい、来てくれてうれしいよ。ミスター・ジョンと呼んでくれ。オーケー、ミスター・ジョンね」

「オーケー？」

「マッ・サージいる？　女の子いる？」

「男の子のマッサージはあるか？」とストームは言った。

「男の子マッサージ？　ハア！　あるよ。男の子がいい？」

「あんたには少々変わってるかな、ジョニー？」

「男の子、女の子、結構。何でもね」

「女の子でいいよ」

「女の子マッサージね、了解。俺のホテルに泊まってくれよ、オーケー？　二ブロックだ。あんたアメリカ人？　ドイツ？　カナダ？　みんな俺のところに泊まるよ」

「何か食わしてくれないかな」

「俺のカフェに食べ物があるよ」

「ちょっとフルーツが欲しいな」

ストームは立ち並ぶ売り子のテーブルの間に入った。スターフルーツを二つ買った。それにマンゴー。ジョニーは彼についてきた。

「ココナツはいるか？」

「もう終わったよ」

「じゃあ夕食でも食べて、その後は好きにすればいい。マッ・サージ用の女を連れてくるよ」

「夕食は後。マッサージ先」とストームは彼に言った。

二人がジョニーのホテルに入るとき、ジョニーは隣りのホテルを指差した。「あそこには泊まるな」と言った。「あそこには入るな。悪い所だ」ジョニーの建物と、ほとんど同じに見えた。

ジョニーは彼を部屋に案内した。木の床に藁の畳、ゴムホース付きのムスリム式トイレの部屋だ。「三十分待って」とジョニーは彼に言った。

「笑顔のない女を連れてくるなよ」

ジョニーは二十分後に女の子を連れてきた。「スマイル」と彼は英語で彼女に言った。

「君の友だちを知ってると思うんだ」ジョニーがいなくなると、彼は女の子に言った。

「ミスター・ジョンはわたしの友だち」

「彼の名前はジュ・シュアンなんだろ？」

「ジュ・シュアン知らない。ジュ・シュアンは聞いたことないわ」

彼女も中国人だった。肉厚で、親しげだった。寺院のお香の匂いがした。おそらく、ここに来る途中で立ち寄ってお参りをしてきたか、お布施でもしたのだろう。何かの病気のことでお坊さんたちに相談したわけではないことを彼は願った。

「君は悲しそうだね」とストームは言った。

「悲しい？　いえ、悲しくはないわ」

「じゃあどうして笑顔じゃないんだ？」

彼女はそっけない、悲しい笑顔を見せた。

後で、ストームはジョニーの宿の表にある日よけの下の小さなテーブルで食事を取った。もう通りに出ているも同然で、紙のランタンの下、蛾や羽シロアリの嵐の下にある場所だった。

彼と相席になったマレーシア人の男は、英語で彼と話そうとした。

「今は放っておいてくれ、マエストロよ」

「おっしゃるように。あんたの言う通りにするよ！」

彼らの頭上にある小さなランタンと、ぼんやり明かりがついたいくつかの戸口以外、周りはまったくの闇だった――じめじめして温かく、息のような匂い。

その闇から、痩せて少年ぽく、明らかに英国人といった風情の西洋人の若い男が、ぎこちない動きで姿を現し、ベルトをしっかり締めてカーキ色の服をたくし込み、頭には汚れた包帯の王冠をかぶり、ホラー映画のミイラのように二人に近づいてきた。

彼はテーブルのところで腰を下ろした。「こんばんは。どうやったら食事を出してもらえるのかな？」

ジョニーがやってきて自己紹介し、旅人のために食事を注文し、もう一人の男とはマレー語で会話して、しばらくしてから、その男はお茶を飲み終えて立ち去った。「彼は英語ができない。妻の親戚なんだ」とジョニーは説明した。彼は二人にお米のお代わりを勧めた。緑のレモンのような草と、甲殻類のかけらかカリカリした豚肉のようなものが米のお椀に入っていたが、どちらなのか、ストームには分からなかった。「あんたの頭どうしたんだ？」とジョニーは新しい客に訊いた。「今はもう大丈夫なんだろうね」

旋回する羽虫に囲まれながら、若者は真剣に食事に取りかかっていた。彼は手を止めて言った。「先週俺はバンコクにいてさ、ただ通りかかっただけだよ、そんで蓋してない下水道にはまっちまった」

彼はまた食事に戻った。彼はすべて平らげた。連中はいつもそうだ。コロンビアの山岳地帯でストームが見たイギリス人は、灯油で柔らかくした牛の胃を、飢えた男のように食べていた。

「真っ暗闇さ。とことこ歩いてた。まっすぐコンクリートの溝に落ちたね。あの中のものは最高とは言えないな。それからは自分の症状に気を付けてる」彼はもっぱらストームに話しかけていた。「頭の傷口は開いたまんま、ヘドロの中で気絶しちまったよ。今この瞬間も、バイ菌の大群が俺の頭蓋骨を襲ってるのが目に浮かぶよ。タクシーで一番近い外科にたどり着いてさ、そしたら若い看護婦に言われたよ、どこをふらふらするにしても小さなライト持っていくべきよってね。小さな光だと。俺が来たときにそう言って、何針と頭縫って出るときにもう一回言われた。どこをさまようにも、小さな光を持っていきなさい。ミュージカル劇のセリフみたいだよな」

ジョニーは言った。「あんたを治す人に会わせてやれるよ。女だ。マッ・サージだ。あんたを癒せる」

「アジア人は好きだよ」と英国人は言った。「概して言えば、かなり好きだな。俺たちみたいにおふざけってものがない。そりゃもちろん、やってることは俺たちと同じさ、でもふざけてるわけじゃない。ただそうやってるだけだ。ただの行動なんだよな」

「来たのは今回が初めてか?」

「でも最後じゃないね。あんたは?」

「俺は六〇年代から出入りしてる」

「マジで。すげえな。てことはマレーシアを?」

「ああ。この辺一帯だな」

「ボルネオは? 行ったことは?」

「ボルネオはよくない」とジョニーは口を挟んだ。「行かないことだ。馬鹿げてる」

「今じゃ俺は松明持ってんだ、実はさ。しかも小さな光なんてもんじゃない。見てくれよ」彼は小型だが強力そうな懐中電灯をズボンのポケットから取り出した。「体に穴開けちまうぜ」暗闇の端をうろついている子供にふざけて光を当てた。「こいつは体に穴開けるんだぜ!」

「あいつに小銭はやらないでくれよ」とジョニーは言った。

「ああ、やらないよ」と英国人は請け合った。「実のとこ、この街じゃ知り合いが多すぎてさ」

「ここに友だちがいっぱいいるのか?」とジョニーは訊いた。

「ただの冗談さ」と若者は言った。ストームに向かって「な? ミスター・ジョンは妙なおふざけはしないだろ」と口にした。

「あんたは観光客?」とジョニーは訊いた。

「頭三十針も縫ってなきゃ観光客だよな」

「あんたは観光客だな。明日森を案内するガイドを見つけてあげるよ」

「ちょっと休ませてくれよ。二日あったらキリマンジャロだって行けるようになる」

「あんたはどうなんだ？」とストームはジョニーに訊いた。「あんたもガイドで雇えるのか？」

「もちろん、お望みなら」とジョニーは言った。「でもゆっくり行くことになるし、俺は山登りはできない。ジェライ川のところにある洞窟に行くだけ。洞窟を見て、それだけだ」

「それでいい」

「小さな山を一つ越えていかなくちゃいけない」

「考えてみるよ」

「山は何てことはない。同じ事をずっとやるだけ――ひたすら上るだけだ。あんたは観光客？　象が見れるかもしれないよ」

「考えてみるって言ったろ」

頭に縫い傷のある若者は言った。「バンコクで宣教師に会ってさ。詩編一二一節に従えって言われたよ――『わたしは山にむかって目をあげる』ってさ。俺は異教徒なんだって言ったんだ。それでも旅行中は毎日詩編一二一節を読めとさ。でだ。そいつはふざけてたのかな？　なんだって俺にそんなこと言うんだ？」彼はお椀にもう一杯お代わりをした。ストームは彼が食べる姿を見守った。

「それはメッセージだからだ」

「メッセージね、確かに。でも誰へのメッセージなんだい？」

誰のためのメッセージなのか、ストームは言わなかった。

「宗教的な話は好きじゃない」とジョニーは言った。「お互い友好的じゃなくなってしまうからね」

「いや、ミスター・ジョン」と英国人は言った。「宗教のことで議論はしないよ。退屈すぎるだろ」

「今夜あたり女でもどうかな？　マッ・サージはどうかな？」

英国人はこの話に動転したようで、「それはまた後で話そうや、いいかな？」と言った。

翌日、ストームはジョニーを雇い、国有の森を案内してもらった。ジョニーのホテルから三ブロック行ったところで、全長六メートルのモーターボートに乗り込み、小雨の中、透明なビニール袋をいくつもかぶった男の操縦で、ジェライ川を上っていった。

「この男は未開部族の出身なんだ」とジョニーは言った。「でも今は我々と一緒に街に住んでる。彼の親戚一同に会えるよ。政府が援助してるんだ。千年前みたいな暮らしをしてるよ」

三人は上流へ旅した。平らで、力強く、茶色い川。三人とも何も言わなかった。船の外側に取り付けられたエンジンの小さな騒音。その煙の悪臭。街が遠ざかる。最初のうちは、進路沿いに時おり家屋が見えたが、その後はまったくなくなった。

何キロも上流に進んだところで、二人の乗客はボートから木の桟橋に降りた。桟橋は近くの村にも、どの居住地にも使われていないようだった。

「あいつは一体どこへ行くんだ?」二人はボートが川の真ん中に進み、下流に戻っていくのを見つめた。

「自分の家族に会いたいんだよ。戻ってくるよ。夕食時に来れば、彼は待ってる」

ストームは額にバンダナを巻いた。二人は荷物を担いで、踏みならされた小道に入り、ジョニーの先導で、小さなキノコが生えている象の糞をよけつつ歩いた。野生のゴムの木には螺旋状に切り目が入っていて、膝の高さに取り付けられた木のお椀に樹液が滴り落ちていた。誰かが、ここで暮らしている。

ジョニーの大きなバックパックのフラップには、アメリカ国旗が飾られていた。それがジャングルの中を動き、小道の上を漂うのをストームは見つめた。ストームの小さな荷物に入っているのは、ビニール袋にまとめて入れたタバコとマッチ、ノートと靴下とバンダナ、懐中電灯だった。それに電池。銃を持ち歩くのは無意味だった。数的には常に圧倒的不利なのだ。

雨が止んだ。別に違いはなかった。雨だろうが汗だろうが、濡れることに変わりはない。「あんたの名前はジュ・シュアンだよな」

「ジュ・シュアン?」

「そう聞いたぜ」

「ジュ・シュアン? 意味のない音だ。中国語の名前じゃないよ」

二人は上り始めていて、息づかいが荒くなっていたが、ジョニーは立ち止まり、素早く一服した。

道は崖の脇沿いに伸びていた。二人は立ったまま、起伏の多い緑の樹冠と、それを貫く茶色のジェライ川を見下ろしていた。

「あんたの名前は?」とジョニーは彼に訊いた。

「ホリス」

「何歳なんだい?」

「四十過ぎだ」

「四十過ぎか」とジョニーは言った。「四十過ぎね」少ししてからまた言った。「四十過ぎ」

「つまり四十一。四十歳以上だってことだ」

「四十一。四十二。四十三」

「四十三だ」

「四十三歳か」

「ああ」

ジョニーは黒のサンダルの踵でタバコを踏み潰した。

「あんたのことは知ってる」

「そりゃそうだろうさ。ベネーのことも知ってただろ」

ジョニーの目は泳ぎ、嘘をつこうしていた。彼は正直に行くことにした。「そう、彼のことは知ってるよ」

「あいつは死んだよ。首吊りになった」

「もちろん知ってる、有名な事件だ。そういう意味だよ。新聞で彼のことを知った、それだけだ」

彼はまた登り始め、ストームはその後ろにぴったりとついた。

「どうして喋らないんだ? 俺はこの地域のことならいろいろ知ってる。どうして訊いてこない?」

「その気になったら訊くさ」

半キロほど進んで、彼らはまた止まって休んだ。道は狭くなっていて、二人は崖によりかかるしかなかった。「頂上がある。それからは下って、底のところで洞窟が見つかる」

ストームはタバコに火をつけた。

「俺は七時と言って、あんたは七時に来た。とても正確だな」謎めいた顔ではなかった。戸惑っていて、必死な顔だった。

「俺はそういう人間でね」

「俺はきちんと眠れなかった」とジョニーは言った。「夜に魂が俺の体から出ていくのを感じた。俺が祈ることは知ってるかな? でもこの何日かは、何もうまく行っていない。祈るときには壁に何の影も見えない――でも迷信深いわけじゃないよ」

「あんた無駄口叩いてるな」

ジョニーは峡谷の向かいの絶壁にあるむき出しの部分を差した。「あの岩に俺の父の顔が見える」

ストームは何も言わず、二人はまた歩き出した。またジョニーが先に立ち、顔は常に横向きにして、後ろにいるストームを見ていた。「いいか、あんたに二つだけ言っておくよ」と彼は言った。「俺はベネーのことは知らないし、俺の名前はジュ・シュアンじゃない」

二人が山の尾根にたどり着くと、ジョニーはリュックサックを下ろし、その横に座った。「重すぎるよ。小さいテントが中に入ってる。洞窟を見た後キャンプできるよ。食料はある。フルーツはいるかい?」

ストームはマンゴーにかぶりつき、歯で種から果肉をこすり取った。雲が分かれた。陽光が激しく二人に当たり、眼下の樹冠を生き生きと脈打つ緑に変え、はるか下の川で鋭くきらめいた。本物のジャングルに入るのは初めてだった。はるか上空のヘリコプターから見た以外、戦争中にはジャングルを見たことはなかった。これと同じような、スポンジのようで雑多な緑は、その緑の中から放たれた曳光弾の光か、夜の照明弾の光で時おり見ただけだった。

「棒を見つけなきゃいけないな。濡れすぎてて、下るときに滑ってしまうよ」

二人とも棒を見つけ、洞窟に向かった。下り終えたところで、ジョニーは崖の麓にある一メートル四方の穴を示した。「原住民は少年たちを男に変えるためにここに連れてきていた。中に入るためには生まれ変わる必要がある。あんたも分かるよ。だから連中はそれを選んだんだ。分かるさ。でもまずは、お腹空いてないかな?」

彼らは丸太に腰掛け、怒った猿が上の崖から土を投げて吠えてくるのを尻目に、ビニール袋に入った米を指で食べた。「飯はいつ食ってもいいもんだな」とジョニーは言った。「じゃあ中に入ろうか。荷物は置いていかなくちゃいけない」

ストームは穴の前でしゃがんだ。目の前を小石がコロコロ落ちてきた。崖の上でまだ猿が騒いでいる。彼は懐中電灯をつけた。穴は内部で狭くなっていた。「ふざけてるぜ」

「安全だよ。誰も盗みには来ない」

「こんなの細いチューブじゃねえかよ」

「簡単にできるよ。俺が行こう。左に曲がってるんだ。俺のライトが見えなくなったら、あんたが来る、オーケー?」彼はぶつぶつ言いながら四つん這いになり、懐中電灯を床面でこすらせながら入っていった。ストームは入口でしゃがんで見守った。すぐに、ジョニーのライトは急な曲がり角を回り、見えなくなった。ストームも両手と膝をついて後を追った。片手に持ったライトの光が壁に踊り、彼の顔を照らした。角を曲がると、ジョニーのライトが彼のほうに向けられていた。数メートル行ったところで、彼は体を伸ばしてくねらせ、両腕を体につけて、懐中電灯を後ろ向きにし、頭を寝かせた体勢で通路を抜けなければならなかった。ジョニーは中国語で独り言を言っていた。ストームは息を吐きながら進まねばならなかったが、どうやって戻って出られるのかは分からなかった。ともかくも、あのデブ野郎は通り抜けたわけで、彼について行かざるを得ない——ついて行くためなら何でもする、という気になって、そもそも自分が生きようが死のうがどうでもよかったはずだ、と思い直した。闇の中を、頭から信じられない速さで滑っていった。周りで光が咲いた。遠すぎて壁が見えない空間に、ジョニーが立っていた。ストームはジョニーに手を借り、つるつるの床から立ち上がったが、足はなかなかしっかりと立ってくれなかった。「頼む、静かに」とジョニーはささやいた。

彼はライトを上に向けた。下を向いた葉が作る、けば立ったカーペットのように、コウモリが高い天井を覆っていた。何万匹といた。

ジョニーがパチリと指を鳴らすと、すべてのコウモリがぶら下がったまま、わずかに体を震わせた——それが合わさった音は、一気に通過していく機関車のようだった。轟音はすぐに止んだが、暗闇が一つの生命と共鳴しているようだった。

「連中が岩をこすったところを見てみるといい。原住民たちだよ」

ストームは懐中電灯の眩い光でかろうじて識別できる模様をいくつか調べたが、意味が理解できるものは一つもなかった。

ジョニーは不鮮明に描かれたシンボルの間でライトを動かして訊いてきた。「何と書いてある？」

「何だって？　知らないよ」

「あんたは知ってると思ってたよ。大学でこうした人間のことを習ったんじゃないのか」

ストームは笑った。弾丸のように笑い声が出て、コウモリがまた轟いた。

彼はライトを腋に挟み、べとついた手のひらをズボンの脚の裏側で拭いた。「このクソは何だ？」

「そうだよ。そいつはグアノだ。コウモリの糞だよ」

「ちくしょうめ。ここの洞窟はどれくらい深いんだ？」

「洞窟はここだけだ。反対側に出られるよ」

「マジかよ。もっと楽な道があるってのか？」

「出られるだけだ。小さな穴に落ちていかなくちゃならないが、戻るより楽だよ。落ちるのは本当に簡単だ。でも、そうやって中を登ることはできない。滑りすぎるからね」

「そうかよ。もういい、行こうぜ」

「こっちだ」ジョニーが彼の前を非常にゆっくりと歩いていくと、暗闇からすぐに壁が現れ、続いて二人が通ってきたよりもいくぶん大きな穴が壁に現れた。

「俺が先だ」とストームは言った。

頭を引っ込めてさえいれば動いていられたが、足を踏張るのはほぼ不可能だった。通っていくときにコウモリは見かけなかったが、糞はいたるところにあった。

ジョニーのライトが揺れ、床面に落ちた。ストームが慎重に二歩後ずさってそれを拾うと、ジョニーは仰向けになって懐中電灯を脇に落としていた。

「あんたが見えない」とジョニーは言った。

ストームはベルトのスナップを外し、ナイフを取り出し、自分のライトを当てた。「こいつが見えるか、このカス野郎？」彼はかがみ、ナイフの先でジョニーのTシャツの裾を持ち上げた。

「何をしてる？」

彼が光をジョニーの顔に向けると、彼は目を細めて顔を背けた。「何をしているのか知りたいんだよ」

「お前の下っ腹からちょいと脂肪を切り分けるのさ」

「何をする！　あんたおかしくなってる！」トンネルの下の空間で、コウモリが轟いた。

「お前の皮膚を少しずつ剝いでやるよ。そこに肉切れ投げて積んでいくから、猿どもが肉片を食うのを見れるぜ。その間、アリに食われるな」

「あんた狂ってる！」

「狂ってないと思ってもらおう」

「金！　金だろ！　金ならやる！」

「ベネーを知ってると言ったな」

「そうだ、処刑されたのは残念なことだ。でも悪い運命でそうなったことは分かるだろう。ひどい運勢だった」

「今はお前が同じ運勢だよ」

「でも俺は無関係だ！」

「お前の現在の運勢に戻ろうか」

ジョニーは少し中国語で話し、自分でそれに答えるような口調になった。「オーケー。分かった。あんたの欲しいものは分かった」

「じゃあよこせよ」

「こいつは――聞いてくれよな――これは俺のせいじゃないんだ、サー。分かってくれ」

「あんたは俺と話をするんだ」

「俺のライトをつけさせてくれ」

「そいつを俺に向けるな」

「横に向けるだけだ」ジョニーは壁にライトを当てた。彼は頭を上げ、ストームの顔に未来の兆しを探っていた。

「一つだけ言わせてもらっていいかな？　俺たちは皆一つの家族なんだよ」

「ジョニー。大佐はどこだ？」

「ああ、よりによって大佐ときた。分かったよ。あんたの望みを言ってくれ。彼はそう遠くはない。タイにいる。国境を越えたところだ。道を伝ってまっすぐ行ける。町に戻ろう、そうすれば準備をしてやれる。ゴムの道を通ってベルム峡谷の村落に行く人間なら、誰でも大佐を簡単に見つけられる。誰でも知ってることだ」

ストームは二歩下がり、ナイフを納めた。「立て」

「立てるさ。お安い御用だ！」生き延びた彼はにこやかに立ち上がった。ストーム自身もその経験があった。沿岸警備隊に殺されるかと思ったのだ。残り四十メートルほどをジョニーが先導し、床面にある輝く穴に着いた。

ストームは懐中電灯を穴に落とし、足から入り、二メートル落ちて日中に出た。ジョニーの両脚が上でぶら下がっていたので、彼が太っちょのズボンの片側を摑むと、ジョニーは両手で岩を摑んだまま、両腕が頭の上で伸びきるまで体を下ろし、手を放した。愚かな笑みを浮かべ、首を振っていた。

「行こうか」とストームは言った。

二人が山を回り、昼食を取った場所に戻る間、彼はジョニーの近くについていた。「さあ着いた！」とジョニーは言った。「ほらな？」重大な真理を証明したような口ぶりだった。

「地図が要る」

「もちろん！　当然だよ！　ホテルに地図がある」

「お前のリュックには何が入ってる？」

「そうだった！　リュックに地図入れてるのを忘れてたよ！」彼はしゃがみ、フラップをはがして開け、食べ物の袋、青いポンチョ、カラフルな布の三メートルほどの見本を放り出し――彼の周りで広がったこの布は毛布だということだった――そしてでたらめに畳まれたぼろぼろの地図をストームに渡した。「残念ながらマレー語で書いてある。

でもゴムの道を行けばいいだけだし、途中で酋長と話せばいい。誰かが案内してくれるよ」

ストームは地面に地図を広げた。「説明しろ」

「町に戻ろう。明日、この場所までは車を雇える。そこからはもう道路じゃない。バイクに乗れば行ける」

「これがタイ国境か?」

「そうだ、でもこの村に行けばいい」

「村なんか見えないぞ」

「村はある。印をつけられないな。ペンがないんだ」

ストームはできるだけ小さく地図を畳んで自分のリュックに詰め込んだ。「行くぞ」

二人はリュックを担ぎ、何も言わずに丘を登った。その道だと、出てくるときに思ったほどの登り坂ではなかった。尾根沿いに進むときには、ストームはジョニーの後ろにつき、反対側を下るときには先を歩いた。下りになっても、ジョニーは荒い息づかいで何も話さなかった。

川沿いの道に入ると、ジョニーは自分の運勢に自信が出てきたようだった。「あんたには心配させられたよ！ でも今はうまくいってる」

「お前が俺にふざけた真似しなければな」

「もちろんそんなことしないよ。友だちじゃないか」

「嘘つけ」

「間違いないよ！ 俺たちは友だちだ！」

泥っぽい川が土手と同じ高さで流れているところで、二人は止まって糞を洗った。

「俺は逃げはしないよ」ジョニーは歩いて川に入っていきながら言った。「だから信用してくれていい。あっち側までは遠すぎるしね。それにそこ――ワニがいるだろ」

次の瞬間、彼は一気に飛び出した。彼がもがきながら幅三十メートルの川を渡る姿を、ストームは見守った。ジョニーは深みにはまり、水面でばたばたと激しくもがき、下流の方に一歩飛び退いて浮き上がり、ようやく底に足がつき、植物をつかんで水から出て、四つん這いになって休んだ。ずぶ濡れで縮こまり、頭を上げ、ぜいぜいと息をし、また頭を下げた。ストームの方を振り返ることはなかった。

ストームは何秒かだけ彼を目で追い、ジョニーより先にボートにたどり着くために道を急いだ。

下流に歩いていく間、ストームはずっと自問していた――何だって俺は、あいつより先に大佐のことを口にしたんだ？ あいつにヒントを与えてしまった。何を追わされるか分かったもんじゃなかった。

彼はジョニーのホテルの畳に座って、自分の血で茶色く汚れた靴下を脱いでいた。ヒルに咬まれたところには川の泥を塗っておいたが、一カ所見逃していた。

ジョニーの女房が、長い箒で埃を巻き上げながら廊下の角を曲がってきた。「あら！　戻ったのね！」

「そんなとこだな」

「うちの人はどこなの？」

「まだ友だちと一緒にジャングルさ」

「じゃあ、うちのジョニーはもうちょっと長めにいるのかしら？」

「ああ。そんなとこだ」

「お茶は？」

「いや。国境までの車が要る」

「金はあるの？」

「あんたは俺以上の金持ちに会ったことないね」

「明日の朝に車を用意してあげる。タイに友だちでもいるの？」

「そうとも」

「友だちが待ってるのね」

「それは実にありうるな」彼は彼女を見つめ、顔色を窺った。だが、まだ感じられなかった。こんなに近いのに、それを感じなかった。「ホテルを変えようかな」と彼は言った。

不鮮明になった走行距離計で二十キロほど、彼はモリスマイナーの助手席に乗って行った。名前を知らない川にかかる橋に来て、運転手は料金を請求して彼を降ろし、それ以上行こうとはしなかった。ストームは金を上積みしたが、男は朽ちているようだった。風雨にさらされた橋の板は朽

「俺に新しい車を買ってくれるのか？」と言った。

「腰抜けめ。クソ食らえってんだ」とストームは言った。

ロバかもしれないし、発育不全の馬かもしれない動物が引いて、老人が乗り込んだ改造輪タクの薪の山の上に乗せてもらった。ストームは膝上で切ったジーンズを履いていたので、腿から下が薪に当たって擦りむけた。リュックにはそれ以外の服も着替えもなく、懐中電灯とナイフ、ビニールのポンチョ、ノートとジョニーの地図しかなかった。彼らは三キロほど進んだところにある村で止まり、ストームは物々交換を年寄りの木こりに持ちかけ、もっと先に連れて行ってもらおうとしたが、うまくいかなかった。この先の道には、ゴムの若木が張り出してきていて、彼の

荷馬車では通れないのだ。地元の住民たちは小屋の戸口に出てきて、見つめていた。男が一人ストームに近づき、ちょうど手が届かないところで躊躇ってから、大胆にもぐいっと一歩を踏み出し、異邦人の腕に触れた。人々は声をかけた。男は笑いながら立ち去った。

どれくらい歩けば国境にたどり着けるのか、ストームには分からなかった。もし地図を正確に把握しているとすれば、二十キロ弱だ。

年寄りの木こりが、無表情で目つきの険しい若者と一緒に小屋から出てきた。若者はバイクのペダルを踏み込んでまたがり、素早く走り出したので、人を乗せる気などないのか、とストームは思ったが、とにかく彼は後ろに飛び乗り、「どこ行く？　どこ行く？」と声をかけた。少年は「道（ロード）」と言ったように聞こえた。村の縁にさしかかったところで、老婆が張り裂けんばかりの顔で叫び、呻いて、バイクの前の道に体を投げ出してきた——ブレーキが悲鳴を上げ、ストームは前につんのめり、唇が少年の髪に当たった。少年は両脚を突き出して彼女をよけていこうとしたが、老婆は泳ぐように回転し、泥を蹴って、彼の行く手を遮った。両方のタイヤが彼女を踏み、彼女は「ウン！　ウン！」と声を上げ、ストームの体は左右に揺れた。戸口にいる人々は彼らに大声を張り上げた——人々は笑っている——子供が出てきて、彼らに唾を吐きかけた。二人が加速すると、太腿にかかった唾が風で細く伸びていくのが感じられた。角を曲がって村から出るとき、彼はお茶の葉を摑み取って唾をこすり取った。道は赤い粘土質の泥だった。時おり、大きな水たまりがあると、少年はそれをよけるために速度を落とし、両脚を伸ばしてバランスを取った。

前方に生えているのは、もっぱらゴムの木だった。道は葉で覆われていた。木の隙間から光が差し込んでいた。バイクは色鮮やかな筋模様のヘビを二度どしんと踏みつけた。道は狭くなっていき、通り道程度になり、二人はしょっちゅう木の根に乗り上げ、小さなエンジンが警笛のように唸り、その無意味な音は有機的生命の中に消えていった。三時間、四時間、それでも止まらず、昼食にすることも水を飲むこともなかった。道が狭まり、ストームは少年の肩の後ろで体勢を低くして、細い枝が少年の顔に当たった。少年はしじゅう顔を拭い、そのたびに腕が赤い血に染まっていった。彼は叫び、啜り泣きながら進んでいった。ほとんど常に一番低いギアで突き進んだ。ストームはゴムの靴底が排気管に当たって焦げる臭いを嗅ぎ、突っ張りのところに踵の位置を変えたが、しゅっちゅう滑り、踵を踏み外した。

　午後一時には、背の高い森の中は夕暮れのようになり、道は信じられないほど塞がって、せいぜい獣道程度になり、やがて二人は開けた空間、昼の陽光に出た。グレーのガマ、エメラルドの水田。道はここで、二メートルほどの垂直の壁のある川床と交差していた。バイクでは通れなかった。

　二人は降り、少年は道外れの高い草の中にバイクを数メートルほど走らせて横倒しにし、自分も一緒に倒れ込んだ。すぐに跳び上がり、顔を拭いながら出てきた。転倒したときにひどく傷が入ったところから、血が螺旋状に前腕を伝っていた。彼は怪我に気づき、ストームに微笑みかけ、そして突然、怒ったように啜り泣いた。ストームは彼の腕を握った。「魂のシワ伸ばせよ、な。お前は死んだわけじゃねえ。ちくしょう、深い傷だな」彼が額に巻いたバンダナをほどいて傷を縛り、端を結ぶやいなや、少年はまた道を先導し始めた。二人は川べりを這うように下り、反対側をよじ登った。ストームは彼を試してみた。「坊や、坊や、お前に金をあげたいんだ、金だよ」――だが、少年は答えることも立ち止まることもなく、二人は水田のあぜ道を通り、午後の風ですべてが揺れている村に入った。

　木造の家のポーチに、茶色のスラックスと青のシャツの男が、どこの街角にもいそうな風情で立っていた。「あなたがたようこそ！　さあ入ってお茶にしていって、私の標本を見せてあげるよ」

「水がいるんだ」

「私の博物館に入って。さあどうぞ」

　彼に案内され、二人はカフェとおぼしき場所に入った。椅子はなく、いくつかあるテーブルに大きな瓶が置いてあるだけだった。彼が瓶を一つ持ち上げると、古くなった小便のような液体の中に、彼の前腕ほどもありそうな長さの昆虫が、ブレスレットのように巻かれて漂っていた。「昆虫のコレクションはなかなかなものでしょう。このムカデは十三歳の男の子を殺したやつなんだよ」

「水の話はどうなんだよ」

「先に煮沸したほうが？　あなたはアメリカ人だしね」

　話をする彼の眉毛は、せわしなく寄ったり離れたりしていた。虫のような目と、肉厚な唇。大きな額。分厚い唇を別にすれば、似ている虫が標本の中にもいた。

「俺の水入れに一杯入れろよ。入れてくださいってことだ。クソをどうにかしなくちゃならない」

　見知らぬ男は台所に通じる戸口越しにストームの水筒を

受け取った。彼は亜鉛メッキをした流し台に水筒を浸した。台所には簡易ベッドとコンロが見えた。ストームは彼について入り、水が滴る水筒を彼の手からひったくり、錠剤を二つ投入した。彼は蓋を閉めて振った。「ちくしょうめ、喉カラカラだぜ」

「そうだろうね」と男は言った。

三人は標本に囲まれて立っていて、ストームはぐいぐいと一気に半分を飲み切り、少年に水筒を差し出し、彼は少しだけ飲み、口を離して大きく息をして、驚きで顔をしかめた。

「ヨウ素だ」

「そうだね」と男は言い、マレー語で少年に話しかけた。「名前を教えてくれないな。特権だね。私はドクター・マハティール。君の名前を伺っても？」

「ジミーだ」

「ジミーね。そうか。君は悪い言葉をよく使うね。『クソ』って言うだろ。これは悪い言葉じゃないかな？」

「俺は口汚いファッキン野郎でね。おい、どこでこの瓶を仕入れてくるんだよ？」

「私は科学者だ。昆虫学者でね」

「じゃ、あんたはケツからこの大瓶をひねり出してんのか？」

「ああそうか！ ここの瓶のことね。二十六個あるんだ。みんなから買ってるんだよ。昆虫学者には瓶が必要だってみんな知ってるからね。これはサソリだよ」

「おう。こいつは十三歳の子を何人殺ったんだ？」

「刺されても死にはしないよ。しばらく感覚がなくなるだけだ。刺されたところは腫れ上がるね。この地域で見つかった最大のサソリなんだ。ということで、そう、保存してある」

「ホルムアルデヒドだろ？」

「そう。ホルムアルデヒドだ」

「このクソは防腐剤か？」

「もちろん」

「清潔な防腐剤の瓶はあるか？ こいつは腕を切っちまったんだ」

「そうだね。見て分かったよ」彼が話しかけると、少年は腕を差し出し、科学者は腕に巻いたバンダナをそっと外した。「簡単だね。傷口を洗浄して、ちょっと縫合しよう。私ができる」

「縫合治療？ 用具はあるのか？」

「いや。針と糸だね」

「キシロカインは？」

「ないよ」

「説明してやれよ、ドク」

二人は話をし、少年は相変わらず動転しているようだった。

「傷を隠さなきゃだめだと言っている。体に傷がついていてはだめなんだと」

「傷はダメだって？　顔を見てみろよ。森をビシバシ走ってきて、ケツに手榴弾食らったみたいな引っ掻き傷がクソほどついてるじゃねえか」

「分からないよ。彼はそう信じているんだ」

「彼がお前を縫い合わせてくれる」博士が台所で道具を見繕っているとき、ストームは少年に説明した。「痛くなるぜ」

博士は片手でベンチを引きずり、もう片手にはペプシの瓶を持って戻ってきた。口でくわえた針から、糸が垂れていた。「ここに座ってくれるかな」彼と少年は土の床に座り、ベンチに少年の腕を横たえて、瓶の口から縫合用具を入れた。「殺菌するんだ」と彼は言い、糸と針を取り出すと、すぐに傷口をつまんで閉じ、肉に針を通した。少年は歯を噛み、シューッという音を立てて息を吸い込んだが、それだけだった。「我慢強いな」と学者は言った。

「こいつに話できるか？　俺の通訳をしてくれよ」

「いいとも」

「まず最初に、こいつがバイクで轢いた婆さんは誰だったんだ？」

二人は話をし、「お祖母さんだね」と学者は言った。

「信じられねえ。こいつは誰なんだ？」

「本当の名前を言うわけにはいかないんだ。どういう人間なのかは知っているよ。聞いたことがある。この先にある村に向かっているんだ」

針が通るたびに少年が立てるシューッという音を除けば沈黙の中、学者は作業を終えた。もう傷口から血は出ておらず、堅く青い五つの結び目で閉じられていた。「こいつは最高だな。あんたエルヴィス級だよ」とストームは言った。

「そうだね。うまくいったよ。ありがとう」

少年は立ち上がり、二言三言口にした。

「ここから先は歩かなくてはならないそうだ」

「マジかよ？　もう一時間くらい歩いてきたんだぜ」

「明日は重要な儀式なんだ。この男はそれに参加するという、とても真剣な取り決めをしている」

「どこでやるんだ？『道（ロード）』って言ってたぜ」

「そうだね。書いてあげるよ。こういう風に書くんだ」彼はテーブルの上で漂う怪物たちの合間にこびりついた埃を指でえぐった。The Roo。「私も行くよ」

「車じゃ行けないか？」

「歩いて行くしかないね。二、三時間だけど、かなり楽だよ。私たちは平地にいる。それから谷を下るんだ」

「分かったよ。こんちくしょうめ、歩こうぜ」

「私たちと一緒に来るのか？」

「違うって。新入りなのはあんただろうが。俺はもうこの旅に入ってんだ」

学者は両手をこすり合わせて顔をしかめた。「いいとも！　しばらく私たちについてくるといいよ、ジミー。オーケー？」

少年はもうドアから出ていた。ストームが後を追い、道が村から外の水田に出るところで、マハティール博士も二人に追いついた。「水筒に水はあるかな？」

「半分入ってる」

「十分だね」

少年は二人のほうを振り返ることはなかった。立ち止まることも、歩みを緩めることもなく、シャツを頭からかぶった。三人は話をする余裕もないようなペースで進んでいき、あぜ道や水路を半キロ進んだところで、ようやく道に戻った。マハティールは頼み込むような口調のマレー語で少年に話しかけた。

「次の場所で止まって休憩にしなくちゃいけない、と言ったんだ。そうしてくれると思うよ」

「セニョール、あのガキは何やろうとしてんだ？　何するつもりなのか俺に教えるように言ってくれ」

「君に答えることはできないんだ。ここからその場所に到着するまで、彼は沈黙を守らなくてはならない」

「なんでだ？」

「彼には果たさなくてはならない役割があるんだ。儀式があるんだよ」

「そりゃどんな儀式なんだ、ミスター・ムシケラ？」

「とても変わったものだ。稀にしか行われない。私は観察するよ」

次の村で、三人は小さな木造の家の表で立ち止まり、日陰に二つあるベンチに腰掛け、氷抜きのアイスティーを飲んだ。「暑い日だね」と昆虫学者は言った。

「まったくそうだよな」

「ここはいい所だよ。君は十分歩いただろう。休んでいけば？」

「ここで止まるなんてありえねえ。俺はあんたより遠くに行くんだ」

「もっと先はタイだよ」

「行かなきゃならねえなら行くさ」

マハティールは肩を丸め、プラスチックのグラスからお茶を啜り、まずいお茶を飲んだような顔をしていた。彼は眉を寄せ、咳払いして、最後の数滴は地面に切り、肌着の裾でグラスを拭いて、自分のドレスシャツは汚れないようにしていた。

三人とも立ち上がり、歩き始めた。村の端にある最後の家屋に差し掛かると、マハティールは立ち止まり、腕を体に巻き付けて言った。「ちょっといいかな、ジミー。ここから先には行かないほうがいいと思うよ。そう、もう来ちゃだめだ。ここまで連れてきてすまない」

少年はどんどん離れていった。「行こうぜ、ドク。話をしなくちゃいけない相手がいるんだよ」

「それをするのに今日はいい日じゃないよ。別の日にすればいいだろう？」

三人は村に日陰を落とす木々を後にして、埃が雨に流されて筋状になっている低い茂みの合間を進んでいた。「今日は悪い日だよ、ひどい日だと言ってもいい。そう、ひどい日だ」とマハティールは言った。

三人はベルム峡谷へと下り始めた。

「そこにいるんだよ」とストームが言った。「彼がいる」

「誰だい？」

目の前にはジャングルの樹冠が広がっていて、その下、ディズニーランドの目では見ることのできない下層では、たった今も、戦闘中行方不明の兵士たちが拷問を食らっている。

「誰がいるんだい？」

「行こうぜ。あのガキは待っちゃくれねえ」

道は次第に下っていき、丘か山の側面を横切っていた。急な下りになっても、木々は高く茂り、空も谷の底も見えず、丘なのか山なのか、ストームには分からなかった。さらに一キロ歩いたところで、草が生えた平地に出た。道をたどっていくと、開けた土地に、いくつかの家屋があった。縮んだ藁と小割りの板、トタン板の屋根で作られていた。どこかで、川の音と、鳥か、人間のものかもしれない音がした。

「あの子はここで止まるよ。私もここで止まる」

「連中はどこだ？」

「川の近くに行こうか」

百メートルほど進むと、川岸に二十人ほどの村人がおり、高さ五メートル、下の部分は幅十メートルほどに積まれた薪の山があった。準備はすっかり整っているようだった。汚れたサロンに身を包んだ三人の女が、乾いた木の枝を腕一杯に抱えて薪の山の周りを巡り、隙間に焚き付けを差し込んでいた。女たちの向こうでは、ふんどし姿の男たちが膝まで川に入り、片手で両腕に水をかけ、頭を水に突っ込んで左右に振り、体を折って、長い髪から水滴を振り払っていた。

「彼らが薪を積んだんだよ」

「あいつらガキを焼く気だな」

「この子を？　違うよ」

「じゃあ誰だ？」――俺が焼かれるのか、とストームは自問した。

「この火で彼の魂を破壊するんだよ」

これまたふんどし姿の四人の男が、誰にも挨拶せず、写真撮影を待っているように立っていた。薪の山自体も、手足と骨を集めてでき上がった神のようにそびえて待っており、少年は無表情にそれを見上げていた。

マハティールは四人に話しかけた。身動きできなくなる魔法を彼が解いたように、四人は身振りを交えて話しながら近づいてきた。「問題があるんだ」とマハティールは言った。「侵入だよ。呪いが入り込んできて、彼らは苦しめられて困っている。取り憑かれたところに歯の跡があるのが見えるはずだと言っている。何が侵入しているんだろう？　猿だと言う者もいるし、げっ歯類だと言う者もいる。彼らは言おうとはしない。恐怖のせいで怒っているんだ。すべて失ってしまう。飢えてしまう」

一人の男が近くに寄ってきて、マハティールにだけ話しかけた。「祭官が特別な場所で待っているそうだ。会いに行こうか」

ストームとマハティールと少年は、身を寄せ合っている住居の間を抜けて、昆虫学者の先導で小さな開けた場所に出た。ごく小さな小屋が三つあり、ふんどし姿の男が一人立っていた。

「また裸野郎かよ」

「彼が祭官だよ。この重要な儀式のために特別に雇われたんだ。でも心配ない。彼は偽物の祭官だ。ペテン師だよ」

空中に跳び上がろうとするかのようにしゃがんだその小

柄な未開人から少し離れたところで、少年は立ち止まり、彼を凝視していた。

マハティールはストームの腕に手を置いた。「ここにいて。私たちの出る幕じゃない」

数秒すると、祭官は緊張を解き、また真っ直ぐ立ち上がってストームとマハティールに近づき、少年とは十分な距離を取った。両手をストームに差し出し、握ってもらおうとしているようだったが、その手は泥で汚れていた。

「握手したいなら、先に洗ってきたほうがいいって言ってくれ」

「掘って幼虫を探さなければならないんだよ。心配しないで。いいタンパク源なんだ。米よりいいくらいだよ。米はエネルギーが出るけど、強くはならない。いい炭水化物源だけどね」

川べりにいる男たちは麻布を腰に巻いていたが、祭官のふんどしは赤や緑、茶色の複雑な模様に編まれていた。マハティールはしょっちゅう中断を挟みながら彼に長々と話しかけていた。明らかに、学者は興奮していた。

「何か動物がいるんだよ」と彼はストームに教えた。「猿だね。ここの人たちはサナンって呼んでる。どういう意味なのかは知らない。彼らの言葉だよ。小さな人、人間なんだと信じている。このサナンが彼らに戦いをしかけているんだ。一ヶ月前、少なくとも二ヶ月前だと思うけど、千匹近いサナンがここに来て、食べられる植物は片っ端から食べてしまって、人々は食べられなくなってしまって、米が少しあるだけという状態になった。そして彼が言うには、これも一ヶ月前に、この千匹のサナンが村を攻撃して米を盗み、彼らの財産を破壊したそうだ。さらにサナンは多くの人に噛みつき、赤ん坊を引き裂いた、と言っている」男は話した。「死んでしまったかどうかは分からないな。台風みたいにやってきたそうだ。あらゆる方角からね。何も逃れられなかった」男は話しながら上の谷を指していた。「子供が一人行方不明だそうだ。サナンに連れ去られたんだ。もう一人連れ去られたけれど、その女の子は翌朝無事で見つかった。大げさに言っているんだと思う。人が来ると派手な話にしたがるんだ。どうやったら千匹のサナンが一緒に生きていけるんだ？　十分な食料はないよ。この手の猿のことは知っているんだ。二十匹くらいの群れで生活するんだよ。それが上限だ。この猿は白い顔に毛がたくさん生えている。白い毛だ。とても頭が良さそうで、いつも残酷な表情をしている。人じゃないよ。サナンは小さな人間だと彼らは思っているけどね。まあ、この男はそういうことを言わなくちゃいけないんだ。そうやって生計を立てているからね。ここの人々は迷信深いんだ。彼らからお金をもらえる。あの少年はもっともらえるんだよ」

その間、少年は少し離れたところでぽつんと立っていた。男は彼を見やりながら話した。「あの子は非常に重大な取り決めをしたので、彼に話しかけてはならないということだ。それに君のことも知りたがっているよと」とマハティールはストームに言った。「君は反対側にいる白人の友だちなのか、と訊いているよ」

「どの反対側のことだ」

「谷の向かいだよ」

「俺は誰の友だちでもない」

「そこまで行けばもうタイだよ」

「それが問題か？」

「そこは別の場所だっていうだけだよ」

「今晩はここに泊まるぜ」

「儀式は明日だ。日没とともに始まって、闇の中終わるのが決まりだ」

「このガキはどこで寝るんだ？」

「ここにある小屋のどれかだよ。私たちも泊まっていい」

「何か食べ物をもらいたいな」

「彼らには何もないよ。でも店がある」

彼らは村に戻った。太陽はすでに反対側の丘の下に沈んでいた。村の物売りは日よけを上げていて、ランタンに火をともし、その明かりの中でシルエットになって立っていた——ぎざぎざの二つの棚に置いた、いくつかの缶製品と包みの店を切り盛りする社長。ストームは５５５タバコを一箱と、タイガービールを一瓶買った。ビールはおそらくは数年もので、ラベルはほとんど読めず、剝がれかかっていた。新鮮なものと変わらない味だった。

「彼らは自分たちの飾りと宝石を全部集めて、それに一年かけて集めたゴムすべてを一緒にして、私の家がある村にやって来て、全部売ったんだ。売りに来たときに酋長に会ったよ。それでこの子のことを知ったんだ。この子はお金をもらうんだ。金持ちになるよ。でも、魂は壊されてしまう」

「どこでもそんなもんさ」

ストームはさっさとビールを飲み干し、最後の日の光の中、三人は祭官の領域に戻って小屋に下がった。マハティールと祭官はそれぞれ一人で、ストームと少年は三つ目の小屋を一緒に使った。下にある石の火鉢で、マラリアを防ぐための匂いのきつい燃えさしが煙を立てる中、二人はハンモックに横になった。ストームは川の水にバンダナを浸して顔にかけ、煙を吸わないようにした。

一晩中少年が啜り泣いたので、思うように休めなかった。夜明けに、彼は反対側に向けて出発した。

川が狭まっているところで渡るように、と三人の男が教えてくれた。一人が笑いながら腰まで入っていって、両腕を上げ、どれくらいの深さなのか示した。他の二人は渡る別の場所を教えようとしてくれているはずだ、とストームは思ったが、反対側の斜面を上がる道がそこから見えていたので、彼は手を振ってお辞儀をし、中指を立て、裸足になり、片手には靴下と靴、もう片手にリュックを持って高く掲げながら、ゆったりとした流れを突っ切っていった。対岸の地面に持ち物一式を投げ、水から上がり、両脚にヒルがついていないか調べたが、大丈夫だった。彼が靴のひもを結ぶ間、男たちは大声で励ましてきて、彼が道を上って視界から消えるまで、自分たちが彼を創造して送り出したようにまじまじと見つめていた。

珍しく青い空に、高い積乱雲。まだ、山が影を作ってくれていた。彼は素早く進んだ。一時間後、太陽が向かいの尾根から姿を出した。ぎらぎらする光が前方の地域をさっと這い下り、ついに彼をとらえ、その重みに彼は驚いた。道は山腹を通っていて、楽な勾配だったが、山腹そのものは木が生えていないほど険しかった。背の高い雑木林の日陰が出ているところがあれば、彼はそこで立ち止まり、ベルム峡谷を絶えず降りてくる涼風を体に受けた。

北向きの道をたどっていくと、一番高くなったところである地点をぐるりと回り、南に向かい、山腹は東側になって彼は日陰に入ったので、座って水を飲んだ。彼は巨大な蟹のはさみ状の場所にいて、そこから先の旅路が見えた——道は西寄りに曲がってから北に向かい、真っ直ぐ北に伸びて、山頂を越えるところまでは水平だった。反対側には、タイ。

この先、困難なことはなさそうだったので、ここ数日の人との出会いと交渉は十分だった、と結論付けてもよさそうだった。彼は物質的な地勢に相対しているだけで、神が彼に用意した何らかの領域にやってきたのだと。彼はふと思った——タイ側から来れば、道路、さらには公共交通と、すべてはもっと楽だったかもしれない。だが、それでは参入にふさわしい代価にならない。

二十分後には縁を回り、北側の尾根を越え、二つの小さな丘に挟まれた二エーカーほどの平坦な土地を見下ろしていた。遠方に、高い山々。眼下には、ブリキ板の屋根の家と、小さな納屋か小屋が一つ見えた。細い小川が西の勾配を下り、家の裏手を通って、平地の縁から下っていた。発育不全の鶏たちが、家の支柱の間をせっせと動き回り、餌をついばんでいた。そう遠くないところで、山羊がいなないているのが聞こえた。

彼は小川に向かった。体をかがめて川の水に口をつける場所を探し、彼は開けた土地の縁を川沿いに回った。建物から二十メートルのところで立ち止まった。大きい方の建物の表、藁葺きのひさしの下、蚊が遠くは飛べない風の中、白人の男がベンチに座り、木の壁にもたれかかっていた。

ストームは歩み寄り、男は弱々しく手を上げて会釈した。男はライトブルーのスポーツシャツ、洗ってプレスしたてのグレーのズボン、それに縄のサンダルといういでたちだった。痩せていて、禿げた頭の周りを銀色の髪が囲んでいた。脚を組んでいた。

「よう、だんな」

「こんにちは。我々からのありったけの挨拶を言うよ」

「あんたイギリス人?」

「事実そうだ」

「あんたには例の英国風だんな用のヘルメットが必要だな」

「軽量のヘルメット帽のことかな? 二つあるよ。一つ譲ろうか?」

「どうしてかぶってないんだ?」

「必要ないよ。ちょっとした日陰でくつろいでいるからね」

「他には何をやってる?」

男は肩をすくめた。

「俺は村からハイキングしてきたんだ。ロー村から」とストームは言った。

「ああ、そうか。おとなしい人たちだろ」

「誰が」

「ロー族だよ」

「ああ。バッチシね」

「隣人を食べたりはしない。頭を縮ませたりもしない」

「そうだな。それは理解したよ。あんたは一人暮らしか?」

「今のところはね」

「他には誰がここにいる?」

男は組んでいた脚を戻し、両手を体の両側に置いて肩を丸め、腕を真っ直ぐにしたまま体を起こした。「私は昼食を取ったが、君は空腹だろうね」

「絶食中でね」

「じゃあお茶なんていかがかな」

「氷はあるのか?」

「いや。小川の水温だよ。ほどよく冷えていてね。北西にある高地から流れている」

「俺が誰なのかは訊かないのか?」

「追々分かることさ」

男は微笑んだ。疲れた目をしていた。

彼が立ち上がり、ストームが彼について小川に行くと、男は縄の端を摑み、マクラメ編みのセーターに入った大きなガラスの瓶を引き上げた。「我々のお茶は少々薄味に感じるかもしれないな。三十分沸騰させたんだ。家に入ってくれ、すぐに用意するよ」

ストームはポーチまで行った。入り口に立って、中を窺った。木の床は滑らかに削られていた。部屋の両側には支柱で開けられている両開きの雨戸があり、風と光が入っている。オープンキッチンになっていて、男が二つの大きなグラスにお茶を注いでいて、かつては寝室だったと思われるところに通じるドアが見えた。お茶の音がするやいなや、ストームの足は中に向かっていた。「いいグラスだよ」と男は言った。「古い瓶とは違う」ストームは一気に飲み干した。一言も言わずに、家の主はグラスを彼から取ってまた注いだ。自分のグラスからはちびちび飲み、片手は流しのそばの小さな冷蔵庫に置いていた。「今日はプロパンなしだ。町から馬に乗せて持ってきてもらわなくちゃならない」

「町ってどこだ?」

「十キロほど北にあるよ」

「俺たちはタイにいるんだよな」

「その通り。ほんの少しね」

ストームはお茶を飲み終えていた。

「瓶を君の手元に置いておいたほうがいいな」

「あんたのここでの役割は何だ? 何の任務なんだ?」

彼は縄で瓶を持ち上げた。「私は世間から離れて暮らしている」彼はグラスと瓶を手に、ドアのそばに立っていた。「椅子を一つポーチに出してもらっても?」彼はストームを先に行かせ、外に出て、ベンチに座って脚を組み、ストームは椅子の足が床板の隙間に入らないように調整して、リュックを下ろし、一服しようと中を探った。相手が口を開くまで待つつもりだった。彼は皺くちゃになったタバコを吸い、機械的に餌を探す鶏たちを見つめていた。

「もしよかったら、改めて名前を教えてもらえるかな」

「Ｂ・Ｓ・ストーム軍曹。二等軍曹、だった」

「軍曹（サージ）と呼んだほうが？」

「いや。あんたはスパイって呼ばれたいか？」

「私は情報機関の人間ではないよ」

ストームは待った。

「かつてはそうだったかもしれないがね」

「どこの組織で働いてるんだ？」

「アライド・ケミカル・ソリューションズ。ありがたいことにもう退職したよ」

「ソリューションってのは、私たちは問題を解決（ソリューション）しますってやつか？　それともソリューションってのは、くだらねえ連中は酸で溶かし（ソリューション）ちまうってやつか？」

「問題の解決策（ソリューション）だね。でも我々も言葉遊びは好きだよ、軍曹。自信を持っていい」

「情報局のために働いたことは？」

「ＣＩＡのことかな？　いや、アライドは完全に民間だよ」

「いつここに来た？」

「少なくとも二年前だ。ちょっと待ってくれ。六月だったかな。雨季が始まるころだ。そうだった。六月一日ごろだね」

「サイゴンはどうなってる？」

「私は人ほど外には出ていなくてね。そのうち行きたいな」

「嘘こけ、この野郎」

「北のほうでコカコーラの工場ができる、とは聞いているよ。ハノイでね」

ストームはタバコの吸い端を庭に弾き飛ばした。「北ベトナムで何かの作戦をしてたって、あんたは言いたいのか？」

男は彼を横目で見て、グラスからお茶を啜った。

「北で何が行われていた可能性がある？　何かの情報収集だ。あんたはそれでここに来たのか？　同じ作戦Ｘを何年も進めてるのか？」

「ふむ」と男は言った。

「どういう状況になってんだ？」

男は肩を丸めて前にかがんだ。座り心地が良くないというより、物思いに耽っているようだった。

「俺が誰に会いにきたかは知ってるだろ」

「残念ながら知らないな」

「大佐だよ」

男はもたれて座り直し、頭を垂れた。「どの大佐のことだ？」

「フランシス・ゼイビアー大佐、老マエストロだ。サンズ大佐だ」

家の主人は一口飲んだ。グラスをつかむ細い指、飲み込むときに上下する喉仏を覆う弱々しい肌。その動きの中で、彼はかなり老けて見えた。「軍曹、ここに白人が訪ねてきたのがいつだったかは思い出せない。君はかなり珍しい客なわけだ。だが君の流儀はどこでも場違いに見えると思うな。訊いてもいいかな、君は大佐の友人だったのか？」

「かなり近かったね」

「私が言いたいのは、友人であって、敵ではないということだ」

「ラジャー。『誰だ』『友だ』」

「じゃあ乾杯だ」

「彼はどこだ？」

「大佐は不幸にも亡くなった」

「俺はそうは思わない」

「いや、事実だよ。大昔のことだ。誰かが君に伝えていれば、こんな苦労をすることもなかったろうに」

「そうは思わないな」

「君の考えを変えようとは思わないよ。だが、大佐が死んだのは事実だ」

「奴らも何年も前にそう言った。奥さんはボストンで未亡人の給付金を受け取ってた。でも大佐はここで生きてて、この地域で作戦をしてるって言われてた」

「それは知らなかったな」

「俺は知ってたぜ。それに大佐が死んでなかったことも な」

「そうか。死んでいなかったのか」

「死ぬわけあるかよ」

「それは事実として知っているのか？」

「そんなわけねえよ。でも俺は大佐を知ってる。プランBをやってるのさ」

「そのプランBとは？」

「彼はわざと六九年に捕まったんだ。心理作戦の一部だったんだ。そのせいであれこれクソが出回っちまったが、こいつだけはケツ石の碑板にかけて言えるぜ、大佐のおかげで、アカでいるってのはちっとばかしキツいことになってるんだ」

「それがプランBだというわけか」

「曲もついてるぜ」

「彼はそのプランを君に打ち明けたのかな?」

「クソってのは分け合ってちゃうまく行かねえ。こいつはワンマンショーなんだ」

「ワンマンショーね」男は微笑んだ。「それはまさに大佐を言い当てているな」

「あんたの小屋には何があんだ?」

男は言った。「いいかい、初めて私が会ったとき、彼は大尉だった。公式にではないがね。公式には軍務から離れていた」

ストームはまたタバコに火をつけ、ジッポをぱちんと閉じた。「それで?」

「当時はそうやって動いていた。民間人たちが志願してきたという形で、彼の組織は参加してきた。アメリカはまだ日本相手に参戦していなかった。だが、大尉は参戦していた。日本軍が真珠湾を攻撃するずっと前から、君たちヤンキーの中にはジャップたちを爆撃していた人間がいたんだよ」

「第二次大戦か。たいがいにしろよ」

「君たちアメリカ人にとっては最高の戦争だったな。私にとって最高の戦争だったのは、まさにこのマレー半島、五一年から五三年だ。我々は共産主義者と戦って、勝った。大佐はずっと我々と一緒だったよ、ここベルム峡谷でのヘルスビー作戦のときもね。彼と一緒にこの土地を歩いていたかもしれないな。私の居間ができる前に、そこをぶらぶら通っていたかもしれない。何度となくね。覚えてはいない。大佐と私はイポーから一緒に長距離パトロールに出ていた――ヘドロやら何やらの百三日だったよ。百三日間出ていた。そういう時に、人間のことが分かる。もし生きているのなら、私が確信するよ。本人から聞くまでもない。その男のことが分かっていればね」

ストームはあやうく信じそうになった。「じゃあ、彼はどうなったんだ?」

「君は伝説を求めてるのか、それとも真実か?」

「俺は真実を追ってる」

「真実は伝説にあると言ってもいいんじゃないのかな」

「じゃあ事実はどうなるんだよ?」

「知りようがない。伝説の中で霞んでしまう」

「この野郎、あんた何曲知ってるんだ? 俺の小銭がなくなっちまう」

男は立ち上がった。「君に見せたい場所がある。ついてきてくれ」

男は彼を従え、川べりから丘を越え、雑木林の高い木と雑草の中にある小池にやってきた。光がベゴニアの間から差し込み、涼しく、湿っている。池には水牛が体を沈めていて、鼻だけが突き出ていた。小さな子供が二人、四つのバケツを水で満たしてくびきで担ぐところを、ストームと男は見守った。子供たちは怯えているようだった。男が話しかけると、子供たちは仕事を終えてから立ち去っていった。

「そこだ」

雑木林のすぐ向こう、遠くに山々を見渡すところで、男は盛り土に足を乗せ、その前に立てた腰の高さまである柱に片手を置いた。

「ワンマンショーはここだよ」

ストームは目を閉じ、真実を探った。何も感じなかった。「ありえねえ」

「ここでの出来事だ」

「俺がハッタリの墓をどれだけの数見てきたのか知ってるのか?」

「それは分からないな」

「骨を見せてきた奴らもいた。俺は大佐の灰とやらを舐めてきたんだぜ。大佐の脂肪をスプーンで熱して俺の腕に打ち込んだざ。あのクソじゃハイになれねえ。俺は試験紙なんだ。大佐は生きてるって俺の全脈拍が言ってるのさ」

「彼はこの墓に葬られている、私はそう聞いている」

「これが墓なら、ナムで死んだわけじゃないってことだな」

「その通りだよ。これが墓ならね」

「さて――本当にこれが墓か? いつ埋葬された? 誰が埋めたんだ? あんたか?」

「私じゃない」

「誰が埋葬したんだ?」

「知らないな。大佐は何の説明もなく突然死んだ、そう聞いている。悲しいことだが、誰かに毒を盛られたのじゃないかな。ありうる話だ」

とんでもない間違いだ。だが、それをやった連中は誰だ?

「あんたにはサイゴンで会ってるな。六七年か六八年だ」

「さて。六七年か六八年か。それは確かにありうる話だ」

「あんたピッチフォークだろ」

「私にはいろいろな名前があってね」

「妙な真似でごまかすのはよそうぜ。あんたにはサイゴンで会った。大佐の古いダチだ。大佐に卵をあげたろ」

「卵？」

「捕虜収容所で、彼が腹ぺこだったときだ。あんたが卵を譲った」

「私が？」

「大佐はそう言ってた」

「そういうことなら、事実に違いない」

「あんた変わってないな。ずっとそのままなのか？　年は取らないのか？　あんた悪魔か？」

「今度は君が妙な真似をしているわけだ」

「墓ばっかり俺に見せてくるのはよせ」

「それでは、何を見せたらいいかな？」

必要なのは、生きている大佐だけだ。キューバ葉巻を吸って、なじみのクソに取りかかっている大佐だ。

「大佐はここに眠っている」

「じゃああんたはここで何やってんだ？」

「私は墓を守っている」とピッチフォークは言った。

これが大佐の墓だろうと、他の誰かの墓だろうと、彼が生きていようと朽ちていようと、彼のゾーンは残っている。そして、ストームはその中に入ったのだ。

「あの小屋の中が見てえな」


二人は墓を後にして、丘を上って戻った。太陽が顔に照りつけてきたが、彼らの後ろ、東の空では雲ができていた。「雨になりそうだな」とストームは言った。

「今月はないよ。四月には絶対に降らない」

「あの小屋の中を見せてくれ」

離れ小屋の扉は、木の支柱に交差した板で閉じられていた。ピッチフォークはかんぬきを投げ捨てて後ずさり、扉を引いて開けた。ストームは歩み出た。差し込む光が縞になっている中、大きく長いものが地面に置かれていた。何なのか、想像もつかなかった。思わず、喉がゴクリと音を立てた。手足のない怪物。その顔が写真現像のように次第に現れ、大佐の無数の偽装を繰り返すのを見つめていた。

ピッチフォークが扉をさらに開いた。

「あれは何だ？」

「マホガニーの丸太だよ」

「丸太？」

「マホガニー材だよ。私はここに材木を置いている。あれが最後の一本だ。もっと手に入れるまではね」

また偽のインチキ預言者か。またどうしようもない啓示者かよ。

ストームはナイフを抜き、背後から腕で首を絞める格好で老人を羽交い締めにし、あばら骨の間、肝臓の上に切っ先を突きつけた。

「大佐はどこだ?」

「戦死(KIA)した」

「行方不明(MIA)だろ」

「違う。死亡したんだよ」

彼は腕をさらに絞めた。「さっさと言え、でなきゃメッタ刺しにするぜ。あの墓を掘ったのは誰だ?」

「知らない」カエルのような声だった。

「誰なのか言え。でなきゃあんたの幕引きだぜ」

「誰が埋葬したのかは知らない。それに君が言うように、私の幕を引いたところで、私にはどうしようもないよ」

「ここで何やってんだ?」

「世界にうんざりしたんだよ」

「あんた何者だ?」

「アンダース・ピッチフォークだよ」

「あんたらクズどもがもう俺には嘘つけねえって時が、ずっと昔にあった。嘘をバラまいてんのは俺だったからだ。あんたらのクソの半分は俺のケツから出てた」

「大佐は死んだんだ」

「いいか」心を引き裂かれ、ストームは言った。「俺はこのマシンから出なくちゃならねえ」

ストームは彼を放した。ピッチフォークは土の上にどっかりと座り込み、手を握っては開いていて、首を触ることはしなかった。

「大佐を始末したのはあんたなんじゃないのか」とストームは言った。

「君の立場だったら、私もそう疑うだろうね」

「俺の立場は何なんだ?」

「不明だよ」

しばらくして、彼は立ち上がろうとして、ストームはナイフを戻して手を貸した。

「あの男がどれくらい深く俺たちを焦がしたか分かるか? 火傷がどこまで到達してるか知ってるか?」

「いや」

「暗き灼熱の地獄に届くくらい深くさ、兄弟」

「私を兄弟と言うな」

「俺を拒否するなよ、兄弟」

家に向かうピッチフォークをストームは見守った。ピッチフォークは短いマガジンのついたライフルを持って出てきて、動きながら、前のグリップの下から骨組みだけの金属の台尻を開けた。十歩進んだところで止まった。

「そいつは第二次大戦のマシンの一つなんじゃないか」

「M1ガランド銃だろうな。落下傘兵の支給品だ。多くの人を殺したよ」

「あんたが飛行機から飛び降りてたとは聞いてるよ」

「そうか？　戦争中に限れば、一回しか降下はしていない。サンズ大尉が操縦していてね。あの戦争で初にして最後の降下だ。もっとも、五〇年代には偵察部隊と一緒に何回かやったがね」彼はライフルを上げ、ボルトを動かし、三メートル離れたところから慎重にストームに狙いを定めた。指はしっかりと引き金にかかっていた。「もう行け」

ストームは立ち去り、小道を南に向かい、来た道を戻った。

タイの深部に進んでいくつもりでいたが、運命は彼の進路を変えてしまった。長年に渡る放浪の旅のどこかで、彼は番人に何かを言うのを忘れていたか、必要な貢ぎ物を納めることなく渡ってしまっていたのだ。それがどういうものなのかは、渡ってみた後でないと分からない。偽りが消え失せてからのことだ。

何が残っている？　やらねばならないことは何だ？

道の起点から、彼はこの日登ってきた道のりを見渡し、どれくらい遠くまで来たのかを目にした。雲の下に出た午後の太陽は一気に谷に照りつけた。

疲れてはいなかった。体力と、暑さのみ。日没までに下って戻れるかもしれない。彼は急いだ。日光が山上から引いていくのと同じくらい素早く下り、自分の運命と太陽の運命との絡み合いを見た。

彼は影に入った。谷は明るくも暗くもない一瞬の中で静止していた。その変化で、動物たちは黙った。彼が平坦な大地に差し掛かったころには、また音を立て始めていた――夜の虫の最初のコーラス、日没時の鳥の声。まだ、ロー村から上がる煙の柱も火も見えなかった。

「偽りの道案内」が、彼がこの最も重要な儀式を見逃すのだと知り、喜んで彼に川を渡らせた場所にやってきた。靴は脱がず、彼はリュックを頭上に高く掲げて水に分け入った。

まだ、手遅れにはなっていなかった。高く積まれた薪の近くの地面に、半分に割って上向きになったココナツの殻に何十というロウソクが入れられ、光が揺れていた。村人たちは色鮮やかでこぎれいな服を着ていて、こまごまとした作業で忙しいようで、小屋を出入りし、今のところは落ち着いていて、数人だけが、ゆったりとしたリズムで手を叩き、リズムを次々に受け渡し、誰もまだ本格的には始めておらず、これから始まろうか、というところだった。彼を見たのかもしれない。見なかったことにしたのかもしれない。祭官は薪の山の横に立っていて、巻いた髪に羽根の頭飾りをつけ、ソフトドリンクの瓶を両手に持ち、マハティールに話しかけていた。少年は少し離れて二人と一緒に立っていた。

マハティールはストームが川べり沿いにやってくるのを見て、片手を上げた。祭官は気に留めていないようだったが、マハティールは嫌そうだった。「儀式はもうじきだよ」と彼は言った。

「俺にも伝わってくるよ」とストームは言った。

「タイには行かなかったんだね。どうしてだい？　どうして友だちのところに泊まらなかった？」

「あんたに分からないなら、俺から言うわけにはいかないね」

「でもジミー、いいことじゃないよ。この男にはやるべきことがあるんだ。私は科学者だから、当然見ていてもいい。でも君にとってはいいことじゃない」

少年は立ってまんじりともせず、顔はこわばっていて、大きく息をしていた。ロー族の誰も、彼を見なかった。

女たちが集まり始めた。年下の女や小さな女の子たちはサロンで体を包み、口紅やルージュをつけ、髪にはビーズをつけていた。小さな男の子たちはその後ろに立ち、持ち場から離れはしなかったが、肩を揺らし、興奮と子供っぽさで体中をわくわくさせていた。その体で生きていることが幸せでたまらず、奴隷の衣服で走り回る、「真なるものの獣姦者たち」。

「あいつには特別な服がないのか？　あいつの衣装はどこだ？」

「服はないよ。彼は裸になるんだ」

「いや、そうはいかねえ」

ストームはまず体の中でリズムを取り、次いで両手で音を立て、大きくしていった。頷くでも嫌な顔をするでもなく、皆が彼を見た。マハティールは彼を静かにさせようとするような身振りをした。

ストームは少年のそばに立ち、異議の声を上げた。

「俺が本物の『償う者』だ！」

手拍子は続いていたが、皆が彼を注視していた。

「俺が本当の『償う者』だ！」ストームは体の両脇に手を置いて頭を下げた。

祭官はマハティールに話しかけた。

ストームは顔を上げた。「俺こそ本物だと言ってくれ。このガキは偽物だ」

「それはできないよ」

「じゃあガキに言え」

「無理だよ」

「なあ、金のためにやるんなら無意味だろ。この儀式に賭けてやんなくちゃだめだろ。理由ってものが必要だろ、しるしやメッセージに遣わされてなきゃだめなんだ」

祭官は執拗にマハティールに話しかけたが、マハティールは黙ったままだった。

「君はこの男に代わりたいのか？」

「このガキがいるべき場所じゃねえ。俺のだ。俺が遣わされたんだ」ストームは直接祭官に話しかけた。「この野郎は自分が何をするのか分かってねえ。俺は分かってる。どこにピッタリはまって、何がリアルか分かってる」

「それを彼に言うことはできないよ。何が起こるか分からない。私たちは殺されてしまうかもしれない」

「穏やかな部族なんだろ、なあ。おとなしいんだろ？」

「君は自分がやっていることを理解しているかい？　していないよ」

「俺はこの哀れなガキを救い出してやるんだよ」

「違う。君はこれを理解していないんだ」

「あんたはムスリムなんだと思ってたぜ。このペテンを信じてるのか？」

「この地域は木が本当に高くて、車では来れないし、誰も来ない。ここでは全然違うんだ。この地域では神は違う風に彼らに接するんだよ」

「ああ。そいつは分かってるって。あんたがちゃんと分かってるのか、疑問だっただけだ」

祭官はかなり強い口調になった。今度はマハティールが長々と答え、祭官は頭を垂れて聞き、頷き、時おり口を挟んだ。

祭官は手短に少年に話しかけた。少年は抗議せずに耳を傾け、インチキが暴かれるのだ、とストームは理解した。

「ガキんちょよ、お前しっかり心を決めずに足を踏み入れちまったろ」

「この子は家族を救うためにしているんだよ」

「金はやるよ。そう伝えてくれ。金はこいつのもんだ。おい、金はお前のもんだぜ。俺は誰かのゲームを足蹴にしようとしてるわけじゃねえ」

マハティールは少年と話をした。少年は何歩か後ずさり、背を向け、女たちの環と小さな男の子たちの環をかき分けていき、その向こうに立った。

「こうなると思っていたよ」とマハティールは言った。「私は迷信深いたちじゃない。でも未来が見えるのは珍しいことじゃない。そういう人は大勢いる。君の未来が見えたんだ。伝えようとはしたんだ」

祭官はストームの横に立ち、首を絞めたような言葉で叫び、片手を彼の頭の上に置いた。

手拍子が止んだ。年老いた女が呻いた。ストームは両腕を高く上げて叫んだ、「**俺が『償う者』だ、クズども。俺が『償う者』だ**」

祭官は手を叩いた。一回。二回。もう一回。そして、彼はまたリズムを取り始めた。他の者もそれに続いた。

男たちが彼らの周りに第三の環を作っていた。祭官が手招きすると、酋長が環に入ってきて、ストーム、祭官、マハティールと一緒になった。斧を持っていた。

それなりの覚悟はしなくちゃな、とストームは「力」に誓った。

祭官は大声で酋長に話しかけた。

「村の神々を集めるようにと言っているんだ」

酋長が片手を上げると、環が開いて四人の女が現れ、それぞれが毛布の角を握っていた。女たちはそれを祭官の前に置いた。切り刻まれた木の彫り物の山、そのほとんどは手のひらほどの大きさだが、中には崇拝者であるロー族の背丈の半分ほどのものもあった。酋長がその人形を斧で打つと、四人の女たちは頭をのけぞらせ、子供のように泣き叫んだ。酋長がすべてを斧で壊し、女たちがひざまずいてそのかけらを拾って薪の山に載せると、マハティールは言った。「神々が助けてくれなかったから、家にある神々を壊して火にかける。この神々は死ななければならない。この神々の死で、世界は終わるかもしれない。異邦人の魂を犠牲にすることで、世界の終わりを防げるかもしれない。新しい神々が現れる」

ストームは観察者たちを観察した。彼らの足元に無造作に置かれた多くのロウソクの光で、かろうじて顔が見えた。嬉しそうでも、おごそかな顔でもなかった——口はぽかんと開き、頭は頷きながら、手を叩き、手を叩き、手を叩いている——彼らの魂の中では準備が整っているようだった。

祭官が酋長の隣に立って大声で話した。

「そこに行くんだ」とマハティールはストームに教えた。「今、君の服を脱がせる」ストームが祭官のところに歩いていくと、「神のご加護を!」とマハティールは言った。

祭官は偶像の破片を持っていた。酋長は頭を下げてストームの水浸しの靴を指した。ストームは蹴って脱いだ。酋長はさらに低くかがみ、ストームの足に触り、靴下をつまんだ。酋長の肩に片手を置いて、ストームは靴下を脱いでまっすぐ立った。若い女が二人出てきて、彼のボタンとチャックを引っ張った。冗談でも言おうか、と思ったが、言葉が出てこなかった。女たちは彼の背中からリュックを外し、シャツも取り、彼が短パンとパンツを脱ぐのを手伝ってから、環に戻った。リズミカルな手拍子はまだ続いていた。誰もが手を叩いていた。ストームは裸で立っていた。

ストームに向かい合い、祭官はふんどしの折り返しに手を入れ、折り畳んだ紙を取り出して開き、ストームの顔に突きつけた。何も書いていなかった。彼はロー族に大声で話し、ストームにまたその紙を示し、酋長に話しかけた。

酋長は呼びかけた。男が槍を持ってきた。

祭官が何かを言った。酋長は槍を手渡した。祭官は槍の先で紙を刺し、薪に歩いていって、できるだけ高く槍を伸ばし、つま先立ちになり、木の中に紙を突っ込んで槍先からこすり落とした。

「ちょっと待った」とストームは言った。

彼はリュックのところにしゃがみ込み、ビニール袋に入ったノートを見つけた。最後のページを引きちぎってノートを戻し、立ち上がり、そのページを差し出した。

「ちょっとした詩だ」

祭官は槍先を突き出してストームに近づき、その紙を受け取り、薪の山に持っていって、聖なる火にくべるものの一部とした。

ストームは知らしめた——「償いだぜ、ベイビー。今夜が償いの時だ」

祭官は大声で話し、槍を投げ捨てた。ストームは頭を垂れた。

もうぼろ切れになった毛布が、神々の遺物をほとんどむき出しにしていた。祭官は最後のかけらをいくつか両手に拾い上げた。酋長が薪の山から数メートルほど毛布を引きずっていくと、ロー族の環は広がった。彼は慎重に毛布の四隅を伸ばし、手を休めては、見えない星によって航海しているように空を見上げていた。

祭官は偶像のかけらを胸に当てて持っていた。彼はストームと向かい合った。

彼はまた話し、ストームはロー族の環の向こうからマハティールの声を聞いた——「ひざまずくんだ」彼はひざまずいた。祭官もひざまずき、穏やかに話し、酋長の手助けで、ストームは切り刻まれた毛布の上に仰向けに横たわった。祭官はストームの腹の上に破片を落とし、小さな山を作った。

祭官がまた話し、ストームはマハティールの声を聞いた。「これはただのシンボルだと君に分かってほしいんだよ。君の肉体には火だけど、火をつけることはしない。肉体を燃やされはしない」

罪滅ぼしを受けるよう選ばれた。他に誰も残っていないからだ。並外れたゾーンを越え、明るい光もおぼろげな光も越えた光、光は満ち足りることはなく、何も彼に告げず、故郷への道を照らしてはくれない。彼の真理において、一つの姿だけがまだ明かされていない。

誰もがもう仮面を脱ぎ、偽りの顔は消え失せ、残された偽りはただ一つ、彼自身。

ストームは頭を動かし、薪の山に戻る祭官を目で追った。祭官はかがんでソフトドリンクのボトルを手に取り、薪の麓に液体を注いだ。空気にディーゼルの臭いが立ち上った。燃えて光を放つココナツの殻を酋長が二つ持ってきて、それぞれのロウソクを使って火をつけた。

炎はゆっくりと燃え始めた。火が薪の山を上り始めると、手拍子のリズムも加速した。湿った木は鋭い音を立てて跳ね上がった。大いなる炎は頂上を飲み込んだ。叫び声が上がった。火が唸り声を上げ始めると、ストームの裸の胸の上を風が勢いよく通り抜けていくのが感じられ、女が一人サイクロンのように叫ぶ声が聞こえた。祭官は激しい熱気の中を行き来し、オレンジ色の炎に液体を注いだ。ディーゼルがシューッと音を立てて蒸気を上げ、彼は蒸気に青い影を投げかけながら左右に動いていた。

あたりの木々から、爪を引っ掻く音と、虚無に追いやられる悪霊たちの呪いの言葉が一気に降りかかってきた。

さらに多くの女たちが叫んでいた。男たちは吠えた。ジャングルそのものがモスクのように叫んだ。ストームは裸で仰向けに横たわり、巨大な炎の光の中で霧と煙が上空へ舞い上がるのを見て、明瞭な光を待ち焦がれた――平安なる神々、父にして母の顔、六つの世界からの光、地獄の煙たい光が明けて第二の神の白き光が現れること、欲望に飢えてさまよう空腹の亡霊たち、知恵の神々と怒れる神々、カルマの鏡を前にした死神の審判、悪霊たちの罰、そして彼をこの世界に生み戻してくれるであろう子宮の洞穴での安らぎへと逃れていくこと。

彼の詩は灰となり、上空へ渦巻いていった――

「ベトナム」

悪魔から買ったレイバンと
ジッポに刻んだ「トゥドー・バー　69年」
「冷えたビール　いかした子　悪かったなボス」
そのジッポで全部伝わったね

俺が墓に入るなら天国なんかごめんだね
ただ横たわって天国を見上げていてぇ
そのカスを見れさえすりゃいいんだ
入れてくれなくっていい

俺の檻にガス出してこいよ
その毒飲んでやる
俺に殺し屋送ってこいよ
毒あおってやるさ
はらわたには死んだ悪霊ども
さあ毒を飲むぜ

毒を飲んでやる
さあかっ食らうぜ
でも俺はまだ笑ってる

身を切るような風だったが、少なくとも四月にしては、そしてミネアポリスにしては、かなり暖かい午後の日差しだった。乾燥して天気のいい日には、彼女は四百メートルほど歩いても辛く感じることはなく、座って少し休み、また四百メートルほど歩くことを繰り返していた。駐車場に停めた車の中に杖を置いてきて、ミシシッピ川まで三ブロックをぶらぶら歩き、歩道橋を渡った。下を通る車が橋に起こす振動が向こうずねに伝わってきた。両膝が痛む。彼女は速く歩きすぎていた。

ラディソンホテルが目に入ったので、ケロッグ通りを入ろうと道に出たところ、小型のレンタルトラックがあやうく彼女にぶつかりそうになり、急ブレーキをかけ、止まれず、彼女の近くで大きくのたうち、ほんの半秒ほど、その側面に書かれた赤い文字しか世界に存在しないほど近かった。彼女は飛び退き、血管に火花が走った——あやうく死ぬところだった。

ハンドバッグを溝に落としてしまった。ポリエステルのパンツスーツでそっと片膝をつきながら、自分が生き延びられるかどうか、ということにまったく興味がなかったときのことをふと思い出した。あの輝かしかったころ。

コーヒーショップに入ってすぐのところ、鉢に入ったシダの間で、ジンジャーが待っていた。誰もが「ママ」と呼ぶようなタイプの女性だったが、周りより年上というわけではなかった。何年ぶりだろう？　十五年か、十六年。ティモシーがフィリピンに乗り込んで、キャシーがついて行って以来だ。ジンジャーはおそらくミネアポリスで五年ほど暮らしているはずだ。二人ともそれくらいこの街にいたが、会おうという努力はしていなかった。

「今でもママって呼んでいいかしら？」

「キャシーったら！」

「座りたいわ」

「大丈夫なの？」

「トラックに轢かれそうになったの。ハンドバッグを落としちゃったわ」

「さっきのことなの？──でも大丈夫よね」

「息が切れてるだけよ」

ジンジャーはあたりを見回し、席の案内を待っていた。十五キロ近くは太っていた。

「どこで会ってもあなただって分かったでしょうね」とキャシーは言った。

「あら──」

「でも変わってないとは言えないわ」

「まあね、誰も若くはならないもの。わたしったら何を言ってるのかしらね！　会えて本当に嬉しいのよ、それに……」嘘をつこうとして、顔が引きつっていた。彼女は諦めた。

「わたしはちょっとすり切れちゃった」

「ちっとも混んでないわね。日曜なのに」

「あっちはどう？」

「窓際ね！　眺めはないけど、せめて──」

「三十分くらいはあるわ」

「少なくとも光は入るわね。眺めはあるにはあるのよ」とジンジャーは言った。「車しか見えないけどね」

「スピーチをすることになってるの」

「スピーチですって？　どこで？」

「ちょっとしたコメントって言ったほうがいいかしら。隣でちょっとしたリサイタルがあるの」

「隣ってどこのこと？」

「ラディソンよ。会議室の一つで」

「リサイタルね。ピアノとかのこと?」

「ノンカフェインのコーヒーがあるといいけど」

「今はみんなそうしてるわよ」

二人はノンカフェインのコーヒーを注文し、ジンジャーはシナモンロールを頼み、すぐにウェイトレスを呼び戻してキャンセルした。ウェイトレスはコーヒー沸かし機からコーヒーを入れて、カップを二つ持ってきた。「よかったら、本物のミルクを少しもらってもいいかしら」とキャシーは言った。

「少々お待ちを」とウェイトレスは言って離れ、それから姿を見せなかった。

「どんなリサイタルなの?」

「知らないわ。マクミラン・ハウスのためのチャリティーなの。ベトナム人孤児のためよ。だから、わたしがまな板に載せられるわけ」

「あら、そうなの。スピーチはもう用意してあるの?」

「実はまだなの。わたしが思うに――つまり例の『お金をどうもありがとう、じゃあもっとお願いします』ってやつをやればいいの」

「永遠のお約束スピーチってやつね」

「だから、ちゃんとした昼食にできなかったの。ごめんなさい」

「いいのよ。わたしはジョンと一緒に向こう岸に劇を観に行くの。ミュージカルよ。『サウンド・オブ・ミュージック』よ」

「あら、あれはいいわね」

「でしょ、そうでしょ」

「映画のほうは見たわ」

「でもいつも思ってたけど、あのタイトルは変よね」とジンジャーは言った。「だって、ミュージックはそもそもサウンドじゃない? 単に『ミュージック』にすればいいのよ」

「それは思いつかなかったわ!」

ジンジャーは小さく柔らかいグレーの革のバッグをテーブルの上のコーヒーカップの横に置いていた。それを開け、キャシーに手紙を渡した。「今回のことは本当にお気の毒だわ、キャシー」

「あら、いえ。どうして?」

「手紙はオタワのオフィスに届けられて、一週間放置されてたのよ。コリン・ラパポートが見つけて――」

「じゃあ、あなたはまだ世界児童事業に関わってるんだ」

「まだって？　永遠によ」

「コリンはどう？」

「元気じゃないかしらね。でも、やり取りしてるわけじゃないのよ。コリンはあなたがミネアポリスに戻ったことを覚えてて、電話も何もせずに、ただ私たちのオフィスに転送してきたのよ。キャシー・ジョーンズなんていっぱいいるから、あなたの電話番号を突き止めようとしたけど、うまくいかなかったんじゃないかしらね。あなたの新しい名字は知らなかったのよ。あなたまだ結婚してる？」

「まだしてるわ。彼は医者なの」

「個人で開業してるの？」

「いいえ。セントルーク病院で救急治療よ」

「それはカナダもかなわないわよね」

「どうして？」

「どうしてかしらね。国営の医療ってことだけど、どうしてかしらね。自分でも何を言いたいのか分からないわ！

……今の名字は何なの？」

「ベンベヌートよ。あなたは？　まだジョンと一緒なの？」

「そりゃもう。変えようがないってことよね」

「ひどい言い方しちゃったわ！　人の夫のことを訊いといて、『まだ一緒なの？』なんて」

「あなたの旦那さんはセブンスデーじゃないんでしょ」

「カルロスが？　いえ。彼は科学の人よ」

「あら、カルロスなの。ベンベヌートですものね」

「アルゼンチン人なのよ」

「どこ寄りなのかしら？　宗教的にってことなんだけど」

「科学あるのみよ。まったく宗教っ気がないの」

「あなたを教会で見かけたことはないわね。どこに行ってるの？　つまり……」

「もう行ってないわ」

痛々しい沈黙。壁にかなりの数の絵がかかっていることに、キャシーは気づいた。抽象芸術。ここはアート・カフェだった。

「信仰をなくしたってこと？」

「そうでしょうね」

いたずらっぽいが恐怖の影が差した、ジンジャーの表情は昔のままだった。彼女はいつも心配そうで受け身な顔で、やましさで今にも泣き出しそうで、自分のことが嫌いなの、と今にも打ち明けてきそうな顔だった。だが、それは間違った印象だ。彼女は誰にとっても友だちなのだから。「まだ信仰から離れてはいないんじゃないかしら、キャシー。厳密には違うかもよ。干上がった場所を通ってきた魂が最も健全なんだって、牧師様は言ってたわ。でもからからの場所にいるときも、教会は助けになるかもしれないわよ。そんな場所でこそよね、そうは思わない？　今度の土曜にでも行ってみない？　一緒に行きましょうよ」ジンジャーは素晴らしい顔の持ち主だ、上ったり飛び降りたり、人を巻き込んでいく。

「もう何年も行ってないの、ジンジャー。その気にならないの」

「とりあえず来てみてよ」

「一度も本気じゃなかったのかも。ティモシーのために行ってただけなのかも」

「ティモシーはそりゃ本気だったわよ！　後光が差してたわ。周りの人をそれで包み込んで、潮流みたいに持ち上げてくれたわよね」

「そうよね」とキャシーは言った。「とにかく……」

隣のテーブルには年老いた女性と中年の女性が座っていて、親子なんだろう、とキャシーは思った。老女が単調に喋り、娘は憎しみに満ちた沈黙を守って聞いていた。キャシーが聞き取れた言葉は「それでね……でもね……だからね……」だった。

「まあ、とにかくよ」とジンジャーは言って、キャシーの皿のそばに置いた手紙を指した。「そういうわけで、コリンはセントポールに手紙を出したわけ。わたしはまだセントポールにいるのよ」

「わたしはミネアポリスよ」

「いつから看護大学で教えてるの？」

「四年前、いえ、五年前からね……七七年からよ。去年の十月で五年になったわ」

「あなたの友だちだったの？」

「誰のこと？」

「ベネーよ」

「あら！」

その白い封筒は、数ページはあるに違いない手紙で分厚く、右上の角はいろいろな色の切手で覆われ、マレーシアのクアラルンプール市、プドゥ刑務所のウィリアム・ベネーからのものだった。彼女は慎重に開いた。新聞の切り抜き――手錠をかけられた男の写真。この男が、最近マレーシアの法廷で有罪判決を受けたカナダ人のウィリアム・フレンチ・ベネーなのでは？　銃器の密輸容疑で絞首刑になった男では？　カナダは判決に抗議していた。その後、彼は絞首刑になった。有罪とされた囚人が彼女に手紙を書いていて、これがその手紙だ。通常、囚人にはあらゆる種類の宛先がある、どの類いの慈善組織でもいいし、堕ちていく男はどんな糸でもいいから摑もうとする。でもなぜ、彼はキャシー・ジョーンズという名前に行き当たったのか？　手紙は数枚の――何枚もの――ノートのページに手書きで書かれ、一枚のスナップ写真を包むように折り畳まれていた。何十人という人と、ワイルドで雑多な荷物が、後ろの車輪が一つ外されたフィリピンの乗り合いバスを取り囲んでいる。どの顔も微笑んでいて、槍でバスを仕留めたように胸を誇らしげに張っている。

「昔々」と手紙は始まっていた――

親愛なるキャシー・ジョーンズ、

親愛なるキャシー

最愛のキャシー

急に熱いお湯に浸かったように、顔と手足に血液が一気に流れ込んだ。トラックにあやうく潰されるところだったニ十分前と、同じ感覚。

昔々、あるところに戦争があった。

彼女は手紙を置いた。レストランを見回した。

「大丈夫なの？」

彼女は手紙を写真の周りで折り畳んだ。

「悪いものなの？」

「ママ」

「ええ」

「ティモシーを覚えてる？」

「何ですって？」

「ティモシーを覚えてる？　よく覚えてる？」

「ええ、もちろんよ」とジンジャーは言った。「彼のことはよく考えるわ。彼と出会って、わたしは変わったもの。彼は大事な人だったのよ。さっきはそれを言いたかったのよね。本当にすごい人だったって」

「彼を知ってる人には会うことはないわ。今ではね」

「ティモシーのことは気の毒だったわって言いたかったのよ。あの後すぐに手紙を出したけど、こうして直接会ってるわけでしょ、それに――久しぶりだもの、そうよね、もうずっと、でも……」

「ありがと」

「素晴らしい人だったわ」

「彼のことは全然覚えてないの」

「あら」

「昔はハチに刺されたみたいに、いててっていう感じで、どこからともなく思い出が蘇ってきたわ。でももうそれがないの。でもときどき、切羽詰まった、この切羽詰まった感じがあるの」

「分かるわ……いえ、わたしには分からないわね」

「その拳で心臓を摑まれてぐいぐい引っ張られるの、『行こうよ、行こうよ』って犬に言われてるみたい――」

「まあそれは、その、その――何ていうか――分かるわ、ある意味ね。それに――」

「こんなこと話すほどあなたに親しいわけじゃないわよね」

「キャシー、違うわ！　そんなことないわってことなのよ――」

「ちょっとごめんなさい」

「ええ、いいわ、いいわよ」

化粧室に入り、彼女は手洗いの横にハンドバッグを置き、顔に水をかけた。化粧をしていなかったことを神に感謝した。鏡を見た。そのそばのタイルには、ちょっとした落書きが――

エレクトリック・チャイルド
只今
悪ふざけ中

トイレは臭かった。ベトナムでは血や臓物がそこら中にまき散らされていたが、それはすべて神に、神の非個人的な汚物に属していた。この公衆トイレでは、他の女たちが処分した、見知らぬ臭いがした。

彼女は個室に入り、膝に手紙を置いて腰掛けた。せめて、読むくらいのことはできる。気分の悪さを喉元に感じながら、彼女は手紙を開いた。

一九八三年四月一日

親愛なるキャシー・ジョーンズ

親愛なるキャシー

最愛のキャシー

昔々、あるところに戦争があった。

かつて、アジアで戦争があった。第二次大戦はそれ以前の戦争の栄光やロマンスをどうにか保持したか復活させた現代の戦争だったけど、今回のアジアの戦争の悲劇は、その後に起こったことだった。陰惨な神話以外、何のロマンスも生み出せなかった。

　自分たちですら、いやとりわけ自分たちが分からないくらい、かつての姿が歪んでしまうことになる住人たちの中には、若いカナダ人の未亡人と若いアメリカ人がいた。彼は自分のことを「おとなしいアメリカ人」と思うときと、「醜いアメリカ人」だと思うときがあって、そのどちらにもなりたくはなく、その代わりに「賢きアメリカ人」か「善良なアメリカ人」になりたかったけど、最後には、自分が「本当のアメリカ人」、そして結局は「どうしようもないアメリカ人」だということを目の当たりにすることになった。

　それが僕だ。僕の名はウィリアム・ベネー。君とはスキップという名で付き合ってた。最後に会ったのは、南ベトナムのカオクエンだった。口ひげはまだ生やしてるよ。

　ベトナムを離れてから、僕は君と知り合ったときに~~働いてた~~奉仕してた巨人サイズの犯罪者たちのために働くのをやめて、ミディアムサイズの犯罪者たちのために働き始めた。見下げた時間を過ごしたし、余分な得になるわけじゃない。でも、倫理はすっきりしてる。賭けも明快だ。捕まるまでは繁盛する。捕まったら一巻の終わりだ。

　で、僕の商売とは何か？　あれやこれやだ。密輸だよ。銃の取引なんかだ。~~二度は~~貨物船を一隻丸ごと盗んで中国で売ったこともある。貨物船だよ。（どの街で売ったのかは言えない、この手紙を出す前に~~誰か~~われらが愛すべき輝かしきシャフィー所長が読むだろうからね）。たいていは銃の取引だった。

　それでここ、クアラルンプールのムショに入ってるわけだ。マレーシアでは極刑なんだよ、アメリカ政府から武器を買ってる政府がそう決めてるんだ。みんな同じ穴のムジナだけど、僕の側から覗いたほうが倫理はすっきりしてるね。あるいは某氏が某氏に言ったように、僕が船を一隻持っていたから、海賊だと連中に言われてるわけさ。船団を持っていれば「皇帝」と呼んでもらえる。誰のセリフだったかは忘れたな。

　早い話、君にベネーとして接した日々から、僕は一ダースくらいの偽名を使って生きてきて、どれも政府支給の名前じゃなかった。浮かれ騒ぎの人生を送ったよ。本物のアドベンチャー人生さ、長続きすると思ったことはなかったね。逝くときは、もうじきの話だけど、悲しくはないだろうし後悔もしないさ。とにかく、叔父さんがよく言ってたように、冒険ってのは終わってみるまでは楽しくないんだ。それともこれは君から聞いたんだっけ？　とにかく、この冒険は終わったよ。僕が書いてることにはちょっとした見栄もあるよ、ちょっと虚勢を張ってるのさ。でも、ほとんどは本当のことだ。実際、この手紙が君に届くとしたら、悲しいことにそのころにはもう僕は~~絞首縛首~~絞首刑になってる――縛首刑だっけ？　誰かがきっぱり決めてくれなきゃ――彼は絞首刑になったのか？　それとも縛首刑なのか？

　僕にはフィリピンのセブ市に~~妻が~~内縁の妻と三人のガキがいる。成り行きでそうなったんだ。妻も同じことを言うだろうな。でもガキのことは好きだと思う。ティーンエイジャーの、かわいいガキたちさ。もうずいぶん会ってない。セブ市は法の執行って意味ではちょっと熱心になってしまったし、妻はマニラに移る気はなかったしね。大家族を愛してるやら何やらで、離れられなかったんだ。コラ・ングって名前だよ。

　君に良識があるんだったら、旅する日々はもうとっくに終わってるだろうけど、もしそっちに行くことがあったら、埠頭の近くのング・ファイン・ストアっていう店に寄って、コラのことを訊いて挨拶してやってくれ。

　所長が言うには、今日カナダ領事が来るから、どんな手紙でも渡して郵送してもらえるそうだ。領事と僕は互いに大嫌いで、奴に面会なんかさせてないけど、とにかく彼は寄っていかなくちゃならない。特に「最後の日々」ともなると、メディア受けを考えなくちゃならないからね。だから、この手紙は明日郵送されるだろうな、これは古い友だち（だといいけどね、本当に）からの挨拶とお別れさ。

　ここには八月十二日から入ってる。今日は四月一日のエイプリルフールだ、長い茶番劇~~は終止符を~~を終えるにはもってこいの日だね。ただし、僕の執行は四月六日の予定だ。手紙を書けるようになるまでかなりかかったから、ちゃんと届いたかな、君は返事をくれるかな、なんて座って考える時間はあまりない。

夕食を終えたところだ。これから六日間断食して、魂だけは養って絞首台に行くよ。ということは、僕の死刑囚の最後の食事は何だったか？　いつもと同じ、魚っぽいスープに入った米と、ロールパンが二つさ。さあ召し上がれ！

キャシー、間違いなく君のことを愛してた。他の誰にもそんな気持ちにはならなかった。君の思い出を持って行く。お返しにお礼を言うよ。

愛をこめて、

スキップ

四月二日

昨日の晩、僕をイエス・キリストに改心させようと所長が来て、郵便を持って行こうとしたけど、この手紙は渡さなかった。もう二、三日待とうと思ってる。僕はさよならを

――誰かがトイレに入ってきた。隣りのテーブルに座っていた老女の声だ。

「息子はどうして死んだってユージーンは言ってたかしらね？」

「ユージーンに息子はいないわよ」

「心臓発作だったかしら？」

二つ先の個室のドアがバタンと開いて、閉まった。

キャシーは腕時計を見た。遅刻だった。手紙をハンドバッグにしまって立ち上がり、鏡のそばに立って頭をうなだれて床を見つめている老女の横を通って出た。

席に戻るとジンジャーがいたので、謝って店を出た。

角を曲がって最初の入り口が、ラディソン・リバーフロントホテルだった。マクミラン・ハウスのイベントはどこか、とロビーを見回した。若い女の子がたくさんいるところを見ると、その催しは女の子向けか、女の子に関するものか、彼女たち主催のもののようだった。十二歳、十三歳の、全員かわいい女の子たち、癇癪持ちで目が眩むようで、ステージに上がるような厚化粧をすることで美しさを強調し、X脚、低い腰、短いスカートから見える冷え性のシミの出た腿といった欠点を隠している。

エレベーター脇の真鍮のプレート表示に従ってロビーを

抜け、長い廊下を歩くと、突き当たりにテーブルがあり、二つの靴箱の隣に女性が座っていた。講堂の二重扉が開いていて、誰かが原稿からスピーチを読む穏やかな声が、中から聞こえた。

「マクミランのファッションショーにおいでですか?」

「よかった。合ってたわ」

「名字の頭文字はAからL、それともMからZ?」

「ミセス・ランドはどこかしら。わたしは話をすることになってるの」

「それでしたら――ミセス・キーオーが下の階にいます」

「ミセス・キーオーとは面識がないと思うわ。ミセス・ランドとやり取りをしたはずよ」

「ミセス・ランドは演壇です」

「入って席についてもいいのかしら?」

女性は「あら」と言った。妙なことを言い出した、と思われたようだった。「休憩がありますよ」

「休憩中につかまえてもいいわね。じゃあここで座ってるわ」受付の椅子とテーブル以外、あたりに椅子類はなかった。「それともロビーにいようかしら。少ししたら戻ってくるわ」

「それでよろしければ。ご不便をおかけしまして、申しわけ――」

「いいのよ」恥ずかしくなって顔を赤らめながら、彼女は言った。「遅刻したの。本当にごめんなさい」

ロビーで、茶色の革と真鍮のリベットを打った椅子に座り、ハンドバッグを開けた。

四月二日
昨日の晩、僕をイエス・キリストに改心させようと所長が来て、郵便を持って行こうとしたけど、この手紙は渡さなかった。もう二、三日待とうと思ってる。僕はさよならを言いたくないんだろうな。イエスに改心する気もないよ。

昔は自分のことをユダだと思ってた。でも全然違ったよ。僕はゲッセマネの若者だ。イエスが囚われた夜、群衆に捕まりそうになって、着ていた布を脱ぎ捨てて「はだかで逃げた」哀れな男さ。

君は地獄って観念に興味があるんだよね。専門家みたいなもんじゃなかったかな。ダンテの地獄の第九環は裏切り者に用意されているよね――

肉親に対して

故国と大義に対して
客人に対して
主人と恩人へ
私は裏切りを働いた
主人たちの忠誠によって私の肉親を
故国への忠誠から主人たちを
肉親への忠誠から故国を裏切った

　こうしたことを考えたことが僕の罪だ。自分の忠誠心の数々の間で折り合いをつけられると思い込んでしまったことだ。

　結局、忠誠心があちこち揺れ動いて、僕は~~どうにかして~~自分が信じたものすべてを裏切ってしまった。

　細かいことを全部書き留めるのは我慢しなくては。どんなに些細な思考も書き留めて、この独房のすべての分子、僕の人生のすべての瞬間を描写できそうな気がする。時間はたっぷりあるしね。一日中ひまだから。~~でも紙は限られてるし、たぶん君の~~でも紙はそれなりにしかないし、君の忍耐もそれなりにしかないだろうから、頭で考えるだけにしておくよ。

四月三日

　今朝、別の男が首吊りというか絞首刑というか、縛り首になったよ、中国系ギャングのリーダーだ。この刑務所、~~クアラルンプールのダウンタウンからそう遠くない~~プドゥ刑務所の中庭でやるんだ。僕が今座ってるところから百メートルくらいのところだけど、この独房から絞首台は見えない。通路の向かいにある部屋からは全部見えるんだ。でも、死刑囚には見せてくれない。僕らは建物の反対側に入れられてる。懸垂すれば~~見える~~窓の格子越しに通りの向かいの建物の屋根が見える。絞首台を目にするのは、後にも先にも一回きりだ。

　予備的な刑罰として、杖での鞭打ちがあるけど、叫び声は聞こえない。少なくとも僕は聞いたことがないな。去年の八月に僕がここに来てから、今朝の男で四人が吊るされた勘定になる。杖で打たれることも含めて、彼には当然の報いだと思うよ。あの手の中国系ギャングは本当にひどくて意地汚い連中なんだ。

　僕は自分の恐怖を隠そうとしてるんだろうな。生意気なことを言うつもりはないんだ。それとも臆病になってるから、わざとそうしてるのかもしれないな、でも生意気な態度で縄にかかることはしないよ。今日から三日後、それでおしまいだよ、僕は死ぬ。腹は空っぽでね。最後の食事はないけど、不信者の祈りはしていく。キャシー、君がまだ信じているのなら、僕のために祈ってくれ。僕のために祈ってくれ、君がまだ信じているのなら。

四月四日

　南ベトナムで、僕は現場に出してもらえなかったと思ってた。戦争について考えるだけの場所に移されたんだってね。でも戦争で現場に出ないなんてありえないし、戦争では考えてちゃいけない。考え事なんかしちゃいけないんだ。戦争は行動か死だ。戦争は行動か臆病かなんだ。戦争とは行動か裏切りだ。動くか脱走かだ。僕の言いたいことが分かるかな？　戦争は行動なんだ。考え事なんかしていたら裏切りになってしまう。

　手榴弾の上に体を投げ出した兵士を見たって話を叔父さんがしてくれたことがある。その男はまずどうしようかって考えたと思うかい？　違うよ。勇気とは行動なんだ。思考は臆病だ。

　その兵士は死ななかった。~~それ~~手榴弾は不発だった。でも、彼は後でそのことを考えたはずだ、それもたっぷりとね。彼が救おうとした人たち、もし手榴弾が爆発していたら救っていただろう人たちの中には、僕の叔父もいた。フランシス叔父さんはその晩は生き延びたけど、最後には戦争に命を奪われた。生きてるっていう噂は何年も聞いたよ、フランシス叔父さんっていう人はあれこれ噂を生み出すタイプの人だったからね。聞いたかぎりでも三つの墓を持つ男だし、僕が訊ねて回ればもっと墓は出てくるだろう。でも、彼は死んで、マサチューセッツに葬られてることは分かってる。

　僕が叔父の形見だ。彼が死んだ後、その霊が僕に入った。キャシー、君に最後に会ってからしばらくして彼は死んだんだ。ほんの二、三ヶ月後だと思う。

　君は一度彼に会ってるんじゃないかな。ごろつきだって君は言ってたよ。小さな岩を集めて、真ん中に一番大きな岩を置いてできたような外見の人だった。グレーの角刈りの髪型だった。角刈りの男たちを覚えてるかい？　僕の叔父を覚えてる？　忘れ難い感じの人だ。口癖のように言ってたよ、許可をもらうより赦しをもらうほうが簡単だとか、チャンスにはあれこれ考えるな、やったことよりやらなかったことのほうが後悔するもんだ、とかね。彼が死んで、その霊が僕に入ったんだ。本当に死んだのかって疑問に思ってる人もいるけど、僕は違う。もし生きてるなんてことがあったら、霊が入ってきたはずがない。

僕が神秘主義的になってきてるなんて思わないでくれ。自分に親しい人が死んだら、その人にどれだけ影響されてきたのかに気づいて、その影響をもっと~~磨きをかける~~強くしようとするのはごく普通の、ありふれたことだと思う。だから~~彼らは生き続け~~僕らの助言者は僕らの中で生き続けるんだ。そのことを言いたいだけだよ。先祖の霊が憑依するとか、そんなことじゃない。

四月五日

残るは神だ。

僕は赦しを拒みかけてる。自分に腹が立って、悔い改めないまま死んでいきそうだ。祈らないまま死んでいく。十四年間、祈らずに生きてきた。十四年間、自分の影が教会の壁にかかってしまいそうだと感じたら、いつでも通りの反対側に向かってた。

知ってるよ　僕のために祈ってくれたら
君の祈りは神に届き
そして神が僕に触れる
そして僕は悔い改める

君に引きつけられたのは、僕のママと同じように未亡人だからなんだ。僕は未亡人の子供で、別の未亡人の愛人ってわけさ。君のことが怖かった。君の情熱と信念が怖かった。君の悲しみと悲劇が怖かった。僕のママにもそれはあったけど、隠して、礼儀正しくしてた。だから君たちの両方から逃げ出したんだよ。そして君の手紙に返事をしなかった。だからほら、今度は君が返事を出せない手紙を出すわけさ。

オーケー……

オーケー、キャシー・ジョーンズ。我らがおかしな小さな所長がここに立って、この手紙を待ってる。郵便列車のラストチャンスだ。明日の朝に僕はおさらばだ。

所長、君がこれを読んでるなら、さよなら。

君もね。さよなら、キャシー・ジョーンズ。

もしもう一度チャンスがあったら、今度は逃げないよ。

いっぱいの愛をこめて
スキップ

そう、大佐のことは覚えていた。一目見ただけで心に残る人だった。一度も使ったことのない、「剛毅」という言葉が即座に頭に浮かんだ。危険な男だが、女や子供に対して危険ではない。そういうタイプだ。

スキップのことは、それほどよくは覚えていなかった。男というよりは少年。冗談を言って、言い逃れをして、とぼけて、嘘をつき、記憶に残るようなことはしてくれない男。今回の自己釈明――これには心を揺さぶられたが、信じていいのかどうか、彼女には分からなかった。

彼女はもう一度、立ち往生した乗り合いバスを囲む何十人というフィリピン人の写真に目をやり、深く心動かされるのを感じた――染みだらけで消えかかった顔と、その歪んだ高慢さと自己憐憫が写ったスキップのニュース写真を見ても、彼がダムログ時代の自分の写真を送ってきたとしても、彼女の写真か、二人一緒の写真を送ってきたとしても、これほどは心動かされない。

彼女はすべてハンドバッグに戻し、目を閉じたまま座っていた。ジンジャーにさよならを言ったのかどうか、ほとんど覚えていなかった。不親切だったかしら？

「ミセス・ベンベヌートですか？」

受付の女性だった。立っていても、座っているときとほとんど背は変わらなかった。

「ええ」

「ごめんなさい――そうとは気がつかなくて」

「いいのよ」

「今休憩に入りました。ミセス・ランドはたぶん地下にいます。楽屋です」

「すぐ行くわ」

彼女について、音が響くスレートのタイルの廊下を歩いていき、キャシーはギャング映画で死刑囚が死に向かって歩く道のことを考えていた。女性は講堂に続く大きな扉からそう遠くない扉に彼女を案内し、一続きの階段を下りていった。壁がさえずり、低い天井の広い部屋にキャシーが入ると、「みなさん？――みなさん？――みなさん？――みなさん？」と、皆を追い回しながら呼びかけている監督者の女性の言うことなど聞かずに、若いモデルたちが幸せな体であちこち走り回っていた。愛らしいモデルたちがポーズをとる。フラッシュがたかれる。キャスターつきの衝立てでできた小さなボックスに、女の子たちが勝手に入っては出てきた。

「ミセス・キーオー」とキャシーの付き添いが声をかけ、女の子たちの責任者は手を振り、やって来た。「ミセス・ベンベヌートです」

「遅れてしまってごめんなさい」

「私たちみんな遅刻なのよ！　たどりつけて何よりだわ。ミセス・ランドに連絡しておくわね。もし客席に座っているほうがよかったら――それでいいかしら？――席で待つほうがよかったら、彼女が孤児フライトのことを話したあと、あなたを呼んで紹介するわね。ここにも同じフライトを経験した女の子が二人いるのよ。同じフライトというか、あなたのフライトね。三人だわ」

彼女が言っているのは、サイゴンから出る脱出用の飛行機の事故、キャシーが両脚を骨折した墜落機事故のことだった。生き残りのうち、四十人は後のフライトで脱出した。合衆国で養子にもらわれたのは数人だけで、どうやら二人がここ、ミネアポリスにいるようだった。

「孤児のうち三人？」

「そうなのよ！　同窓会ってとこね。リ――あら、リはどこ？　ドレス着てないじゃないの！　みなさん！」ミセス・キーオーは声を張り上げた。

混血の若い女の子が二人のそばを通り、大部屋の反対側にある「出口」の扉から出ていこうとしていたので、様子を見なければ、とキャシーは感じ、何も言わずにその場を離れた。後を追って部屋から出て、コンクリートの階段を上ってみると、女の子は路地の壁にぽつりともたれかかっていた。わずかに動いて、キャシーを通そうとした。キャシーは彼女のそばを通って一歩進み、路地の端にある川と、反対側の端にある道路を見た。このヨーロッパとアジアの混血の子、いやアメリカとアジアの混血の子に見覚えがある気がした、あの墜落事故の朝には四歳か五歳だったはずだ。この子が飛行機の座席の上に立っている姿を覚えているような気がした、特に珍しくはない長い脚と丸い目、茶色い色合いの髪を覚えていた。キャシーは飛行機の上部コンパートメント、ラッキーな場所にいて、自分が面倒を見ていた孤児の一人を、彼女のすぐ隣の席に座らせたところだった。上部デッキにいた彼女の孤児の多くは生き残った。子供たちを飛行機に乗せ、他の荷物の積み込みを手伝い、サイゴンに戻るために機から離れたところで、最後の最後で行かないことに決めた大使館の知り合いが席を譲ってくれたのだった――それから彼には会っておらず、名前も忘れてしまった、今でも彼は自分の身代わりに彼女が死んだと思っているだろう――そして彼女はそのチャンスに飛びついた。破滅から逃げるためにではなく、助けるため、役に立つため、小さな巡礼者たちの恐怖を和らげるため。どこ行きの飛行機かも知らなかった。おそらくオーストラリアだろう。たどり着くことはなかった。そして、この子の旅は最後にはセントポールにたどり着いていた。五センチのハイヒールと青いスカートを履いて、スポーツブラの上にぴったりと黄色いTシャツを着て、口紅とマスカラをつけて、小さな売春婦のような外見で、横柄でむっつりとして、通りから路地に入ってミシシッピ川へと流れていく風で赤褐色の髪がよじれていた。彼女はハンドバッグを開け、タバコの箱とライターを取り出した。片手で火を守ってフィルター付きのタバコをつけるとき、頰がふくらんだ。彼女が息を吐くと、口から出る煙を風がさらっていった。

キャシーはもう一度、女の子の横を通り、階段を下りた。地下の騒ぎをどうにか通り抜け、上にある講堂に行った。席には堅いクッションがついていて、傾斜には角度があり、一般向けのイベントにはまあまあのスペースだが、放送システムは壁でちょっとエコーがかかってしまうし、マイクはシューッという音とPの音が割れてしまう。イベントの後半が始まっていたが、ステージには照明がついていたので、足元が見えた。空席が多かった。人の邪魔をしないように、通路側の最初の席に座った。演壇には、ミセス・リンドと思われる、きっちりしたグレーのヘアスタイルと大きなあごの堂々とした女性が、ピンクの揃い服を着て、孤児について話していた。どうやら、ちょっとした進行の遅れをどうにかしようと、自分の原稿は飛ばし、果敢にも即興で話していた。悲惨な、本当に陰惨な戦争の、最後のわずかな時間に、数多くの子供たちを新生活へと運んでいった「孤児救出作戦」について話していて、キャシーが乗り込み、運命が龍のように撃ち落としたフライト75のことも話していた。あの戦争はただ単に悲惨だったわけではなかった、とキャシーは思い返していた――そう考えるのは初めてのことではなかった。次の瞬間から、何か荒々しく、魔法のような、驚くべきことがやってくるという、最初は恐ろしく、最後にはうっとりするような感覚を、戦争はもたらしたのだ。今吸っている息のどこかから、死が友として姿を現すかもしれない。そして彼女は、あの時が過ぎ去ってしまったことを悼んだ――C5Aギャラクシー航空機の席に座っていて、機体が地上に突っ込んで跳ねると、水田が突然岩のように固くなり、アルミの機体が裂けて鋭い剣の切れ端になり、周りにいる子供たちのことだけが不憫で、戦争から脱出させてやれなかったことだけを悔やんでいたとき、両脚が折れてもショックも苦痛もなく、他の人たちを助けてやれないという苦々しさしかなかったとき。ミセス・ランドはフライト75に乗っていた三人の女の子を紹介していて、アメリカ人との混血の子、リもステージにいた、三人とも、サテンのズボンの上にアオザイを着て、一人ずつ左のステージに歩いてはまた右のステージに行き、引きつけられるほど内気で身構えていて、体の中で心は震え、それから折り畳み椅子に座ると、五センチのスティレットヒールがついた黒いパンプスが見えた。ちょうど今日から八年前くらいのことです、とミセス・ランドは墜落の模様を語っていた――一ヶ月ほどずれてはいたが――悲しいことに、歴史上最悪級の飛行機事故でした、と彼女は言った。搭乗していた三百人の子供と大人の半数以上、下部の荷物コンパートメントにいた、大多数が二歳に満たない子供たちはほぼ全員、天に召されました。機材の故障でした。ミサイルに撃ち落とされたのだ、とキャシーはその後何年か信じていた。ミセス・ランドは当のキャシーよりも事故について詳しく知っていて、最後の数秒間を描写していた、機体はばらばらに分解して燃え、濡れた水田でゆだり、引火した燃料から煙の雲が上がっている。墜落した瞬間、キャシーは目を閉じたに違いない。彼女が覚えているのは音だけ、主に金属がずたずたになる音だった――多くの母音と軋るような声の塊、喉から出るような耳障りな音、荘厳な母音、母音のすべて、A、E、I、O、U、差し迫って、当惑して、巨大で。そして、行き渡っていた沈黙が、嘆願する声や叫び声、泣き声で引き裂かれる。彼女の声もそこにある。子供が一人か二人笑っている。

小さな拍手に送られ、女の子たちはステージから退場した。ミセス・ランドはマクミラン・ハウスとその立派な活動、優れた実績、ベトナム政府との素晴らしい関係について話していた。それに耳を傾けるよりも、キャシーは自分のスピーチの準備を始めた――これほど多くの人にお目にかかれるなんて素晴らしいことです……こうした努力は個人の寄付だけでは賄えません、ですから政府の支援や、法律が必要です……ですから、みなさんの下院議員、上院議員、なによりもみなさんの心が……希望を与えられた新しい命……心からの感謝……いや、個人の寄付を強調しよう……切手やコーヒー一杯に年間使うお金は、一人が一年間食べていける以上です……いや「一人」じゃなくて、「子供一人」と言うほうがいい、この素晴らしい子供たちの一人分の食事にかかるお金はだいたい……建物に施設……教育……あなたがたの寛大さ……いや、「貧困から抜け出すための教育」ということにしよう……みなさんの心からの寛大さ……いや、やっぱり、「若い子供たちの保護」、「食べ物」、そして「暖かい場所」という順番にして……貧困から抜け出すための教育、始まったばかりの人生に対する真の希望、すべてはみなさんのひるむことのない、心からの寛大さにかかっています、と言おうか、それとも、形容詞は「ひるむことのない」だけにしておこうか。それとも「心からの」だけがいいか。いや、それから「犠牲」を使おう。もうちょっと言ってやれ。みなさんやわたしのような人間の、優しい寛大さにだけではなく、わたしたちのひるむことのない犠牲にかかっています。これがいい。言ってしまえ。彼女の右側の席の、ほの暗いところで、手で頬を支える紳士の指に指輪が光っていた。目は閉じていた。これに耐えるために、何人かの男はシーズン最初のゴルフの午後を諦めたのかもしれない。近くの女性たちの顔には、寝ずにいようとしている人々特有の、生き生きとした、関心のある顔が見えた。小柄な若者は鼻の穴に指をしっかりと突っ込み、特に何もせず、ただそのままにしていた。彼女の目の前の光景は平らになり、次元を一つ失い、その表面を的外れな雑音が滴り落ちていた。何かが起ころうとしている。この瞬間、まさにこの経験は、ただの薄いガーゼのように思えた。彼女は客席に座って考えていた――ここにいる誰かは癌を患っていて、誰かは傷心を抱えていて、誰かの魂は迷子になっていて、誰かはさらされて場違いに感じていて、昔は知っていた道が今では思い出せないと思っていて、鎧をはがされて独りぼっちだと感じていて、この客席には骨折した人、この先遅かれ早かれ骨折する人、健康を害してしまった人、自分の嘘を崇めて、夢に唾して、真の信念に背を向けてしまった人もいる、そう、そうよ、そしてすべての人が救われる。誰もが救われる。誰もが。

謝辞

本書の執筆を可能としてくれた人々と組織のからの励ましと心ある援助に、感謝の念を述べておきたい。

ラナン、ホワイティング、そしてグッゲンハイム基金に。ロックフェラー基金のベラッジオ・センターに。テキサス州立大のサン・マルコス英文学科に。ボブ・コーンフィールド、ロバート・ジョーンズ、そしてウィル・ブライズに。ロブ・ホリスターに。イーダ・ミラー、ニック・フーヴァー、マーガレット、マイケル、そしてフレンチ・フライに。ウィリアム・F・X・バンド三世、そして麗しきシンディー・リーに。

サンズ大佐の初期の詳しい軍歴に関しては、ウィリアム・F・X・バンドによる、*Warriors Who Ride the Wind*（1993）を参照した。

訳者あとがき

小説家としては一九八〇年代前半からコンスタントに作品を発表していたデニス・ジョンソンが、アメリカを始めとして各国で高い評価を受けることになったのは、《エクス・リブリス》シリーズの第一弾でもある短篇集、『ジーザス・サン』（原書は一九九二年発表）によってだった。この傑作短篇集は今日まで熱心な読者を獲得し、その評価はもはや揺るぎないものとなっているが、その後もジョンソンは主要な文学賞とは無縁であり、一種のカルト作家であり続けてきた。

そのような状況を大きく変えたのが、前作 *The Name of the World*（二〇〇一）から六年ぶりに発表された本作『煙の樹』*Tree of Smoke* である。この小説が二〇〇七年の全米図書賞を受賞したことで、ジョンソンは図らずも表舞台に引っ張り出されることになった。都市生活や社交の類いを避けて、アイダホとアリゾナでの生活を好むジョンソンにとっては迷惑な状況だったようだ。受賞式はイラクへの取材旅行を口実に欠席し、代わりに妻のシンディー・ジョンソンが賞を受け取っている。

今から振り返ってみれば、*The Name of the World* が PEN／フォークナー賞にノミネートされたあたりから、今回の全米図書賞受賞への流れはあったと言えるのかもしれない。しかしその前作は、ジョンソン的な激しさをあえて抑えたような、短く切り詰められた小説であったのに対して、本書『煙の樹』

は、六百ページを越える大部であり、これぞジョンソンの真骨頂とでもいうべき激しさがみなぎった作品である。『ジーザス・サン』で極められたような、一切の無駄のない研ぎすまされた語りと、大長編である『煙の樹』とのギャップが激しかったせいか、本書の評価は、これぞジョンソンの最高傑作だという絶賛の声と、あまりに予想と違ってついていけないという戸惑いの声の真っ二つに分かれた。この小説は間違いなく傑作だと訳者は信じているが、この賛否両論飛び交う評価こそ、いかにもジョンソン的だという気がする。読み手におもねることなく、逆に切りつけてくるような危なっかしさこそ、ジョンソンの持ち味であり、彼の小説はどれも、「まあそこそこかな」といったどっちつかずの態度を許さないものだからだ。

『ジーザス・サン』における、人生のネジが外れてしまった麻薬中毒者たちが繰り広げる強烈な世界には、もうおなじみの読者も多いと思う。この短篇集にかぎらず、彼がこれまで発表してきた小説は、一貫してアメリカが抱え込んだ暴力の風景を描き続けてきた。デビュー作である *Angels*（一九八三）は後で紹介するが、第二作の *Fiskadoro*（一九八五）は核戦争によって荒廃した近未来のフロリダで幕を開けるし、続く *The Stars at Noon*（一九八六）は、アメリカ政府が一九八〇年代に関与を続けたニカラグアの内戦を舞台としていた。『ジーザス・サン』の後に発表された *Already Dead: A California Gothic*（一九九八）は、間近に迫る湾岸戦争を背景としつつ、北カリフォルニアで犯罪に手を染め、個人的な「戦い」に踏み込んでいく男の壮絶な末路を語っている。「戦場」を描くことは、ジョンソンの小説を貫く主題だと言っていい。

この姿勢は、二〇〇一年九月十一日の同時多発テロ直後に彼が発表した短いエッセイにも貫かれている。そのとき偶然ニューヨークに居合わせたジョンソンは、まさにその数日間が戦争状態だったと書いていた。そして、このような状況が何十年も続くなかで生活していかざるを得ない人々の人生を想像してみよ、とアメリカの読者に問いかけていた。テロのショックがある種の思考停止をもたらし、「癒し」を求める声が圧倒的であったときでさえ、ジョンソンはそれに流されることなく、アメリカが作り出してきた「戦場」を見据えることを自らに課していた。だから、本書『煙の樹』が、ベトナムという戦場を正面から取り上げたことは、ついに来るべきものが来た、と言えるし、これまで彼がこの戦争を取り上げてこなかったこと自体が不思議に思えるくらいである。

こうまとめてみると、ジョンソンの作風は、ひたすら肩に力が入った深刻なものだと思われかねないのだが、『ジーザス・サン』をくぐり抜けてきた読者ならもうお分かりのように、彼の作品は独特の笑いに貫かれてもいる。人生のどん底めがけて突き進み、這いずり回る登場人物たちは、そんなどうしようもない自分たちを笑ってみせる。しかも、その笑いはいつも予期せぬタイミングで発せられる。まんじりともせず読んでいたら思わず笑わされ、次の瞬間には慄然とするような文章で胸を鷲摑みにされる――その両極を一気に移動する、ローラーコースターのような感覚がジョンソンの真骨頂であり、それは『煙の樹』のいたるところで発揮されている。

『煙の樹』は一種の群像劇として構成されている。CIAに勤務する「スキップ」ことウィリアム・サンズや、兵士として従軍するヒューストン兄弟、キャシー・ジョーンズなどの欧米人の視点だけでなく、グエン・ハオやチュン・タンなどのベトナム人たちの物語も交え、彼らの出会いと、それぞれのキャラクターを丹念に描きつつ、物語はゆるやかに立ち上がる。こうした糸を絡み合わせているのが、フランシス・サンズ大佐であり、彼が秘かに進める〈煙の樹〉と呼ばれる情報作戦である。戦争が人生のすべてである大佐の、豪快で人好きのするキャラクターに、男たちは惹き付けられ、翻弄され、戦争という病に次々にかかっていく。そうして突き進むアメリカ人たち、それに飲み込まれていくベトナム人たちの行く末を、小説は生き生きとした会話と凄みのある内面描写を交えて語っている。世間知らずなままベトナムに送り込まれた兵士たちが経験する、情けなさと可笑しさが入り混じる日常と、突然現れる戦争の暴力の苛烈さ。スキップが何度も経験する、ふとよみがえる記憶をいつくしむ繊細さと、陰謀めいた計画に次第に囚われていく不気味さ。こうした両極の間を激しく行き来しながら、物語はうねるように進み、登場人物たちは〈煙の樹〉作戦に巻き込まれ、戦争という病にさらに深くはまり込んでいく。

そのなかで、かれらは国を裏切り、組織を裏切り、家族と友人を裏切り、自らを追い込んでいく。その果てに、「救済」という、ジョンソンの全作品に見られる問いが現れてくる。それは、病の果てまで突き進み、ジョンソン流に言えば「クソバケツの奥底」にたどり着いた者こそが発することのできる問いである。『ジーザス・サン』と同様に、そこには「リハビリ」や「癒し」といった健康的なスローガンとは無関係の、妥協のない厳しさと切実さが同居している。だからこそ、ジョンソンの小説は、『地獄の黙示録』やティム・オブライエンのベトナム小説などとは決定的に異なる肌触りを持つものとなっている。果たして登場人物たちは戦争という中毒からの救いを手にすることができるのか？　それが、この小説が読者に対して発している問いだと言えるだろう。

ジョンソンによると、本書は一九八二年ごろから断片的に書き溜めてあったものをまとめ上げようと苦闘を続け、ついに二〇〇六年に「それ以上の悪あがきをやめて」出版することにしたものだという。彼にとっての小説デビュー作である *Angels* が一九八三年に発表されていることを考えれば、『煙の樹』はジョンソンの作家としての歩みにつきまとい続けた小説だと言える。彼は創作活動の集大成としてこの小説を完成させたのだろう、と僕は思う。小説を貫く空気も含めて喩えるなら、これは彼なりの

『エレクトリック・レディランド』なのだ。

その執筆期間も関係して、本書はジョンソンの他の小説にも影を落としている。『煙の樹』の登場人物であるビルとジェームズのヒューストン兄弟は、ジョンソンのデビュー小説 *Angels*（一九八三）の主人公でもあり、この長編はベトナムから帰還したヒューストン兄弟のその後を追う物語である。また、南ベトナム空軍大尉のミンは、*Fiskadoro*（一九八五）と *Resuscitation of a Hanged Man*（一九九一）にもちらりと顔を出す。こうした各小説とのつながりを、ジョンソン本人は、「ちょっとした四部作にしてみようかという、馬鹿げた思いつき」だったと語っている。もちろん、『煙の樹』を読んでいなければこれらの小説が理解できないわけではなく、それぞれの作品は独立した世界を作り上げているのだが、他のジョンソン作品にもさらに興味を持ってもらえれば幸いである。

まともな翻訳経験などほとんどない僕が、どうしてここまでの大作を最後まで訳すことができたのだろうと、自分でも不思議に思う。もともとジョンソンの大ファンだったし、小説自体の持つ力に引っ張られてきたこともあるのだろうが、多くの人の助けがあったからこそ、こうして「訳者あとがき」にまでたどり着けたということを、今になって噛み締めている。『煙の樹』の翻訳に取り組んでいるあいだに、原書を小脇に抱えて五回引っ越しをした計算になるが、本当にあちこちで助けられてばかりだった。

そもそもの始まりを振り返るなら、さして考えもせずに札幌で学生生活を始めて、その後もわがまま放題の人生だった僕を見守ってくれた家族と、迷える大学二年生だったころ、文学の世界に僕を引きずり込んでくれた、瀬名波栄潤先生に、まずは感謝したい。北海道のアメリカ文学の先生方にも、いつも暖かい励ましをいただいた。札幌を出たあと行った先の東京では、柴田元幸先生が、小説の翻訳なんかできるわけがないと思い込んでいた僕がジョンソンを訳すきっかけを作ってくれた。そして、訳者に抜擢してくれた白水社編集部の藤波健さんと、金子ちひろさんのお二人には、何かと励ましの言葉をもらい、訳文のチェックなどもしていただいた。記して感謝したい。

東京からさらにぶらりと行って滞在したトロントでは、ヨーク大学のテッド・グーセン先生から、英語表現やベトナム戦争時代の言い回しなどについて教わったうえ、海外生活をするにあたって何かと手助けをしてもらった。そのトロントからひょっこりアイダホに行ったはいいが、車も運転できずに困っていた僕を出迎えてくれて、心からもてなしてくれたジョンソン夫妻にもお礼の言葉を。翻訳の相談をしに行ったはずが、丸太小屋を建てる手伝いを務めることになったのは意外だったが、それもまた、いかにもジョンソン的な間の外し方だという気がする。

謝辞の最後は一番大事な人に取っておいた。この二年間はかなりめまぐるしい日々だったが、どこでも一緒にいてくれた妻に、めいっぱいの感謝と愛の気持ちを。妻と、我が家に新しく加わった娘に、この翻訳を捧げたい。

藤井 光

二〇〇九年十二月　京都にて

訳者略歴
一九八〇年大阪生まれ
北海道大学大学院文学研究科博士課程修了
日本学術振興会特別研究員を経て、
現在、同志社大学文学部英文学科助教

煙の樹

二〇一〇年二月一日 印刷
二〇一〇年二月一五日 発行

著者 デニス・ジョンソン
訳者© 藤井(ふじい) 光(ひかる)
発行者 及川直志
印刷所 株式会社 三陽社
発行所 株式会社 白水社

東京都千代田区神田小川町三の二四
電話 営業部〇三(三二九一)七八一一
編集部〇三(三二九一)七八二一
振替 〇〇一九〇-五-三三二二八
郵便番号 一〇一-〇〇五二
http://www.hakusuisha.co.jp
乱丁・落丁本は、送料小社負担にてお取り替えいたします。

誠製本株式会社

ISBN978-4-560-09007-7

Printed in Japan